失眠

〔美〕斯蒂芬·金 著　路旦俊 鄢宏福 译

INSOMNIA

斯蒂芬·金作品系列

STEPHEN KING

人民文学出版社
PEOPLE'S LITERATURE PUBLISHING HOUSE

著作权合同登记号　图字 01-2024-0220

图书在版编目(CIP)数据

失眠 /(美)斯蒂芬・金著;路旦俊,鄢宏福译
.—北京:人民文学出版社,2021(2024.5 重印)
(斯蒂芬・金作品系列)
ISBN 978-7-02-016663-3

Ⅰ.①失… Ⅱ.①斯… ②路… ③鄢… Ⅲ.①长篇小
说-美国-现代 Ⅳ.①I712.45

中国版本图书馆 CIP 数据核字(2020)第 210944 号

出 品 人　**黄育海**
责任编辑　**李　娜　张玉贞**
封面设计　**陈　晔**

出版发行　**人民文学出版社**
社　　址　**北京市朝内大街 166 号**
邮政编码　**100705**

印　　刷　**杭州钱江彩色印务有限公司**
经　　销　**全国新华书店等**

字　　数　**567 千字**
开　　本　**890 毫米×1240 毫米　1/32**
印　　张　**19.875**
版　　次　**2021 年 4 月北京第 1 版**
印　　次　**2024 年 5 月第 3 次印刷**

书　　号　**978-7-02-016663-3**
定　　价　**99.00 元**

如有印装质量问题,请与本社图书销售中心调换。电话:010－65233595

献给泰比……献给艾尔·库珀，
他对操场了如指掌。
不是我的错。

目　录

序曲

报死虫的滴答声（I）

年迈是被死神包围的岛屿。

——胡安·蒙塔尔沃《论美》

1

谁也没有站出来告诉拉尔夫·罗伯茨，说他妻子即将离开人世，更不可能是里奇菲尔德大夫。但是，总有那么一刻，不需要任何人告诉他，拉尔夫就明白了一切。从三月到六月，他的脑子里一直有个声音在叮当作响，在高声尖叫。这几个月里，他一直向不同大夫咨询，晚上常常要送卡洛琳去医院，还得去别的州的其他医院进行特殊化验（拉尔夫一路上不停地感谢上帝，因为卡洛琳的“蓝十字”大病医疗保险涵盖了这些费用）。他还亲自在德里市公共图书馆查阅各种资料，起先是希望能找到医生们有可能忽略的答案，后来只是在寻找希望，寻找救命的稻草。

那四个月就像喝醉了酒后被人拖拽着，穿过某个邪恶的狂欢节，过山车上的人真的在尖叫，在镜子迷宫里不知东南西北的人真的迷了路，而“怪异巷”表演区的那些怪人望着你，嘴角挂着假笑，眼睛里充满恐惧。五月中旬，拉尔夫的眼前开始出现这一切；进入六月份后，他开始明白，那些兜售灵丹妙药的摊位，也只有江湖郎中的骗人假药可以卖给你，而游乐场招徕顾客的汽笛风琴奏出的轻快舞曲再也无法掩盖这样的事实：喇叭里传出的乐曲其实是《葬礼进行曲》。不错，这是一场狂欢节，却是死魂灵的狂欢节。

一直到一九九二年的初夏，拉尔夫都在拒绝接受这些可怕的画面，也拒绝接受隐藏在这些画面背后更加可怕的念头，但随着六月变成七月，这一切终于变成了无法回避的现实。那是一九七一年之后最炎热的仲夏，热浪席卷缅因州中部，朦胧的阳光和潮湿的空气包裹着德里市，每天的气温都在三十多度。即便是在鼎盛期，德里市也算不上是车水马龙的大都市，此时更是完全陷入了麻木状态，而正是在这种炎热的寂静中，拉尔夫·罗伯茨第一次听到了报死虫[①]发出的滴答声，并且明白，在凉爽、湿润、绿意葱葱的六月转为燥热、寂静的七月的过程中，卡洛琳仅存的一点希望已经化作了乌有。她即将离他而去。或许不是这个夏天——大夫们声称还有几个绝招没有使出来，拉尔夫对此深信不疑——但是会在这个秋天或者这个冬天。他的终身伴侣，他唯一爱过的女人，即将离他而去。他试图拒绝这个念头，责骂自己是一个病态的老傻瓜。但是在那些漫长炎热的日子里，在令人喘不过气来的寂静中，拉尔夫听到了四处响起的滴答声，甚至连墙壁似乎都传出了滴答声。

然而，最响亮的滴答声却是来自卡洛琳体内。每当她将平静苍白的脸庞转向他时——或许是让他打开收音机，好让她在为晚餐剥豆子时可以听一会儿，或许是问他能否去红苹果超市给她买一个棒棒冰淇淋——他可以看出她也听到了。他可以从她乌黑的眼睛里看出这一点，起初只是在她直勾勾地望着他时，后来甚至在她眼睛因为服药的原因变得模糊时也能看得出来。到这时，滴答声已经变得很响，在那些炎热的夏夜，拉尔夫躺在她身旁，薄薄的被单似乎有十磅[②]重。他相信德里市的每条狗都在冲着月亮咆哮，他聆听着，聆听着报死虫在卡洛琳的体内滴答作响，感到自己会因悲伤和恐惧而心碎。最后那一刻到来之前，她还要承受多少痛苦？他还要承受多少痛苦？如果失去了她，他还如何生活？

也就在这段怪异、忧虑的时期，拉尔夫开始在夏天炎热的下午以及缓慢、暮色绚烂的傍晚散步，而且散步的距离越来越长，很多次回到家时，累得不想吃东西。他内心一直期待着卡洛琳会责骂他外出散步，会说：“别去散步了，你这老傻瓜。天这么热，要是再这样出去散步，你会把命送掉的！”。可是她一句责备的话都没有，他慢慢意识到她甚至都不知道他出去散步这事。是的，她知道他出去散步，但

---

① 报死虫（deathwatch），一种蛀虫，夏季交配时会发出滴答声，以此来吸引异性，故被视为死亡的前兆。

② 1 磅等于 4.5359237 千克。

是她并不知道他走了多少英里[①]，也不知道他到家时常常累得浑身发抖，几乎要中暑。曾几何时，拉尔夫觉得什么都逃不过她的眼睛，哪怕是头发的中分线改变了半英寸[②]。这都是陈年往事，她大脑中的肿瘤已经夺走了她的观察力，而且很快还将夺走她的生命。

于是，他继续散步，尽情享受这热浪，尽管这热浪有时候让他脑袋发晕，耳朵嗡嗡作响。他享受这热浪，主要是因为热浪会让他的耳朵嗡嗡作响，他的耳朵有时候会一连数小时嗡嗡作响，脑袋剧烈疼痛，再也听不到卡洛琳报死虫的滴答声。

那个炎热的七月，他把德里市的许多地方都走了一遍。窄小的肩膀，稀疏的白发，一双大手，上了年纪的人看上去仍然能够干重活。他从维奇汉姆街走到荒蛮大地，从堪萨斯街走到尼伯特街，从梅恩大街走到基辛桥，但是他的双脚最常走的还是沿着哈里斯大道一路向西，沿着哈里斯大道延长路一直走向德里县机场，因为他挚爱着的卡洛琳·罗伯茨依然美丽，如今正在头痛和吗啡中度过她生命中的最后一年。延长路两旁没有树木，因而完全暴露在无情的烈日下。他会一直走到延长路的尽头，直到他感到双腿发软，然后再折返。

他常常会在绿树遮阴的野餐区停下脚步，喘口气，恢复精力。这地方靠近机场机务人员入口，到了晚上就会变成青少年喝酒、拥抱、接吻的场所，空中回荡着手提音箱发出的饶舌音乐。不过，白天聚集在这里的几乎是清一色的老人，也就是拉尔夫的朋友比尔·麦戈文所称的哈里斯大道的老古董们。老古董们聚集在这里下棋、打牌、闲聊，其中许多人都是拉尔夫多年的老熟人（斯坦·埃伯里还是他的小学同学），所以他和他们在一起时很惬意……只要他们不那么爱打听事。他们大多数人不爱管闲事，基本上属于老派的北方佬，从小就知道别人不想谈的事就是别人自己的事。

也就是在一次散步途中，他第一次意识到自己家的邻居艾德·迪普努非常不对劲。

---

① 1 英里等于 1.609344 千米。

② 1 英寸等于 2.54 厘米。

2

那一天，拉尔夫沿着哈里斯大道延长路一路向前，比平常多走了很多步。雷雨云遮住了太阳，偶尔会吹来一丝凉风。他陷入了一种恍惚之中，什么都不想，什么都不看，眼睛里只有脚上那双运动鞋落满灰尘的鞋尖。当四点四十五分从波士顿飞来的联合航空公司的航班从他头顶掠过时，喷气发动机令人牙齿打颤的轰鸣声惊醒了他，把他拉回到了现实中。

他望着飞机越过陈旧的GS&WM铁路，越过标记出机场区域的防风栅栏。他望着飞机冲向跑道，注意到飞机轮子落到地上时冒出的一团团蓝烟。他瞥了一眼手表，看看天色有多晚，然后睁大眼睛，抬头望着道路前方豪生酒店的橙色屋顶。好吧，他刚才走神了，他走了五英里，却压根儿没有意识到时间的流逝。

卡洛琳的时间，他的脑袋深处有一个声音咕哝道。

是的，是的。卡洛琳的时间。她会在家中，一分钟一分钟地数着，直到可以再服用一片达而丰复方止痛药，而他却远在机场这边……事实上，还有一半路程就可以到达纽波特了。

拉尔夫抬头望着天空，第一次真正看到机场上方聚集的青紫色雷雨云。这并不意味着天就会下雨，至少难以肯定，至少目前还不会下雨，可万一真的下雨了，他几乎可以肯定会淋雨，这地方与3号跑道旁的小野餐区之间根本没有可以遮风挡雨的地方，即便是野餐区也只有一个破旧的小凉亭，时刻散发着淡淡的啤酒味。

他又看了一眼豪生酒店的橙色屋顶，然后把手伸进右边的口袋，摸到了口袋里的一小叠钞票，那银质的钱夹还是卡洛琳送给他的六十五岁生日礼物。他完全可以往前走到霍乔中心，叫一辆出租车……只是他得想一想司机会怎么看待他。后视镜中的那双眼睛会说，愚蠢的老家伙。愚蠢的老家伙，这么热的天，散步过了头。要是游泳的话，肯定会淹死。

偏执狂，拉尔夫，他脑袋里的那个声音在对他说，咯咯的声音中略微带有一点居高临下的语气，让他想起了比尔·麦戈文。

唉，管它是不是偏执狂吧，不管怎么说，他想他还是应该赌一把，一路走回去。

万一不只是下雨呢？去年夏天冰雹成灾，八月有一次冰雹砸碎了西面所有的窗户。

“那就下冰雹吧，”他说，“反正也不容易把我砸伤。”

拉尔夫开始沿着延长路的路肩，慢慢朝城区方向走去，脚上那双高帮运动鞋一路踢起一团团尘土。他可以听到西面传来了隆隆的雷声，乌云正在那里聚集。乌云遮住了太阳，但太阳也不愿意就这样低头认输。太阳在雷雨云的边缘放射出一道道灿烂的金光，穿过乌云中的一条条缝隙，宛如巨大的电影放映机投出的破碎的光束。拉尔夫为自己决定步行回家感到高兴，尽管双腿酸疼，腰背部也一直疼痛不已。

至少有一点可以肯定，他想，我今晚可以睡个好觉。我会睡得很死。

他的左边是机场边缘，一亩亩枯黄的草地，遮掩着锈迹斑斑的铁路钢轨，犹如一辆报废汽车的残骸。他看到防风栅栏另一边远处的联合航空公司的 747 飞机，大小如同儿童玩具飞机，正朝着联合航空公司与达美航空公司共享的航站楼滑行。

另一个移动物引起了拉尔夫的注意。那是一辆汽车，正驶离机场这一端的通用航空航站楼。它穿过柏油路，驶往朝向哈里斯大道延长路的机组人员入口处。拉尔夫最近看到许多车辆进出那个入口，毕竟那里离哈里斯大道老古董们聚集的野餐区不到七十米。小车驶近大门时，拉尔夫认出那是艾德和海伦·迪普努的达特桑轿车……而且确实开得很快。

棕色小车高速逼近关闭的大门，拉尔夫站在路肩上，没有意识到自己的双手已经焦急地捏成了拳头。那道门从外面用电子门禁卡打开，从里面则依靠电子眼光束。但是那道光束的位置离大门很近，非常近，依照这辆达特桑车的速度……

在最后一刻（拉尔夫觉得是在最后一刻），棕色小车嘎吱嘎吱地停下了，轮胎冒出一团团青烟，让拉尔夫想起了747飞机落地时的情形。大门开始顺着轨道慢慢打开，拉尔夫紧握的拳头也开始慢慢松开。

一条胳膊从达特桑车司机一侧的车窗伸了出来，开始上下挥舞，显然是在不耐烦地催促大门快点打开。这个举动近似荒诞，拉尔夫忍不住笑了起来，但他还没有来得及露出牙齿，笑容就凝固在了脸上。雷雨云所在的西边吹来的风仍然怡人，却也带来了达特桑车司机的尖叫声：

“你这狗娘养的！你这混蛋！舔我的××！快点！快点，快点打开，你这死×！该死的混蛋！妈妈的×！妈妈的！”

“那不像艾德·迪普努，”拉尔夫喃喃道，他不由自主地朝那里走去，“不像他啊。”

艾德是化学研究员，在弗雷西港霍金实验室的研究所上班，属于拉尔夫见过的最善良、最彬彬有礼的那种年轻人。他和卡洛琳也非常喜欢艾德的妻子海伦，还有他们刚出生不久的女儿娜塔莉。娜塔莉每次来他们家，都能让卡洛琳暂时忘掉自己目前所经受的痛苦，而海伦意识到这一点后，带孩子过来的次数也越来越多。艾德从来没有抱怨过。拉尔夫知道，有些男人会反对妻子在孩子每次有令人惊喜的新动向时就欢天喜地地跑去告诉街道另一头的长辈，尤其是那家的老奶奶还在病中。拉尔夫觉得，艾德不是那种人，他如果骂了谁一句，晚上肯定会睡不安宁，可是——

“你这该死的臭婊子！赶紧给我让道，听到了吗？你这鸡奸犯！强奸犯！”

可那的确是艾德的声音。即便是隔了两三百米，那听上去依然像他的声音。

达特桑的司机此刻正在发动引擎，就像开大功率中型车的少年在等待交通灯变绿时那样急躁。汽车的排气管喷出一团团废气。栅栏门刚刚后撤露出足够宽度，达特桑车就猛地启动，穿过了空隙，引擎发出震耳欲聋的轰鸣声。汽车驶出时，拉尔夫看清了司机。他离得很近，所以绝对不会看错：那确实是艾德。

大门与哈里斯街延长路之间有段不长的小道，没有铺设柏油。达特桑车沿着小道冲了过去。拉尔夫突然听到了刺耳的汽车喇叭声，随即看到一辆蓝色的福特皮卡车沿着延长路向西驶来，司机猛打方向盘，避开迎面而来的达特桑。皮卡车的司机意识到危险时已经太晚了，而艾德显然根本没有看到危险（拉尔夫后来才意识到艾德可能是故意撞向皮卡车的）。轮胎发出短暂的刺耳声，然后便是达特桑车的挡泥板撞到福特皮卡车侧面时发出的空洞的重击声。皮卡车正好开到黄线的一半。达特桑车的引擎盖起了皱，扣栓松开，弹起了一点，车灯玻璃碎了一地。两辆车随即都停在了路中间，像某件怪异的雕塑一样纠缠在一起。

拉尔夫一时愣在了那里，望着汽油从达特桑的车头下面流淌出来。在近七十年的人生中，他也目睹过几场车祸，大多微不足道，也有一两起车祸比较严重，而每次他都为车祸发生得那么快、那么平淡而惊讶不已。现实中的车祸与电影镜头截然不同，因为摄像机可以放慢镜头，现实中的车祸也与录像带中的画面相去甚远，因为在录像带中，只要你愿意，可以一遍遍回放，看着汽车一次次坠下悬崖。在现实生活中，同样只有一系列融合在一起的模糊画面，然后便是快速且单调的声音组合：轮胎刺耳的响声，金属撞击金属发出的空洞的砰砰声，以及玻璃破碎的响声。然后，瞧，一切结束了。

这种事甚至都有某种不成文的规定：遭遇慢速汽车相撞时的行为规范。当然有的，拉尔夫暗想。德里市每天大约发生十多起车辆相撞事故，到冬天时，这个数字大概会翻一倍，因为地上有雪，道路会很滑。你下车，在两辆车亲密接触的地方与对方相见（车辆常常依然缠绕在一起）。你看一下，摇摇头。有时候——实际上应该算经常——相遇的这个阶段还会伴有愤怒的言辞：认定责任（常常是草率的），指责对方的车技，威胁打官司。拉尔夫觉得，司机们真正想说却没有直接表达的意思是：听着，蠢货，你把我吓死了！

这种小插曲的最后一步是交换冗长且神圣的保险资料，双方通常到这一点才开始控制住失控的情绪……为无人受伤而如释重负。有时候，双方司机最后甚至会握手言和。

拉尔夫此刻离车祸现场不到一百五十米，他准备从这个有利位置观看这一切，但达特桑司机侧的车门刚一打开，他就明白这次的情况会截然不同——车祸可能尚未结束，还在发生过程中。可以肯定，这次各项仪式结束时，肯定不会有人握手言和。

车门不是缓缓打开，而是猛地推了开来。艾德·迪普努跳出车，然后一动不动地站在车旁，渐浓的乌云衬托出了他那消瘦的肩膀。他穿了一条褪色的牛仔裤，上身是一件T恤衫，拉尔夫意识到，艾德在这之前总是衣冠楚楚地穿着正式衬衫。而且他的脖子周围还围着东西：长长的白色东西。围巾？看上去像围巾，可是有谁会在这样的大热天戴着围巾呢？

艾德在撞烂的车旁站了一会儿，目光游离，尖脑袋不停地向前一伸一缩，拉尔夫想起了公鸡盯着谷仓前草地时的神情：密切关注着有哪只公鸡敢闯进它的领地。这种相似性让拉尔夫感到不安，他以前从来没有见过艾德有这种表情，所以他才感到不安，但这并不是他感到不安的全部原因。真正的原因很简单：他从未见过谁有那种眼神。

西面传来了隆隆的雷声，越来越响，越来越近。

皮卡车上下来的男子，块头是艾德·迪普努的两倍，甚至是三倍。他穿了条绿色斜纹布工装裤，又大又壮实的肚子从腰带上耷拉下来。白色无领衬衫的腋下各有一块餐盘大小的汗渍。他头上戴了一顶广告帽，上面印着“西区园丁”的字样。他将帽舌往上推了一下，好仔细看看撞了他车身的那个人。他那张肉乎乎的脸惨白，只有颧骨上有几块鲜亮的血色，像是涂了胭脂。拉尔夫想：*这个人绝对是心脏病突发的首选对象。要是我离他更近一些，准能看到他的耳垂上有皱纹。*

“嗨！”大块头冲着艾德吼道。从那么宽阔的胸膛、那么深的腹腔里传出来的声音却很纤细，几乎可以说很清脆，“你在哪里考的驾照？是从百货公司买来的？”

艾德一直在左顾右盼，听到大块头的声音后立刻扭过来对着他，就像雷达引导的喷气飞机，立刻有了目标。拉尔夫第一次看清了艾德的眼神。他感到一团火焰在自己的胸中点燃，那是一种警觉。他突然开始朝车祸现场跑去。与此同时，艾德已经朝对方走去，尽管对方穿着被汗水浸透的衬衣，戴着广告帽。他走路时双腿僵硬、肩膀高耸，一副趾高气扬的神态，完全没有他平常那种悠闲的从容步伐。

“艾德！”拉尔夫高声喊道，但是怡人的凉风——现在带着大雨将至的凉意——似乎在他话还没有喊叫之前就夺走了他想要说的话。反正艾德没有回头。拉尔夫竭尽全力跑快一点，全然不顾酸痛的双腿，也完全忘记了腰背部一阵阵的疼痛。他在艾德·迪普努那双睁得圆鼓鼓的眼睛里看到了杀气。拉尔夫之前从未碰到过类似情况，无法凭以前的经验进行判断，但他认为那种赤裸裸的怒视目光的含义绝对不会错，那是斗鸡相互拼个你死我活时的眼神。“艾德！嗨，艾德，住手！我是拉尔夫！”

不管风向如何，拉尔夫现在已经离艾德很近，艾德肯定听到了，但是他连头都没有回一下。大块头司机倒是转头看了一眼，拉尔夫在他的眼神中看到了恐惧和疑惑。大块头转身望着艾德，举起双手安慰他。

“听着，”他说，“我们可以协商……”

他没能把话说完。艾德又飞快地向前迈出一步，举起一只修长的手——在快速转暗的夜色中，那只手显得很白——冲着大块头那红得不太正常的颧骨就是两巴掌，啪啪的响声如同儿童气枪射击时的动静。

“你杀死过多少人？”艾德问。

大块头背靠皮卡车车身，瞠目结舌。艾德那僵硬、古怪的步伐没有一丝摇晃，他径直走到对方面前，肚皮挨着对方的肚皮，似乎根本没有意识到对方比他高出约四英寸，比他大约重一百磅。艾德又伸手扇了对方。“说啊！老实交代，勇敢的孩子——你杀死过多少人？”他的声音变成了嘶喊，却被即将到来的暴风雨千真万确的第一道雷声所淹没。

大块头将他推开，与其说是主动出击还不如是出于恐惧，艾德蹒跚后退到他那辆破损的达特桑的车头上。他立刻反弹回来，握紧拳头，使出浑身力气，再次扑向大块头。大块头退缩到皮卡车旁，帽子歪了，衬衣下摆从他后背和两侧露了出来。拉尔夫的脑海里闪过一段记忆——他多年前看过的《三个傀儡》的短片，拉里、科里和莫伊扮演无厘头的画家——他突然非常同情那个大块头，又是滑稽可笑，又是害怕得要死。

艾德·迪普努似乎并不觉得自己有什么荒唐之举。他抿住嘴唇，眼睛一眨不眨地睁得滚圆，比任何时候都更像一只斗鸡。“我知道你在干什么，”他低声对大块头说，“你觉得这是什么闹剧？你以为你和你的那些杀人犯朋友可以永远逍遥法……”

拉尔夫就在这一刻赶到了那里，像一头拉车的老马一样大口喘着气，伸出一只胳膊搂住艾德的肩膀。薄薄的T恤衫下面散发出的热浪令人不安，就像用胳膊搂着烤炉，而当艾德转身望着他时，拉尔夫有那么一刻（永远也忘记不了的一刻）觉得自己看到的正是烤炉。他从未在任何人的眼睛里看到过那种完全失去理智的愤怒，甚至从未想过世界上居然会有那样的愤怒。

拉尔夫的第一反应是退缩，但他克服了畏惧，搂住艾德的肩膀没有松开。他隐约觉得，如果他松开手，艾德会像条疯狗那样扑到他身上，冲着他又咬又挠。这当然很荒唐，艾德是搞研究的化学家，是“每月佳作俱乐部”会员（这种会员更愿意将俱乐部总在特价推荐的二十磅重的《克里米亚战争史》当作自己的重点图书），是海伦的丈夫和娜塔莉的父亲。混蛋，艾德是朋友。

……只是这不是艾德，拉尔夫明白这一点。

拉尔夫没有后退，反而向前探过身，紧紧抓住艾德的双肩（T恤衫下面的肩膀滚烫，令人难以置信），用自己的脸庞挡住了艾德令人毛骨悚然的目光，不让他再盯着大块头。

“艾德，别这样！”拉尔夫说，他的声音响亮、坚定，他估计人们只有在对付歇斯底里的人时才会用这种声音，“你没事的！别这样！”

艾德凝视的目光起初没有任何变化，随后他的眼睛扫过拉尔夫的脸。作用不太大，但是拉尔夫依然感到微微松了口气。

“他怎么啦?”大块头在拉尔夫身后问道,“他这是疯了,是不是?”

“他没事,我可以肯定。”拉尔夫说,但他无法肯定艾德没事。话从他的嘴角冒出来,而他的眼睛则死死盯着艾德。他不敢将目光从艾德身上移开——他觉得只有自己的眼神交流能够控制住艾德,而且还很难保证。“他只是被这车祸吓坏了,需要一点时间平静……”

“问他那油布下面藏着什么!”艾德突然指着拉尔夫肩膀后面嚷道。一道闪电划过天空,瞬时凸显出了艾德脸上坑坑洼洼的青春痘疤痕,宛如脸上刻了一张怪异的藏宝图。雷声隆隆。“嗨,嗨,苏珊·戴!”他哼唱起来,声音又尖又细,像童声。拉尔夫听到后,前臂上顿时起了鸡皮疙瘩。“你今天杀了多少孩子?”

“他不是吓坏了,”大块头说,“他这是疯了。警察过来时,我会要他们把他抓起来的。”

拉尔夫扭头瞥了一眼,看到皮卡车上盖着一块蓝色防水油布,鲜黄色的绳索将它牢牢系在车上。油布下面有圆鼓鼓的东西。

“拉尔夫?”旁边传来了一个胆怯的声音。

拉尔夫朝左边望去,看到皮卡车后面站着多兰斯·马斯特拉。多兰斯已经过了九十岁,哈里斯大道那帮老古董当中就数他年龄最大。他那双苍白的手上布满了老年斑,此刻正握着一本平装书,焦躁不安地来回翻折着,像是要测试书脊的强度。拉尔夫估计那是一本诗集,因为他没有见老多兰斯看过别的书。也许他根本不看书,也许他只是喜欢手里拿着书,喜欢望着书中那些巧妙堆在一起的文字。

“拉尔夫,怎么啦?出什么事了?”

头顶又划过一道闪电——一道紫白色的电流。多兰斯抬头望着闪电,仿佛难以确定自己在哪里、自己是谁,或者自己看到了什么。拉尔夫默默叹了口气。

“多兰斯……”他刚开口,艾德就猛地挣脱了他的胳膊,好似某头一直安安静静躺在那里养精蓄锐的野兽。拉尔夫打了个趔趄,但随即把艾德往后一推,将他顶在已经撞坏的达特桑车的引擎盖上。他感到一阵恐慌,拿不准自己接下来该干什么,也不知道该如何行动。同时发生的事情太多了。他尽管仍然紧紧握着艾德的胳膊，但他可以感觉到那胳膊上的肌肉在疯狂地嗡嗡作响，仿佛这个人不知怎么的刚刚吞下天空中投下的一道闪电。

“拉尔夫！”多兰斯的声音依旧平静，充满了担忧，“要是换了我，我绝不会再碰他。我都看不见你的手了。”

哦，太好了。又多了一个疯子要对付。他正好求之不得。

拉尔夫低头看了一眼自己的双手，然后抬头望着那老家伙。“你在说什么，多兰斯？”

“你的手，”多兰斯耐心地说道，“我看不见你的……”

“你不该在这儿，多尔。你还是赶紧走吧。”

多兰斯听到后心情稍稍好了一点。“是的！”他说，一副恍然大悟的口气，“这才是我该做的！”他开始后退，天空再次响起雷声时，他畏缩了一下，用书罩着头顶。拉尔夫看清了封面上鲜红的书名：《巴克舞者的选择》。“拉尔夫，你也应该离开这里。这种事情司空见惯，不要卷进去，不然你会受伤的。”

“你是说……”

可是，拉尔夫的话还没有说完，多兰斯就已经转过身，朝野餐区方向慢慢走去。他的白发像新生儿的胎发一样纤细，在暴风雨即将到来前的微风中飘逸。

解决了一个难题后，拉尔夫稍稍松了口气，但好景不长。多兰斯虽然暂时分散了艾德的注意力，艾德现在又将刺人的目光重新转回到大块头身上。“舔女人阴部的混蛋！”他咒骂道。“先 × 你妈，再舔她的阴部！”

大块头宽阔的眉头皱在了一起。“什么？”

艾德的目光回到了拉尔夫身上，他现在似乎认出了拉尔夫。“问他那油布下面是什么！”他嚷道，“最好让那舔 × × 的杀人犯亲自打开给你看！”

拉尔夫望着大块头。“你那油布下面是什么东西？”

“跟你有什么关系？”大块头色厉内荏地问道。他琢磨着艾德·迪普努的眼神，然后又向旁边走了两步。

“与我不相干，但是跟他有点关系。”拉尔夫说，下巴朝艾德的方向扬了扬，“帮我让他平静下来，好吗？”

“你认识他？”

“杀人犯！”艾德又喊道，然后用力挣脱拉尔夫抓着他的双手，撞得拉尔夫后退了一步。不过，情况似乎有所好转，不是吗？拉尔夫觉得艾德那吓人的空洞眼神正一点点消失，身上似乎稍稍多了一点他所熟悉的艾德……也许那只是他一厢情愿的想法。“杀人犯！杀婴儿的凶手！”

“天哪，都在胡说些什么呀。”大块头嘴上这么说，还是走到车厢后面，猛地拉开一根绳子，掀开油布一角。下面有四个纤维板大桶，每一个桶上都标着“除草”。“是有机肥料，”大块头说，目光从艾德身上移到拉尔夫身上，然后再回到艾德身上，他摸了一下头上那顶印有“西区园丁”字样的帽子的帽檐，“我一整天都在德里医院精神科病房外面的新花坛里干活……朋友，你可以去那里度个假。”

“肥料？”艾德问，更像是自言自语。他慢慢将左手抬到太阳穴旁，开始揉那里。“肥料？”他那口气就像某个人在质疑一项简单但令人震惊的科学发现一样。

“是肥料，”大块头附和了一句，然后望着拉尔夫说，“这家伙脑袋有问题，你知道吗？”

“他只是糊涂了。”拉尔夫不安地回答。他俯身越过皮卡车的一侧，轻轻敲了敲桶盖。然后，他转过身来望着艾德，“是几桶肥料，行了吧？”

艾德没有作声，只是抬起右手，开始搓揉另一边的太阳穴，那样子像是得了可怕的偏头痛。

“行了吧？”拉尔夫又柔声说了一遍。

艾德闭上了眼睛。等他再次睁开眼睛时，拉尔夫看到他的眼中有光泽，觉得那可能是眼泪。艾德伸出舌头，轻轻舔了舔嘴巴一角，然后又舔了舔另一角。他抓起丝巾一端，擦了擦额头。在这个过程中，拉尔夫看到丝巾边缘绣着几个红色的汉字，就在流苏上方。

“我想也许……”他话没有说完，却又睁圆了眼睛，再次露出拉尔夫很不喜欢的那种眼神。“婴儿!”他怒吼道,“你听到了吗?是婴儿!”

拉尔夫再次把他推到车旁。他已经不记得这是第三次还是第四次了。“艾德,你在说什么?”他的脑海里突然闪过一个念头,“是因为娜塔莉?你在为她担心?”

艾德嘴唇一动,脸上浮现出一丝狡诈的笑容。他的目光越过拉尔夫,望着那个大块头。“肥料,是吗?如果真是肥料,你不介意打开一桶给我看看吧?”

大块头不安地望着拉尔夫。“这个人得去看医生。”

“也许吧,但他正平静下来,所以我想……能请你打开一个桶吗?那样或许能让他感觉好一点。”

“当然可以,管它的。一不做,二不休。”

又一道闪电划破天际,又一声惊雷震耳欲聋,而且这一次似乎越过整个天空。冰冷的雨滴落在了拉尔夫汗水淋漓的脖子上。他朝左边望了一眼,看到多兰斯·马斯特拉正站在野餐区的入口,焦急地注视着他们仨人。

“好像要下大雨了,”大块头说,“这东西不能弄湿,否则会引发化学反应。所以你们快点看。”他在一个纤维板大桶与皮卡车侧板之间摸索了一会儿,抽出来一根撬棒。“我这样做准是跟他一样疯了,”他对拉尔夫说,“我是说,我当时正在回家的路上,又没有惹谁。是他撞的我。”

“快点,”拉尔夫说,“只需一秒钟。”

“是啊,”大块头气鼓鼓地说,将撬棒转过来,把撬棒扁平的一端插到最近的桶盖下面,“可是记忆会持续一辈子。”

这时又响起了雷声,大块头因而没有听到艾德·迪普努接下来说了什么。但是拉尔夫听到了,心里顿时凉了半截。

“桶里装满了婴儿尸体,”艾德说,“你会看到的。”

大块头打开了桶盖,艾德刚才的口气那么坚定,拉尔夫以为自己准会看到纠缠在一起的胳膊和大腿,还有一个个光秃秃的小脑袋。相反,他看到的只有一种蓝色细晶体和棕色物体的混合物。桶里散发出浓烈的泥炭味，还夹杂着淡淡的化学品气味。

“看到了？满意了？”大块头直接问艾德，“我不是什么变态杀人狂。岂有此理！”

艾德的脸上重新浮现出了困惑的神情，头顶再次响起雷声时，他吓得畏缩了一下。他探过身，向纸板桶伸出一只手，疑惑地望着大块头。

大块头朝他点点头，拉尔夫觉得大块头的眼神中几乎带了一丝同情。“你当然可以摸一摸，我不反对。但要是下雨的时候你手里握了一把这玩意儿，它会烫得你像《龙飞凤舞》中的约翰·特拉沃尔塔那样手舞足蹈。”

艾德把手伸进桶里，抓起里面的混合物，任由它从指缝间流下来。他疑惑地看了拉尔夫一眼（拉尔夫觉得他的眼神里还有一丝尴尬），然后将整个胳膊伸进桶里，里面的东西一直淹没到他的胳膊肘那里。

“嗨！”大块头惊恐地叫了起来，“那可不是一盒焦糖爆米花！”

艾德的脸上又浮现出了那种狡诈的狞笑，一种“我也知道一两个诀窍”的表情，可当他发现桶子深处也只有肥料时，脸上的表情再次变成了困惑。他将胳膊从桶里抽了出来，胳膊上满了灰尘，带着混合物的气味。机场上方又划过一道闪电，随之而来的雷声震耳欲聋。

“我警告你，趁着雨还没有下下来，赶紧把它从皮肤上擦掉。”大块头说。他把手伸进皮卡车副驾驶一侧敞开的车窗，取出来一个麦当劳外卖纸袋，在袋子里翻找了一下，掏出来几张餐巾纸，递给艾德。艾德像在梦中一样，开始擦掉前臂上的肥料屑。大块头趁机把盖子盖上，布满斑点的大手握成拳头，捶了几下后将盖子盖紧，同时抬头看着乌云密布的天空。当艾德伸手触摸他肩膀处的白衬衣时，大块头顿时绷紧了身子，后退一步，警惕地望着艾德。

“我应该向你道歉。”艾德说，拉尔夫第一次觉得艾德的声音听上去十分清晰而且正常。

“你把我吓坏了。”大块头说，不过他听上去像是松了口气。他将防水油布重新盖上，三两下将绳子系好。拉尔夫望着他，突然惊讶地发现时间真是个狡猾的小偷。曾几何时，他也可以如此娴熟地将绳子系好。他现在依然可以做到，不过至少得花上两分钟，可能还得咒骂几句。

大块头拍拍油布，然后转过身来望着他们，胳膊交叉在宽阔的胸前。“你看到车祸经过了吗？”他问拉尔夫。

“没有，”拉尔夫不假思索地说道，他也不知道自己为什么说谎，但这个决定是瞬间做出的，“我当时在看飞机着陆，联合航空公司的飞机。”

大块头脸颊上的红晕开始扩大，这完全出乎拉尔夫的意料。*原来你也在看飞机着陆！*拉尔夫突然想到。*而且不只是看它着陆，否则你的脸不会红成那样……你在看它滑行！*

拉尔夫随即恍然大悟：大块头认为车祸的责任全在他，警察赶来调查时很可能会得出相同结论。他一直在看飞机着陆，没有注意到艾德的车疯狂地穿过地勤人员出入的大门，驶入哈里斯大道的延长路。

“听我说，我真的很抱歉。”艾德真心诚意地说道，但他脸上的表情远不止抱歉，而是感到非常失望。拉尔夫突然情不自禁地想到，自己对艾德脸上的表情应该相信多少，自己是否真的明白——

（*嗨，嗨，苏珊·戴*）

刚才这里发生的一切……还有苏珊·戴究竟是谁？

“我的头撞到了方向盘上，”艾德说，“我估计……怎么说呢，把我完全撞晕了。”

“我估计是的，”大块头说，他挠挠头，抬头看了一眼乌云翻滚的天空，然后将目光重新转回到艾德身上，“朋友，我想做笔交易。”

“哦，什么交易？”

“我们可以交换姓名和电话号码，这样可以省掉保险理赔的麻烦事，然后我们各走各的路。”

艾德望着拉尔夫，拿不定主意。拉尔夫耸耸肩，然后望着大块头。

“要是把警察找来的话，”大块头接着说道，“我就会遇到麻烦。

他们一到场就会发现我去年冬天有一个醉驾记录，我现在只有临时驾照。就算这次不是我的过错，而且我是正常行驶，他们也肯定会找我麻烦的，明白了吗？”

“明白了，”艾德说，“我估计会的，可这次事故责任完全在我，我的车速太快……”

“车祸本身大概并不重要。”大块头说，满腹狐疑地望着一辆驶近后停靠在路肩旁的小型货车。他再次扭头看着艾德，说话的语气有点紧迫。“你的车刚才在漏油，现在已经不漏了。要是你住在市区的话……我相信你可以把它开回家。你住在市区吗？”

“是的。”艾德说。

“我可以补贴一点修车费，最多五十美元。”

拉尔夫再次明白了一点，只有这一点能够解释为什么大块头突然由暴怒变成了用甜言蜜语来哄骗。去年冬天有醉驾记录？也许吧。但拉尔夫从来没有听说过有临时驾照，所以几乎可以肯定那家伙纯粹是一派胡言。这位“西区园丁”公司的伙计是无证驾驶。但是有一点让情况变得很复杂：艾德说的是实情，这场车祸他负全责。

“要不我们就这样算了，”大块头接着说道，“我不必解释去年的醉驾记录，你也不必解释为什么一跳下车就揍我，还嚷嚷说我装了一车死尸。”

“我真说过那样的话？”艾德显得很困惑。

“那当然。”大块头冷冷地说。

一个带着法裔加拿大人柔和口音的声音问道：“没事吧，伙计们？没人受伤吧？……天哪，拉尔夫！是你吗？”

停在路肩旁的卡车车身一侧喷绘着“德里干洗店”的字样，拉尔夫认出司机是老海角的瓦尚兄弟之一，大概是年龄最小的特里格。

“是我。”拉尔夫说。不知为什么——他此时完全按本能行事——他走到特里格身旁，搂住他的肩膀，带着他朝干洗店卡车的方向走去。

“他们没事吧？”

“没事，没事。”拉尔夫说。

他回头望了一眼，看到艾德和大块头正站在皮卡车旁，脑袋凑在一起商谈。又一阵冷雨落了下来，像无数不耐烦的手指敲击着蓝色油布。“两辆车稍稍亲吻了一下，他们正在解决这个问题。”

“太好了，太好了，”特里格·瓦尚满意地说，“拉尔夫，你那漂亮的小娇妻怎么样了？”

拉尔夫心一惊，突然感觉就像有人到了吃午饭时才想起来自己离家上班时忘记把炉子关了。“天哪！”他看了看表，希望是五点十五分，最多是五点半。但他看到的却是六点十分，他二十分钟前就应该给卡洛琳带回去一碗汤和半块三明治。她肯定会担心的。真的，雷鸣电闪，空荡荡的屋里只有她一个人，她肯定害怕极了。万一下雨，她会无法关窗，因为她现在手无缚鸡之力。

“拉尔夫？”特里格说，“你怎么啦？”

“没什么，”他说，“只是我散步后忘记了时间，然后就发生了这起车祸……特里格，你能捎我回家吗？我可以付钱。”

“付什么鬼钱呀，”特里格说，“我正好顺路。上车吧，拉尔夫。那两个家伙没事吧？不会打起来吧？”

“不会，”拉尔夫说，“我看不会。你等我一下。”

“好的。”

拉尔夫走到艾德身旁。“你们怎么样了？谈妥了吗？”

“谈妥了，”艾德说，“我们准备私了。为什么不呢？只是破了点玻璃而已。”

他现在已经完全恢复了过来，穿白衬衣的大块头几乎带着一丝尊重望着他。拉尔夫依然为刚才发生的一切感到困惑不安，但他决定不再过问。他很喜欢艾德·迪普努，但他这年七月需要操心的不是艾德，而是卡洛琳——卡洛琳，还有深夜开始在卧室墙壁中以及她体内滴答作响的东西。

“太好了，”他对艾德说，“我要回家了。我最近要给卡洛琳做晚饭，今天已经晚了点。”

他转身要走，但大块头伸出大手拦住了他。“我叫约翰·坦迪。”

他握住对方的大手。“我叫拉尔夫·罗伯茨，很高兴认识你。”

坦迪笑了笑。“我刚才真有点怀疑……但我确实很高兴有你在场。我当时以为我和他会干上一架的。”

我也是，拉尔夫心想，但是没有说出来。他望着艾德，疑惑不解地看着艾德身上的T恤衫——艾德身材消瘦，很少穿T恤衫——还有上面绣着红色汉字的丝巾。目光相遇时，他也不太喜欢艾德的眼神，也许艾德还没有完全回过神来。

“你真的没事？”拉尔夫问他。他想走，想回到卡洛琳身旁，可他又有点犹豫。他始终有一种感觉，觉得这件事不太对劲。

“没事。”艾德飞快地说道，然后冲他咧嘴一笑，但他的眼神中没有笑意。他的双眼在仔细观察着拉尔夫，仿佛在问拉尔夫究竟看到了多少……

（*嗨，嗨，苏珊·戴*）

事后又会记住多少。

3

特里格·瓦尚的卡车里散发着刚刚清洗、熨烫过的衣服的气味，不知为什么，这种气味总让拉尔夫想起刚出炉的面包。车上没有副驾驶座位，拉尔夫只好站在里面，一只手紧握门把手，另一只手牢牢抓着硬塑料洗衣篮的边缘。

“伙计，你不觉得那里的事有点怪吗？”特里格瞥了一眼车外后视镜说。

“你什么都不知道。”拉尔夫说。

“我认识开日本车的那个家伙，叫迪普努，老婆挺漂亮的，有时候也会送衣服来店里清洗。他平常还是不错的一个人。”

“他今天是有点不对劲。”拉尔夫说。

“屁股被臭虫咬了，对吗？”

“恐怕是屁股上有一大群蚂蚁。”

特里格哈哈大笑，使劲拍打着陈旧的黑色塑料大方向盘。“什么破蚂蚁群！太棒了，太棒了！我一定要记住这个！”特里格掏出一块桌布般大小的手帕，擦了擦流泪的眼睛。“我觉得迪普努先生好像是从机场地勤人员大门出来的。”

“没错。”

“你得有通行证才能进出那道门，”特里格说，“迪普努先生怎么搞到通行证的？”

拉尔夫想了想，然后皱起眉头，摇摇头。“我不知道。我从来没有想到会有这种事。我下次见到他时问问他看。”

“你好好问问，”特里格说，“还要问问他那群蚂蚁怎么样了。”他说完后又放声大笑起来，同时再次动用了那条夸张的手帕。

他们驶离延长路，进入哈里斯大道后，暴风雨终于开始了。没有冰雹，只有如夏季洪水般倾泻的雨水，起初很大，特里格只好放慢车速，慢慢蜗行。“哇！”他说话的声音充满了敬意。“这让我想起了一九八五年那场大暴雨，市区有一半都淹了！你记得吗，拉尔夫？”

“记得，”拉尔夫说，“只希望不再发生那样的事。”

“不会的，”特里格咧嘴一笑，目光穿过不断左右摇摆的雨刮器，“排水系统全都修好了。棒极了！”

车外是冰冷的雨水，车内是温暖的环境，挡风玻璃的下半截起了雾。拉尔夫想都没想，就伸出一根手指，在上面写了一个字：

神

“那是什么？”特里格问。

“我也不知道，好像是个汉字，对吗？艾德·迪普努系着的丝巾上有这个字。”

“我觉得有点眼熟，”特里格说着又瞥了一眼，然后他鼻子哼了一声，手一挥，“你听我说，好吗？我唯一会说的中文是蘑菇盖饭！”

拉尔夫笑了，但同时又觉得没有什么值得那么开心的。是卡洛琳。他现在想起了她，就无法不再去想她，无法不再去想象窗户敞开着，大雨飘进来时，窗帘如同爱德华·戈雷[①]绘制手臂一样飘舞。

“你还住在红苹果便利店对面的那栋两层楼里吗？”

“是的。”

特里格把车停在路边，车轮溅起了一大片扇形水花。大雨如注。闪电一道接着一道划过天空，雷声大作。

“你最好跟我在车里待一会儿，”特里格说，“过一两分钟雨就会停的。”

“我没事的。”拉尔夫一秒钟都不想再待在车里，哪怕给他戴上手铐也不想，“谢谢，特里格。”

“等一下！我给你一块塑料布，你可以像雨帽一样把它顶在头上！”

“不用，没关系的，谢谢。我只是……”

他似乎无法说完心中想说的话，因为此刻的他内心已经一片惊慌。他拉开卡车副驾驶一侧的车门，跳了出去，落到了深及脚踝的雨水中——冰冷的雨水正奔向排水沟。他头也不回地朝特里格挥挥手，匆匆走向他们夫妇和比尔·麦戈文同住的屋子，边走边在口袋里摸钥匙。来到门廊台阶前时，他看到自己已经不需要门钥匙了。大门虚掩着。比尔住在楼下，常常忘记锁门。拉尔夫更希望是比尔忘记了锁门，而不是卡洛琳出门找他后淋了雨。拉尔夫甚至都不愿意去想后一种可能性。

他匆匆走进暗黑的门厅，头顶突然响起的雷声吓得他畏缩了一下。他走到楼梯底部，在那里停顿了片刻，手扶着栏杆柱，听着雨水顺着湿透的衬衣和裤子滴落到硬木地板上。他开始上楼，想一路跑上去，但刚才快步走回来后已经没有了力气。他的心在胸膛内飞快地跳动着，湿漉漉的运动鞋像黏糊糊的铁锚一样拖拽着他的双脚。不知为什么，他的眼前不停地浮现出艾德·迪普努从达桑特车上下来时脑袋摇晃的样子——那僵硬、快速的点头动作让他看似一只准备交战的斗鸡。

① 爱德华·戈雷（1925—2000），美国著名封面和插图绘制大师。

第三级楼梯像往常那样嘎吱响了一下，立刻引来了楼上匆匆的脚步声。拉尔夫没有因此松一口气，因为他立刻辨认出那不是卡洛琳的脚步声。当比尔·麦戈文从栏杆上探身望着下面时，他那顶巴拿马帽子下面的脸庞非常苍白，上面写满了焦虑。拉尔夫并不感到惊讶。从延长路回来时，他一路上都感到有什么不对劲，不是吗？可在当时的情况下，那很难说是预感。他发现，当错误达到一定程度时，既无法弥补，也无法回头，情况只会变得越来越糟。他估计自己在一定程度上一直知道这一点，只是从来没有想过错误究竟会发展到什么程度。

“拉尔夫！”比尔在楼上冲他喊道，“谢天谢地！卡洛琳她……我估计是病情突然发作了。我打了 911，请他们派一辆救护车过来。”

拉尔夫发现自己还是有力气跑上最后几级楼梯的。

4

她躺在地上，身子一半在厨房里面，另一半在厨房外面，头发蒙着她的脸。在拉尔夫看来，这特别可怕。她那样子很邋遢，如果说这世界上有一样东西卡洛琳最不喜欢的话，那就是邋遢。他在她身旁跪下来，将头发从她眼睛和额头上拨开。他的手指触碰到了冰冷的皮肤，犹如他脚上湿透的运动鞋。

“我本来想把她抱到沙发上去的，可我抱不动她。”比尔紧张不安地说。他已经脱掉了头上的巴拿马草帽，正不安地把弄着帽绳。“我的腰，你知道……”

“我知道，比尔，没关系的。”拉尔夫说。他将胳膊伸到卡洛琳的身下，将她抱了起来。他觉得她一点都不重，很轻——几乎轻得像准备炸开、喷出绒毛般种子的乳草种子荚。“还好有你在这里。”

“我也差一点没在家。”比尔跟着拉尔夫走进客厅，双手仍在把弄着草帽。拉尔夫不由得想起了手里拿着诗集的老多兰斯·马斯特拉。老多兰斯当时说：*要是换了我，我绝不会再碰他。我都看不见你的手*

了。“我正要出去，就听到了砰的一声……肯定是她摔倒了……”由于暴风雨的缘故，客厅里很暗。比尔环顾四周，脸上一副又是心慌意乱又是想热心帮忙的表情，眼睛则似乎在寻找什么根本不存在的东西。突然，他眼睛一亮。“大门！”他说，“大门一定还开着！雨水会打进来的！我马上回来，拉尔夫。”

他匆匆走了出去。拉尔夫几乎没有注意到，这一天居然会像噩梦一样不真实。最可怕的是那滴答声。他可以听到墙壁里面传出的滴答声，声音大得连雷声都无法淹没。

他把卡洛琳放到沙发上，在她身旁跪下。她呼吸急促，而且很浅，呼出的空气带着恶臭。但是，拉尔夫没有把头扭过去。“坚持住，亲爱的，”他说，他抬起她的一只手——几乎像她的眉毛一样黏糊糊的——轻轻吻着，“你要坚持住。没事的，一切都会好的。”

但情况并不妙，那滴答声意味着什么都不妙。而且滴答声也不在墙壁内——从来就不在墙壁内，而是在他妻子体内。在卡洛琳身上，在他挚爱的人身上。她正离他而去。一旦失去了她，他该怎么办？

“你要坚持住，”他说，“坚持住，你听到了吗？”他再次亲吻她的手，将她的手贴着自己的脸颊。当他听到救护车的鸣笛声越来越近时，他哭了起来。

5

太阳又出来了，湿漉漉的街面雾气腾腾。救护车飞速穿过德里市区。她在救护车上苏醒了过来，起初只是在胡言乱语，弄得拉尔夫坚信她肯定中风了。接着，正当她开始清醒，说话连贯时，她再次浑身痉挛。拉尔夫和一位赶来的救护人员合力才摁住她。

那天傍晚，来三楼休息室见拉尔夫的不是里奇菲尔德大夫，而是贾马尔。这位神经科大夫善解人意，说话低声细语。他告诉拉尔夫，卡洛琳的病情已经稳定，为了安全起见，需要留下观察一晚，但明天上午就能回家。这次会有一些新药，很贵，但是很见效。

“罗伯茨先生，我们不能失去希望。”贾马尔大夫说。

“是啊，”拉尔夫说，“不能失去希望。贾马尔大夫，这种情况还会再次出现吗？”

贾马尔大夫笑了笑。他依然低声细语，而他柔和的印度口音给了拉尔夫更多的宽慰。尽管贾马尔大夫没有直截了当地告诉他卡洛琳来日不多，但是在卡洛琳与疾病搏斗的一年中，贾马尔大夫的话最接近真相。他说这些新药或许能防止她再次发作，但她的病情已经到了所有预测都得“打个问号”的地步。遗憾的是，他们虽然已经竭尽全力，肿瘤细胞仍然在扩散。

“接下来可能会出现运动功能失控问题，”贾马尔大夫柔声说，“我看到她的视力也在下降。”

“我今晚能在这里陪她吗？”拉尔夫轻声问。“有我在这里陪她的话，她会睡得好一点。”他停顿了一下，又补充道，“我也会睡得更香。”

“当然可以！”贾马尔大夫说，脸上露出了笑容，“这是个好主意！”

“是啊，”拉尔夫心情很沉重，“我也觉得是个好主意。”

6

于是，他坐在睡梦中的妻子身旁，聆听着不是来自墙壁的滴答声，心想：*用不了多久，也许今年夏天，也许今天冬天，总有那么一天，我会再回到这个房间陪她。*这不是什么推测，而是预言。他探过身，把头埋在妻子胸前的白床单上。他不想哭，但还是情不自禁地流下了眼泪。

那滴答声，响亮而又执着。

他想，*我要抓住发出那声音的东西，一脚把它踩碎，变成地上的*

碎片。上帝作证，我一定会的。

午夜刚过，他坐在椅子上睡着了。他第二天上午醒来时，气温比前几周都低，卡洛琳很清醒，说话很连贯，眼睛明亮。事实上，她看上去几乎没有一丝病容。拉尔夫把她接回了家，开始艰巨的工作——让她最后数月尽可能过得舒服一点。他隔了很久才想起艾德·迪普努，即便是在他看到海伦·迪普努的脸上有瘀伤之后，他起初依然没有想起艾德。

夏去秋来，秋天又化作了卡洛琳生命中的最后一个冬天。拉尔夫的心思越来越多地花在了报死虫上面。滴答声逐渐放缓，却越来越响。

但他没有睡眠问题。

那是后来发生的。

第一部

秃头矮医生

睡得着与睡不着的人之间有一道固定的鸿沟，这也是人类之间最大的区别之一。

——艾丽丝·默多克《修女与士兵》

第一章

1

妻子去世后约一个月，拉尔夫·罗伯茨生平第一次患上了失眠症。

一开始症状比较轻微，但渐趋严重。他的睡眠周期原先平淡无奇，但是初次失眠六个月后，拉尔夫变得痛苦不堪，对此，他难以置信，更无法接受。一九九三年夏末，他开始琢磨：如果余生都难以入眠，那将是一种怎样的体验。当然，这不会发生，他安慰自己，绝不会发生。

真不会吗？他无法确定，这就是失眠的可恶之处。迈克·汉隆推荐他到德里公共图书馆找来的关于失眠的书籍并无裨益。有些书是关于睡眠障碍的，但似乎相互矛盾。其中一部分将失眠称为一种症状，另一部分将失眠称为疾病，还有书将失眠称为编造的谎言。然而，问题远非如此。拉尔夫从这些书中得出结论：似乎没人清楚地理解睡眠是什么，没人知晓睡眠的机理和作用。

拉尔夫深知应停止这种业余研究去看医生，但他很难做到。他仍对里奇菲尔德医生心怀怨恨。毕竟当初将卡洛琳的脑瘤误诊为紧张性头痛的正是里奇菲尔德医生（但拉尔夫认为，一辈子单身的里奇菲尔德医生也许真的认为卡洛琳只不过是患上了轻微毒气症）。卡洛琳确诊后，里奇菲尔德医生一直在竭力回避着他。拉尔夫确信：如果他直截了当地向里奇菲尔德医生询问卡洛琳的病情，他一定会推脱责任，说已经把手术交给了专科医生贾马尔……听起来理直气壮，光明正大。是的。自去年七月卡洛琳第一次抽搐至今年三月去世，拉尔夫只碰到过几次里奇菲尔德医生，每次都会刻意凝视着他的眼睛。他认为自己在那双眼睛里窥到了不安和内疚。那是一个竭力试图忘掉自己把事情搞砸的人特有的眼神。拉尔夫认为，自己之所以能忍住没有对里奇菲尔德医生动手，唯一原因在于：贾马尔医生告诉他，即使能早一点确诊，对卡洛琳也无济于事，因为卡洛琳开始犯头疼的时候，脑瘤已经滋生，而且必将像充满恶意的“爱心”包裹一样，把恶性细胞送往大脑的其他部位。

四月底，贾马尔医生离开了这里，去康涅狄格州南部开设诊所，拉尔夫很想念他。拉尔夫认为本可以和他谈谈自己的失眠问题，并且相信贾马尔会采取与里奇菲尔德医生完全不同的倾听方式。

到了夏末时节，拉尔夫已经读了很多关于失眠的书籍。他了解到自己的失眠症虽不罕见，却也不及常规的“慢睡型失眠”那么普遍。不受失眠困扰的人们通常在入睡七到二十分钟后进入第一阶段睡眠，而慢睡者有时则需三小时才可入睡。睡眠正常者入睡四十五分钟后便会进入第三阶段的睡眠（拉尔夫发现一些古书籍称之为“第八睡眠”），而慢睡者通常需多花一至两小时才可进入此阶段的睡眠……有时甚至彻夜难眠。他们睡醒之后仍感到疲乏，有时依稀记得不悦和混乱的梦境，更有甚者，误以为自己彻夜未眠。

卡洛琳去世后，拉尔夫开始早醒。他的作息时间没有变：每天十一点新闻节目结束后上床睡觉，通常可以立即入睡。但与之前在六点五十五分，即闹钟设定的七点前五分钟醒来相比，他现在六点钟便醒了。一开始，他不以为意，认为这仅是轻微前列腺肿大再配上一副七十岁的肾脏造成的。但醒后他似乎并不尿急，即使上完厕所也难以再次入睡。他只好躺在和卡洛琳共枕了多年的床上，静候七点零五分（反正不超过七点十五分）起床。久而久之，他打消了再次入睡的念头。他躺在床上，修长但略微浮肿的手指交叉着搁在胸前，虎目圆睁，瞪着暗黑的天花板。有时候，他会想念身在韦斯特波特的贾马尔医生，那位轻声细语、说话带着印度口音的医生正在那里编织着他小小的美国梦。有时候，他会回忆曾经和卡洛琳共同去过的地方。他时常想起这样的场景：炎热的午后，在巴港的桑德海滩，他们身着泳装，坐在露天餐桌旁，在鲜艳大伞的荫蔽下，尽情享受美味的炒蛤蛎，开怀畅饮长颈瓶装麦芽啤酒，极目远眺帆船掠过湛蓝的海面。这发生于何时？一九六四年或一九六七年？这很重要吗？或许并不重要。

如果失眠不再恶化，那么拉尔夫改变作息时间也无伤大雅，他应该能轻易地适应这种改变并心存感激。拉尔夫整个夏季所阅读的书籍似乎证实了他听过的一种民间智慧：人的睡眠时间会随着年纪增长而减少。如果每晚损失约一小时的睡眠时间是年近七旬老汉需要付出的唯一代价，那么他欣然接受，并且认为自己足够富有。

但失眠还是恶化了。五月的第一周，拉尔夫在早上五点十五分就被鸟鸣声吵醒。虽然一开始他就质疑耳塞的用处，但他仍在一些夜晚尝试戴上耳塞。将拉尔夫吵醒的不是新回巢的鸟群，也不是哈里斯大街偶尔出现的运货车的逆火声。他向来睡着了雷都打不醒，即使年纪大了也是如此。唯一改变的是他的大脑，里面有个开关，每天都比前一天早一点打开。拉尔夫也束手无策。

到了六月，他每天凌晨四点半醒来，最迟为四点四十五分。到了七月中旬——天气虽没有一九九二年七月炎热，但也足够闷热，因此——他每天凌晨四点便会醒来。无数个夜晚，不管天热天冷，他以前都和卡洛琳一起躺在床上做爱，如今，漫漫长夜，酷热难耐，他只能躺在那张床的一角，开始思索如果有朝一日他彻夜难眠，那么生活将变得多么暗淡。白天他还能轻松面对这个问题，但他逐渐发现F. 斯科特 · 菲茨杰拉德的暗夜之灵颇有几分道理，而他最终的收获是：在凌晨四点十五分，一切似乎都会发生。一切。

那段时间，他还能不断地自我安慰，认为自己只是经历睡眠周期的调整，认为身体应对巨变的方式完全没问题，其中最大的改变是退休和妻子去世。有时他会用孤单来形容新的生活，但从不用字母 D（Depression，抑郁）开头的那个可怕的字眼。每当脑海浮现那个可怕的字眼，他便会将它遏制在潜意识的最深处。用“孤单”来形容没有问题，“抑郁”却不太合适。

拉尔夫心想：也许你需要多运动。像去年夏天那样，外出散步。毕竟，你最近的生活太过单调——起床，吃一片吐司，看书，看电视，穿过街道去红苹果便利店买一份三明治当午餐，在庭园中转一会儿，有时会去图书馆或恰巧碰到海伦和宝宝坐在门外便与她们寒暄几句，吃晚餐，偶尔在门廊和麦戈文或洛伊丝·夏瑟聊会儿天。然后呢？再看会儿书和电视，洗澡，上床睡觉。单调，无聊。难怪你每天都醒那么早。

只是，那些都是废话。他的生活听起来很单调，是的，毫无疑问。但事实并非如此，因为庭园就是最好的例证，他在庭园中所做的虽不是什么壮举，但绝不是“闲逛”。很多个下午，他在庭园中除草，直到汗渍在衬衣后背印出黑色树状图案，腋下各有一圈汗渍。每次除完草回屋时，他早已累得直不起腰来。用“惩罚”来代替“闲逛”似乎更贴切，但“惩罚”什么呢？在黎明之前醒来吗？

拉尔夫毫不知晓，也不以为意。庭园中的工作占据了大部分午后时光，但这有助于他摒弃杂念，所以即使肌肉酸痛、眼冒金星也在所不惜。七月四日之后不久，他更频繁地前往庭园，一直持续至八月。此时，早熟的农作物已收割完毕，而晚熟的农作物因雨水不足，长势不佳。

“别整天待在庭园里了。”一天夜晚，他们坐在门廊喝柠檬汁时，比尔·麦戈文叮嘱他。时下正值八月中旬，拉尔夫每天凌晨三点半便会醒来。“这有损你的健康。更糟糕的是，你看上去像个疯子。”

“也许我就是个疯子”拉尔夫立刻回答道。他的语气和眼神应该显得相当可信，因为麦戈文立马换了话题。

2

他确实又开始散步了——虽然和一九九二年的马拉松不同，但只要不下雨，他每天都会走上两英里。他每天散步的路线为：沿着名不符实的上哩丘路向下走到德里公共图书馆，然后来到“左页”二手书店和位于该书店拐角的报刊亭。

左页书店紧邻一个名为“昨日玫瑰，二手衣服”的旧货店。八月的一天，拉尔夫从这儿经过，他从废弃的豆类晚餐聚会和教堂联欢会告示中发现了一张新海报，将已经泛黄的帕特·布坎南竞选总统的宣传画遮挡了一半。

海报顶端印有两张照片，照片中的女人是一位三四十岁的金发美女。但是照片的风格——一左一右分别是一张严肃的正面照和侧面照，而且两张照片都采用了纯白色背景——让拉尔夫不安地停下了脚步。这两张照片看起来像是邮局墙壁上或是文献纪录片中杀人犯的照片……毫无疑问，海报的内容印证了这一点。

他看到照片后停下了脚步，而那女人的名字则引起了他的注意。

悬赏杀人犯
苏珊·艾德温娜·戴

这几个黑色大字赫然印在海报顶端。在嫌犯模拟头像的下方，印有红色字体：

远离我们的城市！

海报底端印有一小行字。卡洛琳去世之后，拉尔夫的近视度数又加深了——事实上，用“迅速恶化”似乎更准确——他不得不探身向前，直到眉毛贴近“昨日玫瑰，二手衣服”肮脏的橱窗，才能看清那一小行文字：

由缅因州守护生命委员会支付赏金。

拉尔夫脑海深处传来低声细语：*嘿，嘿，苏珊·戴！你今天杀了多少孩子？*

拉尔夫记得，苏珊·戴是来自纽约或华盛顿的政治活跃分子，她快言快语，常常给出租车司机、理发师和建筑工人煽风点火。为什么拉尔夫的脑海中会突然浮现那句打油诗，他自己也不知晓。这句打油诗总是和一些记忆连在一起，而这些记忆又总是难以出现。也许是因为他老化的大脑参照了那首二十世纪六十年代反越战歌曲中的句子：*嘿，嘿，林顿·约翰逊！今天你杀了多少孩子？*

*不，不是这样，*拉尔夫心想。*比较接近，但不是正确答案。而正确答案是……*

他还没有来得及想出艾德·迪普努的名字和他的面容，耳边就传来了一个声音："地球呼叫拉尔夫，地球呼叫拉尔夫，快进来，拉尔夫宝贝！"

拉尔夫被这个声音打断了思绪，他循声望去，又惊又喜地发现自己几乎站着睡着了。*天啊，只有经历失眠才知道睡眠有多重要。*随后，*他感到天旋地转。*

刚才和拉尔夫说话的是左页书店的老板汉密尔顿·达文波特。他正把崭新的夹套平装书搬到停靠在书店门前的运书车上。他叼着老式玉米棒式样的烟斗——在拉尔夫看来，它就像轮船模型中的烟囱——向炎热、明亮的空气中吐出蓝色烟雾。他的灰色老公猫温斯顿·史密斯坐在书店门口，尾巴蜷缩在爪子周围。它用黄色眼睛冷漠地瞥了一眼拉尔夫，仿佛在说，*伙计，你以为你真知道什么是老吗？我想告诉你，你根本就不知道什么是变老。*

"难以置信，拉尔夫，"达文波特说道，"我至少叫了你三次。"

"我想我刚才在发呆。"拉尔夫回答道。他越过运书车，倚靠在门口（公猫一副威风凛凛的样子，聊无兴趣，但是也没有挪窝），伸手抓起每天购买的两份报纸：《波士顿环球报》和《今日美国报》。殷勤的报童皮特每天都会送《德里新闻报》上门。拉尔夫有时候说他确信这三份报纸中有一份仅供消遣，但至今仍未挑取出来。"我最近没有……"

他的话音中断了，因为艾德·迪普努的脸庞突然闪现于脑海中。去年夏天他在机场外听艾德唱过那首肮脏的小曲儿，难怪他一时没能想起来。因为在他看来，最不可能唱那首歌的就是艾德·迪普努。

"拉尔夫？"达文波特说道，"你还没回答完呢。"拉尔夫眨了眨眼睛，说道："哦，不好意思。我想说的是近期我的睡眠质量不太好。"

"这确实烦人……但生活中还有更糟心的事。可以在入睡前半小时喝杯热牛奶，听听轻音乐。"

这个夏天，拉尔夫发现每个美国人都有偏爱的失眠疗法，这些有助于睡眠的神奇方法像家庭《圣经》一样代代相传。

"巴赫的音乐很好听，还有贝多芬的，威廉·阿克曼的音乐也不错。但关键是……"达文波特特意伸出手指以示强调，"在这半个小时中，*不要从椅子上起身*。不要做任何事。别接电话，别逗狗，别设置闹钟，不要刷牙……*总之，什么都别做*！之后，当你开始睡觉时……砰！你会立马睡着！"

"如果坐在最喜欢的、最舒适的椅子上突然要上厕所怎么办呢？"拉尔夫问道，"等你到了我这把年纪，突然想上厕所是很常见的。"

"那就尿在裤子上呗。"达文波特不假思索地回答，然后忍不住捧腹大笑。拉尔夫面露微笑，却感觉自己笑得很勉强。他现在已经无法再像以前那样幽默地看待失眠问题了。"尿在*裤子*上！"汉密尔顿咯咯地笑着。他拍了拍运书车，反复地摇头。

拉尔夫恰好低头瞧见了那只猫。公猫温和地回望着他，那双镇定的黄色眼睛仿佛在说：*是的，没错，他是个傻瓜，但他是我的傻瓜*。

"不错，哈？我是汉密尔顿·达文波特，快速回答之王。尿在……"他哈哈大笑，摇了摇头，接过拉尔夫递过来的两美元。他将钞票放入红色短围裙口袋，随手掏出一些零钱。"没错吧？"

"没错。谢啦。汉姆。"

"啊哈。不开玩笑了，试试音乐吧，非常有用。音乐能够舒缓脑波，还有其他用途。"

"我会的。"他可能真会试一试，因为他已经试过拉帕波特太太的柠檬和热水疗法，听取了肖娜·麦克卢尔关于如何放空大脑的建议，即放缓呼吸，将注意力集中在*凉爽*这个词上（肖娜·麦克卢尔在说这个词时，声音拖得很长，读成了*凉——爽*）。宝贵的睡眠时间在持续缓慢减少，如果你想解决这个问题，任何民间疗法都值得一试。

拉尔夫转身准备离开，但又转回身来。“隔壁门店的海报是怎么回事呀？”

汉姆·达文波特皱了皱鼻子。“你说的是丹·道尔顿的店子吗？我是尽可能地视而不见，因为倒胃口。他又在橱窗上贴了什么恶心的东西吗？”

“我猜那张海报是新贴的，因为它不像其他海报那样泛黄而且上面没有明显的灰尘。看上去像一张悬赏海报，上面只有苏珊·戴的照片。”

“苏珊·戴的照——狗崽子！”他向隔壁店子投去了阴沉、严肃的目光。

“苏珊·戴是谁，全国妇女组织的主席吗？还是？”

“‘姐妹们手挽手’组织的前主席以及联合创始人，《母亲的影子》和《山谷百合》的作者。《山谷百合》研究了受虐妇女问题，探讨了大多数受虐妇女不愿揭发施暴者的原因。她凭此书荣获了普利策奖。苏珊·戴是当前美国最具政治影响力的三四位女性之一。她擅长写作和思考。隔壁那个蠢货知道我的收银机旁放了一份苏珊·戴的请愿书。”

“什么请愿书？”

“我们想邀请她来演讲，”达文波特说道，“你知道的，去年圣诞节一群人权倡导者试图火烧‘妇女关怀’，没错吧？”

拉尔夫小心翼翼地将思绪拉回到一九九二年底的记忆黑洞，他说道：“没错，我记得当时警察在医院的长期停车场逮捕了一个携带汽油的家伙，但具体情况我不太了解……”

“那个家伙叫查理·皮科林。他是人权倡导组织‘每日灵粮’的成员。这些组织成员不断在医院游行示威。”达文波特说道，“查理·皮科林肯定受了他们指使——我敢保证。虽然他们今年不会携带汽油，但肯定会企图前往市议会，改变分区规划规定，打压‘妇女关怀’的权利，直到将其消灭。他们说不定真会成功。拉尔夫，你知道的——德里市绝不是自由主义的热土。”

“的确如此。”拉尔夫苦笑道，“德里市向来不是自由主义的热土。‘妇女关怀’是人流工厂，对吗？”

达文波特不耐烦地看了他一眼，将头转向“二手玫瑰”店铺方向。“只有像他那样的白痴才会这样称呼。”他说道：“只有他们喜欢用工厂而非诊所。他们对‘妇女关怀’其他业务熟视无睹。”在拉尔夫看来，达文波特好似周日下午电影广告中兜售连裤袜的电视播音员。“‘妇女关怀’也涉及家庭咨询业务，处理配偶和孩子遭家暴的问题，在纽波特镇附近设立了被家暴的妇女避难所，在医院附近的城镇建筑中设有强暴危机处理中心，为遭到强暴和家暴的妇女开通了二十四小时服务热线。总而言之，他们为教训道尔顿之类的万宝路渣男①倾尽了全力。”

“但他们确实提供人流服务啊。”拉尔夫说道，“这是引发示威游行的关键所在，对吗？”

拉尔夫依稀记得，“妇女关怀”所在的那栋砖结构建筑低矮且不显眼，但它的前面确实有过举着标语牌的示威者。在拉尔夫看来，这些示威者脸色太苍白、太紧张、过于瘦弱或肥胖，而且总确信上帝会站在他们这边。他们举着的标语牌上通常写有下列字样：**未出生的婴儿也有人权**；**生命，多么美好的选择**；以及那句老掉牙的：**人流就是谋杀**。“妇女关怀”就在德里之家医院附近，但是与后者毫无关系。拉尔夫记得，那些去“妇女关怀”诊所看病的妇女通常被人嗤之以鼻。

“是的，他们提供人流服务。”汉姆说道，“你认为这有什么不妥吗？”

拉尔夫想到自己多年来一直想和卡洛琳要个孩子，不禁耸了耸肩——他们的夙愿落空，只有几次假孕警报，外加一次怀孕五个月流产的经历。瞬间，他感到天气很热，双腿疲惫不堪。一想到归途——尤其是上哩丘那段路——他不禁感到任务艰巨。“天哪，我不知道。”他说道，“我只是希望大家不要如此尖刻。”

---

① “Marlboro”其实是“Man Always Remember Love Because of Romantic Occasion”的缩写。万宝路烟最初用马车夫、潜水员、农夫等作为广告的男主角，最后集中到西部牛仔这个形象上：一个目光深沉、皮肤粗糙、浑身散发着豪气的男子汉，在广告中袖管高高卷起，露出多毛的手臂，手指间总是夹着一支袅袅冒烟的万宝路香烟。

达文波特哼了一声，径直走到隔壁店子的橱窗前，凝视着伪造的悬赏海报。正当他望着那张海报时，一位身材高挑、面色苍白、蓄着山羊胡的男人——在拉尔夫看来，这是与万宝路广告中的硬汉正好相反的形象——从昏暗的“二手玫瑰”店内走过来，就像衣角发霉的搞怪歌舞杂耍演员。他看到达文波特正盯着海报，嘴角露出一丝冷笑。拉尔夫认为这笑容会让人打掉他的几颗牙，打歪他的鼻子，尤其在今天这样燥热的日子里。

达文波特指向海报，猛地摇头。

道尔顿笑得更夸张了。他朝达文波特挥了挥双手——仿佛在说：*谁会在意你的想法啊？*——然后回到了昏暗的店内。

达文波特回到拉尔夫跟前，他面红耳赤。“字典中*阴茎*这个词的旁边应该配用那个家伙的照片。”达文波特说道。

我想他恰好对你也有同感吧，拉尔夫心想，不过当然没有说出来。

达文波特站在满载着平装书的运书车前，双手插在红色围裙的口袋里，打量着

（*嘿嘿*）

苏珊·戴的海报。

“嗯，”拉尔夫说道，“我想我应该……”

达文波特缓过神来。“别走嘛。”他说道，“先帮我签下请愿书，可以吗？为我的早晨添点色彩。”

拉尔夫不自在地挪动双脚。“我通常不参与对抗性的活动，例如……”

“签一下吧，拉尔夫。”达文波特用一种“理智一点吧”的语气说道，“我们不是在谋划对抗性活动，我们在商议如何阻止操纵‘每日灵粮’的那些混蛋，还有道尔顿这种政治上的白痴，阻止他们关停一家真正有用的妇女守护中心。我又不是让你为海豚化武试验背书。”

“确实不是。”拉尔夫说道，“我想不是。”

“我们希望在九月一日将五千份签名请愿书送给苏珊·戴。也许用处不大——因为德里市是个小地方，而且她的日程可能已经排到下

个世纪了——但试试也无妨。”

拉尔夫想告诉汉姆，他唯一渴望签署的是请求盗走了他睡眠时间的睡神每晚还他三个小时左右的优质休息时间。但他瞅了汉姆一眼，欲言又止。

卡洛琳可能会签署这该死的请愿书，他想，因为她既不支持人流，也对那些喝醉酒回家把妻子和孩子误认为足球的男人没有好感。

完全正确，但这不是她签请愿书的主要原因。她会签名的，因为她想碰碰运气，或许有机会能近距离聆听苏珊·戴这种货真价实的煽动者本人的演讲。她会签名的，因为她最明显的性格特征就是与生俱来的好奇心——这种好奇心强烈到连脑瘤都对其束手无策。拉尔夫在她的床头柜上放了一本平装小说，里面夹了一张电影票，算是书签。去世前两天，她还抽出了那张电影票，因为她很好奇拉尔夫看了什么电影。电影名叫《义海雄风》。他又是意外又是不安地发现这段回忆让他非常难受，时至今日仍旧如此。

“好的。”他对汉姆说道，“我乐意签名。”

“好极了！”达文波特拍着拉尔夫的肩膀大声说道，紧蹙的面庞终于喜笑颜开。但拉尔夫认为达文波特的这种变化并不能说明他心情变好了，因为那种笑容比较僵硬，缺乏魅力。“请进我的贼窝吧！”

拉尔夫跟着他走进充满烟味的店子，当时正值上午九点半，而店子并不像传说中的贼窝。温斯顿·史密斯在前面欢快地奔跑，只停了一次，用黄色的老眼睛瞄了他们一眼，仿佛在说：*他是一个傻瓜，你也是一个傻瓜*。在此情形下，拉尔夫感到无法驳斥。他把报纸夹在腋下，趴在收银机旁的柜台上，在那份邀请苏珊·戴来德里市为“妇女关怀”作辩护演讲的请愿书上签名字。

3

沿着上哩丘路一路向上，拉尔夫并没有觉得有想象中那么累。在穿过维奇汉姆街和杰克逊街的X型交叉路口时，他心想：其实没那么困难……

他突然感到耳朵嗡嗡作响，双腿打颤。他在维奇汉姆街停下脚步，一手捂着胸口。他能感受到衬衫下的心脏怦怦直跳，异常猛烈，令人感到可怕。他听到一阵沙沙声，看到一张广告传单从《波士顿环球报》中滑出，随风飘动，落入排水沟。他准备俯身将之拾起，又突然停住。

这不是一个好主意，拉尔夫——如果你俯身去捡，很有可能会跌入水沟。我建议你还是把它留给清洁工来处理吧。

“是的，说得有道理。”他喃喃说道，然后挺直了身板。他的眼前突然冒出一些黑点，宛如一群来自另一个世界的黑乌鸦。有那么一瞬间，拉尔夫觉得自己无论做什么，最终肯定会跌倒在那张广告传单上。

“拉尔夫？你没事吧？”

他小心翼翼地抬起头，看到是洛伊丝·夏瑟。洛伊丝住在哈里斯大道的另一端，距离拉尔夫和比尔·麦戈文同住的房子只有半个街区。洛伊丝坐在斯特拉福德公园外面的长凳上，可能是在等运河街公共汽车去市区。

“没事儿。”他边说边移动双腿。他感到双腿像灌了铅，但还是勉强走到长凳旁。但他在洛伊丝身旁坐下之后还是忍不住喘息。

洛伊丝·夏瑟有着一双乌黑明亮的大眼睛——在拉尔夫孩提时代，这种眼睛被称为西班牙眼眸——他想：高中时代，洛伊丝这美丽的双眸一定让很多男生魂牵梦萦。时至今日，这美丽的眼睛仍是洛伊丝五官中最好看的部分。但拉尔夫无暇欣赏，因为他在眼神中看到了忧虑。是什么呢？他脑中闪现的第一个想法是：友好得令人有些不安，但他不确定这个想法是否正确。

“那就好。”洛伊丝随声应道。

“那还用问？”他从后兜掏出手帕，在确认手帕是干净的之后擦了擦额头的汗水。

“拉尔夫，我希望我说的你别往心里去，你的脸色不太好。”

拉尔夫对此确实比较介意，但他不知如何回应。

“你脸色苍白，大汗淋漓，而且还乱扔垃圾。”

拉尔夫惊愕地望着她。

“你的报纸中滑落了一张纸。我想应该是广告传单吧。”

“是吗？”

“你应该很清楚啊。稍等片刻。”

她起身穿过人行道，弯下身（拉尔夫注意到：虽然洛伊丝臀部很宽厚，但对于年满六十八岁的她而言，双腿仍十分修长）捡起了传单。她拿着传单回到长凳坐下。

“来，给。”她说道，“替你把垃圾捡回来了。”

他忍不住笑了。“谢啦。”

“不客气。你可以把麦斯威尔咖啡的优惠券给我，还有自助汉堡以及健怡可乐的优惠券。夏瑟去世后，我长胖了。”

“你不胖啊，洛伊丝。”

“谢谢你，拉尔夫，你真绅士，不过别转移话题。刚才你头晕，对吗？说实在的，你差一点晕过去。”

“我只是有点喘不过气来。”他生硬地回道，然后转头去看公园内一群在玩棒球的孩子。他们玩得很激烈，嬉笑打闹。拉尔夫非常羡慕他们良好的呼吸系统。

“喘不过气来是吗？”

“是的。”

“只是停下来喘口气。”

“洛伊丝，你说话越来越不着调了。”

“呃，我这不着调的也有话要说，这么热的天，你竟然走上哩丘路，简直是疯了。如果你想散步，为什么不像过去那样去哈里斯大道的延长路段呢？那儿地势平坦啊。”

“因为那条路会让我想起卡洛琳。”他说道，他也不喜欢自己僵硬甚至粗鲁的说话方式，但无法控制。

“呀，瞧我说的。”她说道，碰了一下他的手。

“对不起。”

“没事儿。”

“不，事大着呢。我早该想到的。但你刚才的脸色也不太好。你已不是二十岁的小伙子啦，拉尔夫。也不是四十岁的中年人。我不是说你体格不好——任何人都知道你的体格相对于你的年龄而言已经非常好了——但你应该更好地照顾自己。卡洛琳肯定也希望你能够照顾自己。”

“我明白。”他说道，“但我真的……”

好吧，他想结束话题，然后将目光从自己的双手转移到洛伊丝乌黑明亮的大眼睛上。那眼神让他无法立即结束话题。她眼神中透露出疲惫的悲伤，或是孤寂？也许两者都有。不管怎么说，拉尔夫看到的都不止这些，他还看到了自己。

你这个傻瓜，那双凝视着他的眼睛仿佛在说，也许我们都太傻。你是年过七旬的鳏夫，拉尔夫。我是六十八岁的遗孀。我们还有多少个夜晚能够在比尔·麦戈文这位挚友的陪伴下，在你的门廊上乘凉聊天？不多了，因为我们都不年轻了。

“拉尔夫？”洛伊丝关切地问道，“你还好吗？”

“挺好的。”他说道，低头望着自己的双手，“我很好，没事儿。”

“你的脸色看起来像……呃，我不知道。”

拉尔夫心想：可能是因为天气炎热，再加上刚刚走过上哩丘路，因此脑子有点糊涂。因为坐在他身边的可是洛伊丝，毕竟她也是麦戈文时常挂在嘴边的“傻大姐洛伊丝”啊（说话时还讽刺地将左眉轻轻上挑）。好吧，就算她身材仍保持姣好——双腿修长，双峰饱满，双眼炯炯有神——也许他不介意和她上床，也许她也不介意。但之后呢？如果她发现他正在看的书中夹着电影票，会不会好奇地把电影票拿出来，想知道他看过什么电影？然后感觉自己根本就不懂他？

拉尔夫认为应该不会。洛伊丝的眼睛炯炯有神，而他发现，当他们仨人在凉爽的傍晚坐在门廊上享受凉茶时，他的目光不止一次游离至洛伊丝的V形领口。但他知道即使年过七旬，一个小杂念也会让自己惹上大麻烦。不能仗着年老就胡作非为。

他站立起来，知道洛伊丝在看他，于是他努力挺直身板。“谢谢你的关心。”他说，“要不要陪我这个老伙计在这条街上逛逛？”

“谢谢你的邀请，但我打算去市区。缝纫用品店进了一批玫瑰色的纱线，我正想着要织一条披肩呢。我继续在这儿等车，欣赏我的优惠券。”

拉尔夫露齿而笑，“那好吧”。他瞥了一眼棒球场上的孩子们，看到染了满头红色头发的男孩从三垒冲出，不顾前后地冲向本垒……小男孩砰的一声撞上捕手的护具。拉尔夫不禁眉头紧锁，想象救护车车灯闪烁、警笛长鸣的情景。可是那个红发男孩却兴奋地跳了起来。

“你们丢分了，笨小子！”他大叫道。

“去你的！”捕手愤愤地说，但立刻跟着大笑起来。

“有没有想过重回他们那个年纪，拉尔夫？”洛伊丝问道。

他思索了片刻。“有时候会想。”他说道，“当小孩太辛苦了。今晚过来坐坐吧，洛伊丝——和我们叙叙旧。”

“我可能会去。”她回答道。拉尔夫沿着哈里斯大道往前走，他感觉洛伊丝那双炯炯有神的眼睛正盯着他的背，于是他努力挺直腰杆。他认为应该有用，但这样非常辛苦。他从没这么累过。

第二章

1

拉尔夫和洛伊丝在公园长凳上聊完天后不到一小时，便电话联系医院，预约里奇菲尔德医生看病。声音甜美、迷人的接线员告诉拉尔夫，可以帮他预约下周二上午十点，不知道他有没有空。拉尔夫表示这个时间点完全可以，随后便挂断了电话，走进起居室，坐在俯瞰哈里斯大道的窗口，想起里奇菲尔德医生一开始用泰勒诺和教导各种放松方法的小册子来治疗卡洛琳的脑瘤。接着，他又想起卡洛琳的病情经由电脑断层扫描和核磁共振造影术确认之后，里奇菲尔德医生内疚与不安的眼神。

街对面，一群即将开学的孩子手拿糖果和碎冰饮品，争相走出红苹果便利店。拉尔夫看到他们骑上单车，顶着中午的烈日，疾驰而去。他不禁想起过去每当里奇菲尔德医生的眼神浮现于脑海时他的一贯做法：把那当成一段错误的记忆。

老兄，其实你就是想看里奇菲尔德医生惴惴不安的表情啊……甚至，你想看他感到内疚啊。

也许是吧，卡尔·里奇菲尔德医生是个好人，是个厉害的医生，但半小时后拉尔夫还是拨通了里奇菲尔德医生诊所的电话。他告诉声音迷人的接线员，他刚查了日程表发现下周二上午十点不方便。他忘记已经预约了足科医生。

“我的记忆力大不如前了。”拉尔夫对她说。

接线员建议他预约下周四下午两点。

拉尔夫说会给她回电话便挂断了。

骗子，骗子，有人在说谎，他边挂电话边想着。然后缓慢地走向

高背椅，弯身坐下。你放弃那个医生了，对吗？

是的。里奇菲尔德医生并不会因此睡不着觉。在他看来，拉尔夫只不过是一个检查前列腺时会对着他放屁的老家伙。

好吧，那你打算怎么治疗失眠症呢，拉尔夫？

“睡觉前静坐半个小时，听古典音乐。”他大声说道，“购买一些纸尿裤，以备不时之需。”

他想到这样的场景不禁大笑。笑声歇斯底里，他不喜欢这样的笑声——事实上，这笑声令人毛骨悚然——但他还是忍不住。

然而，他可能会试试汉密尔顿·达文波特的建议（但不会购买纸尿裤），毕竟已经尝试了朋友们提供的很多偏方。此刻他想起大家好心提供的第一个偏方，又忍不住咧嘴一笑。

那是麦戈文的主意。一天傍晚，拉尔夫从“红苹果”购买面条和意面酱回来时，碰到麦戈文坐在门廊中。麦戈文看了一眼拉尔夫，这位住在他楼上的邻居，发出不满的啧啧声，忧愁地摇了摇头。

“你这是啥意思啊？”拉尔夫问道，随后在麦戈文身旁坐下。街道不远处，一位身着牛仔裤和宽大白T恤的小女孩在暮色中一边跳绳一边唱歌。

“瞧你骨瘦如柴、有气无力的样子。”麦戈文说道。他用拇指将头上的巴拿马草帽向后推了推，仔细地打量拉尔夫。“还失眠吗？”

“是的。”拉尔夫答道。

麦戈文沉默了片刻。再次开口时，语气变得像是宣布启示录般的决断。“解决方案是威士忌。”他说道。

“你说什么？”

“治疗失眠，拉尔夫。我不是说你要用威士忌泡澡——这没必要。在半杯威士忌里加入一汤匙蜂蜜，搅拌均匀，睡觉前十五至二十分钟喝下去即可。”

“管用吗？”拉尔夫满怀期待地问道。

“我只能说对我管用。我四十岁时遇到了严重的睡眠问题。现在回想起来，我认为那是中年危机——当时我失眠了半年，为头顶秃斑抑郁了一整年。”

虽然拉尔夫读过的书都认为酒对睡眠的疗效被夸大了——事实上，酒只会影响睡眠——但拉尔夫还是试了这个方法。他从不爱喝酒，因此一开始他把麦戈文建议的半杯减少为四分之一杯。但一周后并不见效果，于是他换成一杯……两杯。某天凌晨，他在四点二十分醒来，感觉头有点痛，满嘴都是令人作呕的波本威士忌的味道。他意识到自己正经历着十五年来的首次宿醉。

“人生苦短，失眠不值得担忧。”他在空空荡荡的公寓中大声说道，伟大的威士忌试验就此终结。

2

好吧，拉尔夫心想，此时正值上午十点左右，他看着街对面红苹果便利店进进出出、断断续续的顾客。

现在的情况是：*麦戈文说你脸色不好，今天早上你差点在洛伊丝·夏瑟脚下晕倒，刚刚你又取消了和专属老年家庭医生的预约。接下来怎么办呢？顺其自然吗？听天由命，顺其自然？*

这想法有种东方的魔力——宿命、因缘等——不过仅靠魔力恐怕无法让他熬过漫长的清晨。书中说世界上有很多人，每天的睡眠时间不过三四个小时却活得很好。有些人甚至只睡两个小时。这些人虽然不多，但*的确*存在，但不包括拉尔夫·罗伯茨。

外貌对他而言已然不太重要——他认为自己风流倜傥的日子早已一去不复返——但感觉很重要。现在的问题在于他不是感觉不好，而是感觉非常糟糕。失眠已经开始影响生活的各个层面，就像五楼的炒大蒜味最终会蔓延到整个公寓一般。事物变得黯然无光，世界变得索然无味，就像报纸中的黑白照片一样模糊不清。

很多简单的抉择——例如是要把冷冻的食物加热当晚餐，还是到红苹果便利店买一份三明治，然后去机场 3 号跑道旁的野餐区——都变得异常困难，甚至令他苦恼。过去几周，他经常发现自己两手空空地从戴夫音像店回来，不是因为店中没有他想看的，而是太多了——他无法决定是选《肮脏的哈里》，还是选比利·克里斯特尔的喜剧片，抑或是《星际迷航》。多次无功而返后，他昏沉沉地瘫坐在高背椅上，大概是因为挫败和恐惧吧，他想，他号啕大哭。

失眠不仅让拉尔夫知觉逐渐麻木，抉择能力不断减弱，短期记忆也不断衰弱。拉尔夫的最后一份工作是担任一家印刷厂的簿记员兼总账主管，退休之后，他每周都看一两次电影。他经常和卡洛琳一起享受外出的时光，直至去年她病情加重。卡洛琳去世后，拉尔夫几乎总是独自去看电影，海伦·迪普努陪他去过一两次，艾德则留在家里照看孩子（艾德从来不去看电影，他说电影让他头疼）。拉尔夫经常给影院打电话确认影片放映时间，因此影院的电话号码他早已熟记于心。然而，随着夏天的到来，他发现自己必须经常翻阅电话簿查阅影院号码——他不确定最后四位数是 1317 还是 1713。

“是 1713。”此刻他说道，“我记得。”但真的记得吗？确实记得吗？

去给里奇菲尔德医生回个电话，拉尔夫——别再为这些琐事烦心。做些有意义的事。如果真的受不了里奇菲尔德医生，那就给其他医生打电话。电话簿上有很多医生的电话号码。

也许没错，但七十岁了还在电话簿上找新的医生，未免有点老了。但他也不愿给里奇菲尔德回电话。暂且这样吧。

好吧，那接下来呢，你这个固执的老古板？再试一些偏方吗？最好别试了，因为再这样下去你恐怕不久后就要吃蝶螈眼和蟾蜍舌了。

解决方案犹如夏日凉风袭来……而且非常简单。他整个夏季阅读的书籍都在阐述失眠的机理却没有提供解决方案。说到解决方案，他多半依赖邻居们提供的偏方，例如威士忌和蜂蜜。虽然书上说这些方法不管用或只管一时之用，但他还是尝试了。诚然，书中也提供了一些可能奏效的方法，但拉尔夫只尝试过最简单的那种：晚上早点睡。但这方法并未奏效——他虽早睡，但直到十一点半或更晚才能睡着，第二天早上甚至醒得更早——其他的方法可能会奏效吧。

无论如何，值得一试。

3

下午，拉尔夫不再像往常那样在后院瞎忙活。他径直来到图书馆，浏览之前看过的书。很多书认为若早睡不管用，晚睡可能管用。回家途中，拉尔夫的心中充满了期待和希望（汲取了上次教训，这次他乘车回家）。也许晚睡会奏效。再不济还可以听巴赫、贝多芬和威廉·阿克曼的音乐入睡。

书中将这种方法称作“延时睡眠”，他第一次尝试时的经历非常有趣。他像往常一样醒来（起居室壁炉架上的数字时钟显示时间为凌晨三点四十五分），浑身酸痛。一时间他不明白自己怎么会躺在靠窗的高背椅上，电视还没关，没有任何节目，只有雪花点和轻柔的嘶嘶声。

他窝起手掌，托着后脑勺，缓慢地把头往后仰，这才想起发生了什么。他原本打算坐到凌晨三四点，然后一觉睡到天明。总之这是原先的计划。可是《杰·雷诺今夜秀》刚开场不久，作为哈里斯大道神奇失眠者的他，就像那些想熬夜看这个节目的孩子那样睡着了。当然，这次尝试以拉尔夫在高背椅上醒来而告终。正如侦探乔·弗莱迪所言：问题一样，只是地点不同。

拉尔夫还是满怀希望准备上床睡觉，但睡意全无。躺了一小时后，他又回到高背椅上，用枕头垫着僵硬的颈部，露出无奈的笑容。

4

第二天晚上的再次尝试就没那么有趣了。睡意一如既往在十一点二十分袭来——此时皮特·切尔尼正在播报天气预报。这次拉尔夫忍住没睡，并看完了乌碧的访谈节目（虽然他差点在乌碧采访当晚嘉宾罗丝安妮·阿诺德安妮的时候睡着了）和之后的午夜电影。这是一部奥迪·墨菲的老影片，电影中奥迪几乎徒手赢得了太平洋上的战争。拉尔夫经常认为地方电视台似乎有种不成文的规定：只能在午夜播放奥迪·墨菲或詹姆斯·布洛林的电影。

最后一个日本碉堡被炸毁后，第二频道也停止了当天的节目。拉尔夫调换频道想再看一部电影，但其他频道的节目也停了。他心想：若装了有线电视便可像楼下的比尔和街道另一头的洛伊丝那样整晚观看电影了。他记得当初已经把安装有线电视提上了新年计划，只是后来卡洛琳去世了，有线电视——有没有家庭影院——似乎变得无关紧要。

他找到一本《体育画报》，缓慢阅读一篇之前漏掉的关于女子网球的文章。他不时地抬头注视时钟，此时已是凌晨三点了。他几乎相信这方法有效。他的眼皮很沉重，像沾了混凝土一般。虽然他一字一句地阅读这篇关于女子网球的文章，但不解其中之义。文章中的句子如宇宙射线般划过他的大脑，不留一丝痕迹。

今晚我可以睡着——我相信可以。这是近几个月以来我首次没有在黎明前醒来。这远不止一个好字可言，朋友们，邻居们，简直是太好了。

然而，凌晨三点刚过，这令人欣喜的倦意便消失了。倦意并不像香槟软木塞砰的一声飞走，而是悄无声息地离去，像沙子从细筛中滑过，像水流从半堵着的排水管中流过。拉尔夫发现倦意离去之后，没有感到恐慌，而是极其沮丧。这让他尝到了什么叫失望，他在三点十五分步履蹒跚地走进卧室，他从未感到如此沮丧，感觉快要窒息了。

“上帝，求您了，让我打个盹儿就行了。”他一边关灯一边喃喃自语。他知道这个祷告不会应验。

果然没有应验。到三点四十五分，他已有二十四小时未合眼了，但仍无睡意。他很累，是的——从未如此之累——可是他发现“疲”和“倦”却有着天壤之别。睡眠这位公正的朋友，自古以来都是人类最友好、最可靠的护士，如今却已弃他而去了。

到了四点，拉尔夫对床恨之入骨，就像以前每次发现它无用一样。他起身将双脚放在地板上，挠了挠从敞着的睡衣衣襟露出的近乎花白的胸毛。他踏着拖鞋又步履蹒跚地回到起居室，一屁股坐到高背椅上，俯视哈里斯大道。街道就像舞台，此刻映入眼帘的唯一演员不是人，而是一条流浪狗，它在哈里斯大道上举步维艰地朝斯特拉福德公园和上哩丘路方向走去。它尽力抬高右后腿，靠另外三条腿一瘸一拐地前行。

“嗨，罗莎莉。”拉尔夫喃喃地打着招呼，同时用手擦拭着眼睛。

这是周四早晨，恰逢哈里斯大道的垃圾清理日，因此拉尔夫毫不意外地看到了罗莎莉。它是一条流浪狗，近一年多来经常在街区游荡。它悠闲地在街道上逛着，用跳蚤市场老顾客般敏锐的辨别力探寻着一排排、一堆堆垃圾桶。

此刻，罗莎莉——今天早上它跛得很厉害，看上去和拉尔夫一样疲劳——发现了一大块看似牛骨头的东西，叼在嘴里快步离开了。拉尔夫目送它走远，然后静静地坐着，双手交叉放在膝盖上，凝视着宁静的街区。通亮的橘色路灯让人感觉哈里斯大道犹如一个夜间演出散场、演员离去后的孤零零的舞台。由近及远，这些路灯犹如逐渐缩小的透视图中的聚光灯，令人感到虚幻和迷离。

拉尔夫·罗伯茨坐在近期陪伴他消磨清晨时光的高背椅上，静候阳光和人类活动为眼下毫无生气的世界增添光彩。

最终，第一位演员——报童皮特——骑着罗利牌单车登上了舞台。他骑着单车沿着街道前行，从斜挎在肩上的袋中抽出报纸，并将它们准确地投递到各个门廊。

拉尔夫看了一会儿，长叹了一声，声音仿佛来自地下室，然后起身去泡茶。

“我记得从来没有在我的《星座运程》栏中读到过这种东西呀。”他茫然地说道，然后打开厨房的水龙头，用水壶接水。

5

漫长的周四早晨和更加漫长的周四下午让拉尔夫·罗伯茨学会了一条有益的教训：不要一直错误地以为自己每天至少可以睡六七个小时，就忽视了三四个小时的睡眠。同时也可以当它是预言：如果当前的境况得不到改善，类似今天的情况以后可能会经常出现，甚至一直出现。他分别在上午十点和下午一点进了一次卧室，希望能打个盹儿——哪怕是小睡一会儿，睡上半个小时——但他睡意全无。他累得筋疲力尽却毫无睡意。

到了下午三点左右，他想喝一杯立顿汤。于是他重新给烧水壶加水，加热至沸腾。他打开厨房操作台上方的碗柜，那儿放着调味品、香料以及只有宇航员和老人才会食用的袋装食品——这些食品呈粉末状，只要加入热水即可食用。

他将瓶瓶罐罐随意推开，望着碗柜内部，似乎期待盛汤盒能自动出现在刚挪出的空位上。盛汤盒并未自动出现，于是他面带困惑（这已成为他的一贯表情，只是还未察觉）地凝视了碗柜，然后重复之前的动作，这次是将瓶瓶罐罐移回原位。

当水壶的提示器开始鸣叫，他把它移到后面的炉口上，继续凝视着碗柜。他开始明白——极其缓慢——一定是在昨天或前天喝完了最后一杯立顿汤，而他自己也记不清了。

“意外吗？”他朝敞开的碗柜中的瓶瓶罐罐问道，“我累得连自己姓甚名谁都不记得。”

不，我记得，他心想，我是莱昂·雷德伯恩，没错！

这并不好笑，但他嘴角仍挂着一丝浅笑。他走进浴室，洗漱后下楼。*我是奥迪·墨菲，正深入敌营寻找补给，他心想，首要目标：一盒立顿鸡肉米饭和一杯汤。如果无法发现并锁定目标，就转向次要目标：牛肉面。我知道本次任务充满危险，但……*

“但我最擅长独自行动。”他走出门廊，停止想象。

珀赖因老太太刚好路过，她瞅了拉尔夫一眼但没说话。他等她沿着人行道走过去——当天下午他无暇聊天，尤其是和珀赖因老太太。她已年过八旬，但仍然精力旺盛，足以在帕里斯岛的海军陆战队中谋到一份刺激且能发挥作用的工作。他假装欣赏挂在门廊屋檐上的吊兰，直至她走远。他穿过哈里斯大道来到红苹果便利店。当天的麻烦才真正开始。

6

他走进便利店，仔细琢磨失败的延时睡眠实验。他怀疑书中提及的这个实验会不会只是邻居们急于推荐给他的偏方的升级版。这个想法让他感到不悦，但他觉得内心（或是内心深处实际控制失眠的力量）给他传来了一个令他更为不快的信息：*你有一扇睡眠之窗，拉尔夫。它比之前要小，而且越来越小。但你也该满足了，因为小窗总比无窗好。现在你明白了吗？*

“明白了。”拉尔夫默默答道，穿过中央通道走向陈列着鲜红色盒装立顿汤的货架，“我非常明白。”

下午当值的女店员苏愉快地笑着说：“你银行里肯定有很多存款吧，拉尔夫。”

“你说啥？”拉尔夫没转身，他正在挑选红色的盒装立顿汤。这儿有洋葱……豌豆……牛肉面……可鸡肉米饭在哪儿啊？

“我妈常说喜欢自言自语的人都……*我的天哪！*”

苏说的是有关自言自语者看到上帝的话题，拉尔夫认为这对于他那疲惫不堪的大脑而言有些复杂。苏突然放声尖叫，拉尔夫当时正蹲着查看货架底部的盒装汤。苏的尖叫声吓得他立刻弹跳起来，膝盖撞到了货架。他朝商店门口望去，肘部打翻了放置在货架顶端的六盒红色盒装汤。

“苏？怎么了？”

苏没有理他。她紧握的双手贴着嘴唇，褐色的大眼睛望着店门外。“天哪，看，流了好多血！”她哽咽地大叫道。

拉尔夫向门口走去，其间又打翻了几盒立顿汤。他透过红苹果便利店脏兮兮的橱窗向外望去，窗外的景象让他倒吸一口凉气。他花了几秒钟——五秒——才意识到眼前这位朝红苹果蹒跚而来被打得遍体鳞伤的女人是海伦·迪普努。他一直都认为海伦是城西最美的女人。但今天完全不能用美来形容她。她一只眼睛肿得睁不开，左边太阳穴有一道很深的伤口，恐怕不久就会被新的肿块遮住。鼻血不住地往下滴，浮肿的嘴唇和脸颊满是血迹。她穿过红苹果的小停车场，像喝醉了酒一样跌跌撞撞地朝门口走来。另一只未受伤的眼睛似乎什么都看不见，只是无神地盯着前方。

比她的模样更可怕的是她对待娜塔莉的方式。她把因惊吓过度而号啕大哭的小娜塔莉随意地挂在臀部一侧，就像十几或二十年前读高中时携带课本那样。

“天哪，那孩子会摔倒在地上的！”苏大叫道。虽然她比拉尔夫离店门要近十来步，却没有采取任何措施——只是站在原地，双手捂着嘴，睁大眼睛张望着。

拉尔夫瞬间感到不累了。他跑出货架通道，夺门而出。就在海伦的臀部撞上冰柜那一刻，他及时抓住了她的肩膀——幸好绑着娜塔莉的那部分没有被撞到——然后将她拉到别的方向。

“海伦！”他呼喊道，“天哪，海伦，你怎么了？”

“呃？”她问道，声音干巴巴的，很怪异，与往日那个偶尔陪他一起看电影，为梅尔·吉布森而悲叹的年轻女人的声音完全不同。她用未受伤的眼睛注视着他，而他在她的眼睛里看到了相同的无神与怪异。她的眼神似乎表明她不知道自己是谁，更不知道在哪儿，不知道发生了什么、什么时候发生的。“呃？拉尔夫？怎么了？”

婴儿滑了下去。拉尔夫赶紧放开海伦，抓住娜塔莉的衣服肩带。娜塔莉大声尖叫，挥舞着双手，用深蓝的大眼睛盯着他。拉尔夫在肩带滑落之前用另一只手从娜塔莉的双腿之间接住了她。有那么一瞬间，哭叫的婴儿像平衡木上的体操运动员一样跨坐在他手上。拉尔夫透过她的衣服，感受到了湿胀的纸尿裤。他用另一只手托着她的背，将她抱在胸前。虽然他已经把娜塔莉安全地抱在怀中，但他心跳加速，眼前不停地浮现出各种画面：孩子从他的手中滑落，她那长着细发的头部在散落烟蒂的人行道上撞出可怕的裂缝。

“怎么了，拉尔夫？”海伦问道。她看到拉尔夫抱着娜塔莉，眼神少了几分呆滞。她向孩子伸出双手，而娜塔莉也跟着举起胖乎乎的双手。这时，海伦突然一个趔趄，撞到了墙壁，向后退了一步。她两脚拌在了一起（拉尔夫看见她的白色小运动鞋上有血滴。令人惊异的是一切突然变明亮了，世界也变得丰富多彩，至少暂时如此），如果苏没有瞄准时机跑出来，海伦就跌倒了。她没有摔倒在地，而是撞在了敞开的店门上。她紧倚着店门，就像醉汉倚着路灯柱。

“拉尔夫？”此时她的眼睛比之前有神，拉尔夫从中不仅读出了怪异，更读出了怀疑。她深吸了一口气，努力用肿胀的双唇挤出能让人听懂的话语。“把孩……把孩……还……我。把娜莉……还我。”

“现在不能给你，海伦。”拉尔夫说道，“你还没站稳。”

苏在门的另一侧，扶着门板，以防海伦摔倒。她脸颊灰白，眼中噙满泪水。

“快过来。”拉尔夫向苏说道，“把海伦扶起来。”

“过不来！”苏呜咽道，“她全身是血！”

“拜托了，先别管血！她是海伦！是这条街上的海伦·迪普努！”

虽然苏本该知道她是海伦，但直到听到她名字才恍然大悟。海伦再次向后趔趄时，苏绕过店门跑了过来，搂住她的肩膀，紧紧抱住了她。海伦的脸上仍然布满了怀疑和惊讶。拉尔夫不忍心看她，因为这让他感到胃部不适。

“拉尔夫？怎么了？发生意外了吗？”

他转头看到比尔·麦戈文站在停车场边缘。比尔身穿整洁的蓝衬衫，袖子上还留有熨烫的痕迹。他举起修长精致的手遮挡阳光。他显得很陌生，像是衣不蔽体。但拉尔夫无暇顾及原因，因为发生的事太多了。

"没有发生意外。"他答道，"她被打了。来，抱着孩子。"

拉尔夫将娜塔莉递给麦戈文，麦戈文退缩了一下，然后接过孩子。娜塔莉立即号啕大哭。麦戈文犹如接过了一只满满当当的飞机上的呕吐袋，他伸直手臂将她双脚悬空地举着。他身后聚集了一小群人，主要是穿着棒球服的孩子。他们刚在街角的球场参加完下午的棒球比赛准备回家。他们贪婪地看着海伦肿胀和布满血迹的脸庞，让人深感不快。眼前的情景让拉尔夫想起了《圣经》中诺亚醉酒的故事——一天，诺亚喝醉了，赤身裸体倒在帐篷里，儿子西姆和雅弗没有看父亲裸露的身体，而另一个儿子可汗却看了……

他轻轻地接替苏，用手臂搂住海伦。她回头看着他。这次她更清楚明确地叫出了他的名字。拉尔夫从海伦模糊的声音中听出了感激，他不禁想哭。

"苏——快去抱孩子。比尔不懂怎么抱孩子。"

她照做了，轻柔巧妙地将娜塔莉抱在怀里。麦戈文感激涕零。此时拉尔夫突然意识到他哪里怪了。麦戈文没戴巴拿马草帽，这顶帽子和他鼻梁上的那个皮脂肿囊一样，已成为了他身体中的一部分（至少夏季如此）。

"嘿，先生，发生了什么事？"其中一个打棒球的孩子问道。

"不关你的事。"拉尔夫说道。

"她看上去好像和里迪克·鲍①大战了几个回合。"

"不对，是和泰森②。"另一个孩子说道。不可思议的是，这引起了一阵哄笑。

"滚开！"拉尔夫突然怒不可遏地叫道，"去叫卖你的报纸！把自己的事情管好！"

他们向后退了几步，但没人离开。他们看到有人流血，而且不是通过电视画面。

"海伦，你走得动吗？"

---

① 里迪克·鲍（1967— ），美国拳击冠军。

② 迈克·泰森（1966— ），美国拳击冠军。

“应……”她说道，“应该……可以。”

他小心翼翼地将她搀扶进红苹果。她像一个老态龙钟的妇人，步履蹒跚地挪动。汗水和肾上腺素经由毛孔蒸发，形成了一股酸臭味。拉尔夫再次感到胃部一阵翻滚，不是因为这味道，不完全是。而是因为他无法将眼前的海伦与昨天那个在花坛中边工作边和他聊天的和蔼、性感的女人联系起来。

拉尔夫突然又想起了另一件事。昨天海伦身穿蓝色短裤，裤脚很短。他发现她腿上有几处淤青——左腿上方有一大块黄斑，右腿有一块比较新的深色斑点。

他扶着海伦来到收银机后面的小办公区。他抬头瞥了一眼安装在角落的防盗凸透镜，看到麦戈文拉开门，让苏进去。

“把门锁上吧。”他回头说道。

“可是拉尔夫，我不该……”

“几分钟就好。”拉尔夫说道，“拜托了。”

“那好吧。”

凌乱的办公桌后面有一张塑料休闲椅，拉尔夫扶着海伦坐了下去，同时听到背后传来转动门闩的声音。他拿起电话打 911。但电话还未接通，海伦便伸出满是血迹的手，按下了灰色挂断键。

“别……拉尔夫。”她吃力地吞咽口水，又尝试说话，“别打。”

“不。”拉尔夫说，“我要报警。”

现在他从那只没有受伤的眼睛中读出了忧虑，而不再是迟钝。

“别。”她说道，“求你了，拉尔夫。别打。”她看着他，再次伸出手。她满是伤痕的脸上露出卑微、恳求的神情，拉尔夫不禁惊慌地退缩了。

“拉尔夫？”苏问道，“她想要孩子。”

“我知道，给她吧。”

苏把娜塔莉递给海伦，拉尔夫看了孩子一眼——应该一岁多了——她双手搂着母亲的脖子，脸贴着母亲的肩膀。海伦亲吻了娜塔莉的头部。虽然这个动作让她感到疼痛，但她还是一遍遍地亲吻孩子。拉尔夫低头看着海伦，清楚地看见血渍像污物般堆积在她颈部的皱痕中。见此情景，他不由得火冒三丈。

“是艾德，没错吧？”他问道。准没错——如果你被一个不相干的人打成这样，就不会阻止我拨打 911 报警了——但他还是要确认下。

“是的。”她轻声说道，对着小女儿纤细的头发说出这个秘密，“是的，是艾德。但你不能报警。”她抬起头，那只没有受伤的眼中充满了恐惧和痛苦，“请别报警，拉尔夫。我不想看到娜塔莉的爸爸因……而锒铛入狱。”

海伦放声大哭。娜塔莉吃惊地看着她，然后也跟着哭了起来。

7

“拉尔夫？”麦戈文迟疑地问道，“需要我为她买些泰勒诺或其他药物吗？”

“最好别买。”他说道，“我们不清楚她的状况，不知道她伤得多重。”他将视线移至商店橱窗，不愿看窗外的景象，但还是看到了：很多渴望看热闹的脸庞一字排开，直到视野被装啤酒的冰箱挡住，有些人将双手放在脸上遮挡玻璃反光。

“我们应该怎么办，伙计们？”苏问道。她望着窗外看热闹的人群，紧张不安地扯着红苹果员工制服的褶边。“如果公司发现我在营业时间锁住店门，我会被开除的。”

海伦拉着他的手，“求你了，拉尔夫。”她重复道，不过她肿胀嘴中说出的是“求……拉夫”。

“别给任何人打电话。”

拉尔夫迟疑地看着她。他一生中见过很多被打得鼻青脸肿的女人，有些（老实说，虽然不多）甚至比海伦更严重，但似乎都没她惨。在他形成价值观和道德观的那个年代，人们常说清官难断家务事。无论是丈夫挥拳还是妻子动嘴，外人都无法干涉他们的私事——

即使本意是好的——干涉多了，朋友也会变成敌人。

但拉尔夫又想起她挟着娜塔莉蹒跚地经过停车场的情景：她把娜塔莉像课本似的绑在臀部。如果孩子在停车场或哈里斯大道滑落了，她或许根本就发觉不了。拉尔夫心想应该是本能促使海伦第一时间带孩子出门，因为她不想把孩子留给那个痛打她的男人照顾。她只能用一只眼睛看路，说话也模糊不清。

他还想起了别的事，今年卡洛琳刚去世那会儿的事。卡洛琳去世后，他深感悲痛，这让他很吃惊——毕竟他早就料到这一天迟早会来。他过去认为卡洛琳去世他不会感到悲痛，因为他在照顾她的期间已经将悲痛消磨殆尽了——悲痛让他在为卡洛琳处理后事时显得笨手笨脚，效率低下。他联系了布鲁金斯-史密斯殡仪馆，但是向德里《新闻报》要讣告表并将之填好的人是海伦；陪他一起挑选棺材的人是海伦（麦戈文害怕死亡和相关琐事，因此不见踪影）；帮他挑选棺盖花饰——上面写着*爱妻*——的人是海伦；葬礼后举办小型宴席，把从弗兰克餐饮服务店买来的三明治和从红苹果便利店买来的饮料和啤酒分发给大伙的人还是海伦。

若不是海伦，拉尔夫无法独自完成上述任务。难道现在他不该回报她，即使海伦感受不到他的善意？

“比尔？”他问道，“你认为呢？”

麦戈文看了拉尔夫一眼，又看了看低垂着受伤的脸坐在红色塑制椅子上的海伦，又回头看着拉尔夫。他取出一条手帕，紧张地擦拭嘴唇。“我不知道。我很喜欢海伦，很想主持公道——你了解的——但碰到这茬事……谁又知道怎样才算公道呢？”

拉尔夫突然想起来，每当他开始推脱，不想做杂务、苦差或出门跑腿时，卡洛琳都会和他说的一句话：*极乐园早已远去，亲爱的，不要为小事而大动干戈*。

他又拿起电话，海伦立刻抓住他的手腕，但这一次他将海伦的手推开了。

“已为您接通德里市警察局的电话。”语音提示称，“紧急事件请按一，出警服务请按二，咨询请按三。”

拉尔夫突然意识到这三种服务他都需要，但迟疑片刻后他按了二。电话嗡嗡作响，随即传来了女性的声音："这里是警察局，请问需要什么服务？"

他深吸一口气说道："我是拉尔夫·罗伯茨。我正在哈里斯大道的红苹果便利店，和街道上方的邻居在一起，她叫海伦·迪普努。她被打伤了。"他轻抚海伦的脸庞，她将额头倚着拉尔夫。他能够透过她的衬衫感受到她滚烫的皮肤。"请你们尽快出警。"

拉尔夫挂断电话，蹲在海伦身旁。娜塔莉看到拉尔夫之后立刻开心地尖叫，她伸手友好地捏拉尔夫的鼻子。拉尔夫笑着吻了她可爱的小手，然后看着海伦的脸庞。

"对不起，海伦。"他说道，"我不得不报警。我只能这样做。你懂吗？我不得不这样做。"

"我完全不懂！"她说道。她的鼻血已经止住了，但她用手去擦拭时，还是疼得脸部一阵抽搐。

"海伦，他为什么这么做？艾德为什么要毒打你？"他回想起其他瘀伤——或者说瘀伤图案吧。如果真有图案，他也是直到此时才发现，因为卡洛琳的离世以及接踵而来的失眠。但无论如何，他知道这绝非艾德第一次对妻子下手。可能今天下手较重，但绝不是首次。他可以理解清官难断家务事这句话的道理，但他仍无法想象艾德动手的样子。他可以想象艾德的笑容，炯炯有神的双眼，说话时手舞足蹈的样子……但他无论如何也想象不到艾德会动手将妻子打得眼冒金星。

接着拉尔夫脑海中浮现了一段记忆：艾德步伐坚定地走向那位开着蓝色皮卡车的男人——记得是辆福特牌皮卡车——然后伸手扇了那位身材魁梧的男人一巴掌。想起这段往事犹如打开了老广播剧《费伯·麦基和莫莉》中费伯·麦基的橱柜——结果发现里面冒出来的不是大量垃圾，而是一系列在去年七月那天形成的生动图像。机场上空的积乱云。艾德将手臂从达特桑牌汽车的车窗中伸出来，上下摇动，似乎这样就能让道闸快速打开。他的围巾上印有中文。

嘿，嘿，苏珊·戴苏珊·戴，你今天杀了多少小孩？拉尔夫心想，不过他听到的是艾德的声音。海伦不用开口，拉尔夫便知道她想说什么。

“真蠢。”她没精打采地说，“他打我是因为我签了一份请愿书——仅此而已。市区到处都是发请愿书的人。前天我去超市购物，有个人拉着我让我签，他说是为了拯救‘妇女关怀’，我听起来感觉还不错，加上当时孩子哭闹，所以我就……”

“你就签了。”拉尔夫轻声补充道。

她点了点头，又开始啜泣。

“什么请愿书？”麦戈文问道。

“邀请苏珊·戴来德里市演讲。”拉尔夫答道，“她是一位女权主义者……”

“我知道苏珊·戴是谁。”麦戈文迫不及待地说。

“不管怎样，有很多人希望邀请她来演讲，替‘妇女关怀’请愿。”

“艾德今天回家时心情还不错。”海伦说道，眼中噙满泪水，“他几乎每周四心情都很好，因为只要上半天班。他说下午看书，但实际上只是看来来回回的洒水车……你知道他……”

“我知道。”拉尔夫说道，想起艾德把手伸进那位彪形大汉的桶中以及他那狡黠的笑容。

（等着看好戏吧）

“是的，我知道他是什么样的人。”

“我让他出去买些婴儿食品……”她提高音量，变得焦躁和恐慌，“我不知道他生气……否则无论如何我也不会在那份请愿书上签名，老实说……我至今仍不知道他为何生气……但……但他回来时……”她双手紧抱娜塔莉，浑身颤抖。

“海伦，别紧张，没事的。”

“不，现在有事了！”她抬头仰望拉尔夫，眼泪像断了线的珠子从肿胀的眼皮底下渗出，“现在有事了！他这次为什么不停手？我和孩子怎么办？我们该去哪儿？我的钱都在共同银行账户中……我没有工作……啊，拉尔夫，你为什么要报警？你不该这么做的！”她用软绵绵的拳头敲打着他的手臂。

“你不必担心。”他说道，“毕竟街坊邻居有很多都是你朋友。”

他的声音很小，甚至自己都听不到，也几乎感觉不到她的捶打。因为他怒火中烧，心跳加速。

她刚说的不是为什么他不收手？而是为什么他这次不收手？

这一次。

“海伦，艾德现在人在哪儿？”

“应该在家里。”她木讷地说道。

拉尔夫拍拍她的肩膀，然后扭头走向店门口。

“拉尔夫？”比尔·麦戈文警觉地说，“你去哪儿？”

“我出去后把门锁上。”拉尔夫向苏说道。

“呀，我不知道能否做到。”苏迟疑地看着肮脏的橱窗外聚集的人群。围观者比之前更多了。

“你可以的。”他说道，然后侧头听见逐渐靠近的警笛声，“听到没？”

“听到了，但……”

“警察会告诉你怎么做，你老板也不会对你发脾气——说不定他还会因为你妥善地处理这件事给你颁发奖章呢。”

“如果他颁发奖章，我分一半给你。”她说着回头看海伦，脸上恢复了一些血色，“天呀，拉尔夫，你看看她！难道艾德真的仅仅因为她签了莫名其妙的请愿书就殴打她吗？”

“我想是吧。”拉尔夫说道。刚才与海伦的交谈让他明白了事情的缘由，但依然有些不合情理。他似乎已经怒不可遏了。他希望重回四十或五十岁，这样就可以将艾德暴揍一顿，以其人之道还治其人之身。他认为他也有可能会动手。

他正转动门闩，麦戈文走近抓住他的肩膀。“你知道你在做什么吗？”

“去找艾德。”

“你在开玩笑吗？你去找他，他会把你杀了。没看到他对海伦做了什么吗？”

“看到了。”拉尔夫答道。他的回答算不上怒吼，但足以让麦戈文松手。

“你都七十岁了，我想你是老糊涂了吧。海伦现在需要朋友的陪伴，而不是和她一样被殴打进医院的老病友。”

比尔说得完全正确，但对拉尔夫而言无异于火上浇油。他认为这与失眠也有关，失眠燃起了他的怒火，损坏了他的辨识能力。但这都无关紧要。某种程度上愤怒是一种慰藉，因为愤怒总比苟活在暗淡的世界中要好。

“如果他暴打我，医生会给我开杜冷丁止痛药，这样我就可以睡个安稳觉了。”他说道，“让我去吧，比尔。”

他箭步穿过红苹果的停车场。一辆闪着蓝色警灯的警车疾驰而来。问题——*发生了什么？她还好吗？*——扑面而来，但拉尔夫不予理睬。他在人行道上停下脚步，等待警车驶入停车场。接着，又箭步穿过哈里斯大道，麦戈文焦急地跟在他身后，但保持着合理距离。

第三章

1

艾德和海伦·迪普努住的是科德角式样的小房子——巧克力色的外墙，乳白色的装饰。老太太们通常把这种房子称为“达令”——与拉尔夫和比尔·麦戈文同住的公寓只隔了四户人家。卡洛琳以前戏称迪普努夫妇属于“近代雅皮士教会”信徒，但她和他们十分交好，因此这些话并无恶意。迪普努夫妇是自由素食者，也能接受鱼类和乳制品。他们还为克林顿的竞选助力。此刻停在私家车道的汽车——不是达特桑牌汽车，而是新款小型多功能厢式车——保险杠上贴有贴纸，上面写有**劈木造能，拒绝核能**和**珍爱动物，拒绝皮毛贩卖**。

迪普努夫妇几乎珍藏了他们在二十世纪六十年代购买的所有唱片——卡洛琳认为这是他们最可爱的特点之一——此时，拉尔夫紧握拳头走近他们的房子，他听到格瑞斯·斯里克正唱着一首来自旧金山的老歌：

一粒药片让你变大，
一粒药片让你变小，
老妈给你的药片毫无用处，
去询问爱丽丝怎么长成十英尺高。

音乐是从挂在狭小门廊上的手提音响中传来的。草坪上转动的喷水器嘶嘶作响，喷出的水雾在空中投下彩虹，在人行道上形成光亮的斑点。艾德·迪普努光着膀子，跷着二郎腿，坐在水泥路左侧的草坪躺椅上。他抬头仰望天空，一脸茫然，仿佛在思考头顶飘过的云到底是像马还是像独角兽。他的一只光脚随音乐上下打着节拍，一本书打开后翻过来盖在他的膝盖上，与手提音响播放的汤姆·罗宾斯的《蓝调女牛仔》相得益彰。

一篇完美的夏日散文，一幅可能会被诺曼·洛克威尔取材入画并命名为《午后时光》的恬静小镇景象。但美中不足的是艾德指关节上的血迹和圆形约翰·列农式眼镜左镜片上的水滴。

“拉尔夫，求你了，千万别和他发生冲突！”拉尔夫离开人行道，抄近路通过草坪时，麦戈文大叫。拉尔夫穿过喷水器喷出的冰冷水雾，似乎对此毫无感觉。

艾德扭头看到拉尔夫，会心一笑。“嘿，拉尔夫！”他喊道，“很高兴见到你，老兄！”

拉尔夫脑海中浮现以下场景：他冲向艾德，掀翻他的座椅并将他推翻在草坪上。艾德吃惊得瞪大了双眼。这场景太逼真了，他仿佛看到艾德挣扎起身时表盘反射的光线。

“快来坐下，来瓶啤酒。”艾德说道，“如果你想下棋……”

“啤酒？下棋？老天啊，艾德，你怎么了？”

艾德没有立刻回答，只是用一种让人又惊又怒的表情看着拉尔夫，其中包含惊讶和羞愧。那表情类似于做丈夫的正要说：*哎呀！糟了，亲爱的——我又忘扔垃圾了吗？*

拉尔夫用手指着山丘下方，越过麦戈文所在的方向。麦戈文正站在——如果有地方隐藏他早就隐藏了——被洒水器喷湿的人行道旁，紧张不安地看着他们。第二辆警车很快到达，拉尔夫隐约听到嘈杂的无线电通话声从敞开的车窗中传来。围观者越来越多。

“警察是为海伦而来！”他说道，他告诉自己别吼叫，毕竟吼叫不起任何作用，但没忍住，“警察来是因为你殴打妻子，懂了吗？”

“噢，”艾德说道，感伤地擦拭着脸颊，“*原来是这样*。”

“没错，*是这样*。”拉尔夫说道，他气得目瞪口呆。

艾德看着他背后的警车以及红苹果周围的人群……然后看到麦戈文。

“比尔！”艾德喊道。麦戈文畏缩了一下。艾德要么没有看到，要么在假装没有看到。“嘿，老兄！来坐会儿！喝啤酒吗？”

拉尔夫准备动手打艾德，打碎他那愚蠢的圆眼镜，让玻璃碎片散落到他眼中。没有什么可以阻止拉尔夫动手，但最后一刻出现的声音让他收手了。这似乎是最近经常在他脑中响起的卡洛琳的声音——他没有自言自语时能够听到——但这不是卡洛琳的声音，而是特里格·瓦尚的声音，虽然不太可能，但的确是他的声音。卡洛琳第一次发病那天，特里格·瓦尚帮助拉尔夫避过了暴风雨，打那以后拉尔夫只见过他一两次。

嘿，拉尔夫！小心点！他狡猾得像只狐狸！说不定他巴不得你打他呢！

是的，他心想。也许艾德巴不得拉尔夫打他。为什么？谁知道呢？也许希望把事情闹大，也许只是因为他疯了。

“好吧，”他轻声说道。他很庆幸艾德立刻转向他，让他更开心的是艾德脸上的喜悦变成了警惕。拉尔夫心想，这是危险动物蓄势待发的表情。

拉尔夫蹲下身，以便能正眼看着艾德。“是因为苏珊·戴吗？”他轻声问道，“因为苏珊·戴和人流业务？和婴儿尸体有关吗？这是你痛打海伦的原因吗？”

拉尔夫脑中还有另一个疑问——*你到底是谁，艾德？*——但他还没来得及问，艾德便伸手抓住他的胸口，用力推搡。拉尔夫跌倒在潮湿的草地上，撞到了肘部和肩部。

他躺在草地上，双脚着地，膝盖曲起，看到艾德突然从草坪躺椅上一跃而起。

“拉尔夫，别和他打起来！”麦戈文站在人行道旁一个相对安全的位置喊道。

拉尔夫没有理他，仍旧躺在原地，用肘部支撑身体并提防艾德。他仍然又气又怕，但很快被另一种奇怪的、令人不寒而栗的感觉所占据。他看到的是疯狂——真真切切的疯狂。不是漫画书中的超级大坏蛋，不是《惊魂记》中的诺曼·贝茨，也不是《白鲸》中的亚哈船长，而是在海岸旁的霍金实验室工作的艾德·迪普努——常在哈里斯大道延长路段野餐区下棋的老人口中的书呆子，但对于民主党人而言，他还是个不错的家伙。但现在这个家伙发疯了，而且不是今天下午发现他妻子的名字出现在商店社区公告板的请愿书上之后才疯的。

拉尔夫明白艾德早在一年前便有过疯狂举动。他不禁开始怀疑海伦愉快的举止和灿烂的笑容背后究竟藏了多少秘密，究竟有多少微小和无奈的求救信号——除了淤青——被他忽略了。

随后他想起了娜塔莉。她看到了什么？经历了什么？除此之外，她还被步履蹒跚、鲜血直流的母亲绑在臀部穿过哈里斯大道和红苹果便利店停车场。

拉尔夫的手臂上起了鸡皮疙瘩。

与此同时，艾德开始踱步，在水泥路上来回走动，践踏海伦在水泥路两侧种植的百日草。他又变成了拉尔夫去年在机场附近遇到的那个伸长了脑袋、眼神呆滞的艾德。

他当时的行为是为了掩饰自己的疯狂，拉尔夫心想。艾德现在看起来和当初对待皮卡车司机时一样，像一只极力捍卫领地的公鸡。

“诚然，这不能全怪她。”艾德穿过喷水器喷出的水雾，拿右拳敲击左掌，迅速说道。拉尔夫发现艾德身上的肋骨清晰可见，他看起来好像很久没好好吃一顿了。

“不过，人一旦蠢到一定程度，就会变得难以相处吧。”艾德继续说道，“她就像东方三博士，竟跑去跟希律王打探消息。我的意思是她得有多愚蠢。他们向希律王问道：‘日后将成为犹太人之王的婴儿在哪？’简直太蠢了！对吗，拉尔夫？”

拉尔夫点点头。没错，艾德。你说得都对，艾德。

艾德也点点头，继续在水雾和幽灵般交错的彩虹中来回走动，用拳头敲击着手掌。“就像滚石乐队唱的那首歌——‘瞧那女孩，瞧那女孩，瞧那愚蠢的女孩’。你应该不记得这首歌了吧？”艾德笑着说，时断时续的笑声让拉尔夫想起了在破碎玻璃中跳动的老鼠。

麦戈文蹲在拉尔夫身旁。“我们走吧。”麦戈文小声说道。拉尔夫摇摇头。当艾德转身朝他们走来时，麦戈文迅速起身，跑回人行道旁。

"她认为她可以瞒过你，对吗？"拉尔夫问道。他仍躺在草坪上，用肘部支撑着身体。"她认为你不会发现她签了请愿书。"

艾德越过小径，来到拉尔夫身边弯下腰，像无声电影中的坏蛋那样在拉尔夫脑袋的上方晃动着紧握的双拳。"不，不，不！"他大叫道。

"杰弗逊飞机"乐队的歌曲换成了"动物"乐队的歌曲。主唱歌手埃里克·伯顿唐正大声唱着约翰·李·胡克的老歌：嘣！嘣！嘣！嘣！马上击打你。麦戈文发出一声尖叫，以为艾德要攻击拉尔夫。但艾德只是弯腰用左手按压草地，犹如一位短跑选手在等待发令枪响。艾德脸上布满水珠，拉尔夫一开始以为那是汗珠，后来才想起那是艾德刚刚在水雾中来回踱步的结果。拉尔夫盯着艾德左边镜片上的血迹。它已经弥散开来，看起来就像艾德的左眼瞳孔正在充血。

"发现她在请愿书上签名完全是天意！仅是天意的安排！难道你没发现吗？别侮辱我的智商，拉尔夫！也许你年纪大了，但没老糊涂。讽刺的是，我下楼去超市买婴儿食物，恰巧看到她与弑婴者一起签的请愿书！由血色之王带领的百夫长！你知道吗？我……刚好……看到……红色！"

"血色之王，艾德？他是谁？"

"噢，拜托。"艾德狡黠地笑了，"还有希律王，当他发现被骗后，愤怒至极，于是他向智者询问耶稣诞生时间，下令对伯利恒及周边海岸所有两岁以下的儿童格杀勿论，这是《圣经》中的故事，拉尔夫。《马太福音》的第二章第十六节。你对此有疑问吗？你敢怀疑《圣经》里的故事吗？"

"没有，既然你这么说，我就相信了。"

艾德点点头，左顾右盼，绿眼睛深邃而惊异。接着，他缓慢地朝拉尔夫俯下身子，两手分别撑在拉尔夫的双肩上，俨然一副要亲吻他的样子。拉尔夫闻到汗味，还有几乎快淡去的修脸润肤露的味道，还有其他——类似酸奶的味道。他想：也许是艾德疯狂的味道。

救护车沿着哈里斯大道驶来，闪着警灯，但未拉响警报。它开进了红苹果停车场。

“你最好，”艾德贴近他的脸说道，“你最好相信。”

艾德不再左顾右盼，而是和拉尔夫四目相对。

“他们一批批地屠杀胎儿，”他低声说道，语气不稳，“他们将胎儿从母亲子宫内剖出，用卡车满载着运到城外，通常用平板卡车。拉尔夫，你扪心自问：每周你在路上能看到多少辆大型平板卡车？那种车体后面挂着防水布的平板卡车？你想过这些车上装的是什么吗？你是否想过防水布下装的是什么？”

艾德露齿一笑，翻动着眼球。

“大部分胎儿被送至纽波特焚烧处理，虽然标牌上写着垃圾填埋场，实则是火葬场。不过还有一些胎儿被卡车和轻型飞机送往国外，因为胚胎组织价格很高。拉尔夫，我不仅以普通公民的身份，还以霍金实验室工作人员的身份告诉你上述事实。胚胎组织……比黄金……还值钱。”

艾德突然扭头，盯着为偷听艾德说话而靠近的比尔·麦戈文。

“是的，比黄金还值钱，比红宝石还珍贵！”他尖声大叫。麦戈文急忙后退，惊慌地瞪大了眼睛。**“你懂吗，你这老家伙？”**

“是的。”麦戈文说道，“我想……我想我懂。”他匆匆瞥了一眼街道，看见一辆警车正从红苹果停车场倒车出来，朝他们这个方向驶来。“我好像在哪儿读到过。也许是在《科学美国人》杂志上。”

“《科学美国人》！”艾德轻蔑地笑了，又朝拉尔夫翻了一眼，仿佛在说：你知道我得跟什么样的人打交道了吧。接着他又一本正经地说：“一批批地屠杀，就像基督那个时代。只不过现在屠杀的是胎儿，地点遍及全世界。他们正大量屠杀胎儿，你知道为什么吗？你知道我们为什么在新的黑暗时代重回血色之王的宫殿吗？”

拉尔夫知道，如果掌握的信息足够多，便不难猜出来。如果你见过艾德将手伸入装满化肥的桶中搜寻他坚信能够找到的婴儿尸体，你便知道原因。

“希律王这次又提前得到了风声，”拉尔夫说道，“这就是你想告诉我的，没错吧？现在的情况又会变得像以前弥赛亚时期那样，对吗？”

拉尔夫坐了起来，心想艾德会再次把他推倒，甚至希望被推倒。拉尔夫又充满了怒气。用评论戏剧或电影的方式来评论疯子的妄想症的确不对，甚至是不敬的。但拉尔夫一想到海伦因为如此陈腐的原因被打便怒不可遏。

艾德没有碰他，只是站立起来，快速拂去手上的灰尘。他似乎又冷静了下来。警车驶出红苹果停车场并开往这边，车内无线电通话声逐渐清晰可闻。艾德看看警车又瞧瞧随之起身的拉尔夫。

“你尽管嘲笑，但这千真万确。”艾德安静地说道，“不过，不是希律王——而是血色之王。希律王只是他的化身。拉尔夫，血色之王不断寻找化身，像孩子踩着垫脚石过河一样，活过一代又一代。他一直在寻找弥赛亚，但总是错过他，而这次不一样了，因为德里市与众不同，各种势力在此汇集。我知道你不愿意相信，但这就是事实。”

血色之王，拉尔夫心想。哎呀，海伦，真抱歉。这太可悲了。

两名男子——分别身穿制服和便装，想必是警察——走出警车，朝麦戈文走来。拉尔夫隐约看到他们身后还有两位人，身穿白色长裤和短袖衬衫，正从红苹果便利店走出来。其中一位像照顾术后病人那样搀着海伦，另一位抱着娜塔莉。

两名医护人员扶着海伦登上救护车后车厢，怀中抱着娜塔莉的那个医护人员也跟着上了车，另一位则进了驾驶室。拉尔夫感觉医护人员十分从容，毫不仓促，他想这对海伦而言可能是一大幸事。也许艾德没有把她伤得很重……至少这次没有。

那位便衣警察身强体壮，蓄着金色胡髭和鬓角，这不禁让拉尔夫想起美国早期单身酒吧。他走近麦戈文，脸上堆满笑容，似乎认识麦戈文。

艾德将手搭在拉尔夫肩上，把他拉到一旁，远离站在人行道上的警察。艾德低声说道：“我不想让他们听见我们的谈话。”

“我知道你不想。”

“这些人……百夫长……血色之王的仆人……不会停止杀戮。他们十分残忍。”

“我确信。”拉尔夫回头，看到麦戈文指着艾德。那位强壮的警察镇定自若地点头，手插在卡其裤口袋中，仍面带温和的笑容。

“这不仅是人流问题，不要这么认为！别再这么想了。他们不仅为吸毒孕妇和娼妓堕胎，他们为所有孕妇做人流——无论她们怀孕八天、八周或八个月，百夫长一概不管。他们夜以继日地杀戮。我曾在屋顶看到婴儿尸体。拉尔夫，树篱下……下水道……漂浮在荒蛮之地的肯达斯季格河上……”

他明亮的绿色大眼睛犹如中看不中用的绿宝石，凝视着远方。

“拉尔夫，”他小声说道，“有时候世界充满彩色的光，他来找我交谈之后，我还能看见那些光。但现在什么都看不见了。”

“谁来找你交谈过，艾德？”

“我以后再告诉你。”艾德像监狱电影中的反派一样歪着嘴回答。如果在其他场合，这肯定非常有趣。

艾德脸上浮现出大型游戏节目主持人般的笑容，像黎明驱赶黑夜一般驱走了他的疯狂。这变化非常突兀，不禁让人感到焦躁和恐怖，但拉尔夫同时也发现了让人慰藉的地方。也许他们——拉尔夫、麦戈文、洛伊丝以及哈里斯大道所有认识艾德的人——不必责怪自己没能早点发现艾德的疯狂。因为艾德很狡猾，善于伪装。他的笑容甚至能为他赢得一座奥斯卡金像奖了。即使在这样奇怪的情境下，你都不得不为之折服。

“嗨！”他向两位警察问好。健壮的警察已经和麦戈文谈完话，两位警察都穿过草坪走来。“两位费心了。”艾德绕过拉尔夫，伸出手。

健壮的便衣警察上前和他握手，面带祥和的笑容。“你是爱德华·迪普努吗？”警察问道。

“是的。”艾德和身穿制服、有点困惑的警察握手，然后重新将注意力转回到那位健壮的警察。

“我是侦缉警长约翰·莱德克。”健壮的警察说道，“这位是克里斯·内尔警官。据我们了解，这里发生了一些小状况，先生。”

“是的。我认为是一些小麻烦。如果你们想听实话，是我举止不当。”艾德尴尬地轻声一笑，看起来十分正常。拉尔夫想起在电影中看过的迷人的精神病患者——乔治·桑德斯通常很适合扮演这类角色——拉尔夫心想一位聪明的化学研究员说不定能够瞒过思维仍局限于《周末夜狂热》剧情的小城警长。拉尔夫非常担心。

“海伦和我为了她签的一份请愿书吵了起来。”艾德说道，“事情一发不可收拾，我简直不敢相信我打了她。”

他摆动手臂，似乎在表明自己非常心慌——更不用说他有多困惑和惭愧了。莱德克微微一笑。拉尔夫回想起去年夏天艾德和蓝色皮卡车司机起冲突的情景。艾德称那位体格魁梧的司机为杀人犯并且扇了他一耳光，而那位司机却充满敬意地看着艾德。这好像是一种催眠术，拉尔夫认为此刻他又看到这种力量在作祟。“情况有些失控，你是这意思吗？”莱德克怜悯地问道。

“是的，大概就是这样。”艾德至少有三十二岁了，但他的大眼睛和无辜的表情让他看起来犹如一个刚到法定饮酒年龄的孩子。

“稍等片刻。”拉尔夫突然说道，“他的话不足为信，他疯了，他是个危险人物。他刚告诉我……”

“这位是罗伯茨先生，对吗？”莱德克向麦戈文问道，完全没有理会拉尔夫。

“是的。”麦戈文说道，在拉尔夫看来，麦戈文有些浮夸，“这位是拉尔夫·罗伯茨。”

“啊哈。”莱德克最后才望向拉尔夫，“我等下会找你谈，罗伯茨先生，但现在我希望你站在你朋友的身后并保持安静。好吗？”

“但……”

“行吗？”

拉尔夫更加生气地阔步走到麦戈文站立的地方。莱德克似乎一点也不在意，他转身对内尔警官说道：“克里斯，你可以去把音乐关了吗？这样我们才好谈话。”

“好的。”这位身穿制服的警察走到手提音响跟前，仔细打量上面的各种按钮和开关，随后这首由“谁人乐队”演唱的关于盲人弹球巫师的歌曲戛然而止。

“我确实把音乐声调太大了。”艾德不安地说道，“奇怪的是邻居们竟然没抱怨。"

"呃，生活还得继续啊。"莱德克说道。他抬头朝夏日的蓝天和白云微微一笑。

这下可好，拉尔夫心想，*这家伙简直就是威尔·罗杰斯*[①]*附体啊*。而艾德则不断点头，犹如听到这位警官说了什么宝贵的人生哲理一般。

莱德克从口袋中翻出一小盒牙签，并递给艾德。艾德婉拒了，莱德克从中倒出一根叼在嘴角。"所以，"他说道，"只是家庭小争论，对吗？"

艾德迫不及待地点头。他仍保持微笑，但微笑中夹杂着真诚和些许困惑。"其实，要比讨论激烈一点。是一个政治性……"

"啊哈。"莱德克点头微笑着说，"但在你继续说话之前，迪普努先生……"

"请叫我艾德。"

"我们继续谈话之前，迪普努先生，我想提醒你：你说的任何话都有可能成为对你不利的证据——你知道的，呈堂供词。你有权请律师。"

艾德友好但困惑的笑容——*天啊，我做了什么？你可以告诉我吗？*——突然动摇了，取而代之的是勉强和思考的表情。拉尔夫瞥了麦戈文一眼，看到他眼中露出一丝宽慰，这恰好也反映了拉尔夫此时的心境。莱德克可能压根就不是一个愚蠢的警官。

"我找律师做什么？"艾德问道。

他半转身体，朝站在门廊手提音响旁的克里斯·内尔警官露出困惑的笑容。

"我不知道，也许你不需要。"莱德克仍笑着说，"我只是告知你可以请律师。如果你请不起律师，德里市政府可以给你请一位。"

"但我不……"

莱德克微笑着点点头。"当然，这没问题。这是你的权利。迪普

① 威尔·罗杰斯（1879—1935），美国著名影星，无声电影时代的幽默大师。

努先生，你明白你有哪些权利了吗？”

艾德一动不动地站在那儿，突然瞪大眼睛，面无表情。在拉尔夫看来，他犹如一台准备处理海量复杂资料的人体计算机。艾德似乎明白花言巧语并不能瞒天过海，于是他垂下肩膀。茫然的表情变成了苦恼，看上去很逼真……但拉尔夫仍表示怀疑。他不得不怀疑，因为莱德克和内尔到来之前，他领略过艾德的疯狂，比尔·麦戈文也看到了。但怀疑和不信任具有天壤之别，拉尔夫心想：艾德似乎真心为殴打海伦感到后悔。

没错，拉尔夫心想，就像他确信他那所谓的百夫长驾着装满胎儿尸体的货车前往纽波特的火化场一般。他脑海中浮现善恶两股势力在德里市汇集，展开一场厮杀的情景。且将这出戏称为“第五预兆”吧：在血色之王的宫殿里。

然而，拉尔夫仍控制不住自己对艾德·迪普努心生同情。卡洛琳在德里之家医院弥留病榻的那段日子，艾德每周至少来看望她三次，每次都带着鲜花。每次临别时，艾德都会亲吻她脸颊，即使是在她开始散发出死亡的气息之时。卡洛琳总是抓住他的手，回以微笑，以示感激。她的笑容仿佛在说：谢谢你还记得我是个活人，也谢谢你还把我当活人看。曾经的艾德是拉尔夫心中的挚友，他心想——也许只是希望——曾经的那个艾德依然存在。

“我惹上麻烦了，对吗？”他轻声问莱德克。

“呃，让我想想，”莱德克的脸上仍然挂着笑容，“你打掉了你妻子的两颗牙，她的颧骨似乎也被打断了。我敢用我爷爷的手表和你打赌，她一定被打成了脑震荡。还有一些小伤——割伤、瘀伤以及她右边脑门上的秃块。你想干什么？把她头发全部拔光吗？”

艾德沉默不语，绿色的眼球盯着莱德克。

“今晚她得留院观察，因为有个混蛋将她打伤了，而所有人都认为那个混蛋就是你，迪普努先生。我见你双手和镜片上都是血迹，我也认为那个混蛋就是你。你觉得呢？你看起来是个明白人，你认为你惹麻烦了吗？”

“很抱歉，我打了她，”艾德说道，“但我不是故意的。”

“哼，这话我已经听腻了。我必须以二级殴打罪逮捕你，迪普努先生，也就是家庭暴力罪。这项罪名的依据是《缅因州家庭暴力法》。我想请你再次确认是否已经充分了解自己的权利。”

“了解。”艾德轻声、不悦地说道。笑容——困惑或其他表情——已消失不见。“知道了，你之前说过。”

“我们会把你带回警局，然后将你拘禁起来。”莱德克说道，“之后你可以打电话安排保释事宜。克里斯，把他带上警车吧，好吗？”

内尔走到艾德身边问道：“迪普努先生，你会反抗吗？”

“不会。”艾德轻声说道。拉尔夫看见他的右眼闪着泪光。艾德茫然地用掌根擦掉眼泪。“我不会反抗。”

“好的！”内尔开心地说道，将他带上警车。

艾德穿过人行道时瞥了一眼拉尔夫。“对不起，老哥。”他说道，随后进了警车后部。就在内尔警官关上车门那一刻，拉尔夫看到车内没有把手。

2

“好了。”莱德克说道，随后转向拉尔夫并伸出手，“罗伯茨先生，如果有冒犯之处，我深感抱歉，但这些家伙有时候反复无常。我尤为担心那些看似冷静的人，因为不知道他们会做什么。我叫约翰·莱德克。”

“我在社区大学任教时有个学生也叫约翰。”麦戈文说道。由于艾德·迪普努已被抓进警车，麦戈文感到十分宽慰，说起话来眉飞色舞。“他是一名好学生，他的儿童十字军报告写得非常好。”

“很高兴认识你。”拉尔夫和莱德克握手时说道，“别在意，你没有任何不周之处。”

“你可知道你跑来和他对垒很不明智。”莱德克打趣地说道。

“我太生气了，到现在气还没消呢。”

“我理解。幸好你没事——这最重要。”

“不。海伦才最重要。海伦和孩子。”

“我同意。请告诉我，在我们来之前你和迪普努谈了些什么，罗伯茨先生……或者我可以叫你拉尔夫吗？”

“请叫我拉尔夫吧。”他回想了一下和艾德的谈话，尽量言简意赅地复述。而之前听到他们部分谈话的麦戈文也睁大眼睛认真听。每次拉尔夫望着麦戈文，都希望他戴着巴拿马草帽，因为他不戴草帽显老，简直就是个老人。

“这听起来相当怪异，对吗？”拉尔夫说完后，莱德克评论道。

“接下来他会怎样？会坐牢吗？他不应该坐牢的，而应该被送进医院。”

“可能吧。”莱德克答道，“但‘应该’和‘实际’还相距甚远。他可能不会坐牢，也不会前往桑尼维尔精神病院接受治疗——那种事只发生在老电影中。我们最多只能期待法院的强制治疗。”

“可难道海伦没告诉你……”

“那位女士什么都没有向我们透露，我们也没打算在商店里询问她，因为她身心都承受着巨大的痛苦。”

“是的，她的确很痛苦。”拉尔夫说道，“我真蠢。”

“之后她可能会证实你说的话……也许不会。你知道的，家暴受害者会变得沉默。幸运的是，根据新法律的规定，这不重要。我们会将他绳之以法。你和女店员能够证明迪普努女士的身体状况，以及她所说的施暴者。我可以证实受害者的丈夫手上有血迹。重点是他说了一句至关重要的话：‘我简直不敢相信我打了她。’我希望你来警局一趟——如果时间允许，最好是明天早上——这样我便可以完整地记下你的陈述，拉尔夫，但也只是填些表格。基本上，我们就可以立案了。”

莱德克拿出嘴里的牙签，折断后扔进水沟，然后又拿出牙签盒。“要吗？”

“不用，谢谢。”拉尔夫微笑着说。

“没事儿。毕竟这是个坏习惯。但我正在戒烟，因为这个习惯更不好。像迪普努这些家伙为了自身利益可谓是耍尽心机。他们越过法律的雷池，伤害别人……随后装作若无其事。如果你迅速赶往现场——比如和你一样，拉尔夫——你会发现他们在歪着头听音乐，并试图恢复平静。”

“你说得没错。”拉尔夫说道，“事实就是如此。”

“那些狡猾的家伙喜欢故技重施——他们假装懊悔不已，惊骇万分，痛心疾首。他们很有说服力，很有魅力，身披糖衣，如圣诞节的水果蛋糕一样让人捉摸不定。”即使像泰德·邦迪[①]这样典型的例子也能伪装好几年。幸运的是，虽然小说和电影经常描述变态杀手，但类似泰德·邦迪的家伙还不算太多。

拉尔夫重重地叹了口气。“好乱啊。”

“是啊，不过往好的方面想：我们可以把他和海伦隔离，至少隔离一段时间。他只要缴纳二十五美元保释金就能在晚餐前出去，但……”

“二十五美元吗？”麦戈文震惊又讽刺地问道，“这就完了？”

“是的，”莱德克说道，“我给迪普努定了一个二级殴打罪名，因为海伦的伤势听上去很严重。但在缅因州，殴打妻子只是轻罪。”

“不过法律中有一项利好。”克里斯·内尔加入他们的对话中，“如果迪普努想保释，他必须同意在法庭结案前绝不和妻子有任何接触——不准回家，不准在街上接近她，也不能给她打电话。如果不同意他仍需坐牢。”

“如果他同意之后出尔反尔呢？”拉尔夫问道。

“那我们就会把他抓起来，”内尔说道，“因为，如果地方检察官愿意采取强硬手段，那么他违反协议将是重罪……或可能成为重罪。无论如何，违反家庭暴力保释协议者被关押的时间通常都不止一下午。”

“如果他违反协议去见配偶，那么她很有希望见到他接受审判。”麦戈文说道。

---

① 泰德·邦迪，美国连环杀人犯。

“是的。”莱德克沉重地说，“有时候这是个问题。”

3

拉尔夫回家后，坐在电视前，没有认真看电视，而是漫不经心地换了大约一个小时的频道。他在广告期间起身去看冰箱内有没有可乐。他步履蹒跚，需要手扶墙壁才能保持平衡。他浑身颤抖，感觉非常不适，几乎快要呕吐。他明白这是失眠的延迟反应，但虚弱与恶心仍让他感到不安。

他再次坐下，低头闭目深呼吸了一分钟，随后起身缓慢走向浴室。他将浴缸放满热水，然后开始泡澡，直到听见起居室里的电视开始播放午夜后第一个情景喜剧《夜间法庭》。此时浴缸中的水已经凉了，拉尔夫很高兴地从浴缸中起身。他擦干身子，穿上干净的衣服，感觉有胃口吃顿清淡的晚餐。拉尔夫给楼下的麦戈文打电话，心想他有可能会上楼来一起吃，但电话没人接。

拉尔夫往锅中加水，准备煮几个鸡蛋，然后用放在炉子旁的电话给德里之家医院打电话。电话被转接至患者服务部的一位女士，她查了一下电脑，告诉他没错，海伦·迪普努已经住院而且病情“稳定”。不，她不知道迪普努女士的孩子由谁照看，她只知道娜塔莉·迪普努没有住院。拉尔夫今晚不能前去看望迪普努女士，不是因为医生下了谢绝看望的规定，而是迪普努女士不想见任何人。

*她为何这么做呢？*拉尔夫欲言又止。患者服务部的女士可能会说她很抱歉，因为电脑中没有相关信息，但拉尔夫认为自己两只大耳朵之间他的电脑中有相关信息。海伦不想见任何人是因为她感到羞愧。虽然今天所发生的一切都不是她的错，但拉尔夫不知道她是否会这么想。她犹如拳击比赛中惨败的选手，步履蹒跚、狼狈不堪的样子被大半个哈里斯大道的人看到。她被救护车送往医院，而对她动手的是她丈夫——她女儿的父亲。拉尔夫希望医生给她开点药让她安心睡一

觉。他想明天一切都会好转，至少不会比今天糟。

见鬼，我希望有人给我一些药物，让我安然地睡一觉，拉尔夫心想。

那就去看里奇菲尔德医生啊，你这白痴，他脑中有个声音在说。患者服务部的女士问他是否还需要别的服务。拉尔夫说不需要，电话嘟的一声挂断了，他还没来得及说声感谢。

“好。”拉尔夫说道，“非常好。”他挂上电话，拿起大汤匙，轻轻将鸡蛋一个接一个放入热水中。十分钟后，当他拿着一盘来回滚动、看似世上最大珍珠的熟鸡蛋准备坐下时，电话响了。他将晚餐放在桌上，抓起墙上的话筒。“喂？”

无人应答，只听到呼吸声。

“喂？”拉尔夫重复道。

又是一声呼吸，这次声音较大，几乎能听出是抽泣声，然后嘟的一声电话便挂了。拉尔夫挂断电话，盯着电话看了片刻。他眉头紧皱，前额被挤出了三道皱纹。

“快点，海伦。”他说道，“请给我回电话。”然后他便回到桌旁坐下，开始吃简易的单人晚餐。

4

十五分钟后，他正在洗餐具，电话再次响起。不可能是她，他心想。他用干毛巾布将手擦干，然后搭在肩上去接电话。不可能是她。可能是洛伊丝或比尔，但他仍抱希望。

“嗨，拉尔夫。”

“你好，海伦。”

“几分钟前那个电话是我打的。”她声音沙哑，像喝了酒或是大哭了一场，但拉尔夫认为医院是禁止饮酒的。

“我猜到是你。”

“我听到你说话，但我……我无法……”

“没关系，我理解。”

“真的吗？”她猛吸鼻子。

“我想是的。”

“护士刚给了我一颗止痛药。我可以把药吃了——因为我的脸很痛。但我想给你打电话，把该说的都说完再吃。虽然疼痛很糟糕，但可以起到很好的刺激作用。”

“海伦，你什么都不用说。”他害怕海伦开口，害怕她说……害怕发现她对他发脾气，因为她无法对艾德发脾气。

“不，我要说。我想谢谢你。”

拉尔夫倚在门边，闭着眼睛顿了片刻。他感觉松了一口气但不知如何回复。他已经准备用最平静的声音说：*海伦，很抱歉你有这种感觉*。他甚至确信她一开口便会问他为何多管闲事。

海伦似乎猜出了他的心事，同时似乎要让他知道她还没有完全原谅他。海伦说：“在救护车开往医院的途中，在办理入院手续的时候，甚至在住进病房的头一个小时，我都生你的气。我打电话给住在堪萨斯街的朋友坎迪·休梅克，她来医院接走了娜塔莉并且今晚会照看她。坎迪问我发生了什么，但我没有告诉她。我只想躺在这儿对你不顾劝告坚持报警的做法感到生气。”

“海伦……”

“让我说完，我好吃药睡觉。好吗？”

“好的。”

“坎迪和娜塔莉走后没多久——宝贝儿没哭，谢天谢地，否则我真不知道如何是好——有个女士走了进来。一开始我以为她走错了房间，因为我们素未谋面。当我知道她是来看我时，我告诉她我不想见任何访客。她没有理会我。她把门关上，掀起裙子让我看她的左大腿，上面有一道又深又长的伤疤，几乎从臀部延伸至膝盖。

“她说她叫格蕾琴·蒂尔贝里，是来自‘妇女关怀’的家暴顾问。一九七八年，她丈夫用菜刀砍伤了她的腿部。她说若不是公寓楼下的男士拿止血带帮她止血，她可能会因失血过多而死。我说我深感抱歉，但我在还没把事情想清楚之前，绝不会和任何人谈这件事。”海伦停顿了一会儿，继续说道，“但我说了谎话，你知道吗，我有足够的时间思考，因为艾德第一次打我距今已经两年了，当时我还没有怀上娜塔莉。我只是……一味地逃避现实。”“我可以理解。”拉尔夫说道。

“这位女士……呃，她们肯定都接受过培训，知道如何打破人们的心理防线。”

拉尔夫笑着说：“我想她们接受的培训可能远不止这些呢。”

“她说我不能再耽误了，因为我的情况比较糟糕，因此必须立即处理。我说我在采取任何行动之前都不会咨询她，也不会仅因为她曾经被丈夫砍过就听她胡说八道。我差点说出她丈夫砍她是因为她絮叨让他不得安宁，你信吗？因为我当时太生气了，拉尔夫。伤心……困惑……羞愧……但最主要的还是气愤。”

“我想这反应很正常。”

“她问我，如果我重新和艾德生活在一起，他又打我，那么我对自己——不是对艾德，而是对自己——有什么看法。接着她又问我，如果我回家，艾德打了娜塔莉，我会有什么感受。她的问题让我狂怒不已，现在想想还生气。艾德从未对女儿动过手，我也没有。她点头说道：‘这并不意味着他将来不会打啊，海伦。我知道你不想考虑这件事，但你得考虑啊。就算你是对的，就算他连孩子的手都不会打，但你想让她在成长过程中一直目睹你被打吗？你想让她一直经历今天的场景吗？’这话让我愣住了，心凉了半截。我记得艾德回家时的表情……看到他脸色苍白……不断摇头……我就知道不好了。”

“像只公鸡。”拉尔夫喃喃地说。

“你说什么？”

“没什么，你继续。”

“我不知道是什么点燃了他的怒火……我根本不知道，但我知道他要开始对我动手。一旦他动起手来，便一发不可收拾。我跑向卧室，但他抓住了我的头发……他扯下一大束头发……我尖声喊叫……娜塔莉坐在儿童餐椅上……看着我们……听到我大声尖叫，她也尖叫……”

说到这儿，海伦崩溃了，她放声大哭。拉尔夫将头倚靠在厨房和起居室之间的门上。他情不自禁地用搭在肩上的干毛巾布擦拭眼泪。

“总之，”海伦情绪缓和后继续说道，“我和那位女士谈了近一个小时。她靠受害者咨询这份工作维持生计，你敢信吗？”

“我相信。”拉尔夫说道，“我信。这是好事，海伦。”

“明天我要到‘妇女关怀’再次和她见面。这很讽刺，我竟然要去那儿。如果我没有在请愿书上签名……”

“即使你没在那份请愿书上签名，艾德也会找别的理由。”

她叹息着说：“是的，没错。总之，格蕾琴说我无法解决艾德的问题，但可以着手解决自己的问题。”海伦不禁又哭了，然后深吸一口气。“对不起——我今天哭太多了，再也不想哭了。我羞愧地告诉她我爱艾德，但我不知道是否真的爱他，感觉是真的。我说我想再给他一次机会。她说这样对娜塔莉极其不负责。这让我想起娜塔莉坐在厨房里的样子，她满脸菠菜泥，边看艾德打我边大声尖叫。天哪，我讨厌像格蕾琴这样的人，总是把人逼入绝境。”

“她只想帮你。”

“这也很讨厌，我很困惑，拉尔夫。也许你不知道，但我真的很困惑。”电话那头传来了一阵无力的轻笑。

“我知道，海伦。你困惑很正常。”

“她离开前向我推荐了高垄。这听起来很适合当前的我。”

“高垄是什么？”

“类似于小客栈的地方——她不断地解释这是房子，不是避难所——专为受虐女士而生。我想我现在就是受虐女士吧。”无力的轻笑声变成了啜泣声，“如果我去那儿，可以带上娜塔莉，这是最吸引我的地方。”

“这个地方在哪儿？”

“在乡下，纽波特附近。”

“我大概知道在哪儿了。”

他的确知道，因为汉姆·达文波特畅谈“妇女关怀”时已经告诉他了。他们涉及家庭咨询……配偶和儿童虐待服务……他们在纽波特边界为受虐待妇女设有庇护所。突然间，“妇女关怀”似乎在他的生活中无处不在。毫无疑问，艾德已经从中看出了凶兆。

“那个格蕾琴·蒂尔贝里真是能说会道。”海伦说道，“她离开之前告诉我可以爱艾德——‘当然可以，’她说，‘但爱不是自来水，不能通过随意拧动开关就可获得。’——但必须记住我的爱改变不了他，甚至他对娜塔莉的爱也改变不了自己。无论我多爱他，也改变不了我照看孩子的责任。我躺在床上，思考这个问题。我倒希望躺在床上生气，这样轻松多了。”

“是啊。”他说道，“我理解，海伦，你为什么不吃药，然后好好睡一觉呢？”

“我会的，但还想先感谢你。”

“不用谢的。”

“我知道光生气是没用的。”她说道，拉尔夫非常开心听到她声音中夹着一丝情感。这表明她还是以前的那个海伦·迪普努。“我还生你的气，拉尔夫，但你不顾我的阻挠坚决报警让我非常高兴。我只是害怕，你知道吗？害怕。”

“海伦，我……”他声音很低沉，几乎说不出话。他清了清嗓子继续说道：“我只是不愿见你受到更大的伤害。当我见到你满脸鲜血穿过停车场时，我很担心……”

“求你别再说那个了。如果你继续说，我会忍不住流泪，我不能再哭了。”

“好。”他有很多关于艾德的问题想问，但显然现在时机不对，“我明天可以去看你吗？”

海伦稍作迟疑然后说道：“恐怕不行。暂时还不行。我需要思考很多问题，需要理清很多事情，这非常棘手。我会和你保持联系。好吗？”

“好的。没问题。房子打算怎么处理？”

“坎迪的丈夫会过去把门锁上。我把钥匙给他了。格蕾琴·蒂尔贝里说不能让艾德回去取任何物品，包括支票簿和换洗的内衣。如果他需要任何物品，就列一份清单，然后将房屋钥匙给警察，让警察帮他取。我想他应该会去弗雷西港，那儿有很多为实验员准备的房子。这些单幢住所实际上还比较可爱……”他发现海伦声音中的怒气已经消失，剩下的只是沮丧、绝望和疲乏。

“海伦，很高兴你打电话给我。说实话，我现在放心多了。现在你该睡觉了。”

“那你呢，拉尔夫？”她出乎意料地问道，“你最近能睡着吗？”

话题突然转变让他大吃一惊，于是他不假思索地回答：“可以睡一会儿……但还是睡眠不足。”

“好的，照顾好自己。你今天很勇敢，就像《亚瑟王》中的骑士，但即便是兰斯洛特爵士也需要睡觉啊。”

她的话让他很感动，同时他也被逗笑了。拉尔夫脑中立即浮现一幅生动的画面：拉尔夫·罗伯茨身穿铠甲，骑着雪白的战马，而他忠诚的侍从则身穿皮革猎装，戴着活力四射的巴拿马草帽，骑着矮马紧随身后。

“谢谢你，亲爱的。”他说道，“自林登·约翰逊担任总统以来，这是我听过最贴心的话了。今晚好好照顾自己，好吗？”

“好的，你也要好好照顾自己。”

她挂断了电话。拉尔夫盯着话筒沉思了片刻，随后把它放回话机。他今晚也许可以睡个好觉，今天发生了这么多事，他也该睡个好觉了。眼下他想下楼，坐在门廊上，静看夕阳西下，后续的事暂且不管。

5

麦戈文回来了，坐在门廊上他最爱的椅子上。他正盯着街道一端，因此当楼上的邻居拉尔夫出来时，他没回头。拉尔夫循着他看的方向望去，看到一辆蓝色的厢型车停在那里，距哈里斯大道有半个街区，和红苹果便利店在同一侧。车后门上印有“德里市医疗服务”几个白色大字。

“嗨，比尔。”拉尔夫说道，在自己的椅子上坐下。洛伊丝·夏瑟每次过来都会坐的摇椅立在他们中间。傍晚时刻，微风拂面，欣然地拂去了下午的炎热。空荡荡的摇椅随风缓缓摇动。

“嗨。”麦戈文说道，他瞥了一眼拉尔夫，然后看向远方，突然又回头看了一眼，“伙计，你最好把你跟前的袋子用别针挂上去，否则你很快就要踩到它们了。”拉尔夫以为麦戈文又是在讲他闻名街坊的段子，可他的眼神很真诚。

“真是糟糕的一天。”他说道。他和麦戈文讲了海伦打来的那通电话，略过海伦可能不愿让麦戈文知道的内容。她不太喜欢比尔。

“她没事就好。”麦戈文说道，“我想说，拉尔夫——你今天的表现让我折服，大步冲到街上，就像《正午》中的加里·库珀[①]。也许有些疯狂，但很酷。”他顿了一下，“老实说，我对你有点敬畏。”

这是短短的十五分钟内第二次有人称拉尔夫为英雄，这让他很不适应。“我对他气极了，后来才意识到自己有点疯狂。你刚去哪儿了？我刚给你打电话了。”

“我去哈里斯大道延长路段散步去了。”麦戈文说道，“我想静一静，约翰·莱德克和另一个警官将艾德带走之后，我头疼，胃也不舒服。”

拉尔夫点头说道：“我也是。”

“真的吗？”麦戈文惊讶地问道，甚至有点怀疑。

“真的。”拉尔夫微笑着说。

“总之，我在那群老家伙天气炎热时常去的野餐区遇到了法耶·查宾，他愣是让我陪他下棋。他真是不知道天高地厚，拉尔夫——他竟然说自己是鲁伊·洛佩兹[②]附体，但下起棋来他更像是汤汁售卖员，喋喋不休。”

---

① 加里·库珀，美国电影明星。

② 鲁伊·洛佩兹，16 世纪西班牙的一位神父，象棋大师，创立了以他的名字命名的鲁伊·洛佩兹开局，也被称作西班牙开局。

“那说明他一切都好啊。”拉尔夫轻轻地说。

麦戈文跟没听见似的。“那个诡异的多兰斯·马斯特拉也在那儿。”他接着说，“如果说我们年纪大了，那他便是化石。他站在野餐区和机场之间的防护栏旁边，手拿一本诗集，看着飞机起降。你认为他会读那本诗集吗，或许只是摆设？”

“这个问题问得好。”拉尔夫说道，但他心中琢磨着麦戈文用来形容多兰斯的字眼——*诡异*。他自己不会使用这个词，但毫无疑问，老多尔就像是一位原始人。他并不老迈（至少拉尔夫认为他没有迈入老龄），但他说的一些话却像是扭曲的心理和偏差的认知的产物。

拉尔夫记得去年夏天艾德和皮卡车司机发生冲突时，多兰斯也在现场。当时拉尔夫认为多兰斯的出现让这次冲突显得非常荒谬。多兰斯说了一些稀奇古怪的话，拉尔夫试着去回想，但想不起来。

麦戈文回头继续看向街上。一位身穿灰色工作服、吹着口哨的年轻人正从门口停着医疗服务厢型车的房子中走出来。这位年轻人健康活泼、身强力壮，似乎这辈子还从没有需要过任何医疗服务。他推着一辆绑着一只绿色长型罐子的手推车。

“那是空的。”麦戈文说道，“刚推进去的那个是满的，你没看到。”

另一位同样穿着工作服的年轻人从小房子的前门走了出来，门上涂着黄漆、镶着深粉色的边框，颜色搭配很不合理。他站了一会儿，手搭在门把上，显然在和屋内的人说话。随后，他把门关上，轻快地走下台阶，及时帮助同事将手推车连同绑在上面的罐子一起搬到厢型车后部。

“氧气？”拉尔夫问道。

麦戈文点点头。

“给洛克太太的吗？”

麦戈文再次点头，看着医疗服务工作者猛地关上车门，然后站在车门后。麦戈文在逐渐降临的暮色中悄悄地说，“我和梅·洛克一起上文法学校和初级中学。学校就在勇士之家和奶牛之乡——卡德维尔。我们毕业班只有五名学生。当时她可是大红人，而像我这种人则被称为‘娘炮’。在当时那个年代，‘gay（同性恋）’只用以形容装饰好的圣诞树。”

拉尔夫低头看着手，感到不快和语塞。他当然知道麦戈文是同性恋，知道很多年了，但比尔直到今天才大声说出来。拉尔夫希望他等到将来某一天再说……最好等哪天拉尔夫失去知觉，满脑子糨糊时再说。

“这已经是很久以前的事了。”麦戈文说道，“谁会想到我们都会来哈里斯大道呢。”

“她患的是肺气肿，对吗？我听说是这样。”

“是的。这是一种遗传病。女士年纪大了会很麻烦，对吗？”

“是的，没错，”拉尔夫说道，突然间他大脑充满活力。他想起卡洛琳以及他拖着咯吱咯吱响的湿鞋回到公寓，看到卡洛琳横躺在厨房门口时自己的恐惧。他以前和海伦经常站在厨房门口聊天。事实上，与艾德·迪普努正面交锋时的恐惧远不及他确定卡洛琳去世时的恐惧。

“我记得之前他们每两周为梅送一次氧气。”麦戈文说道，“现在他们每周一和周四下午都会过来送氧气，非常准时。我有空就会去看她。有时候读书给她听——那种无聊透顶的女性杂志——有时候我们就坐在那儿聊聊天。她说感觉肺里长满了海草。不久后，他们用厢式车带走的将不再是空氧气罐，而是梅。他们会把她带到德里之家医院，那儿将是她生命的终点。”

“是吸烟引起的吗？”拉尔夫问道。

麦戈文消瘦、温和的脸上露出一种陌生的表情，拉尔夫过了一会儿才明白那是一种蔑视。“梅·佩罗从不抽烟。她之所以患有肺气肿，是因为她曾在科林那一家工厂的染坊内工作了二十年，后来又在纽波特一家织布厂当了二十年的采棉机操作手。让她感到呼吸困难的是棉花、毛线和尼龙，而非海草。”

德里市医疗服务部的两位年轻人上了厢式车，驾车离去。

“缅因州位于阿帕拉契亚山脉东北隅，拉尔夫——很多人没有意识到这一点，但这是事实——梅正遭受着一种阿帕拉契亚疾病的折磨。医生称之为纺织肺病。”

“太遗憾了。我想她对你而言应该非常重要吧。”

麦戈文苦笑着。“得了吧。我去看她是因为她是我逝去的青春时光仅存的遗迹。有时候我读书给她听，我每次都得硬着头皮才能咽下一两块她剩下的干巴巴的燕麦饼干，仅此而已。我向你保证，我关心她完全出于私心。”

完全出于私心，拉尔夫心想。多么奇怪的措辞，多么有麦戈文特色的措辞。

“不谈梅的事了。”麦戈文说道，“目前大家关心的是怎么解决你的问题，拉尔夫。威士忌不奏效，是吗？”

“是啊。”拉尔夫说道，“没什么效果。”

“我想问一下，你真的试过了吗？”

拉尔夫点点头。

“你需要处理一下眼袋，否则将无法虏获美丽的洛伊丝的芳心哦。”麦戈文特意观察拉尔夫对这句话的反应，叹息着说，“难道这不好笑吗？”

“不，一点都不好笑。”

“抱歉。”

“没关系。”

他们安静地坐了一会儿，看着哈里斯大道来往的人群。三个女孩在对面红苹果的停车场玩跳房子游戏，珀赖因在旁边看着她们，像哨兵一样站得笔直。一位将“红袜队”帽子反着戴的男孩走过来，跟着随身听的音乐舞动。两个孩子在洛伊丝屋前掷飞盘。一条狗在吠叫。不远处传来一位女士让山姆把妹妹带回家的呼喊声。这俨然是一幅寻常的街头生活场景，恰到好处，然而在拉尔夫看来这很奇怪。可能是因为他最近看惯了空荡的哈里斯大道吧。他转身问麦戈文：“你知道下午我在红苹果便利店停车场看到你之后首先想到的是什么吗？暂且不论其他的事。”

麦戈文摇了摇头。

“我在想你帽子去哪儿了。巴拿马草帽。你不戴帽子看上去很奇怪。好像没穿衣服。老实说吧——你把它藏哪儿了？”

麦戈文摸了摸头顶，他头上只剩下几缕婴儿般纤细的白发，从粉红色脑壳的左边梳到右边。“我不知道。”他说道，“我今天早上把它弄丢了。我几乎每次回家都记得随手把它放在靠近前门的桌上，早上却没看到。我想可能把它放在其他地方了，可是想不起来具体在哪儿。再过几年，我可能只穿着内衣四处走动，因为记不清裤子放哪儿了。年纪大了都会体验这些妙趣，对吧，拉尔夫？”

拉尔夫点头微笑，他心想：在他认识的所有老年人中——他每次在公园散步都会认识几十个泛泛之交——比尔·麦戈文最喜欢谈论变老这个话题。他对待逝去的青春和中年岁月的态度，犹如将军对待大战前夕逃跑的士兵。但拉尔夫不会把它说出来。每个人都有自己的癖好，对变老采取病态的态度只是麦戈文的一个小癖好。

“我说了什么好笑的事吗？”麦戈文问道。

“什么？”

“你在笑，所以我想一定是我说了什么好笑的事。”他有些不悦，毕竟之前他还开玩笑让拉尔夫去追街坊漂亮的遗孀。拉尔夫没有放在心上，他觉得今天对麦戈文而言也是难熬的一天。

“我想的与你无关。”拉尔夫说道，“我在想卡洛琳过去也常常说类似的话——人变老就像享用过美味的正餐后，最后却送上难吃的甜点。”

这多半是谎话。卡洛琳确实用了这个比喻，但她是用来形容伤害她的脑瘤，而非变老这件事。毕竟她的年纪也不大，去世时才六十四岁。除了最后六到八周，她通常觉得自己只有三十几岁。

街对面玩跳房子游戏的三个女孩走到路边，注意着左右来车，然后牵着手嘻嘻哈哈地穿过街道。有一瞬间，拉尔夫似乎看到她们被某种光环包围——犹如圣埃尔莫之火的奇异、明晰的光辉照着她们的脸颊、眉毛和爱笑的眼睛。拉尔夫有点害怕，他闭上眼睛然后又睁开。他想象中围绕在三个女孩周围的灰色光圈不见了，这让他松了一口气。但他*真的*需要睡觉了。*真的*。

“拉尔夫？”麦戈文的声音仿佛从遥远的地方传来，虽然他并未移动，“你还好吧？”

“没事。”拉尔夫说道，“我在想艾德和海伦。你觉得他变得很怪异吗，比尔？”

麦戈文果断地摇头。“一点儿也没有。”他说道，“虽然我不时地看到海伦身上的瘀伤，但我始终相信她的解释。我认为自己不会轻易受骗，但在这件事上我需要重新评估我的判断力。”

“你认为他们之间会出现什么结果？你有什么预测吗？”

麦戈文叹了口气，伸手摸着头顶，习惯性地摸着原本戴着巴拿马草帽的位置。“拉尔夫，你也知道，我一向愤世嫉俗。我认为常人之间的矛盾很少能像电视中那样圆满解决。在现实生活中，矛盾会不断重现，不断往复，直到最终消失。但矛盾并不会真正消失，只是像烈日下的水洼那样被蒸发干。”麦戈文稍事停顿后又补充道，“大多会留下浮渣。”

“天啊，”拉尔夫说道，“你真是太愤世嫉俗了。”

麦戈文耸耸肩。“大多数退休老教师都愤世嫉俗，拉尔夫。我们看着新生入学，他们年轻气盛，踌躇满志。之后他们惹上各种麻烦，我们像家人一样陪在他们身边。我认为海伦会回到艾德身边，而他只会收敛一段时间。之后他还会动手，海伦会再次离开。就像尼基餐馆里的自动点唱机播放的多愁善感的西部乡村音乐。有些人只有听了很多遍才会听腻。不过，海伦很年轻，也很聪明，我想她再试一次就够了。”

“她也只能再试一次了。”拉尔夫轻轻说道，“我们谈论的可不是周五夜里某个喝醉酒的丈夫回到家，因为妻子絮叨他打牌输光薪水的事而暴打她。”

“我知道。”麦戈文说道，“但既然你问我，我就将我的看法告诉你。我认为海伦需要再经历一次折腾才会和他断绝关系。但即便如此，他们还是很有可能会碰面，因为德里市是个小地方。”他突然停下来，眯着眼看着街道。“噢，快看，”他挑起左眉说道，“傻大姐洛伊丝，她走路的姿势好美，就像这美丽的夜色。”

拉尔夫不耐烦地看了他一眼，麦戈文没看到或者假装视而不见。麦戈文起身，又伸手摸了摸没戴帽子的头顶，然后走下台阶去和她打招呼。

“洛伊丝!”麦戈文大声叫道，单膝跪地，夸张地伸出双手，“我们的生命将通过如诗的爱意紧密联结在一起！让我用爱的黄金之车带你去遨游。”

“天啊，你说的是度蜜月还是一夜情呢?”洛伊丝迟疑地笑着问道。

拉尔夫戳了戳麦戈文的背。“起来吧，傻瓜。”他说道，然后随手接过洛伊丝拿的小包，看到里面装有三罐啤酒。

麦戈文起身说道：“对不起，洛伊丝。夏季美丽的黄昏与动人的你，一时让我神魂颠倒。”

洛伊丝冲他莞尔一笑，然后转向拉尔夫。“我刚听说海伦的事，”她说道，“便立马赶了回来。我整个下午都在勒德洛和老姐妹们打牌，赌注很小。”拉尔夫不用看都可以想象麦戈文的左眉快要翘上天了，仿佛在说：*和老姐妹们打牌！傻大姐洛伊丝真棒，真完美！*“海伦还好吧?”

“还好。”拉尔夫说道，“也许不算太好——医生让她晚上住院观察——但她没有什么危险。”

“孩子呢?”

“很好。由海伦的朋友照看。”

“我们去门廊上吧，你们给我说说事情的经过。”她一手挽着麦戈文的胳膊，另一只手挽着拉尔夫，领着他们往门廊走。三个人登上门廊台阶，就像两位火枪手稳稳地搀着他们年轻时共同爱上的女子。洛伊丝坐在摇椅上，哈里斯大道路灯初上，宛如两串珍珠在黑夜中闪闪发光。

6

当晚拉尔夫倒床就睡着了，然后在周五凌晨三点半醒来。他知道继续睡觉肯定睡不着，不如径直去起居室的高背椅上坐下。

但他还是躺了一会儿，望着黑夜，试着抓住梦的尾巴。但他无法入睡。他只记得梦中有艾德……海伦……还有罗莎莉，那条时而会在报童皮特出现之前沿哈里斯大道跛行的狗。

多兰斯也在梦中，别忘了他。

是的，没错。犹如钥匙插入锁孔，拉尔夫突然想起去年夏天艾德和皮卡车司机发生冲突时多兰斯所说的怪事……这件事让拉尔夫想了一晚上。当时拉尔夫抱住艾德想把他压在弯曲的汽车引擎盖上，等待事情真相出现。多兰斯让拉尔夫放开艾德。

（我不会的。）

“多兰斯说他已经看不见我的手了。”拉尔夫咕哝着，双腿垂在床沿，“他就是这样说的。”

拉尔夫在床沿坐了一会儿，低着头。卷曲的头发散在脑后，双手相扣，垂在大腿之间。最后他穿上拖鞋蹒跚地走到起居室。又到了等待太阳升起的时刻。

第四章

1

虽然愤世嫉俗者通常比荒诞的乐观主义者听起来更可信，但拉尔夫的经验表明愤世嫉俗者犯错的概率也不小。拉尔夫开心地看到，麦戈文对海伦·迪普努的看法完全错了——对于海伦而言，《破烂、心碎的蓝调》中的一段歌词就足以让她改变主意。

次周周三，拉尔夫决定自己最好还是去寻找那位在医院与海伦交谈过的格蕾琴·蒂尔贝里女士，以确保海伦安然无恙，此时他收到一封海伦的来信。寄件地址十分简单——海伦和娜塔莉，高垄——却足以让拉尔夫感到宽慰。他坐在门廊的椅子上，撕开信封，抖落出两张横格信纸，上面布满了海伦的倾斜字迹。

亲爱的拉尔夫：

我想你现在大概以为我还在生你的气吧，但并非如此。高垄有规定，入住后的最初一段时间，我们不能通过电话或信件等方式与任何人联系。我和娜塔莉都很喜欢这儿。娜塔莉喜欢这儿是因为至少有六个与她年龄相仿的孩子陪她一起玩耍。而我则遇到很多同病相怜者，这超乎我的想象。我的意思是，你也看过电视访谈节目《奥普拉和那些爱上家暴男的女士》。可是当自己面临家暴时，你会觉得无人理解你的遭遇。我现在发现并非如此，这让我甚感宽慰……

海伦首先谈及她被委派的任务——在花园干活，为设备库上漆，用醋和水清洗防风窗——以及娜塔莉蹒跚学步的情景。随后，她才谈论此前发生的事以及她未来的打算。拉尔夫看到此处才感到她情绪的波动。一方面，她对未来充满焦虑；另一方面，她又下定决心为娜塔莉和自己做出正确抉择。拉尔夫很高兴她终于想通了，但一想到海伦在想通这一点之前所经历的艰难时光，他不免心中一阵酸楚。

我要和他离婚（海伦写道）。当我做出这个决定时，脑中浮现出了类似我母亲的怒吼声，但我不想再自欺欺人了。高垄为我们提供了很多治疗方法，例如大家围坐在一起，一小时用完四盒面巾纸，但所有方法都是为了帮助大家看清事实。就我而言，和我结婚的那个男人已经变成危险的偏执狂。虽然他偶尔也会很温柔和贴心，但这不是重点，只会让我心烦意乱。我依稀记得他曾隔三差五地送我精心挑选的花朵，但如今只会坐在门廊，和一个根本就不存在的人说话。一个被他称作“秃头矮医生”的人。感觉很精彩吧？我知道这一切是如何开始的，拉尔夫，如果你想听，下次见面时我告诉你。

我应该会在九月中旬回哈里斯大道的家中（暂住一段时间），看能否找份工作。整个事件让我异常恐慌。我收到了艾德的短笺，虽然简短，却足以让我松了口气。他在信中说他目前住在弗雷西港霍金实验室街区的单幢住所中。他说会遵守保释协议中的“不接触”条款。他说他深感抱歉，但我实在体会不到他的歉意。我并非渴望在信笺中看到他的泪迹或随信附上他的耳朵，但……我不知道。感觉他并非真诚道歉，而是做样子。这有意义吗？他随信寄了一张七百五十美元的支票，这表明他还没忘记自己的责任。这非常好，但我更乐见他能治疗心理疾病。法院应该判他接受一年半的强力治疗。我在团体治疗时如是说，好几个人听后哈哈大笑，她们认为我在说笑话，但我说的是实话。

每当我展望未来，脑海中总会浮现可怕的画面：我看到我们母女在玛那救济中心排队领取免费餐，我抱着裹在毯子中的娜塔莉走进第三街道的收容所。每当我想起这些画面，便不寒而栗，甚至掩面痛哭。我知道这样做很愚蠢，因为我毕竟获得过图书馆学研究生学位，但我仍忍不住这样想。你知道每次想到这些画面时我坚持的动力是什么吗？是你将我带到红苹果柜台后所说的那席话。你告诉我街区中有很多朋友。至少我知道有位朋友，一位挚友。

信的落款是：爱你的海伦。

拉尔夫拭去眼角的泪水——他最近多愁善感，似乎连帽子掉了都会流泪，可能是因为太累了——然后开始看挤在信纸底部右侧空白部分的附言：

我渴望你来看我，但由于各种原因，男士“禁止入内”。我想你会理解，她们甚至不愿让我们透露具体的住址！海伦。

信摊在拉尔夫的大腿上，他呆呆地坐了一两分钟，看着窗外的哈里斯大道。时值八月末，虽然仍是夏季，但微风吹过，白杨树叶开始泛着秋色，空气中也略带凉意。“供应各类文具，请进店选购”，红苹果便利店橱窗上的标语如是说。纽波特镇外的某个宽敞但陈旧的农舍中，一群受虐的女性正努力重拾正常的生活。海伦·迪普努正在清洗防风窗，以迎接漫长的冬季。

他小心翼翼地将信件放回信封，努力回想艾德和海伦的婚姻存续时间。六七年吧，他想。卡洛琳应该知道。你需要多大勇气才忍心开动拖拉机，将种植了六七年的作物犁埋？他扪心自问。当你经历千辛万苦终于知道如何翻土、播种、浇水和收割后，需要多大勇气才能重新开始？你需要多大勇气才能云淡风轻地说，“我不得不放弃这些豌豆，因为豌豆对我无用，我最好种植玉米或豆类”。

“需要很大勇气，”他再次擦拭眼角的泪水，“我想需要极大的勇气。”

拉尔夫突然急切盼望去见海伦，再说一遍她铭记于心而他几乎忘却的话：没事儿，你会渡过难关，街区内有很多你的朋友。

“没错，就是这句话。”拉尔夫说道。收到海伦的来信让他瞬间松了一口气。他起身将信放进后兜，沿着哈里斯大道走向位于延长路段的野餐区。如果能巧遇见法耶·查宾或者唐·维泽，还可以和他们下盘棋。

2

海伦的来信虽然让拉尔夫轻松了很多，但丝毫没有减轻他的失眠症。他仍然早醒，劳动节来临之际，他在凌晨两点四十五分便会醒来。到了九月十日——当天艾德·迪普努再次被捕，这次是和其他十五人一起——拉尔夫每晚的平均睡眠时间骤减至三个小时左右，他感觉自己好似显微镜载物台上的微生物。*我就是一个孤独的微生物*，他坐在高背椅上，凝视着哈里斯大道，希望自己能笑得出来。

朋友们不断地为他提供更多"非常奏效"的偏方。拉尔夫的心中不止一次产生这样的念头：他可以就这些偏方写一本妙趣横生的小书……条件是他睡眠充足并保持大脑清醒。现在已经是夏末，他每天依然能准确无误地穿上左右脚同色的袜子，但是他不断回想起海伦被打那天他精神恍惚地在橱柜中翻找立顿汤的情景。尽管此后再也没有出现过类似情况，因为他每晚至少都能睡一会儿，但是拉尔夫非常害怕。如果睡眠得不到改善，同样的场景可能会重现，甚至变得更糟。有时候他感受到大脑枯竭，尤其是凌晨四点半坐在高背椅上时。

这些偏方从高超到荒谬，不一而足。就高超偏方而言，最佳的例子是位于圣保罗的明尼苏达睡眠研究所的彩色宣传册。而荒谬偏方的例子便是"魔魔眼"，一种与《国家询问报》和《内部视角》等超市小报一起出售的万能护身符。一天傍晚，红苹果的女店员苏将一个此类护身符送给拉尔夫。他低头俯视这块护身符，那东西像一个勋章，上面粗制滥造地绘了一只蓝眼睛，直勾勾地盯着他（拉尔夫心想：这护身符以前可能被用作扑克牌筹码）。拉尔夫强忍笑意，直到安全穿过街道回到公寓内才放声大笑。他很庆幸没在苏面前发笑。

苏赠送护身符时庄重的神情——以及与护身符配套的看似昂贵的金链子——表明它价格不菲。自从上次和拉尔夫一起救助海伦之后，苏便对拉尔夫多了几分敬畏。这让拉尔夫很不自在，但不知如何是好。与此同时，他认为佩戴该护身符无伤大雅，这样苏便可以看见他衬衫底下护身符的轮廓。但这对失眠症的治疗并无裨益。

在录完拉尔夫关于迪普努家庭矛盾的证词后，约翰·莱德克警长将办公椅往后推了推，双手紧扣在宽厚的颈背。莱德克说麦戈文告诉他，拉尔夫患有失眠症。拉尔夫承认的确如此。莱德克点点头，又将办公椅往前推了一点。他十指紧扣，放在堆满文件的桌面上，严肃地望着拉尔夫。

“蜂巢。”莱德克说道。他的语气让拉尔夫想起麦戈文在推荐威士忌时的语气，而拉尔夫此时的回应也如出一辙。

“什么？”

“这是我祖父极力推崇的方法。”莱德克说道，“睡前吃一小块蜂巢。吮吸巢内的蜂蜜，咀嚼蜡状蜂巢，就像嚼口香糖那样，随后将蜂巢吐出。蜜蜂在酿蜜时会分泌一种天然镇静剂，能助你入睡。”

“你不是在开玩笑吧？”拉尔夫将信将疑地说道，“你知道在哪儿买蜂巢吗？”

“营养店——购物中心里的保健食品店。值得一试。不出一周你的失眠问题就可解决。”

拉尔夫很喜爱这个试验，因为蜂蜜甘甜爽口。但吃完蜂蜜的第一晚他仍在三点十分醒来，第二晚在三点零八分醒来，第三晚在三点零七分醒来。此时，第一块蜂巢已经吃完了，他又去营养店买了一块。蜂巢并无镇定剂之疗效，却是不错的零食。拉尔夫遗憾没早点发现。

拉尔夫还尝试用热水泡脚。洛伊丝为他邮购了一种万能凝胶围巾——据称将该围巾围在脖子上有助于治疗关节炎和促进睡眠（围巾对拉尔夫并无效果，不过他的关节炎本来就不严重）。某次在尼基餐厅，拉尔夫偶遇特里格・瓦尚在吧台饮用甘菊茶。“甘菊茶非常好，”特里格说道，“它将助你一觉睡到天亮，拉尔夫。”拉尔夫听从了他的建议，结果凌晨两点五十八分就醒了。

这些就是拉尔夫试过的偏方和天然顺势疗法。他没有试过的方法包括：摄取大剂量维生素，因为他的固定收入无法担负；一种被称作“梦想奔驰”的瑜伽姿势（据邮差描述，这种瑜伽姿势能够让拉尔夫看到自己的痔疮）；以及吸食大麻。拉尔夫认真考虑了最后一种方法，但他最终认为吸食大麻有违法律，而且效果可能与威士忌、蜂巢以及甘菊茶如出一辙。此外，麦戈文一旦发现拉尔夫吸食大麻，定会喋喋不休。

拉尔夫在尝试这些方法的同时，脑中始终有个声音不断在问：是否要试遍蝾螈的眼睛和蟾蜍的舌头等所有方法才肯去看医生？与其说这是一种批评的声音，不如说是好奇。

九月十日，“生命之友”在“妇女关怀”中心外面举行了第一次示威游行活动。拉尔夫决定去药店买药……但他不想去市中心的雷氏制药药店，他经常帮卡罗尔在此购买处方药。药店中的医师跟他很熟，他不想让雷氏制药药店的药剂师保罗·道金发现他购买安眠药。这种想法似乎很愚蠢——犹如跑遍全城去购买安全套——但他执意如此。他还未光顾过斯特拉福德公园对面的来爱德药店，因此他决定去那儿。如果连安眠药都不管用，那他真得去看医生了。

真的吗，拉尔夫？此话当真吗？

“是真的。”他在九月的暖阳下徜徉在哈里斯大道，大声咆哮道，“如果我再拖延，将不得善终。”

净说大话，拉尔夫，他脑中的声音怀疑地回应道。

比尔·麦戈文和洛伊丝·夏瑟站在公园外，似乎正在热聊。比尔抬头看到拉尔夫，于是挥手让他过去。拉尔夫走近他们，对这俩人的表情感到不悦：麦戈文充满好奇，而洛伊丝则是一脸苦恼与担忧。

“你听说医院外的事件了吗？”拉尔夫走近时，洛伊丝问道。

“不是医院外，也不是‘事件’。”麦戈文愤懑地说道，“是示威游行活动——总之大家都这么说——该活动发生在医院*后面*的‘妇女关怀’。有一批人已经被抓进监狱——人数在六至二十四之间，似乎没人知道确切的人数。”

“艾德·迪普努也被抓了！”洛伊丝气喘吁吁地说道，麦戈文白了她一眼，很明显他认为应该由他来宣布这则消息。

“艾德！”拉尔夫诧异地说道，“艾德在弗雷西港！”

“错。”麦戈文说道。他今天戴了一顶破旧的棕色软呢帽，为他增添了几分俏皮的色彩，犹如二十世纪四十年代犯罪片中的新闻记者。拉尔夫心想那顶巴拿马草帽是否还未找到，还是草帽不合秋季的时宜。“今天他再次被抓进风景如画的市立监狱。”

“究竟发生了什么？”

但他们俩人也不甚了解。现在这只是一个谣言，犹如流行性感冒在公园内散布开来。这儿的人们之所以对谣言感兴趣，是因为艾德·迪普努也牵涉其中。玛丽·卡伦向洛伊丝透露：示威者之所以被抓是因为他们有人扔石头。斯坦·埃伯里在麦戈文巧遇洛伊丝之前已经将情况告诉了麦戈文。按照斯坦·埃伯里的说法，有人——可能是艾德，也可能是别人——在医生们经过“妇女关怀”和医院后门之间的通道时用梅斯喷雾攻击了他们。这条通道基本上是公共空间，但自从七年前“妇女关怀”开始提供人流服务后，这儿便成了反人流示威者的聚集地。

这两个版本的说法都含糊不清而且相互矛盾。拉尔夫觉得两者都不可信，也许仅是因为几个情绪激动的人擅自闯入“妇女关怀”或因为其他原因被捕。在德里市这种地方，此类事件经常发生，一旦到了人们嘴里，就会变成三人成虎的事。

但拉尔夫始终摆脱不了一种感觉，那就是这次的情况可能比较严重，因为比尔和洛伊丝的版本都涉及了艾德·迪普努，而他可不只是个反人流抗议者。毕竟这家伙仅因为妻子在与“妇女关怀”有关的请愿书上签名，就扯下她一撮头发，打掉她牙齿，打折她颧骨。这家伙确信有个自称“血色之王”的人——拉尔夫心想这倒是可以成为某个职业摔跤手的名字——在德里市活动，他的下属正在用平板卡车将未出生的受害者运往城外（此外还用皮卡车载着装有死胎的有机肥料桶）。不，他心想如果艾德牵涉其中，事情可能不会像有人被示威牌子敲到头部那么简单。

“到我家去吧。”洛伊丝突然提议道，“我要给西蒙妮·卡斯顿圭打电话。”她侄女芭芭拉是“妇女关怀”的日间接待员。西蒙妮应该最了解今早发生了什么，她肯定给芭芭拉打过电话了。

“我正要去超市。”拉尔夫说道。当然，他说了谎，但无伤大雅。超市距公园仅半个街区之隔，而且紧邻位于单排商业区的来爱德药店。“我回来的时候去找你们。”

“好的。”洛伊丝微笑道，“我们希望你尽快回来，对吗，比尔？”

“没错。”麦戈文说道。他突然将洛伊丝揽入怀中，虽然距离有点远，但他还是一把抱住了。“在此期间，你将独属于我。啊，洛伊丝，多么美妙的短暂时光啊！”

公园内有一群推着婴儿车的母亲（她们肯定又在说长道短，拉尔夫心想）正注视着他们，也许是被洛伊丝的姿势所吸引，因为洛伊丝只要一激动姿势就特别浮夸。此刻，麦戈文让洛伊丝后仰在他怀中，用类似探戈舞者谢幕时的虚假热情俯视着她。一位母亲对另一位母亲说了句什么，接着俩人都哈哈大笑。她们的笑声非常刺耳、刻薄，不禁让拉尔夫想起粉笔划过黑板以及餐叉拖过瓷质水槽的声音。*瞧那些可笑的老人，笑声仿佛在说，他们还在装年轻。*

“别闹了，比尔！”洛伊丝说道。她满脸绯红，不仅因为这是比尔的一贯把戏，还因为她听到了公园内的笑声。毫无疑问，麦戈文也听到了笑声，但麦戈文认为她们是被逗乐了而非嘲笑他。拉尔夫心想，有时候轻微自负也是一种保护。

麦戈文放开洛伊丝，摘下帽子快速扫过胸前，划到腰部，然后夸张地鞠躬。洛伊丝忙于将丝质衬衫塞进裙装腰带，无暇顾及他。她脸上的红晕逐渐褪去，拉尔夫发现她面色苍白，特别担心她会突然晕倒。

“如果方便就过来吧。”她静静地向拉尔夫说道。

“我会来的，洛伊丝。”

麦戈文伸手搂着洛伊丝的腰部，这次他的姿势充满了喜爱、友善和真诚。他们一起走上了街头。望着他们，拉尔夫顿生似曾相识之感。他好像在其他地方或其他时空见过此情此景。就在麦戈文放下手臂打断他的幻想之时，他突然想到：弗雷德·阿斯泰尔牵着头发乌黑、体态丰腴的金吉·罗杰斯[①]走进小镇的电影场景，跟随杰罗姆·科恩或欧文·柏林的曲调翩翩起舞。

奇了怪了，他心想，转身朝着位于去上哩丘途中的单排商业区走去。*这非常奇怪，拉尔夫。比尔·麦戈文和洛伊丝·夏瑟与弗雷德·阿斯泰尔和金吉·罗杰斯根本风马牛不相及……*

“拉尔夫？”洛伊丝大声喊道，他随即转身。现在他们之间隔了一个十字路口，大约有一个街区的距离。伊丽莎白街车水马龙，拉尔

① 弗雷德·阿斯泰尔和金吉·罗杰斯均为美国好莱坞歌舞片明星。

夫只能断断续续地看到他们的身影。

“什么?”他回应道。

“你脸色比之前好！体力更加充沛！最近睡得好吗?”

“挺好的!”他回应道。又撒谎了，又一个理直气壮的谎言。

“我之前不是说了，换季后你的睡眠就会好了？待会儿见!”

洛伊丝朝他挥手，拉尔夫惊异地发现，洛伊丝精修的短指甲上涂了往后延伸的鲜蓝色对角线美甲，看似飞机留下的尾迹。

这是什么?

他紧闭双眼，然后再次猛地睁开。什么都没有。只见比尔和洛伊丝沿着街道往洛伊丝家走去。空中没看到鲜蓝的对角线美甲，什么都没……

拉尔夫将视线落在人行道上，看到洛伊丝和比尔在混凝土地面留下的足迹。这些足迹恰似老亚瑟·穆雷国际舞蹈学校利用邮购业务出售的舞蹈学习指南中的足迹。洛伊丝的足迹是灰色的，麦戈文的足迹——比较大但很精美——呈深橄榄绿色。这些足迹在人行道上发着光，拉尔夫此时正站在伊丽莎白街的远端，惊愕不已。突然，他发现这些足迹冒着五颜六色的烟雾，也可能是水汽。

一辆开往老海角的公共汽车疾驰而过，一时遮住了拉尔夫的视线。汽车通过后，地上的那些足迹便不见了踪影。人行道上只有一个褪了色的粉色爱心，里面用粉笔写着：**山姆和狄安妮永远在一起。**

这些足迹并没有消失，拉尔夫，它们根本就不存在。你应该知道，对吧?

是的，他知道。拉尔夫一开始认为比尔和洛伊丝看似弗雷德·阿斯泰尔和金吉·罗杰斯，后来又产生幻觉，认为人行道上出现幽灵的足迹，类似亚瑟·穆雷国际舞蹈学校舞蹈指南上的足迹。这种逻辑很奇怪。他感到非常害怕。拉尔夫心跳加速，准备闭目镇静下来。但闭眼又看到洛伊丝挥舞的手指上犹如亮蓝色飞机尾迹的美甲。

我得好好睡一觉，拉尔夫心想，我必须好好睡一觉，否则不知道会看见什么。

“没错。”他喃喃自语，继续朝药店走去，“说不准会看到什么。”

3

十分钟后，拉尔夫来到来爱德药店门前，看到一块用链子从天花板悬下来的标牌，上面写着“来爱德让你感觉更健康!”。这条标语似乎表明，任何通情达理、勤奋努力的消费者都可实现健康的目标。拉尔夫对此不以为然。

拉尔夫心想，这家药品零售店规模宏大——相比之下，他经常光顾的那家雷氏制药药店犹如贫民区的公寓。灯光照亮的通道犹如保龄球道，货架上的商品琳琅满目，从烤箱到拼图玩具一应俱全。拉尔夫观察后发现第三通道有很多专利药品，他很可能在此找到他需要的。他缓慢走过**胃药区**，在**止痛药区**逗留了片刻，快速通过**泻药区**，停在了**泻药区**和**消肿剂区**之间。

总算找到了——这是我最后的希望了。如果这药再不奏效，我只能去看里奇菲尔德医生了。如果他建议我嚼蜂巢或饮用甘菊茶，我可能会愤怒地冲向他，可能需要护士和医护人员合力才能把我拉开。

第三通道上方的标牌写道：**助眠药**。

拉尔夫几乎从不服用专利药品（否则他早就来买药了），因此不确定到底需要何种药，但可以肯定绝非这些花里胡哨、令人眼花缭乱的药品。他浏览药盒（很多药盒呈现抚慰人心的蓝色），阅读药品名称。很多药品名称很奇怪甚至有些不祥：康柏舒，苯海拉明，眠可欣，保尔眠，盐酸苯海拉明，睡眠灵，促眠通。甚至还有一种无品牌药。

你在开玩笑吧，拉尔夫心想。*这些药物并无裨益。是时候停止胡闹了，知道吗？当你在人行道上看到彩色足迹时就该停止胡闹去看医生了。*

但紧接着他又清晰地听到了里奇菲尔德医生的声音，犹如在脑海中播放的磁带录音机：*你妻子患的是紧张性头痛，拉尔夫——这种病*

很讨厌、很痛苦，但不会危及生命。我想我们可以把它治好。

讨厌和痛苦，但不会危及生命——对，没错，里奇菲尔德就是这样说的。随后他拿起处方签开出第一批无效的药物，而此时卡洛琳脑中的一小簇异形细胞正在破坏她的身体。也许贾马尔医生说的没错，卡洛琳去看医生时已经晚了；也许他只是胡说，因为他独在异乡，试图附和里奇菲尔德医生，不想惹是生非。可能这样，也可能那样，拉尔夫什么都不敢确定，可能永远也确定不了。他只知道他和妻子在完成婚姻中最后两项任务时，里奇菲尔德并不在场：卡洛琳撒手人寰，而自己目送她离开。

这是我想做的吗？去看里奇菲尔德医生，然后再次让他拿起处方签开药？

也许这次会奏效，他和自己争辩道。与此同时，不由自主地伸出手从货架上拿起一盒眠可欣。他把药盒翻转过来，稍微放远一点，以便能看到侧面的小字。他仔细地浏览药物活性成分表，其中有些怪异的单词他不知道如何发音，更不知道是什么或对睡眠有何作用。

是的，他回答那声音说。也许这次会奏效。但真正行之有效的办法可能是换名医生——

“需要帮助吗？”拉尔夫身后传来一个声音。

他正准备将眠可欣放回原处，换一种听起来不像罗宾·库克小说中的邪恶药物的药，背后突然响起了一个声音。拉尔夫吓了一跳，将十几盒合成安眠药打翻在地。

“对不起，我太笨拙了！”拉尔夫说着朝背后看去。

“不，都是我的错。”拉尔夫刚捡起两盒眠可欣和一盒促眠通胶囊，身穿白色工作服和他说话的男人便以迅雷不及掩耳之势捡起剩下的药物并将它们置于货架。根据别在他胸前的金色名牌可知，他名叫乔·维齐尔，是来爱德药店的药剂师。

“好了，”维齐尔拍了拍手，转向拉尔夫，露出友善的笑容，“我想再问一次，需要帮忙吗？您看似有些迷茫。”

拉尔夫原本的第一反应——白衣男子打乱了他和自己深刻且有益的对话，他感到不悦——被谨慎的好奇所取代。“呃，我不知道。”他说道，随后指向货架上的安眠药："这些药物有用吗？"

维齐尔笑得更加灿烂了。他年近中年，身材高挑，皮肤白皙，留着中分稀疏棕发。他伸出手，拉尔夫刚出于礼貌伸出手便被他一把握住。"我叫乔。"这位药剂师说道，轻拍别在胸前的金色名牌，"我本来叫乔·维齐尔，现在年纪大了，更加机智了①。"

这是一个老套的笑话，但不影响乔·维齐尔的兴致，他哈哈大笑。拉尔夫感到些许焦虑，但仍礼貌性地回以微笑。拉尔夫感到药剂师的手强劲有力，如果他再用点力，拉尔夫的手可能会骨折。拉尔夫不禁心想，早知道去保罗·道金药店就好了。维齐尔有力地握了两下他的手便松开了。

"我叫拉尔夫·罗伯茨。幸会，维齐尔先生。"

"彼此彼此。现在，就这些药物的功效而言，让我用提问的方式来回答你的问题：熊会不会在电话亭排便？"

拉尔夫放声大笑。"我想很少见。"他忍住笑声说道。

"完全正确。"维齐尔看着堆叠如蓝色墙壁的安眠药说道，"幸亏我是药剂师而不是推销员，罗伯茨先生。如果我需要挨家挨户推销产品，我可能会食不果腹。你患有失眠症吗？我这样问，一方面是因为你正在观察安眠药，但主要还是因为你看上去很瘦弱，而且眼窝凹陷。"

拉尔夫说道："维齐尔先生，如果我某天晚上能睡五个小时，我会感到无比快乐，就算只有四个小时也心满意足。"

"这种状况出现多久了，罗伯茨先生？我可以叫你拉尔夫吗？"

"叫我拉尔夫吧。"

"好的，叫我乔。"

"我记得是从四月份开始的。反正是我妻子去世后的一个月或六周。"

"啊，听到你妻子去世我很抱歉，请节哀顺变。"

"谢谢。"拉尔夫又重复那句老话，"我非常想念她，但她再也不

① 维齐尔（Wyzer）与 wiser（更加机智）谐音。

用受病痛折磨了，让我感到安慰。”

“但现在换作了你的失眠……让我想一下。”维齐尔掰着健壮的手指算道，“半年了。”

拉尔夫突然发现自己对药剂师健壮的手指很感兴趣。这次看到的不是飞机尾迹，而是每个指尖似乎被一层明亮的银色薄雾所笼罩，薄雾犹如透明的锡箔纸。他再次想起了卡洛琳，想起她在最后那个秋天有时会因一些虚幻的味道而抱怨——丁香、污水和煎煳的火腿。也许他和卡洛琳一样也产生了幻觉，但他的脑瘤症状不是头疼而是失眠。

胡乱地自我诊断不是一种明智之举，拉尔夫，你为何不放弃这种做法呢？

他坚决地将目光转向维齐尔和蔼可亲的面庞。银色薄雾不见了，连薄雾的迹象都没了。他几乎可以肯定。

“没错。”拉尔夫说道，“持续半年了。可能还不止，实际上有半年多了。”

“有什么明显症状吗？我是指你在入睡前会辗转反侧吗？或……”

“我醒得很早。”

维齐尔蹙起眉头说道：“还看了一些有关失眠的书籍吧，我猜。”如果里奇菲尔德这样说，拉尔夫可能会认为他纡尊降贵，但乔·维齐尔让他感受到一种由衷的赞赏。

“我在图书馆中找了几本有关失眠的书籍，这些书并无大益。”拉尔夫顿了会儿继续说道，“事实上，没有一本书有用。”

“好的，那我把自己知道的有关失眠的知识告诉你，如果我讲的知识你已经知晓请挥手示意。顺便问一下，你的医生是谁？”

“里奇菲尔德。”

“啊哈。你通常在哪儿买药？购物中心的大众药店还是市中心的雷氏制药。”

“雷氏制药。”

“那你今天是偷着来的啊。”

拉尔夫不禁脸红……然后露齿而笑。“是的，偷着来的。”

“啊哈。我无需询问你是否向里奇菲尔德医生咨询过你的问题，对吧？如果你去看过医生，我想你就不会探索专利药品了。”

“这些都是专利药品吗？”

“这样说吧——如果把这些药品装在五颜六色的货车上出售，我会觉得比较对得起良心。”

拉尔夫大笑，原本聚集在乔·维齐尔腰间的银色薄雾也消失殆尽了。

“我可能比较擅长这种推销术，”维齐尔似笑非笑地说道，“我会选一名长相甜美、身穿金色内衣和哈伦裤的女郎来为我暖场……将她称作‘埃及女郎’吧，就像航海者乐队的那首老歌……此外，我还会携带一把班卓琴。依我所见，一首动听的班卓琴音乐最能勾起人们的购物欲望。”

维齐尔越过泻药和镇痛剂看向远方，尽情地享受着白日梦。然后将目光转向拉尔夫。

“对于像你这样的早醒者而言，拉尔夫，这些东西根本没用。你最好别饮酒也不要购买邮购商品目录中的脑波仪。从你的样子看来，我想你应该两种都试过了吧。”

“是的。”

“还有其他二十多种古老的偏方。”

拉尔夫再次大笑。他开始对这位药剂师产生了好感。“说四十多种可能更确切。”

“那么我想说你可真勤快。”维齐尔说道，然后朝那些蓝色药盒一挥手，“这些都是抗组胺药。它们基本上会产生副作用——让服用者昏昏欲睡。查看那边的百时美或苯海拉明等减充血剂药盒，上面都提示你在开车或操作重型机械前不要服用。对于偶尔失眠的患者而言，偶尔服用盐酸苯海拉明可能有效，有助于睡眠。但对你毫无用处，因为你的问题不是睡不着，而是睡不安稳，对吗？”

“对。”

“我可以问你一个棘手的问题吗？”

“没问题。”

“你是否担心里奇菲尔德医生治疗失眠的能力？是否怀疑他无法

体会你深受失眠之苦。”

“是的。”拉尔夫感激地说道，“你认为我应该去看里奇菲尔德医生吗？向他解释我的情况以便他理解？”毫无疑问，维齐尔对该问题的回答是肯定的，拉尔夫最终也会给这位医生打电话。将来去看，也应该去看里奇菲尔德医生——他现在终于明白了。到这把年纪还更换医生很不明智。

你会告诉里奇菲尔德医生你产生了幻觉吗？你会告诉他你看到洛伊丝·夏瑟指尖延伸出的蓝色印记吗？还有人行道上的足迹，犹如亚瑟·穆雷国际舞蹈学校舞蹈指南中的足迹吗？以及乔·维齐尔指尖的银色薄雾？你真的打算将这些幻觉告诉里奇菲尔德吗？如果你不告诉他，如果你不能告诉他，你为何要在第一时间去看他，即使这个家伙极力推荐？

然而，令他感到意外的是维齐尔已经换了话题：“你还做梦吗？”

“是的，鉴于我每晚只睡三个小时，做的梦还是挺多的。”

“是连贯的梦吗——是否包含可感知的事件和情节，无论多么奇怪——还是仅包含一些混乱的影像。”

拉尔夫记得昨夜他做了一个梦，梦见自己和海伦·迪普努以及比尔·麦戈文在哈里斯大道中央玩仨人飞盘游戏。海伦穿着一双笨重的大马靴鞋，麦戈文身着印有伏特加酒瓶和“绝对最佳”字样的运动衫。鲜红色的飞盘夹杂着荧光绿条纹。流浪狗罗莎莉也来了，它一瘸一拐地朝他们走来，脖子上不知道是谁系的褪色蓝手帕随风摆动。它突然纵身一跃，抓住飞盘，叼在嘴里离开了。拉尔夫打算去追，但麦戈文说：算了，拉尔夫，我们马上就要过圣诞节了，到时候会获得一箱飞盘。拉尔夫转向他，想指出圣诞节已经过去了三个多月，如果想玩飞盘该怎么办。但话还没来得及说出口，梦便结束了或变成其他不太生动的梦境。

“如果我没误解你的意思，”拉尔夫说道，“我的梦是连贯的。”

“好的。我想确认这些梦是否清晰。清晰的梦需满足两个要求。首先你知道自己在做梦。其次你能够影响梦的轨迹——你不仅是被动的旁观者。”

拉尔夫点点头。“当然，我也做过清晰的梦。事实上，我最近做了很多清晰的梦。我刚才还在想昨晚做的梦，梦见我经常在街上遇到的流浪狗叼走了我和朋友们玩的飞盘。它打断了我们的游戏，让我抓狂，我想通过意念让它放下飞盘。心灵感应之类的，你知道吗？”

拉尔夫尴尬地微笑，但维齐尔实事求是地点点头。“这行得通吗？”

“这次没有成功，”拉尔夫说道，“但我认为在其他梦境中成功了。我也不太确定，因为醒后很多梦境我都记不住了。”

“这很正常，”维齐尔说道，“大脑将梦境处理为一次性问题，通常把它们存储在短期记忆中。”

“你对此很了解，对吗？”

“我对失眠很感兴趣。大学期间我写了两篇有关做梦和睡眠障碍关系的论文。”维齐尔看了看手表，“我的休息时间到了。想不想和我一起喝杯咖啡，吃点苹果馅饼？隔壁有家店的馅饼不错。”

“听起来很不错，但我可能会点杯橙汁汽水，因为我打算减少咖啡的摄入。”

“我可以理解，但完全没用，”维齐尔畅快地说道，“你的问题不在于咖啡因，拉尔夫。”

“是的，我想也是……那是什么呢？”拉尔夫一直避免流露悲伤的感情，但此时没有忍住。

维齐尔拍了拍他的肩膀，亲切地望着他。“这，”他说道，“便是我们即将要谈论的，走吧。”

第五章

1

“你不妨这么想。”五分钟后，维齐尔接着开始讨论之前的话题。他们在一家名为“日升日落”的新时代餐厅就餐。这家餐厅对拉尔夫而言有些新颖，他喜欢那种铬合金装饰、弥漫着黄油味的老式餐厅。但这儿的馅饼味道很好，只是咖啡的口感不及洛伊丝·夏瑟煮的——他认为洛伊丝煮的咖啡最好喝——温热香浓。

“怎么想？”拉尔夫问道。

“有些东西是人类——无论男女——一致追求的。不是史料或公民守则记载的那些东西，至少大部分不是。我谈论的是一些基本要素：遮风避雨的房屋、一日三餐、简易的小床、和谐的性生活、健康的肠胃。可是当中最基本的可能就是你缺少的这项，朋友。因为世界上最美妙的事物莫过于良好的睡眠，对吗？”

“没错。”拉尔夫说道。

维齐尔点点头。“睡眠是被忽视的英雄，是穷人的医生。莎士比亚说睡眠是编织关怀之袖的丝线；拿破仑称，睡眠是夜晚幸福的终结；温斯顿·丘吉尔——二十世纪声名显赫的失眠症患者——称睡眠是他陷入困境时的唯一慰藉。我在论文中引用了很多类似名言，但结论还是我刚说的那一点：睡眠是世界上最美好的事物。”

“你也曾体验过失眠之苦，对吗？”拉尔夫突然问道，“所以你才……如此……关照我？”

乔·维齐尔露齿而笑。“我关照你了吗？”

“我想是的。”

“嘿，你说得没错，我的确患有失眠症。我从十三岁起便患上了慢睡型失眠，所以我才写了两篇关于失眠的论文。”

“你怎么解决失眠问题呢？”

维齐尔耸耸肩。“今年我的情况还好，不算太好，但可以接受。二十出头那几年，我严重失眠——每天十点上床，凌晨四点入睡，七点起床。白天就像行尸走肉，无精打采。”

拉尔夫对此感同身受，他背部和上臂不禁起了鸡皮疙瘩。

“重点来了，拉尔夫，请认真听。”

“我在听呢。”

“你得明确一点，即使你经常感觉很糟糕，但你的情况还不错。你知道的，睡眠质量有好有坏。如果你的梦仍然连贯，更为重要的是如果你的梦很清晰，说明你的睡眠很好。因此目前服用安眠药无疑百害而无一利。我认识里奇菲尔德医生，他还不错，就是太喜欢处方笺了。”

“这还用说嘛。”拉尔夫说道，又想起了卡洛琳。

“如果你把刚在路上和我说的话告诉里奇菲尔德医生，他肯定会给你开苯二氮镇静药——或氟安定、羟基安定、酣乐欣甚至安定药。这些药物有助于睡眠，但你也得付出代价。苯二氮镇静药易于上瘾，属于呼吸抑制剂。最糟糕的是它会大幅减少我们这类人的快速眼动睡眠，也就是做梦睡眠期。

“馅饼味道如何？我见你几乎一口未动啊。”

拉尔夫咬了一大口囫囵吐下。“味道不错，”他说道，“告诉我，为何拥有梦境的睡眠才是好睡眠。”

“如果我能回答这个问题，那我就不用当药品推销员而是转行做睡眠专家了。”维齐尔吃完了馅饼，正在用食指指尖拾起盘子左侧的大块饼屑。“毫无疑问，REM 代表快速眼动。在公众眼里，REM 睡眠和梦眠的意义相同，但无人真正了解睡眠者眼睛转动与梦境之间的关联。眼动当然和‘观看’或‘追踪’无关，因为睡眠研究人员发现，很多研究对象在静态梦境中——例如只有对话，就像我们现在这样——也存在眼动现象。同样，无人真正了解清晰、连贯的梦与整体心理健康之间的联系：一个人做得清晰、连贯的梦越多，心理便越健康，反之亦然。这是有事实依据的。”

“心理健康是一种很宽泛的表达。”拉尔夫怀疑地说道。

“是的，”维齐尔咧嘴一笑，“这让我想起几年前看到汽车保险杠贴纸上的一句话——**保持心理健康，否则我会杀了你**。总之，我们正在讨论的是一些基本的、可衡量的要素：认知能力、解决问题的能力、归纳法和演绎法、维护人际关系的能力以及记忆力……”

“近来我记忆力衰退了。”拉尔夫说道，他想起自己忘了电影院的热线电话以及在橱柜中翻找立顿汤的事。

“是的，可能你短时记忆正在衰退，但你拉上了裤子拉链，衬衫也没穿反。我保证如果我问你的中间名，你肯定能对答如流。我不是轻视你的问题——我绝不会这么做——我只是希望你稍稍转变思路。多想想自己仍表现正常的方面。”

“好的。这些清晰和连贯的梦只能显示人体机能正常吗？类似于汽车油表？它们是否有助于身体正常运转。”

“还不清楚，但很可能两者都有。二十世纪五十年代末，医生们逐渐弃用了巴比妥类药物——最后流行的药物非常有趣，叫作萨力多胺——部分科学家甚至试图提出下列观点：我们刚谈论的良好睡眠与梦无关。”

“然后呢？”

“试验并不支持这个假设。那些停止做梦或梦境时而被中断的人会产生各种问题，包括认知能力缺失，情绪稳定性受损，甚至会产生超现实等感知障碍。”

维齐尔身后吧台那边，坐着一个正在看《德里新闻报》的男士。他们只能看见他的双手和头顶。他左手戴着一个惹人注目的粉红色戒指。报纸头版的大标题为《人流权倡导者下月莅临德里市发表演讲》，大标题下方的小标题为“反人流团体承诺组织抗议活动”。版面中央是苏珊·戴的彩色照片，这张照片比拉尔夫在“昨日玫瑰，二手衣服”旧货店橱窗海报中看到的黑白照片要好看得多。橱窗海报上的她显得非常普通，甚至有些险恶。报纸中的她容光焕发。修长的金发披在背后，眼睛深邃，炯炯有神，引人注目。看来汉密尔顿·达文波特的担心是多余的，毕竟苏珊·戴就要来了。

拉尔夫随后看到的东西让他忘却了汉姆·达文波特和苏珊·戴的事。

那位男士的双手和露出的头顶上聚集着灰蓝色的光环。红玛瑙戒指周围的光环显得特别耀眼。光环没有变暗反而逐渐明晰，让那颗戒指宝石闪闪发光，犹如写实科幻电影中的小行星。

“你说什么，拉尔夫？”

“啊？”拉尔夫努力将视线从那位读报纸男士的戒指上移开。“我不知道啊……我刚说话了吗？我可能是在问什么是超现实吧。”

“强化的感官认知，”维齐尔说道，“就像进行一场不需要服用任何药物的 LSD（麻醉药）之旅。”

“噢，”拉尔夫说道，他看到明亮的灰蓝色光环开始在维齐尔用来拾起馅饼碎屑的指甲上形成复杂的古老北欧文字图案。一开始像是写在冰霜上的字母……后来是写在烟雾中的句子……接着是怪异、痉挛的脸庞。

拉尔夫眨了眨眼，这些图案便消失了。

“拉尔夫？你没事吧？”

“没事。但是，乔——如果所有的偏方都不奏效，第三通道中的药物以及所有处方药只会让失眠症恶化，那我就无药可救了，对吗？”

“剩下的还吃吗？”维齐尔指着拉尔夫的盘子说道。阴冷的灰蓝光线像写在干冰烟雾中的阿拉伯字母从他的指尖溜走。

“不吃了，我吃饱了，你请便。”

维齐尔把拉尔夫的盘子拖到跟前。“别轻易放弃，”他说道，“我希望你待会儿和我一起回药店，我给你一些名片。我以社区友好的药物推销员身份建议你试试这些医生。”

“什么医生？”拉尔夫惊讶地看着维齐尔张开嘴吃下最后一口馅饼。他每颗牙齿都闪着刺眼的灰色光芒。臼齿中的金属填充物像一颗颗小太阳闪闪发光。舌头上的馅饼皮和苹果馅也闪着光缓慢移动。

（清醒，拉尔夫，清醒）

维齐尔闭上嘴咀嚼后，光消失了。

“詹姆斯·罗伊·洪和安东尼·福布斯。洪是针灸师，他在堪萨斯街有好几间诊所。福布斯是催眠师，诊所在东边——应该是在赫塞街。在你大喊庸医之前……”

“我不会大喊庸医。”拉尔夫安静地说道。他伸手去摸戴在衬衫底下的护身符“魔眼”。“相信我，我不会叫。”

“好的，非常好。我建议你先去看洪医生。那些针虽然看起来很可怕，但扎起来只有一点点疼，他的手法很好。我不知道他的具体手法以及工作机理，但两年前我境况不佳时，他给了我很大帮助。我听说福布斯也不错，但我推荐洪。他现在很忙，但我可以帮你和他预约。你觉得怎么样？”

拉尔夫看到一束明亮的灰色光，如线一般细。光犹如神奇的眼泪从维齐尔的眼角滑向脸颊。这让他下定决心。“我们走吧。”

维齐尔拍了拍他的肩膀。“太好了！我们买完单就走。”维齐尔拿出一个二十五美分的硬币。“掷硬币决定谁买单吧？”

2

返回药店途中，维齐尔站在来爱德药房和餐馆之间的商店前，看着贴在空荡橱窗上的海报。拉尔夫只瞥了一眼，他之前在“昨日玫瑰，二手衣服”商店的橱窗上已经见过这种海报。

“通缉杀人犯，”维齐尔惊奇地说道，“这年头人的心眼可真小啊！”

“是的，”拉尔夫说道，“如果我们有尾巴，定会整天追逐自己的尾巴，试图把它咬下来。”

“这海报真是糟糕透顶，”维齐尔愤慨地说道，“不过看这个！”

维齐尔指着海报旁边，写在布满灰尘的橱窗上的文字。拉尔夫倾身贴近橱窗去看上面的文字。杀死这位淫妇，文字下方有个箭头指向左边苏珊·戴的照片。

“天啊。”拉尔夫小声说道。

“就是说嘛。”维齐尔附和道。他从后兜掏出一条手帕，将橱窗上的文字拭去，只留下明亮的银色扇形图案。拉尔夫心想只有他能够看到该图案。

3

拉尔夫跟随维齐尔来到药店后面。他站在一间仅比公厕隔间大一点的办公室门口，而维齐尔则坐在唯一的家具——高脚凳上，这凳子似乎更适合摆在守财奴艾比尼斯·斯克鲁奇[1]的账房里——打电话到针灸医生詹姆斯·罗伊·洪的诊所。维齐尔打开免提，以便让拉尔夫听到对话。

洪医生的接待员（名叫奥德拉，她和维齐尔的熟悉程度似乎超越了工作关系）一开始说他在感恩节之前都没空接诊新患者。拉尔夫一听垂下了肩膀。维齐尔朝拉尔夫所在方向举起手掌——稍等片刻，拉尔夫——随后开始劝说奥德拉为拉尔夫在十月初寻找（或创造）就诊时机。虽然还有近一个月时间，但总比等到感恩节好很多。

“谢谢你，奥德拉，”维齐尔说道，“今晚我们还共进晚餐吗？”

“当然。”奥德拉说道，“把可恶的免提关了，乔——有些话我只想和你说。”

维齐尔照做，听了一会儿，然后笑得眼泪直流。在拉尔夫看来，他的眼泪犹如绚丽的水珍珠。随后维齐尔对着电话亲了两下，然后挂断了电话。

“一切安排妥当。”维齐尔说着就把一张背后写有预约日期和具体时间的白色小卡片递给拉尔夫，“十月四日，虽不是最佳时间，但奥

---

① 艾比尼斯·斯克鲁奇，英国作家狄更斯的作品《圣诞颂歌》中的人物，守财奴。

德拉尽力了，她是好人。”

“好的。”

“这是安东尼·福布斯的名片，在这之前你也可以去找他。”

“谢了，”拉尔夫说着接过第二张卡片，“我欠你一个人情。”

“要说欠的话，你就记得事后要过来找我一下，让我知道结果如何。我对此很关心。你知道的，很多医生不会给失眠症患者开药。他们总说睡眠不足不会致命，但我认为这是废话。”

拉尔夫本认为自己听到这个消息后会感到害怕，结果却感到非常镇定，至少目前如此。光环已经消失——维齐尔被洪医生接待员说的话逗得大笑时，眼中的亮灰色光线也消失不见了。拉尔夫不禁猜想这些光之所以出现，是因为他过度劳累以及听维齐尔提及超现实而产生了神游。还有另一个让拉尔夫开心的理由——已成功预约了洪医生，而这位洪医生治愈了与他同病相怜的维齐尔的。拉尔夫心想只要洪医生能让他一觉睡到天亮，他愿意被医生扎针，哪怕扎针时自己会显得像只豪猪也可以。此外还有一个理由：这些灰色光环实际上并不恐怖，反而有点有趣。

“因缺乏睡眠而死的人比比皆是，”维齐尔说道，“只不过验尸员通常将死因归为自杀而非失眠。失眠症和酒精中毒有很多共性，最重要的一点在于：它们都是心理疾病，如果任由发展，它们通常会在摧毁人的身体之前将心灵掏空。因此——人的确会死于失眠。你现在的境况比较危险，你得照顾好自己。如果你开始精神恍惚，一定要给里奇菲尔德打电话，听到了吗？千万不要与自己讲客气。”

拉尔夫扮着鬼脸说道：“我想我更倾向于给你打电话。”

维齐尔点点头，似乎早就料到了这一点。“那张名片上洪的号码下方就是我的号码。”他说道。

拉尔夫感到很惊讶，他又低头看了一眼名片。发现了第二个号码，标有 J.W.。

“日夜都可，”维齐尔说道，“说实在的。不用担心会打扰到我妻子，我们一九八三年就离婚了。”

拉尔夫想说话，但开不了口。他只能发出哽咽、无意义的小声音。他猛地咽了一口口水，试图清理喉内障碍物。

维齐尔见状赶紧上前轻拍他后背。“不要在店内大声咳嗽，拉尔夫——会吓跑那些大买主的。需要纸巾吗？”

“不用了，我没事儿。”他的声音有些低沉，但还算清楚平稳。

维齐尔仔细打量着拉尔夫，“你的失眠还未解决，但迟早会的。”维齐尔再次用大手握住拉尔夫的手，这次拉尔夫不再担忧，“眼下，试着放松。你每天还能睡一段时间，对此要心存感激。”

“好的。再次感谢。”

维齐尔点点头，然后走回药剂师柜台。

4

拉尔夫沿着第三通道往前走，在摆满避孕套的货架处左转，穿过一扇门，门把手上方写有**感谢光临来爱德**字样，离开了药店。门外强烈的光线刺得他睁不开眼，他只得眯着，甚至闭上眼睛。一开始他并未发现这有什么稀奇——毕竟当时正值正午时分，而且药店可能比想象中要昏暗。他再次睁开眼，顿时震惊得停止了呼吸。

他的脸上浮现出惊愕的表情。那是探险家经历漫长的披荆斩棘之后，眼前突然出现壮丽的失落之城，或是钻石悬崖、螺旋瀑布之类的盛景才会有的表情。

拉尔夫后退了几步，靠在药店入口旁的蓝色邮筒上。他仍感到呼吸困难，眼睛左右转动，大脑正试图理解所接受到的美妙和糟糕的信息。

拉尔夫再次看到了光环，而且真真切切，不再虚无缥缈。这次的光环随处可见，猛烈而且不断涌动，奇异且美丽。

拉尔夫一生仅出现过一次与此有些相似的经历。一九四一年，即他年满十八岁那年夏天，他从德里市一路搭便车去位于纽约波基普西市的叔叔家，全程大约四百英里。旅途第二天傍晚雷暴雨交加，拉尔夫不得不就近寻找避雨的地方。那是一个摇摇欲坠的马厩，位于一大片牧草田的尽头。当天他走路的时间比乘车的时间要久，因此他一踏进马厩内废弃已久的马舍便睡着了，顾不上头顶的雷声。

睡足十四个小时后，他于第二天上午十点左右醒来，困惑地四下张望，完全不知身处何处。他只知道那是一个有些昏暗、散发着芳香的地方。头顶和周围布满明亮的缝隙。后来他想起自己正在马厩避雨，而眼前奇异的景象是由马厩墙体和顶部裂缝以及明亮的夏季光线共同形成的……仅此而已。然而他还是呆愣了至少五分钟，天真年少的孩子头发上粘着干草，手臂上粘满了谷糠。他坐在那儿，静看着如潮汐般金黄的微尘在倾斜、交叉的日光中懒散地旋转。他记得当时觉得自己身处教堂。

而眼前景象的震撼力是它的十次方：他无法确切描述发生了什么，世界发生了什么变化，让其变得如此奇妙。人和物，尤其是人都笼罩在光环里。是的，但这还不足以形容这惊人现象的万分之一。万物从未如此绚烂、真实、完整。汽车、电线杆、超市前的购物推车，街对面的框架式公寓大楼——所有物体都像老电影中的3D图像浮现在他眼前。突然间，维奇汉姆街的这个昏暗的小购物中心变成了仙境，尽管拉尔夫盯着它看，但他不确定自己看到的是什么，只知道它富丽堂皇，惊异无比。

他唯一能区分的是进出商店的人们周围的光环。他们把包裹堆放在汽车后备厢，然后驾车离开。有些人的光环比其他人的更亮，但即使是最暗的光环也比他第一次看到这种现象时亮了千百倍。

但毫无疑问，正如维齐尔所言，这是超现实，你所看到的和人服用麻醉药后产生的幻觉没什么不同。你看到的正是失眠的另一个症状。看着它，拉尔夫，尽情地惊叹吧——真是不可思议——但不要相信它。

然而，他不必告诉自己去惊叹——到处都是可赞叹的景象。一辆面包店运货汽车正从“日升日落”餐馆前的停车场中倒出来，排气管中排出明亮的栗色物质——几乎是干血的颜色。该物质既不是烟，也不是蒸汽，但具有两者的一些特征。那股亮光逐渐变细，但亮度逐渐增强，犹如脑电图的波形。拉尔夫低头看着人行道，看见货车轮胎的胎面印在水泥地上，颜色也是栗色。货车离开停车场后，加速行驶。货车尾气形成的幽灵般图形则变成了如动脉血一般的亮红色。

到处都有类似的奇怪现象，一道道轨迹在倾斜的道路上交错，让拉尔夫再度想起当年那个马厩的屋顶和墙壁缝隙透入阳光的情景。但最奇妙的还是人们，围绕在他们周围的光环似乎最清晰明亮。

一个男服务员推着一车杂货从超市走出来，他周围笼罩着明亮的白光，犹如一个行走的聚光灯。相比之下，他身旁女人的光环则比较昏暗，好似刚发霉的乳酪，呈灰绿色。

一位年轻女孩从敞开的斯巴鲁汽车车窗朝那个男服务员打招呼，并挥手致意。她的左手在空中留下了如棉花糖般的粉红明亮轨迹，这些轨迹几乎一出现就消失了。男服务员咧嘴一笑，挥了挥手：留下了黄白色的扇形图案。拉尔夫认为它像热带鱼的鳍。这图案也开始褪色，但速度较慢。

拉尔夫对这种令人困惑、闪亮的景象感到异常恐惧。但至少在目前，他更加感到惊愕、敬畏和惊异。他一生中从未见过这么美的事物。*但这只是幻觉*，他告诫自己。*记住，拉尔夫*。他向自己保证会努力，但就目前而言，他似乎将警告声抛诸了脑后。

这时他注意到另一件事：他能看到每个人头部都冒出了一束清晰的亮光。这光犹如一条长长的彩带或色彩鲜艳的绉纸向上袅袅升起，直到变细消失。有些人的亮光消失点位于头顶上方五英尺处，也有些是十或十五英尺。在多数人身上，这条向上升起的光带的颜色与身上环绕的光环颜色一致——比如，超市男服务员的光带呈亮白色，他身边的女顾客则是灰绿色——但也有一些明显的例外情况。拉尔夫看到一位在深蓝光环中大步行走的中年男子头顶上方的光带呈铁锈红，一名带有浅灰色光环的女士头顶的光带则呈现出惊人的（有点吓人）洋红色。有时候——两三条，不是很多——上升的光带很接近黑色。拉尔夫不喜欢这些黑色光带，他注意到带有这些“气球线”（他脑中突然闪现的命名）的人似乎都不太健康。

他们的确身体不适。对某些人而言，“气球线”是健康程度的指

标……在有些情况中甚至是不健康的标识。这就像二十世纪六十年代末七十年代初人们非常痴迷的基尔良摄影术。

拉尔夫，另一个声音警告说，你并没有真的看到这些东西，好吗？我的意思是，我这话可能不中听，但……

可是这现象不可能是真的吗？也许他长期失眠，加上清醒、连贯梦境的良性影响，让他得以一窥超越普通感知范围的奥妙境界？

别想了，拉尔夫，别妄想了。要是继续这么下去，你会落得与可怜的老艾德·迪普努同等下场。

想到艾德，拉尔夫便开始联想——艾德在因为殴打妻子被捕的那天说过的话——但拉尔夫还没来得及想起究竟是什么，他的左肘边就响起一个声音。

“妈？妈咪？再去买点蜂蜜燕麦圈好吗？”

“到了店内再看看吧，亲爱的。”

一位年轻女士携一个小男孩从他面前走过。那个男孩看上去四五岁，刚才就是他在说话。他母亲笼罩在涨停的白光之中。她金色头发上的“气球线”也呈白色，而且非常宽——更像是精美礼品盒上的丝带，而不是一根绳子。它一直上升到至少二十英尺的空中，随着她的步伐轻轻飘动。这让拉尔夫想起了婚礼——裙裾、面纱、薄纱般的裙摆。

她儿子的光环呈健康的深蓝色，接近紫色。当他们俩人走过时，拉尔夫看到了一个有趣的现象。他们紧牵的手上也有光袅袅升起：女士的呈白色，男孩的呈深蓝色。那些光卷曲缠绕着，逐渐上升、褪色、消失。

母与子，母与子，拉尔夫思索着。那两只相互紧牵的手——犹如攀爬在花园树桩上的忍冬植物，具有全然象征性的意义。看着它们，拉尔夫感到心情大悦——老套，但这就是他真实的感受。母与子，白与蓝，母与……

“妈妈，那人在看什么呢？”

金发女人匆匆瞥了一眼拉尔夫，但他清楚看到她抿紧嘴唇然后转过身去。更重要的是，他看到围绕着她的闪耀光环突然变暗、变短，最后变成深红色。

这是代表害怕的颜色，拉尔夫心想，也许是生气。

“我不知道，蒂姆。快，别磨蹭了。”她催促他加快步伐，她的马尾辫前后摇摆，在空中留下灰中带红的小扇形。对拉尔夫而言，它们看似雨刷偶尔在肮脏的挡风玻璃上残留的弧线。

“嘿，妈妈，放开我！别拉了！”小男孩不得不小跑才能跟上。

都怪我，拉尔夫心想，他脑海中闪现出自己在年轻母亲眼中的形象：一脸疲惫的老家伙，眼睛下面垂着紫色的大眼袋。他站在——应该是蹲在来爱德药店外的邮箱旁，好像看见世界奇景似的盯着她和小男孩。

你就是奇景啊，女士，可惜你看不到。

在她看来，他一定是史无前例的大变态。他不能再这样了。无论是真实还是幻觉，这并不重要——他必须解决这个问题。否则，有人会打电话给警察或者带着束缚网来抓他。那位漂亮的母亲说不定一进超市就会用公用电话联系警察。

他正想着该如何将充斥整个脑海的东西驱逐出去，却发现问题已经得以解决。通灵现象也好，感官幻觉也罢，正当他想着自己在那位美丽年轻妈妈的眼中有多可怕时，这些现象都消失不见了。眼前依旧是晴朗美妙的夏日，但与之前到处渗透的清晰白光相比要逊色不少。进出商业区停车场的人们又恢复了正常：没有光环，没有“气球线”，没有焰火。只有一群需要到“省钱超市”购买生活用品，或是到洗影店去取冲洗好的最后一批夏日图片，抑或是到“日升日落”买外带咖啡的人们。其中有些人可能会溜进来爱德药店购买一盒特瑞安或者助尔眠之类的助眠药物。

只是一群德里市的普通市民在忙着自己的日常琐事。

拉尔夫大口呼出憋在心里的气，准备放松自己。确实舒服了点，但与期待的状态还相距甚远。想立马就从疯狂的边缘抽身是不可能的，根本就不可能。然而他清晰地认识到：如果他继续活在那个明亮奇妙的世界里，迟早会失去理智，犹如持续数小时的性高潮。天才和艺术家可能会有这样的经历，但不适合他。太耗神了，他很快就会被榨干。等那些拿着束缚网的人跑来捉他时，他大概会欣然束手就擒吧。

他刚才明显感受到的不是宽慰而是一种愉悦的忧郁，类似于他年轻时偶尔会在做爱后产生的感觉。这忧郁并不深沉，但很宽广，似乎填满了他身心的每一处空隙，犹如洪水退去时留下的疏松而肥沃的表层土壤。他不知道自己是否还会有这样一个惊心动魄、令人振奋的顿悟时刻。他想应该还有机会……至少在下个月之前还有机会。届时詹姆斯·罗伊·洪会给他扎针，安东尼·福布斯也许会拿着金怀表在他面前晃来晃去并对他说……非常……困。可能两位医生都治不好他的失眠症。但如果他们有人成功了，那他在酣睡一夜后可能不会再看到光环和“气球线”。然后经过一个月左右的正常睡眠，他可能会把这件事忘了。就他而言，这是一个让他感到忧郁的极佳理由。

你还是快走吧，伙计——如果你的那位新朋友碰巧从药店窗户往外看，看到你还愣在这里，他可能会亲自去找人来捕捉你。

“还是打电话给里奇菲尔德医生吧。”拉尔夫喃喃自语，穿过停车场朝哈里斯大道走去。

5

他把脑袋探进洛伊丝家的大门，叫了一声：“嗬！有人在家吗？”

“进来吧，拉尔夫！”洛伊丝回应道，“我们在起居室！”

拉尔夫时常在想，洛伊丝·夏瑟那位于距红苹果店半个街区的小屋一定非常像霍比特人的洞穴——整洁，拥挤，或许有些阴暗但几乎纤尘不染。他还想象一个例如比尔博·巴金斯的霍比特人——他对祖先的关心还比不上对晚餐的关注——肯定会对这间能够让所有亲戚在墙边列队站立的小起居室心动不已。荣耀之地，也就是电视机上方，摆放着被洛伊丝称作“夏瑟先生”的男人的彩色影楼照。

麦戈文拱着腰坐在沙发上，瘦骨嶙峋的膝盖上放着一盘通心粉和奶酪。电视开着，游戏节目进行到奖励环节。

“她是什么意思，我们在起居室？”拉尔夫问道，麦戈文还没来得及回答，洛伊丝便端着一碗热气腾腾的食物走了进来。

“来，”她说道，“坐下，吃点东西。我问过西蒙妮了，她说那件事可能会上《午间新闻》。”

“哎呀，洛伊丝你不必替我准备的。”拉尔夫说着接过盘子，但是一闻到洋葱和甘醇的切达干酪的香味，他的胃便开始对他的话极力反抗。他瞥了一眼挂在墙上的时钟，两边分别是一个穿着浣熊毛皮外套的男人和一个看似会把“你想干吗”挂在嘴边的女人的照片，同时惊讶地发现已经十二点零五分了。

“我只是把一些吃剩的食物放进微波炉热了一下。”洛伊丝说道，“总有一天我会为你下厨的，拉尔夫，坐吧。”

“但别坐在我的帽子上。”麦戈文说道，他仍目不转睛地看着电视中的奖励关卡。他从沙发上拾起软呢帽，把它撂在身边的地板上，然后继续享用砂锅通心粉，很快就吃完了。“太美味了，洛伊丝。”

“谢谢。”她坐了一会儿，等一位选手赢得巴巴多斯之旅和一辆新车才匆匆赶回厨房。尖叫的获胜者淡出，取而代之的是一位身穿皱巴巴睡衣的男人，在床上辗转反侧。他起身看了一眼床头柜上的时钟，已经凌晨三点十八分了，这是拉尔夫非常熟悉的时间。

“无法入眠？”播音员同情地问道，“疲于夜夜躺着睡不着？”一颗发光的小药片从失眠者卧室的窗户飞进来。拉尔夫认为那是世界上最小的飞碟，而且对其呈蓝色一点也不意外。

拉尔夫在麦戈文身旁坐下。尽管俩人都相当苗条（实际上用骨瘦如柴来形容比尔更为贴切），但他们还是快把整张沙发都占满了。

洛伊丝端着自己的盘子走进来，坐在靠窗的摇椅上。电视节目的片尾曲和观众的掌声渐渐淡去，随之响起了一个女人的声音：“我是莉塞特·本森，请看《今日午间新闻》的头条消息。一位声名显著的女权运动人士同意来德里市演讲，引起当地诊所前发生抗议活动，导致六人被捕。另外还有克里斯·阿尔托伯格的天气预报以及麦克拉纳罕的体育节目，敬请锁定。”

拉尔夫叉了一口通心粉和奶酪放入口中，抬头看见洛伊丝正在看着他。“好吃吗？”她问道。

“美味极了。”他说道，这是实话。但他心想，此时就算是一大份刚从罐中取出的未加热法美牌意大利面也同样会让他感到美味吧。他不是饿，而是饿极了。看见那些光环显然很耗费能量。

“简而言之，事情是这样的，”麦戈文说道，吞下最后一口午餐然后将盘子放在帽子旁，“早上八点半，大约十八个人聚集在‘妇女关怀’外面，当时诊所的员工陆续赶来上班。洛伊丝的朋友西蒙妮说这些人自称‘生命之友’的成员，但核心分子是曾经以‘每日灵粮’的名义四处闯荡的闲杂人员。西蒙妮说其中有个家伙叫查尔斯·皮科林，去年他因准备炸毁这个诊所而遭到警察逮捕。西蒙妮的侄女说警察只逮捕了四个人。她看上去有些失落。”

“艾德真的也参加了吗？”拉尔夫问道。

“是的，”洛伊丝回答道，“他也被捕了。至少没人受到梅斯喷雾的攻击。这只是个谣言。根本就没人受伤。”

“这次没人受伤。”麦戈文阴郁地补了一句。

《午间新闻》的标志出现在洛伊丝那台霍比特人尺寸的彩色电视上，随后画面变成了莉塞特·本森。“中午好，”她说道，“欢迎在美丽的夏末时节观看午间新闻节目，著名作家和颇具争议的女权运动者苏珊·戴同意下月莅临德里市中心演讲。该消息引发了一场针对‘妇女关怀’的游行示威活动，评价两极分化的‘妇女关怀’是德里市女性资源中心和人流诊所。”

“他们又去人流诊所抗议了！”麦戈文大叫道，“天啊！”

“嘘！”洛伊丝说道，她专断的语气和平常的轻声细语大相径庭。麦戈文惊讶地看了她一眼，停止了说话。

“约翰·柯克兰正在‘妇女关怀’现场为我们报道。”莉塞特·本森说完，镜头便立即转到一位站在一栋狭长而低矮的砖结构建筑前播报的记者。屏幕下方的字幕提醒观众这是**现场直播**。妇女关怀诊所一侧有很多窗户，其中有两扇被打碎，还有几扇被涂了看似鲜血的红色物质。记者和诊所建筑之间拉起了黄色的警戒线。三名身穿制服的德里市警察和一名便装警察站在建筑的另一侧，与一小群人在一起。拉尔夫毫不惊奇地认出其中一名警探是约翰·莱德克。

“主播，他们自称是‘生命之友’成员，他们宣称今天早上的示威游行活动是一场自发的活动，原因是苏珊·戴下个月来德里市演讲的消息把他们激怒了。国内很多反人流激进女性团体称苏珊·戴为‘美国头号婴儿杀手’。但至少有一位德里市警察对这种说法持保留态度。”

接着镜头转到柯克兰之前的采访记录，首先出现的是莱德克的特写镜头。他对举到面前的麦克风似乎很无奈。

“这绝对不是临时的自发行为，”莱德克说道，“显然他们提前做了很多准备。他们可能几天前就料到苏珊·戴会来这里演讲。他们已经做好了准备，只等新闻发布消息，结果今天早上消息就上了报纸。”

接着俩人同时入镜。柯克兰对着莱德克挤出脱口秀节目主持人杰拉尔多的表情。“‘做了很多准备’是什么意思？”他问道。

“他们携带的标牌大部分都写了戴女士的名字。另外，现场还发现了十几个这样的东西。”

莱德克在接受采访时，脸部始终保持着生硬的表情，此刻却突然出人意料地闪现了一丝情感，拉尔夫认为那是憎恶。莱德克举起一只塑料大证据袋，拉尔夫突然惊恐地想，那里面一定装着一具肢解的、血淋淋的婴儿尸体。随后他意识到，无论袋子里的红色东西是什么，那肯定是婴儿玩偶。

“这些东西绝不是在凯马特商店购买的，”莱德克对记者说道，“这点我敢保证。”

接着画面变成被弄脏和打碎的窗户的长镜头特写。镜头缓缓移动。涂在窗户上的东西像极了鲜血。拉尔夫决定不吃剩下的两三口通心粉和奶酪了。

“示威者们带了这些玩偶，警察认为它们柔软的身体被注入了卡露牌玉米糖浆和红色食用色素的混合液。”画面穿插着柯克兰的旁白，“示威者们在诊所的一侧高喊反苏珊·戴的口号，同时挥动这些玩偶。两扇窗户被打破，但未造成重大伤害。”

镜头停止移动，聚焦在一个被涂抹得触目惊心的窗格上。

“大部分玩偶都裂开了，”柯克兰说道，“喷溅出一种极像鲜血的东西，吓坏了在场的诊所员工。”

红色窗格的特写镜头被一位身着宽松长裤和套头毛衣的黑发美女所取代。

“噢，你们看，是芭碧！”洛伊丝大叫，“天哪，我希望西蒙妮也在看新闻！也许我应该……”

这次变成麦戈文说“嘘”了。

“当时我非常害怕。”芭芭拉·理查兹告诉柯克兰，“起初我还以为他们真的在扔婴儿尸体，或者不知如何弄到的死胎。虽然后来哈珀医生跑去检查然后大叫那只是人偶娃娃，我仍将信将疑。”

“你说他们在喊口号？”柯克兰问道。

“没错，我听得最清楚的是‘把死神赶出德里市’。”

镜头回到新闻记者柯克兰身上。“主播，九点左右，警察将这群示威者从‘妇女关怀’带到位于缅因街的德里市警察总局。据我了解，有十二个人在接受询问后被释放，六人被警察以恶意损害财物的轻罪逮捕。看来德里市持续已久的人流争议已再度点燃新一轮战火。第四新闻频道记者约翰·柯克兰现场报道。”

“新战火……”麦戈文欲言又止。

主播莉塞特·本森又出现在屏幕上。“现在让我们把镜头交给安妮·里弗斯。不到一小时前她采访了两名在今天上午的行动中遭到逮捕、自称是‘生命之友’成员的示威者。”

安妮·里弗斯站在位于缅因街的警局前，两边分别站着艾德·迪普努和一位面色灰黄、蓄有山羊胡须的高挑男子。身穿灰色花呢夹克和海军宽松长裤的艾德看起来十分整洁，英俊十足。蓄着山羊胡须的高挑男子的穿着像是自由主义者空想中的“缅因州无产阶级”才会有的穿着：褪色牛仔裤和蓝色工作衫搭配消防员服式的红色宽吊带。拉尔夫一眼便认出了他：丹·道尔顿，“昨日玫瑰，二手衣服”商店的老板。拉尔夫上次见他时，他就站在商店橱窗的后方，橱窗中有吉他和鸟笼。他当时冲着汉姆·达文波特挥舞双手，似乎在说谁在意你怎么看啊？

当然，他终究还是将目光放回到艾德身上，那个看起来无比整洁而且神采奕奕的艾德身上。

麦戈文也有同感。“天哪，我简直不敢相信那是艾德。”他喃喃说道。

“主播，”那位美丽的金发女记者说道，“我身边站着的是艾德·迪普努和丹尼尔·道尔顿。他们都是德里市民，也是在今天上午示威游行行动发生时被捕人员中的两位。我没说错吧，两位先生？你们被逮捕了？”俩人点头，艾德带着一丁点儿幽默，道尔顿则是一脸乖戾的固执表情。后者直勾勾地盯着安妮·里弗斯，看似——至少拉尔夫这样认为——努力回忆曾在哪家人流诊所看到安妮·里弗斯垂头丧气地走进去。

“你们被保释了吗？”

“我们自己付了保释金。”艾德回道，“我们犯的是轻罪。我们没打算伤害任何人，也没人受伤。”

“我们之所以被捕，是因为那家在本市作威作福的诊所想惩罚我们以警戒他人。”道尔顿说道。拉尔夫似乎看到艾德脸部抽搐了一下，露出了一种“他又来了”的表情。

安妮·里弗斯又把麦克风转向艾德。

“重点不在于争论，而在于事实。”艾德说道，“虽然妇女关怀诊所的经营者一直标榜他们提供咨询服务、治疗服务、免费乳腺造影服务和其他值得称赞的服务，但‘妇女关怀’却是一个血流成河的地方……”

“*无辜的血！*”道尔顿大叫道，他脸部瘦长，眼睛闪闪发亮。拉尔夫不安地想到：整个缅因州东部的人都在看电视新闻，他们肯定会认为这个身穿红色吊带的男人疯了，而他的伙伴看似头脑清醒。这真滑稽。

艾德把道尔顿的那句呼喊视为捍卫反人流权的赞歌，他停顿片刻，聊表尊重，然后才继续开口。

“‘妇女关怀’的杀戮已持续了八年，”艾德对女记者说道，“很多人，尤其是像‘妇女关怀’的行政主管罗伯塔·哈珀医生等激进的女权主义者喜欢用‘提前结束’之类的话语来美化她们的恶行，可她谈论的就是人流，由性别主义团体对女性实施的赤裸裸的虐待。”

“可是把充了假血的玩偶扔向私人诊所的窗户是向公众表达意见的方法好吗，迪普努先生？”

有那么一瞬间——稍纵即逝——艾德眼中温和的光芒被更加严厉和冷酷的表情所取代。在这一瞬间，拉尔夫再度看到那个准备与比自己重一百磅的货车司机较量的艾德。拉尔夫忘了他正在看的新闻是一个小时之前录制的。他不禁替那个几乎和海伦一样美丽娇小的金发女记者担心。*当心啊，女士*，拉尔夫心想。*要当心，要懂得害怕。站在你面前的可是个危险人物啊。*

冷酷的眼神消失，身穿花呢夹克的艾德依然是原来那个为了捍卫自己的良知而不惜入狱的真诚年轻人。镜头再次回到道尔顿，他不安地撩弄着红色大橡皮筋似的吊带，一副畏缩的样子。

“我们现在所做的是二十世纪三十年代所谓的德国好人都没有做的事。”艾德说道。他像是在耐心地循循教诲，仿佛是在迫不得已地一遍遍指出这一点……让那些本该明白的人醍醐灌顶。“他们当时保持沉默，结果六百万犹太人惨遭杀害。如今我们国家也经历同样的浩劫……”

“每天有一千多名婴儿惨遭毒手。”道尔顿说道，之前的尖锐语气已经消失。他的声音充满了惊恐和疲乏。“很多婴儿都被活生生地从母亲子宫中剥离，有时候两只小手还在拼命抵抗。”

“噢，天哪。”麦戈文说道，“这真是无稽之谈。”

“嘘，比尔！”洛伊丝说道。

“这次示威抗议目的何在？”里弗斯问道尔顿。

“你应该也知道，”道尔顿说道，“市议会已经同意复审分区规划条例，好让‘妇女关怀’无法继续经营。他们最快会在十一月初对此进行表决。主张人流权的人们担忧市议会可能会阻止‘妇女关怀’的运营，因此他们找了全国最臭名昭著的堕胎支持者苏珊·戴来试图维护‘妇女关怀’的运营。我们也在集结所有的力量……”

麦克风像钟摆一样又转到了艾德面前。“还会有更多抗议活动吗，迪普努先生？”里弗斯问道。拉尔夫突然意识到她可能对艾德怀有与工作不相关的兴趣。嘿，有何不可？艾德那么英俊潇洒，而里弗斯女士又不知道他深信血色之王及其手下的百夫长正在德里市，与妇女关怀诊所的婴儿杀手狼狈为奸。

“我们会持续抗争下去，直到纵容该杀戮行为的不合理法律得以修正。”艾德回答，“我们希望下个世纪人们在撰写历史时会记载，在这段黑暗的时期，美国人没有选择沉默旁观。”

“会有*暴力*抗议活动吗？”

“我们反对暴力。”俩人眼神交会，拉尔夫心想安妮·里弗斯大概就是卡洛琳口中的辣妹吧。丹·道尔顿站在屏幕一旁，几乎被忘却了。

“下个月苏珊·戴来德里市时，你们能保证她的安全吗？”

艾德微微一笑。拉尔夫脑海中浮现了艾德在不到一个月前那个炎热的八月下午的模样——跪在地上，两手按着拉尔夫的双肩，不停地喘气，对着他的脸说道：*他们多半是在纽波特焚烧死胎*。拉尔夫一阵哆嗦。

“在一个有成千上万的胎儿被医生用类似工业吸尘器的医疗设备从母亲子宫中吸出来的国度，我认为没有人能保证苏珊·戴的安全。”艾德回答道。

安妮·里弗斯迟疑地看了他一眼，似乎正在决定是否要再问一个问题（也许是向他要电话号码），然后转身面对镜头。“安妮·里弗斯在德里市警局进行的报道。”她说道。

主播莉塞特·本森再度出现在屏幕上，她那困惑的嘴角露出某种神情。拉尔夫心想，也许不仅只有他感受到记者里弗斯和受访者艾德之间产生了微妙的吸引力。“我们将持续关注该新闻，”她说，“请锁定六点新闻。在奥古斯塔，格蕾塔·鲍维尔斯州长回应关于她的指控时说……”

洛伊丝起身关掉电视。她盯着逐渐变暗的屏幕看了一会儿，叹了口气，坐了下来。“我有蓝莓蜜饯，”她说，“但听了刚才的新闻，你们还想吃吗？”

两个人一起摇头。麦戈文看着拉尔夫说道：“太可怕了。”

拉尔夫点点头。他脑中不断浮现艾德在草坪洒水器喷出的水雾中来回踱步，用身体打破彩虹，用拳头猛击手掌的画面。

“他们怎能不顾艾德对海伦的所作所为，把他保释出来，然后像常人一样接受记者采访？”洛伊丝愤怒地问道，“天啊，安妮·里弗斯看起来准备邀请他回家吃饭了！”

“或者一起在床上吃饼干。”拉尔夫淡淡地说道。

“伤害罪和今天的示威完全是两码事。”麦戈文说道，“而且我敢保证这些疯子聘请的律师或律师团一定会努力强调这一点。”

“他的伤害罪也只判了轻罪。”拉尔夫提醒她。

“伤害罪怎么只是轻罪呢？”洛伊丝问道，“对不起，对此我一直无法理解。”

“只对自己妻子动手便是轻罪，”麦戈文挑起眉毛讽刺地说道，“这是美国的定罪方式，洛伊丝。”

她不安地把双手扭在一起，将夏瑟先生的照片从电视上拿下来，看了一会儿，然后又放回去，继续扭动双手。“嗯，法律归法律，”她说，“我承认我对此完全不理解。但应该有人告诉他们他疯了。他喜欢家暴，他疯了。”

“你还不知道他有多疯狂呢，”拉尔夫说，接着他首次向他们讲述了去年夏天机场外发生的事。大约花了十分钟。当他说完后，他们都哑口无言——睁大眼睛看着他。

“怎么？”拉尔夫不安地问，“你们不相信我？以为我在杜撰吗？"

“我当然相信，”洛伊丝说道，“我只是……惊呆了，而且害怕。”

“拉尔夫，我认为你应该把这件事告诉约翰·莱德克，”麦戈文说道，“我认为他对此也无能为力，但想想艾德的那些新玩伴，我认为应该让警方知晓。”

拉尔夫仔细考虑了一下，然后点了点头，站起身来。“现在就去吧，”他说道，“想一起去吗，洛伊丝？”

她想了想，然后摇摇头。“我累了，”她说，“我还感到有一点——

年轻人最近怎么说的？——有一点怪怪的。我想休息一下，小睡片刻。”

“你睡吧。”拉尔夫说道，“你看起来确实有点累了。谢谢你给我们做饭。”他毫不犹豫地俯身亲吻她的嘴角。洛伊丝抬头，受宠若惊地看着他。

6

六个多小时后，莉塞特·本森的晚间新闻播完了，轮到体育主播上场，这时拉尔夫关掉了电视。“妇女关怀”外的示威活动热度下降，成了次要新闻——当晚头条是格蕾塔·鲍维尔斯州长针对其研究生期间吸食可卡因的传言持续提出驳斥的报道——除了丹·道尔顿现在被认定为“生命之友”的领袖之外，并没有什么新的进展。拉尔夫认为用傀儡来形容道尔顿可能更贴切。艾德是真正的领袖吗？就算目前还不是，拉尔夫认为迟早也会是——最迟在圣诞节。另一个更加耐人寻味的问题是艾德的雇主对艾德在德里市被捕这件事的看法。拉尔夫认为今天发生的事应该比上月的家暴事件更让他们担心吧。最近他才从报纸上得知，霍金实验室不久后将成为东北部第五个使用胚胎组织从事研究的机构。他们应该不会乐见自己的化学研究员在一家从事人流的诊所的窗户上投掷装满假血的玩偶。如果他们知道他到底有多疯狂，那么……

谁来告诉他们呢，拉尔夫？你吗？

不，他还不愿意这么做，至少目前还没有这个打算。这和与麦戈文一起去警察局向约翰·莱德克警官讲述去年夏天的事有所不同。这像是迫害，很像在一个观点与自己相左的女人照片旁边写下“杀了这淫妇”。

这是废话，你心里清楚。

“我什么都不知道。”他说着站起来走到窗前，“我累得什么也不想知道。”可当他站在窗前，望着街对面两个男人每人手提一箱六罐装的啤酒从红苹果便利店出来时，突然灵光一闪，想起了某件令他背脊发凉的事。

当天上午，当他从来爱德药店走出来，被眼前的光环——以及发现自己拥有新感官后的喜悦——所震撼的时候，他就一遍遍地提醒自己，尽量欣赏眼前的景象，但不要相信，否则会落得与艾德·迪普努同样的下场。这念头几乎撬开了某段相关记忆的大门，但停车场转瞬即逝的光环转移了他的注意力，他未能叩门而入。现在他想起来了，艾德提及过看见光环，对吗？

不——也许他的意思是光环，但他实际使用的字眼是色彩。没错。那是他提及他看见到处都是婴儿尸体，甚至连屋顶上都有之后的事。他说——

拉尔夫看见那两个男人上了一辆破旧的厢式车，心想他绝对不可能想起艾德确切说了什么。他太累了。随后，那辆厢式车驶离，排出一团尾气，这让他想起下午面包店货车排气管排出的栗色烟雾，另一扇门打开了，记忆被唤醒。

“他说世界有时候充满彩色的光，”拉尔夫对着空荡的公寓说道，“但某些时刻一切都变黑暗了。大致是这样。”

很接近了，但这是原话吗？拉尔夫心想喜欢高谈阔论的艾德说的应该不止这些，但就是想不起来是什么。但这重要吗？他的神经系统告诉他这非常重要——因为背后那股凉意越来越强烈了。

他身后的电话响了，拉尔夫回头看到电话周围有一圈不祥的红光，暗红色的，好似鼻血和

（公鸡缠斗时）

公鸡鸡冠的颜色。

不，他脑中有个声音在说，不，拉尔夫，别再追究了……

每次电话铃响，那圈红光就会变亮，铃声间歇时便暗下。那就像一颗包裹着电话的幽灵心脏。

拉尔夫紧闭双眼，可当他再次睁开眼睛时，电话周围的红色光环消失不见了。

没了，现在你看不见了。我也不知道为什么，不过我想你可能是用意志力让它消失了。就像你做清醒的梦一样。

他穿过房间走向电话，在心中明确无误地告诉自己，这想法和初次看到光环时一样疯狂。但其实并非如此，他心里也明白。因为如果这想法很疯狂，那为什么他一看见那鸡冠红色的光环就知道来电的是艾德·迪普努?

瞎说，拉尔夫。你认为打来电话的人是艾德，因为你现在脑中充斥着艾德的事……此外，还因为你太累了，脑子不太灵光。快，去接电话就知道是谁了。那不是什么泄密的红心，甚至不是泄密的电话。可能是某个杂志推销员或是血站的女护士打来问候你的。

只是他明白没这么单纯。拉尔夫拿起话筒说“喂”。

7

无人回应，可明明有人，因为拉尔夫能听到呼吸声。

“喂?”他又试了一下。

还是没人回应，他正要说我要挂电话了，便听见艾德·迪普努的声音：“我打电话来是提醒你管住你那张嘴，拉尔夫。你那张嘴会给你惹上麻烦的。”

他肩胛骨之间的寒意已不再是一条线，而是一片薄冰，从颈背覆盖到后腰。

“嗨，艾德。我今天看见你上电视新闻了。”他一时不知道自己该说什么，只冒出来这一句。他的手与其说是握着电话，还不如说是在抽搐。

“那不重要，老哥。听好了。上个月逮捕我的那个强壮的警探莱德克来找过我，他刚走。”

拉尔夫心一沉，但还不算太担忧。毕竟，莱德克去找艾德并不令人意外，对吗?他对拉尔夫所说的一九九二年夏天发生在机场的对峙故事相当感兴趣，应该说兴趣十分浓厚。

“是吗？”拉尔夫平静地问道。

“莱德克警探以为我认为有人——或者某种超自然生物——正在用卡车或皮卡车将胎儿尸体运至城外，很滑稽吧？”

拉尔夫站在沙发旁，不安地拉扯着电话线，突然发现电话线像出汗似的发出暗红色的光。红光随着艾德说话的节奏跳动。

“你未免太多管闲事了，老哥。”

拉尔夫沉默不语。

“你在我给了那可恶的婊子应有的教训后打电话报警，这我无所谓。”艾德说，“我把这当成……老人家的关心。也许你以为她会心存感激，然后在床上给予你回报。毕竟，你虽然老了，但也没老到不能动弹。你或许以为她至少会让你碰一下。”

拉尔夫没说话。

“对吧，老哥？”

拉尔夫依然没说话。

“你以为不说话就能激怒我？得了吧。”但艾德听起来的确很气恼，失去了控制。他看似依照大脑中的剧本在打这通电话，而拉尔夫却不肯看他的台词。“你不能……你最好别……”

“我在你殴打海伦之后报警并没有让你感到心烦，但是今天你和莱德克谈完话之后却很生气。为什么，艾德？是不是你终于发现自己的行为以及思想有问题？”

现在轮到艾德保持沉默了。最后他粗暴地低声说道：“你如果不认真对待我的警告，恐怕会后悔……”

“噢，我很认真对待，”拉尔夫说道，“我看到你今天接受采访，我看到上个月你对你老婆的所作所为……我看到去年你在机场的行为。现在警方也已经知道了。我刚才一直在听你说，艾德，现在该你听我说了。你病了。你患了心理疾病，你得了妄想症。”

“我不必听你胡说八道！”艾德扯着嗓门说。

“没错，你不必。你可以挂断。毕竟是你付话费。但在此之前，我还是会不断唠叨。因为我曾喜欢你，艾德，我想再次喜欢你。你是聪明人，无论有没有妄想症，我认为你能明白我的意思：莱德克已经知道了，他会盯着你。”

“你开始看到那些颜色了吗？”艾德问道，他已恢复了平静。同时，电话线周围的红光突然消失了。

“什么颜色？”拉尔夫迟疑地问道。

艾德没有理会这个问题。“你说你喜欢我。我也喜欢你。我一直都喜欢你。因此我要奉劝你几句。你正踏入深水区，下层逆流中暗藏着一些你想象不到的东西。你认为我疯了，但我要告诉你，你根本就不知道什么叫疯狂。你还嫩着呢。但如果你总在一些与你不相干的事情上瞎搅和，你会明白什么叫疯狂，记住我说的话。”

“什么事情？”拉尔夫问道。他尽力保持心平气和，但他仍用力握着听筒，甚至手指都隐隐作痛。

“势力，”艾德回道，“德里市有一些你不想知道的势力在运作。他们是……暂且称之为实体吧。他们还未注意到你，但如果你一直缠着我，那就不好说了。你肯定不希望他们盯上你，相信我，肯定不会。”

势力，实体。

“你曾问我，我是怎么发现这些的。是谁带我进入的。记得吗，拉尔夫？”

“记得。”他一直记得。那是艾德夸张地咧嘴一笑，然后转身面对警察之前对他说的最后一句话。自从他找上我，告诉我……之后我就开始看到那些颜色，这个我们以后再聊。

“一个医生告诉我，秃头矮医生。如果你再干涉我的事，他应该也会找上你。到时候你就只能请求老天保佑了。”

“秃头矮医生，啊哈，”拉尔夫说道，“好的，我明白了。首先是血色之王，随后是百夫长，现在是秃头矮医生。下一个是……”

“少冷嘲热讽，拉尔夫。离我远点，别干涉我的兴趣了，听到了吗？滚远点。”

咔嗒一声，艾德挂断了电话。拉尔夫久久地盯着手中的听筒，慢慢把它放回去。

别再干涉我和我的兴趣了。

好啊，有何不可？他自己的事情都忙不完。

拉尔夫缓慢走进厨房，将一盒冷冻快餐（其实是鳕鱼片）塞进烤箱，努力把人流抗议、光环、艾德·迪普努和百夫长逐出脑海。

其实没他想象中的那么难。

第六章

1

缅因州的夏天悄然而过。拉尔夫依然每天早醒。当哈里斯大道上的树叶开始泛黄，他每天凌晨两点十五分就会醒来。这很糟糕，但他与詹姆斯·罗伊·洪医生的预约还是值得期待，而且他初次和乔·维齐尔见面时看到的怪异烟火秀再也没有出现过。只是偶尔看到物体边缘闪光，但拉尔夫发现只要闭上眼数到五再睁开眼，那些闪光便会消失。

呃……通常会消失。

苏珊·戴的演讲安排在十月八日，周五。随着九月渐近尾声，人流反对者和赞成者之间的争论日趋激烈而且他们逐渐把矛头指向苏珊·戴的到来。拉尔夫多次看到艾德出现在电视新闻中，有时和丹·道尔顿一起，但更多是独自一人。他敏捷地侃侃而谈，不止眼神，连声音中都透着幽默感。

大家都喜欢他，而“生命之友”也吸纳了大量会员，而这正是其前身“每日灵粮”曾憧憬的。投掷玩偶的闹剧和暴力示威活动不复存在，但游行和反游行依然不断，大量谩骂、抗议和愤怒的信件涌向新闻编辑。牧师预言天谴将会降临，教师呼吁民众缓和下来重视教育，五六个自称“男同女同基督宝贝”的年轻女性因举着写有**拒当生育机器**的标语牌在德里市第一浸信会教堂前游行被捕。

《德里新闻报》援引一位匿名警察的话称，希望苏珊·戴因流感或其他原因取消行程。

拉尔夫再也没有接到艾德的电话，但九月二十一日，他收到了海伦的明信片。她兴高采烈地在明信片背后潦草地写了一行字：“找到工作了！德里市公共图书馆！下月开始上班！回见——海伦。”

拉尔夫比那晚接到海伦从医院打来的电话还要欣喜。他匆匆下楼准备拿明信片给麦戈文看。但楼下公寓的门紧锁。那找洛伊丝吧……只是洛伊丝也不在家。她可能去打牌了或到市中心购买毛线再编织一条披肩。

拉尔夫略带伤感地心想：为何那些你最想与他们分享好消息的人总是不在身边。拉尔夫漫步到斯特拉福德公园，发现比尔·麦戈文坐在一个靠近垒球场的长凳上哭泣。

2

用“哭泣”这个词可能有点夸张，流泪应该比较合适。麦戈文坐在那儿，一只手紧握着一块手帕，看着一个母亲和其小儿子在球场一垒边线玩掷球游戏，本赛季最后一场大型垒球赛——市内锦标赛——两天前刚在此结束。

麦戈文不时地拿起手帕擦拭眼睛。拉尔夫从未见过麦戈文哭泣——即使在卡洛琳的葬礼上也没有——他在球场附近徘徊了片刻，考虑是否要走近麦戈文，或原路返回。

最后，他鼓起勇气走向公园的长凳。“哟，比尔。”他说。

麦戈文抬头用泛红、水汪汪而且略带尴尬的眼睛看着拉尔夫。他又擦了擦眼睛，挤出微笑。“嗨，拉尔夫。不好意思，让你见笑了。”

“没关系，”拉尔夫坐下来说，“我也哭过，有何不可？”

麦戈文耸了耸肩，再次抹眼睛。“没什么，只是有点矛盾。”

“什么矛盾？”

“事实上，我有位挚友——为我提供第一份教学岗位的那个人——传来好消息。他快死了。”

拉尔夫蹙起眉毛，但保持沉默。

“他得了肺炎。这两天他侄女可能会把他送到医院。医生会给他戴上呼吸机，可能也活不了多久了。他死的时候我会替他高兴，另一方面我也会极度沮丧。”麦戈文顿了顿，“你不明白我在说什么，对吧？”

“不懂，”拉尔夫说，“但没关系。”

麦戈文看着他的脸，愣了一下，然后陷入恍惚，吸着鼻子。混着泪水的声音刺耳、浓厚，但拉尔夫认为那很像一阵大笑，于是试探地回以微笑。

“我的话很好笑吗？”

“没有，”麦戈文轻拍着拉尔夫肩膀说道，“我只是看着你的脸，如此热忱、真诚——你真的很坦诚，拉尔夫——并想着我多么喜欢你。有时候我真希望自己是你。”

“到凌晨三点你就知道苦了。”拉尔夫安静地说道。

麦戈文叹了口气，点点头。“失眠症。”

“没错，失眠症。”

“对不起，我不该大笑，但……”

“没必要道歉，比尔。”

“但请相信我，我的笑是一种赞赏。”

“你挚友是谁，为什么他去世是件好事？”拉尔夫问。他已经猜出了麦戈文矛盾的根源，他并不像比尔想的那么单纯愚钝。

“他叫鲍勃·博尔赫斯特，得了肺炎算他幸运，因为他从一九八八年夏天就患有阿尔茨海默症。”

果然不出拉尔夫所料……尽管他的脑海中也闪过艾滋病这个词。麦戈文要是知道应该会感到震惊吧，这让拉尔夫感到一阵窃喜。然后他看着麦戈文，为自己的窃喜感到羞愧。他知道，说到忧郁，麦戈文算是个专家，但这并不表明他对那位挚友的哀悼有半点虚假。

“鲍勃从一九四八年起就担任德里市高中历史部主任，当时他不过二十五岁。他一直干到一九八一年或一九八二年。他是位好老师，是你偶尔会在偏远地区发现的那种非常聪明但又深藏不露的人。他们通常都会成为不同学科部的领导，而且还会在教书之外身兼五六种其他职务，因为他们根本不懂如何拒绝。鲍勃就是这种人。”

那位母亲现在正带着小男孩从他们身边经过，走向一个今年赛季很快就要歇业的小吃店。孩子脸部拥有奇特的透明感，拉尔夫看到玫瑰色光环在小孩头顶旋转，然后像平静的波浪一般往孩子幼小可爱的脸部移动。这让透明感更加突显。

“我们回家好吗，妈妈？”他问道，“我想玩培乐多泥胶，我想做黏土家族。”

“我们先吃点东西吧，乖宝宝——好吗？妈咪饿了。”

“好。”

男孩鼻梁上有一个钩形伤疤，那儿玫瑰色的光环变成了绯红色。

拉尔夫想，大概是八个月大的时候想抓住妈妈挂在天花板上的移动蝴蝶，从婴儿床上摔了下来。她跑进来看到大量鲜血时，简直吓坏了，以为这可怜的孩子快死了。他名叫帕特里克，她叫他帕特。他是以他祖父的名字命名的。而且……

他将眼睛紧闭片刻，感觉胃在喉结下翻滚，他突然感觉要呕吐。

“拉尔夫？”麦戈文问道，“你没事吧？”

他睁开眼睛。没有看到光环，没有玫瑰色或其他颜色的光环，只有一位母亲和儿子前往小吃店购买冷饮，而且说什么她都不想带帕特回家，因为帕特父亲在戒了近六个月的酒后又喝酒了，每当喝酒他脾气就变得极差。

够了，天哪，真是够了。

“我没事，”他对麦戈文说道，“刚刚眼睛进了灰。继续说，把你朋友的事讲完。”

“没什么要说的了。他是天才，但这些年来，我逐渐觉得天才这个称呼似乎被滥用了。我认为我们国家满是天才，很多聪明的男孩和女孩，他们让门萨高智商学会会员看起来像傻蛋。我认为他们大多数是教师，默默无闻地在小镇上生活、工作，因为这是他们喜欢的方式。这当然也是鲍勃·博尔赫斯特喜欢的方式。

“他看人的方式让我感到害怕……一开始是这样。但过一阵子你就会发现不必害怕，因为鲍勃很善良，但一开始他确实会让人感到恐惧。有时候，当他看着你，你会怀疑那是不是一双正常的眼睛，还是某种 X 光机器。”

在小吃店，那位母亲端着一小杯汽水弯下腰。那孩子伸出双手笑嘻嘻地捧起它。他如饥似渴地喝着汽水。玫瑰色的光芒在他周围短暂地重现，拉尔夫知道他没错：孩子名叫帕特里克，他母亲不想带他回家。他不可能知道这些事情，但他就是知道。

“当时，”麦戈文说道，“如果你来自缅因州中部而且不是百分之百的异性恋，你只能冒充是。这是唯一的选择，除非你愿意搬到格林威治村，戴上贝雷帽，每逢周六夜泡在爵士乐俱乐部，那儿的人用打响指代替鼓掌。当时，‘出柜’是非常荒谬的念头，因为很多人都不承认出柜，除非你想让一群醉酒的同志在巷子里把你拦住，对你动手动脚，否则不要承认出柜。”

帕特喝完汽水，将纸杯仍在地上。他母亲让他把纸杯捡起来扔进垃圾桶。他很高兴地完成了该任务。随后她牵着他的手缓缓走出公园。拉尔夫惊恐地目送他们离开，暗自希望那个女人的担忧是多余的，但又害怕并非如此。

“一九五一年，我在申请德里市高中历史教师岗位时，已经在偏远的吕贝克教了两年书，我想既然在那里都没人质疑我的性取向，其他地方应该也没问题。但鲍勃用那双 X 光眼看了我一眼便知道了。他看透了我的内心，而且毫不掩饰。‘如果我为你提供该职位，而且你也愿意接受，麦戈文先生，你能否保证你的性取向绝不会惹上一丁点儿麻烦？’

“性取向，拉尔夫！我的天！在此之前我做梦也没想到会听到这种字眼，但它就像涂了润滑油的轴承一样从他嘴中滑出。一开始我扭捏作态，告诉他我听不懂他在说什么。不过一般说来，我对此感到非常愤恨。然后我又看了他一眼，决定不跟他白费力气。我或许能瞒过吕贝克的一些人，但瞒不过鲍勃・博尔赫斯特。当时他还不到三十岁，而且最多只去过基特尔市以南十几次，但他仅凭二十分钟的面试就把我掌握得一清二楚。

“‘好的，先生，绝对不会惹麻烦。’我对他说，像圣母玛利亚的小羊羔一样温顺。”

麦戈文又用手帕擦了擦眼睛，但拉尔夫认为这次他有点做作。

“在我转到德里市社区大学教书前的二十三年中，我所掌握的所有关于历史教学和下棋的知识都是鲍勃教的。他是个象棋高手……我敢说他能三下五除二击败夸夸其谈的法耶·查宾。我只赢过他一次，而且还是在他得了阿尔茨海默病之后。我后来便再也没有和他下过棋。

“此外，他从不会忘记听过的笑话，也从不会忘记身边朋友的生日和结婚纪念日。——他不送卡片和礼物，但总会送上贺词和美好祝福，大家都能感受到他的诚意。他发表过六十多篇关于历史教学和南北战争的论文。南北战争是他的研究专长。一九六七年和一九六八年间，他写了一本叫作《那年夏末》的书，阐述了盖茨堡之役发生数月后的事情。十年前，他让我看了他的手稿，我认为那是我读过的关于南北战争的书中最好的一本。——唯一可与之媲美的是迈克尔·沙拉写的那本《杀手天使》。可是鲍勃没有出版这本书。我问他为何不出版，他说我应该比任何人都了解原因。”

麦戈文停顿了一会儿，眺望着公园，那儿充满了金绿色的光和随风移动交织的暗影。

“他说他害怕暴露。”

“原来如此。”拉尔夫说道。

“也许下面这件事最能说明他的为人：他过去常用钢笔填写《纽约时报周末版》的填字游戏。有一次我拿这事嘲弄他——说他狂妄自大。他冲我笑了笑，然后说道：‘傲慢和乐观有很大不同，比尔……我只是比较乐观而已。’

“总之，你对他有了大概的了解。善者、仁师、智者。他擅长研究南北战争，但如今他甚至连南北战争是什么都不知道，更别提谁赢谁输。他甚至连自己姓甚名谁都不知道，不久后——说实话，我希望越快越好——他将死去而且忘记自己曾经活过。”

一个身穿缅因大学T恤衫和破旧蓝色牛仔裤的中年男子曳步穿过球场，手臂下夹着一只皱巴巴的购物纸袋。他停在小吃店旁，在垃圾桶内翻找，希望找到一些可回收的垃圾。当他弯下腰时，拉尔夫看到他身边围绕着深绿色的光环、头顶缓缓升起浅绿色气球线。顷刻间，拉尔夫觉得自己很累，累得无法闭眼、无法让那些光消失。

他转身对麦戈文说："从上个月开始，我经常看见一些东西……"

"我大概在哀悼吧，"麦戈文说着，又夸张地擦着眼睛，"也不知道是为了鲍勃还是为了我自己。听起来很可笑吧？但如果你了解他过去有多聪明……机智过人……"

"比尔？看到小吃店附近的那个人了吗？那个翻垃圾桶的人？我看到……"

"看见了，这种人现在随处可见。"麦戈文匆匆瞥了那个醉汉一眼（那人找到两个百威啤酒的空罐子并把它们塞进纸袋），回头继续对拉尔夫说道，"我讨厌变老——我想主要可能是因为美好时光一去不返。"

那名醉汉步履蹒跚地朝他们所坐的长凳走来，微风夹杂着他的味道，不是英式皮革的味道。他周围的光环——呈鲜活有力的绿色，让拉尔夫想起了圣帕特里克节的装饰物——与他卑屈的姿态和苍白的笑容显得很不协调。

"嗨，两位！你们好吗？"

"我们很好，"麦戈文挑起眉毛讽刺地说道，"如果你离开，我们会更好。"

醉汉迟疑地看着麦戈文，似乎认定对他下手只会白费力气。于是把注意力转向拉尔夫。"你有零钱吗，先生？我要去德克斯特镇。我叔叔打电话到尼伯特街道上的收容所联系我，说我可以回工厂工作，可是我……"

"走开，朋友。"麦戈文说道。

醉汉焦虑地瞥了他一眼，充血的棕色眼睛转回到拉尔夫身上。"那是一份好工作，你知道吗？我可以去工作，但我必须于今天赶到那儿。我要搭公共汽车……"

拉尔夫把手伸进口袋，掏出一个二十五美分和一个十美分的硬币，抛到醉汉摊开的手掌中。他咧嘴笑了，他周围的光环变亮了，随后突然消失。拉尔夫松了口气。

“嘿，太好了！谢谢你，先生！”

“不客气。”拉尔夫说道。

醉汉步履蹒跚地走向“省钱超市”，那儿时刻可以买到打折的“午夜列车”“老公爵”和“银绸缎”等几种牌子的威士忌。

真是的，拉尔夫，你就不能多往好的方面想吗？拉尔夫自问。朝那个方向再走半英里便到公共汽车站了。

的确如此，但拉尔夫活到这把年纪，十分清楚慈悲心和错觉有着天壤之别。如果那个带有深绿色光环的醉汉会前往公共汽车站，那拉尔夫就能到华盛顿当国务卿了。

“你不该给他钱，拉尔夫。”麦戈文责备地说道，“这样只会助长他们的不正之风。”

“可能吧。”拉尔夫疲倦地说道。

“我们被打断之前你想说什么？”

选择此时把光环的事告诉麦戈文是一个糟糕透顶的决定，他也不知道刚才为何差点说漏了嘴。肯定是因为失眠——这是唯一的解释。失眠严重影响了他的判断力、短期记忆和感知能力。

“我刚才说今天早上收到了一封邮件，”拉尔夫说道，“我想它应该会让你开心。”他把海伦的明信片递给麦戈文。他读了又读，看完第二遍，他那拉长的马脸露出了灿烂的笑容。那混合了宽慰和真心喜悦的表情，让拉尔夫瞬间对麦戈文的情感突变表示谅解。他没忘记比尔既慷慨也浮夸。

“真是太棒了，不是吗？她找到工作了！”

“的确如此。想吃顿豪华午餐庆祝一下吗？来爱德附近有家不错的小餐厅——名叫‘日升日落’。虽然名字有些花哨，但……”

“谢了，但我答应鲍勃侄女今天去陪他一会儿。当然，他不知道我是谁，但无所谓，因为我知道他是谁。你懂吗？”

“我懂，”拉尔夫说道，“那下次再约？”

“没问题。”麦戈文又瞄了明信片几眼，笑个不停，“太好了——绝妙啊！”

拉尔夫冲着这句可爱的老式口头禅大笑。“我也这么认为。”

“我想和你打五块钱的赌，她一定会回到那个奇怪的男人身边，推着孩子的婴儿车当挡箭牌……但我乐意输掉这五块钱。我认为这听起来很疯狂。”

“有一点。”拉尔夫说道，只因为他知道这是麦戈文想听的。他真正的想法是，麦戈文已经简洁扼要地总结了他自己的性格和世界观，拉尔夫也不可能形容得更贴切。

“知道有人过得越来越好真开心，对吧？”

“当然啦。”

“洛伊丝看过明信片吗？”

拉尔夫摇头。“她不在家。等我见到她，就立刻给她看。”

“可以。你睡眠状况好点了吗，拉尔夫？”

“还不错吧，我想。”

“很好。你气色好一点了。比之前有精神。我们不能屈服，拉尔夫，这是最重要的。我说得对吧？”

“你说得没错。”拉尔夫叹息着说，“我想你没错。”

3

两天后，拉尔夫坐在餐桌前，缓慢吃着一碗他并不喜欢（但据说对身体有益）的麸麦片粥，一边看着《德里新闻报》的头版。他快速浏览了头条新闻，但只有一张照片吸引了他的注意力，这张照片无需做出任何解释，却似乎道尽了过去一个月他遭受的所有折磨。

拉尔夫认为照片上方的标题——《**妇女关怀的示威游行活动引发了暴力冲突**》——并未充分反应下方的新闻内容，但他并不感到奇怪，因为《德里新闻报》他已读过多年，对于报纸中的偏颇早已司空见惯，其中就包括该报纸坚定的反人流立场。不过，该报纸仍然非常谨慎地在当天的社论中与“生命之友”划清了界限，拉尔夫对此也不感到意外。“生命之友”成员聚集在邻近“妇女关怀”和德里之家医院的停车场，等候约二百名主张人流合法化的游行者从市民中心穿过街区一路走来。大部分游行者都举着贴有苏珊·戴照片和**支持人流，不要害怕**口号的标语牌。

游行者想沿路号召更多支持者，就像雪球沿着山坡滚下去时变得越来越大一样。先在"妇女关怀"外面举行一个短暂集会，旨在为即将到来的苏珊·戴的演讲打气，随后休息片刻。但是集会未能举行。当这群支持人流的游行者到达停车场时，"生命之友"成员便冲了出来堵住道路，将标语牌（**谋杀就是谋杀，苏珊·戴滚开，停止杀害无辜婴儿**）举在面前，犹如举着盾牌。

警方也随着游行队伍到来，但谁也没有料到言语上的诘问和谩骂会迅速演变成肢体冲突。冲突始于"生命之友"的一位成员，她发现女儿加入了支持人流的队伍。这位妇人丢下标语牌冲向女儿。女孩的男友抓住妇人，试图拦住她。妇人用指甲挠破了他的脸，于是他将妇人推倒在地。接着爆发了十分钟的混战，导致三十多人被捕，双方被捕人员相当。

当日早晨《德里新闻报》头版刊登的是汉密尔顿·达文波特和丹·道尔顿的照片。摄影师捕捉到了达文波特愤怒咆哮的瞬间，这与他平日冷静自持的模样形成鲜明对比。他将一只拳头举过头顶做出庆祝胜利的手势。而面对他的正是被他**支持人流，不要害怕**的标语牌砸在头上的"生命之友"的重要成员，看似顶着一轮超现实纸板光环。道尔顿眼神茫然，嘴角松弛。在这张高对比度的黑白照片中，从他鼻孔中涌出的血好似巧克力酱。

拉尔夫暂时将目光从报纸上移开，以便专心吃完麸麦片粥。他随后想起去年夏天第一次看见伪造的"通缉"海报——如今整个市区到处都张贴着该海报——时的情景，那天他差点晕倒在斯特拉福德公园外面。他记得最清楚的是他们的脸：达文波特凝视"昨日玫瑰，二手衣服"旧货店积满灰尘的橱窗时的愤怒表情，还有道尔顿似笑非笑的不屑表情，似乎在说像汉密尔顿·达文波特这样的笨蛋根本无法理解人流引发的更高层次的道德问题，而他们俩都明白这一点。

拉尔夫会想起这两种表情，还有带着这两种表情的两个男人之间的距离。不久，他忧虑的眼睛又移回到那张新闻照片上。道尔顿背后站着两个人，他们都手举反人流标语牌，专心地看着冲突场面。拉尔夫不认识其中那个戴着角质边框眼镜、有一头稀薄灰白头发的瘦弱男子，可他知道旁边那人是谁。是艾德·迪普努，只是在这个情景中，艾德显得无足轻重。真正吸引拉尔夫注意以及让他感到害怕的，还是这两个多年来在下维奇汉姆街比邻开店的男人的脸孔——达文波特野人般的狰狞表情和紧握的拳头、道尔顿茫然的眼神和流血的鼻子。

他心想，如果你不慎重处理好自己的激情，这就是你的下场。最好立刻收手，因为……

“因为如果这俩人手上有枪，他们一定会相互开枪。”他咕哝着，这时楼下大门的门铃响了。拉尔夫起身，又看了看那照片，突然感到一阵眩晕。接着是一种奇怪、不祥的预感：敲门的是艾德，天知道他想干什么。

那就别开门，拉尔夫！

他在餐桌前迟疑了好久，希望这一年来萦绕在脑海中的迷雾能够散去。这时门铃再次响起，他也下定决心。就算楼下是萨达姆·侯赛因也一样。这是他的家，他不愿像一条被鞭打的野狗一样畏缩在这里。

拉尔夫穿过起居室，打开通往走廊的门，沿着暗黑的楼梯走下楼。

4

走到半途他松了口气。前廊大门的上半部分是厚重的玻璃窗格。门外来访者的影像有点扭曲，但拉尔夫仍能看出那两位来访者都是女性。他立刻猜出其中一位是谁，然后匆匆赶下楼，一只手在栏杆上轻轻滑过。他迫不及待地打开大门，门外站着海伦·迪普努，她一肩挎着手提包（上面印着**婴儿急救站**），娜塔莉越过她另一边的肩膀上张望着，明亮的眼睛犹如卡通里的小老鼠眼睛。海伦满怀期待、略显不安地笑着。

娜塔莉突然眼神一亮，在海伦背着的婴儿袋里欢蹦乱跳，开心地朝拉尔夫挥舞双手。

她还记得我，拉尔夫心想，真是太好了。他伸手让她用挥舞的小手抓住他的右手食指时，眼中突然涌出泪水。

“拉尔夫？”海伦问道，“你还好吧？”

他微笑着，点点头，上前抱住海伦。他感觉海伦的双手紧紧地抱住了他的脖子。有那么一瞬间，他被海伦身上那股混着香水味和健康婴儿奶味的味道熏得有些眩晕。她在他的耳朵上猛地一吻才把他放开。

“你真的没事？”她问道。她眼中也噙着泪水，但拉尔夫几乎没有发现，因为他忙着上下打量她，想确认她身上是否还有被打的痕迹。目光所及之处，没有发现。她看似完美无瑕。

“很久没这么好过了，”他说道，“见到你真是太开心了。还有你，娜塔莉。”他亲了口仍抓着他手指的胖乎乎小手，毫不意外地看到那上面隐约浮现他嘴唇留下的灰蓝色唇印。唇印很快就消退了。他再次拥抱海伦，似乎想要确认眼前是不是真实的她。

“亲爱的拉尔夫，”她在他耳畔轻轻说道，“最最亲爱的拉尔夫。”

他感到腹股沟处一阵骚动，显然是被她淡淡的香水味和耳畔细语所引发的……接着他耳边响起另一个声音，是艾德的声音。我打电话来要你管好自己的嘴，拉尔夫。你那张嘴会替你惹上麻烦。

拉尔夫松开她，保持一步距离，但仍面带微笑。“见到你真是太开心了，海伦。你要是不来，我感觉很糟糕。”

“见到你我也很开心。我想向你介绍一位朋友，拉尔夫，这位是格蕾琴·蒂尔贝里。格蕾琴，这位是拉尔夫。”

拉尔夫转向那位女士，伸出粗糙的大手握住她修长白皙的手，与此同时，他仔细地打量了她。她是那种会让男人（即使年过六旬）也会挺直腰杆、挺胸收腹的女人。她身材高挑，也许高达六英尺，而且是金发女郎，但这不是重点。她身上有某种东西，如气味，或者颤动，或者……

（光环）
没错，就像光环。简单地说，她是那种你不得不看、不得不想、不得不思索的女人。

拉尔夫想起海伦告诉过他，格蕾琴丈夫曾用菜刀割伤她的大腿，任她血流不止。他不解竟有男人会忍心做出这种事，会不对格蕾琴心存敬畏之心。

或许也会心生一点欲望吧，一旦他过了“她如美妙的夜色般走来”的阶段。另外，拉尔夫，你也应该把眼珠收回眼窝了吧。

“很高兴认识你，”他说着松开她的手，“海伦告诉我你到医院去看她。谢谢你伸出援手。”

“能帮她是一种荣幸，”格蕾琴说着对他妩媚一笑，“事实上，像她这样的女人会让你觉得一切都值得……不过我想你应该早就知道了。”

“大概吧，”拉尔夫说道，“你们有时间进来喝杯咖啡吗？请别拒绝哦。”

格蕾琴看了一眼海伦。海伦点了头。

“我们很乐意，”海伦说道，“因为……呃……”

“你们今天不单是来看我的，对吗？”拉尔夫问道，他从海伦看向格蕾琴·蒂尔贝里，最后又将目光转移至海伦。

“没错，”海伦说道，“有些事我们必须和你谈谈，拉尔夫。”

5

他们刚来到阴暗的楼梯间顶部，娜塔莉便开始在婴儿背袋里不耐烦地扭动着，嘴里咿咿呀呀地哼着儿语，不久她就会说话了。

“我可以抱她吗？”拉尔夫问。

“可以，”海伦说，“如果她哭，我就马上抱回来。我保证。”

“好。”

但这位兴奋和可敬的宝宝没有哭。拉尔夫刚把她从婴儿袋中抱起，她便亲切地搂住他的脖子，一屁股坐进他的右手臂弯里，好像那是她的专属安乐椅。

“哇，”格蕾琴说道，“真有你的。”

“噗！”娜塔莉抓住拉尔夫的下嘴唇，就像拉窗帘似的猛拉，“嘎哪-维格！安杜-杰！”

“我猜她大概是在说安德鲁斯姐妹三重唱组。”拉尔夫说。海伦猛然回头，放声大笑，笑声仿佛发自肺腑。直到此刻，拉尔夫才察觉自己有多久没听见这笑声了。

拉尔夫带她们进了厨房，此时整间屋子最亮的地方。娜塔莉放开他的嘴唇。他打开咖啡机，看见海伦正好奇地四处张望，才想起她已经好久没来了。太久了。她拿起餐桌上卡洛琳的照片细看，嘴角露出一丝笑容。阳光照在她已经剪短的发梢，在她头部形成一圈光环。拉尔夫突然领悟到：他之所以爱海伦，很大一部分原因在于卡洛琳也爱她——他们都曾经有幸走进了卡洛琳的内心深处。

“她好美，”海伦低声说道，“对吗，拉尔夫？”

“对。”他说着摆出几只杯子（小心翼翼地摆在娜塔莉动个不停的双手触碰不到的地方。）“那张照片是在她开始头疼前一两个月拍的。在糖盅前的餐桌上放照片有点奇怪，但最近我在这里待的时间比较多，所以……”

“我觉得放在这里很合适。”格蕾琴说道。她的嗓音很低沉、沙哑、甜美。拉尔夫心想，*如果她在我耳旁轻语，我想我裤裆里的二弟可能就不只是在睡梦中翻滚一下了。*

“我也这么认为。”海伦说道。她朝拉尔夫淡淡一笑，没有太多眼神交流，然后将肩上的粉色手提包卸下放在厨房台面上。娜塔莉一看见袋子中的贝儿乐牌奶瓶便开始躁动并伸出双手。拉尔夫想起了一段强烈但很短暂的记忆：海伦蹒跚地走向红苹果店，一只眼浮肿得睁不开，脸上满是血滴，像青少年提着课本那样把娜塔莉揽在腰间。

“想试试喂奶吗，老小子？”海伦问道。她的笑容灿烂了一点，再次看向他。

“好啊，有何不可？但咖啡……”

“我来煮咖啡，老爹，”格蕾琴说，“我可是个行家呢。有稀奶油吗？”

“在冰箱里。”拉尔夫坐在餐桌旁，让娜塔莉后仰将头靠在他的肩窝里，然后用两只可爱的小手抓着奶瓶。这个动作她做得十分娴熟，把奶嘴放入嘴里，立刻开始吮吸。拉尔夫抬头对海伦笑了笑，假装没看到她眼中噙着泪水。“孩子们学得可真快啊，对吗？”

“嗯。”她说着从挂在水槽旁边墙壁上的纸筒中抽出一张纸来擦眼睛。“没想到她在你身边会这么放松，拉尔夫——她以前不是这样的，对吗？”

“我不太记得了。”他谎称道。以前他们俩不算冷淡，但也没有这样亲昵。

“帮我挤一下奶嘴，好吗？否则她会吸入太多空气，一直打嗝。”

“好，知道了。”他说着回头看格蕾琴，“没问题吧？”

“没问题。你想用什么喝，拉尔夫？”

“用杯子就好了。”

她放声大笑，把杯子放在桌上娜塔莉够不着的地方。当她交叉双腿坐下时，拉尔夫盯着看——他实在忍不住。等他再次抬头，看到格蕾琴正对着他露出讽刺的微笑。

管他呢，拉尔夫心想，我想色鬼老了还是色鬼吧，尽管这个色鬼每晚顶多只有两个半小时的睡眠。

“谈谈你的新工作吧。”他在海伦坐下喝咖啡时说道。

“我认为他们应该把迈克·汉隆的生日定为国定假日——这样说你明白吗？”

“一点点。”拉尔夫微笑着说道。

“我原以为非要离开德里市不可了。我甚至给远在南边的朴次茅斯图书馆提交了申请，我很不情愿这么做。我即将年满三十一岁，虽然只在德里市住了六年，但这儿仍给我家的感觉——我无法解释，但这就是事实。”

“你无需解释，海伦。我认为家只是一个人必然会拥有的东西，就像肤色和眼睛的颜色。”

格蕾琴点点头。“没错，”她说道，“就是这样。”

“周一迈克打电话告诉我，少儿图书馆助理的工作有着落了。我简直不敢相信。我的意思是，我这一星期好消息不断，高兴得恨不得掐自己。是吧，格蕾琴？”

“你开心得不得了，”格蕾琴说道，“真是好现象。”

她对着海伦微笑，在拉尔夫看来，这个微笑是一个启示。他突然明白他可以尽情欣赏格蕾琴·蒂尔贝里，根本没关系。即使房间里的唯一男士是汤姆·克鲁斯也没关系。他怀疑海伦是否明白这一点，但又立即斥责自己的愚蠢。海伦有很多特质，但绝对不笨。

“什么时候开始上班？”他问海伦。

“十月第二周周一，”她说道，“十二日。下午和晚班。薪水虽谈不上可观，但足以维持我们度过这个冬季。不必顾虑……那件事会有什么后果。很不错吧，拉尔夫？”

“是的，”他说，“非常棒。”

孩子已经喝了半瓶奶，似乎不想喝了。奶嘴从她嘴中弹出来，几滴奶水沿着嘴角流向下巴。拉尔夫伸手去擦，他手指在空中留下了美妙的灰蓝色尾迹。

娜塔莉用手去抓这些尾迹，笑看它们在自己的手中消失。拉尔夫猛吸一口气。

她看见了。这孩子也看见了。

别傻了，拉尔夫。这是不可能的，你是知道的。

可是他知道并非如此。刚才他真的看见了——看见娜塔莉想抓住他手指留下的光环尾迹。

“拉尔夫？”海伦问，“你没事吧？”

“没事。”他抬头发现海伦被一圈绚丽的乳白色光环所包围。那光环有着昂贵衬裙般的柔滑质地。从光环处升起的气球线也呈现象牙色调，犹如婚礼礼盒上的绸带般又宽又扁。格蕾琴·蒂尔贝里周围的光环呈暗橙色，光环边缘留下了黄色的阴影。“你会搬回家住吗？”

海伦和格蕾琴又相互对视了一眼，但拉尔夫几乎没有注意到。他发现他无需通过观察她们的神态或肢体语言来读懂她们的感觉，仅需观察她们的光环即可。格蕾琴光环边缘的柠檬色调这时已经变暗，整个光环都呈橙色。与此同时，海伦的光环也发生了变化，亮得让人无法直视。海伦很害怕回家。格蕾琴知道这一点，并且对此感到非常愤怒。

也对自己的无能为力感到恼火吧，拉尔夫心想。*这一点甚至让她更加气恼。*

“我想在高垄继续住一段时间，”海伦说道，“可能会住到冬季吧。我想娜塔莉和我终究会搬回镇上来的，可是那栋房子就要出售了。如果有人购买——依目前房地产的行情来看不太乐观——这笔钱会存入托管账户。之后根据判决分割。你知道的——离婚判决。”

她的下唇在颤抖。她的光环更亮了，似乎融入身体变成了第二层皮肤。拉尔夫看见上面有许多微小的红色光点来回穿梭，像是飘浮在焚化炉上方的火花。他伸手到桌子对面，紧紧握住她的手。她感激地冲他微笑。

“你在向我透露两条信息，”他说，“第一，你打算离婚；第二，你仍然很怕他。”

“在过去两年的婚姻生活中，她一直受到虐待和殴打，”格蕾琴说，“她不怕他才怪呢。”她说话的语气很平静，充满理性，可是看她这时的光环，就像透过熔炉的云母小窗口看到的光景。

他低头看那孩子，发现她正笼罩在如婚纱般的银白色轻薄光环中。虽然她的光环不像母亲那么宽广，但非常相似……就像她也拥有母亲的蓝眼珠和红褐色头发。从娜塔莉头顶升起的纯白色气球线一路飘浮至天花板，在灯具旁轻飘飘地盘绕成一团。一阵清风从火炉旁敞开的窗户吹进来，他看到那条宽扁的白色光带扩散开来并泛起了涟漪。他抬头，看见海伦和格蕾琴的气球线同样也在波动。

如果我能看见自己的光环，应该也一样吧，他心想。*这是真实的——不论我如何思考，这些光环是真实的。它们的确真实存在，而我也确实看见了。*

他等待惯有的反对声出现，但这次没听见。

“我感觉这些天我一直在感情的洗衣机中打转，”海伦说道，“我妈对我感到很生气……她恨不得叫我没用的失败者……有时候我感觉自己的确如此……真惭愧啊……”

“你无需自责。”拉尔夫说道。他重新抬头看娜塔莉在微风中摇摆的气球线。很美，但他不想去触碰它，因为某种深层次的直觉告诉他，那样做对他俩都很危险。

“我知道，”海伦说道，“但女孩子通常会被灌输很多观念。例如‘这是你的芭比娃娃，这是你的玩偶肯恩，这是主妇小厨房。好好学习，因为将来面对现实生活的时候，照料这一切都是你的职责。如果它们遭到破坏，你将受到责备’。我以为我可以一直遵循这些观念生活下去——真的。只是没人告诉我，在婚姻当中，肯恩可能会变成疯子。听起来像是自我纵容吗？”

“不，根据我的观察，这就是实际情况。”

海伦大笑——断断续续、充满内疚的苦笑。“这话别对我妈说。她一直认为艾德只是偶尔发挥丈夫的作用给我一点教训……在我脱离生活轨道时将我拉入正轨。至于其他的都是我臆造的。虽然她嘴上没说，可我们每次通电话时，我都能从她的语气中感受到那个意思。”

“我认为你没臆造，”拉尔夫说道，“我亲眼看到的，记得吧？你还叫我别报警。”

他感觉大腿在桌子底下被捏了一下，抬头一看，吃了一惊。格蕾琴·蒂尔贝里对他轻轻点头，又捏了一下，这次更用力了。

“没错，”海伦说道，“你当时的确在场，对吧？”她淡淡一笑，这很好，但她光环发生的变化更好——那些微小的红色光点正在消退，光环本身也再次扩散开。

不对，他心想。不是扩散。是放松了，心情缓和了。

海伦起身绕过桌子。“娜塔莉有点不耐烦了——还是让我来抱吧。”

拉尔夫低头，看见娜塔莉正瞪大眼睛，聚精会神地盯着房间另一侧。他循着她的视线望去，看到放在水槽旁边窗台上的一只小花瓶。一个多小时前他在花瓶里插满了秋季的花卉，这时只见一股绿色蒸汽嘶嘶作响地从花茎底部逸出，在花朵周围形成淡淡的薄雾。

我正看着那些花吐出最后一口气，拉尔夫心想。天哪，我这辈子再也不摘花了，我保证。

海伦轻轻将孩子从他怀中抱起。娜塔莉很乖巧，只是眼睛仍盯着那嘶嘶作响的花朵，任由母亲抱着她绕回桌子旁坐下，然后依偎在母亲臂弯里。

格蕾琴轻敲一下手表。“我们是否准时参加中午的会议……”

“对了，当然。”海伦略带歉意地说道，“我们正要去参加苏珊·戴的欢迎会。”她对拉尔夫说道，“不过这可不是少年联盟会。其实我们的主要任务不是欢迎她，而是协助保护她的安全。”

“你认为会有问题吗？”

“这样说吧，形势可能比较紧张，”格蕾琴说道，“她配备了五六个私人保镖，他们已经把她收到的所有和德里市相关的威胁信通过传真转发给我们了。那是他们的标准作业流程——毕竟她是名人。他们一直让我们了解情况，但同时他们也要确保我们明白情况的严重性，因为我们是邀请方。保护苏珊·戴不仅是‘妇女关怀’的责任，也是私人保镖的责任。”

拉尔夫想询问威胁信件是否很多，但随即想到自己大概已经知道答案了。他在德里市断断续续住了七十年，知道这地方的危险性——平静的表面下暗藏着很多尖锐的棱角。诚然，很多城市也是如此，但在德里市这种情况似乎特别严重。海伦将这里称为家，这儿也是拉尔夫的家，可……

他突然想起大约十年前，就在运河节结束后不久发生的一件事。三个男孩把一个名叫亚德里安·梅隆的温和且没有恶意的男同志一阵狂咬乱刺后扔进肯达斯季格河。据说他们站在福尔肯酒馆后方的桥上，眼睁睁地看着他溺亡。这是德里市的另一面，只有傻子才会忽略这个事实。

仿佛受到了这段记忆的引导（也许真是），拉尔夫又看了一眼今天报纸头版的照片——高举着拳头的汉姆·达文波特，流着鼻血、眼神茫然、被汉姆的标语牌砸中头部的丹·道尔顿。

“有多少封威胁信？”他问道，“有十几封吗？”

“约有三十封，”格蕾琴说道，“当然，她的保镖认真对待的只有一半。有两封威胁信声称如果苏珊·戴不取消行程，他们就去炸掉市政中心。还有一封非常有趣，写信者声称有一支装满蓄电池电解液的大喷头水枪。‘如果你被我射中，你那些女同女友恐怕都会被你的样子吓到呕吐’。”

“有意思。”拉尔夫说道。

“这也是我们今天来的用意。”格蕾琴说道，她从包中摸出一个顶部是红色的小罐子，放在桌上，“这是‘妇女关怀’的朋友们为感谢你而准备的薄礼。”

拉尔夫拿起罐子。它的一头有张图片，一个女人对戴着宽边软帽和庇兄弟[①]同款眼罩的男人喷瓦斯。另一头印有鲜红色的字：

保镖。

“这是什么？”他难掩惊愕地问道，“梅斯喷雾吗？”

“不是。”格蕾琴说道，“从法律角度而言，在缅因州使用梅斯喷雾太冒险。这东西温和多了……但如果你拿它喷别人的脸部，他至少在一段时间内无法还手，它会让皮肤失去知觉，刺激眼睛，让人恶心想吐。”

拉尔夫揭开盖子，看着红色的喷头，然后盖上盖子。“天哪，我为什么要随身携带这个东西呢？”

“因为你已正式被他们视为百夫长了。”格蕾琴说道。

“什么长？”拉尔夫问道。

“百夫长。”海伦重复道。娜塔莉已经在她怀里睡着了，拉尔夫发现光环再次消失。“这是‘生命之友’那群人对他们主要敌人，也就是敌对阵营核心人物的称呼。”

“好。”拉尔夫说道，“我现在懂了。艾德也提过百夫长，就在他……殴打你的那天。那天他还说了很多，但全都是些疯话。”

“是的，艾德也是其中的一分子，他疯了。”海伦说道，“我们以

---

① 迪士尼“米老鼠”系列中的反派角色。

为他只对一小群人提过百夫长，一些跟他一样疯狂的人。其他的‘生命之友’的成员……我想他们应该不清楚。我是说，你在上个月之前察觉到他疯了吗？”

拉尔夫摇摇头。

“霍金实验室终于把他解雇了，”海伦说道，“昨天的事。他们尽可能留住他——他专业能力很强，他们在他身上倾注了不少资金——可最后还是不得不解雇他。用三个月工资作为解雇费，代替事先通知……对于一个殴打老婆而且在当地女性诊所投掷充满假血人偶的人来说还算不赖。”她轻弹报纸，“这次示威活动是最后一根稻草。自从他和‘生命之友’那群人混在一起后，这已经是他第三或第四次被捕了。”

“你们有内应，对吗？”拉尔夫问道，“所以你们知道这么多。”

格蕾琴笑着说：“有内应的可不止我们。有个笑话称其实根本不存在‘生命之友’这个团体，有的只是一群双面间谍。德里市警察局有人在里头，州警察局也有人。而这些还只是我们……我们的人……所了解的。联邦调查局可能也在监视他们。‘生命之友’很容易渗透，拉尔夫，因为他们深信所有人都支持他们。不过我们的人应该是唯一能够直捣核心的，他说丹·道尔顿只是艾德·迪普努的傀儡。”

“我第一次看见他俩一起出现在电视新闻里就猜到了。”拉尔夫说道。

格蕾琴起身，收拾杯子走到水槽边，开始清洗。“我从事女性运动十三年，见过不少疯狂的怪胎，但我从未见过这种事。他让那些傻瓜相信德里市的妇女被迫人流，相信其中有半数妇女甚至直到百夫长带走她们孩子的那晚才知道自己怀孕了。”

“他有没有告诉他们纽波特焚烧炉的事情？”拉尔夫问道，“用来焚烧胎儿尸体的？”

格蕾琴在水槽边转身，瞪大眼睛。“你怎么知道？”

“噢，我从艾德那里听到不少内幕。从一九九二年七月就开始了。”他犹豫了片刻，然后向她们讲述他在机场外看到艾德指控货车司机，指控其运载的肥料桶中装有胎儿尸体。海伦静静地听着，眼睛瞪得越来越大。“他打你的那天也说了类似的话，”拉尔夫说道，“只是做了很多修饰。”

“也许这便是他一直缠着你的原因，”格蕾琴说道，“但说实话，原因并不重要，重点是，他为他那些疯狂的朋友提供了一份所谓的百夫长名单。我们不知道名单上有哪些人，但我、海伦、苏珊·戴，当然还有你的名字在列。”

为什么有我？拉尔夫想问，但立刻明白这是个无意义的问题。也许艾德将他定为目标是因为他在艾德殴打海伦之后报了警，但也可能根本就没有合理的原因。拉尔夫记得在哪本书上看过，大卫·伯克维茨——自称萨姆之子——声称他有时杀人是因为遵照狗的指示。

“你认为他们会采取什么行动？”拉尔夫问道，“武装突袭，像查克·诺里斯的动作片那样？”

他笑了笑，但格蕾琴没有回答。“老实说，我们不知道他们会采取什么行动。”她说道，“很可能不会采取任何行动。此外，艾德或其他人可能会突然兴起把你从窗户中扔出去。这瓶喷雾只是稀释后的催泪瓦斯，一点保险措施，仅此而已。”

“保险。”他若有所思地说。

“你可是经过严格筛选的，”海伦怠倦地笑着说，“据我们了解，这份百夫长名单上只有两名男性，另外一位是科恩市长。”

“你也给了他这个吗？”拉尔夫拿起喷雾罐问道。这东西看似和他时常在邮箱中收到的刮胡膏一样安全。

“那倒没有，”格蕾琴说着又瞄了一眼手表。海伦看见她的动作，立即抱着沉睡中的孩子站起来。“他有持枪证，可以私下携带枪支。”

“你怎么知道这些的？”拉尔夫问道。

“我们到市政厅查过档案。”她咧嘴笑着说，“持枪证属于公共记录。”

“噢，”他突然想到，“艾德呢？你有没有查过他的资料？他有枪吗？”

“没查过，”她说道，“不过艾德这种人一旦到了某个阶段，不见得需要申请持枪证……你懂我的意思吗？”

“嗯，”拉尔夫说着也站了起来，“我想我大概懂。你们呢？你们有防卫措施吗？”

“当然，老哥，我们有的。”

他点点头，但不是很满意。她的语气隐约带有敷衍的意味，他不喜欢，好像他问了个愚蠢的问题。可这个问题一点也不蠢，如果她不知道这 一点，她和她的朋友可能都会遇到问题。大问题。

“但愿如此，”他说道，“我真是这么想的。我替你抱娜塔莉下楼好吗，海伦？”

“最好不要——会吵醒她的，”她一脸严肃地看着他，“你会随身携带那罐喷雾吧，拉尔夫？我不希望你因为帮过我而受到伤害，毕竟艾德脑中有一些疯狂的想法。”

“我会认真考虑的。可以吗？”

“只好这样了。”她仔细打量着他的脸，“你的气色比我上次见你时好多了——你现在睡得比较好了，对吧？”

他笑了笑。“呃，说实话，失眠问题还是没解决。不过我气色肯定是好多了，因为我总听到别人这么说。”

她踮起脚尖，亲吻了他的嘴角。“我们会联系的，对吧？我是说，我们会保持联系。”

“只要你愿意，我们肯定会保持联系，宝贝。”

她笑着说：“一定会的，拉尔夫——你是我见过的最好的男百夫长。”

他们都冲着这话笑了。笑声太大，把娜塔莉吵醒了。她睡眼惺忪，吃惊地看着他们。

6

送走两位女士后（格蕾琴·蒂尔贝里车子的后保险杠上贴着写有**我主张人流合法化，我会投票**），拉尔夫缓慢地爬回二楼，倦意袭来，脚像灌了隐形的铅。一进厨房，他首先跑到花瓶旁边，想看是否还有诡异而又美丽的绿色薄雾从花茎中冒出来。没看到。他拿起喷雾罐，看着罐子侧面的卡通图案。一个受到威胁的女人，勇敢地抵挡攻击者，一个戴着面具和宽边软帽的坏蛋。没有灰色阴影，只有勇往直前。废物，别来烦我。

拉尔夫想到，艾德的疯狂很有感染力。现在很多德里市的女人——包括格蕾琴·蒂尔贝里和他心爱的海伦——都将这种小喷雾罐放在钱包中随身携带，而且这些东西都在诉说着同一件事：*我很害怕。戴着面具和宽边软帽的坏蛋已经来到德里市，我害怕极了。*

拉尔夫不想加入她们。他踮起脚，把喷雾罐放进水槽旁的橱柜的最上层，然后穿上他的灰色旧皮夹克。他想到机场附近的野餐区找人下盘棋，不然就去玩几轮纸牌。

他在厨房门口站住脚，目不转睛地看着那些花，希望看到吱吱作响的绿色薄雾。没有看到。

可是之前出现过。你看见了，娜塔莉也看见了。

但她看见了吗？真的看见了吗？婴儿总是喜欢到处看，对任何东西都充满好奇。他又怎么能确定呢？

“我就是确定。”他对着空荡的公寓说。没错。从花茎升起的绿色薄雾确实存在，所有那些光环也都存在，而且……

“而且它们现在还在那儿。”他说道，不知道该为自己的坚定语气感到安心还是震惊。

你为何不把这问题暂时放下呢，亲爱的？

他想，这是卡洛琳的声音，是个好建议。

拉尔夫把公寓的门锁上，走向德里市街头，去老古董们的地盘找人下棋。

第七章

1

十月二日，拉尔夫拿着几本从左页二手书店购买的艾默·凯尔顿的西部小说，沿着哈里斯大道走回公寓。他看见有个人坐在他门廊的台阶上，手里也拿着书。但这位访客并非在读书，而是用恍惚的眼神盯着街对面的一排橡树和三棵残存的榆树，看着刮了一整天的暖风将它们金黄色的叶子吹落。

拉尔夫走近，看到坐在门廊台阶上的男人头顶稀疏的白发随风乱舞，他全身的重量似乎都集中于腹部和臀部。宽厚的腰部、细长的脖子、狭窄的胸膛和穿着绿色法兰绒裤子的纤弱大腿，让他看似在衣服底下围了圈轮胎内胎。就算在一百五十码[①]开外，拉尔夫也能准确地认出访客是谁：多兰斯·马斯特拉。

拉尔夫叹了口气，继续走向公寓。多兰斯似乎被欢快的落叶迷住了，直到拉尔夫的影子横在他面前，眼睛才转回来。他扭头、伸长脖子，露出怡人、奇特而又柔弱的笑容。

法耶·查宾、唐·维泽和其他经常在机场第三跑道旁野餐区闲逛的老人（等秋老虎过去，天气转凉，他们就会转移阵地到杰克逊街的台球馆）都认为这笑容只不过再次证明：不管拿不拿诗集，老多兰斯都很愚蠢。绝对称不上敏锐的唐·维泽不知从何时开始称多兰斯为首席老笨蛋。法耶曾告诉拉尔夫，如果老多兰斯能活到九十五岁，他一点都不意外。“脑子没货的人总能活很久，”几个月前他这样和拉尔夫解释，“他们无需担心什么，因此血压较低，不太会出现血管爆裂或

---

① 1码等于0.9144米。

堵塞等症状。”

但拉尔夫却不那么认为。在他看来，多兰斯怡人的笑容并未让他显得很愚蠢，而是让他看起来既优雅又博学……有一种小镇版魔术师梅林的气质。然而，他此时真希望多尔今天没来拜访。今天早上他又创造了一个新纪录，凌晨一点五十八分醒来，可把他累坏了。现在他只想坐在起居室内，喝咖啡，读一本在市区买的西部小说。也许不久后就能睡着了。

“你好。”多兰斯说。他拿的是一本平装书——《墓地之夜》，由一位名叫史蒂芬·杜宾斯的作家创作。

“你好，多尔，”他说道，“书好看吗？”

多兰斯低头看着书，似乎忘记他还拿着本书，然后微笑着点点头。“好看，非常好看。他写的诗就像故事。虽然我并不总是喜欢，但偶尔觉得还不错。”

“真好。听着，多尔，见到你很高兴，但上山的那段路让我筋疲力尽，也许我们可以改天……”

“噢，没关系。”多兰斯起身说道。他身上有股淡淡的肉桂味，经常让拉尔夫想起躺在阴暗的博物馆、用红色丝绒绳隔离开的埃及木乃伊。除了眼角细小的鱼尾纹，他脸上似乎没有皱纹，可是他的年纪绝对错不了（有点吓人）：蓝色的眼珠已经褪成犹如四月天空的浅灰色，皮肤白皙剔透，不禁让拉尔夫想起娜塔莉的皮肤。他嘴唇松垮，几乎变成淡紫色。当他说话时，嘴唇便发出轻微的碰撞声。“没关系，我不是来拜访你的，只是给你捎个口信。”

“什么口信？谁让你捎的？”

“我不知道是谁。”多兰斯说道，他瞪了拉尔夫一眼，似乎认为他不是真傻就是装傻。“长生界的事我从来不去操心。我也让你别去管，记得吧？”

拉尔夫的确记得多兰斯说过一些话，但不记得具体说了什么，也不在乎他说了什么。他很累，之前已被迫听汉姆·达文波特讲那些要他支持苏珊·戴的长篇大论。无论周六的早晨有多美好，他都不想和多兰斯·马斯特拉没完没了地聊下去。“那就把口信告诉我吧，”他说道，“然后我就要上楼了——可以吗？”

“噢，好的，没问题。”但多兰斯突然停住脚，望着街对面，又一阵清风拂来，将落叶卷上灿烂的十月天空。他褪色的眼睛睁得很大，眼神让拉尔夫想起了那个兴奋和可敬的宝宝——想起她抓取他手指留下的灰蓝色尾迹的模样，还有她凝视着水池旁花瓶中花朵冒出烟雾的表情。拉尔夫见过多尔同样目瞪口呆地在机场旁看飞机在第三跑道升降，有时候一看就是一个多小时。

“多尔？”他催促着。

多兰斯眨动着稀疏的睫毛。“噢！对了！口信！口信是……”他眉头一皱，低头看着那本被他弄得前后弯曲的书。他脸部顿时开朗，再次抬头看着拉尔夫。“口信是，‘取消预约。’”

轮到拉尔夫皱眉了。“什么预约？”

“你不应该卷入的。”多兰斯重复道，然后长叹一声，“但为时已晚，覆水难收啊。赶紧取消预约，别让那家伙用针刺你。”

拉尔夫本已转身走上门廊台阶，这时又转身面向多兰斯。“洪医生？你是说洪医生吗？”

“我怎么知道？”多兰斯恼怒地反问道，“我说过，我从不牵扯进来。我只是偶尔像今天这样捎个口信。我的任务是告诉你取消与那个扎针医生的预约，我的任务完成了。剩下就看你了。”

多兰斯再次抬头看着对街的树，他那怪异、光滑的脸上露出淡淡的欣喜。强劲的秋风吹得他花白的头发如海藻般飘动。拉尔夫轻触他的肩膀，他欣然转身。拉尔夫突然意识到法耶·查宾和其他人说他傻可能是开玩笑。否则，问题就在他们而非老多尔身上。

“多兰斯？”

“什么，拉尔夫？”

“这口信——是谁让你转达的？”

多兰斯想了想——或假装思考——然后伸出手中的《墓地之夜》。“拿去。”

“不了，谢谢。”拉尔夫说道，“我对诗集不太感兴趣，多尔。”

“你会喜欢的。很像故事集……”

拉尔夫恨不得上前用力摇晃这个老人，直到他骨头像竹板一样咯咯作响。“我刚刚才在市区的左页二手书店买了几本小说。我想知道是谁让你来传口信……”

多兰斯用惊人的力气将那本诗集塞进拉尔夫右手——没有拿西部小说的那只手。“其中一首诗的开头写道，‘我匆匆做完手头上的事，赶着去做下一件事’。”

拉尔夫还没反应过来，老多尔就已抄近路穿过草坪来到人行道。他向左转，朝着延长路段走去。他神情恍惚地仰望落叶缤纷的蓝天，像是朝远方某个集合点走去。

“多兰斯！”拉尔夫大叫，突然感到很愤怒。对街的红苹果便利店，苏正在清理门前遮阳棚上的落叶。听到拉尔夫叫喊，她停下手中的活，好奇地望向他。拉尔夫觉得自己又老又蠢——努力挤出欢快的笑容，朝她挥手。苏也朝他挥手然后继续清理落叶。与此同时，多兰斯继续安详地往前走。此时，他已经走了大约半条街了。

拉尔夫决定让他走。

2

他爬上台阶来到门廊前，把多兰斯给他的书换到左手，以便掏出钥匙串，随后他发现根本不必这样麻烦——门不仅没锁，还是半开着的。拉尔夫经常斥责麦戈文粗心大意，忘记锁门，本来他还以为楼下的这位住户终于把他的话听进去了，而且记在了心里，可现在看来麦戈文又退步了。

“该死，比尔。”他小声说，推开门进入阴暗的一楼大厅，不安地抬头看着楼梯。他不禁猜想艾德·迪普努可能潜伏在那儿，即使光天化日也一样。可是他总不能整天待在楼下门厅。他关上大门，开始爬上楼梯。

当然，没有什么好担心的。他突然吓了一跳，以为有人站在起居室那头的角落，结果是他那件灰色的旧夹克。他把它挂在衣帽架上，而不是像以前那样随手扔在椅子上或搭在沙发扶手上。难怪他会吓一跳。

他走进厨房，双手插在后兜，站在那儿看着日历。周一被圈起来了，圆圈里潦草地写着：**洪，10：00**。

我的任务是让你取消与那个扎针医生的预约，我的任务已经完成了。剩下的看你了。

一时间，拉尔夫感觉像是在后退一步观看自己的生活，所以他能看到最近一段时间的情景，而不仅仅是今天的琐碎情节。他看到的情景让他非常害怕：一条未知的道路，通向似乎什么都会发生的阴暗隧道。

那就回头啊，拉尔夫！

可他感觉无法回头。他感觉无论愿不愿意，都得进入那条隧道。与其说被引导，不如说被一双强有力的无形之手推着往前走。

“算了。”他咕哝着，焦急地用指尖揉着太阳穴，眼睛仍然看着圈起来的日期——还剩两天，“都是因为失眠，一切开始变得……”

变得如何？

“变得诡异。”他对着空荡的公寓说道，“就是因为失眠，一切才变得异常诡异。”

没错，诡异。很多诡异的事，但他见到的光环无疑最诡异。冷灰色的光——酷似冰霜——遍布日升日落餐厅那个读报男子的全身。相互缠绕的光环犹如辫状烟卷从那对朝超市走去的母子紧握的手中袅袅升起。海伦和娜塔莉被笼罩在绚丽的乳白色光雾之中，娜塔莉想抓取他的手指留下的光影，抓住只有她和拉尔夫能看见的鬼魅般尾迹。

现在老多尔又好似《旧约全书》中的先知，出现在他门前，只不过不是劝他忏悔，而是让他取消与乔·维齐尔推荐的那位针灸医生的预约。听来好笑，实则不然。

隧道口每天都在逼近。隧道真的存在吗？如果存在，它会通往哪里？

我比较好奇有什么在隧道中等待我，拉尔夫心想。在黑暗中等待我。

你不该牵涉其中，多兰斯说道，但为时已晚。

“覆水难收。”拉尔夫低声说道，突然决定不再胡思乱想，太让人不安了。还是聚精会神把问题一一解决吧，首先从针灸治疗的预约开始。是依约前往，还是遵循老多尔——别名哈姆雷特之父的幽灵——的建议。

该问题其实无需多加考虑，拉尔夫心想。乔·维齐尔好不容易让洪医生声音甜美的女秘书替他预约了十月初的就诊，拉尔夫非去不可。若有条小径可以带他离开这片丛林，或许安然入睡便是这条小径。去找洪医生无疑是明智之举。

“覆水难收。”他又说，然后走进起居室去看西部小说。

然而，他发现自己不断翻着多兰斯送给他的那本史蒂芬·杜宾斯写的诗集——《墓地之夜》。多兰斯说的两点都没错：这些诗大都像故事。拉尔夫发现他果然很喜欢这些诗。老多尔引用的那首诗叫《追寻》，开篇这样写道：

> 我匆匆做完手头上的事，赶着去做
> 下一件事。日子也匆匆流逝——
> 狂奔的赛车和永在扩建的哥特式教堂形成混合体。
> 透过疾驰的汽车车窗，我看见
> 我钟爱的一切纷纷远离：未曾读的书，
> 没有说出口的笑话，未曾造访的风景……

拉尔夫把这诗读了两遍，完全着迷了，心想他应读给卡洛琳听。卡洛琳肯定会非常喜欢，因为这首诗非常不错。她一定会更爱他（他一向只对西部小说和历史小说着迷），因为他发现了这本诗集而且像捧着花束一般把诗集送给了她。他正准备起身去找张纸片来当书签，突然意识到卡洛琳已离开半年了，顿时泪流满面。他在高背椅上坐了将近十五分钟，把《墓地之夜》搁在膝盖上，用左手掌根抹着眼泪。最后，他走进卧室，躺在床上，准备入睡。干瞪了一个小时的天花板，他起身冲了一杯咖啡，在电视上找到了一场大学橄榄球赛转播。

3

周日，公共图书馆的开放时间为下午一点到六点。多兰斯来过之后的第二天，拉尔夫去了图书馆，主要是因为他没有别的事做。阅览室的天花板很高，这儿通常会有一群像他这样的老人在翻阅各种他们有空阅读的周日报纸。可这天，当他埋头于书堆中浏览了四十分钟后抬起头来时，发现四周空无一人。昨天，天气晴朗；今日，瓢泼大雨。刚落下的树叶被冲刷在人行道上或被冲下水沟，进入德里市那奇怪而错综复杂的排水系统。风仍在呼啸，但已经转向北方而且带着一丝寒意。任何聪明（或幸运）的老人都待在温暖的家中，观看波士顿红袜队惨淡赛季的最后一场比赛，和孩子们玩纸牌游戏或糖果乐园游戏，或者在饱食一顿鸡肉大餐后打盹。

话说回来，拉尔夫既不关注波士顿红袜队，也无子孙，甚至连曾经拥有的打盹的能力都失去了。于是他便搭乘一点的绿线公共汽车前往图书馆。到达之后，他后悔仅穿了这件破损的灰色旧夹克——阅览室很阴冷。壁炉中空空如也，闷不吭声的电暖器让人觉得还是生把炉火比较好。此外，周末到图书馆看书的人也懒得打开头顶上方的电灯。勉强射进来的光线有气无力地瘫在地板上，墙角全是阴影。墙壁上陈旧油画中的伐木工人、士兵、鼓手和印第安人看似恶魔。冷雨呜咽，猛烈地敲打着窗户。

我应该待在家里，拉尔夫心想，但并不真这么想。这阵子他那公寓甚至比图书馆还冷。况且他已经在书架上被他称为睡眠之神的区域找到了一本有趣的新书：《睡眠的模式》，作者是医学博士詹姆斯·A.霍尔。他打开头顶灯，以便让阅览室不那么阴森，然后在四张空荡长桌中挑了一张坐下，很快便沉迷于书中。

霍尔写道：在人们发现快速眼动睡眠和非快速眼动睡眠属于不同的睡眠状态之前，关于人失去特定阶段睡眠的研究主要有德门特的理论（1960）……失去特定阶段睡眠会导致人醒来后人格混乱……

你说对啦，朋友，拉尔夫心想，想喝汤的时候连一盒立顿速食汤都找不到。

……另外关于梦境丧失的早期研究还提出有趣的假设：精神分裂症也许是由梦境丧失所导致，即夜晚的做梦过程越界到了白天清醒时刻。

拉尔夫低头看书，手肘搁在桌上，双手握拳按压太阳穴，前额紧蹙，眉头紧锁，专注地思索着。他在想，霍尔谈论的是否就是光环问题，只是他未察觉。但拉尔夫仍会做梦，而且非常逼真。昨晚他才梦到自己和洛伊丝·夏瑟在老德里市会馆（已不复存在，八年前被横扫市中心的大风暴吹垮了）。他邀请她出来好像是为了向她求婚，但特里格·瓦尚偏要来搅局。

他用指关节揉着眼睛，设法继续聚精会神地看书。他没有看见那个出现在阅览室门口身穿灰色宽松运动衫、站在那儿默默注视他的男人。大约过了三分钟，那名男子将手伸进运动衫（胸口印的是查理·布朗的小狗史努比，它戴着酷哥乔墨镜），从挂在腰带上的刀鞘中抽出一把猎刀。那名男子来回翻转那把刀时，头顶灯投射的光照在锯齿状的刀刃上，映射出它的锋芒。接着，他朝拉尔夫所在的桌子走去，而拉尔夫正用双手撑着头。他坐在拉尔夫身边，但拉尔夫几乎没感觉到身旁有人。

失眠者对失眠的忍受程度因年龄而异。较年轻的失眠者往往较早开始忧虑并出现更多的生理反应，而较年长的……

一只手轻轻搭在拉尔夫肩上，吓得他从书本中跳了出来。

“我想知道它们长啥样？”一个狂喜的声音在拉尔夫耳畔轻轻响起，随之飘来一股有如变质培根在一锅大蒜和腐臭的黄油中慢慢蒸煮的气味，“我是说你的内脏。等我把它们挖出来放在地上，不知会是什么样子。你认为呢，你这个残害婴儿的百夫长。你认为它们是黄色、黑色还是红色呢？”

某种尖锐的东西按压在拉尔夫身体左侧，沿着肋骨缓缓下移。

“我迫不及待地想知道。”那狂喜的声音低声说，“我等不及了。”

4

拉尔夫缓慢地转过头，只听得脖子肌腱咯吱作响。他不知道这个有口臭的男子——正用类似刀子的东西顶着他身体左侧的男子——叫什么，但拉尔夫很快就认出了他。那副角质框眼镜帮了忙，可是那头高高翘起、让拉尔夫想起唐·金和爱因斯坦的灰色滑稽头发才是关键。他就是报纸头版照片背景中站在艾德·迪普努身边的那个男人。照片中，汉姆·达文波特高举拳头，丹·道尔顿像戴了帽子似的头顶着达文波特**支持人流，不要害怕**的标语牌。拉尔夫觉得好像在很多有关人流示威活动的电视新闻中都看到过这个家伙。他只是众多挥舞标语牌、高呼口号的示威者中的一员，只是个无名小卒。只是现在这个无名小卒想要杀了他。

“你觉得如何？”身穿史努比运动衫的男子仍欣喜地低声问道。他的声音比刀刃更让拉尔夫害怕。此时，刀在拉尔夫的皮夹克上缓慢地上下滑动，仿佛在确定他身体左侧一些脆弱器官的位置：肺、心脏、肾脏、肠子等。“会是什么颜色呢？”

他呼出的气体令人作呕，但拉尔夫不敢抽身或转头，生怕身体一动刀子便停止移动直接插进身体。现在刀子又开始往上移动。在厚厚的角质框眼镜背后，那家伙的褐色眼珠犹如奇怪的鱼一样在漂浮不定。拉尔夫心想，那人的眼神捉摸不定且透着说不出的怯懦，酷似那些看见天兆或在深夜听见壁橱内发出低语声的人的眼睛。

“我不知道，”拉尔夫说道，“我根本不知道你为何想伤害我。”他仍不敢扭头，但快速向四周瞟了一眼，希望看到其他人，但阅览室仍空无一人。室外，疾风骤雨敲击着窗户。

“因为你他妈的是*百夫长！*”灰发男子啐了一口唾沫，“可恶的*弑婴者！专偷未出生的胎儿！*将他们卖给*出价更高的人！*我知道你的勾当！”

拉尔夫慢慢将右手从脑门放下。他惯用右手，每天随身携带的物品一般都放在衣服的右边口袋。这件灰色的旧夹克有带盖的大口袋，但即便他能悄悄将手伸进口袋，恐怕他能找到的最具杀伤力的武器也只有一团被弄皱的口香糖包装纸。口袋里甚至连指甲刀都没有。

“是艾德·迪普努告诉你的，对吗？”拉尔夫问道，然后哼了一声，因为刀子朝他身体左侧的肋骨下方用力地刺了进去。

“别叫他的名字，”身穿史努比运动衫的男人低声说道，“不要直呼其*名！*你这个偷窃婴儿的家伙！怯懦的杀人犯！*百夫长！*”他再次把刀刃往里推，拉尔夫真切感到了疼痛，因为刀尖已经穿透皮夹克。拉尔夫认为自己还未被割伤，至少目前还没有，但他确定这疯子用的力足够让他留下难看的伤疤。但还算不错，如果只是留下伤疤，那就万幸了。

“好，”他说，“我不提他的名字。”

“给我道歉！”身穿史努比运动衫的男人低声愤然说道，将刀子刺得更深了。这次刀子穿过了拉尔夫的衬衫，他感到一股温热的血流了下来。*刀口底下是什么器官呢？*他心想，*肝脏？胆囊？身体左侧都有哪些器官呢？*

他想不起来，也不想知道。脑海中浮现一幅画面，占据了所有的理性思考——狩猎季节，某个乡村小店门口，秤上倒挂着一只鹿。眼睛呆滞，舌头下垂，腹部有一道黑色的刀痕，那是一个男人刚拿着与此类似的刀割开的，掏出了所有内脏，只剩下头部、肉体和皮毛。

“对不起，”拉尔夫战战兢兢地说，“真对不起。”

“是的，这就对了！你应该感到对不起，但你不是真心的！你不是！”

那个男人又把刀往前刺了一下，拉尔夫感到异常疼痛，流出更多温热的血。突然整个阅览室一亮，好像有两三组摄影记者突然拥入并打开摄像机上的投光灯一样，这些记者从反人流游行发生以来一直在德里市游荡。当然，并没有摄像机，光是从他体内发出来的。

他转向那个拿刀的男人——现在他已经把刀刺进了拉尔夫的身体——看到他周围环绕着绿黑色的光环，这让拉尔夫想起

（*沼泽火*）

天黑之后偶尔会在沼泽树林中见到的暗淡磷光，其中盘绕着如钉子般纯黑色的荆棘。他愈发惊慌地看着这位刺客的光环，丝毫没有察觉到刀子又往前扎了十六分之一英寸。他隐约感到鲜血正在衬衫底部腰带周围积集，仅此而已。

他疯了，他真想杀了我——这不是说说而已。他还没有准备动手，他的情绪还没有激动到那一步，但是快了。如果我试图逃跑——只要我试图离开他插进我身体的那把刀子一寸——他就会立马杀了我。他巴不得我试图逃跑……这样他就会说我自己找死，都是我的错。

“天啊，你和你的同伙，”那个留着滑稽灰发的男人说道，“我们都知道你们干的好事。”

拉尔夫将手伸进右边口袋……摸到一个稍大的物体，他不知道那是什么，甚至不记得放过这个物体。这算不上什么，如果你连经常光顾的电影院服务台后四位电话号码是1317还是1713都记不清时，什么都可能发生。

“你们这些家伙，天哪！”留着满头滑稽头发的男人说道，“天哪，真是的！*天哪！*”这次拉尔夫清晰地感受到刀子刺进身体的疼痛。刀尖沿着他的胸腔往上滑向颈部，留下了一个红色的细网格线。他低声呻吟，右手紧抓着夹克的右边口袋，隔着皮革握紧口袋中那个物体的圆弧面。

“别叫，”那个一头滑稽灰发的男人欣喜地小声说道，“天呀，你会后悔的！”他盯着拉尔夫的脸，眼镜后方的褐色眼睛被放大了好几

倍，沾在睫毛上的微小头皮屑看似有鹅卵石大小。拉尔夫甚至能够看到这个男人眼中的光环——像绿色烟雾飘过黑色水面一样滑过瞳孔。贯穿在绿光中的蛇形扭结变得更加稠密，彼此缠绕在一起。拉尔夫明白当刀子深深刺入自己的身体时，操弄刀子的其实是那个男人性格中投射出这些黑色旋涡的部分。绿色代表困惑和偏执，黑色则有其他寓意。

（来自外部）

更加可怕的寓意。

“好的，”他喘息着说，“我不叫。”

“很好。你知道吗，我能感受到你的心跳。它通过刀刃传到我的掌心。现在心跳很快吧。”那人冷不防地露出毫无幽默感的笑容。嘴角挂着几滴唾沫。“也许你会昏倒，死于心脏病，这样就不用我动手了。”又一股令人作呕的气息向拉尔夫扑面而来，“你那么老了。”

鲜血像两三股涓涓细流，沿着他的身体流下。刺入身体的刀尖让他疼得发狂——好像被巨大的蜜蜂蜇了一口。

或者是针，拉尔夫心想，觉得虽然身处这种情境，但这念头还是很可笑，或许正是因为这样的情境才显得可笑。*这个人才是真正的扎人狂魔*，相比之下，詹姆斯·罗伊·洪不过是班门弄斧。

而我根本就无法取消与这个人的“预约”，拉尔夫心想。但话说回来，他意识到像他这样的狂人不会同意取消预约。他们有自己的日程表，不论如何都会严格遵照日程表安排。

无论接下来会发生什么，拉尔夫知道他无法忍受刀尖继续刺进身体。他用拇指掀开夹克的口袋盖，悄悄将手伸进去。手指刚碰到那个物体，他立马就想起那是什么，是格蕾琴从手提包拿出来放在他餐桌上的喷雾罐。*这是“妇女关怀”的朋友为了向你表示感谢准备的绵薄之礼*，她这样说道。

拉尔夫也不知道喷雾罐是如何从厨房壁橱顶部——当时他随手把它放在了那儿——跑到这件破旧的秋季夹克口袋中，他不想深究原因。他紧紧握住它，再次使用大拇指，这次是掰开喷雾罐的塑料盖。与此同时，他眼睛始终未离开那个满头滑稽头发的男人抽搐、惊恐、振奋的脸。

“我知道一些事情，”拉尔夫说道，“如果你保证不杀我，我就告诉你。”

“什么?”那个满头滑稽头发的男人问道，“天呀，你这种人渣知道什么?”

*像我这样的人知道什么？*拉尔夫反问自己，很快便有了答案，像老虎机显示屏跳出累计奖金数目一样快速闪现在他脑海。他勉强挨近环绕着那个男人的绿色光环，走进从他坏掉的内脏发出的恶臭氛围中。同时，他从口袋中拿出那个小喷雾罐，将它紧贴在大腿边，食指按在喷头上。

“我知道血色之王是谁。”他讷讷地说。

肮脏的角质框眼镜背后的那双眼睛瞪得很大——不仅是惊讶，还有震惊——那个头发滑稽的男子退缩了一下，同时抵着拉尔夫身体左侧的巨大压力也放缓了。这是个好机会，可能是唯一的机会，他也抓住了这次机会。他向右一转，从椅子上翻落到地板上。他后脑勺着地，但与脱离刀刃所产生的宽慰感相比，这点疼痛无足挂齿。

满头滑稽头发的男人大声抱怨——其中夹杂着愤怒和无奈，他似乎在漫长困苦的生命中早已习惯此类挫折。他冲向拉尔夫的空座椅，向前伸着抽搐的脸，眼睛看似生活在大海最深处海沟的奇异发光生物。拉尔夫拿起喷雾罐，突然意识到还没来得及检查喷口的方向——他很可能会把催泪喷雾喷得自己满脸都是。

无暇顾及这么多了。

那个满头滑稽头发的男子持刀刺向他时，拉尔夫摁下喷嘴。那个男人的脸部笼罩在液滴形成的薄雾中，那薄雾看似拉尔夫置于浴室马桶水箱上的松木香型空气清新剂喷雾。连他的眼镜都蒙上了一层薄雾。

喷雾起到了立竿见影的效果，这也是拉尔夫所期待的。那个满头滑稽头发的男子痛苦地尖叫着，扔下手中的刀子（它碰到拉尔夫的左膝，然后落在他的两腿之间），两手在脸上抓狂，摘下眼镜，扔在桌上。围绕着他的那层细薄、有点油腻的光环闪过一道红光，然后熄灭了——至少拉尔夫看不见了。

“我瞎了！”满头滑稽头发的男子尖叫道，“我瞎了，我瞎了！”

“不，你没有，”拉尔夫说道，颤抖着站起来，“你只是……”

那名男子又尖声大叫，然后倒在地上。他在黑白瓷砖上来回翻滚，双手捂着脸，好像手被门缝夹到的孩子一样号叫。拉尔夫从那名男子的指缝间看到他一块块楔形的脸颊。脸上的皮肤红得令人惊恐。

拉尔夫告诉自己别管这个家伙，因为他像只疯狂的潜鸟和危险的响尾蛇。但他太过恐慌，也为自己的所作所为感到惭愧，因此无法遵循内心这个不错的建议。刚才那种生死存亡、想要制伏攻击者的念头似乎已不复存在。他弯下身，试探性地将手放在那人的手臂上。那个疯子立刻从他身边滚开，像个闹别扭的小孩，用两只脏兮兮的低帮运动鞋用力蹬着地板。“噢，你这个混蛋！”他尖叫道，“你用东西喷我！”然后，他不可思议地说：“我要控告你！”

“我想，你在提起诉讼之前最好还是解释一下刀子的事。”拉尔夫说道。他看到地上的刀子，想伸手去拿，但转念一想最好还是别在上面留下指纹。他起身时，突然感到一阵眩晕。一时之间，雨水敲击窗户的声音变得空洞而遥远。他把刀子踢开，步履蹒跚，需扶着刚坐过的那把椅子的椅背才勉强保持身体平衡。一切又恢复平静。他听见大厅传来一阵脚步声、低语声和询问声。

*现在你们倒是来了，*拉尔夫疲倦地想。*三分钟前当这家伙像刺气球一样，差点把我的肺刺破时，你们去哪儿了？*

迈克·汉隆出现在门口，他身材修长，虽留着一头浓密的灰发，但看起来不过三十岁。他身后跟着一位少年，拉尔夫认识这位少年，他是图书馆周末柜台助理。少年身后跟着四五个可能是从期刊室跑过来的围观者。

“罗伯茨先生！”迈克惊呼，“天啊，你伤得重吗？”

“我没事，受伤的是他。”拉尔夫说道，可当他伸手去指躺着地板上的那个家伙时，碰巧低头看了看自己，发现自己并非没事。他伸手时牵起了外套，发现格子衬衫左侧被浸透了，从腋窝下方扩散开来，形成了深红色的泪滴状。“糟糕。”他虚弱地说道，然后坐在椅子上，手肘将那副角质框眼镜撞得飞过桌面。镜片上液滴形成的薄雾让眼镜看似一双得了白内障的瞎眼。

“他用强酸泼我！”躺在地上的那个人尖叫，“我看不见了，我皮肤正在溶解，我能感受到它在溶解。”在拉尔夫听来，他似乎在刻意模仿《绿野仙踪》中的西方邪恶女巫。

迈克快速瞥了一眼躺在地上的男人，然后在拉尔夫身旁的椅子上坐下。“发生了什么？”

“那不是强酸。”拉尔夫说着拿起那罐保镖牌喷雾，把它放在桌上，旁边是《睡眠的模式》。“给我喷雾的那位女士说它不像梅斯喷雾那么强烈，它只会刺激眼睛，引起恶心……”

“我毫不担心他有什么问题，”迈克不耐烦地说道，“能喊出这么大声的人一时半会死不了。我倒是担心你，罗伯茨先生——你知道他把你刺得有多严重吗？”

“他并没有真正刺我，”拉尔夫说道，“他……只是戳我。用那个。”他指着瓷砖地面上的刀子。看到红色刀尖，他脑中又闪现一阵眩晕，感觉像一列羽毛枕芯做成的快车。当然，这种想法太蠢了，毫无意义，不过此刻他头脑不太清醒。

那位图书馆助理低头谨慎地看着地上的男子。“噢喔，”他说道，“我们认识这个家伙，迈克——他叫查理·皮科林。”

“天哪，我的天哪，”迈克说道，“我现在一点都不感到惊讶了！”他望着那位少年助理，叹了口气说，“最好报警，贾斯汀。看来我们遇到麻烦了。”

5

一小时后，拉尔夫问道：“我用那个喷雾有麻烦了，是吗？”他指着迈克·汉隆办公室凌乱桌面上两只密封塑料袋中的一只。袋子上贴了一条黄色的胶带，上面写着**证据：喷雾罐；日期：1993 年 10 月**

3日；地点：德里市公共图书馆。

“没有我们那位查理老兄使用刀的麻烦大。”约翰·莱德克指着另外一个密封袋子说道。袋子中装的是那把刀，刀尖上的血已经凝结，变成了褐红色。莱德克今天穿了件缅因大学橄榄球队运动衫，这让他看似与乳牛棚般大小。“在我们这种偏僻地方，我们依然非常相信自卫这种概念，可我们不会过度探讨这种概念——因为这跟承认地球是平的一样荒谬。”

倚在门口的迈克·汉隆一阵大笑。

拉尔夫暗自松了一口气。医护人员（据他所知，这位医生曾于八月份和其他医生一起将海伦·迪普努送到医院）开始给他处理伤口——首先拍照，然后消毒，最后贴上蝴蝶状的大型创可贴，裹上绷带——他咬紧牙坐在那儿，想象着法官会判处他在县监狱服刑半年，罪名是使用半致命的武器攻击他人。*罗伯茨先生，希望这能起到警示作用，警示那些认为携带神经性毒气喷雾罐到处伤人合法的老家伙。*

莱德克再次看着排在汉隆电脑终端机旁边的六张宝丽来一次成像照片。那位气色较好的急救医务人员在为拉尔夫包扎伤口之前拍了前三张照片。这些照片显示拉尔夫身体左侧下方有个阴暗的小圆圈——看似孩子们学写字时写得太大的句号。那位急救医护人员在替拉尔夫包扎完伤口并要他在一张证明拒绝住院的表单上签名后，又为他拍了后三张照片。通过后一组照片，可以清晰地看到拉尔夫体内已经开始形成严重的瘀伤。

“上帝保佑埃德温·兰德和理查德·宝丽来。”莱德克说道，将一次成像照片放入另一个证物袋。

“我认为理查德·宝丽来根本就不存在。”站在门口的迈克·汉隆说道。

“也许不存在，但还是希望上帝保佑他。任何法官在看过这些照片后都会支持你，拉尔夫，就算是美国历史上最伟大的辩护律师克莱伦斯·丹诺也会将它们列为证物。”他回头看迈克，“他叫查理·皮科林，是吧。”

迈克点点头：“是查理·皮科林。”

“混蛋。”

迈克再次点头：“超级大混蛋。”

他们表情严肃，面面相觑，然后同时开怀大笑。拉尔夫非常理解他们的感受——因为太糟糕所以显得可笑，但又因为可笑所以显得糟糕——他必须用力咬住嘴唇，以免跟着他们一起大笑。他现在说什么也不能大笑，会疼死的。

莱德克从后兜中掏出一块手帕擦拭眼泪，并停止大笑。

“皮科林倡导生命权，对吗？”拉尔夫问道。他想起皮科林在汉隆青年助理的搀扶下坐起来的模样。没戴眼镜的他看起来跟宠物店橱窗里的兔子一样没有任何危险。

“可以这么说，”迈克冷淡地说，“他就是去年被抓到企图在医院和‘妇女关怀’共用的停车场放置爆炸物的家伙。他手提一罐汽油，身背装满空瓶的背包。”

“还有一堆布条，别忘了。”莱德克说道，“那些布条被用作导火线。那时候他还是‘每日灵粮’的重要成员。”

“他的行动差点成功了吗？”拉尔夫好奇地问道。

莱德克耸耸肩。“没有，他们那群人当中显然有人认为炸掉一家女性诊所更像是恐怖主义行动，而不是政治活动。于是给你们当地的警局打了匿名电话。”

“干得漂亮。”迈克说道，又发出一阵窃笑，随后交叉双臂，似乎是为了忍住笑容。

“是的。”莱德克说道，他两手交握，伸开双臂，将指关节掰得咯吱响。“一位体贴周到的法官没有给查理判处徒刑，而是让他到杜松山精神病院接受六个月的治疗。那儿的医生可能认为他没问题，因为他在七月前后就回到镇上了。”

“没错。”迈克附和着说，“他每天都会来图书馆，试图改变人们的想法。几乎抓着每个来图书馆的人对他们进行说教，说什么人流的女人都会下火海，尤其是苏珊·戴这类坏人永世不得超生。但我不明白他为什么会找上你，罗伯茨先生。”

“可能是我运气好吧。”

“你还好吗，拉尔夫？”莱德克问道，“你脸色苍白。”

“我很好。”拉尔夫说道，其实他一点都不好，感到想吐。

“你好不好我不知道，但你真幸运。很幸运有人给了你这罐防身喷雾，很幸运你将它随身携带，最幸运的是皮科林没有悄悄从背后给你一刀。你要不要现在跟我去局里做一份正式笔录，或者……”

拉尔夫突然从迈克·汉隆那张年代久远的躺椅上跳起来，用左手捂着嘴狂奔冲过房间，打开办公室右后方的门，祈祷门后千万别是壁橱。否则他就要将消化了一部分的烤奶酪三明治和有点发酸的西红柿汤吐满迈克的雨鞋了。

幸好那正是他所需的洗手间。拉尔夫跪在马桶前，紧闭双眼狂吐不止，左手紧按着身体一侧被皮科林弄伤的部位。肌肉刚开始愈合又突然被拉扯，十分疼痛。

“我想你的意思是不要。”迈克·汉隆在拉尔夫身后说道，然后安慰地拍拍他的颈部，“你还好吗？伤口又流血了啊？”

“应该没有。”拉尔夫说道。他伸手去解衬衫纽扣，然后突然顿了一下，再次用手臂紧紧捂住身体一侧，直到呕吐感消失为止。他抬起手臂，检查绷带，是干净的。“看来没事。”

“好的。”莱德克说道，他就站在这位图书馆员身后，“吐完了？”

“吐完了。”拉尔夫羞愧地看着迈克，“对不起。”

“别傻了。”迈克扶拉尔夫站起来。

“走吧，”莱德克说道，“我送你回家。明天还得做笔录呢。今天你得回家休息，好好睡一觉。”

“一夜安稳的睡眠比什么都强。”拉尔夫说道。他们走到办公室门口。“你不必一直挽着我的手吧，莱德克警官？我们还没确定关系呢，对吗？”

莱德克看似很惊讶，然后松开拉尔夫的臂膀。迈克又是一阵大笑。“还没确定……这真有意思，罗伯茨先生。”

莱德克笑了笑。“确实还没有，不过你可以叫我杰克，也可以叫我约翰，但别叫我约翰尼。我母亲去世后，叫我约翰尼的只有老教授麦戈文了。”

老教授麦戈文，拉尔夫心想，这听起来好奇怪。

“好的——那就叫约翰。二位可以叫我拉尔夫。就我而言，提到罗伯茨先生，别人通常想到亨利·方达领衔主演的百老汇舞台剧。”

“没问题。”迈克·汉隆说道，“你多保重。”

“我尽量，”他说道，然后停下脚步，“对了，我得感谢你，不仅因为你今天帮我。”

迈克眉毛一挑。“哦？”

“是的。你雇用了海伦·迪普努。她是我最爱的人，她急需这份工作。谢谢你。”

迈克微笑点头。“我欣然接受你的谢意，但其实是她帮了我的忙。她做这份工作实则是大材小用，我认为她是想留在这里。”

“我也这么想，而你成全了她。再次感谢。”

迈克咧嘴而笑。“荣幸之至。”

6

拉尔夫和莱德克离开图书借还台时，莱德克说：“我想蜂巢应该有效，嗯？”

一开始拉尔夫完全没明白这位大警探在说什么，他说不定在用世界语向他问问题。

“你的失眠症。”莱德克耐心地说道，“已经治好了，对吗？一定是——你的气色比我初次见你时好多了。”

“那天我有点焦虑。”拉尔夫说道。他想起老比利·克里斯托模仿脱口秀主持人费尔南多的著名台词：听我说，亲爱的，别傻了，你的心情不重要，重要的是外表！你……看上去……**棒极了！**

“难道你今天不焦虑吗？好了，拉尔夫，我又不是外人。告诉我——是不是蜂巢奏效了？”

拉尔夫假装思考了一下，然后点点头。“是的，我想一定是因为蜂巢。”

“太好了！我早就说了吧？”莱德克愉快地说道，他们一起步入午后的雨中。

7

在上哩丘路最高处等红绿灯时，拉尔夫转向莱德克，问他把艾德列为查理·皮科林共犯的可能性有多大。“因为是艾德唆使他这样做的，”他说，“我很清楚这一点，就像我知道前面的公园叫斯特拉福德公园一样。”

“你可能没错，”莱德克答道，“但你别太乐观——将艾德列为共犯的可能性十分渺茫。即使县检察官很开明，将他们列为共犯的可能性也不大。”

“为什么？”

“首先，我担忧我们能否找到这两个人有进一步联系的证据。其次，皮科林这种人对那些被他认作‘朋友’的人十分忠诚，因为他们的朋友不多——他们的世界多半是由敌人组成的。我认为皮科林在接受审讯时不会将他拿刀刺你肋骨时说的那些话全盘托出。此外，艾德并不傻。他很疯狂，没错——仔细一想，可能比皮科林还疯狂——但绝不傻。他什么都不会承认。”

拉尔夫点点头，这正是他对艾德的看法。

“即使皮科林承认是迪普努指使他去找你，杀害你——因为你是杀害婴儿、抢夺胎儿的百夫长——艾德也只会冲我们微笑点头，然后说他相信查理说过这样的话，相信查理甚至认为自己说得没错，但这并不代表事实。”

绿灯亮了。莱德克开车通过十字路口，左转进入哈里斯大道。刮雨器唰唰地摆动。拉尔夫透过乘客位车窗，看到右侧的斯特拉福德公园在雨中像波动的海市蜃楼。

“我们能怎么办?”莱德克说道,“事实摆在眼前,查理·皮科林精神失常多年——说到疗养院,他的经验非常丰富:杜松山精神病院、阿卡迪亚疗养院、班格尔精神医疗院……凡是提供免费电疗服务和束衣的地方,查理几乎都去了。近来他反复唠叨的话题是人流。早在二十世纪六十年代,他就把矛头对准了玛格丽特·蔡斯·史密斯[①]。他四处写信——写给德里市警察局、州警察局和联邦调查局——声称她是俄罗斯间谍并声称有证据。”

“天啊,真难以置信。”

“不必惊讶,这就是查理·皮科林。可以说全美所有和德里市大小相当的城市都有一些类似他这样的人。不,应该说全世界都有。”

拉尔夫慢慢将手伸到身体左侧,摸着那儿的方形绷带。他用手指探索着纱布底下蝴蝶型创可贴的轮廓。他不断想起皮科林狰狞的褐色眼镜——既惊恐又欣喜若狂。他简直不敢相信拥有这双眼睛的人曾差点要了他的命。他担心到了明天,整件事将变得像詹姆斯·A.霍尔书中所提及的突破性梦境。

“糟糕的是,拉尔夫,像查理·皮科林这样的疯子,最容易被迪普努利用。现在,那位殴打妻子的老弟有足够推诿责任的借口了。”

莱德克把车转入拉尔夫家附近的私家车道,停在一辆后备厢盖锈迹斑斑、保险杠上贴着一张旧贴纸的奥尔兹莫比尔牌大汽车后面,纸条上写着 DUKAKIS,88。

“那辆雷龙般的车是谁的?是麦戈文的吗?”

“不是,”拉尔夫说道,“是我的。”

莱德克难以置信地瞥了他一眼,把他那辆破旧的雪佛兰牌警车的变速杆拉到空挡。“既然你有车,为何还要在大雨里等巴士?车坏了吗?”

“没坏。”拉尔夫生硬地说道,不愿补充自己可能说错了,因为他已经有两个多月没开过那辆车了,“我没有站在大雨里等车。那是候

① 玛格丽特·蔡斯·史密斯(1898—1995),是美国历史上首位在国会众议院、参议院都获得席位的妇女。

车亭，不是公共汽车站，它有遮雨棚，里面还有凳子。只差有线电视了，等明年吧。”

“可是……”莱德克仍迟疑地看着那辆奥尔兹牌汽车。

“在职业生涯的最后十五年，我坐在办公桌前工作，但此前我是售货员。曾有二十五年左右的时间，我平均每周得开八百英里路。到印刷厂工作之后，我再也不想开车了。另外，我妻子去世后，似乎也不用开车了。很多时候乘公共汽车也很方便。”

的确如此，拉尔夫觉得没必要再补充他越来越不相信自己的反应和视力这件事。一年前，拉尔夫看完电影开车回家，突然有个大约七岁大的孩子为了追足球跑到哈里斯大道。拉尔夫思考了足足两秒，这对他而言很漫长、很恐怖，他感觉就要撞上那个男孩了。当然，他没有撞到——事实上还差很远——但在那之后，他开车的次数屈指可数。

他觉得也没有必要把这些告诉约翰。

“你开心就好。”莱德克说道，朝那辆奥尔兹牌汽车挥了挥手，“明天下午一点去做笔录如何，拉尔夫？我中午就过来，免得节外生枝。如果你想喝咖啡，我可以给你带一杯。”

“听起来不错。谢谢你送我回来。”

“不客气，还有一件事……”

拉尔夫本来已经打开车门，又将它关上了，然后挑起眉毛转身看着莱德克。

莱德克低头看着双手，在驾驶座上不自在地扭动身体，清了清嗓子，然后抬起头。“我只是想说，我认为你的表现太优秀了，”莱德克说道，“很多比你年轻四十岁的人要是遇到今天这样的小风险，肯定早就躺在医院或者太平间了。”

“我想一定是守护神在眷顾我。”拉尔夫说道，想起当他辨认出夹克口袋中的圆形物品是什么时有多诧异。

“也许是吧，但你今晚还是得将门窗关好。听到了吗？”

拉尔夫微笑着点头。不论是否受之有愧，莱德克的称赞还是让他心头一暖。“我会的，如果麦戈文愿意配合，一切都好办。”

另外，他想，我可以在半夜醒来后自己下楼检查。我大概睡两个半小时就会醒，目前是这样。

“一切都会好起来的，”莱德克说道，“当迪普努开始接手‘生命之友’时，局里的同事都不乐意，但我们一点也不感到意外——如果某天他不拿妻子当出气筒，他还是很有魅力和号召力的。”

拉尔夫点点头。

“另一方面。以前我们也见过不少和他类似的家伙，他们有自我毁灭的倾向。迪普努已经表现出了这一倾向。他失去了妻子，失去了工作……这点你知道吗？”

“啊哈，海伦和我说了。”

“现在他正失去一些温和的追随者。他们像喷气战斗机一样掉头飞回基地，因为燃料快用完了。但艾德不会回头——无论遇到什么困难，他都会一直向前。我想苏珊·戴演讲之前，他可能还会留住一些追随者，但演讲之后，他就要孤军奋战了。”

“你是否想过他会在周五采取行动？例如伤害苏珊·戴？”

“当然，”莱德克说道，“这个问题我们早就想过了。”

8

拉尔夫非常高兴看到门廊大门上了锁。他迅速开锁进门，步履蹒跚地爬上楼梯，这天下午的楼梯似乎比任何时候都狭长、阴暗。

尽管雨滴不断敲打着屋顶，但公寓内一片寂静，空气中似乎弥漫着无数个不眠之夜的气息。拉尔夫把厨房餐桌旁的一张椅子拉到厨房台面旁，他站在椅子上，查看最靠近水槽的柜橱顶部。他似乎期待能从里面找到另一瓶保镖牌喷雾——原来那瓶，他送别海伦和她朋友格蕾琴之后一直放在那儿——而他内心着实抱着这样的期待。然而，柜橱顶部除了一根牙签、一根旧保险丝和很多灰尘之外，什么也没有。

他小心翼翼地从椅子上下来，看到椅子上留下污浊的脚印，于是他拿一小片纸巾将它擦掉。然后，将椅子放回原处，走到起居室。他站在那儿，眼睛扫视着套着脏兮兮的花纹布套的沙发，还有两扇朝向哈里斯大道的窗户之间那张橡木桌上的电视。接着，他的视线从电视转到屋角。昨天进入公寓并且发现大门没上锁时，拉尔夫曾忐忑不安，一时把屋角衣帽架上挂着的外套误认为是入侵者。说实话，他当时还以为是艾德不请自来了。

可是我从来都不把衣服挂在衣帽架上。这也是我过去常惹怒卡洛琳的一个坏习惯——仅有的几个坏习惯之一。如果我在她生前都未能养成将衣服挂在衣帽架上的习惯，那她去世后就更不用说了。把衣服挂在那儿的人一定不是我。

拉尔夫穿过起居室，在灰色的皮夹克口袋中翻找着，把找到的东西放在电视机上。左边口袋中只有一块放了很久、顶端沾有棉绒的救生圈牌水果硬糖，而右边口袋里放的东西很多，只是没有喷雾罐。右边口袋中有一根包装完好的窈窕淑男牌柠檬味棒棒糖、一张弄皱的德里比萨之家的广告传单、一节五号电池、一个空的麦当劳苹果派包装盒、戴夫录影带出租店的优惠卡（只要再打四次卡就可免费租一部片，这张卡已经失踪两周，拉尔夫以为它丢了）、一盒火柴、一些锡箔纸碎片……以及一张折叠的条纹纸。

拉尔夫打开纸条，看到上面有一行用老人不太稳定的潦草笔迹写的字：我匆匆做完手头上的事，赶着去做下一件事。

虽然纸条上只有一行字，但足以让拉尔夫证实心中的猜想：拉尔夫从左页二手书店拿着平装书回来时，看到多兰斯·马斯特拉坐在门廊台阶上。不过在此之前，多兰斯还做了别的事，而不是坐在那儿干等。他上楼进了拉尔夫的公寓，从壁橱顶部拿起喷雾罐，放进拉尔夫灰色旧皮夹克的右边口袋。他甚至还留下了自己的名片：用潦草的字迹写在小纸片上的一行诗，纸片可能是从拉尔夫用来记录机场第三跑道上起降班次的旧笔记本上撕下来的。之后，老多兰斯没有把夹克放回原处，而是把它放在衣帽架上。完事之后，

（一切搞定）

他便回到门廊上继续等拉尔夫。

昨晚，拉尔夫因为麦戈文忘记锁门的事又将他斥责了一顿，而麦戈文则忍气吞声，就像拉尔夫每次随手把外套扔在椅子上而不是挂起来时，忍受卡洛琳的斥责一样。可拉尔夫发现，他可能错怪比尔了。也许是老多尔撬开了锁……或者是对锁施了魔法。在这种情况下，施魔法的可能性比较大。因为……

“因为，”拉尔夫低声说道，机械地拾起电视机上放着的口袋里掏出来的杂物，并将它们重新放回口袋。“他不仅知道我需要喷雾罐，还知道到哪儿去拿，更奇妙的是*知道将它放在哪里*。”

拉尔夫后背不禁泛起一股寒意，他试图压制这个想法，给它贴上疯狂、不合逻辑的标签，认为只有患了严重失眠症的人才会有这种想法。也许是吧，但还是无法解释这张纸条为何会出现，不是吗？

他又看着那张蓝色条纹纸上的潦草字迹——*我匆匆做完手头上的事，赶着去做下一件事*。这不是他的字迹，就像《墓地之夜》不是他的书。

“只是时间换成了现在，而且多尔把书送给我了。”拉尔夫说道，那股寒意像挡风玻璃上的裂缝一样又爬上他的背脊。

你还能想到什么其他的解释？那个喷雾罐不可能自己跑进你的口袋。这张纸条也一样。

那种被一双无形的手推往某个阴暗隧道口的感觉又来了。拉尔夫梦游似的走向厨房。他边走边脱下那件灰色夹克，毫不犹豫地往沙发扶手上一扔。他在厨房门口站了一会儿，注视着墙壁上的日历，上面印有两个男孩笑着雕刻南瓜灯的图片。他看着明天的日期，上面画了圈。

取消和那个扎针医生的预约。多兰斯说了，这就是口信。而今天那个拿刀刺他的人更加凸显了这一点，让他相信那个口信。

拉尔夫在电话簿里找到一个号码，拨打了电话。

“您好，这里是詹姆斯·罗伊·洪医生办公室。”电话中传出悦耳的女性声音，“现在电话无人接听，请在听到‘哔’的一声之后开始留言。我们将尽快回复您。”

电话录音机“哔”了一声。拉尔夫用异常稳定的声音说：“我是拉尔夫·罗伯茨。我预约了明天上午十点看诊。很抱歉，我因为临时有事，不能依约前往。谢谢。”他顿了一下，接着说：“当然，预约的费用我会照付。”

他闭上眼睛，把话筒挂回话机。

你在做什么，拉尔夫？你觉得你到底在做什么？

“伊甸园归途漫漫，亲爱的。”

你不会真的这么想吧……会吗？

“路漫漫，所以不要再为琐事烦心了。”

你到底在想什么，拉尔夫？

他不知道，一点都不知道。他想，也许是在思索命运，或者思索与死神之约吧。他只知道身体左侧被那个刺客戳破的伤口正隐隐作痛。内科急救专家给了他五六颗止痛药，他觉得应该吃一颗。可是现在他累得连走到水槽旁边拿水的力气都没有……如果他连穿过这个小房间的力气都没有，又何以走完回到伊甸园的漫漫长路呢？

拉尔夫不知道，但现在他管不了那么多了。他只想站在那儿，额头靠着墙，闭上眼睛，什么都不看。

第八章

1

狭长的白色海滩宛如一条丝带，点缀在蔚蓝色大海的边缘。除了大约七十码外有个圆形物体，海滩上空空如也。圆形物体形如篮球大小，不知为何，它让拉尔夫深感恐惧，至少目前是这样。

别靠近它，他告诉自己。那不是什么好东西。确实不是好东西。那是一条对着蓝月吠叫的黑狗，那是水槽里的血，是栖息在我房间内帕拉斯半身像上的黑乌鸦。你不想靠近它，拉尔夫，也没必要靠近它，因为这是乔·维齐尔所说的清醒梦境。如果你愿意，可以转身离开。

但他仍继续向前走，也许这不是清醒的梦。这也不是愉快的梦，根本就不是。因为他越靠近海滩上的那个物体，越发现它不像篮球。

拉尔夫从未做过如此逼真的梦，正因为他知道自己在做梦，所以更觉得梦境很逼真。梦境很清晰，他能感受到脚下细软的沙子，温暖却不炽热；他能听到阵阵海浪跌跌撞撞冲向前滨，发出刺耳的咆哮声，海滩上的沙粒犹如湿滑黝黑的皮肤闪闪发亮；他能闻到咸水和干燥的海藻味，这是一种很强烈又令人伤感的味道，让他想起孩提时代在老海滨果园娱乐场度过的暑假。

嘿，老兄，如果你无法改变梦境，我想你应该按下退出键，摆脱这个梦境——换言之，立即醒过来。

他距离海滩上的物体大约还有三十五码，已经确定那是什么——不是篮球而是人头。有个人被埋在沙里，只露出头部……拉尔夫突然意识到，海浪就要涌上来了。

他没有脱离梦境，而是奔跑前进。他奔跑的同时看到浪花的泡沫触及那头颅。头颅张开嘴，开始尖叫。虽然只是尖声惊叫，但拉尔夫立刻辨认出那是卡洛琳的声音。

又有一波海浪的泡沫涌上沙滩，冲刷着垂在头颅上湿漉漉脸颊旁的头发。拉尔夫开始加速奔跑，知道就快来不及了。海浪快速涌向沙滩，恐怕没等他把她挖出来，海浪就把她淹没了。

你不需要救她，拉尔夫。卡洛琳已经去世了，不是在荒芜的海滩上，而是在德里之家医院317病房去世的。她临终的时候，你陪伴着她身旁。你听到的声音不是海浪声，而是冻雨拍打窗户的声音。记得吗？

他记得，但他跑得更快了，把一粒粒糖状的沙子踢得往后飞。

但你永远也到不了她身边，你知道梦境是什么情况，没错吧？当你急着冲往某个物体，它会变成别的物体。

不，那首诗不是这样写的……是吗？拉尔夫也不确定。他只清楚地记得诗的结尾是叙事者疯狂逃离某个致命的东西，

（我回头看见它的形状）

那致命的物体在丛林中追逐他……而且不断逼近。

而他却离沙滩上的那个暗影越来越近。它也没有变成其他物体。当拉尔夫跪在卡洛琳身旁时，他立刻明白刚才为何没有能一眼认出与他结婚四十五年的妻子，尽管他们之间隔着一段距离。原因是她的光环出了严重的问题，像一只污秽的干洗袋黏在她的皮肤上。当拉尔夫的影子落在她头上时，卡洛琳向上翻了翻眼睛，像一匹为越过高高的栅栏而伤了腿的马。她急促、恐惧地喘息，每次呼吸鼻孔中都会喷出灰黑色的光环。

从她头顶升起的破碎气球线呈现一种犹如溃烂伤口的紫黑色。她张嘴再次尖叫时，嘴中飞出一种闪光、难闻的黏性带状物，拉尔夫还未看清，那些带状物就消失了。

我来救你了，卡罗尔！他大叫道。他跪下来，像狗刨骨头那样将卡洛琳周围的沙子刨开……他刚这样想，便发现哈里斯大道清晨的食腐动物罗莎莉正疲倦地坐在尖叫的卡洛琳身后。似乎他用意念将这条狗召唤了过来。他看到罗莎莉周围也笼罩着肮脏的黑色光环。罗莎莉

两只爪子夹着比尔·麦戈文丢失的那顶巴拿马草帽，从草帽的外观来看，似乎自从落到她手里之后已经被咬过很多次了。

原来那顶讨厌的帽子在这里，拉尔夫心想。然后将视线转向卡洛琳，继续加快刨沙。但截至目前，她连一个肩膀都没有露出来。

别管我了！卡洛琳冲他大叫。我已经死了，记得吗？当心那些白人的足迹，拉尔夫！那……

一阵海浪——底部呈晶绿色，顶端是白色的泡沫——从距离岸边不足十英尺的海面涌来。浪花越过沙滩朝他们而来，冰冷的海水冲入拉尔夫的胯间，卡洛琳的头部也瞬间被淹没在充满细沙的泡沫之中。海浪退去，拉尔夫惊恐地朝沉寂的蓝天大声尖叫。退去的海浪只需几秒钟就实现了放射治疗一个月的效果。海浪带走了卡洛琳的头发，把她冲刷成了秃头。而她头顶，即黑色气球线连着的地方，开始肿胀。

不，卡洛琳！他哀号道，加快速度刨沙。现在沙子很潮湿沉重。

没关系，她说。她每次张口，嘴里都会冒出灰黑色烟雾，犹如工业烟囱冒出的废气。是脑瘤，不能动手术的，所以不要再为此而失眠了。毕竟，伊甸园的归途很遥远，不要再为琐事而费心了，好吗？但你真得注意那些白人的足迹……

卡洛琳，我不知道你在说什么！

又一阵海浪袭来，将拉尔夫的腰部浸湿，卡洛琳再次被淹没。海浪退去后，她头顶的肿块开始裂开。

很快你就会明白的，卡洛琳回答道。接着她头上的肿块砰的一声爆开，发出铁锤敲击肉块的声音。一股鲜血喷到清新、弥漫着咸味的空气中。接着，一大群蟑螂大小的臭虫从她头上蹿出。拉尔夫即使做梦也没见过这种光景。这些臭虫让他感到极其厌恶。他应该逃走的，不管能不能救出卡洛琳，可是他惊愕地待在原地，惊得连手指都动不了，更别提起身逃跑了。

一些臭虫通过卡洛琳尖叫时张开的嘴巴回到她体内，但大部分都往下越过她的脸颊和肩膀，跑到湿冷的沙子中。它们边跑边用谴责、怪异的眼神盯着拉尔夫，仿佛在说：都怪你，你本来可以救她的，拉尔夫。换成别的男人早就把她救起来了。

卡洛琳！他大声喊道。他朝她伸出双手，又被那些不断地从她头部涌出的黑色臭虫吓得缩回。在她背后，罗莎莉坐在自己黑暗的小光圈里，严肃地看着他。嘴里叼着麦戈文丢失的那顶巴拿马草帽。

卡洛琳一只眼球掉了出来，像一块蓝莓果冻落在潮湿的沙地上。空洞的眼窝中又蹿出一群臭虫。

卡洛琳！他放声尖叫。卡洛琳！卡洛琳！卡……

2

"卡洛琳！卡洛琳！卡……"

突然，就在他意识到梦已结束的同时，拉尔夫跌到了床下，直到他快要砰的一声撞到卧室地板上时，他才意识到自己跌了下来。于是他及时伸出一只手用以缓冲，幸好没撞到头部，却引发身体左侧上方贴着蝴蝶型创可贴的部位一阵剧痛。但他没有感到疼痛，至少当时没有。他只感到恐惧、厌恶、痛彻心扉的悲伤——最重要的还是无尽的感激。这个噩梦——前所未有的噩梦——终于结束了，他终于回到了现实中。

他把敞开的睡衣上半截扯开，检查绷带是否渗血。他没有看到血，于是便坐了起来。仅这个动作似乎就把他累得够呛，要想站立起来，然后再上床睡觉，似乎根本办不到。还是等惊慌失措、悸动不安的心缓和点再说吧。

人们会因做噩梦而死亡吗？他心想，然后听到乔·维齐尔回答的声音：当然有啊，拉尔夫，但法医通常在验尸报告的死因一栏填上"自杀"。

在噩梦的余悸中，拉尔夫坐在地板上，右手紧紧抱住双腿。他毫不怀疑有些梦的威力足以杀人。刚才梦境的细节已经淡去，但他仍清楚记得其中的高潮：砰的一声，就像铁锤敲击大块厚牛肉，还有从卡洛琳头上蹿出的大群恶心臭虫。这些虫子很肥胖，而且活蹦乱跳。很正常，毕竟它们得到他亡妻脑子的滋养。

拉尔夫有气无力地轻叹一声，用左手擦了一下脸，又引发绷带部位一阵疼痛。他移开手掌，上面沾了汗水。

卡洛琳究竟让他注意什么？白人诡计？不——足迹，不是诡计。白人足迹，也不知道是什么意思。还有吗？也许有，也许没有了。他也记不清了，但那又怎样呢？只不过是个梦而已，真是的，那只是个梦。除了文摘小报中描述的虚幻世界，梦境什么都不是，什么都不能证明。当一个人进入睡眠，他的大脑似乎变得和专门找便宜货的人一样，在短暂、毫无价值的记忆堆中翻找，并不是为了寻找有价值或有用的东西，而是寻找那些仍然发光的物品。被大脑收集起来放进怪物秀拼贴画中的记忆虽然引人注目，但它们多半也只会像与娜塔莉·迪普努交谈一样毫无意义。流浪狗罗莎莉出现了，甚至连比尔丢失的巴拿马草帽也客串了一下，但那都不代表什么……只是明天晚上就算他的手臂疼得像要掉下来，他也不会再服用内科急救专家给他开的止痛药。他在晚间新闻期间吃的止痛药，不仅没有如他期待的那样缓解他的疼痛，说不定还是造成刚才噩梦的部分原因。

拉尔夫勉强起身，在床沿坐下。一阵眩晕像降落伞一般降临至脑海。他闭上眼睛，等眩晕缓和。他坐在那儿，低着头，紧闭双眼，用手摸索床头柜上的床头灯并将之打开。他睁开眼睛，房间内温暖的黄色灯光所及之处显得很明亮和真实。

他看了一眼床头灯附近的时钟。凌晨一点四十八分。他感到非常清醒。不管是不是因为吃了止痛药。他起身缓缓走向厨房，打开水壶烧水。他倚靠在柜台旁，心不在焉地按摩着身体左侧腋下绑着绷带的部位，想减轻最近的惊险经历所带来的疼痛。水烧开之后，他泡了一杯“睡眠时间”茶——还真是讽刺——然后端着茶杯走到起居室。他重重地坐到高背椅上，没有开灯，因为路灯和卧室传来的昏暗光线已经足够了。

呃，他心想，我又来了，前排中间座位。让戏剧上演吧。

时光流逝，他不知道过了多久，等他瞥见眼角有动静时，臂膀底下的疼痛缓和了，茶也从滚烫变成了温热。拉尔夫转头，希望看到罗莎莉，但那并不是罗莎莉。有两个人从哈里斯大道街对面的一栋房子里走出来，走到门前台阶。拉尔夫辨认不出房子的颜色——虽然小镇几年前安装的橙色弧形钠路灯将房子照得很亮，但仍无法辨认出它的颜色——然而他还是看得出来，那栋房子的装饰颜色和其他房子不一样。加上它的位置，拉尔夫几乎可以确定那是梅·洛克的房子。

梅·洛克门前台阶上的那两个人个头矮小，最多四英尺高，周围好像围绕着绿色的光环。他们穿着完全相同的白色工作服，在拉尔夫看来，这工作服好似老黑白医生情景剧中演员穿的衣服，比如本·凯西和基尔代尔大夫。其中有个人手上拿了东西。拉尔夫眯起眼睛注视着，看不清楚那是什么，但似乎很尖锐而且光秃。他不确定那是刀，但可能是。没错，很可能是刀。

此时，他第一个清晰的想法是那两个人很像不明飞行物绑架类电影——例如《甜美爱丽丝》或《外星追缉令》——中的外星人。第二个想法是他一定又不知不觉在高背椅上睡着了。

没错，拉尔夫——只是记忆的清仓大甩卖，也许是因为被刺伤的压力和可恨的止痛药导致的。

对于站在梅·洛克房屋台阶上的那两个人，除了其中一个人手上拿的物体，拉尔夫感觉不到任何恐惧之处。拉尔夫心想，即使是在梦中，人们也不会在意两个身穿看似被电影厂角色分派中心遗弃的宽松束腰外衣的秃头矮医生吧，更何况他们的举止也没有什么恐怖之处——没有鬼鬼祟祟和险恶之处。他们在黑暗、寂静的凌晨站在台阶上，显得十分自然。他们相向而站，站姿和庞大的秃头让他们看似两个正在进行严肃、有礼貌交谈的老友。他们看起来很体贴和睿智——很像那种口头上说“我们为和平而来”，然后绑架你、在你屁股里装探测仪记录你各类反应的太空旅行者。

好吧，也许这并非一个彻底的噩梦。经历了上次的梦，你有什么不满吗？

不，他当然没有什么抱怨。每天晚上从床上摔下来已经让他受够了。但这个梦仍让他感到不安，因为它比卡洛琳那个梦更加真实。毕竟这是他的起居室，而不是他之前梦到的怪异、荒凉的海滩。如每个凌晨一样，他坐在高背椅上，左手端着已经凉了的茶。他举起右手，把手指放到鼻尖，仍能闻到指甲里淡淡的香皂味……他洗澡时常用的爱尔兰之春牌香皂。

拉尔夫突然将手伸到左侧腋窝下，用手按压绷带。疼痛感急促而猛烈……可是那两个穿着白色工作服的秃头矮男人仍站在那儿，站在梅·洛克房前的台阶上。

你认为自己有什么感觉并不重要，拉尔夫。不重要，因为——

“去你的！”拉尔夫用沙哑的声音小声说道。他从高背椅上站起来，与之前一样将茶杯放在椅子旁边的茶几上。茶水溅湿了茶几上的电视指南。“去你的，这不是梦！”

3

他匆匆穿过起居室，走向厨房，睡衣快速摆动。他拖着沉重的旧拖鞋，被查理·皮科林刺伤的部位传来阵阵刺痛。他抓起一把椅子，搬到公寓的小门厅。那儿有个壁橱。拉尔夫打开壁橱的门和里面的灯，摆好椅子以便够到最顶层的架子，然后站到椅子上。

壁橱架子上摆满了各种杂物，大部分是卡洛琳的。都是些琐碎的小东西，甚至比一些碎屑还小，但看到这些东西后，拉尔夫更加确信这不是在做梦。里面有一包放了很久的玛氏朱古力豆巧克力——这是卡洛琳的秘密零食、治愈性零食。还有一块心形蕾丝，一只鞋跟折断的废弃的、白色光亮高跟鞋，一本相册。这些物品比他肩膀下的刀伤还令他心痛，但他无暇心痛。

拉尔夫向前倾身，左手搭在壁橱顶端积满灰尘的架子上，以维持身体平衡，然后开始用右手翻找那堆杂物，同时祈祷餐椅别从脚下滑开。腋窝下的伤口剧疼，他知道再不停止这剧烈动作，伤口就会再次流血……

我确定它们就在这儿……呃……应该没错……

他把自己的钓钩盒和鱼篓推到一边。鱼篓后面有一摞杂志。最上面是一本以安迪·威廉斯为封面的《看客》杂志。拉尔夫用手掌根部将它们推开，扬起一阵灰尘。那包放了很久的玛氏朱古力豆巧克力也被他打翻在地，五颜六色的巧克力撒了一地。拉尔夫又往前倾了一点，几乎踮起脚尖。他想也许这是自己的想象，但他感觉到脚下的椅子就要滑开了。

这个念头刚闪过脑海，那把餐椅便咯吱地在硬木地板上缓缓滑动。拉尔夫忽略了滑动的餐椅，忽略了疼痛的伤口，忽略了让他停止翻找的声音。他应该停止，因为他正在做白日梦，就像霍尔在书中所说的那样，很多失眠者最后都会变成这样。虽然街对面的矮秃头男子可能不存在，但他很有可能真站在缓慢滑动的椅子上，等椅子滑开时他很可能会摔断臀部。到时候德里之家医院急诊室自作聪明的医生问他发生了什么时他又该如何回答？

他发出低沉的咕噜声，身体往后缩，推开一个纸箱，纸箱中冒出一颗好似尖长怪异潜望镜的圣诞树星星（在此过程中不小心把那只晚宴高跟鞋撞落在地上），终于在架子的左边角落找到了他想要的东西：一个装着他那旧蔡司双筒望远镜的盒子。

拉尔夫趁椅子还没滑开前下来，把它移近一点，然后再站上去。他够不到放在角落的双筒望远镜盒，于是他便抓起在鱼篓和钓钩盒旁放了多年的渔网，终于在第二次尝试时网住了望远镜盒。他将渔网往前拖，直到可以抓住绑住盒子的皮带，然后走下椅子，正好踩在掉落的晚宴高跟鞋上，脚踝疼痛地扭了一下。拉尔夫一阵踉跄，摆动双手以维持身体平衡，幸好没有一脸撞到墙壁上。然而，当他开始回到起居室时，却发现绷带渗出了温热的液体。他的伤口又裂开了。太精彩了，罗伯茨家的精彩之夜……他离开窗口多久了？他也不知道，不过感觉过了很久，他确信自己再次回到窗口时，那两个秃头矮医生肯定早已离开。街道上一定空无一人，并且……

他突然愣住了。悬在皮带下的望远镜盒来回晃动，在被橘黄色街灯照亮、犹如铺上一层丑陋油漆的地板上投下来回缓慢移动的长梯形阴影。

秃头矮医生？这就是他刚才对他们的看法吗？当然是，因为别人都是这么叫他们的——那些宣称被他们诱拐……被他们检查身体……还有些被他们动手术的人。他们是来自太空的医生、是来自乐园的直肠病学家。但这不是重点。重点是……

艾德也使用过这样的措辞，拉尔夫心想，那晚他打电话警告我不要干涉他和他的利益时说过这样的话。他说是医生告诉他有关血色之王和百夫长的事。

“没错。”拉尔夫小声说道，后背起满了鸡皮疙瘩，“没错，他是这么说的。‘是个医生告诉我的。一个秃头矮医生’。”

他回到窗口，发现那两个陌生人还在那儿，只是在他寻找望远镜期间他们已经从梅·洛克房屋的台阶走到了人行道上。事实上，他们就站在可恶的橘黄色路灯下。在拉尔夫看来，此时的哈里斯大道看似一场不可思议、慷慨激昂的晚间表演结束后的荒芜舞台布景……但又有点不同。一方面，这个布景已不算荒芜，不是吗？一出不祥的戏剧正在上演，而那两个奇怪的矮医生认为戏剧上演的剧场空旷无人。

如果他们发现有个观众不知会怎么做？拉尔夫心想，他们会对我做什么？

那两个秃头医生看似已经达成了协议。拉尔夫认为，尽管他们穿着医生工作服，但一点也不像医生——他们更像是从工厂下班的蓝领工人。很显然他们是好伙伴，他们在院子大门外继续谈话，甚至等不及沿着街区找一家最近的酒吧再谈。他们知道这个话题只要再花一两分钟就结束了，再进行一两句对话就可达成一致意见。

拉尔夫从盒中取出望远镜，举到眼前，花了点时间困惑地转动聚焦旋钮，然后发现忘了取下镜头盖。他取下盖子，重新举起望远镜。那两个站在路灯下的人立即跳入他的视野范围，大而明亮，但很模糊。他再次调节两个镜头之间的小旋钮，俩人几乎立刻变清晰了。拉尔夫屏住呼吸。

拉尔夫看到影像的时间非常短暂，不到三秒钟。其中有个男人（如果他们是男性）点点头，用手拍了拍同伴的肩膀，然后俩人便转身离开。拉尔夫只能看到两个光秃的脑袋和穿着白色工作服的光滑背影。虽然最多只有三秒钟，但拉尔夫看到的情景足以让他深感不安。

他跑去拿望远镜有两个原因，都基于他无法相信这只是一场梦境。第一，既然看见了，那就看个清楚。第二（这一点他认为不太容易接受，但很紧迫），他想消除心中不安的想法，即自己正在和外星生物进行第三类接触。

通过望远镜看到的简短影像非但没有消除这个想法，反而让它愈加强烈。秃头矮医生们似乎没有明显的容貌特征。他们有脸——眼睛、鼻子和嘴——但他们犹如同一品牌和型号汽车的镀铬装饰，可以相互交换。他们很可能是同卵双胞胎，但这也不是拉尔夫的主要印象。在他看来，他们像夜间百货商店中摘掉阿尼尔假发的人体模特。他们之所以十分相似，并不是因为遗传，而是因为批量生产。

他唯一能区分的特质是他们光滑的皮肤——他们一点皱纹都没有，也没有痣、疹斑或疤痕，但拉尔夫认为可能因为透过望远镜看不到这些。除了皮肤光滑这个特质外，其他都很模糊。可惜他仅有的一瞥太短暂了！如果他能早点拿到望远镜就好了，如果他没有和椅子以及渔网折腾这么久，如果他早点发现镜头盖没有拿掉，没有浪费时间调整调焦按钮，或许就不会像现在这么不安了。

他们酷似素描人物，当他们转身背对他的一瞬间，他这样想道，我想这正是困扰我的地方。不是他们完全相同的秃头、完全相同的白色工作服或者没有一点皱纹的光滑皮肤，而是他们看似素描人物——眼睛仅是两个圆圈，粉红色的小耳朵像是签字笔胡乱画出的波形曲线，嘴巴只是用粉红色水彩随意、快速画了两笔。他们既不像人类，也不像外星人，他们好似某种东西的草率描绘……但我说不上是什么。

他可以确信一点：一号医生和二号医生周围都环绕着明亮的光环，透过望远镜看，这些光环呈现绿金色，而且布满看似营火火光的深红褐色斑点。这些光环散发出一种力量和活力，拉尔夫认为这是他们那毫无特质、令人厌倦的脸所缺乏的。

脸？就算有人拿枪指着我的脑袋，我都不确定能认出他们的脸。它们好像生来就是为了被遗忘的。如果他们仍光着头，当然没问题。可万一他们带着假发或者坐在那里，让我无法确定他们的身高呢？

那么也许可以从没有皱纹这一点看出来……也许不行。那就通过光环……带有红色旋转光点的金绿色光环……无论到哪儿我都看得出来。不过他们还是有些地方不太对劲，不是吗？是什么呢？

就如同拉尔夫摘下望远镜镜头盖时那两个人的身影突然出现在他眼前一样，他的脑海里突然闪现出了答案。两个秃头矮医生都笼罩在明亮的光环中……但他们光秃秃的头顶没有浮起气球线，连一点迹象都没有。

他们沿着哈里斯大道漫步，向斯特拉福德公园方向走去，像两个在周日外出悠闲散步的朋友。在他们离开梅·洛克房屋前路灯投下的明亮光圈之前，拉尔夫向下移动望远镜，对准一号医生右手拿的东西。他之前猜错了，那不是刀子，但在深夜中看到一个离去的陌生人拿着那个物品仍然会让人感到不快。

那是一把刀刃很长的不锈钢剪刀。

4

拉尔夫又有了那种感觉，仿佛他正被无情地推着前往充斥着各种可怕事物的隧道口，只是现在还伴随着恐慌，因为他最近一次产生那种被猛地一推的感觉是在梦见去世的妻子时。拉尔夫想放声尖叫，而且他明白如果不立即想办法缓解，可能真会叫出来。于是他闭上眼睛开始深呼吸，每次呼吸时想象一种食物：西红柿、土豆、冰激凌三明治、球芽甘蓝。这种简单的放松方法是贾马尔医生教给卡洛琳的，让她在头痛难耐的时候得到缓解——即使在肿瘤恶化的最后六周，这个方法偶尔依然会奏效。现在它也缓解了拉尔夫的恐慌。他的心跳缓和下来了，想要大叫的冲动也退去了。

拉尔夫继续深呼吸，继续想……

（苹果、梨、柠檬饼片）

各种食物，然后小心翼翼地盖上望远镜盖子。他的手仍在颤抖，但不至于动弹不得。他盖上望远镜盖，把它放回盒子里，然后谨慎地举起左手臂，查看绷带。只见绷带中间有个阿司匹林药片大小的红点，不过没有扩散的迹象。太好了。

这种情况实在算不上好，拉尔夫。

有道理，但这并不能让他弄清究竟发生了什么，或者决定接下来该怎么做。首先应搁置关于卡洛琳的噩梦，想想究竟发生了什么。

“我从床上摔下来之后就一直是清醒的，”拉尔夫对着空荡的房间说道，“我知道，我知道我看见那两个人了。”

没错，他的确看见他们了，还看见了他们周围的绿金色光环。而且，不光他看到过他们，艾德·迪普努至少也看到过其中一位。对于这点，如果拉尔夫有一个农场，他敢用农场来打赌。但一想到自己和一个殴打妻子的偏执狂都看到那些秃头矮医生，他并不感到安心。

还有光环，拉尔夫——他不是也说他看到过光环吗？

没错，艾德用的不是这个字眼，但拉尔夫确定他至少有两次提到过光环。拉尔夫，有时候世界充满色彩。那是在八月份，艾德受到家庭暴力这一轻罪指控被约翰·莱德克逮捕前不久。大约一个月后，他在电话中对拉尔夫说道：你看到那些颜色了吗？

先是颜色，现在是秃头矮医生，不久之后血色之王肯定也会出现。暂且不管这些，对于刚看到的情景，他应该怎么处理呢？

答案出乎意料，但非常清晰地浮现在他脑海中。他发现问题的关键不在于他是否清醒，不在于光环或者那两个秃头矮医生，而在于梅·洛克。他刚看到两个陌生人在夜深人静时从洛克家中走出来……而且其中一个人手上还拿着可能致命的武器。

拉尔夫越过望远镜盒，拿起电话拨打了911。

5

“我是哈根警官，”一位女士说道，“请问需要什么帮忙吗？”

“仔细听我说，然后快速采取行动。”拉尔夫急促地说道。从仲夏开始就时常挂在他脸上的茫然、优柔寡断的表情瞬间消失。他直挺挺地坐在高背椅上，腿上搁着电话。他看上去根本不像七十岁，更像是个健硕的五十五岁男人。“你们也许能拯救一个女人的生命。”

“先生，请告诉我你的名字以及……”

“请让我说完，哈根警官。”这个不记得电影院服务台电话后四位数字的男人说道，“我刚突然醒来，无法继续入眠，于是我决定起来坐一会儿。我起居室的窗户正对着哈里斯大道。我刚看见……”

拉尔夫顿了一会儿，没有想他看到了什么，而是思考应该告诉哈根警官他看到了什么。他很快想出了答案，就像决定报警时一样迅速、毫不费力。

“我看见两个男人从距离红苹果便利店不远的房子中走出来。房主是一位叫梅·洛克的女士。洛克，L-O-C-H-E-R，首字母和列克星敦的首字母相同。洛克太太病得很重，我之前从未见过这两个男人。”他又顿了一下，但这次是故意的，旨在让报警的效果最大化。“其中一个男人手拿一把剪刀。”

“现场地址？”哈根警官问道。她非常冷静，但拉尔夫认为他已经激起了她的兴趣。

“我不知道。”他说道，“去查电话簿吧，哈根警官，或者告诉您同事，去找一栋距离红苹果便利店大约半个街区，带有粉红色窗框的黄色房子。他们可能需要利用手电筒才能找到，因为那儿的橘黄色街灯太亮了，但他们会找到的。”

“好的，先生，我相信他们肯定能找到，不过我还是得请您留下姓名和电话以便……”

拉尔夫把话筒挂回话机。他坐在那儿等了将近一分钟，希望电话铃响，但是没有响。他心想他们可能没有安装类似电视真实犯罪节目中奇特的追踪器，或者没打开追踪器。这下可好，如果警方从那栋怪异的黄色和粉红色房子中抬出梅·洛克的尸体，他不知如何是好。不过这倒是让他多了点时间思考。

楼下，哈里斯大道依然静悄悄，只有两排朝左右方向不断延伸的高强度路灯将其照得通亮，犹如超现实主义梦幻般的透视场景。那出戏——虽然短暂，但充满了戏剧性——似乎已经结束了。舞台又空了。上面……

不，还没完全空。罗莎莉从红苹果便利店和物有所值五金店之间的巷子中一瘸一拐地走了出来。褪色的围脖在它颈部摆动。今天不是周四，街上没有垃圾桶可供罗莎莉搜寻，它沿着人行道迅速走到梅·洛克家。它停下脚步，低着头猛嗅（看到她修长漂亮的鼻子，拉尔夫不时心想它一定有牧羊犬的血统）。

拉尔夫意识到那儿有什么东西在微微发光。

他又从盒子中拿出望远镜，对准罗莎莉。此时，他发现自己又想起了九月十日的场景——当时他在斯特拉福德公园的入口外面遇到了比尔和洛伊丝。他记得比尔用手臂搂着洛伊丝的腰，然后领着她沿街道离开。他们的背影让拉尔夫想起金吉·罗杰斯和弗雷德·阿斯泰尔。他印象最深刻的是他们留下的彩色足迹。洛伊丝的足迹呈灰色，比尔的呈橄榄绿。幻觉，当时他是这么想的。那是一段美好的日子，当时他还没有引起查理·皮科林这类疯子的注意，也没有在午夜看到秃头矮医生。

罗莎莉正嗅着一个类似的足迹。足迹呈绿金色，类似一号秃头医生和二号秃头医生周围光环的颜色。拉尔夫将望远镜镜头缓慢地从罗莎莉身上移开，发现地上有更多足迹。有两组，沿着人行道朝公园的方向而去。这些足迹在消退——拉尔夫看得出来它们正在消退——但他仍能看到。

拉尔夫将镜头转回到罗莎莉身上，顿时对这条肮脏的老流浪狗产生了一种强烈的感情……有何不可呢？如果他需要终极、完全的证据来证明他确实看到了那些他自认为看到的东西，那么罗莎莉便是最好的证据。

*如果娜塔莉在这儿，她一定也能看见，*拉尔夫心想……随后他的疑问一股脑儿地涌了出来。她会看见吗？真的会看见吗？他想他曾看到娜塔莉抓取他手指留下的微弱光环，也确定看到她呆呆地看着厨房花朵上嗞嗞升起的绿烟。但他怎么能够确定呢？有人能确定一个婴儿

看见了什么或者伸手想抓什么吗？

但是罗莎莉……看，就在那里，看见它了吗？

拉尔夫认为唯一的问题在于他是在罗莎莉开始嗅人行道之后才看到那些足迹的。也许罗莎莉只是在嗅某个邮差留下的引人入胜的味道，而他看到足迹是因为又累又困……和看到那两个秃头矮医生的原因一样。

在望远镜放大的视野中，罗莎莉开始顺着哈里斯大道往下走，一边嗅着人行道，一边缓慢摇着参差不齐的尾巴。它从一号医生的绿金色足迹中走到二号医生的足迹中，然后回到一号医生的足迹上。

你倒是告诉我这条流浪狗在追寻什么，拉尔夫？你认为狗会追寻幻想的东西吗？那不是幻想，是足迹。真实的足迹。卡洛琳让你注意的白人足迹。你知道的。你明白的。

“可是这太疯狂了。”他自言自语道，“太疯狂了！”

是吗？是真的吗？那个梦也许不止是个梦。如果说世上真存在超现实——他现在便可证实——那么世上也存在先知。或者存在着幽灵，能进入梦境来预告未来。谁知道呢？感觉就像现实墙壁的门留了一条缝……现在各种不受欢迎的事都飞了进来。

他能确定一点：那些足迹真实存在。他看到了，罗莎莉闻到了，这毋庸置疑。拉尔夫在为期六个月的失眠经历中发现了很多奇特有趣的事，其中一点就是人的自欺能力在凌晨三点到六点间是最薄弱的，也就是现在……

拉尔夫将身体前倾，看了一下厨房墙上的钟。刚过三点半。啊哈。

拉尔夫再次拿起望远镜，看到罗莎莉继续沿着那两个秃头矮医生的足迹走。如果此时有人在哈里斯大道散步——这个时间点应该没人，但也不是没可能——他们唯一能看到的是一条戴着肮脏围脖的流浪杂种狗在人行道上嗅探，与随处可见的未经训练的野狗没有什么区别。但拉尔夫能看见罗莎莉在嗅什么，而且终于下定决心相信自己的眼睛，天亮之后他的决心可能会动摇，但目前他还是清楚地知道自己看到了什么。

罗莎莉突然抬起头，向前竖着耳朵。有那么一瞬间她可谓非常美丽，猎犬专注的模样总是很美。随后，在一辆逐渐靠近哈里斯大道和维奇汉姆街交叉路口的汽车灯光扫向路面之前，她突然掉头往回走。她一瘸一拐地曲折行进，让拉尔夫感到十分心疼。仔细一想，罗莎莉其实就像哈里斯大街的那群老家伙，只不过她连偶尔与伙伴们玩拉米纸牌游戏和打扑克的乐趣都享受不到。她刚冲回红苹果便利店和五金店之间的小巷，便看见一辆德里市警察局的警车在街角转弯，然后缓缓驶来。警车的警笛没有拉响，但警灯不断闪烁。警灯在哈里斯大道两侧的沉睡房屋和小商店上投下红蓝交错的光线。

拉尔夫将望远镜放回到膝盖上，在高背椅上倾身向前，前臂撑着大腿，聚精会神地注视着。他心脏怦怦直跳，甚至能感觉到太阳穴也在怦怦跳动。

警车经过红苹果便利店时放慢速度，车身右侧的聚光灯打开了，光线沿着位于街道另一边房屋的正门缓缓滑行。大部分情况下，光线还会扫过安装在大门旁边或门廊柱上的门牌号码。当车灯扫向梅·洛克的房屋（86 号，拉尔夫不用望远镜都能看到），警车的尾灯闪烁，车子停下了。

两名身穿制服的警察下了车，走近梅·洛克的房子，浑然不知有个人正从街对面黑暗的二楼窗口注视着他们，也不知道他们脚下踩着正在消退的绿金色足迹。他们在商议，拉尔夫再次举起望远镜细看他们。他几乎能确定那个年轻点的就是当初身穿制服和莱德克一起到艾德家抓捕他的警察。他是叫诺尔吗？

“不是，”拉尔夫小声说道，“叫内尔，克里斯·内尔。或者叫杰斯。”

内尔和他的伙伴似乎在认真地商议着什么——比那两个秃头矮医生离开前的讨论还要认真。讨论结束后，两名警察都拿出了随身佩戴的枪，然后侧身登上洛克太太门前狭窄的台阶，内尔走在前面。他按了下门铃，等待回应，然后又按了一下。手停留在门铃上足足有五秒钟，他们等待了一会儿，然后另一位警察越过内尔走上前按了一下门铃。

也许那人深谙敲响门铃的奥秘，拉尔夫心想，也许是从玫瑰十字会广告中学来的。

但即便如此，他这次也失灵了。还是没有人回应，拉尔夫并不感到意外。因为不论有没有看到那两个陌生的秃头矮医生，他都怀疑梅·洛克是否能够下床。

但如果她卧床不起，屋内可能有人给她作伴，帮她准备一日三餐、扶她上厕所、为她拿便盆……

克里斯·内尔——也许叫杰斯——再次快速走到门前。这次他弃用门铃，而是采用“砰砰砰，我们是警察”的老方法。他左手握拳，用力敲门，右手仍握着枪支，枪管贴着警服裤脚。

一幅恐怖的画面突然浮现在拉尔夫的脑海中，画面中的每一点都犹如他最近看到的光环一般清晰真实。他看到一个女人躺在床上，口鼻戴着透明的塑料氧气面罩。氧气面罩上方，呆滞无神的眼睛从眼窝中无力地凸出来。氧气面罩下方，她喉咙上开了一条宽阔而参差不齐的口子。被褥和女人睡衣胸口都被血浸湿了。不远处的地板上躺着一具面部向下的女尸——她的同伴。第二个女人粉红色法兰绒睡衣的背后排列着五六处戳伤，是一号医生用剪刀刺的。拉尔夫明白，如果掀开她的睡衣细看，会发现这些伤口和他腋下的伤口很像……就像刚开始学写字的孩子画的大句号。

拉尔夫猛眨眼睛，想驱逐那可怕的画面，但没有成功。他感到双手隐隐作痛，原来是因为他紧握拳头，指甲刺入了掌心。于是他用力松开拳头，用大腿夹住双手。此时，他的心灵之眼看到那身穿紫色睡衣的女人在微微抽搐——她还活着。但可能活不久了。几乎可以确定活不久，除非这两个笨蛋警察能够采取更多实质性的行动，而不仅是站在门口轮流敲击门铃。

“快点啊，你们。”拉尔夫夹紧大腿说道，“快点，快点，赶快把门打开，你们觉得呢？”

你知道你看到的都是幻觉，对吧？他心神不宁地反问自己，我的意思是，那屋里也许真有两具女尸，当然，可能有，但你不知道，对吧？这和光环或足迹不一样……

的确，这和光环或足迹不一样，没错，他的确知道这一点。他还知道哈里斯大道 86 号无人应门，对于比尔·麦戈文在卡德维尔的老同学而言这可不是好兆头。他没有看到一号医生的剪刀上有血迹，但鉴于他那老蔡司望远镜的质量可能有问题，这说明不了什么。此外，那个医生可能在离开房子之前把血迹擦掉了。这个念头刚闪过拉尔夫的脑海，他便看见那个穿着紫色睡衣垂死的女伙伴身边有一条沾满血迹的毛巾。

“快点啊，你们！”拉尔夫低声喊道，“天啊，你们打算要在那儿站一晚吗？”

又有警车的车头灯照亮了哈里斯大道。新来的是一辆载着闪亮红色仪表盘罩的无标志福特牌轿车。从车上走下来的那名男子穿着便装——灰色的绵绸防风夹克和蓝色针织值班风帽。拉尔夫一度希望新来的那个警察是约翰·莱德克，尽管莱德克说他中午才会上班。但他不用望远镜也知道那人不是莱德克，因为那人比莱德克瘦很多，而且蓄着深色小胡子。二号警察走下台阶去迎接他，而那个叫作克里斯或杰斯·内尔的警察则走到洛克太太房子的拐角处。

接着，类似于电影中常用的画面停格出现了，二号警察将枪放回到皮枪套中。他和那位新来的警察站在洛克太太门前的台阶下，很显然他们在交谈而且时不时地看着紧闭的大门。穿制服的二号警察正准备朝内尔的方向走去，那位便衣警察便伸手抓住他、阻止他。他们又谈了一会儿，拉尔夫进一步抓紧大腿，沮丧地发出一声轻叹。

几分钟过去了，一切都很突然，就像紧急事故发生时那样混乱不堪。又来了一辆警车（洛克太太的房子及左邻右舍都笼罩在红黄交错的灯光中），车上走下来两个便衣警察，他们打开后备厢，从中取出一个庞大的装置。拉尔夫认为那看似一个便携式刑具。他认为那个装置应该是救生颚。一九八五年春天发生了一场大暴雨，造成了两百多人死亡，其中很多人被困在车中淹死。之后，德里市的在校学生曾发起募捐，买了一个救生颚。

当两名新来的警察拿着救生颚穿过人行道时，洛克太太家北面那户人家的大门打开了。斯坦和乔治安娜·乔治娜埃伯里夫妇快速走出门廊。埃伯里夫妇穿着同款睡衣，斯坦一撮竖起的杂乱白发让拉尔夫想起了查理·皮科林。他拿起望远镜，快速扫视他们好奇和激动的表情，然后又将望远镜放回到腿上。

接着抵达的是德里市立医院的救护车。与已经到达的警车一样，考虑到现在是凌晨，救护车没有鸣笛，但车顶的红色警灯一直在频闪。在拉尔夫看来，街对面的场景就像他喜欢的电影《肮脏的哈里》中的场景，只不过消了音。

两名警察搬着救生颚走在草坪上，走到一半将它放下。穿着防风夹克和值班风帽的警探转向他们，将手抬到与肩同高，手掌朝外，好像在说*你们认为能拿它做什么？将门撞开吗？*与此同时，内尔警官从屋后走回来。他摇着头。

戴着值班风帽的警探突然转身，快速越过内尔和他的伙伴，登上台阶，抬起一只脚，用力踢开梅·洛克家的大门。他停下来拉开夹克拉链，可能是在掏枪，然后头也不回地走了进去。

拉尔夫很想拍手叫好。

内尔和他的伙伴迟疑地对视了一眼，然后跟着那位警探登上台阶，走进屋子。拉尔夫在高背椅上又往前倾了一点，现在他离窗户非常近，甚至可以在窗户玻璃上喷出玫瑰形雾气。救护车上下来了三个人，他们的白色裤子被明亮的路灯照成了橙色。其中一个人打开了救护车后门，然后他们便站在那儿，手插在上衣口袋中等待指示。那两个将救生颚扔在草坪上的警察相互对视了一眼，耸耸肩，然后搬起救生颚走回警车。草坪被救生颚压到的地方秃了好几块。

只要她没事就好，拉尔夫心想。*希望她以及房间中陪伴她的人平安无事。*

警探再次出现在门口，当他朝救护车后门的人招手时，拉尔夫的心往下一沉。其中两个人从车中搬出一个带有可折叠底架的担架，而第三个人则留在原地。那两个人抬着担架走上台阶，快速走进屋子，但是倒也没有跑步前进。当那个年纪稍大、留在救护车后面的人从口袋中拿出一包烟并点上一支时，拉尔夫恍然大悟，梅·洛克已经死了。

6

斯坦和乔治安娜·乔治娜埃伯里走向他们家前院与洛克太太家前院之间的矮树篱。他们搂着彼此的腰，拉尔夫认为他们很像变老、长胖和受惊的鲍勃西双胞胎。

其他邻居也纷纷出门，有些是被无声但密集的急救灯惊醒，有的则是被哈里斯大道这一带开始响起的电话声吵醒。拉尔夫看到大部分人年纪较大（比尔·麦戈文口中的“我们这些黄金年龄的人”……当然他说这话时总不忘讽刺性地挑挑眉）。他们睡不安稳，即使在身体最佳的情况下也容易被惊醒。他突然意识到艾德、海伦和小娜塔莉是这个区里最年轻的人……而现在他们都离开了。

我可以下楼去，拉尔夫心想，我与他们很相配。因为我也是比尔口中的黄金年龄者。

但他无法下楼。他的双脚像两只被缠绕的细线捆住的茶袋。他可以肯定，如果他试图站起来，一定会扑通一声摔在地板上，因此他坐在椅子上，望向窗外，看着那出戏剧在楼下的舞台上演。通常这时候那舞台都空无一人，只能偶尔看到罗莎莉登场。这是它一手创作的戏剧，只靠一个匿名电话。两名救护人员这时抬着担架走了出来，他们走得很慢，因为担架上面绑着一个裹着白布的人。逐渐变弱的红蓝色灯光摇曳在白布上，映出双脚、臀部、手臂、颈部和头部的轮廓。

拉尔夫突然陷入梦境中，他看到白布下面躺着的是他的妻子——不是梅·洛克，而是卡洛琳·罗伯茨。她的头随时都可能裂开，然后涌出黑色臭虫，这些虫子靠啃食她患病的大脑长得很肥。

拉尔夫抬起掌根抹着眼睛。他发出某种声音，某种夹杂着悲痛、愤怒、恐惧和疲倦的模糊不清的声音。他静静地坐了很久，希望从未看到这一切，暗自希望如果真有一条隧道，自己能不进去。他看到的光环固然奇特美丽，但再怎么美丽也无法弥补梦到妻子被埋在大浪滔滔的沙滩中所带来的痛苦，无法弥补他失落、失眠的夜晚，以及看到街对面房子中抬出裹着白布的尸体所带来的惊恐。

他不止希望这出戏剧赶快结束，他坐在那儿，用手掌根部按着紧闭的眼皮，希望一切都结束——一切。拉尔夫已经度过了两万五千个日夜，这是他生平第一次希望自己死掉。

第九章

1

约翰·莱德克警探小巧的办公室墙壁上贴着一张电影海报，也许是在当地某家音像店花一或三美元买来的。海报中，小飞象伸开它那神奇的双耳在欢快地漫游。小飞象脸部上方贴有苏珊·戴的大头贴，该照片经过精心修剪，以便为象鼻腾出位置。海报下方的背景中，有人画了一个路标，上面写着**德里市 250**。

“噢，太可爱了。”拉尔夫说道。

莱德克笑称：“从政治角度而言不太恰当，对吧？”

“这还用说嘛。”拉尔夫说道，心想不知卡洛琳会如何看待这张海报，海伦又会怎么看。此时是阴冷的星期一下午两点十五分，拉尔夫和莱德克刚从德里县法院回来。拉尔夫在法院陈述了一天前遭遇查理·皮科林伤害的经历。有个助理检察官问了他一些问题，那个检察官看似要等到一两年后才肯刮胡子。

莱德克依约陪他前往，但他坐在助理检察官办公室的角落，一言未发。他承诺为拉尔夫买杯咖啡实则只是嘴上说说而已——他们喝的咖啡是用警察总署二楼凌乱休息室里的硅石牌咖啡机冲泡的，卖相十分难看。拉尔夫谨慎地抿了一口，很庆幸咖啡的口感比卖相好。

“要加糖或者奶油吗？”莱德克问道，“你是不是想把它砸了？”

拉尔夫笑着摇摇头。“味道不错……但我的判断可能不太准确。从去年夏天开始，我每天只喝两杯，现在只要是咖啡我都觉得好喝。”

“就像我抽烟一样，抽得越少，越觉得味道好。坏习惯真讨厌。”莱德克掏出牙签盒从中取出一根塞到嘴角。然后，他把自己的杯子放在电脑终端机上，走到那张小飞象海报前，将钉在海报四个角的图钉拔掉。

“别因为我的缘故这样做，”拉尔夫说道，“这是你的办公室。”

“你这样说不对。”莱德克将精心修剪的苏珊·戴的大头贴从海报上扯下来，揉成一团扔到垃圾桶中。然后将海报卷成小圆筒。

“哦？那门上怎么会有你的名字？”

“虽然是我的名字，但办公室属于你和其他纳税人，拉尔夫。也属于那些携着小型摄像机的新闻记者。如果这张海报恰巧出现在《午间新闻》中，那我的麻烦可就大了。周五晚上离开时，我忘记将海报取下来，周末两天我几乎没来值班——老实说，我根本没来这儿。”

“我想那不是你贴上去的吧。”拉尔夫将小巧办公室里一张椅子上的文件拿开，坐了下来。

“没错。周五下午同事们为我举行聚会，带来了蛋糕、冰淇淋和礼物。”莱德克在办公桌上四处翻找，找到一根橡皮筋，用它捆住海报以免海报再次展开。他愉快地眯着眼睛透过海报圆筒看着拉尔夫，然后将海报扔进垃圾桶。“他们送了我一套七条那种胯下开口的内裤、一罐草莓味的阴部清洗液以及一组‘生命之友’反人流文学作品——包括一本名叫《丹尼斯意外怀孕》的连环漫画册和那张海报。”

“我想应该不是生日聚会吧？”

“不是。”莱德克将他的指关节掰得嘎巴响，仰天叹息，“他们是为了庆祝我被任命负责一项特殊任务。”

拉尔夫看到莱德克的脸部和肩膀周围闪烁着微弱的蓝色光环，但他不用猜，也不用看这些光环。“是关于苏珊·戴的任务，对吧？她来到镇上之后，你负责保护她。”

“一下就被你猜中了。当然州警察也会参与，但在该任务中他们只负责管制交通。联邦调查局也会派一些警察，不过他们只会畏缩不前、拍拍照、相互对暗号。”

“她自己也会有保镖，不是吗？”

“没错，但我不知道他们一共有几个人，也不知道他们身手如何。今天早上我和他们领队联系了，他还算清醒，但还是需要我们支援。根据我上周五收到的指示，需要五个人。包括我和其他四位志愿参与的人员。我们的目标是……稍等……你会对此感兴趣……”莱德克翻着桌面上的文件，从中抽出一张。他高举着文件读道：“‘保持壮观的场面和高曝光度。’”

他扔下文件，朝拉尔夫咧嘴一笑，但笑得并不开心。

“换言之，如果有人朝那个贱人开枪或者拿硫酸泼她，我们希望莉塞特·本森和其他记者能够证明我们在场。”莱德克看着垃圾桶中卷起的海报，竖起了中指。

“你见都没有见过她，为何如此不喜欢她呢？”

“我不仅不喜欢她，我他妈的讨厌她。听我说——我是天主教徒，我敬爱的母亲也是天主教徒，将来我有了孩子他们也一定是圣乔教堂的侍童。很棒，身为天主教徒真的很棒，天主教徒现允许在周五吃肉。如果你认为我因为天主教徒的身份就主张再次让人流非法化，那你就错了。我这个天主教徒是专门审问那些用橡胶管殴打孩子或者喝了一晚上威士忌后将孩子丢到楼下或找老婆麻烦的家伙。”

莱德克从衬衫口袋掏出来一个金色小浮雕。他将浮雕放在手指上，转向拉尔夫。

“圣母玛利亚。我从十三岁就开始佩带这个浮雕。五年前，我逮捕了一名佩带类似浮雕的家伙。他把他两岁大的继子煮了，我说的都是真的。这家伙放了一大锅水，当水开始沸腾时，他抓着孩子的脚踝，像龙虾那样放进锅里。为什么这么做？因为孩子总是把床尿湿，他是这么和我们说的。我看过那个孩子的尸体，我和你说，当你看过类似的尸体就会觉得反人流团体到处宣扬的真空人流照片也算不了什么了。”

莱德克的声音有些颤抖。

“我印象最深的是他大哭的样子，他一直握着脖子上的圣母玛利亚浮雕说自己想忏悔。这让身为天主教徒的我深感自豪，拉尔夫，我想告诉你……就教宗而言，我认为他没有什么发言权，除非他有了自己的孩子或者至少有一年照顾有缺陷小孩的经历。”

“好吧，”拉尔夫说道，“那你对苏珊·戴有什么不满？”

“她在捣乱！”莱德克大声说道，“她跑到我们这儿来，我需要保护她。我有很优秀的下属，如果运气好一点，我们可以保护她安然无恙地离开。但在这之前和之后会发生什么呢？你认为她会在意吗？你认为‘妇女关怀’的经营者会在意这件事的负面影响吗？”

“我不知道。”

“‘妇女关怀’拥护者的暴力倾向不及‘生命之友’的成员，但就非常重要的水火不容的特性而言，他们区别不大。你知道这一切是怎么开始的吗？”

拉尔夫努力回想自己第一次与别人谈起苏珊·戴时的情景，也就是他和汉姆·达文波特交谈的那次。他几乎就要想起了，可记忆又溜走了。失眠症再次占了上风。他摇了摇头。

“分区规划。”莱德克说道，然后讽刺地大笑，“普通、平凡、老套的分区规划规定。很棒吧？今年夏初，两名非常保守的市议员乔治·坦迪和艾玛·惠顿请求分区规划委员会重新考虑‘妇女关怀’所在区域的划分问题，意思是要把它划出去。我不知道这样措辞是否准确，但你应该明白我的意思，没错吧？”

“当然。”

“好。所以提倡人流合法的人就邀请苏珊·戴来镇上演讲，帮助他们筹措资金对付反对人流的人。但问题是反对人流的人不可能重新对第七区进行区域划分，*‘妇女关怀’那群人也知道这一点！*这家诊所的董事朱恩·哈利德也在市议会任职。她每次与惠顿在市政厅碰面都会相互咒骂。

“重新对第七区进行区域划分一开始就是个白日梦，因为严格按照法律而言，‘妇女关怀’和德里之家医院一样是一家医院，而且它们仅有一箭之遥。如果改变分区法使得‘妇女关怀’不合法，那么德里县——缅因州第三大县三大医院中的一家也得关门，所以这永远不可能发生。但没关系，因为一开始这就不是重点。他们就是看不顺眼，就是水火不容。对于大多数提倡人流合法化的人而言——我的一个同事称他们为‘鲸鱼人’——这关乎*正当性*。”

“正当性？我不明白你的意思。”

“提倡人流合法的人不仅希望女性可以随心所欲地走进诊所，把腹中那个麻烦的小生命拿掉，还希望结束这场争论。说白了，他们希望丹·道尔顿等人承认他们的正当性，但这根本不可能。阿拉伯人和犹太人放下武器握手言和的可能性比这还大一点。我支持女性在必要时拥有人流权，但提倡人流合法的那些人高高在上的态度让我很反感。在我看来，他们是新清教徒，他们认为只要你的意见和他们的意见相左，那么你就会下地狱……按照他们的观点，你唯一能收听的音乐只有乡村音乐，你唯一能吃的食物只有炸鸡排。”

“你这说法很尖刻。”

“你去火药桶上坐三个月试试，看看会有什么感觉。请告诉我——如果不是因为‘妇女关怀’‘生命之友’和主张女性生育自由的苏珊·戴，皮科林昨天会拿刀刺你腋下吗？”

拉尔夫看似在认真思考这个问题，实则在注视约翰·莱德克周围的光环。他的光环呈健康的蓝色，但边缘带有快速转动的绿光。拉尔夫对这绿光非常感兴趣，他想他应该知道这代表什么。

最后他说：“不，我猜不会。”

“我也这么认为。你在这场早就注定的战争中受伤，拉尔夫，而且你肯定不是最后一个。但如果你去找‘鲸鱼人’或苏珊·戴，然后解开衬衫指着绷带说‘这在一定程度上和你们有关，因此你们要负一部分责任’。他们肯定会举起双手说‘噢，不，绝对不是。很抱歉你受伤了，拉尔夫，我们“观鲸人”痛恨暴力，但这不是我们的过错，我们必须要保持“妇女关怀”开业，我们必须克服各种障碍，如果必须有人为此流血，我们也没办法’。但重点不在于‘妇女关怀’，这也是让我感到十分恼火的原因，重点在于……”

“人流。”

“呸，不！无论周五晚上苏珊·戴在市政中心说什么，人流权在缅因州和德里市都没问题。问题在于哪一方是最佳的，上帝会站在哪一方。问题在于哪一方是正当的。我倒是希望他们一起合唱‘我们是冠军’，然后喝个酩酊大醉。”

拉尔夫仰头大笑，莱德克也跟着他一起大笑。

“所以他们都是混蛋，”他耸耸肩说道，“不过是我们的混蛋。听起来像是开玩笑吗？我并未开玩笑。‘妇女关怀’‘生命之友’‘观望者’‘每日灵粮’……都是我们的混蛋，德里市的混蛋，我认为得好好照看他们。这也是我从事这份工作、坚守在这儿的原因。如果我无法热心照看某个从纽约飞来做煽动性演讲然后匆匆离开的身材修长的美国丽人，你也不能怪我。她来演讲只是为了制造一些新闻花边，为她新书的第五章增添一些素材。

“当着我们的面她会称赞这里是美好的基层社区，可一回到她位于派克大街的复式公寓，她就会向朋友们抱怨老是洗不掉我们造纸厂留在她头上的臭气。她是位女性，就听由她吼叫吧……如果我们运气好，整个演讲会在没有伤亡的情况下安然落幕。”

拉尔夫很确定这些绿色的闪光意味着什么。“但是你很害怕，对吧？”他问道。

莱德克看着他，惊讶地问道：“你看得出来吗？”

“一点点。”拉尔夫说道，心想：因为你的光环，约翰，只是因为你的光环。

“是的，我很害怕。从个人角度而言，我很害怕把这个任务搞砸，到时候就吃不了兜着走了。从职业角度而言，我很害怕她在我的保护下出事。从社区角度而言，我他妈的特别害怕发生冲突，事情变得一发不可收拾……还要咖啡吗，拉尔夫？”

“不了，我就要走了。皮科林会怎么样？”

其实他关心的并不是查理·皮科林的命运，如果他直接问起梅·洛克的事，这位大警探肯定会感到奇怪。可能会感到怀疑。

“斯蒂夫·安德森——那位询问你问题的助理检察官——和皮科林的法院指定律师这时候可能正在争论。皮科林的律师表示他应该能替自己的客户辩护，争取减为二级袭击罪。顺便提一下，查理·皮科林这样的人竟能找到律师，真让我大吃一惊。安德森则表示会以谋杀未遂罪起诉皮科林，他会坐穿牢底。皮科林的律师则装出很震惊的样子。明天皮科林会因为持有致命武器而被控一级袭击罪，之后会被移交审判。然后，可能到了十二月，或明年年初，你会以主要证人的身份被传唤。”

“需要多少保释金？”

“大概四万美元。如果逃跑只能拿回十分之一，但问题是查理·皮科林没有房子、车子甚至一块天美时手表。最后他可能会被送往杜松山庄，但这不是我们的目的。我们这次应该能让他在牢里待一段时间，对付查理这种人，就该这样。”

“‘生命之友’有可能会替他交保释金吗？”

“应该不会。艾德·迪普努上周和他待在一起的时间比较多，他们俩经常在贝果店喝咖啡。我想艾德跟查理说了不少有关百夫长和钻石之王的内幕……”

“艾德说的是血色之王……”

“随便啦，”莱德克赞成他的说法，然后挥了挥手，“我想他主要还是为了解释你是血色之王的得力助手，只有像查理·皮科林这样聪明、勇敢和具有奉献精神的人才能让你出局。”

“你把他说的好像挺精于算计。”拉尔夫说道。他想起卡洛琳没有生病之前自己和艾德·迪普努下棋时的情景。那时的艾德聪明伶俐、说话文雅、举止文明、充满善意。拉尔夫至今仍无法相信那个艾德与他一九九二年见到的艾德是同一个人。他觉得最近的艾德是一个“狂妄自负的家伙”。

“不仅精于算计，而且还是个危险的算计分子，”莱德克说道，“在艾德看来，查理不过是个工具，就像用来削苹果的水果刀。如果水果刀的刀片坏了，你肯定不会跑到磨工那儿去买个新刀片换上，因为这太麻烦了。你肯定会把它扔到垃圾桶中，然后买一把新水果刀。这就是艾德这种人对待查理这类人的方法。鉴于艾德代表‘生命之友’的立场——至少目前是这样——我觉得你不用担心查理会获得保释。接下来的几天，他会比美泰格的修理工还要孤独。懂吗？”

“懂了。”拉尔夫说道。他惊异地发现自己竟然有点同情皮科林。“我还要感谢你没有向报社透露我的名字……如果是你从中斡旋的话。”

《德里新闻报》警察打击犯罪栏目曾简短报道了该案件，但报道仅仅提及查尔斯·H.皮科林因为携带武器在德里市公共图书馆被捕。

“有时候我们会向报社寻求帮助，有时候报社也会向我们寻求帮助，”莱德克站起来说道，“现实世界就是这样。如果‘生命之友’的那些疯子和‘妇女关怀’之友的那群伪君子明白这一点，我的工作就轻松多了。”

拉尔夫弯腰去捡垃圾桶中那个卷起来的小飞象海报，然后在莱德克的办公桌旁站起来。“可以把海报给我吗？我认识一个小女孩，再过一两年他可能会对海报感兴趣。”

莱德克摊开双手。“当然可以——就将它作为好市民的小奖励吧。但是别想要我的开裆内裤。”

拉尔夫大笑。“那我不会。”

“说真的，很感谢你过来，谢了，拉尔夫。”

“不用谢。”他把手伸到桌子对面和莱德克握手，然后走向门口。他感觉自己像电视剧中的神探科伦坡，只是少了雪茄和风衣。他手握门把手，停下脚步，然后转身。“我能问你与查理·皮科林毫不相干的问题吗？”

“问吧。”

“今天早上我在红苹果便利店听说街道另一头的一个邻居洛克太太昨晚去世了。这其实没什么好奇怪的，因为她患有肺气肿。但是她的前院和人行道之间拉起了警戒线，而且门上还贴着告示说这儿已经被德里市警察局封了。你知道是怎么回事吗？”

莱德克仔细打量了他很久，如果不是那光环，拉尔夫一定会感到非常不自在，因为莱德克的眼神中没有透露一丝怀疑。

天啊，拉尔夫，你对待这些事的态度是不是太认真了点？

也许吧。无论如何他很高兴看到莱德克光环周围那层绿色的光没有再出现了。

“你为什么那样看我？”拉尔夫问道，“如果我说错话了，我表示道歉。”

“一点也没有，”莱德克说道，“只是有点奇怪，仅此而已。如果我和你说了，你能保密吗？”

“可以。”

“我担心的是你楼下的那位住户。说到谨言慎行，麦戈文沾不上边。”

拉尔夫放声大笑。“我什么都不会向他透露——以童子军的荣誉发誓——不过你提起比尔倒是很有意思。他以前和洛克一起上学，那是很久以前的事了，他们上文法学校那会儿。”

“我很难想象比尔去上文法学校，”莱德克说道，“你呢？”

“有点儿。”拉尔夫说道，但他脑海中浮现出一幅特别奇特的画面：比尔麦戈文穿着灯笼短裤和长白袜，戴着巴拿马草帽，像个十字架似的站在小爵爷方特勒罗伊和汤姆·索亚①之间。

“我们不知道洛克太太发生了什么，”莱德克说道，“我们只知道凌晨三点刚过，有个匿名男子打电话报警说他看到两名男子刚从洛克太太家出来，其中一人还拿着一把剪刀。”

“她是被人杀死的吗？”拉尔夫惊呼道，同时他意识到两件事：第一，他的话比他预料的要更加可信；第二他已经过桥了。他身后的桥还没烧毁——暂时还没有——不过，要是想再往回走，他可能需要费一番工夫解释才行。

莱德克举起双手耸耸肩。“如果她是被杀死的，那也不是被剪刀或其他锋利的凶器所杀，因为她身上没有伤痕。”

这多少让他松了口气。

“另一方面，凶案发生过程中，人也可能被吓死，尤其是对于她这种生病的老人而言。”莱德克说道，“不过你还是安心听我把自己知道的告诉你吧。相信我，要不了多久的。”

“好的，抱歉。”

“想听点有趣的吗？当我看到电话报警记录的时候，我第一个想到的就是你。”

“因为我失眠，对吗？”拉尔夫语气平稳地问道。

“这是一个原因，还有报警的人说，他是从起居室看到这两个人

---

① 小爵爷方特勒罗伊和汤姆·索亚均为经典儿童文学作品中的人物，前者为英国作家弗兰西斯·伯内特同名小说中的主人公，后者为美国作家马克·吐温的小说《汤姆历险记》中的主角。

的。你的起居室正好对着哈里斯大道，没错吧？”

“没错。”

“啊哈。我甚至想听听录音带呢，但我想起你今天要来……另外你最近睡眠还不错，对吧？”

拉尔夫毫不犹豫地放火烧毁刚通过的桥。“呃，我现在没有十六岁放学还兼任两份工作那会儿睡得好，不过，如果昨晚打电话报警的人是我，那我也是在梦中打的。”

“我也是这么认为。此外，如果你发现街上有什么异常情况，你为什么要打匿名电话呢？”

“我不知道。”拉尔夫说道，他心想：约翰，如果不止是异常情况呢？如果是令人不可思议的情况呢？

“我也不知道，”莱德克说道，“从你的起居室确实可以看到哈里斯大道，但其他三十几户人家也可以……而且虽然报警的人说他在室内，但他并不一定就在室内啊，没错吧？”

“我想没错。红苹果店外面有公共电话，也许是从那儿打的。酒铺外面也有一个。斯特拉福德公园里面也有很多，如果还能用的话。”

“公园里有四个，都能用。我们检查过了。”

“他为什么要隐瞒自己从哪儿打电话的呢？”

“最有可能的原因是，他也隐瞒了其他事情。总之，唐娜·哈根说那个人听起来很年轻而且很自信。”莱德克在说这话之前扮了一个鬼脸，把手放在头上，“对不起，拉尔夫，我并没有别的意思。”

“没关系——我已经不是第一次听别人说我的声音听起来像是靠退休金过活的老头。我就是一个靠养老金过活的老头。继续说。”

“克里斯·内尔对报警做出了回应——第一个赶赴现场。你还记得我们拘捕艾德那天他也在场吗？”

“我记得这个名字。”

“啊哈，斯蒂夫·厄特巴克警探负责这起案件。他人很好。”

那个戴着值班风帽的家伙，拉尔夫心想。

“洛克女士死在床上，但房间内没有暴力迹象，也没有明显的失窃迹象。虽然像梅·洛克这样的老人没有什么值钱的物品——没有录像机、豪华立体声音响之类的物品，但她还是有一台博士牌收音机，外加两三件很漂亮的珠宝首饰。当然这并不能表示她没有更贵重的珠宝被拿走，但……”

“但窃贼为何只偷走部分物品，而不是全部呢？”

“没错，更有意思的是报警者声称那两个人从前门走出来，但是前门被反锁了。不只是弹簧锁，还上了门闩和门链。后门也一样。如果报警者说的是实话，如果梅·洛克在那两个家伙离开之前就死了，那么门是谁锁的呢？”

可能是血色之王，拉尔夫心想……他惊恐至极，差点说了出来。

“我不知道，窗户呢？”

“关上了。连插销都插上了。如果你觉得还不够刺激，斯蒂夫说所有的防风窗户都关上了。其中一位邻居告诉他那些防风窗户是洛克太太上周才雇人安装的。”

“没错，”拉尔夫说道，“是皮特·沙利文，就是那个送报的孩子。我现在想起来了，我当时看到他在装窗户。”

“都是扯淡的话，就像那些悬疑小说，”莱德克说道，但拉尔夫认为莱德克很快就会将话题由梅·洛克转向苏珊·戴，“我到法院去和你会合之前，初步法医报告刚好出来。我看了一下，又是心肌衰弱，又是血栓症……归根结底是因为心力衰竭。我们现在认为那个报警电话是个恶作剧——我们经常接到类似电话，所有的城市都一样——那位女士死于肺气肿引起的心肌梗死。”

“换句话说，这是个巧合。”这个结论若是成立便可以为他省去很多麻烦，但拉尔夫听到自己的声音中带着一丝怀疑。

“是啊，我也不喜欢这样，斯蒂夫也是。所以房子才会被封锁起来，州法医会仔细检查，也许从明天早上开始。与此同时，洛克会被送往奥古斯塔进行全面尸检。谁知道结果会怎样呢？有时候会有新发现，而且让人大吃一惊。”

“我想我可能会吃惊的。”拉尔夫说道。

莱德克将牙签扔进垃圾桶，似乎陷入了沉思，然后突然眼前一亮。“嘿，我有个建议——我让办公室的人把那个报警的录音复制一份。我拿过来放给你听。说不定你能听出是谁。谁知道呢？反正奇怪的事已经发生了。”

“的确是。”拉尔夫不自在地笑着说。

“管它呢，这是厄特巴克负责的案子。走吧，我送你出门。”

在走廊上，莱德克又盯着看拉尔夫。这让拉尔夫感到更加不自在，因为他不知道这是什么意思。莱德克周围的光环又消失了。

他挤出僵硬的笑容说道：“我鼻子上粘了什么不该粘的东西吗？”

“没有，我在想经过昨天的事情你气色还这么好。和去年夏天相比，就更不用说了……如果是因为蜂巢发挥了效果，我也去买一份。”

拉尔夫大笑，像是听到一个天大的笑话。

2

周二凌晨一点四十二分。

拉尔夫坐在高背椅上，看着围绕在街灯周围的一团团细雾。街道另一头，警方的警戒线无精打采地挂在梅·洛克家的屋前。

当晚他只睡了两个小时，他又开始想不如死了一了百了。这样就可免受失眠折磨，不用坐在这可恶的椅子上等待天明，不用在人们身上看到类似加多尔牙膏广告中常见的那种隐形保护膜光圈。当时电视机还是新鲜事物、他还没有出现一丝白发、他和卡罗尔做爱后五分钟不到就会呼呼大睡。

大家一直说我气色好，真是够奇怪的。

只是情况并非如此。鉴于他最近的经历，有些人说他看似变了个样也挺正常。

拉尔夫又将目光转到梅·洛克家，莱德克说这儿已经封锁了，但拉尔夫却看到那两个秃头矮医生从前门走出来。该死，他看见了——

但他真看见了吗？

真的看见了吗？

拉尔夫回想起昨天凌晨的情景。他坐在这个高背椅上，手捧一杯茶，想着：好戏快上演吧。随后就看到这两个秃头矮医生走出来。可恶，他真的看到他们从梅·洛克家走了出来！

但也可能不是这样，因为他没有认真看洛克太太的房子，而是望着红苹果便利店那边。他以为自己眼角瞥见的动静是罗莎莉，可当他回头一看，才发现有两个秃头矮医生站在洛克太太家门前的台阶上。他已经无法完全确定是否看到前门是敞开的，也许这是他想象的，因为那两个医生不可能从街上往洛克太太家中走。

这点你也无法确定，拉尔夫。

不，他可以确定。凌晨三点的哈里斯大道安静得犹如月亮中的山脉——视野范围内的一点小动静他都能察觉到。

一号医生和二号医生是从前门走出来的吗？他越想越觉得怀疑。

那么究竟发生了什么？他们会不会是从加多尔牙膏的隐形保护膜中跳出来的？——或者怎么解释呢？——他们从门中穿过，就像《逍遥鬼侣》这部老电影中那些藏在主人公科斯莫·托普家中的鬼魂那样。

最疯狂的是这种推论似乎再合理不过。

什么？他们从门中穿过？噢，拉尔夫，你需要帮助。你需要找个人好好看看你到底怎么了。

没错。有一点他可以确定：他需要找一个人吐露心事，否则将会疯掉。但找谁呢？卡洛琳无疑是最佳人选，但她已经去世了。莱德克呢？问题是拉尔夫已经就报警电话的事向他撒了谎。为什么撒谎？因为真相太荒谬，听起来像是他像患感冒一样染上艾德·迪普努的妄想症。就目前情况来看，这难道不是最正确的解释吗？

“不对，”他小声说道，“这些都是真实的，还有光环，也是真的。”

伊甸园的归途漫漫，亲爱的……小心提防那些白人的绿金色足迹。

找个人倾诉吧，全部说出来。而且必须赶在约翰·莱德克去听那通报警电话的录音并跑过来寻求解释之前。莱德克肯定会问拉尔夫为何要撒谎，还有他对梅·洛克的死到底知道多少。

找个人，全部倾诉出来。

可卡洛琳已经去世了，莱德克刚认识不久，海伦蛰伏在“妇女关怀”某个偏远的避难所，洛伊丝·夏瑟肯定会把这些透露给她的朋友们。还有谁？

经过拉尔夫的分析，答案很清晰了。但他惊讶地发现他还是不情愿把最近发生的事告诉麦戈文。他记得那天他看到比尔坐在垒球场附近的长凳上，因为挚友和老师鲍勃·博尔赫斯特生病的事啜泣。拉尔夫打算告诉他有关光环的事，但麦戈文似乎置若罔闻。他沉溺于他那本已经翻烂的关于衰老有多悲惨的剧本。

拉尔夫想起了麦戈文那嘲讽地挑起眉毛、始终愤世嫉俗而又忧郁的面庞，还有经常引用的文学典故，拉尔夫总是对此会心一笑，但同时也感觉有点自卑。另外就是麦戈文对待洛伊丝的态度：卑屈逢迎，有时又有一丝冷酷。

但这么说很不公平，拉尔夫也明白这一点。比尔·麦戈文也充满善意和——也许在这件事上更重要——善解人意。他和拉尔夫已经相识了二十多年，过去十年他们都住在同一栋公寓中。卡洛琳去世时，他还是护柩人。如果拉尔夫不把最近发生的事告诉比尔，还能告诉谁呢？

似乎没有更佳人选了。

第十章

1

当东方天际开始亮起，街灯周围的模糊光环消失不见了，到了九点钟，天气晴朗、暖和——也许这是秋老虎最后一次开始发威吧。

《早安美国》节目刚结束，拉尔夫就下了楼，打算趁自己还未失去勇气将最近的事告诉麦戈文（总之，敢说多少算多少）。然而，他站在公寓一楼门外时，却听到淋浴水声以及隐约传出的威廉·D. 麦戈文的歌声，他唱着"我把心留在了旧金山"。

拉尔夫走到门廊前，双手插在后兜中，像浏览邮购目录一样观看着天空。他心想，没有什么能比得上十月的阳光，他几乎可以感觉到夜间的痛苦正在淡去。毫无疑问，它们还会回来，但目前他感觉还不错——虽然很累、脑袋昏沉，但他仍感觉不错。天气很好，可谓极好，拉尔夫不禁怀疑明年五月之前是否还会出现这般好天气。如果不好好利用，那真是太可惜了。散步到哈里斯延长路段然后走回来，大概需要半个小时，如果恰巧遇上某个朋友聊聊天，可能需要四十五分钟。到时候，比尔应该洗完澡、剃完须、梳头整装完毕。如果拉尔夫足够幸运，比尔就可以倾听他诉说了。

他一直走到县机场栅栏外的野餐区，暗自盼望能见到老多兰斯。如果能见到他，他们还可以聊点诗歌——比如杜宾斯的诗歌，或者谈谈哲学问题。一开始他可能会让多兰斯解释什么是"长期事物"，为什么他认为拉尔夫不该"牵涉"其中。

但多兰斯并未出现在野餐区，只有唐·维泽在那儿。他忙着向拉尔夫解释比尔·克林顿为什么是糟糕的总统，以及如果当初美国人选了更加精明的罗斯·佩罗会对美国更有利。拉尔夫（当初把票投给了克林顿，他认为克林顿是好总统）礼貌地听他说了很久，然后说他得赶着去剪头发。这是他一时能想到的唯一借口。

“还没说完呢！”唐在他身后大声说道，“他那傲慢的妻子！是个同性恋！我看得出来！你知道为什么吗？我看到她们穿的鞋了！鞋子就是她们的密码！她们经常穿那种方头鞋，而且……”

“回见，唐！”拉尔夫回应道，然后加快脚步离开了。

他沿着下坡大约走了四分之一英里，耳根终于清静了。

2

事情发生时，他正在梅·洛克家的对面。他突然停下脚步，瞪大眼睛。难以置信地注视着哈里斯大道。他右手按着喉咙底部，张大嘴巴。他看似犯了心脏病，但他心脏没有问题——至少当时没有问题——他的确感到似乎受到了某种袭击。尽管他在这个秋天看到了很多奇特的事，但他仍然没有为见到这一幕做好准备。拉尔夫认为任何事都无法让他料到自己会看到这一幕。

另一个世界——神秘的光环世界——又出现了，这一次光环多得连拉尔夫做梦都想不到……多得不禁让他怀疑一个人会不会因为超负荷的认知而死亡。哈里斯大道上端变成一个充满相互重叠的彩色球体、锥形体和新月体光亮的仙境。道路两旁再过一个多星期才会落光叶子的树木，此刻像火把一样在拉尔夫的眼中和脑中燃烧。天空已经无法用色彩来形容，成为了一片广阔的音爆。

德里市西边的电话线仍铺设在地面上，拉尔夫目不转睛地凝视着它们。他依稀意识到他的呼吸已经停止，如果再不喘气可能会昏倒。许多锯齿状的黄色螺旋在那些黑色的电话线上迅速转动，这让拉尔夫想起孩提时代在理发店看到的三色柱。它的大黄蜂形状时而会被尖锐的红色纵向闪光或绿光打破，而这些闪光似乎同时向两边扩散，突然将黄色光环淹没，然后消失。

你看到的是人们在交谈的情景，他茫然地想。你知道吗，拉尔夫？达拉斯的萨迪阿姨正在和她最宠爱的住在德里市的侄子聊天；一位住在黑文的农民正在和拖拉机零部件经销商闲聊；一位牧师正试图帮助有困难的教区居民。这些是关于声音的部分，我认为明亮的闪光来自那些心怀强烈情感的人——爱或恨，开心或嫉妒。

拉尔夫意识到他并未看到和感觉到全部景象，仍有一个未知的世界在等待他，而他目前的认知还无法看到这个世界。那个世界可能会让拉尔夫现在看到的一切显得黯然失色。如果真有这样一个世界，他该如何承受，而不会发疯呢？即使把眼珠挖掉也无济于事，他明白自己之所以“看到”那些事物，是因为视觉是他这辈子最重要的感官。然而事实上眼前的情景已远远超出视觉范围。

为了证明这一点，他闭上眼睛……但依旧可以看到哈里斯大道。他的眼皮似乎变成了玻璃。唯一的区别在于所有色彩自动颠倒过来，形成了一个类似于彩色照片底片的世界。树木不再呈橘黄色，而是呈现如佳得乐饮料一般反常的绿色。七月份刚铺完沥青的哈里斯大道变成了白色，天空变成了一片令人惊异的红色湖泊。他睁开眼睛，以为光环会消失，可是它们并没有消失。世界仍在蓬勃发展，充满了色彩、运动和深沉、回响的声音。

我是从什么时候开始看见这些的？拉尔夫边想边缓慢走下山坡。那两个秃头矮医生又是什么时候冒出来的？

然而，其实没有医生，无论是秃头医生还是其他医生都没有。建筑物中没有天使，下水道隔栏中没有朝上窥探的魔鬼。只有……

“当心，罗伯茨，走路要当心啊，知道吗？”

这些话听起来很刺耳，还有些让人惊慌，似乎是真的。犹如手滑过古老的修道院或宗祠内的橡木镶板一般。拉尔夫突然停下脚步，发现珀赖因太太正沿着街道走来。她已经从人行道走下排水沟，免得和保龄球那样撞到他。她站在齐脚踝的落叶中，一手提着网状购物袋，浓密、黑白相间的眉毛下那双眼珠瞪着拉尔夫。她周围的光环犹如西点军校制服一般呈庄严、肃穆的灰色。

“你喝醉了吗，罗伯茨？”她厉声问道，突然间，缤纷的色彩和各类声响消失，哈里斯大道又恢复原状，在仲秋时节一个阳光明媚的工作日早晨昏昏沉沉地消磨时光。

“喝醉？我？根本就没有。说实话，我和法官一样清醒。”

他朝珀赖因太太伸出手，但年过八旬仍不服老的她盯着拉尔夫的手，似乎怀疑他手里藏着欢乐的蜂鸣器。她灰冷的眼睛仿佛在说：*我才不上你的当，罗伯茨。*她没让拉尔夫搀扶就回到了人行道上。

“对不起，珀赖因太太。我刚没有看路。”

“没错，你确实没看路。你刚刚只是懒洋洋地张大嘴巴，就像村里的白痴。”

“对不起。”他再次说道，然后咬紧舌头，以免笑出声来。

“嚯。”珀赖因上下打量着他，就像海军陆战队的军事训练军官在检查一个新兵，“你衬衫腋下有条裂缝，罗伯茨。”

拉尔夫抬起左臂一看，他那件最爱的格子花呢衬衫确实有条大裂缝，透过裂缝可以看到里面沾有干血迹的绷带和一撮不雅的老人腋毛。他赶紧放下手臂，脸涨得通红。

“嚯。”珀赖因再次说道，仅用只言片语便表达出她对拉尔夫·罗伯茨的所有看法，“如果你愿意，可以把它拿给我，连同其他需要缝补的衣服，你要知道，我还可以做针线活呢。”

“噢，没错，珀赖因太太，我相信你可以。”

珀赖因看了他一眼，仿佛在说：*你这个老马屁精，拉尔夫·罗伯茨，不过我想你可能不得不佩服我吧。*

“下午不行，”她说，“下午我一般在收容所帮忙做晚餐，五点还要帮忙上菜。这是基督徒的责任。”

“是啊，我相信……”

“天堂里没有无家可归的人，罗伯茨。我可以向你保证，也没有破衬衫。但我们生活在人世间，就得面对这些，好好生活。这是我们该做的。”*而我就做得比较好，*珀赖因太太的表情似乎在这样说。“你可以在早上或晚上把衣服拿过来，罗伯茨，别客气。但最好不要在八点半之后来，因为我九点要睡觉。”

“你真是太好了，珀赖因太太。”拉尔夫说着又咬紧舌头。他意识到这个方法很快就行不通了，很快他就会笑出来或者憋死。

“哪里哪里，这是基督徒的责任。况且，卡洛琳是我朋友。”

“谢谢你，”拉尔夫说道，“梅·洛克真不幸，不是吗？”

“不，”珀赖因说道，“是上帝的慈悲。”拉尔夫还没来得及回应，她就离开了。她挺直脊椎骨，拉尔夫看着都觉得疼。

大概走了十来步，他再也忍不住了。他用小手臂倚着电线杆，嘴抵着手臂，然后闷声大笑——直到眼泪流出来。等发作完（真是这感觉，一种歇斯底里的发作），拉尔夫抬起头，用专注、好奇和略带泪水的眼睛环顾四周，没有看到任何异象。他松了口气。

还会再回来的，拉尔夫。你知道的，一切都会回来。

是的，他知道一切都会回来，但那是以后的事。现在他要做的就是找个人倾诉。

3

当拉尔夫终于结束这惊异的散步之旅从街上回来时，麦戈文正坐在门廊的椅子上，悠闲地看着晨报。拉尔夫走到人行道上，突然做出决定。他可以告诉比尔很多事情，但不会透露一切。有一点他肯定不会说：那两个从洛克太太家中走出来的秃头矮医生酷似红苹果便利店的小报上刊登的外星人。

麦戈文见他走上台阶：“嗨，拉尔夫。”

“嗨，比尔。我可以和你聊聊吗？”

“当然可以。”他合上报纸，小心翼翼地折好，“他们昨天总算把我的老友鲍勃·博尔赫斯特送到医院了。”

“哦？我记得你希望他早点被送到医院的。”

“没错。每个人都希望他住院。他骗过了我们。事实上，他病情似乎有所好转——至少肺炎有所好转——可是之后又复发了。昨天中午他呼吸困难，他侄女以为他在救护车赶来之前就会死掉。然而，他没有，现在他病情似乎又稳定了。”麦戈文望着街道，叹息着说，“昨天午夜，梅·洛克走了，现在鲍勃还在苟延残喘。真悲惨啊，不是吗？”

“我想是的。”

“你想和我谈什么？是决定好向洛伊丝求婚了吗？要不要我这个过来人给你一点建议。”

“没错，我需要建议，但不是关于爱情的。”

“说吧。”麦戈文简洁地说道。

拉尔夫开始说，看到麦戈文认真聆听，他非常高兴，也感到一丝宽慰。他从比尔已知的情况简单说起——一九九二年夏天艾德和皮卡车司机发生冲突以及当天艾德说的奇怪话语，与他因为海伦签署请愿书而殴打她那天说的话有多相似。说着说着，拉尔夫便强烈地感受到这些奇怪的事情之间是有联系的，他几乎可以找到其中的联系。

他把光环的事告诉了麦戈文，但不包括不到半小时前他刚经历的那场无声的灾难——他不愿意把这件事告诉他，至少目前不愿意。

当然，麦戈文知道查理·皮科林袭击了拉尔夫，也知道他利用海伦和她朋友送给他的喷雾避免了更严重的伤害。但拉尔夫现在说的是周日晚上他边吃简易晚餐边向麦戈文讲述这次袭击时省略的部分：那个喷雾罐何以神奇地出现在他的夹克口袋里。此外，他还表示他怀疑那个变戏法的人是老多尔。

“天啊！”麦戈文惊呼，“你活得真够危险啊，拉尔夫！”

“我想是吧。”

“这些情况你都告诉约翰尼·莱德克了吗？”

说了一点，拉尔夫正要开口，却发现这样说还是有些夸大，“几乎没说。还有一件事我也没告诉他，一件更加……呃，更加有实质的事吧，和那儿有关的事。”他指向梅·洛克的房子，那儿停了几辆蓝白相间的厢型车。车上写着**缅因州警察**。拉尔夫心想他们应该就是莱德克口中的取证人员吧。

“梅？”麦戈文在椅子上稍微向前倾了倾，“你知道梅发生了什么啊？”

“我想我应该知道。”拉尔夫小心翼翼地说，犹如踩着踏脚石穿过危险的小溪那样仔细推敲每个字。拉尔夫把他醒来、走到起居室并看到两个人从洛克太太家走出来的事告诉了麦戈文。他讲到自己如何成功找到望远镜，并告诉麦戈文他看到其中一个人手上拿着剪刀。他没有提及与卡洛琳有关的噩梦以及发光的足迹，当然也没有提及他后来觉得这两个人似乎是穿门而出。如果将这些说出来，他仅有的一点可信度就会荡然无存。最后他说了他匿名打电话的事，说完之后焦急地看着麦戈文。

麦戈文摇摇头似乎想保持脑袋清醒。“光环、预言、拿着剪刀的神秘侵入家宅者……你活得可真够危险的。”

“你怎么看，比尔？”

麦戈文安静地坐了一会儿。拉尔夫说话期间，麦戈文把报纸卷成了圆筒，现在他拿着这个报纸圆筒茫然地敲击自己的腿。拉尔夫很想把问题问得更加明白一些——你认为我疯了吗，比尔？——但他忍住了。难道他真相信对于这种问题，人们在没有注射麻醉剂的情况下会认真回答吗？比尔可能会说：没错，我认为你和臭虫一样疯狂，拉尔夫宝贝，你为什么不联系杜松山庄，问问他们能不能为你留张床铺呢？不太可能……既然比尔的任何回答都毫无意义，那还是放弃这个问题比较好。

“我不知道自己怎么想的，”比尔最后说道，“至少目前还不知道。他们长啥样呢？”

“即使有望远镜，也很难辨别他们的脸。”拉尔夫用肯定的语气说道，和昨天否认拨打报警电话时一样。

“你应该也不清楚他们的年纪吧？”

“不清楚。”

“他们会不会是街上的邻居呢？”

“艾德·迪普努？”拉尔夫惊讶地看着麦戈文，“不，不是艾德。”

“有没有可能是皮科林呢？”

“不，不是艾德，也不是查理·皮科林。如果是他们，我能认出来。你什么意思？认为我脑子短路了，然后幻想这两个近期给我带来巨大压力的家伙出现在梅·洛克门前?”

“当然不是。”麦戈文回答道，他停止用报纸连续敲击腿部，眼神闪烁不定。拉尔夫感到胃部一阵下沉。没错，事实上麦戈文就是这个意思，但这并不让人意外，不是吗?

可能是吧，但仍然改变不了那种下沉的感觉。

“约翰尼说所有的门都锁上了。”

“是的。”

“反锁。”

“嗯，不过……”

麦戈文突然从椅子上站起来，有那么一瞬间拉尔夫认为麦戈文可能会跑开，并且大叫：大家请提防罗伯茨！因为他疯了！然而他没有冲下台阶，而是朝门口跑去。从某种角度而言，拉尔夫认为这更加令人担忧。

“你要做什么?”

“打电话给拉里·佩罗，”麦戈文说道，“梅的弟弟，他仍住在卡德维尔。我想梅应该会葬在卡德维尔。”麦戈文又用奇怪、猜疑的眼神看着拉尔夫，“你认为我要干吗?”

“我不知道，”拉尔夫不安地说道，“有那么一瞬间，我以为你会像姜饼小人一样逃跑呢。”

“不会的。”麦戈文伸手拍拍他的肩膀。但在拉尔夫看来，这个动作很冷淡、令人感到不快。只是在敷衍。

“洛克太太的弟弟和这些事有什么关系?”

“约翰尼说他们会把梅的尸体运到奥古斯塔进行全面的尸检，对吧?”

“呃，我想他用的词是验尸……”

麦戈文把手一挥。“没有什么差别，相信我。如果他们能查出可以证明她是被谋杀的异常情况，拉里一定会收到通知，因为他是她唯一在世的直系亲属。”

“没错，但他不会质疑你打电话的用意吗?”

“噢，你不必为此担心。”麦戈文用一种安慰的语气说道，但拉尔夫根本就不以为意。“我就说警方封了她的房子，引得哈里斯大街流言四起。他知道我和梅是老同学而且这几年我一直去看她。拉里和我并不是深交，但我们处的还不错。再不济，我们都是卡德维尔的老同乡，凭这一点他也会告诉我想知道的情况。明白吗？”

“我想可能吧，但是……”

“但愿如此。”麦戈文说道，突然间他看似一只又老又丑的爬行动物——一只毒蜥蜴或蛇怪蜥蜴。他指着拉尔夫说道，“我不蠢，我知道如何尊重别人的隐私，你刚才的表情表明你对此感到怀疑。我很反感，我非常反感。”

“对不起。”拉尔夫说道。他被麦戈文突然爆发的情绪吓了一跳。

麦戈文又看了他一会儿，用皮革似的嘴唇抵着非常大的假牙，然后点点头。“好的，我接受你的道歉。我知道你最近睡得不好，而我则始终挂念鲍勃·博尔赫斯特。”他发出那种自怜的叹息，“听着……如果你不想我打电话给梅的弟弟……”

“不，不会。”拉尔夫说道，心想宁愿把时钟往回拨十分钟，取消整个对话。突然，他脑中产生一种情感，他认为比尔·麦戈文应该能够理解这种情感。这感觉越来越强烈，于是他说道：“如果我影响了你的决定，我表示道歉。”

麦戈文笑了笑，一开始笑得有些勉强，后来放开了。“现在我知道你为什么睡不着了——胡思乱想。安静地坐在那儿，拉尔夫，想想河马好的方面，这是我母亲过去经常讲的。拉里会说，我等会儿给你回电话。而且说不定都联系不上他，你知道的，他可能在忙着安排葬礼的事。想看看报纸来消磨时间吗？”

“当然，谢了。”

麦戈文把仍然卷成圆筒的报纸递给他，然后走进屋子。拉尔夫浏览着报纸头版。头条新闻的标题为：《**提倡人流合法者和反对人流的人做好准备迎接激进分子的到来**》。新闻的侧面有两张照片。其中一张照片中有五六个年轻的女性正在制作标语牌，上面写着**我们的身体，我们的选择**和**德里市崭新的一天**等口号。另一张照片上面则是一群示威者在“妇女关怀”前面游行。他们没有携带任何标语，也不需要携带标语，他们穿的连帽黑色长袍和手持的长柄大镰刀足以说明一切。

拉尔夫叹了口气，将报纸扔在背后的摇椅上，看着周二的早晨沿着哈里斯大道铺展开来。他突然想到麦戈文或许在和约翰·莱德克而不是拉里·佩罗通电话。他们此时可能正在就奇怪的老失眠者拉尔夫·罗伯茨展开简短的师生会议呢。

我在想，你应该想知道是谁打了那个报警电话吧，约翰尼。

谢谢你，教授。我们已经很确定了，但能够确认也好。我想他应该没有恶意。事实上，我有点喜欢他了。

拉尔夫不再猜测比尔在给谁打电话。坐在那儿什么都不想，连河马好的方面都不想，这样要轻松得多。他可以轻松地看着装载百威啤酒的卡车缓缓驶入红苹果店的停车场，停下来为卸完本周小报、杂志和平装书准备离开的杂志公司的厢式货车让路；轻松地看着哈莉特·贝尼根老太太——她让珀赖因太太看似年轻的少女——穿着鲜红的秋季外套，俯身搀着助行器，蹒跚地开启早晨的散步；轻松地看着一个小女孩穿着牛仔裤、超大白T恤、戴着一个对她而言大了四码的男式帽子，在弗兰克面包店和“维基月亮”日光浴沙龙（擅长身体护理）之间的空地上跳绳；轻松地看着女孩上下挥动着双手；轻松地听她单调反复地唱着同样的歌。

三——六——九，鹅喝了酒……

拉尔夫坐在门廊的台阶上，他隐约感觉自己似乎要睡着了，对此他感到很吃惊。与此同时，光环又悄悄来到这个世界，给世界带来了绝妙的色彩和动感。这很美好，但……

但它有点不对劲。有点不对劲，什么呢？

那个在空地上跳绳的女孩。她有点不对劲。她那穿着牛仔裤的双腿犹如缝纫机的卷线轴上下跳动。她的身影投在长满野草和向日葵的古老小巷的混乱人行道上，也跟着一起跳动。绳子上下旋转……不停旋转……上下旋转……不停旋转……

她穿的不是超大T恤，他看错了。那个女孩穿的是罩衫。白色的罩衫，类似电视中播放的老版医生题材歌剧中演员穿的衣服。

三——六——九，鹅喝了酒，

猴子在有轨电车轨道上咀嚼烟草……

一片云朵遮住了太阳，暗淡的绿光覆盖在空中将它淹没。拉尔夫首先感到一阵寒冷，然后浑身泛起了鸡皮疙瘩。那女孩上下跳动的影子消失不见了。她抬头看着拉尔夫，他发现她根本不是一个小女孩。那个看着拉尔夫的人是一个大约四英尺高的男子。拉尔夫一开始以为他是小孩，因为他脸被帽子投下的阴影遮住了，而且脸上特别光滑，没有一条皱纹。尽管如此，拉尔夫还是能够清晰地感受到它传递出的情感———一种邪恶的感觉，一种常人难以理解的邪恶。

对啦，拉尔夫茫然地想着，凝视着那个不断跳动的生物。就是它了。无论那是什么，它都疯了。完全疯了。

那个生物可能读懂了拉尔夫的内心，因为他就在那一刻张开嘴，露出了腼腆而恶意的笑容，似乎他们两个人之间有着某个不可告人的秘密。他确信——是的，非常确定，几乎可以肯定——那个生物边笑边哼着歌，只是它的嘴唇没有动：

（轨道**断了**！猴子**卡住了**！最后它们都死在一个小**划艇**中！）

那个生物不是从洛克家走出来的两个秃头矮医生中的任何一个。拉尔夫几乎可以确定。也许和他们有关，但不是他们。它是……

那个生物扔掉跳绳。绳子先变成黄色然后变成红色，在空中飞越时似乎发出火花。那个小生物——三号医生——盯着拉尔夫，朝他咧嘴一笑。拉尔夫突然意识到了另一件事，这件事让他感到异常恐怖。他最后认出那个生物戴的那顶帽子。

那就是比尔·麦戈文弄丢的巴拿马草帽。

4

那生物似乎读懂了拉尔夫的内心。他摘下帽子，露出圆形秃顶脑壳。像骑在狂奔的野马背上的牛仔一样挥舞着麦戈文的巴拿马草帽，同时继续露出那邪恶的笑容。

它突然指着拉尔夫，好像认识他似的，然后把帽子戴回头上，冲进阳光浴沙龙和面包店之间狭窄、杂草丛生的巷子。阳光摆脱了乌云的遮蔽，光环闪动的光亮开始退去。那个生物消失后不久，哈里斯大道又恢复了原样——一如既往的老旧、无聊。

拉尔夫一阵哆嗦，想起那张咧嘴微笑的疯狂小脸，想起它

（猴子**卡住了**）

指着自己的方式，似乎

（它们都死在一个小**划艇**中！）

认识他。

“告诉我，我睡着了，”他用嘶哑的声音小声说道，“告诉我睡着了，然后梦到了那个小混蛋。”

他身后的门打开了。“噢，天哪，你竟然自言自语，”麦戈文说道，“你银行里应该有不少存款吧，拉尔夫。”

“是的，应该能承担我葬礼费用。”拉尔夫说道。他觉得自己说话的口气像是刚刚经历过可怕的震惊之事，仍然有些惊魂未定。他期待比尔能够走上前，满脸关切（甚至疑惑）地问他发生了什么。

麦戈文没有这么做。他一屁股坐在摇椅上，双臂交叉置于狭窄的胸前，呈一个X形状。他望着哈里斯大道，在这个舞台上，他、拉尔夫、洛伊丝、多兰斯·马斯特拉以及其他老人——用麦戈文的话说，就是我们这些黄金年龄的人——注定要上演他们那无聊甚至痛苦的最后一幕。

如果我把帽子的事告诉他会怎样？拉尔夫心想。如果我直接和他说：“比尔，我知道你的巴拿马草帽去哪儿了。被某个坏蛋拿走了，他是我昨晚看到的那两个秃头矮医生的亲属。我看到他戴着那顶帽子在面包店和阳光浴沙龙之间的空地上跳绳。”

如果比尔对于拉尔夫神志清楚尚存一丝信心，那么这则消息肯定会让他完全失去信心。没错。

拉尔夫忍住没说。

“不好意思，让你等了这么久，”麦戈文说道，“拉里说我打电话

时他正准备去殡仪馆，可是还没等我问完问题、说完我想说的话，他就将梅的一生总结了一遍，顺便还总结了他自己的生活。足足说了四十五分钟。”

很显然这有点夸大其词了——麦戈文顶多去了五分钟——拉尔夫看了看手表，惊异地发现已经十一点十五分了。他看向街道，发现贝尼根太太不见了踪影，装载百威啤酒的卡车也不见了。难道他睡着了吗？看来他一定睡着了……但他无论如何也找不到自己知觉中断的痕迹。

哦，得了吧，别傻了。你看到那个小秃头时正在睡觉。你梦到了那个小秃头。

这完全说得通。甚至连他戴着比尔巴拿马草帽的情节也说得通了。那个帽子也出现在关于卡洛琳的噩梦中，当时罗莎莉两个爪子拿的就是那顶帽子。

但这次他没有做梦。他可以确定。

呃……几乎可以确定。

“你不打算问我梅的弟弟说了什么吗？”麦戈文听起来有点生气。

“对不起，”拉尔夫说道，“我想我刚有点心不在焉。”

“我原谅你，孩子……只要你从现在开始认真听就行了。负责这个案子的警探，方德伯克……”

“我非常肯定是厄特巴克。斯蒂夫·厄特巴克。”

麦戈文轻快地摆手，这是他每次被纠正错误时惯有的动作。“随便怎么称呼啦。总之，他打电话给拉里，说验尸结果表明梅是死于自然因素。基于你的报警电话，他们最关心的是梅很可能被入室盗贼吓得心脏病发作——活生生被吓死。当然，所有的门窗都反锁了，贵重的物品也没有失窃，所以这种可能性被排除了。但他们很重视你拨打的报警电话，因此还是进行了调查。”

他半责备的口吻——似乎拉尔夫故意将胶水倒入正常运转的机器齿轮中——让拉尔夫感到很焦躁。“他们当然重视了。我看到两个人从她家中走出来并报了警。警察到达后发现她已经死了。他们怎能不重视？”

“你打电话时为什么不透露姓名呢？”

“我不知道。有什么区别吗？他们何以确认她不是因为被吓得心脏病发作而死。”

“我不知道他们是否百分百确认，”麦戈文说道，现在他的语气也有些暴躁，“但我想应该相当确定吧，否则也不会把梅的尸体交给她弟弟埋葬。可能是做了血液测试吧。我只知道方德伯克……”

“厄特巴克……”

“告诉拉里，梅可能是在睡梦中死去的。”

麦戈文跷起二郎腿，拨弄着蓝色宽松长裤上的褶皱，然后用犀利、尖刻的眼神看着拉尔夫。

“我要给你一些建议，听好了。去看医生，现在就去，今天就去。别再拖拖拉拉了，直接去看里奇菲尔德医生。你的问题越来越严重了。”

那两个被我看到从洛克屋里走出来的秃头矮医生没有看到我，但今天这个看见了，拉尔夫心想。他看到我了，而且拿手指着我。依我看，他可能一直在找我。

这话听起来很偏执。

“拉尔夫？你听到我在说什么了吗？”

“听到了。我听到你不相信我看到有人从洛克太太的家中走出来。”

“你说得没错。刚才我说我离开四十五分钟的时候你的表情，以及你看手表的方式，我都看到了。你不相信过去这么久了，对吗？你之所以不相信，是因为你没有意识到你刚打了个盹儿。你打了个小盹儿，可能那天晚上也出现了类似情况，拉尔夫。只是那天晚上你梦到的是两个秃头矮医生，而且梦境十分真实，因此你醒来之后拨打了报警电话。这样说得通吧？”

三——六——九，拉尔夫心想，鹅喝了酒。

“那望远镜怎么解释呢？”他问道，“现在它还放在我起居室高背椅旁边的桌子上。难道这不能证明我当时没睡吗？”

“我不知道怎么解释。也许你梦游了，你想过这点吗？你说你看到那两个闯入的秃头矮医生，但你无法形容他们长什么样。”

“这些橘黄色的炽亮灯光……”

“所有的门被反锁……”

“同样，我……”

“你所谈论的光环，肯定是因为失眠造成的——我几乎可以肯定。然而，情况可能比这还严重。”

拉尔夫起身，走下门廊台阶，背对着麦戈文站在人行道前。他的太阳穴一阵悸动，心跳得很快，非常快。

他不光指着我。我一开始就说对了，那个小狗崽子认识我。他不是梦。我看到从洛克家走出来的那两个秃头矮医生也不是梦。我敢肯定。

你当然敢，拉尔夫，另一个声音回应道，疯狂的人总是确信他们听闻的一切疯狂的事。这也是他们疯狂的原因，而不是因为幻觉。如果你真的看到那些，那贝尼根女士是怎么回事？运载百威啤酒的货车发生了什么？你为何没有发觉麦戈文和拉里·佩罗通了四十五分钟的电话？

“你的症状很严重。”麦戈文在他身后说道，拉尔夫认为他从麦戈文的声音中听出了一种令人讨厌的感觉。得意？会是一种得意的感觉吗？

“他们其中有个人手持一把剪刀，”拉尔夫没有回头，“我看到他们了。”

“噢，拜托，拉尔夫！想一想！开动你的脑筋仔细思考。周日下午，距离你之前预约的针灸治疗不足二十四小时，突然出现一个疯子拿刀刺你。当晚你做噩梦，梦到锋利的物体，这有什么奇怪的吗？洪医生的扎针和皮科林的猎刀变成了你梦境中的剪刀，事情就是这样。你不觉得这个假设涵盖了一切现象，而你声称看到的那些东西根本就站不住脚吗？”

“所以我是在梦游时拿的望远镜？你是这么认为的吗？”

“这有可能啊。非常有可能。”

“同样，喷雾罐跑到我夹克口袋也是因为梦游？老多尔与此一点关系都没有。”

“我不关心喷雾罐和老多尔！”麦戈文大声说道，“我关心的是你！你从四五月份就开始失眠，卡洛琳去世之后，你就一直感到沮丧和不安……”

“我没有沮丧！”拉尔夫大叫道。对街的邮递员停下脚步朝他们的方向看了看，然后继续沿着街区朝公园的方向走去。

“随你怎么说，”麦戈文说道，“你没有沮丧，你同样也有没睡好，你还看见光环，看见有人半夜从锁着的房子中走出来……”随后，麦戈文用貌似轻松的声音说出了拉尔夫一直以来最害怕听到的话，“你要小心，老小子，你的行为越来越像艾德·迪普努了。”

拉尔夫转过身，脸部涨得通红。“你为什么要这样？为什么这样逼我？”

“我没有逼你，拉尔夫，作为朋友，我是想帮你。”

“但我感觉不到。”

“呃，有时候真相难免伤人。”麦戈文平静地说道，“你至少需要考虑一点，你的思想和身体是不是在传递什么讯息。我问你一个问题——这是你最近做的唯一一个令人不安的梦吗？”

拉尔夫立刻想起卡罗尔整个身体被埋在沙子里、大声尖叫让他注意白人足迹的梦境，想起大量臭虫从她头部涌出的梦境。“我最近没有做过什么噩梦，”他固执地说道，“我想你之所以不相信，是因为这不符合你设定的剧本。”

“拉尔夫……”

“我想问你，你真认为我看见那两个人和后来梅·洛克去世只是巧合吗？”

“也许不是。也许是因为你身心混乱创造了一些条件，产生了短暂但十分逼真的精神错觉，”

拉尔夫保持沉默。

“我认为这样的事时有发生，”麦戈文站起来说道，“也许从我这样理性、老练的人口中说出这样的话很滑稽，可我的确这么认为。我也不是断定事情就是这样，但很有可能是这样。我能确定的是你所看到的那两个人在现实生活中不存在。”

拉尔夫站在那儿看着麦戈文，双手深深插在口袋里，握紧拳头，坚如磐石。他能感觉到手臂上的肌肉在抽动。

麦戈文走下门廊的台阶，轻轻地握着他的手臂，刚好握在手肘的上方。“我只是认为……”

拉尔夫猛地把胳膊往回一缩，麦戈文吃惊地咕哝了一声，身子打了个趔趄。“我知道你怎么想的。”

“你没听见我说……”

“哦，我听见了，听够了。相信我，抱歉——我要再去散步。我需要让大脑清醒一下。”他能感觉到脸颊和额头上热血涌动。他很想把大脑扔进往前转动的齿轮里，从而把这种毫无意义的暴怒抛于脑后，但他办不到。此时，他的感觉很像被卡洛琳那个噩梦惊醒时的感觉，他脑中一片恐慌和混乱。他挪动双脚，感觉自己不是在走路，而是在下坠，犹如昨天早晨从床上摔下来那样。但他还是继续往前走，有些时候也只能这么做了。

“拉尔夫，你需要去看医生！”麦戈文在他身后说道，而拉尔夫可以感觉到麦戈文的声音中夹杂着一丝怪异、令人暴躁的快感，其中包含的关心也许是真诚的，但它犹如酸蛋糕上的糖衣。

“不要去看药剂师、催眠师或针灸师！你需要去看家庭医生！”

*是啊，去看那个害我妻子被埋在沙坑中的家伙！*他心中发出一阵尖叫。*那个害我妻子被埋在沙坑中然后告诉她只要继续服用安定药和泰勒诺就不用担心的家伙！*

他大声说道：“我需要散步！我只需要去散散步。”他太阳穴的脉搏快速跳动，就像遭到大锤短促而有力的敲击一般。他突然想到中风可能就是这样发生的。如果他再不控制情绪，他可能会因为他父亲所说的“坏脾气中风”而倒下。

他听到麦戈文跟着他走下人行道。*别碰我，比尔，*拉尔夫心想，*别把你的手搭在我的肩膀上，否则我会转身揍你。*

“我想帮你，难道你看不出来吗？”麦戈文大声叫道。街对面的那个快递员又停下来望着他们。红苹果便利店门外，值上午班的卡尔和值下午班的年轻女士苏，一脸嫌弃地呆望着他们。他看到卡尔的一只手中拿着一袋汉堡面包。在这个点看到这样的场景还挺令人惊异的……虽然没有他早上看到的一些景象那样令人惊异。

*你以为你看到的那些东西，*拉尔夫，一个叛逆的声音在他脑海轻声细语地说道。

“散步。”拉尔夫沮丧地喃喃自语，“只要*散散步*。”他脑海中开始播放心灵电影。这是一部令人不快的电影，虽然他在影院看过很多类型的电影，但几乎没看过这种。而最适合这部恐怖的心理电影的配乐非《砰，去追黄鼠狼》莫属。

“*我要告诉你，拉尔夫——我们这个年纪的人，患有精神疾病很正常！我们这个年纪的人，患有精神疾病可谓很常见，所以***去看医生吧**！”

贝尼根太太此时正站在自家的门廊上，助行器放在台阶下面。她仍穿着那件鲜红色的秋季外套，张着嘴看着街道上的他们。

“*你听见我说什么了吗，拉尔夫？我希望你听见了！我真的希望你听见了！*”

拉尔夫加快了脚步，耸着肩膀，似乎在抵御寒风。*如果他一直不停地叫喊，声音越来越大怎么办？如果他一路跟着我怎么办？*

*如果他这样做，大家肯定以为他疯了，*他对自己说道。但是这个想法并没有给他带来安慰。他继续听到脑海中有一架钢琴在演奏儿歌——不，不是真的在演奏，更像是幼儿园儿童叮叮当当地弹奏：

桑树旁
猴子追着黄鼠狼，
以为这是闹着玩，
砰！去追黄鼠狼！

拉尔夫这时看到了哈里斯大道上的老人们，他们有的从那些通过有线电视投放广告的保险公司购买保险，有的患有胆结石和皮肤肿瘤，有的记忆力减退、前列腺肿大，有的靠社会保障生活，透过逐渐增厚的白内障而不是玫瑰色的眼睛去看世界。这些人将邮箱中的邮件一封不落地读完，浏览超市的广告通知，寻找特价罐头食品和普通冷冻食品。他看到他们穿着奇形怪状的短裤和蓬松的短裙，看到他们戴着毛线帽和穿着那些印有“瘪四与大头蛋”和“鲁德狗”等卡通形象的T恤衫。简而言之，他认为他们是世界上年龄最大的学龄前儿童。他们绕着两排椅子走着，一个身穿白色罩衫的秃顶矮男子坐在钢琴前，弹奏着《砰，去追黄鼠狼》。另外一个秃子把那些椅子一张张偷偷地拿开，当音乐停止，所有人都坐下，只有一个人——这次可能是梅·洛克，下一次就是麦戈文以前学校的老主任——站着。当然，那个站着的人必须离开房间。拉尔夫听到了麦戈文的笑声，他之所以笑，是因为他又找到了一把椅子。也许梅·洛克死了，鲍勃·博尔赫斯特在垂死，拉尔夫·罗伯茨疯了，但他还是好端端的。威廉·D.麦戈文先生依然健康，依然服装华丽，依然身板挺直，依然能够在音乐停止时抢到凳子。

拉尔夫加快脚步，两肩耸得更高，预计麦戈文还会再来一轮连珠炮似的劝告。他想麦戈文不太可能会一直在街上跟着他，但这种可能性也不是没有。如果麦戈文气极了，他完全会那样做——劝诫，让拉尔夫别再胡闹，去看医生，告诉他钢琴声随时都会停止，随时都会，如果他找不到好的机遇去找到一把椅子，他可能永远都不会走运。

然而，麦戈文没有再喊了。他想回头看看麦戈文在哪儿，但转念一想还是算了。如果他看到拉尔夫回头，肯定会再次唠叨个没完。最好还是继续往前走。于是拉尔夫迈开大步，毫不犹豫地朝机场方向走去。他低着头，尽量不去听那无情的钢琴声，尽量不去看那些围着椅子转的老小子，尽量不去看他们虚伪笑脸上方惊恐的眼睛。

他边走边想，他的希望已经破灭了。他还是被推进了那条隧道，四周漆黑一片。

第二部

秘密之城

老人们应该探险。

——T. S. 艾略特《四个四重奏》

第十一章

1

在拉尔夫·罗伯茨视为家园的土地上，老古董们生活的德里市不是唯一一座悄然存在的秘密之城。拉尔夫在玛丽米德长大，那地方如今多了很多旧岬式房地产开发项目。他发现，德里市除了许多属于成人的地区，也有小孩专属的地方。这里有尼伯特街火车站附近的流浪汉聚居地，人们偶尔能在这里见到装了半罐咖喱炖肉汤的番茄汤罐头或者残留有一两口啤酒的瓶子；这里有阿拉丁剧院后面的小巷，时常有人在此抽野牛德拉姆牌香烟，放黑猫牌鞭炮；这里还有那棵垂在河边的老榆树，成群的孩子在河里学潜水；还有荒蛮大地，有一百（或接近两百）条错综复杂的小径从这儿穿过，这个草木茂密的河谷像一个愈合不顺的伤疤穿过市中心。

这些秘密街道和隐匿公路都在成人的视域之外，因此经常被忽略……但也有一些例外。其中一个就是名叫阿洛伊修斯·内尔的警官——数代德里市儿童口中的内尔先生——此时，拉尔夫正在哈里斯大道变成哈里斯大道延长路的转接处，朝着野餐区走去。他突然意识到克里斯·内尔可能是内尔老先生的儿子……但这可能不太对，因为拉尔夫见过的那位陪同约翰·莱德克的警察，若要当内尔老先生的儿子，可能还年轻了点。更可能是孙子。

大约在退休时，拉尔夫发现了第二座秘密城镇——属于老人的城镇，但直到卡罗尔死后，他才意识到自己也是该城镇的居民。他当时发现了隐藏的地貌，与儿时所见的异常相似。该地貌完全被它周围那群工作和玩乐都来去匆匆的人忽略了。老古董们生活的德里市还隐藏着第三个秘密城镇：不幸者的德里市，这儿非常可怕，主要居住着醉汉、逃亡者和不愿被关起来的精神病患者。

法耶·查宾在野餐区向拉尔夫介绍了生命中最重要的注意事项……当然他得确定你是真正的老古董才会这么做。这个注意事项和每个人的“现实生活”有关。他们初识时就提出了这个话题。拉尔夫问法耶来野餐区之前是做什么的。

“呃，在现实生活中，我是木匠，专做高档家具，”查宾咧嘴回答道，露出仅存的几颗牙齿，“但大约十年前一切都结束了。”拉尔夫记得当时他认为退休就像吸血鬼之吻，即使一个人能侥幸逃脱，也只能过着半死不活的生活。当你开始认真切入正题时，真相还会远吗?

2

现在，麦戈文安全地尾随着他（至少他希望如此），拉尔夫走进隔开了野餐区和延长路段的橡树和枫树形成的混合林。他发现自从他上次来这儿之后，有八九个人带着打包的午餐或从“咖啡壶”商店购买的三明治晃了进来。埃伯里和泽尔这两对夫妇正在用藏在附近橡树孔中的油腻顶孔扑克牌玩红心牌游戏，法耶和退休的兽医马尔哈尔在下棋，几个家伙在两个战局之间来回游荡。

野餐区的用途在于玩游戏——德里市的老古董们很多聚集地的用途也是玩游戏——但拉尔夫认为玩游戏只是表象。人们来这儿的真正目的在于联络感情、报告情况、确认（尤其是自我确认）他们仍在过着某种生活，无论真实与否。

拉尔夫坐在靠近机场栅栏的空长凳上，茫然地摸着镌刻在长凳上的涂鸦——姓名、首字母和很多脏话——同时看着飞机以两分钟的间隔降落：一架赛斯纳、一架派珀、一架阿帕奇、一架双富源、从波士顿起飞的 1145 号快速班机。同时，他还竖起一只耳朵聆听身后此起彼伏的聊天声浪。梅·洛克不止一次被提及。其中有几个人认识她，大家的观点和珀赖因太太的观点相同——上帝终于大发慈悲，了结了她的痛苦。然而，今天大家谈论的主要内容还是关于即将来访的苏珊·戴。一般说来，这些老古董们并不热衷于政治话题，他们更倾向于谈论肠癌或中风，但即便是在这里，人流问题也发挥了其独特的吸引力以及激怒和产生分歧的能力。

“她选择了一个糟糕的城镇，而最糟糕的是，我怀疑她是否知道这一点。”马尔哈尔医生说道，他表情忧郁地盯着棋盘，法耶·查宾正进攻他的王身边仅存的几个防御棋子。“这里经常发生怪事，还记得黑点的那场大火吗，法耶？”

法耶咕哝了一声，然后抓获马尔哈尔医生的另一只象。

“我不懂这些虱子虫。”丽莎·泽尔说道，抓起野餐桌上的报纸，拍击头版刊登的在妇女关怀门前游行、穿着带风帽衣服的那群人的照片，“他们似乎想回到女人用挂衣钩自我堕胎的时代。”

“这就是他们所希望的，”乔治娜·埃伯里说道，“他们认为如果女人怕死，就会把孩子留下。但他们从未想过，比起用挂衣钩堕胎，生孩子对她们而言更加可怕。”

“这和害怕有什么关系？”一位名叫佩德森、脸型似铁锹的老人粗暴地问道，“我认为谋杀就是谋杀，无论是在母亲体内还是体外。即使它们非常小，需要显微镜才能看到，这仍是谋杀。因为只要不干涉，它们会长成孩子的。”

“这么说来，你每次自慰就像阿道夫·艾希曼进行了一次大屠杀。”法耶说着移动他的王后，“将军。”

“法——耶·查——宾！”丽莎·泽尔大叫道。

“自慰完全是两码事。”佩德森瞪着他说道。

“是吗？《圣经》里不是有个家伙因为自慰而被上帝诅咒了吗？”另一位旁观者问道。

“你说的应该是俄南吧。”拉尔夫身后传来一个声音。他转身惊讶地发现老多尔站在身后，一只手中拿着一本平装书，封面上有一个很大的阿拉伯数字“5”。*你是从哪儿冒出来的？*拉尔夫心想。他几乎可以确定，一分钟前他身后根本没有人。

“俄南，还希蒙南呢，”佩德森说道，“那些精子和婴儿不一样……”

“是吗?”法耶问道,“那天主教堂为何不出售避孕套给那些玩宾果游戏的人呢?你倒是说说看。”

“真是无知,”佩德森说道,“如果你连……”

“可俄南并不是因为自慰而受到惩罚的。”多兰斯用他那高昂、穿透力强的老年嗓音说道,“他受到上帝惩罚是因为他不愿让他哥哥的遗孀受孕,为他哥哥传宗接代。有一首诗,我记得是艾伦·金斯堡写的……”

“闭嘴,老傻瓜!”佩德森大叫道,然后怒视着法耶·查宾,“如果你分不清男人自慰和女人把上帝赐给她的孩子冲进厕所这两件事之间的区别,那么你和他一样傻。”

“你们的对话真恶心,”丽莎·泽尔说道,但她的语气更像是陶醉而非厌恶。拉尔夫看着她身后,看到机场围栏有一段铁链被人们从柱子上扯了下来,往后弯曲,也许是昨晚聚集在这儿的小孩弄的。无论如何,这解决了他的一个疑惑。之前他没注意到多兰斯,因为那个老家伙根本没去野餐区,他一直在机场附近徘徊。

拉尔夫突然意识到,他应该趁机逮住多兰斯,说不定能找到一些答案……但拉尔夫可能比之前更困惑。老多尔非常像《爱丽丝梦游仙境》中的微笑猫——只会奸笑,毫无诚意。

“相差很大,哈?”法耶向佩德森问道。

“是的!”佩德森干裂的脸上泛着红晕。

马尔哈尔不安地坐在那里扭动着身子。“行了,我们别说了,把这盘棋下完,法耶,好吗?”

法耶没有理会他,他的注意力仍聚集在佩德森身上。“也许你应该再想想,每次你坐在马桶上,幻想玛丽莲·梦露握住你的……死在你手掌上的无数小精子……”

佩德森伸手将棋盘上剩下的棋子扫了下来。马尔哈尔吓得往后一缩,嘴唇颤抖,因为受惊,眼睛在用绝缘胶带修补过两处的粉红色眼镜后瞪得很大。

“好的!”法耶大叫,“这个论点非常合理,你个怪胎!”

佩德森举起拳头，做出和约翰·L. 沙利文一样夸张的姿势。“想一决高下？”他问道，“走，我奉陪！”

法耶缓缓起身。他个头比长着铁锹型脸庞的佩德森高出一尺，至少比他重六十磅。

拉尔夫简直不敢相信眼前的景象。如果说毒素已经渗透到如此边远的地区，那么德里市还有什么地方能幸免？他认为马尔哈尔医生说得没错，苏珊·戴可能根本就不知道她此次的德里之行有多么不明智。在某些方面——事实上，在很多方面——德里市异于其他地方。

他还没有想清楚要做什么便开始行动，看到斯坦·埃伯里也采取行动，他松了口气。他们使了个眼色，然后走向对峙的两个人，斯坦轻轻点头。拉尔夫伸手搂住法耶的肩膀，顷刻间，斯坦也抓住了佩德森的左臂。

“你们别胡闹。”斯坦在佩德森毛茸茸的耳朵旁说道，“我们可不想把你们这两个心脏病发作的家伙送到德里之家医院，你们也经不起这样的折腾，哈利——你发作过两次了。还是三次？”

“我绝不会让他乱开女性谋杀婴儿的玩笑！”佩德森说道，拉尔夫看到眼泪顺着他的脸颊滚落下来。“我妻子在生第二个女儿时死了！一九四六年败血症夺走了她的生命！所以我不允许任何人开这种玩笑！”

“天啊，”法耶语气大变，“我不知道，哈利。对不起……”

“去你的道歉！”佩德森说道，挣开斯坦·埃伯里抓住他肩膀的手。他冲向法耶，法耶举起拳头然后又放下，因为佩德森只是一股脑儿往前冲，看都没看他一眼。他沿着林间小径跑向延长路段，离开了。他走后，大伙儿因为震惊足足沉默了三十秒，最后还是一架准备降落的派珀小型飞机的轰鸣声打破了沉默。

3

“天啊，”法耶最终说道，“在过去五到十年，你隔三岔五和某人见面，你以为你对他已足够了解。天啊，拉尔夫，我真不知道他妻子的死因。我就像个傻瓜。”

“别再懊恼了，”斯坦说道，“他说不定来例假了。”

“闭嘴，”乔治娜说道，“今天上午的脏话说得够多了。”

“真希望那位姓戴的女士能来去匆匆，然后一切恢复正常。”弗雷德·泽尔说道。

马尔哈尔蹲在地上捡棋子。“你想把这盘棋下完吗，法耶？”他问道，“我记得每个棋子的位置。”

“不了。”法耶说道，他在和佩德森对峙时声音很稳定，现在却有些颤抖，“我已经玩腻了。可以让拉尔夫和你来场小预赛。”

“我就算了。”拉尔夫说道，他正四处寻找多兰斯，最后终于找到了。他已经从栅栏的洞中钻回去了。此时正站在便道旁一片及膝的草丛中，两手来回弯折着书本，同时看着派珀小型飞机飞往通用航空航站楼。拉尔夫想起艾德开着那辆棕色旧达特桑牌汽车沿着便道疾驰以及对着缓慢打开的栅门诅咒的情景。

（快点！快点给我开门，臭贱人！）

过了一年多，他第一次想知道当时艾德来机场干什么。

“好多了。”

“哈？”他努力把注意力拉回到法耶身上。

“我说你最近的睡眠应该不错，因为你气色比之前好多了。但我猜你的听力一定下降了。”

“可能吧。”拉尔夫说道，挤出一丝微笑，“我该去吃点午餐了。要一道吗，法耶？我请客。”

“算了。我刚吃了从‘咖啡壶’店里买的三明治，”法耶说道，“老实说，它现在就像一块铅一样躺在我肚子里。拉尔夫，那个老家伙在哭，你看到了吗？”

“看见了，但如果我是你，就不会把这件事看得太严重。”拉尔夫说道。他开始走向延长路段，法耶则缓慢地跟在他身后。法耶耷拉着宽阔的肩膀，低垂着脑袋，看上去就像一头穿着男装、训练有素的熊。“你知道的，到了我们这把年纪，很容易动不动就流泪。”

“没错，”他冲拉尔夫感激地一笑，“不管怎样，谢谢你及时拦住我。你也知道，有时候我就是忍不住。”

如果我和比尔起冲突时能有个人拦住我就好了，拉尔夫心想。他大声说道：“不用客气，事实上，我应该谢谢你。下次我到联合国应聘高薪职位时可以将此次经历写进简历。”

法耶会心一笑，拍了拍拉尔夫的肩膀。“耶，联合国秘书长！全球头号和事佬，你能胜任，拉尔夫，别废话！”

“这毋庸置疑。自己多保重，法耶。”

他正准备转身，法耶碰了一下他的手臂。“你会参加下周的比赛吧？第三跑道经典赛？”

拉尔夫想了一会儿才明白他在说什么，虽然这位退休的木匠从树叶开始变红就一直在讨论这个话题。一九八四年“真实生活”结束后，他就开始举办所谓的第三跑道国际象棋经典大赛。奖杯是刻有别致王冠和权杖的超大镀铬轮毂罩。在过去九届比赛中的六届，法耶无疑是这群老古董中的最佳棋手（至少在城西是最佳的），因此他将奖杯颁给了自己。拉尔夫认为在剩下的三届比赛中，他可能故意放水，以免其他参赛选手失去参赛兴趣。今年秋天，拉尔夫没怎么想过下棋，因为他在想别的事。

“当然，”他说道，“我应该会参加。”

法耶咧嘴一笑。“好的，我们本应在上周举行——计划是这样安排的——但我希望推迟一点以便吉米·V. 能够参加。但他现在还在医院，如果我再次延期，天气就会变冷，不适合在户外下棋，最终可能会像二十世纪九十年代那样转移到达费·斯普拉格理发店的后面。”

“吉米·V. 怎么了？”

“癌症又复发了，”法耶说道，然后又小声补了一句，“他这次很可能熬不过去了。”

拉尔夫听到这个消息后，突然感到异常强烈的悲痛。他和吉米·范德米尔在“现实生活”中相识已久。当时他们都是四处奔波的推销员，吉米推销糖果和卡片，拉尔夫则推销印刷用品和纸制品。他们关系十分要好，曾几次结伴到新英格兰出游。他们轮流开车，一起分担俩人无力独自承担的豪华旅馆费用。

他们还分享了一些私人小秘密。吉米告诉拉尔夫，一九五八年有个妓女偷了他钱包，他向妻子撒谎，说是遭到搭便车的人的打劫。拉尔夫则告诉吉米，四十三岁那年他对止咳糖浆上瘾，经过一番痛苦的挣扎后才成功戒掉这个习惯。他没有告诉卡洛琳他对止咳糖浆上瘾的事，就像吉米·V.没有告诉他妻子有关妓女的事一样。

很多次旅行；更换了很多次轮胎；很多关于出差推销员和农夫漂亮女儿的笑话；多次彻夜长谈。他们有时谈论上帝，有时谈论国税局。总体而言，吉米·范德米尔是个好哥们。后来，拉尔夫换了印刷公司的文员工作，便和吉米失去了联系。不久前他们才在这野餐区重新取得联系，之后相见的地方还有德里市其他几个老古董们经常聚集的小地标——图书馆、桌球房、达费·斯普拉格的理发店密室以及四五个其他地方。卡洛琳去世后不久，吉米告诉拉尔夫他已经战胜了癌症，一切安好，只是少了一个肺。拉尔夫想起当年吉米一边谈论棒球和钓鱼，一边把一根根阴燃的骆驼牌烟蒂弹向车窗外，让它们随气流飞走。

我很幸运，他当时说，*我和老婆大人都很幸运*。但似乎并非如此，到头来他们俩都不幸运。

“哦，天哪，”拉尔夫说道，“这真令人难过。”

“他在德里之家医院待了近三周时间，”法耶说道，“接受放射治疗，注射那些能杀死癌细胞但同时也能把人弄得半死的药物。你竟然不知道，拉尔夫，我很惊讶。”

我想你感到很意外，但我一点都不。你知道的，失眠会吞噬一些东西。有时我会忘了家里没有杯装立顿牌汤，有时失去时间感，有时甚至连老朋友都忘了。

法耶摇摇头。“去他妈的癌症。它潜伏的方式太可怕了。”

拉尔夫点点头，心里想着卡洛琳。“你知道吉米住哪间病房吗？我可能会去探望他。”

“恰巧我知道。315病房。你能记住吗？”

拉尔夫咧嘴而笑。“至少暂时可以。”

“如果方便，就去探望他吧——医生给他注射了麻醉药，但他知道谁去看他。我确信他很想见你。他曾告诉我，你们一起度过很多美好时光。”

“呃，你要知道，”拉尔夫说道，“只是几个到处奔走的推销员。每次我们到餐厅吃饭结账时，吉米·V. 总是分担多的那份。”他突然想哭。

“很难受，对吧？”法耶安静地问道。

“是啊。”

“去看看他吧。他会很高兴，你也会好受些。应该是这样。但别忘了象棋锦标赛！”法耶说完后挺直身板，铆足劲装出雀跃的表情和语气，“如果你现在退出，会打乱种子选手的排名。”

“我尽量参加。”

“好，我知道你会参加。”他握紧拳头，轻轻地拍打拉尔夫的手臂，“再次感谢你，在我做出傻事之前拦住我，否则我会后悔的。”

“不客气，我是头号和事佬嘛。”拉尔夫正准备沿着通往延长路段的那条小路走去，突然转过身来指着小道说：“你看到那条便道没有？从航站楼通往街道上的那条？”一辆餐饮车正驶离专属航站楼，它的挡风玻璃将明亮的光线反射到他们眼里。餐饮车在门口停下，切断了电眼感应光束。大门缓缓打开。

“当然，我看到了。”法耶说道。

“去年夏天我看到艾德·迪普努从那里开车过来，这意味着他有那个大门的出入证。你知不知道他是怎么弄到出入证的？”

“你是说‘生命之友’那个家伙吗？那个在夏天对妻子大打出手的实验室研究员？”

拉尔夫点点头。“但我说的是一九九二年那个夏天。他当时驾着一辆棕色达特桑牌旧车。”

法耶大笑。“我根本就不知道达特桑牌汽车与丰田汽车或本田汽车有什么区别。拉尔夫，在雪佛兰弃用鸥翼形尾翼之后，我就再也分不清车型了。但我可以告诉你哪些人经常使用那条路：飞机上的餐厨人员、机械师、飞行员、机组人员和航管人员。如果有些乘客经常乘坐私人飞机，他们也可能有出入证。只有来自空气测试站的研究员才会出现在那儿。他是这方面的研究员吗？”

“不是，他是化学研究员。他之前在霍金实验室工作，不久前才被辞退。”

“拿小白鼠做实验的，对吧？机场这里可没有小白鼠——据我所知，这儿没有——不过，我知道还有一群人在用这个门。”

“哦？是谁？”

法耶指着一栋距离通用航空航站楼大约七十码的有着波纹铁皮屋顶的预制建筑。“看到那栋房子没？那是单飞科技。”

“单飞科技是什么？”

“一所学校，”法耶说道，“专门教人开飞机。”

4

拉尔夫走回哈里斯大道，一双大手插在口袋中，低着头，只看到人行道上的裂缝从鞋底溜过。他再次把注意力集中在艾德身上……还有单飞科技。他无从得知艾德和西区园丁公司员工发生冲突那天出现在机场是否和单飞科技有关，但他突然很想知道这个问题的答案。他还很好奇艾德近期住在什么地方。他想知道约翰·莱德克是否和他一样对这两个问题很好奇，于是他决定去问问。

他正路过一家朴实无华的双门店面，一边是注册会计师乔治·莱福德，另一边是海洋珠宝店（**我们以最高价格回收旧黄金**），突然被一声短促、哽咽的狗叫声打断了思绪。他抬头看到罗莎莉正坐在斯特拉福德公园入口外的人行道上。那条老狗气喘吁吁，口水从耷拉的舌头上淌下来，在两爪之间的水泥地上积成一个黑色的水坑。它全身的毛形成一团团黑色的球，好像刚刚奔跑过。它脖子上褪了色的蓝色围脖似乎随着急促的呼吸在抖动。拉尔夫看着它，它又叫了一声，这次更像是狗叫。

他朝街对面瞥了一眼，想看看它在叫什么，但除了巴菲巴菲自助洗衣店，他什么也没有看到。洗衣店里面有几个女人在走动，但拉尔夫觉得罗莎莉不太可能朝她们吠叫。洗衣店前面的人行道上没有一个人经过。

拉尔夫回头一看，突然发现罗莎莉不是坐在人行道上，而是蹲在那儿……蜷缩在那里。它害怕到了极点。

此前，拉尔夫从未想过狗的表情和肢体语言竟然与人类如此惊人地相似：它们高兴的时候咧嘴笑，羞愧的时候低下头，眼中流露出焦虑，肩膀紧绷——这些都是人的反应。同样，他们也会和人一样用颤抖来传达极度恐慌。

他再次看着街对面罗莎莉紧盯的地方，除了洗衣店和它前面空荡的人行道，还是什么都没看到。突然，他想起了娜塔莉，那个兴奋和让人尊敬的孩子，当拉尔夫伸手替她擦下巴上的牛奶时，她用手抓他手指留下的灰蓝色尾迹。在别人眼里，她只是乱抓，婴儿通常爱乱抓看不到的东西……但拉尔夫看见了。

他看得更清楚。

罗莎莉发出一连串惊慌失措的叫声，犹如没有上油的铰链在拉尔夫耳畔摩擦着发出的声音。

截至目前那都是自然发生的……但也许我能设法让它发生。也许我能看到——

看到什么？

当然是光环，也许再加上罗莎莉

（三——六——九）

正盯着看的东西。拉尔夫已经知道

（鹅喝了酒）

那是什么，但他想确认一下。问题是该怎么做。

人最初是如何看见事物的？

当然是盯着看。

拉尔夫看着罗莎莉。他仔细地看着它，努力看清它的模样：围在它脖子上蓝色印花大围巾上褪色的图案，一身脏兮兮缠结在一起的毛发，长鼻子周围的灰色斑点。过了一会儿，它似乎感觉到了他的目光，它转过身来，看着他，不安地呜咽着。

它这么一叫，拉尔夫感到大脑中有个东西在翻腾——好像是汽车启动装置。有一种短暂但非常清晰，突然间变亮的感觉，然后这亮度扩散开来。他又进入了那个更加生动、更有质感的世界。他看见一层浑浊的薄膜——这让他想起了变质的蛋清——在罗莎莉周围游来游去，还看见一条深灰色的气球线从它身上升起。然而，气球线并不是从头顶升起，拉尔夫以前在这种知觉状态下看到所有人的气球线都是从头顶升起的。罗莎莉的气球线从鼻子升起。

现在你知道狗和人类最本质的区别了吧，他心想，它们的灵魂居住在不同的地方。

（小狗！过来，小狗，到这儿来！）

刺耳的声音犹如粉笔在黑板上摩擦，让拉尔夫眉头紧锁，退缩了一下。他正准备用双手捂住耳朵，但发现没有用。他并不是通过耳朵听见那声音的，而且那声音引起刺痛的地方在大脑深处，根本无法用手触及。

（嘿，你这个浑身都是跳蚤的臭东西！你以为我能和你在这耗一天吗？快给我滚过来！）

罗莎莉呜咽了一声，将目光从拉尔夫身上移开，转向它之前一直在看的东西。它站起来，然后又蜷缩身子坐回去。它戴的印花围脖比之前抖得更加厉害，拉尔夫看见它左腿下方因为膀胱失禁形成了一弯黑色新月的印记。

他朝街对面望去，发现三号医生站在自助洗衣店和隔壁老人公寓之间，身上穿着白色工作服（拉尔夫注意到，白色工作服很脏，好像已经穿了很久）和极小号的蓝色牛仔裤。他仍戴着麦戈文的巴拿马草帽。帽子在他耳朵上晃荡，大得似乎遮住了他半个脑袋。他恶狠狠地朝狗咧嘴一笑，拉尔夫看到两排锐利的白牙——食人族的牙齿。他左手拿着一把旧手术刀或刮胡刀。拉尔夫有点怀疑刀刃上沾的是血，但他十分肯定那只是铁锈。

三号医生把右手拇指和食指伸进嘴角，吹了一声尖锐的口哨，哨声像钻头一样穿过拉尔夫的脑袋。位于人行道上的罗莎莉退缩了一下，然后发出一声短促的号叫。

（快滚过来，臭流浪狗！马上过来！）

罗莎莉站起来，尾巴夹在两腿之间，开始向街上走过去。它一边走一边呜咽，恐惧使它跛得更厉害，几乎走不动了，每迈出犹豫、蹒跚的一步，它两条后腿似乎都要松脱开来。

（“嘿！”）

拉尔夫看到一小片蓝色的云飘浮到他面前时，才意识到他大喊了一声。那团雾有着薄纱般的银丝边，看似一片雪花。

秃头矮医生听到拉尔夫的喊声，本能地举起手里的武器，向拉尔夫冲去，露出龇牙咧嘴的表情。罗莎莉停了下来，前爪陷在排水沟里，睁大棕色眼睛焦虑地望着拉尔夫。

（你想干什么，短命鬼？）

那声音中夹杂着被打断、受到挑战的愤怒……但拉尔夫认为这背后还有其他情感。恐惧？但愿他的感觉没错。困惑和惊奇似乎更有可能。不管这生物是什么，它都不习惯拉尔夫的同类看到它，更不用说挑战它了。

（怎么了，短命鬼，猫咬了你舌头？或是你忘了要说什么？）

（“我要你别碰那条狗！”）

拉尔夫听见自己的两种声音。他确信他在大声说话，但他的声音听起来很遥远、尖细，犹如从一副暂时搁在一边的随身听耳机里飘出来的音乐。如果有人站在他身边，也许能听到他说的话，但拉尔夫知道，他的声音听起来像一个刚被猛击过的人发出的微弱的、上气不接下气的喘息声。然而，在他的脑海里，他的声音听起来却像是昨日重现——年轻、强壮、自信。

三号医生一定是听到了第二种声音，因为他向后一缩，又举起武器（拉尔夫现在几乎可以肯定那是手术刀），好像在自卫。随后他似乎恢复了镇定。他离开人行道，大步走到哈里斯大街的边缘，站在人行道和街道之间积满落叶的草叶上。他抓紧牛仔裤腰带，把它从肮脏的罩衫里拽了出来，冷冷地盯着拉尔夫看了一会儿。然后，他把那把生锈的手术刀举到空中，做了一个令人不愉快、暗示割锯的手势。

（你能看到我——了不起！别多管闲事，短命的东西！这条狗是我的！）

秃头医生转身去找那条卑躬屈膝的狗。

（我不想再和你开玩笑了，臭流浪狗！过来！赶紧过来！）

罗莎莉用绝望、乞求的眼神看着拉尔夫，然后向街对面走去。

我从不干涉长生界的事物，老多尔在把史蒂芬·杜宾斯写的那本诗集交给他的那天这样说。我也告诉过你不要干涉。

是的，他说过，确实说过，但是拉尔夫感觉现在为时已晚。即使不晚，他也不打算把罗莎莉留给站在街对面自助洗衣店前的那个讨厌的小侏儒。只要他能帮上忙，就不会袖手旁观。

（“罗莎莉！过来，宝贝！快！”）

罗莎莉叫了一声，小跑到拉尔夫身旁。它站在他右腿后面，然后坐下来，气喘吁吁地看着他。拉尔夫发现了一个他可以轻易解读的表情：一分宽慰，两分感激。

三号医生的脸扭曲成充满仇恨的鬼脸，非常严重，几乎像一幅漫画。

（最好让它过来，短命鬼！我警告你！）

（“不。”）

（我要弄你，短命鬼。我要弄得你嗷嗷叫。我还会弄你的朋友。懂吗？你……）

拉尔夫突然将一只手举到与肩同高，掌心向内，仿佛准备做空手道劈削似的抬到头侧。他把手放下来，惊奇地看着一束蓝色楔形光从他指尖飞下来，像扔出的长矛一样划过街道。三号医生及时蹲下，用一只手抓着麦戈文的巴拿马草帽，以免它飞走。那片楔形蓝光从距离他紧握着的小手旁两三英寸处掠过，击中了巴菲巴菲洗衣店的前窗。蓝光像某种超自然的液体般散开，顷刻间落满灰尘的玻璃变成了晴空般的亮蓝色，但一会儿就消失了。拉尔夫又看到洗衣房里的女人在叠衣服、装洗衣机，仿佛什么也没有发生过。

秃头矮医生直起身子，两手紧握拳头，向拉尔夫挥舞。然后他从头上摘下麦戈文的帽子，把帽檐塞进嘴里，咬了一口。当他表现得像个孩子发脾气时，阳光在他那精巧的小耳朵的耳垂上噼啪擦出几片火花。他将那块草屑吐出来，然后又把帽子戴在头上。

（那狗是我的，短命鬼！我要和它一起玩！也许我得和你一起玩了？你和你那些混蛋朋友！）

（“滚蛋。”）

（讨厌鬼！×你妈，舔她的阴部！）

拉尔夫知道以前他在哪儿听过这迷人的粗口：一九九二年夏天，机场外，艾德·迪普努爆过粗口。这种事没人会忘，他突然很害怕。他究竟招惹了何方神圣？

5

拉尔夫再次把手举到脑袋旁，但他内心的感觉起了变化。他可以再次做出劈木头的姿势，但他几乎可以肯定，这次不会再出现蓝色的楔形亮光了。

然而，秃头医生显然不知道他面对的是空枪。他往后一缩，举起那只拿着手术刀的手，做了个防御的姿势。那顶被咬得很怪诞的帽子滑下来遮住了他的眼睛，一时间，他看上去就像舞台情景剧中的开膛手杰克……可能会因为身材极其矮小而做出各种病态行为。

（你会受到惩罚的，短命鬼！你给我等着！你这短命鬼别想赢我！）

但眼下秃头矮医生已经受够了。他转过身，跑进洗衣店和公寓之间一条杂草丛生的小巷，脏兮兮的长罩衫拍打着牛仔裤的裤腿。光亮随着他一起消失了。这次他的转变过程可谓是前所未有的清晰。拉尔夫感觉非常清醒，浑身充满活力，兴奋得快要爆炸了。

我把它赶走了，天哪！我把那个小杂种赶走了！

他不知道那个穿白罩衫的家伙到底是什么东西，但他知道自己从它手中救出了罗莎莉，这就够了。明天清晨，当他坐在高背椅上看着下面空荡荡的街道时，他会质疑自己是不是疯了……但就目前而言，他觉得自己很棒。

“你看见他了，是吗，罗莎莉？你看到了肮脏的小……”

他低头一看，发现罗莎莉已不在脚边，又抬头一看，只见它一瘸一拐地走进公园，低着头，每痛苦地迈出一步，右腿都僵硬地往外侧拐一下。

“罗莎莉！”他叫道，“嘿，姑娘！”不知为何——或许是因为他们刚刚一起度过了一段不寻常的经历——拉尔夫跟在它后面，先慢跑，然后快跑，最后全速冲刺。

他没有跑太远，因为他左侧胸壁像被一根滚烫的铬针刺进去，突然感到一阵刺痛，接着痛楚沿着左胸壁迅速扩散开来。他跑到公园就停了下来，弯腰站在两条路的交叉口，双手紧紧地抓着膝盖上方。汗水流进眼睛，像眼泪一样刺痛。他喘着粗气，想知道这与高中田径赛跑完最后一圈时的那种痛苦是否相似，或是致命的心脏病发作时的感觉。

三四十秒后，疼痛开始减轻，所以也许没什么大不了的。尽管如此，这还是很好地支持了麦戈文的论点，不是吗？*拉尔夫，我告诉你，到了我们这个年纪，精神疾病很常见，非常普遍！*拉尔夫不知道这是真是假，但他知道，他参加全州田径比赛那一年已经过去了半个多世纪，像刚才这样跟在罗莎莉后面跑的做法既愚蠢又危险。如果心脏停止跳动，他应该也不是第一个因为忘了自己不是十八岁、兴奋过头而爆发冠状动脉血栓症的老人。

疼痛几乎消失了，呼吸也平复了，但双腿还是不牢靠，好像随时会从膝盖处松脱，把他绊倒在碎石路上。拉尔夫抬起头，想在附近找张公园长椅。他看到让他忘记流浪狗、忘记颤抖的双腿甚至忘记心脏病发作的景象。最近的一条长凳就在沿左侧小路往前走大约四十英尺的平缓的坡顶上。洛伊丝·夏瑟穿着她那件漂亮的蓝色秋装坐在长椅上。她双手戴着手套，交叠在膝盖上，哭得很伤心。

第十二章

1

“怎么了，洛伊丝？”

她抬头看他，实际上拉尔夫脑中首先想到的是一段回忆：八九年前，他带卡洛琳去班格尔的皮纳布斯高剧院看了一出戏。戏中有些角色死了，他们脸上涂了犹如小丑的白色油彩，眼睛四周画了黑圈来制造空洞眼窝的效果。

第二个想法要单纯很多：浣熊。

或许是通过他脸上的表情猜到了他的想法，或许只是意识到此时自己的模样不雅，她转过身，慌乱地摸索手提包的纽扣，然后举起手来挡住他的视线。

“走开，拉尔夫，好吗？”她用低沉而哽咽的声音问道，“我今天感觉不太舒服。”

一般情况下，拉尔夫会遵照她的要求，头也不回地匆匆走开，顶多感到有点难堪，因为他碰到她烟熏妆花掉、心情不佳。但今天不是一般情况，拉尔夫决定不走了——至少现在不走。他眼中仍残留着那奇怪的亮光，仍能感受到另一个世界，仍感受到另一个德里市就在身边。还有别的原因，非常简单浅显的原因。他不愿让天性快乐的洛伊丝独自坐在这儿哭个不停。

“怎么了，洛伊丝？”

“我只是感觉不舒服！”她大叫道，“你能让我一个人待会儿吗？”

洛伊丝用戴着手套的双手捂着脸。她的背在颤抖，蓝色外套的袖子也在颤抖，拉尔夫想起那个秃头医生喊着要罗莎莉滚过去时它的表情：痛苦不堪，吓得要死。

拉尔夫在长椅上挨着洛伊丝坐下，伸出一只胳膊搂住她，把她拉到身边。她顺着他，但很僵硬……好像身体是电线做的。

“你别看我！”她用同样狂野的声音喊道，“你敢看！我的妆都花了！我是为了见儿子和儿媳妇才特意化妆的……他们过来吃早餐……我们打算一起度过上午时光……‘我们会度过一段愉快的时光，妈妈。’哈罗德说……但他们来找我的原因……你知道吗，真实原因是……”

谈话顿时中断了，接着又是一阵哭泣。拉尔夫在后兜里摸出一块皱巴巴的干净手帕，放在洛伊丝手中。她头也没抬地接过手帕。

“继续说，”他说道，“你可以擦一下脸，但你的样子并不丑，洛伊丝，真的一点都不丑。”

只是有点像小浣熊，他心想。他忍不住想笑，但笑容很快消失了。他想起九月的一天，他去来爱德药店寻找非处方安眠药，遇到比尔和洛伊丝站在公园外面，谈论艾德在“妇女关怀”组织投掷娃娃的示威游行活动。那天她显然很苦恼——拉尔夫记得自己当时在想，尽管她很兴奋、体贴，但她看上去很疲倦——但她几乎可谓是美丽至极：双峰波动起伏，眼睛炯炯有神，脸上透着少女般红润的光泽。那几乎不可抗拒的美今天已了无踪迹。洛伊丝·夏瑟的烟熏妆花了，她看上去像个悲伤、年迈的小丑。拉尔夫对造成这种变化的事件和人感到异常愤怒。

“我看上去很可怕！”洛伊丝说道，用拉尔夫的手帕用力地擦脸。“我成了怪物！”

“没事的，女士。只是妆有点花。”

洛伊丝最终转过头看着他。显然，这需要很大的勇气，因为她脸上和眼睛上的妆都被拉尔夫的手帕擦除了。“我看上去有多糟糕？”她问道，“和我说实话，拉尔夫·罗伯茨，否则你会斗鸡眼。”

他俯下身，亲吻她湿润的脸颊。“非常美丽，洛伊丝。简直太空灵了。”

她露出迟疑的微笑，脸向上一扬，又流出两滴眼泪。拉尔夫从她手中拿过那块皱巴巴的手帕，轻轻地替她擦去眼泪。

“我很高兴来的是你而不是比尔，”她对他说道，“如果比尔看到我当众哭泣，我会羞愧难当的。”

拉尔夫环顾四周，看到罗莎莉安然无恙地在小丘下——它趴在两座移动公厕中间，鼻子搁在爪子上——除此之外，公园这个角落空荡荡。“这里只有咱们了，至少目前是这样。”他说道。

“感谢上帝的恩惠。”洛伊丝拿回手帕，继续擦脸，这次的动作更有条理，“说到比尔，我来这儿之前顺便去了趟‘红苹果’——那时候我的心情还不错，还没有痛哭流涕——苏说你们刚大吵了一架，说你们在你前院大吵大叫。”

“不，没这么严重。”拉尔夫不安地笑着说。

“我能不能问一下，你们为什么吵架？”

“下棋，”拉尔夫说道。这是他脑中首先闪现的念头，“法耶·查宾每年举办的第三跑道锦标赛。其实没什么大不了的。你应该明白——有时候人就是浑身不自在，然后随便找个理由吵架。”

“真希望我也是这样。”洛伊丝说道。她打开手提包，毫不费力地扭开扣子，拿出小粉盒。然后她叹了口气，又原封不动地把它塞回包里。“我做不到。我知道我孩子气，但就是没办法。”

她还没来得及合上手提包，拉尔夫就把手伸了进去，取出粉盒并把它打开，把镜子举到她面前。“看到了吗？你看上去并不丑，对吗？”

她把脸转过去，像一个吸血鬼见到十字架赶紧转过脸去一样。“啊，”她说道，“把它拿开。”

“你得告诉我发生了什么。”

“可以，先把它拿开。”

他把粉盒拿开了。有好一会儿，洛伊丝什么也没说，只是坐在那儿，看着自己的手不安地摆弄着手提包的纽扣。他正要戳她时，她抬起头，用一种令人怜惜的顽抗表情看着他。

“不只有你一个人晚上睡不好，拉尔夫。”

“你在说什么……”

“失眠！”她打断他，“我和往常一样的时间上床睡觉，但我再也睡不着了。更糟糕的是，我每天早上似乎醒得越来越早。”

拉尔夫努力回想，他是否跟洛伊丝说过他失眠的症状。应该没有。

“你为何这么惊讶？”洛伊丝问道，“你该不会认为世界上只有你一个人失眠吧？”

“当然不是！”拉尔夫有些气愤地回答……可难道他不是时常感觉，世界上唯独只有他有过这种不眠之夜吗？眼睁睁地看着宝贵的睡眠时间一分一秒地流逝？这就像中国古代水刑的奇怪变体。

“你从什么时候开始失眠的？”他问道。

“卡罗尔去世前的一两个月。”

“你现在每晚能睡多久？”

“十月以后，每晚几乎睡不到一小时。”她的声音很平静，但拉尔夫听到一阵类似恐慌的颤动。“照此下去，到圣诞节我就完全睡不着了，如果真是如此，我不知怎么熬过去。我现在几乎活不下去了。”

拉尔夫费了好大劲才开口说话，他首先想到的问题是：“我怎么从来没看过你的屋子亮灯？”

“我也从没看过你家亮灯啊，”她说道，“我在同一栋房子住了三十五年，不需要开灯就能找到路。而且，我不希望别人发现我的问题。如果你每天凌晨两点开灯，迟早会有人看见的。事情一传开，马上会有爱管闲事的人来问问题。我不喜欢被人问东问西，我也不是那种每次便秘都要在报纸上登广告的人。”

拉尔夫突然大笑起来。洛伊丝睁大眼睛，迷惑不解地看着他，然后也大笑起来。他的胳膊还搂着她（或是他已经把胳膊移开，但它自己又跑回来了？拉尔夫不知道，也不在意），他紧紧地抱着她。这次她很自然地挨着他，那些僵硬的小电线已经从她身上脱落了。拉尔夫很高兴。

“你不是在笑话我，对吧，拉尔夫？”

“不，当然不是。”

她点点头，仍然微笑着。“那好吧。你从没见过我在客厅走来走去，对吗？”

“对。”

“那是因为我家门前没有路灯，但你家门前有。我曾多次看到你坐在你那破烂的旧高背椅上，坐在那儿喝茶，看着窗外。”

我一直以为除了我就没别人了，他心想，突然又有一个问题——既滑稽又尴尬——涌现在他脑海中。她可曾见他坐在那儿挖鼻孔？或者自慰？

不知是看出他的心事还是看到了他脸上的红晕，洛伊丝说道：“我只能看出你的身形，你总是穿着睡袍，非常得体。所以你不必担心。此外，我希望你明白，如果你做了什么不想让别人知道的事，我也不会盯着看。我的教养还是很好的。”

他微笑着拍拍她的手。“我知道，洛伊丝。只是……你知道的，我太惊讶了。原来当我坐在那里看着街景时，有人在看着我。”

她带着神秘的微笑凝视着他，仿佛在说，别担心，拉尔夫——对我来说，你只是风景的一部分。

他思忖了一下那微笑，然后回到正题。“发生了什么，洛伊丝？你为何坐在这儿哭泣？只是因为失眠吗？如果是这样的话，我表示很同情。还有别的原因，对吗？”

她停止微笑。她再次把戴着手套的双手叠放在膝盖上，低头阴沉地看着它们。“还有比失眠更糟糕的事情。例如，背叛。尤其是当你爱的人背叛你的时候。”

2

洛伊丝突然安静下来。拉尔夫没有催促她。他看着小丘下的罗莎莉，它似乎在抬头看着他，也许是看着他们俩。

“拉尔夫，你可知道我们不止拥有相同的问题，而且看得还是同一个医生？”

“你也去看了里奇菲尔德医生吗？”

“以前常去，是卡洛琳推荐的。但我再也不会去找他了。我和他绝交了。”她噘着上唇，“骗人的狗崽子！”

“怎么了？”

“我拖了将近一年，等待情况好转——就像他们说的，由老天安排。当然了，我偶尔也不会完全听天由命。我和你大概都试过不少相同的傻玩意儿。”

“蜂巢？”拉尔夫说着又忍不住笑道。今天真是太奇妙了，他心想。多么美妙的一天啊……现在还不到下午一点。

“蜂巢？怎么样？有效吗？”

“没有，”拉尔夫笑得合不拢嘴，“一点用都没有，但味道好极了。”

她笑着用戴着手套的双手捏着他的左手。拉尔夫也回捏了一下。

“你从没找过里奇菲尔德医生谈论失眠的事，对吗，拉尔夫？”

“没有。曾经预约过，但取消了。”

“你取消是因为不信任他吗？因为你觉得他误诊了卡洛琳的病？”

拉尔夫惊讶地看着她。

“算了，”洛伊丝说，“我无权问这个问题。”

“不，没关系。我只是很惊讶有人和我想法相同。我也认为……他可能误诊了卡洛琳的病。”

“哈！”洛伊丝媚眼一闪，“我们都这么想过！比尔过去常说，他不敢相信卡洛琳葬礼的第二天，你竟没有将那个笨手笨脚的混蛋告上地方法院。当然，那时候我还站在另一方，疯狂地为里奇菲尔德辩护。你想过起诉他吗？”

“没有。我已经七十岁了，不想把时间再浪费在医疗失误的官司上。况且，这能让卡罗尔活过来吗？”

她摇了摇头。

拉尔夫说：“不过，我没去找他是因为卡洛琳的遭遇。我想至少是这样。我似乎无法再信任他，或许……我不知道……”

是的，他不知道，这就是事情诡异的地方。他只知道他取消了和里奇菲尔德医生的预约，也取消了和有时被称为扎针医生的詹姆斯·罗伊·洪的预约。取消后面这次预约是因为听了一个可能连自己中间名字都不记得的九十二或九十三岁老人的建议。他想起老多尔送给他的那本书，还有老多尔引用的那首诗——《追寻》。拉尔夫无论如何就是忘不掉……尤其是诗人谈到生命中的一切都在离他而去这一段：那些没有读过的书，那些没讲的笑话，还有永远不会涉足的旅程。

"拉尔夫？你没事吧？"

"没事——只是在想里奇菲尔德的事。不知道为何我取消了那个预约。"

她拍拍他的手。"你该庆幸这么做了。我没取消。"

"告诉我怎么回事。"

洛伊丝耸耸肩。"当失眠变得非常糟糕、我觉得我再也无法忍受时，我向他吐露了一切。我原以为他会给我开安眠药，可是他说他不能这么做——我有时心律不齐，安眠药会使情况变得更糟。"

"你什么时候去找他的？"

"上周早些时候。然后，昨天我儿子哈罗德打电话来说天气很好，他和珍妮特想带我外出吃早餐。我说，别闹了。我身体还硬朗，可以做早餐。我说，既然你们从班格尔一路赶过来，那我当然得为你们准备点好吃的。就这样。之后，如果你们想带我出去——当时我想到了购物中心，因为我总喜欢去那里——那就去吧。我是这么说的。"

她转向拉尔夫，脸上带着微弱、苦涩的微笑。

"我从没想过他们为何在工作日来看我，他们俩都得工作——他们显然真心热爱工作，因为他们一直在谈论工作的事。我觉得他们太好了……太周到了……于是我特地花时间打扮，打理一切，不让珍妮特看出我有问题。我认为这是最让人恼火的。愚蠢的老洛伊丝，正如比尔经常挂在嘴边的'傻大姐洛伊丝'……别那么惊讶，拉尔夫！我当然知道你们在背后怎么说我，你以为我失去理智了吗？比尔说得没错，我很傻，很蠢，但这并不意味着我被别人利用时不会感到难过……"她又开始哭。

"当然不是。"拉尔夫拍着她的手说道。

“如果你看到我的样子一定会大笑。”她说道，“早上四点起床烤新鲜的南瓜松饼，四点十五分切蘑菇做意大利煎蛋卷，四点三十分开始化妆只是为了确保，绝对确保珍妮特不会说‘你真的没事吧，妈？’之类的话。我讨厌她说那些废话。你知道吗，拉尔夫？她一直都知道我的状况。他们俩都知道。所以我猜他们是在取笑我，不是吗？”

拉尔夫认为他听得够仔细了，但显然他还是落下了什么。“知道？他们怎么会知道？”

“因为里奇菲尔德告诉他们了！”她大叫道。她的脸又扭了一下，但这一次拉尔夫看到的不是受伤或悲伤，而是懊恼到极点的愤怒。“那个爱说三道四的狗崽子打电话给我儿子，**把一切都告诉他了。**”

拉尔夫目瞪口呆。

“洛伊丝，他们不能那样做，”他好半天才回过神来说道，“医患关系是……呃，应该是保密的。你儿子应该知道，因为他是律师，他们也应该遵守这样的规范。医生不能把病人的情况告诉任何人，除非病人……”

“哦，天啊，”洛伊丝翻着白眼说，“苍了个天。你生活在什么时代，拉尔夫？里奇菲尔德只要自认为正确就会做。我明知这一点还去找他，真是太蠢了。卡尔·里奇菲尔德非常自负、傲慢，他更关心自己穿吊带裤和名牌衬衫时好不好看，而非病人。”

“这话相当刻薄。”

“也相当正确，问题就在这里。你知道吗？他今年三十五六岁，他不知怎么的产生了一种想法，到了四十岁他就要……停止。他想一直停留在四十岁。他有一种观念：人到六十岁就老了，到六十八岁左右就变成了老糊涂，一旦超过八十岁，如果你的亲戚愿意把你送到养老院，那你就谢天谢地了。孩子对父母没有任何保密的权利。就里奇菲尔德而言，像我们这样的老家伙对孩子没有任何保密的权利。据说这么做是为我们着想。

“我一离开卡尔·里奇菲尔德办公室，他就给身在班格尔的哈罗德打电话。他说我没睡好，说我情绪抑郁，我有得了伴随认知能力过早衰退的感知问题。然后他说，‘你得记住，你妈妈已经老了，夏瑟先生，如果我是你，我会非常认真地考虑她是否适合生活在德里市。’”

“他不会的！”拉尔夫惊恐地大声说道，“我的意思是……他会吗？”

洛伊丝严肃地点点头。“他这样告诉哈罗德，哈罗德告诉我，我现在又告诉你。我真傻，我甚至不知道‘认知能力过早衰退’是什么意思，他们俩也不想告诉我。我在字典里查了‘认知’这个词，你知道它是什么意思吗？”

“思考。”拉尔夫说道，“认知就是思考。”

“没错。我的医生打电话给我儿子，告诉他我衰老了！”洛伊丝愤怒地笑了，用拉尔夫的手帕擦去脸颊上的泪水。

“我无法相信。”拉尔夫说道，但他还是相信了。自从卡洛琳去世后，他逐渐意识到，当他从童年踏入成人阶段时，他十八岁前看待世界的那份天真烂漫其实并没有永远消失。当他跨过成年和老年之间的门槛时，那份天真烂漫似乎又回来了。他不断地对很多事物感到惊讶……但“惊讶”还不足以表达他的感受。他被一些事吓得目瞪口呆。

例如，基辛桥下的小瓶子。七月的一天，他走了很长一段路，来到巴塞公园，在桥下休息了一会儿，躲避午后阳光。他刚坐下，就注意到桥下小溪边的杂草中有一小堆碎玻璃。他用一根折断的树枝拨开草堆，发现了六七个小瓶子。其中一个瓶子底部残留有白色的干硬物质。拉尔夫把它拿起来，好奇地细看，突然意识到那是毒品派对的残留物。他像扔烫手山芋那样扔掉瓶子。至今他还记得当时他有多震惊，他试图相信是自己错了，不可能是他想的那样，这个位于波士顿以北二百五十英里的小镇上不可能有毒品。当然，受到惊吓的是那突然跑出来的天真，这部分的他似乎相信（或者直到他在基辛桥下看到那些小瓶子前）所有关于可卡因风行的新闻都是传闻，都只存在电视中的犯罪节目或让-克洛德·范·达姆的电影中。

他现在也有同样的震惊感。

“哈罗德说他们想‘带我去班格尔’，带我去看看那儿。”洛伊丝说道，“他不是带我去兜风，而是带我去了很多地方。好像我是他的苦差事。他们有很多宣传册，每次哈罗德向珍妮特点头时，她就快速把它们拿出来……”

“哇，慢一点。什么地方？什么宣传册？”

“对不起，我说得太快了，是吗？是班格尔一个叫江景庄园的地方。”

拉尔夫听说过这个地方，事实上，他也收到过他们的宣传册。夹杂在信箱中的大堆广告中，目标是六十五岁及以上的老人。他和麦戈文曾不屑地大笑……但那笑声有些不安——就像孩子经过墓地时吹来壮胆的口哨。“呸，洛伊丝——那是一个养老院，没错吧？”

“不是！”她天真地睁大眼睛说道，“我也是这么说的，但很快被哈罗德和珍妮特纠正了。不，拉尔夫，江景庄园是专为喜欢群居生活的老人而设的分契式公寓！哈罗德这么说的时候，我说‘是吗？那我告诉你——你可以把麦当劳的水果派放在银色的火锅里然后称之为法国水果馅饼，但在我看来，它仍是麦当劳的水果派’。

“当我这么说的时候，哈罗德开始激动地辩解，脸变得通红，但珍妮特只是冲我微笑，她是故意的，因为她知道我讨厌这种笑容。她说：‘好吧，我们为什么不看看宣传册呢，妈？冲着我们两个都请了一天假，大老远开车过来看你，你至少也要看一眼吧？’”

“说得好像德里市是非洲中心似的。”拉尔夫咕哝着。

洛伊丝拉着他的手，说了些让他大笑的话。“噢，她就是这么想的！”

“这是在你发现里奇菲尔德告状之前还是之后的事？”拉尔夫问道。他特意和洛伊丝用了同样的词语“告状”，它似乎比任何正经的词或短语更贴切。“违反保密规定”过于庄重了。里奇菲尔德泄露了秘密，就这么简单。

“在那之前。我想不妨看看宣传册，毕竟他们跑了四十英里，看一下宣传册也不会死。他们在吃我做的食物时，我边喝咖啡边看宣传册——反正之后也没什么可以丢进泔水桶中。”

“那真是个好地方，那个江景庄园。他们有二十四小时值班的医护人员，还有专属厨房。当你搬进去的时候，他们会给你做全身体检，并决定你可以吃哪些食物。有红色饮食计划，蓝色、绿色和黄色饮食计划。还有三四种其他颜色的饮食计划。我不记得它们是什么了，但黄色是针对糖尿病患者的，蓝色针对肥胖者。”

拉尔夫想象从此过着每天三餐只能吃均衡饮食的日子——不能再吃“甘比诺”的香肠披萨、“咖啡壶”的三明治、“墨西哥米特小馆”的辣肉酱汉堡——突然觉得前景堪忧。

“另外，”洛伊丝开朗地说，“他们有一个空气传输系统，可以把你每天吃的药物直接送到你的厨房。很有创意吧，拉尔夫？”

“我想是的。应该是吧。”拉尔夫说道。

“哦，是的，棒极了，这是未来的潮流。有一台电脑可以监控一切，我确信它的认知能力永远不会下降。有辆专用的公共汽车，每周两次带江景庄园的人们参观风景、文化名胜，还带他们去购物。这儿的人们必须乘公共汽车，因为他们不能有自己的车。”

“好主意，”他轻轻地握着她的手说道，“和一个认知能力不强的老糊涂开着别克轿车出了事相比，周六夜里多了几个酒鬼又算得了什么呢？”

他以为她会笑，但她没有。“宣传册上的那些照片让我热血沸腾。老太太们玩桥牌游戏，老爷爷们玩掷马蹄铁游戏。所有人聚在一间铺满松木板、他们叫作河厅的大房间里欢快地跳着方块舞。这名字挺好听的，不是吗？河厅？”

“我觉得还可以。”

“我觉得这听起来像是魔法城堡里才会有的那种房间。但我在草莓田拜访了不少老友——那是位于斯科希甘的一家养老院——我看过老人的娱乐室是什么样子。无论养老院的名字有多好听，里面总是有个小房间，角落里摆满棋类游戏桌，每张桌上放着大约五六组拼图，电视机永远播着《家庭挑战赛》之类的节目，从来不会播放能看到漂亮年轻人宽衣解带、在壁炉前的地板上滚床单的电影。那些房间总是有糨糊味……尿味……还有装在长锡盒里的廉价水彩颜料……还有绝望。”

洛伊丝神情黯淡地看着他。

“我今年才六十八岁，拉尔夫。我知道在我们那位青春之泉医生的眼里，六十八岁已经算老了，但我不这么认为，因为我母亲去年去世时已经九十二岁，我父亲也活到了八十六岁。在我们家族中，八十岁去世都算早逝……如果我要在一个通过扩音器宣布晚餐时间的地方生活十二年，我会疯掉的。”

“我也会的。”

“但我还是看了宣传册。我想礼貌一点。看完后，我把所有宣传册整齐折好，还给珍妮特。我说那些地方很有趣，并感谢她。她点头微笑，把宣传册放回手提包中。我原以为事情就这么结束了，解脱了，但哈罗德随后说：‘妈，把外套穿上吧。’

“突然间我害怕得无法呼吸。我以为他们已经替我报名了！我心想，如果我说不去，哈罗德会打开门，外面站着两三个穿白大褂的家伙，其中一个会笑着说：‘别担心，夏瑟太太，等你吃了第一批直接送到厨房的药片，你就再也不想住在别的地方了。’

“‘我不想穿外套。’我对哈罗德说，我努力装出他十岁带着泥巴进厨房时我会用的那种语气，可是我的心跳得很快，连声音都不太稳，‘我不想出门了，我忘了今天还有很多事没做完。’然后珍妮特突然大笑，那笑声甚至比她那甜美的微笑更让人讨厌。她说：‘妈，为什么，什么事情这么重要，以至于不能和我们一起去班格尔，我们可是专程来德里市看您呢？’

“这个女人总是让我生气，我想我对她也是一样。一定是的，因为我这辈子从没见过一个女人对别的女人堆满笑容，却引不起我对她的憎恨。不管怎样，我告诉她，我得先清洗厨房地板。‘你瞧，’我说，‘脏死了。’

“‘哈！’哈罗德说道，‘妈，真不敢相信我们大老远跑到这儿来，你却要我们空手而归。’

“‘呃，不论你从多远的地方赶过来，我都不会去班格尔，’我马上顶回去，‘所以你还是打消这个念头吧。我在德里市住了三十五年，

已经有半辈子了。我所有朋友都在这儿，我决不搬走。’

“他们对视了一眼，好像做父母的突然发现孩子不再可爱甚至开始让人讨厌。珍妮特拍拍我的肩膀说道：‘妈，你现在别烦躁——我们只是带你过去看看。’就跟之前宣传册的情形一样，我只要不失礼貌就可以了。同样的，她的话让我稍微安下心来。我早该知道他们没办法让我住在那儿，他们负担不起。他们希望得到夏瑟的钱——他的退休金，还有他因公去世后我从铁路局拿到的保险金。

“原来他们已经约好了十一点见面，有个人等着带我四处参观，再向我介绍详情。当我把事情都弄清楚之后，我基本上已经不再害怕了，但他们对我专横的态度伤害了我，而且我很生气，因为珍妮特左一个牺牲个人时间、右一个牺牲个人时间。很显然，比起到德里市去看她又老又胖的婆婆，她可以想出多种度假方式。

“‘别慌，来吧，妈。’又僵持了一会儿之后，她说，好像这件事让我开心得不知道戴什么帽子才好。‘穿上外套。等我们回来后我帮你洗碗。’

“‘你没听见我说什么，’我说，‘我哪儿也不去。为什么要浪费这样一个美好的秋日去参观一个我永远不会住的地方呢？你们又有什么权利突然开车跑过来让我做这做那的？你们为什么不事先打个电话告诉我，“妈，我们有个主意，你想不想听？”你们对待朋友都是这样的吗？’

“等我说完，他们又相互对视了一眼……”

洛伊丝叹了口气，最后一次擦拭眼睛，然后把手帕还给拉尔夫，手帕湿透了，但没有破。

“我可以从他们的眼神中看出，这件事情还没有完，尤其是哈罗德——就像小时候从食品柜的袋子里偷拿巧克力的样子。而珍妮特……她看他的眼神是我最讨厌的表情。我称之为欺凌者的表情。然后她问他要不要把医生的话告诉我，或者由她来说。

“最后他们一起说了，等他们说完，我气愤、害怕到极点，恨不得把头发都扯光。最让我无法释怀的是，卡尔·里奇菲尔德把那些属于我个人隐私的事全告诉哈罗德了。给他打电话然后全部告诉他，一切显得那么理所应当。

“‘儿子，你认为我老了吗？’我问哈罗德，‘这就是问题的症结所在吗？你和珍妮特以为我六十八岁就老了，不中用了？’

“哈罗德脸一红，两只脚不安地在椅子下磨蹭，低声咕哝着。可能是说他没想那么多，只是担心我的安全，就像他成长过程中我一直担心他的安全一样。珍妮特一直坐在厨房操作台边，啃着一块松饼，朝他看了一眼，那眼神让我真想杀了她——好像她觉得哈罗德只是一只学会用律师语言说话的蟑螂。然后她站起来，问我可不可以使用‘卫生间’。我说可以，差点说出谢天谢地她终于能暂时离开这个房间两分钟了。

“‘谢谢妈，’她说，‘我很快就回来。哈利和我必须马上离开。既然你认为你不能和我们一起去赴约，那就没什么好说的了。’”

“真够厉害的。”拉尔夫说。

“终于结束了，我受够了。‘我一向都遵守约定，珍妮特·夏瑟，’我说道，‘但我只会遵守自己立下的约定。别人替我做的决定，我才不管呢。’

“她摊开双手，好像我是世界上最不可理喻的女人，然后就走开了。哈罗德用那双棕色的大眼睛看着我，似乎在等我道歉。我几乎觉得我也应该道歉，只要他别再一脸哈巴狗的表情就好，但我没有。我决不道歉。我只是回头看了看他。过了一会儿，他再也受不了了，告诉我不该再生气了。他说他只是担心我一个人住在这里，他只想做个好儿子，珍妮特只想做个好媳妇。

“‘这我明白，’我说，‘但你应该知道，背后偷偷摸摸地刺探消息不是爱和关心的表现。’他一下子僵住了，说他和珍妮特不觉得这是偷偷摸摸。他转头对着卫生间看了一两秒才说话，这让我有种感觉，他的意思是说，珍妮特并不认为那是刺探。然后，他说事情并不是我想的那样——是里奇菲尔德打电话告诉他的，不是他打电话给里奇菲尔德。

“‘好吧，’我说道，‘但你发现他打电话给你的目的之后，为什么不挂断呢？你完全错了，哈利。你到底出了什么问题？’

“他开始坐立不安——我认为他可能会道歉——可是珍妮特走了出来，真正的麻烦开始了。她问我，圣诞节他们送我的钻石耳环放在哪里。话题突然转变，一开始我结结巴巴地不知怎么办，我想我当时听起来应该像个老人吧。但最后我终于说出，和往常一样，它们放在我卧室衣柜里的小瓷碟里。我有一个首饰盒，但我把那两只耳环和其他两三件漂亮的饰品放在外面，因为它们太漂亮了，看着它们总让我赏心悦目。此外，它们只是用碎钻做的——应该没人想偷。还有我的订婚戒指和象牙浮雕，也都放在那个瓷碟里。”

洛伊丝用热切、恳求的眼神看着拉尔夫。他又捏了捏她的手。

她微笑着深深吸了一口气。“真是难以启齿。”

“如果你不想说了——”

“不，我要说完……只是，过了某个时间点，连我自己都不记得发生了什么。太可怕了。你瞧，珍妮特*知道*我把耳环放在哪儿，但东西不见了。我的订婚戒指还有象牙浮雕都在，但圣诞节耳环不见了。我进去自己检查了一下，她说得没错。我们把房间翻了个底朝天，到处找，但是没有找到。耳环*弄丢了*。”

洛伊丝紧握住拉尔夫的手，似乎在跟他上衣的拉链说话。

“我们把衣柜里的衣服全都拿了出来……哈罗德把衣柜拉开，检查墙角缝隙……还有床底和沙发垫子下……每次我看珍妮特，她好像都在看我，睁着她那甜美的大眼睛。甜得像融化的黄油——除了眼神之外——而且她不需要开口，我都能看出她在想什么。‘看到了吧？你看，里奇菲尔德医生给我们打电话多么正确，*我们*预约多么正确？你明白你有多固执了吧？因为你*需要*住在像江景庄园这样的地方，这下你可没话说了。你把我们圣诞节送你的漂亮耳环弄丢了，你的认知能力*严重*下降，这正好证明了这一点。要不了多久，你大概就会忘记关炉火或卧室加热器便跑出门……’”

她又哭了起来，让拉尔夫心痛不已——只有羞愧得无地自容的人才会发出那种无比深切哀凄的啜泣声。洛伊丝把脸埋在他的衣襟中。他紧紧搂住她。*洛伊丝*，他心想，*傻大姐洛伊丝*。不对，他不再苟同这种说法。

我的洛伊丝，他心想，而就在那一瞬间，似乎获得了某种巨大力量的允许，天空再度充满光芒。声音有了新的共鸣。他低头看着她膝盖上他和洛伊丝交握的手，他看到它们周围有一种可爱的蓝灰色的光环，就像香烟的颜色。光环又回来了。

3

“你应该一发现耳环不见就让他们离开。”他听见自己这么说，字字铿锵有力，清晰可辨，“立即让他们离开。”

“噢，我现在知道了，”洛伊丝说，“她一直在等我犯错，而我还真犯错了。但我很沮丧——首先是争论要不要和他们一起去班格尔看江景庄园，接着发现我的医生把我的隐私告诉了他们，最重要的是，发现我失去了一件最珍贵的首饰。你知道最让人不快的是什么吗？发现耳环不见的人竟然是她！你能怪我气得不知所措吗？”

“不能。”他说道，把她的双手举到嘴边。它们划过空气的声音犹如一只手掌滑过毛毯的沙沙低语。有那么一瞬间，他清楚地看见他嘴唇印在她右手手套背面的形状，一个蓝色吻痕。

洛伊丝笑了。“谢谢你，拉尔夫。”

“不客气。”

“‘我想你很清楚事情的结果，对吗？’珍妮特说道，‘你真该多加保重，妈，里奇菲尔德医生说你已经上了年纪，无法好好照顾自己，这就是我们一直在考虑江景庄园的原因。对不起，我们惹你生气了，但事不宜迟。现在你明白原因了吧。’”

拉尔夫抬头看着天空，天空是一团蓝绿色的火焰，飘浮着许多犹如镀铬气船的云朵。他看着小丘下方，罗莎莉仍趴在两座移动公厕之间。深灰色的气球线从她鼻子上升起，在十月凉爽的微风中飘动。

“我当时很生气，然后……”她停了下来，露出微笑。拉尔夫认为这是她今天第一次露出真心的微笑，而不是夹杂着不悦和复杂情感的笑容。“不——那不对。我不止生气。如果我的侄孙在场，他肯定会说‘奶奶气爆了’。”

拉尔夫大笑，洛伊丝也跟着笑，但她的笑声听起来有点勉强。

“最令我气恼的是珍妮特知道我会生气。”她说道，“她就是想让我气爆吧，我想，因为她知道事后我会有多内疚。我还真是这样。我尖叫着让他们滚出去。哈罗德一副很想钻进地板的样子——大喊大叫通常会让他感到尴尬——珍妮特只是坐在那里，两手放在腿上，面带微笑，还一边点头，好像在说‘对啦，妈，尽管把满腹怨气吐出来吧，等你发泄完，也许就愿意听我们讲道理了’。”

洛伊丝深吸了一口气。

“接着发生了一件事。我也不知道怎么回事。这也不是第一次，却是最严重的一次。恐怕是……呃……某种癫痫发作。总之，珍妮特突然变得好奇怪……好可怕。我说了一些话，终于把她惹生气了。我不记得我说了什么，老实说我也不想知道，反正那些话让她脸上那些让我讨厌透顶的甜蜜笑容彻底消失了。她几乎把哈罗德拖了出去。我记得她最后说的是，等我不再歇斯底里胡乱指控关心我的人时，他们会再打电话给我。

“他们走后，我在家里待了一会儿，然后就到公园里坐着。有时候仅坐在太阳底下，就会感觉舒服很多。我在红苹果便利店吃了点零食，就在那时我听说了你和比尔吵架的事。你们真闹翻了吗？”

拉尔夫摇了摇头。“没有——我们会和好的。我很喜欢比尔，但……”

“但是你必须留意你对他说了什么，”她接着说，“还有，拉尔夫，我还想补充一点，你最好别太在意他说的气话。”

这次轮到拉尔夫捏了一下她的手。“你也一样，洛伊丝——你不该太在意今天早上发生的事。”

她叹了口气。“也许吧，但很难做到。我最后说了很难听的话，拉尔夫。糟透了。她那可怕的笑容……”

拉尔夫的意识中突然迸出了一道彩虹，表明他已经恍然大悟。他在亮光中看到一个非常大的东西，大得那么无可争议，那么预先注定。自从光环回到他身边，或者说他回到光环中，他第一次看清了洛伊丝。她坐在一圈透明的灰色光芒中，那光线亮得有如盛夏清晨的薄雾。它把比尔·麦戈文口中的“傻大姐洛伊丝”变得非常高贵……美得令人窒息。

她看似厄俄斯，他心想，黎明女神。

洛伊丝在长凳上不安地挪动着。“拉尔夫？你为何用那种眼神看着我？”

因为你太美了，因为我爱上你了。拉尔夫惊奇地心想，此刻我深爱着你，感觉快要溺死了，而就算死也是美好的。

“因为你清楚地记得自己说了什么。”

她又开始不安地拨弄手提包的纽扣。“不，我……”

“是的，你记得。你对你儿媳说她拿走了你的耳环。她那么做是因为她知道你不肯和他们一起去，而你儿媳一旦达不到她想要的目的就会发疯……这让她气爆了。她那么做是因为你惹她生气。大概是这样，没错吧？”

洛伊丝惊恐地瞪大眼睛。“拉尔夫，你怎么知道？你怎么知道她的事？”

“我之所以知道是因为你知道，而你知道是因为你看到了。”

“噢，不，”她小声说道，“不，我什么都没看到。我和哈罗德一直都在厨房。”

“当时没有，她动手的时候没看见，可是她回来的时候你看见了。”

因为他现在从洛伊丝身上看到了哈罗德·夏瑟的妻子，就像他身边这个坐在长凳上的女人变成了透镜。珍妮特·夏瑟身材高挑、皮肤白皙、腰身纤长。她的脸上布满了雀斑，但用化妆品盖住了，头发呈鲜艳的姜红色。今天早上，她来到德里市，她那美丽的头发扎成一条辫子，犹如一大捆红铜丝垂在一边肩膀上。关于这个素未谋面的女人，他还知道些什么？

什么都知道。

她用粉饼遮住雀斑，因为她认为满脸雀斑会让她显得很稚气，大

家都不会认真地看待长有雀斑的女人。她的腿很美，她知道这一点。平常上班她都穿短裙，但今天是来探望

（老太婆）

洛伊丝，她身穿一件开襟羊毛衫和一条旧牛仔裤。德里市便装。她例假来迟了。她已经到了例假不像时钟那样准时到来的年纪，每个月例假都会延迟两三天，她现在正在承受这种痛苦，世界脆弱得犹如玻璃，每个人不是愚蠢就是邪恶，她的行为和情绪变得反复无常。这可能就是她这么做的原因。

拉尔夫看到她从洛伊丝的小浴室中走出来。看到她往厨房门口愤怒地瞥了一眼——那张狭窄、紧绷的脸上没有一丝甜美的笑容——然后把耳环从瓷碟中拿出来。看到她把耳环塞进牛仔裤的左前口袋。

不，洛伊丝并没有亲眼目睹这个卑鄙、丑陋的盗窃行为，但是这个过程却让珍妮特·夏瑟的光环从绿色变成了复杂、层叠的棕色和红色图案，洛伊丝看一眼就明白了，或许根本就没想过自己是怎么办到的。

“没错，耳环是她拿的。”拉尔夫说道。洛伊丝睁大的瞳孔梦幻般地飘过一抹灰雾。要他看上一整天都不会腻。

“是的，但……”

“如果你最终同意和他们一起去江景庄园，我敢打赌，下次她来的时候，你就能找到耳环了……或者她会找到，这更有可能。幸运的意外——‘噢，妈，快过来看我找到了什么！’浴室水池下面、壁橱里或在某个偏僻的角落。”

“是的。”她正眼看着他，一脸陶醉，近乎痴迷，“她一定很难过……她不敢把耳环拿回来，对吗？毕竟我说了那些话。拉尔夫，你是怎么知道的？”

“和你一样。你看见光环有多久了，洛伊丝？”

4

“光环？我不明白你在说什么。”其实她懂。

“里奇菲尔德医生跟你儿子说了失眠的事，但我觉得，光凭这一点还不足以让里奇菲尔德医生……你知道的，不足以让他泄密。另一件事——你所说的认知问题——在我看来才是重点。我很难相信有人会说你有早衰的问题，尽管我最近也出现了认知障碍。”

“你！”

“是的，女士。还有，刚才你说了更有意思的事。你说当时珍妮特的样子变得很奇异。非常可怕。你不记得他们离开前你说了什么，但你很清楚自己的感受。你看到了世界的另一面——隐晦的一面。物体四周轮廓的变化，物体内部的变化，声音内部的声音。我称之为光环世界，这就是你正在经历的。不是吗，洛伊丝？”

她默默地看了他一会儿，然后用手掩面。“我还以为我疯了。”她说道，然后又重复一遍，“噢，拉尔夫，我以为我疯了。”

5

他抱住她，然后把她放开，挑起她的下巴。“别哭了，”他说道，“我只带了一条手帕。”

“不哭了。”她说道，但又热泪盈眶了，“拉尔夫，如果你知道那有多糟糕……”

“我知道。”

她露出灿烂的笑容。“没错……你的确知道，对吗？”

“那个笨蛋里奇菲尔德判断你步入衰老期的依据——只是他心里

想的或许是阿尔茨海默症——不只是失眠，而是伴随其他症状的失眠……他认为那是幻觉，对吧？”

“大概吧，但他当时没这么说。当我把看到的东西告诉他时——色彩和其他东西——他似乎很能理解。”

“是啊，然后等你一离开诊所，他就给你儿子打电话，让他去德里市为老妈做点什么，因为她竟然看到周围的人走在彩色光环里，头上飘着长长的气球线。”

“你也能看到这些景象吗？拉尔夫，你也看到这些景象？”

“我也看到了。”他说着大笑。他笑得有些疯癫，但他并不感到奇怪。他有好多事情想问她，他急得快疯了。还有另外一件事，完全出乎意料，让他一时有些困惑：他非常亢奋，不只是兴致来了，而是亢奋。

洛伊丝又哭了。她的眼泪呈现平静的湖面上薄雾的颜色，滑下脸颊时还冒着烟。拉尔夫知道那尝起来一定神秘又苦涩，像春天里的野生蕨菜。

“拉尔夫……这……这实在是……天啊！”

“比迈克尔·杰克逊在超级碗开演唱会还要轰动，对吗？”

她微弱地笑了。“呃，可以……可以这么说。”

“洛伊丝，我们经历的这些事有个名字，不是失眠、衰老，也不是老年痴呆症。而是超现实。”

“超现实，”她低声说，“天哪，多么奇怪的说法！”

“是的，没错。是来爱德的药剂师乔·维齐尔告诉我的。只是事情没他想得那么简单。头脑正常的人都料想不到这种事。”

“是的，就像心灵感应……如果真有这种事的话。拉尔夫，我们的头脑正常吗？”

“你媳妇拿了你的耳环吗？”

“我……她……没错，”洛伊丝挺直腰杆说，“没错，她拿了。”

“确定？”

“确定。”

“那么你已经回答了自己的问题。我们神志清楚……不过关于心灵感应那部分你说错了。我们感应的不是人的心灵，而是光环。听着，洛伊丝，我有很多问题想问你，但现在我只需要知道一件事。你看到……”他突然停下来，考虑是否要把到嘴边的话吞回去。

“看到什么？”

“好吧。这听起来比你告诉我的更疯狂，但我没疯。你相信我吗？我没疯。”

“我相信。”她简略地说，拉尔夫感觉心底的重担突然卸了下来。她说的是实话。这毫无疑问，信任的光围绕在她周围。

“好的，听着。从你开始有这些经历之后，你可曾看到过一些不太像哈里斯大道的居民？那些看起来不像现实世界中的人？”

洛伊丝不解地看着他。

“他们秃头、身高很矮、穿着白色工作服。他们就像红苹果便利店出售的小报头版有时会刊登的那种漫画中的外星人物。你在经历这些超现实现象时，还没遇到过这些人吗？”

“没有，没看过。”

他沮丧地用拳头捶了下大腿，想了一会儿，又抬起头。“周一凌晨，”他说道，“警察出现在洛克太太家之前……你看到我了吗？”

洛伊丝缓慢地点头。她的光环稍微暗了下去，无数细如丝线的红色螺旋体开始沿着对角线方向在其中缓缓扭动。

“那你应该知道是谁打电话报警的，”拉尔夫说，“对吗？”

“噢，我知道是你，”洛伊丝小声说道，“我以前怀疑过，但直到现在我才确定。我看见……你知道的，你身上的彩色光才确定。”

彩色光，他心想。艾德也是这么说的。

“但你没看到两个微型的‘清洁先生’从她家出来吗？”

“没有，”她说道，“但这并不奇怪。我甚至无法从我卧室的窗户看到洛克太太的房子。‘红苹果’的屋顶挡住了视线。”

拉尔夫把双手交叉放在头上。当然是，他早该想到的。

“我之所以认为是你打的电话，是因为我正准备去洗澡时，看见你拿着望远镜不知在看什么，我以前从没见你这么做过，但我想你也许只是想看清楚那条在周四早上乱翻垃圾桶的流浪狗。”她指着小丘说：“他。”

拉尔夫咧嘴一笑。“不是公狗，是美丽的罗莎莉。”

“哦，随便啦。我冲了很长时间的澡，因为我用了一种特殊的漂洗剂。不是染色的。”她强调，怕被他责怪似的，“只是蛋白质之类的，让头发看起来浓密一点。等我出来时，发现房子周围都是警察。我看了一下你的窗口，但你已经不在那儿了。你要么走进另一个房间，要么缩在椅子上。有时候你会这么做。”

拉尔夫难以置信地摇摇头。毕竟在那些深夜里，他面对的不是空无一人的剧场，还有别人。他们只是在不同的包厢里。

“洛伊丝，比尔和我并不是为了下棋的事争吵。是……”

小丘下，罗莎莉发出一声沙哑的吠叫，然后挣扎着站起来。拉尔夫朝那个方向望去，心头突然一凉。尽管他们坐在这里谈了半个小时，始终没人走近小丘下那两座厕所。这时写有“男厕”的塑料门却缓慢打开了。

三号医生从中走了出来。麦戈文那顶边缘有月牙形咬痕的巴拿马草帽斜罩着他的后脑，就像前几天拉尔夫第一次看见麦戈文戴着棕色软呢帽一样怪异——就像二十世纪四十年代犯罪剧中刨根问底的新闻工作者。

秃头陌生人一只手高举着生锈的手术刀。

第十三章

1

“洛伊丝，你看见了吗？”

“我没……”她顿了一下，“风把厕所的门吹开了吗？没有吧？有人在里面吗？所以那条狗才大叫？”

罗莎莉从那秃顶男人跟前缓慢退开，它那锯齿状的耳朵耷拉着，皱着鼻子，露出被严重侵蚀、比硬橡胶钉锋利不了多少的牙齿。它发出一连串刺耳的吠叫声，然后开始拼命地哀号。

“没错！你看到他了吗，洛伊丝？看！他就在那儿！”

拉尔夫站了起来。洛伊丝也跟着起身，一手捂着眼睛。她焦急地盯着小丘下方。“我看到一阵闪光，仅此而已。好像焚化炉上方的热空气。”

“我告诉过你别碰它！”拉尔夫向小丘下喊道，“别闹了！给我滚蛋！”

秃头男子朝拉尔夫这边看了看，但这次他的目光中并未流露出诧异，而是带着毫不在乎和轻蔑的表情。他举起右手中指，朝拉尔夫比画了古老的敬礼姿势，然后无声大笑，露出牙齿——比罗莎莉的牙齿锋利、可怕得多。

罗莎莉不断地退缩，因为那个穿着脏罩衫的矮个男子又朝它逼近，然后它举起一个爪子放在头上，原本滑稽的卡通动作却充分地表达了她的恐惧。

“我看不见什么，拉尔夫？”洛伊丝哀声说，“我看见东西了，但……”

“离它**远点**！”拉尔夫大吼，他又举起手来做那个空手道动作。

在空中划出楔形蓝光的那只手仍感觉如同上膛的手枪，可这次秃头医生似乎预料到了。他朝拉尔夫这边瞥了一眼，嘲弄地挥了挥手。

（噢，得了吧，短命鬼——坐好，闭嘴，准备看好戏吧。）

小丘下的那个生物又把注意力转到罗莎莉身上，它蜷缩在一棵老松树下。一层薄薄的绿色雾气从树皮裂缝中冒出来。秃头医生弯向罗莎莉，伸出一只手，做出表示关怀的手势，但这手势与他左手中的手术刀很不相称。

罗莎莉发出呜呜声……然后伸长脖子，谦恭地舔了舔秃头医生的手掌。

拉尔夫低头看着自己的手，感觉有些异样，与之前强大的力量不同，但确实有某种东西存在。突然间，许多清晰的白色火花在他指甲上跳动。他的手指似乎变成了火花塞。

洛伊丝疯狂地抓着他。“那条狗怎么了？拉尔夫，它怎么了？”

拉尔夫不假思索地用手捂住洛伊丝的眼睛，就像和心爱的人玩猜猜我是谁的游戏。他的手指瞬间发出亮得刺眼的白光。这一定就是洗衣粉广告里经常提到的那种白色吧，他心想。

洛伊丝放声尖叫。她伸手抓着他的手腕，然后又松开。“天哪，拉尔夫，你对我做了什么？”

他把手挪开，看见她眼睛周围有一个发光的数字——8，就好像她刚摘下一副在细砂糖中浸过的护目镜。他的手刚拿开，白光就开始暗淡下来……但……

不是变暗，他心想，而是陷进去。

“别管那么多，”他手指着说，“看！”

她瞪大的眼睛清楚地显示出他想知道的事情。三号医生对罗莎莉的拼命示好完全无动于衷，用拿着手术刀的手把它的嘴推到一边。他用另一只手抓住挂在它脖子上的破印花围脖，猛地向上扯起它的脑袋。罗莎莉痛苦地号叫。唾沫沿着脸颊往下流。秃头男子发出一阵粗鄙的笑声，让拉尔夫浑身起了鸡皮疙瘩。

（“嗨！住手！别再欺负那条狗！”）

秃头男子猛地扭头。笑容消失了，他对着洛伊丝像狗一样咆哮。

（去你的，肥胖的蠢老娘们儿！我已经告诉你那笨蛋男朋友，这条狗是我的！）

洛伊丝对他大叫时，那个秃顶男子放开了蓝色印花围脖。罗莎莉又畏缩地靠着松树，眼睛翻来转去，嘴角流下凝乳状的泡沫。拉尔夫从未见过这么可怕的生物。

“跑！”拉尔夫大叫，“快跑！”

它似乎没有听见，拉尔夫突然明白她当然听不见，因为罗莎莉的注意力已经不集中了。秃头医生不知对它做了什么——让它或多或少脱离了现实，就像农民用拖拉机和铁链拔起树桩一样。

拉尔夫又试了一次。

（“跑，罗莎莉！快跑！”）

这次，它耷拉的耳朵向前竖起，头也开始转向拉尔夫的方向。他不知道它是否会听他的，因为秃头男子在它还没来得及动弹之前就又抓住了印花大围脖，而且再次把它的头往上提。

“他会杀了它的！”洛伊丝尖叫，“他会用他手中的手术刀割断它的喉咙！别让他这么做，拉尔夫！阻止他！”

“我阻止不了！也许你可以！射击他！用你的手掌射击他！”

她不解地看着他。拉尔夫慌乱地用右手做出砍柴的动作，但洛伊丝还没反应过来，罗莎莉就发出了一声绝望的号叫。秃头医生举起手术刀，往下一割，但他割的不是罗莎莉的喉咙。

他割断了它的气球线。

2

罗莎莉的两个鼻孔中分别冒出一条细线并往上飘。它们在它鼻子上方约六英寸处缠绕在一起，形成了一条精致的辫子。此时，三号秃头医生的手术刀有了动作。拉尔夫惊恐地看着被切断的辫子像被释放的氦气球的细线一样升上天空。它一边上升一边松散开来。他以为它会缠在老松树的树枝上，但它没有。上升的气球线遇到树枝时，轻盈地穿了过去。

原来如此，拉尔夫心想，这家伙的同伙一定也对梅·洛克做了同样的事，然后用同样的方式穿过她锁着的大门。

紧随这个念头而来的是个简单合理到令人难以置信想法：他们不是外星人，不是秃头矮医生，而是百夫长。艾德·迪普努口中的百夫长。他们看起来一点都不像《斯巴达克斯》和《宾虚》等史诗电影里的古罗马战士，可他们就是百夫长……不是吗?

在离地面十六或二十英尺高的空中，罗莎莉的气球线完全消失了。

拉尔夫回头一看，正好看见秃头矮医生把褪了色的蓝色印花围脖从狗头上扯下来，然后把她推倒在树下。拉尔夫更仔细地看了看她，感觉全身的血液就要冻结。那个关于卡洛琳的噩梦就在眼前活生生地重现，他努力抑制着要放声尖叫的冲动。

对了，拉尔夫，别尖叫。千万别那么做，因为一旦开始可能根本就停不下来了——你可能会一直叫到喉咙爆开为止。要记得洛伊丝，因为她也在这里。记得洛伊丝，别尖叫。

但很难不叫，因为梦中从卡洛琳脑袋里喷出来的臭虫，现在正从罗莎莉的鼻孔里喷涌而出，像黑色的溪流一样翻滚。

那不是臭虫。我不知道它们是什么，但绝不是臭虫。

不，不是臭虫——是另外一种光环。罗莎莉每一次呼气，身上都涌出一种梦魇般的黑色物质，既非液体，也不是气体。它并没有飘走，而是缓缓绕着螺旋圈把她包围在可怕的黑暗中。那片黑暗本应该把她掩藏住，但是没有。当黑暗笼罩她的头，然后开始渗透到她的背部、身体两侧和腿上时，拉尔夫还可以看到她那充满恳求和恐惧的眼睛。

死亡之袋，那是死亡之袋，他看着气球线被割断的罗莎莉不顾一切地将它在身子周围编织成一个毒胎盘般的袋子。这景象让他想起了艾德·迪普努的声音。艾德说，百夫长从母亲的子宫里抓出婴儿，然后用遮盖着的卡车运送出去。

有没有想过这些油布下面是什么？艾德曾问道。

三号医生对着脚下的罗莎莉狞笑，然后解开它的印花围脖，把它套在自己脖子上，打了一个又大又松的结，让它看起来像一条波希米亚艺术家的领带。然后，他抬起头来，用一种令人厌恶的自满神情望着拉尔夫和洛伊丝。看吧！他的神情仿佛在说：最后我还是做到了，而你们拿我没辙，对吗？

（“想点办法，拉尔夫！请想点办法！阻止他！”）

太迟了，不过在他冷眼看着脚下的罗莎莉流血而死之前，还来得及把他赶走。他很确定洛伊丝不能像他那样用空手道手势发出蓝光，但她也许能做别的。

没错——她可以用自己的方式射击他。

他不知道为什么这么肯定，但他就是知道。他抓住洛伊丝的肩膀让她回头看他，然后举起右手。他翘起大拇指，用食指指着秃头男子，那样子像一个在玩警察抓小偷游戏的孩子。

洛伊丝还是一脸沮丧和不解。拉尔夫抓住她的手，脱下手套。

（“你！你，洛伊丝！”）

她灵机一动，举起手，伸出食指，做出小孩射击的手势：砰！砰！

两个紧凑的菱形——灰蓝色调和洛伊丝光环的颜色一致，但更加明亮——从她指尖飞出，冲向小丘。

当第一颗“子弹”从他脚下飞过时，三号医生尖叫一声跳了起来，双手握拳，与肩齐高，黑鞋的后跟撞上臀部。子弹撞到地面，像一块在池塘表面飞越的石头一样弹回来，击中了写有“女用”的公厕。厕所的整个门顿时发出强烈的光，就像之前巴菲巴菲洗衣店的窗户应声碎裂一样。

第二颗灰蓝色的子弹击中秃头医生的左臂，弹回到空中。他大声尖叫——高亢尖锐的声音像虫子一样在拉尔夫的脑中蠕动。尽管无济于事，但拉尔夫还是用双手捂住耳朵，他看到洛伊丝也这么做。他确信，如果那尖叫声持续太久，他的脑袋肯定会被震破，就像高音C震碎水晶一样。

三号医生倒在罗莎莉旁边铺着松针的地上，前后打滚，一边号叫，一边抓着臀部，就像小孩摔下单车抓着痛处一样。过了一会儿，号叫声渐渐平息，他爬了起来。他两道白眉下的眼睛怒瞪着他们。比尔的巴拿马草帽在他光秃的头上倾斜得更加厉害，罩衫左侧变得漆黑，还冒着烟。

（我会抓住你们的！把你们俩都抓住！该死的短命鬼！我要把你们俩都抓住！）

他转身，蹦蹦跳跳地沿着通向游乐场和网球场的小路往下跑，像宇航员在月球上那样飞快地跳跃着。从他的速度来看，洛伊丝的射击似乎并未击中要害。

洛伊丝抓住拉尔夫的肩膀，用力摇晃。就在这时，光环又开始消退了。

（“孩子们！他去找孩子们了。”）

她的声音逐渐变小，这也不奇怪，因为他突然发现洛伊丝并没有真的开口说话，她紧紧地抓着他的肩膀，睁着那双深色的眼珠看着他。

“我听不见！”他叫道，“洛伊丝，我听不见你说什么！”

“怎么了，你聋了吗？它朝游乐场那边去了！朝孩子们去了！我们不能让它伤害孩子！”

拉尔夫发出深沉、颤抖的叹息。“不会的。”

“你怎么能肯定？”

“我不知道，但我能够肯定。”

“我射中它了。”她用手指指着自己的脸，有那么一瞬间像表演自杀动作的哑剧女演员。“我用手指射中它的。”

“没错，还刺痛他了。从他的样子来看伤得不轻。”

“我看不到彩色光了，拉尔夫。”

他点头。“它们来来去去，就像夜间的电台节目。”

“我不知道我感觉如何……我甚至不知道我想要什么感觉！”最后她哭了，拉尔夫把她揽在怀里。不管眼前的一切有多么混乱，有件事是可以肯定的：能再次抱着女人的感觉真是太好了。

“没关系。”他说，然后把脸贴在她头顶。她的头发有股甜香，完全没有他在过去十年、十五年的婚姻生活中闻惯的卡洛琳头发上残留的美容院化学品的味道。“先别想了，好吗?”

她注视着他。瞳孔里的薄雾已经消失了，但拉尔夫确信它还在那儿。况且，她眼睛本来就很漂亮，不需要多余的装饰。“它到底想怎么样，拉尔夫？你知道吗?”

他摇摇头。无数拼图在他脑中飞旋——帽子、医生、臭虫、抗议标语、溅满假血的玩偶——但这些拼图拼不到一起。目前不断浮现，而且最能引起共鸣的似乎是老多尔的一句废话：覆水难收。

拉尔夫觉得这句话确实很有道理。

3

一阵悲伤的呜咽声传来，拉尔夫朝小丘下望去。罗莎莉躺在一棵大松树下，想站起来。拉尔夫看不见她周围的那个黑袋子，但他确信它还在那儿。

“噢，拉尔夫，可怜的家伙！我们该怎么办?”

他们无能为力。拉尔夫对此毫无疑问。他双手握住洛伊丝的右手，等着罗莎莉躺下来然后死去。

然而它全身一颠，猛地站了起来，差点儿往反方向摔倒。它静静地站了一会儿，头垂得很低，鼻子几乎要碰到地面，然后打了三四个喷嚏。打完喷嚏，它摇了摇身体，抬头看着拉尔夫和洛伊丝，冲着他们叫了一声，声音短促而轻快。在拉尔夫看来，它似乎在告诉他们别再担心了。然后，它转身穿过一片松树林，朝公园下方的出口走去。在踪影消失之前，它又恢复了蹒跚且漫不经心的小跑，这是它的标志性动作。它的腿伤没有比三号医生对她动手之前好转，但也没有恶化。显然它很老了，但还死不了（拉尔夫心想，就像哈里斯大道上的其他老古董们一样），它消失在了树林里。

“我以为那东西会杀了它，”洛伊丝说道，“事实上，我以为它已经死了。”

“我也是。”拉尔夫说道。

“拉尔夫，这一切都不是幻觉，对吧？”

“没错。”

“气球线……你认为那是生命线吗？”

他缓慢地点点头。“嗯，就像脐带。而罗莎莉……”

他回想起他第一次看到光环的情景，他站在来爱德门口，背对着蓝色的邮筒，惊讶得下巴几乎垂到胸口。而他在光环出现期间看到的六七十个人当中，只有几个笼罩在被他称作死亡之袋的黑暗光环中，而刚才罗莎莉往自己身上编织的袋子又比他那天看到的都要黑暗。不过，停车场里那些光环昏暗的人看起来都不太健康……就像罗莎莉，在三号秃头医生开始对它动手之前，它的光环就已经是类似旧运动袜的颜色了。

也许他只是加快了原本会发生的自然过程而已，他心想。

“拉尔夫？”洛伊丝问道，“罗莎莉怎么样？”

“我觉得我的老朋友罗莎莉，它目前是活在借来的时光里。”拉尔夫说道。

洛伊丝想了想，朝小丘下望去，看到罗莎莉走进那片洒满阳光的小树林里。最后她又转向拉尔夫。“那个拿着手术刀的矮医生，是你看见从梅·洛克家中走出来的那俩人中的一个吗？”

“不是，他们是另外两个。”

“你还见过其他人吗？”

“没有。”

“你认为还有其他人吗？”

“我不知道。”

拉尔夫以为接下来她会问他是否注意到那个家伙戴着比尔的巴拿马草帽，但是她没有。拉尔夫心想她可能没有认出来。一下子发生太多怪事了，而且，她上次看到比尔戴着它的时候，帽檐上还没有被咬掉一小块。*退休的历史教师不是那种爱咬帽子的人*，他想了想，咧嘴一笑。

“今天上午真是太精彩了，拉尔夫。”洛伊丝坦率地直视着他，“我觉得我们得好好谈一下，你说呢？我真想知道发生了什么。”

拉尔夫记得今天早晨——现在感觉是一千年前的事了——他从野餐区沿着街道往回走，脑海里搜寻熟人名单，想找个可以倾诉心事的人。他已经把洛伊丝从名单上划掉了，理由是她可能会跟她的朋友们说闲话。现在，他为这种轻率的判断感到尴尬，这种判断更多的是基于麦戈文而非他自己对洛伊丝的印象。看来在今天之前，如果洛伊丝和谁谈过光环的事，那应该是她信任并保守秘密的人。

他对她点点头。“你说得没错。我们应该谈谈。”

“你想不想到我家吃顿晚一点的午餐？我来做点简单的小炒，我这个连耳环都会弄丢的老女人也只会做这个。”

“我很乐意。我会把知道的都告诉你，不过可能需要花点时间。今天早上我和比尔说的只是《读者文摘》版。”

“所以，”洛伊丝说，“你们不止为了下棋的事争吵，是吗？”

“呃，应该不止。”拉尔夫微笑地看着自己的双手，“也许更像你和儿子及儿媳之间的争吵。最疯狂的部分我还没告诉他呢。”

“但你会告诉我吗？”

“会。”他说着起身，“我敢打赌你的厨艺一定很不错。事实上……”他突然停了下来，一只手拍着胸口。他砰地坐回长凳上，目瞪口呆。

“拉尔夫？你没事吧？”

她惊恐的声音仿佛从远方传来。在他的脑海里，他又看到了三号秃头医生站在巴菲巴菲洗衣店和隔壁公寓之间。三号秃头医生试图引诱罗莎莉穿过哈里斯大街，这样他就可以切断她的气球线。当时他失败了，但是今天上午

（我要和它玩玩！）

他已经达到了目的。

拉尔夫老头，也许洛伊丝没注意到三号秃头医生戴的帽子，不仅是因为比尔·麦戈文不会咬帽子。也许她没注意是因为她不想注意。也许有几片拼图可以凑得起来。要真是这样，那事情可就牵涉得太广

了。你也明白这点，对吧。

“拉尔夫？怎么了？”

他看见矮医生在草帽帽檐上咬了一口，然后又将帽子戴到头上。听他说，这下他只好找拉尔夫玩玩了。

不止我，还有我朋友，他说道，我和我那群狐朋狗友。

现在回想起来，他还看到了别的东西。他看见三号矮医生咬着麦戈文的帽檐时，太阳在他两边耳垂上闪了一下。记忆如此清晰，难以忘却，还有那些暗示。

那些牵涉很广的暗示。

别紧张——你什么都还不确定，地平线再过去就是精神病院了，我的朋友。我想你最好记住这点，也许可以把它当锚使用。我不在意洛伊丝是否也看到这些东西。其他穿着白大褂的男人，不是秃头矮医生，而是肌肉发达的男人，他们带着束身网和氯丙嗪枪，随时都会出现。随时都会。

尽管如此。

还是……

“拉尔夫！天啊，你说话啊！”洛伊丝用力摇晃着他，就像妻子试图唤醒上班快迟到的丈夫。

他回头看她，勉强挤出微笑。看上去很假，不过洛伊丝不觉得，因为她松了口气。稍微吧。“对不起，”他说，“事情突然……你知道的，涌上来。”

“别那样吓我！你抓着胸口的样子，天哪！”

“我没事。”拉尔夫说道，继续假笑。他感觉自己像个玩橡皮泥的孩子，看看能把它拉扯到多长才会把它撕掉。“如果你还愿意下厨，我就去你家吃饭。”

三——六——九，鹅喝了酒。

洛伊丝仔细看了看她，然后放松下来。“好。那会很有趣。除了西蒙妮和米娜，我有很长时间没给任何人下过厨了——你知道的，她们是我挚友。”然后她笑了，“但我不是这个意思，我所谓的有趣，不是这个意思。”

“你是什么意思？”

“我很久没给男人做饭了。希望我还知道怎么做。”

“呃，有一天，比尔和我一起来你家看新闻——我们吃了通心粉和奶酪。它们味道很好。”

她做了一个轻蔑的手势。“那只是热一下，不一样。”

猴子在电车线上嚼烟草。电车线路断了……

他笑得更加灿烂。等待橡皮泥出现裂缝。“我相信你没忘，洛伊丝。”

“夏瑟先生在世的时候胃口非常好。事实上，他对很多事物的胃口都非常好。但后来肝脏出了问题，于是……”她叹了口气，然后走近拉尔夫，用一种他觉得非常惹人喜爱、既羞涩又坚决的神情拉着他的肩膀。“算了，我不想再哭诉过去。那些留给比尔去操心，我们走吧。”

他站起身来，挽着她的胳膊，陪她走下小丘，朝公园下方的出口走去。洛伊丝和拉尔夫经过游乐场时，她笑逐颜开，看着那些年轻的母亲们。拉尔夫很高兴她的注意力分散了，他可以告诉自己不要忙着做出判断，他可以一再提醒自己，他对发生在自己和洛伊丝身上的事了解得不够多，不能欺骗自己他已经想得够清楚，然而心里还是不断跳出那个结论。他感觉这个结论很正确，而这阵子他越来越相信，在光环的世界里，感觉和认知几乎完全相同。

我不知道其他两个怎么样，但第三个医生很疯狂……他专门收集记忆。就像越战中有些疯子收集耳朵那样收集记忆。

洛伊丝的儿媳妇一时心血来潮，从瓷碟里掏出钻石耳环，塞进她牛仔裤的口袋，对此他深信不疑。可是耳环现在已经不在她那里了。她现在一定非常自责为什么要把它们弄丢，当初为什么要拿。

拉尔夫一眼就看出拿着手术刀的矮医生戴着麦戈文的帽子，洛伊丝却没有认出来。他们俩都看见他拿着罗莎莉的印花大围脖。拉尔夫从长凳上站起来的时候突然意识到，几天前他看到秃头矮医生的耳垂上闪着微光，这几乎可以说明三号医生也戴着洛伊丝的耳环。

4

已故的夏瑟先生的摇椅放在通往后门廊门边褪色的油毡上。洛伊丝带拉尔夫来到这里，告诫他“别添乱”。拉尔夫认为这个任务他能完成。他坐下，轻摇椅子，强烈的日光洒在他大腿上，那是午后的阳光。拉尔夫不知道为什么已经这么晚了，但事实就是如此。*也许我睡着了*，他想。*也许我现在正在睡觉，这一切都是梦*。他看着洛伊丝从头顶的碗柜里拿出一只锅（肯定是霍比特人尺寸）。五分钟后，厨房里开始弥漫着香味。

“我说过有一天我会为你下厨的。”洛伊丝说，拿出冰箱保鲜盒里的蔬菜和头顶橱柜里的香料，“就是你和比尔在我这里吃剩下的通心粉和奶酪的那天。记得吗？”

“当然记得。”拉尔夫笑着说。

“前廊的牛奶箱里有罐新鲜的苹果汁——苹果汁最好放在室外保鲜。你去拿来好吗？顺便把它倒出来。水槽上方的柜子里有高级玻璃杯，我得搬椅子才能拿得到。我看你够高，不用椅子应该也行。拉尔夫，你多高，六英尺二？”

“至少六英尺三，过去十年我可能缩了一两英寸。脊柱会紧缩吧，好像是。你不必为我大费周折，真的。”

她平静地看着他，双手叉腰，她用来炒菜的铲子从一只手中突出来。淡淡的微笑冲淡了她严肃的表情。“我说的是高级杯子，拉尔夫·罗伯茨，不是最好的杯子。”

“遵命，太太，”他笑着说道，又加了一句，“从香味来判断，我觉得你还记得如何为男人下厨。”

“事实胜于雄辩。”洛伊丝说道，不过拉尔夫觉得她转身继续炒菜时似乎显得很开心。

5

食物很美味，用餐时他们并未谈论公园里发生的事。自从患上失眠症，拉尔夫的胃口很不稳定，在外吃饭的次数比家里多，可是今天他吃得很尽兴，除了洛伊丝的香辣炒菜，他还喝了三杯苹果汁（喝完第三杯时，他希望当天接下来的活动场所附近能有厕所）。他们吃完后，洛伊丝起身，走到水槽边，准备放热水洗碗。她边做边继续之前的谈话，好像那是一件织到一半、因为有急事要处理而暂时搁在一边的针织物。

“你是怎么做到的？”她问他，“你是怎么又让我看见彩色光的？”

“我不知道。”

“感觉好像我在那个世界的边缘，当你用手捂住我的眼睛，就把我推进了那个世界。”

他点点头，想起他把手拿开后她的样子——好像刚摘下一副浸在砂糖里的护目镜。“这纯粹是本能。你说得没错，那就像一个世界。我一直都这么想，一个光环的世界。”

“太美妙了，不是吗？我是说，非常可怕，当我第一次见到的时候——大概是七月底或八月初——我以为我疯了，但即使是那时候，我都觉得很美。我非常喜欢。”

拉尔夫惊讶地看着她。他怎么会一直认为洛伊丝是个直肠子？多嘴多话？守不住秘密？

不，恐怕比这更糟，老兄。你认为她很肤浅。事实上，你多半是通过比尔的视野来看她：“傻大姐洛伊丝。”不多也不少。

“什么？”她有点不安地问道，“你为什么那样看着我？”

“你从夏季就开始看到光环了吗？有那么久了？”

“是的——越来越明亮。而且越来越频繁。所以后来我才去找那个告密的医生。我真的用手指射中那矮东西了吗，拉尔夫？时间越长，我越不相信。”

“是真的，我在遇到你之前不久也做了类似的事。”

他将早上他和三号医生的交锋并把他赶走的经过——虽然只是短暂的——告诉了她。他把手举到齐肩高，然后劈下来。“这就是我做的——像小孩在模仿查克·诺里斯和史蒂文·西格尔的动作。可是竟然射出一道难以置信的蓝光，然后他就匆忙跑开了。幸好他跑了，因为我射不出第二次。我也不知道我是怎么做到的。你还能做得到吗？”

洛伊丝咯咯笑，转过身来，将手指对着他。“想知道吗？砰！砰！”

“别用武器指着我，女士。”拉尔夫说着笑了笑，不过不知道他是否在说笑话。

洛伊丝把手放下，挤了点洗洁精到水槽里。她用一只手在水里搅动，让洗洁精起泡，然后问拉尔夫一个大问题：“这股力量从何而来，拉尔夫？它是干什么用的？”他摇了摇头，站起身来，走到碗碟晾干架旁。“不知道，不知道。满意吗？你把擦碗布放哪儿了，洛伊丝？”

“别管擦碗布放哪儿了。去坐下。请别告诉我你是当代好男人，拉尔夫——那些总是喜欢搂搂抱抱、号啕大哭的人。”

拉尔夫笑着摇摇头。“不。我只是训练有素。”

“好。只要你不开始说自己多愁善感就好。有些事我们女性比较喜欢自己去发掘。”她打开水槽下面的碗柜，扔给他一条褪了色但干净整洁的抹布。“把碗盘擦干放在操作台上就好。我会把它们收起来的。你可以一边擦一边讲讲你的故事，未删减版的。”

“没问题。”

正当他琢磨着要从哪里说起时，他的嘴巴却突然自动张开并开始说话了。“在我终于明白卡洛琳将不久于人世的那段时间里，我经常出去散步。有一天，我走到哈里斯大道延长路段……”

6

他把一切都告诉了她，从他干预艾德和那个戴着西区园丁帽的胖子之间的冲突开始，一直说到比尔告诉他最好去看医生，因为到了他们这个年龄，精神疾病很常见，非常普遍。他不时地补充一些漏掉的细节——例如，在他尽力阻止艾德对胖男人动手的过程中，老多尔突然出现——但他并不介意这么做，洛伊丝似乎也没有因此而觉得故事情节不连贯。当拉尔夫说完自己的故事，他清晰地感受到一种深沉得几近痛苦的解放感。似乎有人在他心头堆积了一堆砖头，现在他终于把它们一块块地搬走了。

等他说完，盘子已经洗好了，他们走出厨房，来到起居室。客厅里有几十幅镶着相框的照片，以摆在电视机上夏瑟先生的照片为主。

“如何？”拉尔夫说道，“你相信多少？”

“当然全部相信。”她说道，不知是没有注意到拉尔夫脸上的宽慰表情，还是故意忽略它，“经过上午的事，我很难不相信，更别说你竟然了解我那位宝贝儿媳。这就是我胜过比尔的地方。”

你比比尔强多了，拉尔夫想了想，但没有说出口。

“这些都不是巧合，对吗？”她问道。

拉尔夫摇摇头。“我认为不是。”

“我十七岁那年，”她说道，“母亲雇了邻居家一个叫理查德·亨德森的小男孩来我家做杂物。可以雇的小男孩很多，可她选择了里奇[①]，因为她喜欢他……因为我的缘故，不知你是否明白我的意思。”

“当然知道，她想撮合你们。”

“没错，不过她至少没有采取张扬或令人难堪的方式。谢天谢地，因为我一点也不喜欢里奇。但母亲还是尽了她最大的努力。如果我在厨房的桌子上看书，她就让里奇给木柴箱装满木柴，也不管那是暖和的五月天。如果我在喂鸡，她就让里奇在院子旁边割草。她要我时刻都看见他……习惯他出现在我身边……如果我们喜欢彼此的陪伴，他开始邀请我去跳舞或者参加镇上的集会，那就正合她的心意。她的意思很含蓄，但也很明显。轻轻推动，就和现在的情况一样。”

“我感觉推动得一点都不含蓄。”拉尔夫说道。他不由自主地把手

---

① 理查德·亨德森的昵称。

伸向被查理·皮科林用刀尖刺伤的地方。

“对，一点也不含蓄。被人用刀刺伤肋骨一定很可怕。幸亏你有那个喷雾罐。你认为老多尔也能看到光环吗？是那个世界的某个东西让他把喷雾罐放进你口袋的吗？”

拉尔夫无奈地耸了耸肩。他也这样假设过，不过仔细想过之后，就会发现根本站不住脚。因为如果多兰斯做了那件事，也就意味着有某种

（实体）

力量或存在知道拉尔夫需要帮忙。不仅如此，那个力量——或者存在——同时还知道（1）拉尔夫会在星期天下午出门；（2）知道那天原本晴朗的天气会起变化，冷得需要穿外套；（3）知道拉尔夫会穿哪件外套。换言之，也就是可以预知未来的事情。一想到自己被这样一种力量盯上，他吓得魂飞魄散。他在喷雾罐事件中意识到，这力量的干预或许救了他的命，但还是把他吓得半死。

“可能吧，”他说道，“也许真的有某种东西把多兰斯当作跑腿。可是为什么呢？”

“我们现在要做什么？”她补充道。

拉尔夫只能摇摇头。

她抬头看了一眼夹在那个穿浣熊外套男人的照片和那个看来随时都可能说“闪开”的年轻女人照片之间的时钟，然后伸手去拿电话。“都快三点半了！天哪！”

拉尔夫碰了一下她的手。“打电话给谁？”

“西蒙妮·卡斯顿圭。我计划今天下午和她还有米娜一起去勒德洛——农庄那里有场纸牌派对——可是看这情况我还能去吗？我会输得精光。”她放声大笑，然后满脸通红，“只是个比喻的说法。”

她还没来得及拿起听筒，拉尔夫就按住了她的手。“去参加纸牌派对吧，洛伊丝。”

“当真？”她看上去既怀疑又有点失望。

“是的。”他还不知道这里会发生什么，但他感觉情况就要改变了。洛伊丝说过被推动了一把，但拉尔夫觉得自己更像被人带着，就

像人坐在小船上，顺着河水往前漂流。但他看不见自己会去哪里，浓雾笼罩着河岸。现在，水流越来越湍急，他可以听到隆隆的激流声从前方某处传来。

不过，还是有些形状，拉尔夫。浓雾中的形状。

没错。不是很令人安心的形状。那也许只是看似蜷缩手指的树木……但另一方面，它们很可能是看似树木的蜷缩手指。在拉尔夫还没有弄清情况之前，他很赞成洛伊丝离开城里。他有一种强烈的直觉——也许只是假装成直觉的期望——三号医生不会跟着她前往勒德洛，他可能甚至无法跟随她穿过荒蛮大地到城东去。

你不可能知道这种事的，拉尔夫。

也许吧，但感觉是对的，他仍然相信在光环的世界里，感觉和认知几乎是一回事。但他知道一件事，三号医生还没有割断洛伊丝的气球线，那是拉尔夫亲眼看到的，还有她那愉快而健康的灰色光环。然而，拉尔夫无法逃避一个越来越确定的事实，即三号医生——疯狂的医生——想要割断它，而且，不管罗莎莉从斯特拉福德公园小跑出来时多么生气勃勃，割断绳子都是一种致命、残忍的行为。

就算你说得对，拉尔夫，就算今天下午因为她到勒德洛去参加纸牌派对而逃过一劫。那么今晚呢？明天呢？下周呢？怎么办？难道要她打电话给她儿子和儿媳，告诉他们她已经改变了对江景庄园的想法，想要去那里吗？

他不知道，但他知道自己需要时间思考。他还知道，除非他能确定洛伊丝安全无恙——至少在一段时间之内——否则他无法安心思考。

“拉尔夫？你又出现了那种木讷的表情。”

“什么表情？”

“木讷的。”她潇洒地甩了甩头发，“这是我编造的一个词，用来形容夏瑟先生的表情，有时他假装在听我说话，实际上却在思考着收藏的硬币。我一看见你的表情就想起来了，拉尔夫。你在想什么呢？”

“我在想你什么时候能打完牌回来。”

“这得看情况。”

“什么情况？”

“看我们是否去塔比的店吃巧克力冰沙。”

她说话的口气就像一个准备做秘密坏事的女人。

“假设直接回来呢。”

“七点或七点半。”

“一到家就给我打电话，好吗？”

“好的。你想我出城，对吗？这是那个木讷表情的真正含义。”

“呃……”

“你认为那个秃头想伤害我，对吗？”

“我觉得有可能。”

“他也有可能会伤害你。”

“没错，但……”

但据我所知，洛伊丝，他没有佩戴任何我的配饰。

“可是什么？”

“我会平安等你归来，就这样。”他想起她对那些喜欢搂搂抱抱、动不动就落泪的当代好男人的评语，然后装作跋扈地皱起眉头，“去玩牌吧，把这里交给我，至少暂时这样。”如果卡洛琳见到如此大男子主义的语气，一定会大笑或生气。洛伊丝属于完全不同的女性思想流派，她只是点点头，似乎很感激不需要由自己做出决定。“好的。”她扳起他的下巴，和他四目相对，“你知道你在做什么吗，拉尔夫？”

“不知道，现在还不知道。”

“好。只要你承认就好。”她把一只手放在他的前臂上，张开嘴吻了一下他的嘴角。拉尔夫欣喜地发现腹股沟起了阵灼热的刺痛。“我要去勒德洛，从那些老是想要打同花顺的傻女人手上赢五块钱。今晚我们再讨论接下来怎么做，好吗？”

“好的。”

她微微一笑——不只是嘴上的微笑，更是眼里的微笑——暗示着他们除了谈话，或许还能做点别的，只要拉尔夫胆子够大……在那一刻，他确实觉得自己很勇敢。就连夏瑟先生从电视机顶上瞪着他的严厉的眼神都阻挡不了这种感觉。

第十四章

1

四点差一刻，拉尔夫穿过街道，沿着小段上坡路走回公寓。倦意再次袭来，他感觉自己已经有三个世纪没睡了。但与此同时，自从卡洛琳去世后，他的感觉从未这样好过。比较平静，比较像自己。

或者只是你要这么想？认为一个人悲惨到如此境地，应该得到一些回馈？这是个好主意，拉尔夫，但不太现实。

没错，他心想，也许我现在有点困惑。

他的确有点困惑，同时又害怕、兴奋、迷惑，还有点亢奋。然而，在这复杂的情绪中，他产生了一个清晰的想法，有件事他必须先处理：他必须与比尔和解。如果需要道歉，他能做到。也许道歉是必要的。毕竟比尔没有走到他跟前，对他说："哎呀，老伙计，你脸色不太好，告诉我怎么回事吧。"没有，是他去找比尔的。虽然他这么做时有点担忧，没错，但这改变不了事实——

*哎呀，拉尔夫，我能拿你怎么办呢？*这是卡洛琳欢乐的声音，就像她刚去世的那几个星期那样清楚地和他说话。当时他还无法接受她去世的事实，经常在脑海中和她商量事情……如果他碰巧一个人在家中，他会大声说出来。*亲爱的，大发雷霆的人是比尔，不是你。我看你还是跟我活着的时候一样，对自己要求严格。我想有些事情永远不会改变。*

拉尔夫微微一笑。是的，也许有些事情永远不会改变，也许那次争吵时比尔的过错多于他。问题在于他是否会因为一场愚蠢的争吵和一大堆关于孰是孰非的争论，就与比尔断绝关系。拉尔夫认为他不会。如果这意味着他要委屈自己向比尔道歉，又有何不可呢？他觉得说声对不起又不会死。

他脑中的卡洛琳无声、疑惑地回应着这个问题。

没关系，他边走边告诉她。我这么做是为了我自己，不是为了他。当然，也不是为了你。

他又是惊讶又是好笑地发现，最后这个念头让他感到内疚——似乎犯了亵渎神灵的罪。但这并没有削弱这种想法的真实性。

正当他在口袋里摸钥匙时，他突然看见门口钉着一张纸条。拉尔夫伸手去摸眼镜，但他把眼镜忘在楼上厨房的桌上了。他靠在门上，眯着眼睛读着比尔潦草的字迹：

亲爱的拉尔夫、洛伊丝、法耶、老友们：

我今天大部分时间都会待在德里之家医院。鲍勃 博尔赫斯特的侄女打电话告诉我，这次几乎可以肯定是真的。这个可怜的人差不多已经放弃挣扎了。我最不愿意在美丽的十月某一天待在德里之家医院的313号重症监护室，不过我想我应该去送他一程。

拉尔夫，很抱歉今天早上让你这么难受。你来找我帮忙，我却把你数落了一顿。我在此向你道歉，我只能说鲍勃的事扰乱了我的思绪。可以吗？算我欠你一顿晚餐……如果你还愿意和我这样的人一起吃饭。

法耶，拜托别再拿象棋比赛的事来烦我。我说过会参加，我会遵守承诺。

再见，残酷的世界

比尔

拉尔夫直起身子，心中充满了宽慰和感激。要是最近发生在他身上的每件事都能这样轻松地解决就好了！

他上楼，摇了摇茶壶，正在水槽前盛水时，电话铃响了。是约翰·莱德克的来电。“伙计，真高兴终于找到你了，”他说道，“我正替你担心呢，老哥。”

“为什么？”拉尔夫问道，“怎么了？”

“也许没事，也许有事。查理·皮科林获得保释了。”

“你告诉过我他不会获得保释的。”

“我错了，行吗？”莱德克说道，显然很生气，“我弄错的不止这件事。我告诉过你法官可能会把保释金定在四万美元左右，但我不知道皮科林引起了斯特德曼法官的注意，而他根本就不吃精神病这一套。斯特德曼将保释金定为八万美元。法院指派替皮科林辩护的律师大吼大叫以示抗议，但一点用都没有。”

拉尔夫低头一看，发现手里还拿着茶壶。他把茶壶放在桌上。“他还是被保释出来了？”

“是的。还记得我跟你说过艾德会像扔损坏的削皮刀一样抛弃他吗？”

“记得。”

“就当是约翰·莱德克又一次误判吧。今天上午十一点，艾德提着装满钱的公文包大步走进了保释官的办公室。”

“八千美元？”拉尔夫问道。

“我说的是公文包，不是信封，”莱德克回答道，“不是八千而是八万。法院的人到现在还在议论纷纷。可能过了圣诞节，他们还会为这事争论不休。”

拉尔夫很难想象艾德·迪普努穿着一件肥大的旧毛衣和一条破旧的灯芯绒裤——卡洛琳把这称为艾德的疯狂科学家行头——从公文包中拿出成沓的二十和五十美元的钞票。“我记得你说过只要付百分之十就能出来了。”

“没错，如果你有抵押品——例如房产或地产——而且价值和保释金总额相当。艾德显然没有这些，但他存了一些应急现金。要不就是他突然傍上了大款。”

拉尔夫想起海伦离开医院搬到高垄约一个星期后写给他的那封信。她提到艾德给了她一张支票——七百五十美元。这似乎表明他挺有责任感的，她如是写道。拉尔夫心想，如果海伦发现艾德带着足够将他们女儿抚养到十五岁的钱到德里县法院，用以保释一个喜欢玩刀子和汽油弹的疯子，不知会作何感想。

“他从哪儿弄到那么多钱？”拉尔夫问莱德克。

“不知道。”

“没人问他吗？”

“没有。这是自由国度。我只听说那是他用股票兑现的钱。”

拉尔夫想起了过去——卡洛琳生病去世、艾德失常之前的美好时光。他们四个人大约每两周聚一次，在迪普努家吃外卖披萨，或到罗伯茨家吃卡罗尔做的鸡肉派。记得艾德曾说过，等他炒股赚了钱，就请他们到班格尔的红狮子餐馆吃顶级牛肋排。好的，海伦回答，深情地对艾德笑了笑。那时她刚怀孕，扎着马尾辫，穿着还太过宽松的方格子孕装，看似娇美的少女。你认为哪些股票会先赚钱，爱德华？联合脚趾果酱的两千股，还是合并酸味水果糖的六千股？他朝她吼了一声，把所有人都逗乐了，因为艾德·迪普努骨子里没有一丝恶意，任何认识他超过两个星期的人都知道，艾德连一只苍蝇都不会伤害。但海伦的看法可能不太一样——即使在那时候，海伦就应该已经发现他不太对劲了，不管她的笑容深不深情。

“拉尔夫？”莱德克问道，“你还在听吗？”

“艾德没炒股，”拉尔夫说道，“拜托，他是化学研究员，他父亲是宾夕法尼亚州石膏岩那种鬼地方一家瓶装工厂的领班。不可能有钱。”

“但他就是有，说实话，我也觉得奇怪。”

“你认为是‘生命之友’其他成员给的？”

“不，我不这么认为。首先，他们都不是有钱人——‘生命之友’的许多成员都是蓝领工人。他们尽其所能，但有这么多吗？不可能。他们或许可以收集足够的房产证来救皮科林，但他们并没有这么做。即使艾德要求他们这么做，大多数人也不会同意。艾德现在已经是不受欢迎的人，我想他们一定宁可没听说过查理·皮科林。丹·道尔顿夺回了‘生命之友’的领导权，对他们中的大多数人来说，这是好消息。艾德、查理和另外两个人——弗兰克·费尔顿和桑德拉·麦凯——现在似乎都在孤军奋战。我对费尔顿一无所知，局里没有他的档案，但这个叫麦凯的女人和查理周游过好几所相同的疗养院。她的外貌也很独特——面色苍白，满脸粉刺，厚厚的眼镜让眼睛看起来像水煮鸡蛋，体重约三百磅。”

“你在开玩笑吗？”

“不。她喜欢穿凯马特店买的弹力裤，而且经常有人看见她随身带着叮咚牌、狂笑风暴牌和特温奇主人牌等各种巧克力零食到处跑。她经常穿着正面印有**婴儿工厂**的大运动衫。声称生了十五个孩子。但事实上一个都没有，可能是不孕不育。”

“你为何跟我说这些？”

“因为我希望你提防他们。”莱德克说道。他很有耐心，好像在和孩子说话。“他们可能很危险。查理很危险，我不用说你都知道，而且他已经出狱了。艾德从哪儿弄到钱保他出来是次要问题——重要的是他弄到钱了。我觉得他很有可能会再来找你。他、艾德或其他人。”

“海伦和娜塔莉呢？”

“她们和朋友在一起——一群对疯狂丈夫的暴力行为很熟悉的朋友。我告诉迈克·汉隆了，他会留意海伦的安全。我们派了人密切监控图书馆。我们认为目前海伦不会有太大危险——她仍待在高垄——不过小心一点准没错。”

“谢了，约翰。我很感激，也感谢你打电话来。”

“你这么说我很欣慰，但我还没有说完呢。你要知道艾德给谁打过电话，威胁过谁，朋友——不是海伦，而是你啊。对他而言，海伦似乎已经不重要了，但他还是很惦记你，拉尔夫。我问约翰逊局长我是否可以派个人——我会选克里斯·内尔——来保护你，至少到苏珊·戴演讲过后。他拒绝了。他说，这个星期发生的事太多了……不过我感觉，如果你提出要求，他应该会答应。你怎么看？”

*警方保护，*拉尔夫心想。*警探电视剧都这么说，也就是约翰现在提到的——警方保护。*

他想考虑这个办法，可是太多事情占据了他的脑海，像奇怪的糖果一样在他脑中跳舞。帽子、医生、工作服、喷雾罐，更别提刀子、手术刀还有透过他那老式双筒望远镜满是灰尘的镜片隐约可见的剪刀了。拉尔夫心想，我匆匆做完手头上的事，然后去做别的事：亲爱的，伊甸园的归途漫漫，所以别为小事烦心。

“不要。”他说。

“什么？”

拉尔夫闭上眼睛，看见自己用手上的电话取消了与扎针医生的预约。现在同样的事情又要上演了，不是吗？没错，他可以请求警方的保护，让他不受皮科林、麦凯和费尔顿这些人的伤害，可是事情不该是这样的。他明白这一点，对此深信不疑。

“你听见了，”他说，“我不需要警方保护。”

“天啊，为什么？”

“我可以照顾我自己。”拉尔夫说道，对自己莫名其妙的狂妄感到好笑，这好像约翰·韦恩西部片中经常出现的台词。

“拉尔夫，我不想告诉你这个消息，但你已经老了。周日那天是你运气好。下次可能就没这么好的运气了。”

我不止运气好，拉尔夫心想，冥冥之中有朋友在照应我。或者说冥冥之中有股力量在照应我。

“我不会有事的。”他说道。

莱德克叹了口气。“如果你改变主意了，会打电话告诉我吗？”

“会的。”

“如果你看到皮科林或者一个戴着厚眼镜、留着粗硬金发的胖女人……”

“我会给你打电话的。”

“拉尔夫，请仔细斟酌。所谓的警方保护其实只是派辆车停在你家附近。”

“覆水难收。”拉尔夫说道。

“什么？”

“我说我很感激，可是真不需要。有事再联系。”

拉尔夫轻轻地挂了电话。也许约翰说得没错，他想，也许他真疯了，但他这辈子从来没有这么清醒过。

“真累啊，”他对着充满阳光的空荡房间说道，“但神志很清楚。”

他顿了会儿，然后补充道，“也许再加上一点恋爱的心情吧。”

他不禁笑了，当他终于把水壶放到炉子上时，他还在咧着嘴笑。

2

正在喝第二杯茶时，他突然想起比尔在便条上说欠他一顿饭的事。他决定现在就约比尔到“日出日落”餐馆吃晚餐。他们可以重归于好。

我们必须重归于好，他想，因为那个疯狂的矮子戴上了他的帽子，我敢肯定这表示他有麻烦了。

择日不如撞日。他拿起电话，拨了一个他毫不费力就想起来的号码：941-5000。德里之家医院的号码。

3

医院接线员给他转到了313房间。接听电话的女人声音疲惫不堪，她是病人的侄女丹妮丝·博尔赫斯特。比尔不在那儿，她告诉拉尔夫。有另外四个属于“叔叔光辉岁月”的教师也来了，比尔提议和他们一起吃午餐。拉尔夫甚至可以想象住在他楼下的比尔会怎么说：迟来总比没来好。这是他的一个口头禅。拉尔夫问她比尔会不会很快回来，她说会。

“他一直都在尽心尽力。如果没有他我真不知道该怎么办，罗宾斯先生。”

“我姓罗伯茨，”他说，“比尔口中的博尔赫斯特先生是个好人。”

“是的，他们都这么认为。不过他们不会把账单寄给他吧？”

“不会，”拉尔夫有些不安地说，“我猜不会。比尔在留给我的字条上说你叔叔的病很危急。”

“是的。医生说他可能熬不过今天白天，更别说晚上了，但这话我听多了。上帝原谅我，不过有时我觉得鲍勃叔叔很像出版交换所公司的促销广告——总是承诺，从不兑现。我知道这么说很糟糕，但我根本就不在乎了。早上，他们把他维持生命的设备关了——我无法独自揽下责任，于是打电话给比尔，比尔说叔叔赞成这么做。‘也该让鲍勃去另一个世界了。’他说道，‘他已美好度过今生。’很诗意吧，罗宾斯先生？”

“是的。我叫罗伯茨，博尔赫斯特女士。你能不能告诉比尔，拉尔夫·罗伯茨找他，让他给我回个电话……”

“所以我们把设备关掉，我都准备好了——应该说是鼓起勇气——可是他没死。我实在无法理解。他准备好了，我也准备好了，他这辈子已经活够了……他为什么还不死呢？”

“我不知道。”

“死神很蠢，”她用一种只有非常疲倦和伤心的人才会用的那种令人讨厌的唠叨语气说道，“如果产科医生这么慢吞吞地剪断婴儿脐带，早就因为渎职而被解雇了。”

最近拉尔夫的脑子有些飘忽不定，但这次它很快就反应过来了。“你说什么？”

“什么？”她吓了一跳，仿佛她也在神游。

“你刚才说割断脐带之类的。”

“我没有什么意思。”她说道，唠叨的语气更加明显……只不过那不是唠叨，拉尔夫发现，那是抱怨，而且充满恐惧。突然情况不太对劲。他的心跳突然加速。“我没有任何意思。”她坚持说，这时拉尔夫手里拿的听筒突然变成了不祥的深蓝色。

她想杀死他，而且不是随便想想——她一直在考虑用枕头盖住他的脸，让他窒息而死。“要不了多久。”她想，“这是帮你解脱。”她想，“终于结束了。”她想。

拉尔夫把听筒从耳边拿开。许多细如铅笔的蓝光从听筒筛孔升起，冰冷得犹如二月的天空。

蓝色代表谋杀，拉尔夫心想，远远拿着听筒，惊愕地看着那些蓝光弯曲并往下坠落。他隐约听到丹妮丝·博尔赫斯特焦急的嘎嘎叫声。*我从未想过要知道这种事，但我就是知道了：蓝色代表谋杀。*

他又把听筒拿到嘴边，将发射出冰柱状光环的听筒上部分歪斜着，使其与耳朵保持距离。他担心如果靠得太近，他可能会被她冰冷、极度绝望的声音震聋。

“告诉比尔，拉尔夫找他，”他说道，“是*罗伯茨*，不是罗宾斯。”他没等她回答就挂断了电话。蓝色的光环从听筒落到地板上。拉尔夫又想起了冰柱，这一次，在一个温暖的冬日，用戴着手套的手从屋檐下滑过，一整排冰柱断裂掉落的情景。它们还没有碰到地面就融化了。他环视周围。房间里没有东西发出亮光或声音。光环又消失了。他松了一口气，就在这时，屋外的哈里斯大道上，一辆汽车逆火了。

在空荡的公寓二楼，拉尔夫·罗伯茨放声尖叫。

4

他不想再喝茶了，但还是很渴。他在冰箱里找到了半杯无糖百事可乐——口味清淡但是解渴。他把可乐倒进一只塑料杯里，杯子上有褪了色的红苹果标志，然后端着杯子出门。他再也不想待在房间里了，那里似乎弥漫着一股令人不悦的失眠气息。尤其是打完电话之后。

天气变得异常晴朗。这时刮起了一阵柔和的风，在德里市西侧卷起一道道光影，树上的叶子被刮落，犹如一群橙色、黄色和红色的狂舞者沿着人行道随风沙沙疾行。

拉尔夫向左转，不是因为他有意要去机场附近的野餐区，而是因为他想吹吹风。然而十分钟后，他发现自己又走进了那片小林地。这次林地空无一人，他并不感到惊讶。刚刮起的这阵风并不冷，还不至于把老头老太太们逼回屋内，但是要想让纸牌或棋子乖乖待在桌上很不容易，因为调皮的风会不断把它们刮走。拉尔夫走近法耶·查宾用来下棋的搁板桌，看到一块石头压着一张纸条，不过他并不感到意外。他还没有放下红苹果杯子拿起纸条，就知道上面写的是什么了。

两次散步，两次看到拿着手术刀的秃头医生，两个失眠的老人并且都看到了明亮多彩的景象，两张便条。就像诺亚带领动物们登上方舟，不是一只只而是成双成对……会不会再次突然下起大雨？你认为呢，老头？

他不知道自己在想什么……但比尔的便条有点像即将到来的讣告，他确信法耶的便条也是如此。那种毫不费力、毫不犹豫被推着前进的感觉实在太强烈，不容置疑。就像突然在某个陌生的舞台上醒来，发现自己在一出从未排练过的剧中说（或者结结巴巴地吐出）台词，或者在原本显得荒诞可笑的事情中看见清晰的轮廓，或发现……

发现什么？

“另一座神秘之城，”他木讷地说，“充满光环的德里市。”然后他弯下腰去看法耶的便条，风吹拂着他稀疏的头发。

5

> 想向吉米·范德米尔致以最后敬意的人，我建议你们把握明天最后的机会。库格林神父中午来过了，他告诉我可怜的老哥情况很不妙。不过他能见访客。他在德里之家医院 315 重症监护室。
>
> 法耶
>
> 附注：时间不多了

拉尔夫把便条读了两遍，然后放回桌上，用石块压着，便于下一个来这儿的老古董能看到。然后，他站在那儿，双手插在口袋里，低着头，眼睛从浓密、混乱的眉毛下凝视着三号跑道。一片爽脆的落叶——呈橘黄色，如街上即将随处可见的万圣节南瓜——从深蓝色的天空中飘下，落在他稀疏的头发上。拉尔夫心不在焉地把它扫开，想着德里之家医院重症监护楼层两间并排的病房。一间住着鲍勃·博尔赫斯特，另一间住着吉米·V.。走廊再过去那间呢？是317病房，他妻子就是在那间病房里去世的。

“这绝不是巧合。”他轻声说。

是什么？薄雾中的形状？神秘之城？两种说法都很吸引人，但都不是答案。

拉尔夫坐在法耶留有字条的那张桌旁的野餐桌上，脱下鞋子，跷起二郎腿。一阵狂风吹来，吹乱了他的头发。他坐在落叶当中，微微低下头，眉头紧锁，陷入了沉思。他双手托着膝盖冥想，就像温斯洛·霍默笔下的佛陀。他仔细回顾自己对一号和二号医生的印象……然后将这些印象拿来与三号医生给他的印象进行对比。

第一印象：这三名医生都让他想起了《内部视角》等小报上的外星人和一些经常被贴着“艺术家构想”标签的照片。拉尔夫知道，这些太空神秘访客的秃头、黑眼睛形象可以追溯至多年前。长久以来不知有多少人自称和秃头矮个子——所谓的矮医生——接触过，或许和人们传言看见不明飞行物的时间一样久远。他很确定自己在二十世纪六十年代至少读过一篇此类报道。

“好，就算到处都有这种东西吧。”拉尔夫对一只刚落在野餐区垃圾桶上的麻雀说道，“不止三个医生，而是三百个，或是三千个。不止洛伊丝和我看见他们了，还有……”

而且大部分声称见过他们的人不也都提到过某种尖锐工具吗？

没错，但不是剪刀或手术刀——至少拉尔夫认为不是。声称被秃头矮医生绑架的人大部分都在谈论探针，不是吗？

麻雀飞走了，拉尔夫没有注意到。他在想梅·洛克去世那天晚上去过她家的那两个秃头医生。他还知道些什么？他还看到些什么？他们身穿白色工作服，就像二十世纪五六十年代电视节目里医生穿的那种，到现在药剂师还会穿。但是与三号医生不同的是，他们穿的工作服比较干净。三号医生拿着一把生锈的手术刀，但他没看见一号医生右手拿着的剪刀上有锈迹。即使拿着望远镜细看也没有看到。

此外——或许不重要，但你注意到了。拿剪刀的医生是右撇子，从他拿工具的姿势或多或少可以看出来。拿着手术刀的医生是左撇子。

或许真的不重要，但他总觉得其中有蹊跷——又一个薄雾中的轮廓，只是比较小。这和左右二分法有关。

“往左走，你就对了。”拉尔夫喃喃自语，他突然想起一个老笑话的妙语，“往右走，那你就变成左派了。”

算了。关于那些医生，他还知道些什么？

当然，他们被光环包围着——相当可爱的金绿色光环——他们还留下了那些

（白人足迹）

类似亚瑟·穆雷舞蹈教学脚印。尽管他们的容貌缺乏明显特征，但他们的光环却充满力量……沉静……和……

“高贵。”拉尔夫说道。又一阵风刮起，更多树叶被吹落。野餐区约五十码外，距旧铁路线不远的地方，一棵盘根错节的老树似乎正朝着拉尔夫的方向伸展，扭曲的树枝看似紧握的双手。

拉尔夫突然想到，对于一个生命即将走到尽头的老头，即莎士比亚（和比尔·麦戈文）所说的“穿拖鞋的丑老头”而言，那晚他看到的东西太多了。而且没有一样——没有任何一件事——在当时让他想到危险或具有邪恶意图。拉尔夫想到邪恶意图并不奇怪。毕竟他们是外貌可疑的陌生人，而且在不是访友时间的深夜从一个病危女人的家中走出来。他刚从史诗级别的噩梦中惊醒，就看到了他们。

然而，现在回想起他当时看到的景象，其他的事情又浮现了。例如，他们站在洛克太太家门廊上的样子，仿佛他们完全有权利站在那儿似的，还有他们离开前像两个老友亲密交谈的样子。两个哥们工作了一整夜，准备回家前又讨论了几句。

没错，这就是你的印象，但并不一定可信，拉尔夫。

但拉尔夫认为可以相信。老友，长期的同事，当晚完成了任务。梅·洛克太太家是他们的最后一站。

好吧，就算一号、二号医生与三号医生天差地别。他们很干净，他很脏，他们身上有光环，他没有（至少拉尔夫没看到），他们拿着剪刀，而他拿着手术刀，他们看似和乡绅一样理智和冷静，而三号医生则像厕所的老鼠一样疯狂。

但有件事非常清楚，不是吗？他们是超现实生物，除了洛伊丝，艾德·迪普努是唯一看过他们的人。想不想知道艾德最近睡得好不好？

"不想。"拉尔夫说道。他从膝盖上举起双手，放在眼前。双手有些颤抖。艾德提及了秃头医生，而这些人的确是秃头医生。是他说到百夫长时提到的医生吗？拉尔夫不知道。他希望如此，因为"百夫长"这个字眼给他的印象越来越恐怖：就像托尔金《幻想三部曲》中的戒灵，在布雷的飞马酒馆外面击垮一小群畏怯的霍比特人。

想到霍比特人，他又想起了洛伊丝，手颤抖得更加厉害了。

卡洛琳：伊甸园的归途漫漫，亲爱的，别为琐事烦心。

洛伊丝：在我家族中，八十岁去世都算早逝。

乔·维齐尔：法医通常会在尸检报告死因一栏写上自杀，而非失眠。

比尔：他的研究专长是内战，但现在连内战是什么都不知道，更不用说谁赢得了战争。

丹妮丝·博尔赫斯特：死神很愚蠢。像这样慢吞吞割断婴儿脐带的产科医生……

似乎有人突然在他脑袋里打开了一盏明亮的探照灯，拉尔夫在阳光明媚的秋日午后大叫起来。即使是准备降落在3号跑道上的德尔塔727飞机也无法完全淹没他的叫声。

6

整个下午，他都坐在和麦戈文同住的公寓门廊上，焦急地等着洛伊丝打牌回来。他可以再打电话到医院找麦戈文，但他没有这么做。已经没必要和麦戈文谈了。拉尔夫还是不明白事情的真相，但已经有了一些新发现。如果他在野餐区的灵光一闪有任何意义，那么现在告诉麦戈文他草帽的下落也无济于事，即使比尔相信他的话也一样。

我得把帽子拿回来，拉尔夫心想。同样也得把洛伊丝的耳环拿回来。

真是个美妙的下午。一方面，什么都没有发生。另一方面，什么都发生了。光环的世界在他周围匆匆来去，就像城西冉冉行进的庄严云影。拉尔夫坐在那儿全神贯注地看着，中途只吃了一点东西，去了趟洗手间。他看见贝尼根老太太穿着鲜红色的大衣站在她家的门廊上，紧紧地抓着她的助行器，盘点秋季鲜花。他看到她周围笼罩着光环——犹如刚洗过澡的婴儿身体那种纯净、健康的粉红色——希望没有太多亲戚在盼着她去世。他看见街对面有一个不到二十岁的年轻人，正沿着街道朝红苹果便利店走去。他穿着褪了色的牛仔裤和凯尔特人队的篮球背心，看上去很健康，但拉尔夫看到一个死亡之袋像浮油一样紧紧地贴在他身上，一根气球线从他的头顶升起，看上去就像鬼屋里腐坏的窗帘拉绳。

他没有看见秃头矮医生，但五点半刚过，他看到哈里斯大道中央一个人孔盖上突然冒出一道惊人的紫光，就像塞西尔·B. 德米勒执导的《圣经》史诗电影中的特效一样升上天空，大概持续了三分钟，然后消失了。他还看到一只犹如史前老鹰的巨鸟，在霍华德街拐角的老奶酪场的烟囱间盘旋，交替上升的红色和蓝色热风在斯特拉福德公园上空织成细长慵懒的丝带。

六点差一刻，费尔蒙特文法学校的足球练习结束，十几个孩子成群结队地来到红苹果停车场，到店里买糖果和游戏卡——这个季节应该是足球卡吧，拉尔夫心想。其中有两个孩子停了下来，似乎在争论着什么，他们的光环，一个呈绿色，另一个是鲜艳的橙色，突然增强，越靠越近，开始闪烁着鲜红的螺旋上升的光线。

当心！拉尔夫心里对着笼罩在橘黄色光环里的男孩喊道，此时绿光男孩把书本扔在地上，一拳击中他的嘴部。俩人抱在一起，动作笨拙而又激烈地扭打在一起，然后摔倒在人行道上。一群欢呼雀跃的孩子围在他们四周。一个像雷雨云一样的紫红色圆顶开始在打斗场面的周围和上方形成。拉尔夫发现了这个形状，它缓慢地逆时针旋转，既可怕又美丽。他不禁想知道火力全开的战场上方的光环会是什么样子。他认为这个问题的答案他并不想知道。正当橙光男孩爬到绿光男孩身上开始狠狠地揍他时，苏从店里出来，对他们大声呵斥，叫他们别在停车场里打架。

橙光男孩不愿就此停手。两个打斗者起身，警惕地看着对方。然后绿光男孩装作若无其事地走进商店。只是他迅速回头查看对手没有追击的动作让他露馅了。

围观的孩子要么跟着绿光男孩到商店内去购买商品，要么围在橙光男孩身边恭喜他。在他们头顶上，那朵看不见的恶毒紫红色毒菌犹如迎着狂风的云块一般溃散开来。破碎、分散、消失。

这条街道充满了能量，拉尔夫心想。*那两个男孩在缠斗的九十秒中释放的电力强得似乎足够照亮德里市整整一个星期。如果有人能够把围观者的能量聚集起来——云块内部的能量——可以照亮缅因州整整一个月。你能想象时代广场新年倒计时的光环世界会是什么景象吗？*

他想象不到，也不愿想象。他似乎瞥见某种尖端能量，这种能量强大到足以让一九四五年第二次世界大战后发明的所有核武器沦为只能射击空罐头的玩具枪。也许足以毁灭整个宇宙……或者创造一个新世界。

7

拉尔夫上楼，把一罐豆子倒进锅里，在另一个锅中放了几根热狗，在公寓中焦急地来回踱步，掰着指关节，不时用手指梳理头发，等待他的速成单身汉晚餐准备就绪。自仲夏以来，那种压在他身上的无形疲倦感，此时终于消失了。他感觉浑身充满了狂躁、奇特的力量，几乎要塞满了。他想这就是人们喜欢苯丙胺和可卡因的原因吧，不过他觉得这比较高等，当它消退时，他不会产生被掠夺、欺凌或虚脱的感觉。

拉尔夫·罗伯茨没意识到，他手指梳理过的头发越来越浓密，五年来首次出现黑发。他大摇大摆地走过公寓，踩着脚跟，先是哼着歌，然后唱起一首二十世纪六十年代早期的摇滚歌曲："嘿，漂亮的宝贝，别坐下……扭一扭，摇一摇，甩甩头……"

豆子在锅中沸腾，热狗也熟了——在拉尔夫看来，它们仿佛在跟着道威尔斯的旋律，踏着布里斯托尔舞步。拉尔夫仍在高声歌唱（"当你听见轻快的节奏，怎能坐着不动"），他将热狗切断放进豆子里，倒入半品脱番茄酱，加入一些辣椒酱，然后使劲搅拌，朝门口走去。他一手拿着滚烫的锅子跑下楼梯，动作十分敏捷，就像开学第一天因为快迟到而狂奔的孩子。他从前厅的壁橱里随手拿了一件宽松的旧羊毛衫——那是麦戈文的，管它呢——然后回到门廊上。

光环消失了，但拉尔夫并不沮丧，因为目前他比较关心的是食物的香味。他不记得自己上次这样饥肠辘辘是什么时候了。他坐在最高的一级台阶上，瘦长的双腿往两侧张开，俨然一副伊卡博德·克兰内西[①]的样子，然后开始吃东西。前面几口让他的嘴唇和舌头辣得发麻，但他毫不在意，继续狼吞虎咽。

他吃了大半锅豆子和热狗。胃里的饿虫还没睡着，但消停点了。拉尔夫不自觉地打了个嗝，带着多年未见的满足感望着哈里斯大道。在当前情况下，不应该有这种感觉，但它真实存在。他有多久没感觉这么畅快了？或许自从他在德里市和纽约州波基普西之间那栋谷仓醒来，赫然看见满屋闪耀光点的那个早晨之后就再也没有过了。

也许从未有过。

没错，也许从未有过。

---

① 伊卡博德·克兰内西，美国作家华盛顿·欧文的短篇小说《睡谷的传说》中的人物。

他看到珀赖因太太从街上走过来，可能是从收容所回来的——运河边的赈济处兼流浪汉收容所。拉尔夫再次被她那往前滑行的奇怪走路方式迷住了，她不用拐杖而且似乎无需摆动臀部就能完成这种行走。她的黑发多于白发，她用在收容所分派食物时戴的发网罩住头发——或者说驯服头发。棉花糖色的弹性护腿长袜下是洁白无瑕的护士鞋……并不是说拉尔夫可以看到多少袜子或露出来的腿部，因为珀赖因太太穿了一件几乎长达脚踝的男性羊毛衫外套。她走路时似乎只靠大腿移动，可能是因为她长期背痛，拉尔夫心想——这种移动方式，再加上那件大衣，让逐渐走近的埃丝特·珀赖因显得有些超现实。她看似棋盘上的黑王后，要么被一只无形的手控制，要么独自移动。

当她走近拉尔夫坐的地方——他还穿着那件破羊毛衫，而且抱着锅子直接吃晚餐——光环又开始悄悄出现。这时街灯初上，拉尔夫看到每盏灯上都悬着精致的淡紫色弧线。他还能看到有些屋顶上飘着红色的薄雾，另一些是黄色，还有的是苍白的樱桃色。夜幕正在东方降临，地平线上聚集着一簇簇暗淡的绿色斑点。

走近时，珀赖因太太的光环冒了出来——沉稳的灰色让他想起西点军校学员的制服。当中掺杂着几个较深的光点，宛如虚幻的纽扣在她胸前闪烁（拉尔夫猜想她的外套底下一定藏着胸部）。他不确定，但可能是身体不健康的预兆。

“晚上好，珀赖因太太。”他礼貌地打招呼，看着他吐出的字像雪花般往上飘。

她向他投以锐利的目光，眼睛上下扫视，只用一个眼神打量着他，没有理会他。“罗伯茨，我看你还穿着那件衬衫。”她说道。

她没有说出口的——拉尔夫确信她心里是这么想的——是*我还看到你坐在那里，就着锅吃豆子，就像一个没有长进、衣衫褴褛的街头流浪汉……而我总有办法过目不忘，罗伯茨。*

“没错，”拉尔夫说道，“我忘了换衣服。”

“嗯。”珀赖因太太说道，现在她大概考虑的是他的内裤。*你多久没换内裤了？罗伯茨，我一想就头皮发麻。*

“多美的夜晚啊，对吗，珀赖因太太？”

她再次像鸟一样快速扫视，这次是仰望天空。然后转向拉尔夫。“天要转凉了。”

“真的吗？”

“没错——秋老虎已经过去了。最近我的背除了充当天气预报，没什么其他用处，这方面它倒是非常准。”她顿了顿，“我猜那是比尔·麦戈文的毛衣吧。”

“我想是的。”拉尔夫说，心想接下来她可能会问比尔知不知道这件事。她就是这么爱管闲事。

然而她只让他把扣子扣上。“你应该不想得肺炎吧？”她撇着嘴似乎在说：*还想进疯人院？*

“当然不想。”拉尔夫说道。他把锅放在一边，伸手想扣羊毛衫纽扣，但停了下来。他的左手还戴着隔热手套。直到此时他才注意到。

“把手套脱了会比较方便。”珀赖因太太说道，眼里隐约闪过一丝笑意。

“我想是的。”拉尔夫谦卑地说。他抖掉手套，把麦戈文羊毛衫的纽扣扣上。

“我说过的话还有效，罗伯茨。”

“你说什么？”

“我说过要帮你补衬衫，如果不是非穿不可，我可以帮你补。”她停顿了一下，“你还有其他衬衫吧？我帮你补身上这件时，你还有其他衬衫可以穿吧？”

“哦，没错，”拉尔夫说道，“一点没错。我有很多衬衫。”

“每天都得东挑西选的，一定很伤脑筋吧。你下巴上有豆汁，罗伯茨。”说完这番话，珀赖因太太眨了眨眼睛，又开始往前走。

这时，拉尔夫不假思索地做了件事。这出于本能，就像他之前为了把三号医生从罗莎莉身边吓走而做出砍人手势一样。他举起刚脱下隔热手套的手，在嘴巴上卷成管状。然后猛吸一口气，发出微弱的口哨声。

结果非常惊人。一束灰色的光像豪猪一般从珀赖因太太的光环中竖起。光线迅速变长，当珀赖因太太向前走的时候，它向后倾斜，穿过一片落叶纷飞的草坪，冲进拉尔夫卷曲的手指形成的管子里。他感觉把它吸了进去，像吞进某种纯粹的能量。他突然觉得自己被照亮了，就像霓虹灯招牌或大城市电影院的大天幕突然被点亮。一种力量爆发的感觉——砰的感觉！——穿过他的胸膛和腹部，然后沿着腿部一直跑到脚趾尖。同时它又冲上他的脑袋，他的头骨犹如薄脆的导弹发射井顶盖，似乎就快炸裂了。

他看到很多犹如充了电的灰色雾霭般的光束从指间袅袅升起。一种可怕又欣喜的力量感充满了他的思维，但只有一瞬间。随之而来的是羞愧和惊愕。

你在做什么，拉尔夫？无论那是什么，都不属于你。你能趁她不注意从她的钱包里拿出一些钱来吗？

他脸颊发热。他放下卷成管状的手，闭上嘴巴。当他的嘴唇和牙齿闭合时，他清楚地听到——实际是感受到——嘴里传出嘎吱一声脆响，就像咀嚼新鲜大黄叶柄发出的声音。

珀赖因太太停了下来，拉尔夫担心地看着她半转身，望向哈里斯大道。*我不是故意的*，他在心里对她说。*说实话，我不是故意的，珀赖因太太——我还在摸索解决这个问题的方法。*

“罗伯茨？”

“怎么了？”

“你听到了吗？好像一声枪响。”

拉尔夫摇头，感到耳朵里热血沸腾。“没有……但我耳朵不像以前……”

“可能只是堪萨斯街的车辆逆火声。”她说道，她没理会他缺乏男子气概的借口，“不过说实话，我心跳差点停了呢。”

她又踏着象棋王后般奇异的步伐向前滑行，然后停下脚步，回头看着他。她的光环开始从拉尔夫的视野中消失，但他还能看到她的眼睛——如鹰隼的眼睛一般锐利。

“你看起来有些不同，罗伯茨，”她说道，“好像变年轻了。”

拉尔夫以为她还会说别的（*把你偷走的东西还给我，罗伯茨，立*

马还给我。)，因而慌乱地说："你觉得……真的……我是说真的很谢谢……"

她不耐烦地朝他比了一个闭嘴的手势。"可能是因为光线的缘故。你最好别把口水滴在那件羊毛衫上，罗伯茨。在我印象当中，麦戈文很爱惜东西。"

"那他应该看好他的帽子。"拉尔夫说道。

那双明亮的眼睛本来要从他身上离开，现在又转回来了。"你说什么？"

"他的巴拿马草帽，"拉尔夫说道，"他把帽子弄丢了。"

珀赖因太太用她的理性之光考虑了这句话，然后哼的一声把它扔开。"进去吧，罗伯茨。再这样下去，你会感冒的。"她说着继续向前滑行，看不出因为拉尔夫的偷窃行为而有任何损伤。

偷窃？这个词肯定用错了，拉尔夫。你刚才的行为根本就是——

"吸血。"拉尔夫阴郁地说道。他把锅子放在一边，缓慢地搓着手。他感到惭愧……内疚……还有差一点要爆炸的浑身充满能量的感觉。

你偷走的不是血，而是她的生命力，不过也算是吸血鬼，拉尔夫。

的确如此。拉尔夫突然想到，这绝不是他第一次干这种事了。

你看起来不一样了，罗伯茨，好像年轻了点。刚才珀赖因太太是这么说的，可是自夏末以来，就有人一直对他说类似的话，不是吗？朋友们之所以没有敦促他去看医生，主要原因是他看上去没什么毛病。他抱怨说自己失眠，但看上去很健康。我想一定是蜂巢起了作用，周日——遥远得犹如铁器时代，感觉却像是现在——当他俩离开图书馆时，约翰尼·莱德克这样说道。拉尔夫问他什么意思，莱德克说他指的是拉尔夫的失眠。你看起来比我第一次见到你的时候好多了。

不止莱德克这样说。拉尔夫这些日子常觉得有气无力，莫名疲倦虚脱……但身边的人现在一直告诉他，说他看起来气色有多好，有多神采奕奕，有多年轻。海伦……麦戈文……甚至法耶·查宾也在一两周前说过类似的话，不过拉尔夫忘记他们具体说了什么……

“我当然记得，”他低声沮丧地说道，“他问我是不是用了抗皱霜。抗皱霜，老天！”

难道他从那时候就开始偷取别人的生命力吗？不自觉地偷取？

“肯定是，”他用同样低沉的声音说道，“天哪，我是吸血鬼。”

但“吸血鬼”这个词用得对吗？他突然产生了疑问。也许在光环的世界里，偷取生命力的人就叫作百夫长？

他的面前突然浮现出艾德那张苍白而慌乱的脸，犹如鬼魅一样转过来指控谋杀他的人。拉尔夫突然感到恐惧，双手抱着膝盖，把头埋在里面。

第十五章

1

七点二十分，一辆保养得非常好的二十世纪七十年代末林肯城市车停在洛伊丝家门前的路边。拉尔夫花了一个小时洗澡、刮胡子，他试着让自己冷静下来。此时，他站在门廊上，看着洛伊丝从车后座走出来，微风飘来互道晚安和少女般欢笑的声音。

林肯车开走了，洛伊丝走向屋子。走到半途，她停了下来，然后转过身。俩人隔着哈里斯大道对视了好一会儿，尽管夜色越来越深，俩人相距两百码，但他们看得很清晰。他们犹如秘密火炬一般在黑暗中燃烧。

洛伊丝用手指着他，和之前她射击三号医生的手势类似，但拉尔夫丝毫也不感到不安。

意图，他想。一切都在于意图。世上的错误不多……一旦你熟悉了周围的环境，可能根本就不会犯错。

洛伊丝的指尖出现一道狭窄、闪耀的灰色光束，缓缓穿过黝黑的哈里斯大道。一辆路过的汽车轻快地穿过这道光。那辆车的车窗闪了一下灰色亮光，车前灯似乎也闪了一下，仅此而已。

拉尔夫举起手指，一束蓝色的光束从中发出。这两束细长的光束在哈里斯大道中央交汇，像两株忍冬属植物缠绕在一起。交织的光束越升越高，颜色越来越淡。然后，拉尔夫手指一弯，他在哈里斯大道中央的那一半爱情节消失了。不久后，洛伊丝的那一半也消失了。拉尔夫慢慢走下门廊台阶，穿过草坪。洛伊丝也同时向他走来。他们在街道中央相遇……确切地说，他们已经在这里相遇过了。

拉尔夫搂住她的腰，然后吻她。

2

你看起来不一样了，罗伯茨。好像变年轻了。

拉尔夫坐在洛伊丝的厨房里喝着咖啡，但这句话一直在他的脑海里萦绕——犹如循环播放的录音带。他不禁盯着她看。她看上去比过去几年拉尔夫印象中的洛伊丝年轻十岁，轻十磅。她今天早上在公园里也这么年轻漂亮吗？拉尔夫认为并非如此，但他认为这可能与她今天早上心情失落、哭个不停有关。

但是……

没错，但她嘴角细小皱纹不见了，脖子上逐渐形成的赘肉和上臂垂下的肉块也不见了。早上她一直在哭，晚上十分高兴，但拉尔夫知道这并不能解释他所看到的所有变化。

"我知道你在看什么，"洛伊丝说道，"很诡异，对吧？我是说，这解决了我们脑中的所有疑惑，但还是很诡异。我们找到了青春的源泉。不必去佛罗里达，就在德里市。"

"我们找到了？"

她看上去一脸诧异……还有点警惕，似乎怀疑他在戏弄她，骗她。或者把她当成"傻大姐洛伊丝"。她伸手到桌子对面，捏了捏他的手。"去洗手间，看看你自己。"

"我知道我的样子。我刚刮完胡子，花了很久。"

她点点头。"你刮得很干净，拉尔夫……但我说的不是你的胡子。去看看你自己吧。"

"当真？"

"当然。"她坚定地说。

他快走到门口时，她说："你不仅刮了胡子，还换了衬衫。这很好。我本来不想说什么，但你的格子衬衫破了。"

"真的吗？"拉尔夫问道。他背对着她，所以她看不到他在笑。

“我没发现。”

3

他双手撑在浴室的洗脸槽上，凝视着自己的脸，足足站了两分钟，迟迟不敢相信那是自己的脸。他头上竟再度长出了许多犹如乌鸦羽毛般有光泽的发丝，丑陋的眼袋也消失了，但令他目不转睛的是他嘴上的纹路和深深的裂缝也不见了。这是小事……也是大事。他的嘴就像年轻人的嘴。而且……

突然，拉尔夫把一根手指伸进嘴里，顺着右边下排牙齿滑动。他不能完全肯定，但在他看来，牙齿似乎变长了，磨损的部分似乎又长出来了。

“天啊，”拉尔夫喃喃地说，他的思绪回到了去年夏天那个闷热的日子，他在艾德·迪普努的草坪上和他起冲突的事。艾德先让他找块石头坐下，然后告诉他德里市已经被邪恶的弑婴怪物入侵了。*窃取生命的怪物。各种势力开始在这里汇聚*，艾德对他说道。*我知道你难以置信，但我说的千真万确。*

拉尔夫开始觉得没那么难以置信了。认为艾德疯了这个想法才真的令人难以置信。

“再这样下去，”洛伊丝在门口说道，把他吓了一跳，“我们就得结婚，然后离开这里了，拉尔夫。西蒙妮和米娜一直盯着我看。我编了很多理由，滔滔不绝地谈论我在商场买的新化妆品，但她们并不相信。这话男人可能会信，但女人知道化妆品的效果没这么好。”

他们走回厨房，虽然光环暂时消失了，但拉尔夫还能看到一道光：洛伊丝丝质白衬衫的领口泛起一圈红晕。

“最后我说了一件他们能相信的事。”

“说了什么？”拉尔夫问道。

“我说我遇到了一个男人，”她犹豫了片刻，随后，当不断上升的红晕将其脸颊染成粉红色时，她又开口说道，“并且爱上了他。”

拉尔夫拉着她的胳膊，让她转身面对他。他看着她手肘窝那条小而干净的皱纹，心想他多么想用嘴去碰它，或者用舌尖。然后他抬头看着她。“真的吗？”

她回过头来，用充满期待和坦诚的目光看着他。“我想是的，”她用微小但清晰的声音说道，“但现在一切都很奇怪。我只能说我希望这是真的。我想交个朋友。很长一段时间以来，我都感到害怕、失落和孤独。我认为孤独是变老最大的代价，不是疼痛，不是拉肚子，也不是失去二十岁时的青春活力，爬一小段楼梯就气喘吁吁，而是孤独。”

“没错，”拉尔夫说道，“孤独是最糟糕的。”

“没人再跟你说话了——哦，他们有时候会和你说话，但那不一样，而且大多数情况下大家会对你视而不见。你有过这种感觉吗？”

拉尔夫想起了老古董们居住的德里市，一个几乎被周围匆忙工作、匆忙玩耍的世界所忽视的城市，然后点点头。

“拉尔夫，抱抱我好吗？”

“我很乐意。”他说道，然后轻轻把她揽入怀中。

4

过了一会儿，衣服凌乱、头晕脑胀但心情愉悦的拉尔夫和洛伊丝坐在客厅的沙发上。这沙发算是霍比特人尺寸的家具，实际上只不过是一个双人沙发。但他俩都不介意。

拉尔夫搂着洛伊丝的肩膀。她把头发垂下来，拉尔夫把她的一绺头发缠在手指上，思量着他竟忘了女人头发有多柔软，忘了女人头发和男人的头发竟如此不同。她向拉尔夫讲述扑克牌派对的事，他听得很认真，觉得很惊奇但不感到奇怪。

他们大约有十几个人，每周都会到勒德洛农庄打点小牌。输赢个五块或十块也不鲜见，但通常输赢都是一块钱或几毛钱。尽管当中有高手也有菜鸟（洛伊丝认为她属于前者），但大家都把这当作消遣时光的活动——女版老人象棋赛和金罗美纸牌游戏。

“但我今天下午没输。我本来应该输个精光回来的，他们都在问我吃什么维生素，上次是在哪里做的面部护理，等等。当你忙着编造新谎言且还要避免与之前的谎言冲突时，你还怎么能专心玩牌。”

“一定很难。”拉尔夫说道，忍着没笑出声。

“没错，非常难。但我不但没输，反而一直在赢。你知道为什么吗，拉尔夫？”

他知道，但摇了摇头，好让她自己说出来。他喜欢听她说话。

“因为她们的光环。我并非总能看见他们手里的牌，但很多时候都看见了。即使看不见，我也知道她们手里有没有好牌。光环并未一直出现，你知道它们来去匆匆，但光环消失之后，我甚至打得更好。最后一个小时，我故意输牌，免得被她们讨厌。但你知道吗？即使我想故意输牌都很难。”她低头看着双手，她的手开始在膝盖上不安地扭动，“我在回来的路上做了一件很羞愧的事。”

拉尔夫又瞥见她的光环了，一个暗淡的灰色幽灵，里面有许多不规则的深蓝色斑点在旋转。“先听我说，”他说，“看听起来是否熟悉。”

他讲述自己坐在门廊上吃东西，等待洛伊丝回来时，看见珀赖因太太经过的情景。当他告诉洛伊丝他对老太太做了什么时，他垂下眼睛，耳根发热。

“没错，”拉尔夫说完后她说道，“就是这样……但我不是故意的，拉尔夫……至少我认为我不是故意的。我和米娜坐在后座，她总是说我看起来有多不一样，有多年轻。我心想——我不好意思说出来，但还是得说——我心想：‘我会让你闭嘴，你这个爱管闲事又爱嫉妒的老东西。’她真的是很嫉妒，拉尔夫。我能从她的光环中看出来。很多锯齿状的大尖刺，颜色和猫眼类似。难怪人们把嫉妒称作绿眼怪物！总之，我指向窗外说道：‘噢，米娜，你看那栋房子是不是很可爱？’当她转头去看，我……我做了和你一样的事，拉尔夫。只不过我没有弯起手指。我只是撇了下嘴唇……像这样……”她演示着，看上去非常可爱，拉尔夫恨不得趁机占便宜。“然后吸了她一口。”

“结果呢？”拉尔夫着迷又害怕地问道。

洛伊丝沮丧地笑了。“她还是我？”

“你俩。”

“米娜跳起来，拍了拍颈背。‘我脖子上有虫！’她说，‘刚咬了我一口！把它弄走，洛！拜托！’当然，她脖子上根本就没有虫——我就是那只虫——当然我还是拍了拍她的脖子，然后打开车窗，告诉她虫子飞走了。她很幸运，我只是拍了拍她的脖子，没有打掉她脑袋——当时我感觉自己力大无比。我感觉我都可以打开车门，一路跑回家。”

拉尔夫点点头。

“很奇妙……真是太奇妙了。很像电视里的吸毒故事，先让你上天堂，然后再送你下地狱。如果我们继续这样下去，停不下来，该如何是好？”

“是啊，”拉尔夫说，“如果伤害到别人怎么办？我的脑海中不断浮现吸血鬼。”

“你知道我一直在想什么吗？”洛伊丝小声说道，“你告诉我艾德·迪普努说过的那些话。百夫长。如果我们是百夫长怎么办，拉尔夫？如果我们就是百夫长怎么办？”

他拥抱着她，亲吻她的头顶。听见洛伊丝说出他最恐惧的事，他感觉轻松了很多，这也让他想起洛伊丝之前说的，孤独是变老最大的代价。

“我知道，”他说，“我对珀赖因太太的所作所为完全出于一时冲动，我想都没想就做了。你也是这样吗？”

“没错，是这样。”她把头靠在他肩上。

“我们不能再这样做了，”他说，“因为真的可能会上瘾。任何让人感觉如此爽快的事都会上瘾，你不觉得吗？我们必须想办法采取防范措施，以免不知不觉又这样做。我想我可能已经这么做过。这可能就是原因所在……”

一段紧急刹车和轮胎打滑声把他打断。他们睁大眼睛，面面相觑，外面街道上的声音仍在持续，犹如悲痛的人在发泄。

刹车声和轮胎打滑声停息后，街对面传来了低沉的撞击声，紧接着是一声短促的喊叫，不知是女人还是小孩发出的，拉尔夫分辨不出来。有人大叫“发生什么事了?”“哦，*老天!*”，随后，人行道响起嗒嗒嗒的奔跑声。

“待在沙发上，”拉尔夫说道，然后匆匆跑到客厅窗口。他拉起百叶窗时，洛伊丝已经站在他身边，拉尔夫暗自赞许。遇到这种情况，卡洛琳也会这么做。

他们眺望着窗外，看到一个充满奇异色彩和奇妙运动的夜晚。拉尔夫知道那是比尔，他*知道*——比尔被汽车撞死了，躺在街上，他那顶帽檐被咬出新月状的巴拿马草帽就在他触手可及的地方。拉尔夫伸手紧紧搂住洛伊丝，她紧紧握着他的手。

可是那辆在哈里斯大道中央突然转向的福特汽车的车头灯映照的不是麦戈文，而是罗莎莉。它的清晨沿街探险之旅就此结束。它侧身躺在血泊中，背部隆起和扭曲了好几处。撞到这条老流浪狗的那辆车的司机跪在它身旁时，最近的路灯无情的强光照亮了他的脸。是来爱德的药剂师乔·维齐尔，他橙黄色的光环中夹杂着混乱的红色、蓝色旋涡。他抚摸着老狗的身体，每次他把手滑入罗莎莉身上邪恶的黑色光环内，手就突然消失不见了。

噩梦闪过拉尔夫的脑海，让他体温下降，睾丸萎缩，像个坚硬的小桃核。突然间他又想起一九九二年七月，卡洛琳病危，报死虫在滴答作响，艾德·迪普努身上发生了一件怪事。艾德一阵疯狂，拉尔夫竭力阻止海伦这位原本脾气温和的丈夫扑向那个戴着西区园丁公司帽子的男人，阻止他把那个男人的喉咙扯断。接着——雪上加霜，卡罗尔一定会这么说——多兰斯·马斯特拉突然出现。老多尔，他当时说了什么?

我不会再碰他了……我看不见你的手。

我看不见你的手。

“天哪。”拉尔夫小声说道。

5

他被拉回现实，因为此刻他感到洛伊丝倾斜地靠在他身上，仿佛快要晕倒了。

“洛伊丝！”他抓住她的胳膊惊叫着，“洛伊丝，你还好吗？”

“我没事……可是拉尔夫……你有没有看见……”

“看到了，那是罗莎莉。它可能已经……”

“我说的不是它，是他！”她指向右边。

三号医生靠在乔·维齐尔福特汽车的后备厢上，将麦戈文的巴拿马草帽轻巧地扣在他光秃秃的后脑勺上。他朝拉尔夫和洛伊丝望了一眼，傲慢地咧嘴一笑，然后慢慢地把拇指举向鼻子，朝他们摇晃着短小的手指。

“你这混蛋！”拉尔夫怒吼着，沮丧地用拳头猛击窗户旁的墙壁。

五六个人跑向事故现场，但他们无能为力。等第一个人赶到，躺在车头灯强光下的罗莎莉已经死了。它的黑色光环正在凝固，看似被煤烟熏黑的砖。黑色光环像一件贴身的裹尸布把它包裹起来，每当维齐尔的手穿过那件可怕的衣服时，手腕以下的部位就会消失。

此时三号医生举起手，竖起食指，抬起头——那是教训人的手势，仿佛在说“请注意！”，他踮起脚尖往前走——完全没必要，因为别人看不到他，但戏剧味十足——把手伸向乔·维齐尔的后兜。他瞥了一眼拉尔夫和洛伊丝，仿佛在确认他们是否还在注意着他。然后他又踮起脚尖向前走，伸出左手。

“阻止他，拉尔夫，”洛伊丝呻吟着说，“噢，请阻止他。”

拉尔夫就像服用了毒品，缓慢举起手，往下一劈。一道蓝色的光从他指尖飞出，但在穿过窗户玻璃时，就扩散开来了。一团粉色的薄雾在离洛伊丝家不远的地方分散开来，然后消失了。秃头医生摇了摇手指，做出一个令人愤怒的手势——仿佛在说，噢，你这个淘气鬼。

三号医生再次伸出手，从正跪在街上、为这条狗哀悼的维齐尔后兜里掏出一样东西。拉尔夫不知道那是什么，直到那个穿着脏罩衫的家伙把麦戈文的帽子从头上摘掉，假装用那东西梳起不存在的头发。他拿了一把黑色袖珍梳子，这种梳子在任何一家便利店都能买到，只需一块二毛九美元。然后他跳到空中，如邪恶的精灵般跺着脚后跟。

看到秃头医生走近，罗莎莉曾抬起头。现在它把头垂在人行道上，死了。它周围的光环立刻消失了，不是消退，而是像肥皂泡一样消失了。维齐尔起身，转向一个站在路边的男人，告诉他发生了什么，用手比画着狗，示意那条狗是如何跑到他车前的。拉尔夫可以从维齐尔的嘴型清楚地看出一句话：不知从哪儿突然冒出来的。

拉尔夫的目光回到维齐尔的汽车一侧，他看到秃头医生又回到了那里。

第十六章

1

拉尔夫终于把他那辆锈迹斑驳的奥尔兹莫比尔牌汽车发动了，但花了二十分钟才穿过城镇赶到城东的德里之家医院。卡洛琳生前对他逐渐生疏的驾驶技术表示理解，尽力保持容忍，但她天性急躁、冒失，而且并未随岁月的沉淀有太多改变。只要旅途超过半英里，她就忍不住责备。她会沉默一会儿，然后开始批评。如果她被缓慢的车速激怒，她会问他需不需要灌肠剂来疏通一下。她很善良，但说话很尖酸刻薄。

听了这些话，拉尔夫总是提出靠边停车，让她来开，而且总是不带怨言。卡罗尔总是拒绝这样的提议。简单而言，她认为开车是丈夫的义务，而妻子的义务是提出建设性批评。

他一直等着洛伊丝对他的车速或马虎的驾驶习惯评头品足（他认为，即使有人拿枪指着他脑袋，他也记不住打转向灯），但她什么都没说——只是安静地坐在卡洛琳坐过无数次的座位上，像卡洛琳那样把包放在腿上。商店霓虹灯、交通信号灯、路灯像彩虹一样划过洛伊丝的脸颊和额头。她那双乌黑的眼睛显得很深邃、若有所思。罗莎莉死后她恸哭，还让拉尔夫把百叶窗拉下。

拉尔夫起初没那么做。他的第一反应是趁乔·维齐尔离开之前冲到街上。告诉他必须格外小心。告诉乔今晚他掏空裤子口袋时会发现丢了一把廉价的梳子，这没什么，人们经常丢梳子，但这次问题严重了，下一次躺在车轮下的很可能就是他。*听我说，乔，仔细听好。你必须格外小心，因为所有的讯息都来自超现实地区，而你的讯息则来自黑暗边界。*

然而，这也存在问题。最大的问题是尽管那天乔·维齐尔极具同情心地帮助拉尔夫预约针灸医生，但他还是认为拉尔夫疯了。此外，他怎会相信一个连他都看不见的生物会伤害他呢？

因此他还是把百叶窗拉了下来……但在此之前，他看了一眼维齐尔，那个曾经说自己名叫乔·维齐尔，现在年纪大了，更加机智了的人。维齐尔的光环还在，而且他明亮的橙黄色气球线完整地从头顶升起。所以他没事。

至少暂时没事。

拉尔夫带洛伊丝走进厨房，又给她倒了一杯咖啡——加了很多糖的黑咖啡。

“他把她杀了，对吗？”她双手捧着杯子举到嘴边问道，“那个小怪兽把她杀了。”

“没错。但我觉得不是今晚杀的。他今天早上就动手了。”

“为什么？为什么？”

“因为他能做到，”拉尔夫严肃地说，“我认为他不需要太多理由。只因他能做到。”

洛伊丝打量了他很久，眼中慢慢流露出一种如释重负的神情。“你已经想通了，对吗？晚上我一看到你就该知道的。如果不是有太多别的心事，我早就知道了。”

“想明白了？还没呢，但有些头绪了。洛伊丝，想和我一起去德里之家吗？”

“好啊。你想去看比尔吗？”

“我不确定我想去看谁。可能是比尔，也可能是比尔的朋友鲍勃·博尔赫斯特。甚至是吉米·范德米尔——你认识他吗？”

“吉米·V.？我当然认识！我和她妻子更熟。说实在的，她生前经常和我们一起打扑克。她心脏病发作，所以突然……”她突然停下脚步，用那双乌黑漂亮的眼睛望着拉尔夫。“吉米住院了？天哪，他患了癌症，对吗？癌症又复发了。”

“没错。他住在比尔朋友的隔壁病房。”拉尔夫告诉她早上他和法耶的谈话，以及下午他在野餐桌上找到的便条。他还指出病人和病房号码之间奇怪的联系——博尔赫斯特、吉米·V.、卡洛琳——然后问洛伊丝这是否巧合。

“不，我敢说肯定不是。”她看了一下时钟，“走吧——医院的常规探视时间到九点半结束。如果我们想在这之前到达，最好快点。”

2

他把车拐进医院车道（亲爱的，你又忘记打转向灯了，卡洛琳说道），他瞥了一眼洛伊丝，问她感觉如何。她坐在那儿，双手紧握钱包，她的光环暂时不见了。

她点点头。“还好。虽然不算太好，但没事。不用担心我。”

但我很担心，洛伊丝，拉尔夫心想。非常担心，顺便问一下，你刚有没有看到三号医生从乔·维齐尔的口袋里拿出梳子？

真是个愚蠢的问题。她当然看见了。秃头矮医生想让她看见。想让他俩都看见。关键是她对这件事的重要性有多了解。

你究竟知道多少，洛伊丝？你能够理解多少？我很好奇，因为那些事并不难看出来。我很好奇……但不敢问。

小径过去大约四分之一英里处，有一座低矮的砖砌建筑——“妇女关怀”。几盏照明灯（拉尔夫确定是新装的）在草坪上投下扇形亮光，拉尔夫看到两个男人在奇异细长的阴影尽头来回走动……大概是雇来的警察吧，他心想。一个新问题，一个新征兆。

他向左转（至少这次他记得打转向灯了），小心翼翼地将车开上通往医院立体停车场的斜坡。到了坡顶，一根橘黄色的起落杆将车子挡住。旁边的指示牌上写着“请停车取票”。拉尔夫记得以前这样的地方都有人工服务，让人觉得没那么可怕。那段日子已经远去，朋友，我们以为事情永远不会变，他边想边打开车窗，从自动取票机里取了张票。

“拉尔夫？”

“嗯?”他正专心避开斜停在斜坡两侧的汽车后保险杠。他知道通道很宽，其他车辆的保险杠不会阻碍他前行。他虽然这么认为，心里却想着别的事。*卡洛琳会怎样抱怨我的开车方式*，他想着，心中却泛起一丝温柔。

“你知道我们该怎么做?还是视情况而定?”

“等一下——先让我把这该死的车停好。”

他在第一层经过了几个足够大的车位，但都缺少大到让他感到安心的缓冲区。到了第三层，他找到三个并排的车位（合在一起能容纳一辆谢尔曼坦克），然后把车停进中间车位。他把车熄火，然后看向洛伊丝。其他汽车的引擎声从上、下两层传来，但由于回声，无法确定它们的位置。橘黄色的灯光——停车场常见的那种持续、穿透力强的光线——像有毒的薄油漆洒在他们的皮肤上。洛伊丝坚定地回头看着他。浮肿的眼睛上还残留着她为罗莎莉落泪时留下的泪痕，但眼神却沉着冷静。早上她坐在公园的长椅上垂着肩膀哭泣，从那之后她发生了巨大的变化，让他感到非常震惊。*洛伊丝*，他心想，*如果你儿子和儿媳今晚看到你，我想他们可能会尖叫着跑开。不是因为你的模样吓人，而是因为那个被他们催促着搬到江景庄园的女人不见了。*

“嘿?”她微微一笑，“你是打算回答我的问题，还是就这样看着我?”

这时，一向谨慎的拉尔夫鲁莽地说道：“我想我要像吃冰淇淋一样吃了你。”

她笑了，嘴角出现了酒窝。“也许稍后我们可以再看看你对冰激凌的胃口有多大，拉尔夫。现在，告诉我你为何带我来这里。别告诉我你不知道，因为我认为你知道。”

拉尔夫闭上眼睛，深吸一口气，又睁开眼睛。“我们是来找另外两个秃头医生的。我看到从梅·洛克家中走出来的那两个。除了他们，没人能解释发生了什么。”

“你凭什么认为他们会来这里?”

“我认为他们有工作要完成……两个人，吉米·V.和比尔的朋友，这两个住在相邻病房的人就快死了。早在我看见救护人员抬着洛克太太出来时就该知道这两个秃头矮医生是谁，或者做些什么事了。当时她被绑在担架上，脸上盖了白布。如果我不是太累，我早就知道了。光看剪刀应该就够了。可是我直到今天下午听到博尔赫斯特先生的侄女说的一些话才明白过来。”

“她说了什么？”

“死神很蠢。如果产科医生花这么久的时间剪脐带，他会被指控渎职。这让我想起小学时读到的一个神话故事，里面的神、女神和特洛伊木马让我非常着迷。这个故事是关于三女神的——希腊三女神，或是命运三女神。别问我，我甚至经常忘记打转向灯。总之，这三位女神负责决定所有人的命运。其中一个纺线，另一个决定线的长度……想起什么了吗，洛伊丝？”

“当然！”她几乎尖叫出来，“气球线！”

拉尔夫点点头。“没错，气球线。我不记得前两个女神的名字，但我记得最后一个叫阿特洛波斯。她的任务是剪断由第一位女神纺出来、第二位女神决定长度的线。你可以和她争论，乞求她，但无济于事。当她觉得时间到了就会把它切断。”

洛伊丝点点头。“没错，我记得这故事。不知道是我小时候读过还是有人告诉我的。拉尔夫，你相信这是真的，对吗？只不过命运三女神变成了秃头三兄弟。”

“你只答对了一半。在我记忆中，那三位女神是同一阵线、同一团队的。从洛克太太家中走出来的那两个医生给我的感觉正是如此，他们是长期合作伙伴，彼此非常尊重。但今晚我们看到的另外一个和他们不是一伙的。我认为三号医生是个无赖。”

洛伊丝打了个寒颤，这戏剧性的动作在最后一刻变成了现实。“他很可怕，拉尔夫。我讨厌他。”

“这不怪你。”

拉尔夫准备打开车门，洛伊丝伸手把他拦住了。“我看见他做了一个动作。”

拉尔夫转身看着她。脖子上的肌腱咯吱作响。他很清楚她要说什么。

“他从那个撞了罗莎莉的司机的口袋中偷了东西，”她说道，“当那个司机跪在罗莎莉身边时，秃头男子摸了他的口袋。但他只拿了一把梳子。还有那个秃头戴的帽子……我相信我认出来了。”

拉尔夫继续看着她，热切地希望洛伊丝对三号医生装束的记忆就此打住。

“那顶帽子是比尔的，对吧？比尔的巴拿马草帽。”

拉尔夫点点头。“没错。”

洛伊丝闭上眼睛。“噢，天哪。”

“怎么样，洛伊丝？你还好吧？”

“还好。”她打开车门，走了出去，“趁我还没有失去勇气之前，我们赶快走吧。”

“好的。”拉尔夫·罗伯茨说道。

3

当他们走近德里之家医院的大门时，拉尔夫凑到洛伊丝耳边喃喃地说：“你看见了吗？”

“看见了。”她睁大眼睛，“天哪，看见了。这次真清楚。”

他们通过电眼光束时，通往医院大厅的门自动打开，世界的表层开始剥落，露出了另一个世界，一个充满隐藏的色彩和看不见的形状的世界。天花板上那幅描绘德里市在世纪之交伐木业盛况的壁画中，深棕色的箭形图案相互追逐，越来越近，直到碰到一起。这时箭头闪现深绿色的光，然后改变方向。一个看似水柱或小旋风状的亮银色漏斗从通往二楼会议室、自助餐厅和礼堂的弧形楼梯上降落下来。当它一步步下滑时，宽阔的顶端跟着一起来回摆动，拉尔夫认为它非常亲切，就像迪士尼卡通里拟人化的角色。拉尔夫正盯着看时，两个拿着公文包的男子匆匆上楼，其中一个直接穿过亮银色漏斗。他没有停止和同伴的对话，可是当他从漏斗另一边出来时，拉尔夫看到他心不在焉地用空着的手捋了捋头发……虽然头发根本就没凌乱。

漏斗到达楼梯底部，在大厅中央以紧凑、饱满的“8”字形旋转了一会儿，然后突然消失了，只留下淡淡的玫瑰色薄雾。薄雾也很快消散殆尽。

洛伊丝用胳膊肘戳了一下拉尔夫的腰，准备用手指着中央咨询台后面的一个地方，但她意识到周围都是人，于是抬起下巴朝那个方向点头示意。拉尔夫之前在天空中看到一个类似史前飞鸟的形状，现在他又看见一个类似透明长蛇的形状。它正缓慢游过天花板，天花板的下方有一块牌子，上面写着：**请在此等候验血**。

“是活的吗?”洛伊丝有些惊慌地小声问道。

拉尔夫更仔细地看了看，发现那东西没有头……也看不出有尾巴。只有身体。他认为它应该是活的——他觉得所有的光环都是有生命的——但他不认为那是一条真蛇，并且怀疑它可能不危险，至少不会像真蛇那样危险。

“别为小事烦恼，亲爱的。”他轻声回了句，然后他们到中央咨询台排队。他说这话时，蛇形物体似乎融入天花板，然后消失了。

拉尔夫不知道鸟和旋风之类的东西在秘密世界的规划蓝图中有多重要，但他确信人仍是主角。德里之家医院的大厅就像一场华丽的国庆焰火表演，在这场表演中，由人类出演罗马蜡烛和中国喷泉。

洛伊丝用手指勾住他的衣领，让他低头看着她。“你负责谈话，拉尔夫，”她虚脱、惊恐地小声说，“我尽力不尿裤子。”

排在他们前面的男子离开了咨询台，拉尔夫走上前去。一段关于吉米·V. 的清晰甜蜜、令人怀念的记忆浮现在脑海。当时他们在罗德岛一带的某条公路上——可能是金斯顿——一时心血来潮，决定参加在附近一块干草地上举行的帐篷奋兴布道会。当然，他们喝得烂醉如泥。两个美丽的年轻女子站在帐篷外分发小册子，当他和吉米走近她们时，俩人带着满嘴酒气相互告诫要保持冷静，一定要保持冷静。他们那天有没有艳遇?或者……

“有什么事?”中央咨询台的女人问道，她的语气似乎在说，她愿意和他说话就已经很给面子了。他透过玻璃看着她，看到一个被笼罩在一团混乱橘黄色光环里的女人，看似燃烧的荆棘丛。这是一位喜欢繁文缛节的女士，他想，接着他又想起那两个站在帐篷入口的女孩一闻到他和吉米·V.的酒气，便立刻礼貌但坚决地拒绝了他们。结果那天晚上他们去了森特勒尔福尔斯市的一家备有自动唱机的小酒吧，点了最后一首歌后摇摇晃晃地离开酒吧而没被打劫，可谓是非常幸运了。

“先生？”玻璃柜台后的女人不耐烦地问道，“有什么事吗？”

拉尔夫砰的一声回到现实。“是的，女士。我和我妻子想去三楼看望吉米·范德米尔，不知……”

“三楼是重症监护楼层，”她厉声说，“没有特殊通行证不能上三楼。”她头顶的光环开始释放出黄色的钩子，她的光环变得好像可怕无人区常见的那种带刺铁丝网。

“我知道。”拉尔夫十分谦逊地说，“但我朋友拉法耶·查宾说……”

“天啊！”咨询台后的女人打断了他，“太好了，每个人都有朋友。真是太好了。”她讽刺地看着天花板。

“但法耶说吉米可以接见访客。他患了癌症，将不久于世……”

“呃，我查一下档案，”咨询台后的女人用一种不情愿的语气说道，似乎明知这样做徒劳无功，“但今晚电脑运行速度很慢，需要花点时间。把你名字告诉我，然后你和你妻子到那边坐着。我会尽快通知你们……”

拉尔夫认为他已经受够了这条官僚看门狗的窝囊气。毕竟，他需要的不是阿尔巴尼亚的出境签证，而是一张该死的重症监护室通行证。

玻璃柜台底部有个凹槽。拉尔夫把手伸进去，趁其不备抓住了她的手腕。那些橘黄色的钩子找不到依附点，直接穿过他的皮肤，产生了一种不痛但非常清晰的感觉。拉尔夫轻轻捏了捏，感觉有股小小的力量爆发出来——如果能看见，应该和弹丸一般大小——从他身上传向那女人。突然间，环绕在她左臂和身体两侧的橙色光环变成了拉尔夫身上褪了色的青绿色光环。她气喘吁吁地靠在椅子上，好像有人拿着一个装满冰块的纸杯从她制服后面倒进去。

（“别管电脑的运行速度。请给我几张通行证，快点。”）

“好的，先生，”她立刻说道，拉尔夫松开她的手腕，让她到桌子底下拿东西。她手臂周围青绿色的光芒又变成了橘黄色，从肩膀一直延伸到手腕。

我可以把她全部变成蓝色，拉尔夫心想。控制她，让她像上了发条的玩具那样在整个房间里跑来跑去。

他突然想起艾德引用《马太福音》中的片段——还有希律王，发现有人戏弄他，恼怒至极——感到非常恐惧和羞愧。吸血鬼的想法再次出现，还有著名的老漫画《弹簧单高跷》中的名句：我们遇到了敌人，敌人就是我们自己。没错，或许他可以对这个笼罩在橘黄色光环中的女人为所欲为，他的电池充满电量。唯一的问题在于这些电池中的电量以及洛伊丝电池中的电量都是偷来的。

咨询台后的那位女士把手从桌底伸出来，拿着两张粉红色薄徽章，上面写着“重症监护 / 访客”。“先生，给。”她一改之前的语气客气地说，“祝您访客愉快，感谢您耐心等待。”

“谢谢你。”拉尔夫说道。他接过徽章，拉起洛伊丝的手。“走吧，亲爱的。我们应该

（“拉尔夫，你对她**做**了什么？”）

（“没什么——她应该没事。”）

抓紧时间上楼，探病时间就快过了。”

洛伊丝回头看了一眼咨询台后的那位女士。她正在接待下一位访客，但速度很慢，就好像刚得到了某种令人惊叹的启示，必须好好考虑一番。她全身只有指尖还有蓝光，但也逐渐消失了。

洛伊丝抬头看着拉尔夫，笑了笑。

（“没错……她没事。所以别再自责了。”）

（“我自责了吗？”）

（“对，我这么觉得……我们又用心灵感应说话了，拉尔夫。”）

（“我知道。”）

（“拉尔夫？”）

（“嗯？”）

（“这太美妙了，对吗？”）

（“没错。”）

拉尔夫试图隐藏其他想法：能感觉到如此美妙的事物，必须付出极大的代价。

4

（“别再盯着那个婴儿了，拉尔夫。你让它妈妈很紧张。”）

拉尔夫瞥了一眼怀里抱着熟睡婴儿的女人，发现洛伊丝说得没错……但他实在忍不住。这个婴儿不足三个月大，全身笼罩在剧烈移动的黄灰色光环里。这道强烈且不稳定的光围绕着小婴儿，速度之快犹如巨行星——木星或土星——周围气体的运行速度。

（“天啊，洛伊丝，那是脑损伤对吗？”）

（“没错，那女人说因为发生了车祸。”）

（“她说？你和她说过话？”）

（“没有，是……”）

（“我不明白。”）

（“我也是。”）

超大的医院电梯缓慢上升。电梯内的人——跛足的、伤残的以及少数心怀愧疚的健康人士——都不说话，要么看着电梯上方的楼层显示器，要么低头看着自己的鞋子。唯一例外的是那位抱着婴儿的母亲。她用怀疑和警戒的神情望着拉尔夫，似乎害怕他会突然扑上来，从她怀里抢走婴儿。

不仅因为我在看她，拉尔夫心想。*至少我认为不是。她感觉到我对她孩子有企图。感觉……察觉……听到我……总之，不是好事。*

电梯停在二楼，电梯门呼哧呼哧地开了。抱着孩子的女人转向拉尔夫。当她这么做时，婴儿微微躁动起来，拉尔夫看了看他的头顶。

小头骨上有一道深深的裂痕。一条红色伤疤划过。在拉尔夫看来，那伤疤就像沟渠底部一股污浊的水流。笼罩着婴儿的丑陋而混乱的黄灰色光环，从这道伤疤里浮现出来，就像从大地裂缝里冒出来的蒸汽。婴儿的气球线与光环颜色相同，但它与拉尔夫目前见过的任何气球线都不同——看起来较健康，但短而丑陋，和树桩一样短。

“你母亲没教过你礼仪吗?”怀抱婴儿的母亲问拉尔夫，让他难过的不是她的责备或态度，而是她的做法。他真把她吓坏了。

“女士，我向你保证……”

“好的，去和我的屁股保证吧。”她说，然后走出电梯。电梯门缓缓关上。拉尔夫瞥了洛伊丝一眼，俩人短暂地交换眼神，但彼此会意。洛伊丝朝电梯门摇了摇手指，好像在骂他们，一种灰色的网状物质从她指尖散开来。这物质碰到电梯门，让它再度打开，就像碰到障碍物自动滑开一样。

（“女士!”）

那女人停下脚步，转过身，一脸困惑。她环顾四周，想找出谁在叫她。她的光环呈现深奶油黄色，内层散发着淡橙色。拉尔夫和她四目相对。

（“如果我冒犯你了，我表示抱歉。这对于我朋友和我都很新奇。我们就像正式晚宴上的孩子。对不起。”）

（“……”）

他不知道她到底想要表达什么——感觉像是看一个人在隔音间里说话——但他感觉到宽慰和深深的不安……类似人被发现正在做不该做的事情时产生的反应。她怀疑地盯着他看了一两分钟，然后转身，沿着挂有**神经病学检查**指示牌的走廊快速离开。洛伊丝在电梯门口撒的灰网逐渐变淡，电梯门快速关上，电梯继续缓慢上升。

（“拉尔夫……拉尔夫，我知道那孩子怎么了。”）

她朝他的脸伸出右手，手掌朝下从他的口鼻之间滑过。她用拇指轻轻按了按他的一个颧骨，用食指轻轻按另外一个。动作非常迅速，电梯内几乎没人发觉。就算剩下三位乘客中有人发现了，也会以为只是爱干净的妻子替丈夫抹匀脸上的乳液或者擦掉残留的剃须膏。

拉尔夫感觉好像有人在他大脑里装了一个高压开关，就是那种足以打开整座运动场照明灯的开关。在短暂的炽亮灯光中，他看到一个可怕的景象：两只包裹在棕紫色光环中的手伸到婴儿床里，抓起他们刚看到的婴儿。婴儿被猛地前后晃动，连着细弱脖子的脑袋就像洋娃娃的头那样摇晃……

然后被抛出去……

这时，拉尔夫脑袋里的光熄灭，他发出一声刺耳、颤抖、如释重负的叹息。他想起昨晚在晚间新闻上看到的反人流抗议者，他们挥舞着贴有苏珊·戴照片的标语牌，上面写着**通缉杀人犯**。有些男女穿着死神长袍，还有一些男女，举着写有**生命，多么美好的选择**的横幅。

他不知道那个惊愕的婴儿是否对横幅上的那句话有不同的看法。他看到洛伊丝和他同样惊讶而痛苦的眼神，于是摸索着紧握她的手。

（“是孩子父亲下的手，对吗？把孩子往墙上扔？”）

（“没错。因为那孩子哭个不停。”）

（“她知道是孩子父亲。她知道，但她没告诉任何人。”）

（“没有……但她可能会告诉别人，拉尔夫。她正在考虑这件事。”）

（“她可能会等他下次动手时才告诉别人，而下一次他可能会把孩子弄死。”）

拉尔夫的脑海中闪现出一个可怕的念头，犹如流星在夏夜的天空划出的短暂火花：如果他真的那么做倒也好。那婴儿的气球绳只有树桩那么长，但很健康。这孩子可能会活好几年，不知道自己是谁，身在何处，更不用说他为何而活，像雾中看花一般看着人们来来去去……

洛伊丝耷拉着肩膀站在那里，凝视着电梯地板，流露出一种令拉尔夫揪心的悲伤情绪。他伸手托着她的下巴，看见一朵精致的蓝色玫瑰从他们光环接触的地方旋转升起。他让她抬起头，看到她眼中噙着泪水，但他并不感到意外。

“你仍觉得这一切都很美妙吗，洛伊丝？”他轻声问道，但没有得到回答，耳朵和心里都没有。

5

只有他们两个人在三楼出了电梯，这里弥漫的寂静和图书馆书架下的灰尘一样厚重。两个护士站在走廊中央，穿着白大褂，胸前抱着写字板，低声交谈。任何站在电梯旁的人看见她们，都会猜测她们是在谈论生与死和英雄的评判标准等话题。然而，拉尔夫和洛伊丝只看了一眼她们重叠的光环，就知道她们正在讨论下班后去哪儿喝酒。

拉尔夫看见了，但也可以说没看见，就像一位沉思的驾驶员留意并遵守交通信号灯，但并非真正看见它们。他和洛伊丝走出电梯，听到护士的鞋在油毯地面上发出微弱的咯吱声，这声音颇似生命维持设备发出的微弱嘟嘟声，这让他产生了似曾相识的感觉，此时他脑中几乎充满了这种感觉。

门牌号为偶数的病房在左侧，门牌号为奇数的病房在右侧，他心想，卡洛琳去世的317病房在护士站旁边。是317病房，没错——我记得，都已经到这里了，我全部想起来了。想起了有人总把她的病历本倒插在门后的小口袋里；想起了在阳光明媚的日子里，窗外的光线总是在病床上洒下弯曲的长方形光影；想起了坐在访客椅上，便能看见那些负责监视生命体征系统、接听电话和打电话订比萨饼外卖的值班护士。

一切还是原样，一模一样，仿佛又回到了三月初的那一天。经过阴沉、黑暗的一天，冻雨噼里啪啦地拍打着317病房的窗户。他坐在访客椅上，腿上放着夏伊勒的《第三帝国的兴亡》，这本书从早上到现在根本就没打开过。他坐在那儿，不想起身，甚至连上厕所都不愿意去，因为报死虫的滴答声已经快要中断。每次的滴答声都很艰难，而两声滴答之间恍如隔了一个世纪。他相濡以沫的伴侣要去搭火车，他想在站台上给她送行。他只有这一次机会。

冻雨越来越猛，越来越急，由于维持生命的设备已经关闭，所以很容易听到冻雨声。拉尔夫在二月最后一周就放弃了，而一生从不妥协的卡洛琳则是晚一点才得到这个讯息。到底是什么讯息？在卡洛琳·罗伯茨与癌症进行的十回合势均力敌的恶战中，获胜的是癌症这个常胜重量级冠军，而且采用的方式是技术性击倒（TKO）。

他坐在访客椅上望着她，等待着。她的呼吸声越来越明显——长如叹息的呼气，平坦、静止的胸腔，他越来越确定，最后一口气确实就是生命的终止，报死虫的滴答声已经停止，火车已经到站，要带走唯一的乘客……接着，又一声猛烈但无意识的喘息，她又从恶劣的空气中吸进一大口气，已经不算是正常的呼吸，只是反射性的一口接一口地喘息，犹如一个醉汉在廉价旅馆黑暗的长廊上跌跌撞撞。

啪啦——啪啦——啪啦——啪啦：阴暗的三月天逐渐变黑，冻雨还在不断用无形的手指敲打着窗户，卡洛琳还在为最后一轮比赛的后半段而战。当然，那时，她已经完全处于自动驾驶状态，曾经存在于她精致头颅中的大脑已经不见了。大脑被一个突变体所取代——一个愚蠢的灰黑色恶棍，不会思考也没有知觉，只知道吃，直到撑死。

啪啦——啪啦——啪啦——啪啦：他看到她鼻子里的T形呼吸器歪了。他等她缓慢吃力地大吸一口气，吐出，然后才上前把塑料小鼻套放回原处。他记得手指上沾了一点黏液，他从放在床头柜上的盒子里抽出一张纸巾擦干净。他坐回到椅子上，等她再次呼吸，确保呼吸器没问题。但她没有再呼吸，他意识到，从去年夏天以来，他不断听到的滴答声似乎已经停止了。

他记得他当时等了一会儿——一分钟、三分钟、六分钟过去——无法相信他们所有美好的时光和岁月（暂且不提少数不愉快的时光）就这样悄无声息地结束了。她那台调到本地轻音乐电台的收音机正在病房角落里播放轻音乐。他听着西蒙和加芬克尔唱的《斯卡布罗集市》。他们一直唱到结尾。接着是韦恩·牛顿唱的《非常感谢》，他也唱到了结尾。接着是天气预报，但电台主持人还没播报完拉尔夫·罗伯茨失去妻子第一天的天气，阴雨天转冷，风向转为东北方向等，拉尔夫就已经想通了。报死虫不再传出滴答声，火车已经到站，拳击赛已经结束。所有的比喻都已失效，房间里只剩下那个女人，终于安息了。拉尔夫开始哭泣，边哭边到角落把收音机关了。他记得那个夏天，他们一起学了手指画，当晚，他们在彼此的裸体上用手指作画。一想到这段往事，他哭得更加厉害。他走到窗前，把头靠在冰冷的玻璃上痛哭。想通之后，他只有一个念头：他也想死。护士听到他的哭声，走了进来。她想替卡洛琳把脉。拉尔夫叫她别再傻了。她走到拉尔夫跟前，他以为她要给他把脉，而她只是抱住了他。她……

（“拉尔夫？拉尔夫，你怎么了？”）

他看着旁边的洛伊丝，想开口说他很好，然后想起来，在这种状态下他几乎没有什么可以对她隐瞒的。

（“很难过。这儿有太多回忆。不堪回首。”）

（“我能理解……但向下看，拉尔夫！你看地板！”）

他睁大眼睛看着地板。只见地板上布满了五彩缤纷的脚印，有些是新鲜的，但大部分已经模糊不清。有两组脚印很显眼，犹如钻石在一堆仿制品中闪闪发光。它们呈深绿金色，里面还夹杂着一些微红的斑点。

（“这是我们要找的脚印吗，拉尔夫？”）

（“是的——那两个秃头矮医生来这儿了。”）

拉尔夫拉着洛伊丝的手——非常冰冷——带着她沿走廊缓慢向前走去。

第十七章

1

他们没走多远，便发生了奇怪且可怕的事。一瞬间，他们眼前的世界变成白茫茫的一片。病房的房门沿着走廊排列，在强烈的白光下几乎让人无法看到，因为它们已经膨胀成仓库货场入口一般大小。走廊本身似乎也在变长变高。拉尔夫感到自己的胃在下垂，就像他年少时在老果园海滩玩尘卷风过山车时常有的感觉。他听到洛伊丝在呻吟，她紧张地握着他的手。

白光仅持续了一秒，然后所有色彩再度浮现，而且比之前更加明亮刺眼。视角恢复正常，但物体看上去更加厚实了。光环还在，却似乎变得*更加淡薄*——由原来的喷漆色变成了粉彩色。与此同时，拉尔夫意识到自己能看到左边石膏板墙壁上的每一道裂缝和每一个孔隙……接着他又意识到，如果他想看的话，自己可以看到墙*后面*的管道、电线和绝缘材料。他只需将目光转向那里，就能看到一切。

天哪，他想，这是真的吗？这真的会发生吗？

声音无处不在：隐约的铃声，冲马桶的声音，微弱的笑声。这些在日常生活中听惯了的声音，此时听起来却不一样。在这里听起来不一样。这些声音犹如有形的物体，似乎有一种特别的质感，犹如交织在一起的丝绸和钢铁。

并非所有声音都能在日常生活中听到，有不少奇特的声音混杂在其中。他听到一只苍蝇在暖气管里嗡嗡作响。护士在员工浴室里调整裤袜时发出的沙沙声。心跳声、血液流动声、如潮汐般涌动的呼吸声。每个声音都很清晰，相互交融在一起，组成一出美丽而复杂的听觉芭蕾舞剧——肠胃的汩汩声、电源插座的嗡嗡声、吹风机的出风声、医院轮床的滚轮声组成了没有影像的《天鹅湖》。拉尔夫听见走廊尽头的护士站隔壁传来的电视声。是从340病房传来的，肾脏病患者托马斯·雷恩先生正在看由科克·道格拉斯和拉娜·特纳主演的《玉女奇男》。“如果你和我合作，宝贝，我们会让这个小镇耳目一新。”科克说道，拉尔夫从包围着这些言语的光环了解到道格拉斯先生在拍摄这场戏的那天牙疼。不仅如此，他知道如果愿意，他可以知道得更

（更多？更深入？更广？）

拉尔夫绝对不想了解。这就像雅顿森林，人很容易在灌木丛中迷路。

或者被老虎吞食。

（“天啊！这是另一个空间——一定是，洛伊丝！一个全新的空间！”）

（“我知道。”）

（“你能接受吗？”）

（“应该可以，拉尔夫……你呢？”）

（“目前还行……但如果地板再塌陷，我就不知道了。走吧。”）

他们正准备循着那些绿金色的足迹往前走，突然看见比尔·麦戈文和一个拉尔夫不认识的人从313病房走了出来。他们在全神贯注地进行交谈。

洛伊丝惊恐地把脸转向拉尔夫。

（“哦，不！天哪，不！你看到了吗，拉尔夫？你看到没有？”）

拉尔夫把她的手握得更紧。他当然看见了。麦戈文的朋友被紫红色的光环笼罩着。它看上去并不是特别健康，但拉尔夫认为这个人病得不是很重，他只是患了风湿病和肾结石之类的慢性病。同样呈紫红色的气球线从那个人光环的顶端升起，犹如潜水员的氧气管在温和的水流中来回摇摆。

然而，麦戈文的光环完全是黑色的。曾经是气球线的地方只剩下残余部分，从光环当中僵硬地伸出来。那个受惊婴儿的气球线虽然很短却很健康，而他们此刻看到的却是粗糙截肢手术的腐烂残留

物。拉尔夫的脑中闪过一个影像，非常强烈，几乎像是幻觉：麦戈文的眼珠先突了出来，然后从眼窝中冒出来，被里面的黑虫挤出来的。他紧闭眼睛，忍住不尖叫。当他再次睁开眼睛时，发现洛伊丝不见了。

2

麦戈文和他朋友朝护士站的方向走去，可能是在找饮水机。热心的洛伊丝一路小跑穿过走廊追了上去，胸部不停晃动。她的光环闪烁着粉红色的火点，看似星状霓虹灯。拉尔夫在其身后紧追。他不知道如果她被麦戈文发现了会发生什么，也不想知道。不过，他应该很快就知道了。

（“洛伊丝！洛伊丝，别追了！”）

她没理他。

（“比尔，等一下！你听我说！你问题大了！”）

麦戈文没有注意到她，他正在谈论鲍勃·博尔赫斯特《那年夏末》的手稿。“那是我读过的论述南北战争的最好的书，”他向那个笼罩在紫红色光环中的男子说，“可我建议他出版时，他却说不可能。你相信吗？有可能会拿普利策奖，但……”

（“洛伊丝，回来！别靠近他！”）

（“比尔！比尔！比……”）

拉尔夫没来得及赶上洛伊丝，她就追上了麦戈文。她伸手抓住麦戈文的肩膀。拉尔夫看见她的手指陷入围绕在他周围的黑暗光环中……然后滑入他体内。

她的光环立刻改变了，从闪耀着粉红色光点的灰蓝色变成了宛如消防车的亮红色。参差不齐的黑色光晕像成群的小昆虫在里面涌动。洛伊丝尖叫着，把手缩回去，脸上布满了恐惧和厌恶的表情。她把手举到眼前又尖叫起来，但拉尔夫看不清她的手出了什么问题。她的光环外围出现了许多不停旋转的黑色狭窄条纹。在拉尔夫看来，它们就像太阳系地图上标出的行星轨道。她转身逃开。拉尔夫抓住她的手臂，她胡乱地拍打着拉尔夫。

与此同时，麦戈文和他朋友继续沿走廊缓步向饮水机走去，浑然不知身后不足十英尺处有个女人在尖叫、挣扎。“我问过鲍勃为何不出版那本书，”麦戈文继续说道，“他说我应该比任何人都明白原因。我告诉他……”

洛伊丝火警铃声般的尖叫声盖过了他的声音。

（“！！！——！！！——！！！”）

（“别叫了，洛伊丝！赶快停下！刚发生的一切都结束了！都结束了，你现在没事了！”）

但洛伊丝仍在挣扎，将这些含糊不清的尖叫声注入麦戈文的脑中，试图告诉他事情有多可怕，他被腐蚀得有多严重，他体内有东西正在啃食他，这已经够糟了，但还不是最糟的。那些东西有知觉，她说，它们非常坏，它们知道她在这儿。

（“洛伊丝，有我在！你和我在一起，没事……”）

她一拳打中拉尔夫下颚，他顿时眼冒金星。他明白他们已经进入一个无法与别人进行实质接触的空间——难道他没有看见洛伊丝的手像幽灵的手一样直接伸入麦戈文的体内吗？——但他们俩人仍能保持沟通，他淤青的下巴也证明了这一点。

他把她揽入怀中，把她的两只拳头紧按在俩人的胸口之间。她的尖叫声

（“！！！——！！！——！！！”）

继续咆哮，冲击着他的大脑。他双手合拢，放在她肩胛骨之间，用力挤压。他感觉体内又涌出一股力量，类似上午的情况，只是这一次的感觉完全不同。蓝光透过洛伊丝那狂暴的红黑光环，抚慰着它。她渐渐停止挣扎。他感到她打了个寒颤。她头顶和四周的蓝色光芒正在扩大和减弱。光环里的黑条纹由下往上逐渐消失，被感染的令人担忧的红色阴影也开始消退。她把头倚在他胳膊上。

（“对不起，拉尔夫——我又气爆了，对吗？”）

（“我看是，但没关系。现在没事了，这是最重要的。”）

（“你不知道那有多可怕……碰到他身体的感觉……”）

（“我了解，洛伊丝。”）

她瞥了一眼走廊，麦戈文的朋友正在那儿喝水，而麦戈文则懒洋洋地靠在他旁边的墙上，谈论着备受尊敬的鲍勃·博尔赫斯特总是用钢笔填写《纽约时报周日版》的填字游戏。“他曾告诉我那不是傲慢，而是乐观。”麦戈文说道，他说话时，死亡袋在他身边缓慢地旋转，从他嘴里和变化多端的指间流入流出。

（“我们帮不了他，是吗，拉尔夫？我们真的无能为力了吗？”）

拉尔夫紧紧地拥抱了她一下。他看到她的光环完全恢复了正常。

麦戈文和他朋友正沿着走廊往回走。拉尔夫不假思索地从洛伊丝身边挣脱出来，径直走到普拉姆先生面前。他正在听麦戈文滔滔不绝地讲述老年的悲剧，并不时点点头。

（“拉尔夫，别那么做！”）

（“没事儿，别担心。”）

可突然间他不敢确定是否真的没事。也许他应该后退一步，考虑清楚。但他还没来得及后退，普拉姆便心不在焉地看着他的脸，然后径直穿过了他的身体。那股席卷拉尔夫身体的感觉非常熟悉，就像发麻的肢体开始恢复知觉时那种针刺般的感觉。一时间，他的光环和普拉姆先生的光环混在一起，拉尔夫知道了关于他的一切，包括他在娘胎里做过的梦。

普拉姆先生突然停住了脚步。

“怎么了？”麦戈文问道。

“没事，但……你有没有听见砰的一声？类似鞭炮或汽车逆火的声音。”

“没有，但我听力大不如前了，”麦戈文轻笑着说，“如果有东西爆炸了，我希望不是从那些辐射性病房中传出来的。”

“现在听不到了，可能是我出现了幻觉。”他们走进了鲍勃·博尔赫斯特的病房。

拉尔夫心想：珀赖因太太说听起来像枪声。洛伊丝的朋友以为她身上有虫子在咬她。可能只是触感不同，就像钢琴演奏者有不同的手感。不管怎样，当我们和他们融合时，他们能感觉到。他们可能不知道这是什么，但确实有感觉。

洛伊丝牵着他走向313病房。他们站在门外，看着麦戈文坐在床尾的塑料靠背椅上。房间里至少挤了八个人，拉尔夫看不清鲍勃·博尔赫斯特，但他能看见一样东西：尽管深陷死亡袋中，博尔赫斯特的气球线仍完整无缺。它像生锈的排气管一样肮脏，严重剥落、开裂……但还是完整的。拉尔夫回头看着洛伊丝。

（“这些人可能要等很久。”）

洛伊丝点点头，然后指着金绿色的足迹——白人足迹。拉尔夫看到脚印绕过了313病房，进入了隔壁的病房——吉米·V.住的315病房。

他和洛伊丝一起走上前，看向病房内。吉米·V.有三位访客，而坐在床边的那人以为只有他一位。那位访客是法耶·查宾，他正随意翻看着吉米床头柜上的两叠问候卡。另外两位正是拉尔夫在梅·洛克家门口见到的秃头矮医生。他们站在吉米·V.的床尾，身穿整洁的白色罩衫，神情肃穆。拉尔夫近看他们，发现那两张没有皱纹、几乎完全相同的脸有着数不清的特点，这无法通过双筒望远镜看清楚——或者说除非你认知能力上升了才能看到。大部分特点集中在眼睛上。那些黑色的眼睛没有瞳孔，带着暗金色的光芒，闪烁着智慧和敏锐的洞察力。他们的光环如同皇帝的长袍一样辉煌耀眼……

或者像盛装的百夫长。

他们朝拉尔夫和洛伊丝望了一眼，俩人手拉手站在门口，犹如两个在童话森林里迷了路的孩子，朝他们微笑。

（你好，女士。）

那是一号医生。他右手拿着剪刀。刀刃很长，看起来很锋利。二号医生朝他们走了一步，滑稽地半鞠躬。

（你好，男人。我们正等着你们。）

3

拉尔夫感到洛伊丝握紧了他的手，然后又松开了，因为她断定他们暂时没有危险。她向前迈出一小步，来回审视一号医生和二号医生。

（“你们是谁？”）

一号医生双臂交叉置于小胸脯前。剪刀的刀刃和他左前臂一样长。

（我们没有名字，和你们这些凡人不一样——但你可以根据这个人和你说过的神话故事里命运三女神的名字称呼我们。虽然这些都是女性的名字，但对我们来说差别不大，因为我们没有性别。我就叫克洛索吧，虽然我不纺线，我的同事和老友叫拉克西斯，虽然他从不转动纺锤或者丢硬币。进来吧，两位——请进！）

他们走进病房，警惕地站在访客座椅和病床之间。拉尔夫认为这两个医生不会对他们造成任何伤害——至少目前如此——但他仍不想靠得太近。和普通人相比，他们的光环异常明亮璀璨，让他感到害怕。他从洛伊丝睁大的眼睛和半张开的嘴巴可以看出，她也有同感。她发现拉尔夫在看着她，于是转向他，挤出微笑。我的洛伊丝，拉尔夫心想。他伸手搂住她的肩膀，轻拥了她一下。

拉克西斯：（我们已经把名字——方便你们使用的名字告诉你们了，你们是不是也该透露一下你们的名字？）

洛伊丝：（“你是说你们还不知道？对不起，我很难相信。”）

拉克西斯：（我们可以知道，但是选择了不去打探。我们尽量遵守你们凡人的礼仪。我们发现这些礼仪很可爱，因为它们是由你们当中的老人传给小孩，创造出的一种永恒的幻觉。）

（“我不懂。”）

拉尔夫也不懂，也不太想懂。他还发现这个自称拉克西斯的人语气中带有几分居高临下的感觉，这让他想起麦戈文每次高谈阔论或卖弄学问的样子。

拉克西斯：（没关系。我们知道你们会来。我们知道周一凌晨你们在看我们，就在）

此时，拉克西斯的声音有一种奇怪的重叠效果。他似乎同时在说两件事，两句话就像蛇含着自己的尾巴那样纠缠在一起。

（梅·洛克。）（那个死掉的女人。）（的家门前。）

洛伊丝犹豫地走向前。

（“我叫洛伊丝·夏瑟。我朋友叫拉尔夫·罗伯茨。既然我们都已经自我介绍了，两位或许可以告诉我们这里发生了什么。”）

拉克西斯：（还有一个没介绍。）

克洛索：（拉尔夫·罗伯茨已经替他取了名字。）

洛伊丝看着拉尔夫，他正在点头。

（“他们说的是三号医生，对吧？”）

克洛索和拉克西斯点点头。他们都带着同样赞许的笑容。拉尔夫应该觉得受宠若惊，但是他没有。相反，他很害怕，也很生气——他们完全被操控了。这次会面不是偶然，从一开始就是一个圈套。克洛索和拉克西斯这两个秃头矮医生，静候在吉米·V.的病房，等待他们这两个凡人过来。

拉尔夫瞥了法耶一眼，看到他从后兜里掏出了一本叫《经典象棋50题》的书。他一边读，一边若有所思地挖鼻孔。经过初步探索，他开始往深处挖，挖出一大块。他仔细端详了片刻，然后往床头柜下面一抹。拉尔夫尴尬地扭过头，他想起祖母说过的一句话：别从钥匙孔偷窥，否则你会后悔。他活到七十岁了，还一直无法理解这句话，但现在终于明白了。与此同时，他又想到了另一个问题。

（“法耶为什么看不见我们？比尔和他朋友为什么看不见我们？为什么那个人可以穿过我们的身体？该不会是我的幻觉吧？——”）

克洛索笑了笑。

（你没有产生幻觉。你不妨把生活想象成一座建筑——你可以把它称为摩天大楼。）

但拉尔夫发现，克洛索并不是那么想的。有那么一瞬间，他似乎从对方脑海中捕捉到了一个既令人兴奋又令人不安的画面：一座用乌黑石头砌成的巨塔，矗立在一片红玫瑰丛中。许多狭长的窗户沿着塔的侧面呈螺旋状一路往上回旋。

随后这个画面消失了。

（你、洛伊丝以及所有凡人都住在这个建筑的一、二层。当然里面有电梯……）

不，拉尔夫心想。我在你脑海中看到的那个塔可没有电梯，小矮子。那座建筑中——如果它真实存在——没有电梯，只有一段狭窄的楼梯，上面挂满了蜘蛛网，开着无数扇不知通往哪里的门。

拉克西斯好奇地看着他，令人感到奇怪甚至可疑，拉尔夫不喜欢那副模样。他转向克洛索，示意他继续往下说。

克洛索：（正如我刚才所言，电梯是有的，但一般情况下不允许凡人使用。你们还没

准备好）（准备充分）（……）

最后一种解释显然是最合理的，但拉尔夫还没来得及领会，它就从他身边跳开了。他看了看洛伊丝，看到她摇摇头，然后又看了看克洛索和拉克西斯。他感到前所未有的愤怒。那些坐在高背椅上等待黎明的漫长无尽的夜晚，无数个如幽灵般游荡的白天，让他必须读三遍才记得住一句话，曾经记住的电话号码，现在不得不查阅……

他突然想起一段往事，这段往事总结了他看到这两个长着暗金色眼睛、带有炫目光环的秃头生物时所感到的愤怒，同时也证明了这种愤怒的正当性。他看见自己正往厨房操作台上方的碗柜里张望，寻找他那疲惫不堪、过度紧张的大脑坚持认为还剩下的一包汤粉。他探了探头，停下来，又探了几次。他看到自己的脸部呆滞困惑的表情，很容易被误认为是轻度智障，但其实只是疲惫而已。然后他看到自己垂下手，站在那儿，好像期待着汤粉包自己跳出来。

直到此时此刻，想起这段回忆，他才意识到过去几个月的生活有多恐怖。回首那段日子，就像面对栗灰色的废墟。

（“所以你带我们上了电梯……也许我们还不够资格，于是你就带

我们上了消防梯。让我们每次适应一点，以免我们突然崩溃。这很容易。你们所要做的就是剥夺我们的睡眠，直到我们快疯了。洛伊丝的儿子和儿媳想带她到老年主题公园，你们知道吗？我朋友比尔·麦戈文认为我应该进精神疗养院了。与此同时，你们这些矮天使……”）

克洛索刚才的大笑变成了微笑。

（我们不是天使，拉尔夫。）

（“拉尔夫，别对他们大喊大叫。”）

没错，他在大喊大叫，而且有部分声音传到了法耶的耳中。法耶合上了棋谱，不再抠鼻孔，此刻正笔挺地坐在椅子上，不安地环顾着病房。

拉尔夫向后退了一步，脸上的笑容消失了。他来回看着克洛索和拉克西斯。

（“你朋友说你们不是天使。那你们住在哪一层？在更高的六至八层打扑克？我想上帝在顶楼，而魔鬼则在底下的锅炉房里烧煤吧。”）

没有应答。克洛索和拉克西斯相互迟疑地瞥了一眼。洛伊丝拉扯着拉尔夫的衣袖，但他没有理她。

（“那我们该怎么做呢，伙计们？找到你那位邪恶的秃头矮兄弟，然后拿走他的手术刀？去你的吧。”）

拉尔夫本来准备转身离开（他看过很多电影，知道最佳的离场台词），但洛伊丝惊恐得哭了起来，他只好留在原地。她那带着困惑的责备眼神让他有点后悔，觉得自己不该发脾气。他伸手挽着洛伊丝的肩膀，挑衅地看着那两个秃头。

他们又互相看了一眼，交换了某种他和洛伊丝听不见或听不懂的讯息。当拉克西斯再次转身看着他们时，他笑了……眼神却非常严肃。

（我听到你的怨言了，拉尔夫，但这并不合理。你现在不信，说不定将来会。目前，我们必须把你们的问题和我们的答案——我们能够给出的答案——放在一边。）

（“为什么？”）

（因为这个人的大限已至。仔细看，你们也许能学到一些东西。）

克洛索走到病床左侧。拉克西斯从右侧走上前，中途穿过法耶的身体。法耶突然弯下腰来，咳了一声，缓和一点后又打开他的棋谱。

（“拉尔夫，我不敢看！我不敢看他们动手！”）

但拉尔夫认为她会看。他们都会看。当克洛索和拉克西斯俯身向着吉米·V.时，他紧紧拥抱着她。他们脸上洋溢着爱、关怀和温柔，不禁让拉尔夫想起他在伦勃朗的一幅画中所见过的面孔——他想起这幅画叫《守夜人》。他们的光环交叠在吉米胸前，躺在床上的吉米突然睁开眼睛。他透过那两个秃头矮医生凝视了一会儿天花板，表情迷茫而困惑，然后他把目光转向门口，笑了。

“嘿，看看谁来了！”吉米·V.大喊道。他声音沙哑而哽咽，但拉尔夫仍能听出他那炫酷的南波士顿口音，经常把这里说成泽里。法耶跳了起来。那本棋谱从他腿上滚落下来，掉到地上。他俯身握住吉米的手，但吉米没有理他，直勾勾地盯着房间另一头的拉尔夫和洛伊丝。“是拉尔夫·罗伯茨！还有保罗·夏瑟的遗孀！嘿，拉尔夫，你还记得那天我们想进入帐篷里听他们唱《奇异恩典》吗？”

（“我记得，吉米。”）

吉米隐约露出微笑，然后又闭上眼睛。拉克西斯双手扶着垂死的吉米的脸颊，稍微移动他头部，就像理发师准备给顾客刮脸一样。与此同时，克洛索靠得更近，他打开剪刀，向前移动，让长长的剪刀夹住吉米·V.的黑色气球线。克洛索闭合剪刀，拉克西斯俯下身子，亲吻吉米的前额。

（安息吧。朋友。）

隐约传出一声微弱的切割声。剪刀上方的气球绳飘向天花板，消失了。包裹着吉米·V.的死亡袋与罗莎莉的死亡袋一样，先变成亮白色，然后瞬间消失。吉米再次睁开眼睛看着法耶。他似乎在微笑，拉尔夫心想，然后他的目光变得坚定而冷漠。他嘴角正待出现的酒窝也拉平了。

“吉米？”法耶摇了摇吉米·V.的肩膀，手穿过拉克西斯的身体。“你没事吧，吉米？……噢，糟糕。”

法耶起身离开房间，步伐并不匆忙。

克洛索：（你们是否清楚了解到，我们带着爱与尊重做这份工作？事实上，我们是最终审判医师？拉尔夫和洛伊丝，你们能明白这一点对我们的交流至关重要。）

（“了解。”）

（“了解。”）

拉尔夫不想附和他们说的任何话，但这句话——“最终审判医师”——却让他的满腔怒火消失了。听起来没错，他们把吉米·V.从只剩下痛苦的世界里解脱了出来。没错，七个月前那个下着冻雨的下午，他们无疑也曾和拉尔夫一起守在317病房，给卡洛琳同样的解脱。没错，他们带着爱与尊重去工作——就算原本有疑惑，就在拉克西斯亲吻吉米·V.额头那一刻，所有疑惑都已烟消云散。但是，有了爱与尊重，他们是否就有权利让他——还有洛伊丝——经历这么多折磨，还要他们尾随一个脱轨的超自然生物到处跑？难道他们认为这两个不再年轻的凡人对付得了这种生物？

拉克西斯：（我们离开这里吧。这里很快就会挤满人，我们需要谈谈。）

（“我们有选择吗？”）

他们的回答

（当然有！）（总有选择！）

来得很快，带着惊讶的色彩。

克洛索和拉克西斯向门口走去，拉尔夫和洛伊丝向后退，以便为他们让道。然而，两个秃头矮医生的光环还是短暂地扫过他们的身体，拉尔夫注意到了他们光环的味道和质感：犹如甜苹果的味道和干爽树皮的质感。

他们肩并肩地走着，彼此严肃而恭敬地交谈着。这时，法耶回来了，身后跟着两个护士。仨人穿过拉克西斯和克洛索的身体，接着又穿过拉尔夫和洛伊丝，丝毫没有放慢脚步或遇到任何阻碍的感觉。

病房外的走廊上，气氛一如既往地安静。没有蜂鸣器的嗡嗡声，没有警示灯闪烁，没有护理人员推着急救车火速冲过走廊。没有人用扬声器大喊“快！”死亡是这儿的常客，因此没必要做这些。拉尔夫心想，即使在这里，它应该也不受欢迎，可是大家已经习惯并默默接受了。他猜想吉米·V.一定很庆幸自己能在德里之家医院三楼畅行无阻，不必出示驾照或蓝十字医疗卡。他走得那么干脆利落。突然清醒过来，对周围的事物恢复一点知觉，然后突然离开。收起我所有的关爱和悲伤，再见了，黑鸟。

4

他们在鲍勃·博尔赫斯特病房外的走廊上与秃头医生会合。透过敞开的房门，他们看到这位老教师的床边有不少守护者。

洛伊丝：（“离床最近的是我们的朋友比尔·麦戈文。他有麻烦了。非常可怕的麻烦。如果我们照你们说的做，你们能不能……”）

但拉克西斯和克洛索不约而同地摇头。

克洛索：（没法改变。）

没错，拉尔夫心想，多兰斯说过，覆水难收。

洛伊丝：（“他什么时候会死？”）

克洛索：（你朋友归另一个人管，第三个人，也就是拉尔夫取名为阿特洛波斯的那一位。但阿特洛波斯和我们一样，无法告诉你那人确切的死亡时间。他甚至不知道自己下一个要带走谁。阿特洛波斯是随机界的执行人常数。）

这句话让拉尔夫感到一阵寒意。

拉克西斯：（这里不适合我们谈话。）

拉克西斯一手牵着克洛索，然后向拉尔夫伸出另一只手。与此同时，克洛索也向洛伊丝伸出手。她犹豫了一下，然后看着拉尔夫。

轮到拉尔夫冷冷地看着拉克西斯。

（“你最好别伤害她。”）

（你们都不会受到伤害，拉尔夫。牵着我的手吧。）

我是天堂里的陌生人，拉尔夫下了决心。然后他叹了口气，对洛伊丝点点头，抓住了拉克西斯伸出的手。那种似乎与老友不期而遇的似曾相识之感再度涌现。苹果和树皮，童年在果园里漫步的记忆。虽然没有看见，但他意识到自己的光环在霎时间变成了与克洛索和拉克西斯同样的金绿色。

洛伊丝牵起克洛索的手，深深地吸了一口气，然后迟疑地笑了笑。

克洛索：（围成一个圈吧，拉尔夫和洛伊丝。别害怕，一切都好。）

天哪，我怎么会听他们摆布，拉尔夫心想，可是当洛伊丝向他伸手时，他立刻把它握紧了。苹果的味道和干树皮的质感中加入了一些不知名的深色香料。拉尔夫深吸了一口气，然后朝洛伊丝笑了笑。她也对他笑了笑——毫不犹豫——拉尔夫感到一种朦胧而遥远的困惑。你怎么会害怕呢？当他们带着如此美好的礼物前来，感觉又如此友善，你怎么会犹豫呢？

我有同感，拉尔夫，但还是小心点，有个声音发出劝告。

（“拉尔夫，拉尔夫！”）

惊慌而又轻佻的声音。拉尔夫回头一看，正好看见315病房的房门从她肩膀往下滑……只不过并非门在下降，而是洛伊丝在上升。他们四个人仍然手拉手，围成一圈往上升。

拉尔夫刚会意过来，眼前突然漆黑一片，像刀刃一样锐利，犹如从百叶窗缝隙投下的阴影。他匆匆瞥见许多包裹着粉红色隔热垫的狭窄管道，这些管道可能是医院草地洒水系统的组成部分。然后，他俯视一条铺着瓷砖的长廊。一台轮床车朝他头部冲过来……他突然发现自己的头正像潜望镜从四楼某条走廊的地板上浮升而起。

他听到洛伊丝大声呼喊，感到她紧抓着他的手。拉尔夫本能地闭上眼睛，等待靠近的轮床把他头盖骨压平。

克洛索：（保持冷静！请保持冷静！记住，这些东西与你们处在不同的层级世界里。）

拉尔夫睁开眼睛。轮床不见了，滚轮声逐渐减弱。现在那声音已经退到他脚下。轮床像麦戈文的朋友一样从他体内穿过。他们四个人慢慢上升到儿科侧楼的走廊中——许多童话里的人物在墙上蹦蹦跳跳，一个明亮的大型游戏区的窗户上装饰着迪士尼动画《阿拉丁》和《小美人鱼》中的人物。一名医生和一位护士向他们走来，讨论着一个病例。

“进一步的——检验是必要的，但前提是我们至少有九成把握。”

那名医生穿过拉尔夫的身体走了过去，拉尔夫了解到他戒烟五年后又偷偷开始抽烟，为此他感到非常内疚。然后他们就离开了。拉尔夫低头一看，正好看见自己的脚从瓷砖地板上露出来。他转向洛伊丝，试探性地笑了笑。

（“这个比电梯还厉害，对吗？”）

她点点头。仍然紧握他的手。

他们穿过五楼，从六楼一间医生休息室的地面冒了出来（里面有两名医生——都很胖——一个正在看重播的《F 战队》，另一个在丑陋的瑞典现代沙发上打鼾），然后升上了屋顶。

夜空清朗无云，没有月亮，异常美丽。闪烁的繁星犹如绚烂的光之迷雾横越苍穹。疾风劲吹，这让他想起珀赖因太太说秋老虎已经过去了，听她的准没错。拉尔夫能听到风声，但感觉不到风……虽然他知道只要他想就能感觉得到。关键要集中精力……

刚这样想，他便感觉到身体发生了一些细微、短暂的变化，就像眨眼一样。突然，他的头发被吹向脑后，他能听到裤管口在小腿上拍打的声音。他不禁打了个哆嗦。珀赖因太太的后背果然是预测天气变化的神器。拉尔夫又悄悄地眨了眨眼，风的感觉就消失了。他看了看拉克西斯。

（“我能松开你的手吗？”）

拉克西斯点点头，松开了手。克洛索松开洛伊丝的手。拉尔夫望向城西，看见机场蓝色的跑道灯光在闪烁。再过去是标示着格林海角钠气路灯构成的橘色网格，格林海角是荒蛮大地区外围的一个新住宅区。机场东边某个灯光闪烁的地方就是哈里斯大道。

（“很漂亮，不是吗，拉尔夫？”）

他点了点头，心想站在这儿看着城市在黑暗中铺展开来是他失眠以来做过的最有意义的事，或者比较有意义的事。但他并不完全相信这个想法。

他转向拉克西斯和克洛索。

（“说吧，你们是谁，他是谁，你们想让我们做什么？”）

两个秃头医生站在两个快速转动的散热风扇之间，散热风扇正在将褐紫色废气排入空气中。他们不安地面面相觑，拉克西斯几乎不露痕迹地向克洛索点了点头。克洛索走向前，来回看着拉尔夫和洛伊丝，似乎在整理思绪。

（好吧。首先，你们必须明白，正在发生的事虽然出乎你们的意料，让你们感到困扰，但并非完全违反常理。我同事和我只是做好本职工作，阿特洛波斯也只是做好他的本职工作。你们，我的凡人朋友，也得做好你们的本职工作。）

拉尔夫冲他苦涩地一笑。

（“至少有选择权吧。”）

拉克西斯：（你千万别这么想！简单地说，你们所谓的自由选择，我们称之为“卡”，也就是存在的巨轮。）

洛伊丝：（“我们仿佛对着镜子观看，模糊不清……你是这意思吗？”）

克洛索露出依然年轻的微笑：（出自《圣经》对吧。这是一种很好的表达方式。）

拉尔夫：（“对于你们这些家伙也挺方便的，让我们回归正题。我们有句话不是出自《圣经》，可同样非常贴切：不要画蛇添足。希望你们能记住。”）

然而，拉尔夫认为他可能要求得太多了。

5

克洛索开始说话，他滔滔不绝地讲了很久。拉尔夫不知道究竟有多久，因为在这个层级里，时间感不一样——似乎被压缩了。有时候他说的话完全没有字句，取而代之的是简单的明亮图像，就像小孩玩的拼图游戏。拉尔夫认为这是心灵感应，因此相当神奇，但当它发生时，感觉像呼吸一样自然。

有时言语和图像都丢失了，被莫名其妙的空白

（……）

所打断。然而，即使是这个时候，拉尔夫也能理解克洛索想要表达的意思，而且他觉得洛伊丝比他更清楚地理解那些空白中隐藏着什么。

（首先，要知道，在你们的生命和我们的生命

（……

重叠的地方，只有四个常量，即生、死、命定、随机。这些字眼对你们而言都有意义，但现在你们对生与死的看法或许有些改变，对吗？）

拉尔夫和洛伊丝迟疑地点点头。

（拉克西斯和我是死亡执行人。这让很多凡人对我们感到恐惧，即使那些表面上接受我们以及我们职务的人也对我们有所畏惧。在照片中，我们通常被描绘成可怕的骷髅或者戴着风帽、连脸都看不见的人。）

克洛索把他的小手放在他那雪白的肩膀上，假装发抖。滑稽的表演逗得拉尔夫咧嘴一笑。

（但我们不仅是死亡执行人，同样也是命定人群的执行人。你们仔细听，免得我被误会了。你们当中有些人认为每件事的发生都是蓄意安排好的，有些人则认为所有的事情都只是因为运气或机遇。事实上，生命既是偶然的，也是必然的，尽管衡量的标准不同。生命就像……）

这时克洛索用手臂围成一个圆圈，像小孩子形容地球形状时的姿势，拉尔夫在圆圈中看到一个明亮熟悉的影像：成千上万张（也许是数百万张）扑克牌呈扇形散开，形成摇曳的红心、黑桃、梅花和方块形状。他还看见这副巨大的牌中有许多大王和小王，虽然数量还没有多到可以组成同花顺，可是与每一摞纸牌中通常只出现两三张纸牌相

比，显然要多很多。每张王牌中的丑角都在咧着嘴笑，每个丑角都戴着边缘被咬了一个新月形缺口的巴拿马草帽。

每个丑角都拿了一把生锈的手术刀。

拉尔夫睁大眼睛看着克洛索。克洛索点点头。

（没错，我不确定你看到了什么，但我知道你明白我想传达的意思。洛伊丝？你呢？）

喜欢打牌的洛伊丝脸色苍白地点点头。

（“阿特洛波斯是桌上的王牌——这是你想表达的。”）

（他是随机人群的执行人。拉克西斯和我负责的是另一股力量，影响个体生命和集体生命洪流的那股力量。在你们所处的层级里，每个生物的生命都很短暂，都有规定的寿命。这并不是说一个孩子从母亲子宫里蹦出来，脖子上就挂着一块牌子，上面写着**寿命 @84 年 11 个月 9 天 6 小时 4 分 21 秒**。这种想法太荒谬。不过时间长短通常都已设定好了。两位都已看过凡人的光环，它的功能之一就是计时器。）

洛伊丝开始感到不安，拉尔夫转过身来看着她，看到一个神奇的现象：天空变得越来越苍白。他推测现在大概是凌晨五点。他们于周二晚上九点左右到达医院，突然间已经是十月六日周三。拉尔夫听过时间飞逝，但这太荒谬了。

洛伊丝：（“你们负责的就是我们所谓的自然死亡，对吧？”）

她的光环里闪烁着混乱、残缺不全的影像。有个男人（拉尔夫确定那是已故的夏瑟先生）躺在氧幕中。克洛索割断气球线之前，吉米 · V. 睁开眼睛看着拉尔夫和洛伊丝。《德里新闻报》的讣告页面上，满是当地医院和养老院每周提供的邮票大小的照片。

克洛索和拉克西斯都摇了摇头。

拉克西斯：（没有所谓的自然死亡，真的没有。我们负责的是命中注定的死亡。我们带走年老、病重的人，也带走其他的人。例如昨天，我们带走了一个二十八岁的木匠。两周前，他从脚手架上摔了下来，头骨骨折。这两周来，他的光环……）

拉尔夫看到一个受创光环的破碎影像，类似电梯里那个婴儿周围的光环。

克洛索：（变化终于来了——光环的变化。我们知道会发生，但不知道是什么时候。当变化发生时，我们就去找他并送他上路。）

（“送他去哪儿？”）

问这个问题的是洛伊丝，她几乎是无意中说到来世这个敏感的话题。拉尔夫伸手去抓脑中的安全带，希望之前那种奇怪的大脑空白再来一次，可是当他们重叠的回答传来时，听起来异常清晰。

克洛索：（到天涯海角。）

拉克西斯：（到另一个世界。）

拉尔夫感到既宽慰又沮丧。

（“听起来很诗意，但我猜这表示——如果我说错了请纠正我——来世对你我来说都是一个谜。”）

拉克西斯的语气有些拘谨：（在其他场合，我们可能有时间讨论这问题，但现在不行——毫无疑问，你们已经注意到了，在这个层级里，时间过得更快。）

拉尔夫环顾四周，发现天已经亮了。

（“对不起。”）

克洛索笑着说：（没关系——我们很喜欢你们的问题，它们令人耳目一新。在生命之流中，好奇心无处不在，但没有地方像这里这么丰富。你们所说的来世——在生、死、随机、命定这四个常数中并不存在。我们现在要说的就是这四个常数。

（所有属于命定的死亡案例，都遵循我们熟悉的流程。那些即将寿终正寝的人，他们的光环都会变成灰色。灰色逐渐加深为黑色。当光环变成

（……

（我们就会被召唤过来，就像你们昨晚看见的那样。我们让受苦的人得以解脱，让惊恐的人得以平静，使无法安息的人得以安息。大多数命中注定的死亡都非常受欢迎，但也有特殊情况。我们有时被召来带走健康状况良好的男人、女人和孩子……然而他们的光环突然起了变化，表示他们的时间不多了。）

拉尔夫想起昨天下午那个身穿凯尔特人队无袖球衣、蹦跳着走进

红苹果商店的年轻人。浑身散发着健康与活力……却被污秽的光环包围着。

拉尔夫张开嘴，也许想提起那个年轻人（或者问问他的命运），但又闭上了。太阳升到头顶，他突然有了一个奇怪的想法：他和洛伊丝肯定已经成为城里老古董们谈荤段子时的话题。

有人看见他们了吗？……没有？……他们会不会一起逃跑了？……可能私奔了？……不，他们这个年纪不会私奔，但他们可能同居了……我不知道拉尔夫老弹药库里还有没有库存，但洛伊丝还是挺辣的……是的，瞧她走起路来就知道她有两下子，对吧？

拉尔夫脑海中浮现出这样的画面：他挺着迟钝的大屁股在长满常春藤的德里市小木屋旅馆外耐心等待，屋内传出阵阵淫荡的叫声。他不禁咧嘴傻笑。过了一会儿他惊慌地想到，他的想法可能通过光环传播出去，他立刻停止想象这幅画面。然而，洛伊丝似乎是否在怀疑地看着他？

拉尔夫急忙把注意力转回克洛索身上。

（阿托波斯负责的是随机死亡。并非所有被凡人称为“毫无意义”“不必要”或“悲惨”的死亡都是由他造成的，但大多数是。当十几名老人在养老院的火灾中丧生时，阿特洛波斯很可能在那里收集纪念品，剪断气球绳。当一名婴儿无缘无故地死在婴儿床上时，通常是由阿特罗斯和他生锈的手术刀造成的。当一条狗——没错，也包括狗，因为世间几乎所有生物的命运都属于随机和命定这两个范畴——在路上被一边开车一边看手表的司机碾死……）

洛伊丝：（“罗莎莉就是这么死的？”）

克洛索：（阿特洛波斯是罗莎莉的死因。拉尔夫的朋友所做的就是我们所说的“完成仪式。”）

拉克西斯：（阿特洛波斯也是你们那位已故挚友麦戈文的死因。）

洛伊丝的反应不出拉尔夫所料：沮丧但并不惊讶。现在已接近傍晚，距离他们看见比尔已经过了凡人界的十八个小时，拉尔夫昨天晚上就知道比尔的时间不多了。洛伊丝曾无意中把手伸进比尔的身体，她可能更清楚这一点。

拉尔夫：（“他什么时候死的？距离我们见他有多久？”）

拉克西斯：（不久前，在他正准备离开医院的时候。很抱歉你们失去一位挚友，并且我们以这样笨拙的方式告诉你们。我们很少与凡人交流，都忘了该如何应对了。我无意伤害你们，拉尔夫和洛伊丝。）

洛伊丝告诉他没关系，她很理解，但眼泪还是顺着脸颊流下来，拉尔夫感到眼泪在自己的眼睛里燃烧。无论如何也无法相信比尔就这样走了，而且是被那个穿着肮脏罩衫的矮白痴带走的。真的再也看不到麦戈文讽刺地挑起眉毛了吗？再也听不到他抱怨变老有多糟糕了吗？不可能。他突然转向克洛索。

（“让我们看看。”）

克洛索十分惊讶，几乎结巴：（我……我认为不……）

拉尔夫：（“对我们凡人而言，眼见为实。你们没听说过吗？”）

洛伊丝突然开口。

（“没错——给我们看看。只有这样我们才了解并接受。尽量不要让我们感觉比现在还糟。”）

克洛索和拉克西斯面面相觑，然后身体动也没动地耸了耸肩。拉克西斯把右手拇指和食指一弹，在空中划出一道蓝绿色扇形光。拉尔夫在扇形光中看到重症监护室走廊的一角。一个推着药房推车的护士走进这道弧形光，然后穿过。在可视区的另一边，她似乎弯了一下身子，然后消失了。

尽管如此，洛伊丝还是很高兴：（“就像在肥皂泡里看电影！”）

现在麦戈文和普拉姆先生走出了鲍勃·博尔赫斯特的病房。麦戈文穿了一件印有旧德里市高中字样的毛衣，他的朋友正在把夹克拉链拉上，他们显然是放弃继续守夜了。麦戈文有气无力地走在普拉姆先生后面。拉尔夫看得出，他楼下的这位房客兼朋友，脸色一点也不好。

他感到洛伊丝的手悄悄滑入他的臂弯，紧紧地抓住了他。他轻拍她的手。

走向电梯途中，麦戈文停下来，一手扶着墙上，低下头。他看似一个跑完马拉松后筋疲力尽的人。普拉姆又走了一会儿。拉尔夫看见他动了一下嘴巴，心想，他不知道他的友人只剩下一口气了——至少目前还不知道。

突然间，拉尔夫不想再看了。

在蓝绿色的弧形光中，麦戈文一手捂着胸口，另一只手伸向喉咙里像在检查有没有皮囊一样搓揉着。拉尔夫不敢确定，不过他觉得楼下这位邻居的眼睛似乎充满惊恐。他想起三号医生正要对当地流浪狗下手而遭到他阻拦那一刻脸上闪现的恨意。当时他说了什么？

（你给我等着，短命鬼。我会收拾你，还有你的朋友。明白吗？）

拉尔夫看着比尔·麦戈文慢慢地瘫倒在地，脑中闪过一个可怕的念头，几乎可以肯定的念头。

洛伊丝：（“把它关掉——请把它关了！”）

她把脸埋在拉尔夫的肩上。克洛索和拉克西斯不安地互望一眼，他们在拉尔夫脑中的印象发生了变化，不再是无所不知、无所不能。他们可能是超自然生物，但不是乔伊斯·布拉泽斯博士[①]。而且他觉得他们也不太会预测未来。真正拥有那些厉害水晶球的人应该不会出现那种表情。

他们正在摸索前进，和我们其他人一样，拉尔夫心想，他不禁对克洛索和拉克西斯产生了一丝同情。

飘浮在拉克西斯面前的蓝绿色弧形光——还有里面的图像——突然消失了。

克洛索辩解道：（拉尔夫和洛伊丝，别忘了是你们要看的。不是我们故意让你们看的。）

拉尔夫几乎没听见。他那可怕的想法还在扩张，就像一张人们不想看到但又无法回避的照片。他在想比尔的帽子……罗莎莉褪色的蓝印花围脖……洛伊丝丢失的钻石耳环。

（我会收拾你朋友，短命鬼——明白吗？我希望你最好还是听到了。）

他来回看着克洛索和拉克西斯，不再对他们感到同情。取而代之

---

① 乔伊斯·布拉泽斯，美国心理学家。

的是莫名的愤怒。拉克西斯说过，没有意外死亡这回事，麦戈文也不例外。拉尔夫确信，阿特洛波斯带走了麦戈文，原因很简单：他想让拉尔夫难过，惩罚拉尔夫干涉……多兰斯是怎么称呼的？干涉长生界的事情。

老多尔建议他不要那么做——毫无疑问，这是个好建议，但拉尔夫实在毫无选择……因为这两个秃头矮子找上了他。是他们杀死了比尔·麦戈文。

克洛索和拉克西斯察觉到了他的愤怒，后退了一步（尽管他们似乎没有动脚），表情变得极度不安。

（"你们两个才是造成比尔·麦戈文死亡的真正原因。这是事实，不是吗？"）

克洛索：（请……听我们说完……）

洛伊丝看着拉尔夫，既担心又害怕。

（"拉尔夫？怎么了？你为何生气？"）

（"你还不明白吗？他们设下的小陷阱让比尔·麦戈文付出了生命的代价。我们之所以在这里是因为阿特洛波斯要么做了让这两个家伙不喜欢的事，要么正准备这么做……"）

拉克西斯：（拉尔夫，你说这话太草率了……）

（"可是有个非常关键的问题：他知道我们看得见他！阿特洛波斯知道我们看得见他！"）

洛伊丝惊恐地睁大眼睛……突然明白了。

第十八章

1

一只白皙的小手落在了拉尔夫的肩膀上，宛如一缕青烟留在那里。

（求你了……请听我们解释……）

他感觉到体内发生了变化——又是那种瞬间的闪烁——甚至在他都还没有完全意识到自己有这意愿就发生了。他可以再次感觉到有风，像冰冷的刀锋一样从黑暗深处刮来。他打了个寒战。克洛索的手还在他的肩膀上，可他现在感觉到的只是皮肤下幽灵般的震颤。他可以看到他们三个人，但他们已经变得模糊不清。他们现在成了幽灵。

我已经下来了。虽然没有回到出发的地方，但至少回到了某个层级上，他们在这里几乎无法与我有任何身体接触。我的光环，我的气球线……是的。我能肯定他们可以达到目的，可是我生活在短命界真实生活中的身体部分呢？绝对不行！

洛伊丝的声音像渐渐淡去的回声一样遥远：（拉尔夫！你对自己干了什么？）

他望着幽灵般的克洛索和拉克西斯。他们脸上的表情很明显，他们现在不只是感到不安，也不只是有那么一点负疚感，而是非常害怕。他们的脸扭曲变形，几乎看不清，但他们的恐惧却明确无误。

克洛索的声音遥远但仍然清晰可辨：（回来，拉尔夫！请回来。）

“如果我回来，你们能不能不再要花招，对我们说实话？”

拉克西斯在快速消失：（好的！好的！）

拉尔夫的体内再次出现那瞬间的闪烁。三个人重新变得清晰可辨。与此同时，周围的世界再次充满了颜色，时间也重新像原来那样飞逝。他注意到残月正在遥远的天边缓缓落下，宛如一团闪闪发光的水银。洛伊丝张开双臂搂住他的脖子，他一时无法确定她是在拥抱他，还是想卡死他。

（“谢天谢地！我还以为你准备丢下我了呢！”）

拉尔夫亲吻着她，脑子里顿时充满了各种怡人的感官信息：新鲜蜂蜜的滋味，梳理过的羊毛的质地，以及苹果的芳香。他的心中闪过一个念头。

（在那上面做爱会是什么样？）

他立刻打消了这个念头。他需要思考，说话得非常小心，在接下来的

（几分钟？几小时？几天？）

思考那样的东西只会让一切变得更加困难。他转身望着那两位秃头矮医生，打量着他们。

（“我希望你们说的是实话，因为，如果你不说实话，我们还不如现在就结束这场毫无意义的盘算，各走各的路。”）

克洛索和拉克西斯这次都没有相互交换眼色，而是急不可耐地点点头。这次开口的是拉克西斯，带着为自己辩解的口气。拉尔夫意识到，对付这两个家伙要比对付阿特洛波斯愉快得多，但他们和他一样，都不习惯被人责问——拉尔夫的母亲会说，不习惯迫于压力去竭尽全力。

（拉尔夫和洛伊丝，我们所说的一切都是真话。我们或许没有告诉你们，阿特洛波斯对情况的熟悉程度可能略微超出了我们所能接受的范围，但是……）

拉尔夫：（万一我们不想再听你们的一派胡言呢？万一我们转身走开呢？）

两个人都默不作声，但拉尔夫认为自己在他们的眼睛里看到了一丝沮丧：他们知道阿特洛波斯拿到了洛伊丝的耳环，他们知道拉尔夫知道这一点。他希望只有洛伊丝本人不知道。

她在拉扯他的胳膊。

（“别这样，拉尔夫，请别这样。我们需要听他们把话说完。”）

他转身望着他们，做了一个简单的手势，要他们接着说下去。

拉克西斯：（要是换作平常，我们不会干预阿特洛波斯，他也不会干预我们。我们即便干预，也左右不了他。随机和命定就如同棋盘上的红格子和黑格子，相互映衬。但是阿特洛波斯确实想干预万物运作的方式，而在某种意义上，这是他生来要干的事。他偶尔还会碰到大干一场的好机会，而大家很难干预他……）

克洛索：（拉尔夫和洛伊丝，真相实际上比这还要严峻一点。就我们所知，从未有谁试图限制或阻止他。）

拉克西斯：（除非他打算干预的情况非常微妙，需要平衡、再平衡许多严重的问题。我们现在遇到的就是这种情况。阿特洛波斯割断了一条生命线，而他本不该这么做。这将给各个层级带来大麻烦，更不用说造成随机和命定之间严重失衡，除非能够纠正这种情况。我们无法应对正在发生的一切，因为现在的情况已经远远超出了我们的能力范围。我们连看都看不清，更不用说采取行动了。然而在这件事情上，我们能不能看清无关紧要，因为最终只有短命界的人能够反抗阿特洛波斯的意志。所以才请你们两个来这里。）

拉尔夫：（“你是说被阿特洛波斯割断生命线的那个人本该自然死亡……或者说命中注定要死亡？”）

克洛索：（不完全对。有些生命——数量少得可怜——没有明显的归属。每当阿特洛波斯接触这些生命时，麻烦就会接踵而至。这就是你们所说的“世事难料”。这些没有归属的生命就像……）

克洛索张开双手，两手之间再次闪现出打牌的图像。一只无形的手一张接一张地快速发出七张牌。一张 A，一张 2，一张王，一张 3，一张 7，一张 Q。那只无形的手发出的最后一张牌是空白的。

克洛索：（这个画面对你有用吗？）

拉尔夫皱紧了眉头。他不知道是否有用。有那么一个人，既不是普通的牌，也不是王。一张完全空白的牌，任由双方抢夺。阿特洛波斯已经砍断了这个人超自然意义上的气管，现在有人——或者有东西——叫了一个暂停。

洛伊丝：（“你们说的是艾德，对不对？”）

拉尔夫猛地转过身来，瞪大了眼睛望着她，但她正盯着拉克西斯。

（“艾德·迪普努就是那张空白牌。”）

拉克西斯在点头。

（“你是怎么知道的，洛伊丝？”）

（“不是他还会是谁呢？”）

她没有冲他微笑，但拉尔夫感觉到了一丝笑意。他重新转身面对克洛索和拉克西斯。

（“好吧，我们终于说到正题上了。那么是谁给这笔交易亮起了红灯？肯定不是你们两个。我有一种感觉，至少在这件事情上，你们只是雇来的帮手。”）

他们把脑袋凑在一起，低声交谈了一会儿，但拉尔夫看到他们绿金色的光环重叠的地方出现了一道缝隙般淡淡的褐色，由此知道自己没有说错。两个人终于抬起头来面对拉尔夫和洛伊丝。

拉克西斯：（不错，情况基本上就是这样。拉尔夫，你很会把事情综合起来考虑。我们已经一千年没有和谁这样交谈过了……）

克洛索：（如果有过的话。）

拉尔夫：（“伙计们，你们只需实话实说。”）

拉克西斯像个孩子一样可怜巴巴地说道：（我们一直在实话实说。）

拉尔夫：（“所有实情。”）

拉克西斯：（好吧，所有实情。不错，阿特洛波斯割断的正是艾德·迪普努的生命线。我们不知道，因为我们没有亲眼看见。我已经说过，我们现在无法再看清楚，但这是唯一合乎逻辑的结论。我们的确知道，迪普努没有明确归属，既不属于随机，也不属于命定。他一定是某种主宰他人的生命线，所以才引发这么多的骚动和不安。他的生命线已经割断这么久了，可他还活着。这说明了他的力量和重要性。阿特洛波斯割断他的生命线时，也启动了一连串可怕的事件。）

洛伊丝打了个寒颤，朝拉尔夫方向靠了靠。

拉克西斯：（你说我们是雇来的帮手，这说到了点子上。我们在这件事情上只是信使，我们的任务就是让你和洛伊丝意识到发生了什么，以及你们需要做什么，我们的任务已经基本完成。至于是谁“亮了红灯”，我们无法回答这个问题，因为我们真的不知道。）

（“我不相信你们。”）

可他听出连自己的声音（如果那是声音的话）都难以令人信服。

克洛索：（别说傻话——你当然相信！你以为某个大型汽车公司的董事会邀请一位普通工人来到董事室，是向他解释公司各项政策背后的原因吗？或者向他解释为什么要关闭这家工厂却让那家工厂继续下去？）

拉克西斯：（拉尔夫，我们比汽车装配线上的工人地位要高一点，但我们仍然属于你所说的“打工族”，仅此而已。）

克洛索：（告诉你们一点：在短命人生活的层级与拉克西斯、阿特洛波斯和我这种长生人生活的层级之外还有其他层级。我们可以把生活在这些层级上的人称作永生人，他们要么长生不老，要么近乎于长生不老，几乎与前者没有区别。短命人和长生人生活在重叠的球体中——你也可以将这理解为同一栋建筑中相连的楼层——由随机和命定统治。在这些楼层的上方，虽然我们无法进入，但非常像同一座生存之塔的一部分，那里住着其他生命形式。其中一些不可思议、奇妙无比，另一些邪恶到了连我们都难以理解的地步，更不用说你们了。你或许可以将他们称作高阶命定者和高阶随机者……也许到了某一层级之上便没有了随机者，我们怀疑情况可能就是这样，但我们真的说不清。我们确实知道，这些更高层级上有人对艾德产生了兴趣，而上面另一个人也采取了对策。这个对策就是你们，拉尔夫和洛伊丝。）

洛伊丝惊愕地看了拉尔夫一眼，但拉尔夫几乎没有注意到。有人居然把他们当棋子耍，就像法耶·查宾备受喜爱的“三号跑道经典赛”中的棋子一样——这个念头要是换在了其他情况下一定会让他怒不可遏——却第一次没有引起他的注意。他想起了艾德给他打来电话的那个晚上。他说，你这是在滑入深渊，逆流之下有些东西完全超出你的想象。

换言之，是某种实体存在。

按照克洛索的说法，他们太邪恶，令人难以理解。克洛索是位绅士，以处理死亡为生。

他们尚未真正注意你，这是艾德那天晚上的话，但如果你继续耍我，他们会的。你可不希望看到那种情况。相信我的话，你不会想看到的。

洛伊丝：（“你们最初怎么把我们弄到这个层级上的？是通过失眠，对吗？”）

拉克西斯小心翼翼地说道，（可以这么说吧。我们可以稍稍改变短命人的光环。这些微调会造成一种特殊形式的失眠，从而改变做梦的方式以及感知周围世界的方式。调整短命人的光环很微妙，也很危险，时刻存在着把人弄疯的危险。）

克洛索：（你们有时候感到自己快要发疯了，但你们离发疯还远着呢。你们两个都比自己想象得更坚强。）

这些混蛋居然真的认为自己是在讨好我们，拉尔夫也感到惊奇，但随即将愤怒放到了一旁。他只是现在没有时间生气。也许他以后会报这一箭之仇的。他希望是的。至于现在，他只是轻轻拍拍洛伊丝的手，然后重新转过身来望着克洛索和拉克西斯。

（“去年夏天，艾德殴打过他妻子之后对我说起过他所称的血色之王。你们两个听说过吗？”）

克洛索和拉克西斯相互对望了一眼，拉尔夫起初误以为他们这样做是为了表示庄重。

克洛索：（拉尔夫，你必须记住，艾德已经失去了理智，生活在一种妄想的状态中……）

（“是啊，你说给我听听。”）

（但我们相信他说的“血色之王”的确以某种形式存在，阿特洛波斯割断艾德·迪普努的生命线后，他已经完全处在“血色之王”的影响之下。）

两个矮小的秃头医生再次对视了一眼，拉尔夫这次看到了他们脸上相同表情的真正含义：不是庄重，而是恐惧。

2

新的一天已经到来——星期四——此刻正快速迎来阳光灿烂的正午。拉尔夫无法确定，但他觉得短命人层级上时间流逝的速度在加快，他们如果不赶快结束这一切，比他们先走一步的朋友恐怕不会只有比尔·麦戈文一个人。

克洛索：（阿特洛波斯知道，高阶命定界会派人来改变他已经启动的这一切，而他现在已经知道是谁了。但你们绝不能让阿特洛波斯把你们引入歧途。你们必须记住，他只是棋盘上的一枚棋子，真正与你们作对的不是阿特洛波斯。）

他停顿了一下，犹豫不决地望着他的同事。拉克西斯点头示意，于是他自信地继续说下去，但拉尔夫还是感到自己心一沉。他相信这两个秃头医生用心良苦，但他们显然只是在履行职责。

克洛索：（你们也不能直接去找阿特洛波斯。这一点怎么强调都不为过。聚集在他周围的力量远比他本人强大，而且这些力量强大、不怀好意、神志清醒，会不惜任何代价阻止你们。但我们认为，你们只要远离阿特洛波斯，或许就能够阻止即将发生的可怕事件……其实这件可怕的事已经发生了。）

这两个乐天派的矮子希望拉尔夫和洛伊丝按他们的想法行事，这一点已经不言而喻。拉尔夫对此虽然不太喜欢，却也觉得现在就说出来不太合适。

洛伊丝：（“会发生什么事？你们希望我们做什么？是要我们去找到艾德，劝说他不要干坏事？”）

克洛索和拉克西斯望着她，脸上是相同的惊恐表情。

（你没有听……）

（你根本都不能想……）

他们同时住口，克洛索示意拉克西斯继续说下去。

（洛伊丝，如果你没有听到我们前面所说的话，那么现在仔细听好了：远离艾德·迪普努！目前的情况非同寻常，他也因此暂时得到了巨大的力量，就像阿特洛波斯那样。哪怕是接近他，所冒的风险都有可能是艾德所说的血色之王亲自造访你们……再说，他此刻也不在德里市。）

拉克西斯向屋顶上方望去，现在已经是星期四傍晚，灯光一一亮了起来。他的目光重新回到拉尔夫和洛伊丝身上。

（他已经前往……

（——————）

没有明说，但拉尔夫已经有了清晰的感官印象，一部分是气味（汽油、油脂、废气、海盐），一部分是感觉，一部分是声音（风拍打某个物体的响声——或许是一面旗帜），一部分是视觉（一栋锈迹斑斑的大建筑，大门敞开，外面是钢轨）。

（他在海边，对不对？要么就是在去那里的路上。）

克洛索和拉克西斯点点头，脸上的表情在暗示，离德里市八十英里的海边非常适合艾德·迪普努。

洛伊丝又拉了一下他的手，拉尔夫扭头望着她。

（你看到那建筑了吗，拉尔夫？）

他点点头。

洛伊丝：（“那不是霍金实验室，但离那里不远。我甚至觉得熟悉那地方……”）

拉克西斯仿佛想换一个话题，赶快说道：（他在什么地方，他可能在策划什么，这些都不重要。你们的任务在别处，环境要安全得多，但你们仍需动用短命界所具有的一切力量来完成它，而且可能依然会面临巨大的危险。）

洛伊丝不安地望着拉尔夫。

（“拉尔夫，告诉他们，我们不会伤害任何人。如果我们有能力，我们或许同意帮他们，但无论如何，我们不会伤害任何人。”）

然而，拉尔夫没有说这番话。他在想着阿特洛波斯耳垂上闪烁的钻石耳环，琢磨着自己怎么就落入了这个圈套中——当然还有洛伊丝。不错，要想把耳环弄回来，他肯定会伤着某个人。这一点毫无疑问。可他应该做到什么程度？他会为此杀人吗？

他不想现在就解决这个问题——甚至都不想面对洛伊丝，至少目前不想——于是他转身望着克洛索和拉克西斯。他刚要开口说话，洛伊丝却抢先了一步。

（“我还想知道一点，然后我们再继续讨论。”）

这次回答她的是克洛索，声音中透着一丝笑意，很像比尔·麦戈文。拉尔夫不太喜欢。

（“你想知道什么，洛伊丝？”）

（“拉尔夫是否也有危险？阿特洛波斯的手中是否也有拉尔夫的什么东西，我们需要取回来？就像比尔的帽子那样的东西？”）

拉克西斯和克洛索飞快地对视了一眼，眼神中带着忧虑。拉尔夫认为洛伊丝没有注意到，但他看到了。那个眼神表明，她问到了点子上。那个眼神稍纵即逝。等他们再次将注意力集中到洛伊丝身上时，脸上已经平静如水。

拉克西斯：（没有。阿特洛波斯还没有拿走拉尔夫的任何东西，因为到目前为止，这样做对他没有任何好处。）

拉尔夫：（“你说的‘到目前为止’是什么意思？”）

克洛索：（拉尔夫，你原本属于命定，但现在已经改变了。）

洛伊丝：（“什么时候改变的？是在我们开始看见光环的时候，对不对？”）

他们对视了一眼，然后望着洛伊丝，最后不安地看着拉尔夫。他们没有说话，但拉尔夫的心中闪过一个有趣的念头：就像樱桃树传说中的小乔治·华盛顿，克洛索和拉克西斯不能说谎——遇到目前这种时刻，他们肯定心中为此感到遗憾。他们唯一能做的就是现在这样：紧闭双唇，希望交谈的内容进入安全的领域。拉尔夫不想再谈下去了——至少目前不想——尽管他们已经非常接近让洛伊丝发现自己耳环的下落……他一直认定她还不知道真相，而且认为这种可能性并非不存在。他想起了巡回游艺团广告中的一句老话：上来吧，先生们……但如果你们想玩的话，就得付钱。

（“哦，不，洛伊丝——并不是在我开始看见光环时改变的。我认为许多人都能时不时地瞥见长生世界的光环，而他们身上什么也没有发生。我认为是在我们与这两位朋友交谈之后，我才被踢出了舒适、安全的命定世界。朋友们，你们觉得呢？你们很清楚将会发生什么，却挖空心思设下陷阱，就差故意留下一路的面包屑了。我没有夸大其词吧？”）

他们低头盯着脚，然后极不情愿地慢慢抬头望着拉尔夫。这次开口的是拉克西斯。

（是的，拉尔夫。我们尽管知道这样做会改变你的灵魂，可我们还是把你引诱了过来。这是无奈之举，形势所迫。）

拉尔夫心想，洛伊丝接下来肯定会问关于她的事。她必须问。

但是她没有。她只是望着那两个矮小的秃头医生，脸上高深莫测的表情与她通常的表情有着天壤之别。我们的傻洛伊丝的表情。拉尔夫想知道她究竟知道多少或者猜出了多少，并且为自己居然丝毫没有察觉到这一点而感到惊奇……但这些推测随即被新一波愤怒所取代。

（“你们……你们真是……”）

他话没有说完。如果不是洛伊丝站在他身旁的，他大概会说：你们不只是扰乱了我们的睡眠，对吗？我不知道洛伊丝的情况如何，但我原本在命定的世界里有个不错的小天地……也就是说你们刻意让我变成了一个例外，背离了你们毕生捍卫的那些规则。总之，我已经变成了空白人，就像要我们去寻找的那个人。克洛索是怎么说的？“后果难料”。真他妈说得对。

洛伊丝：（“你们说要用我们的力量，那是什么样的力量？”）

拉克西斯转身望着她，显然为转移话题感到高兴。他双手合十，然后打开手掌，做出一个古怪的东方式手势。手掌之间立刻出现了两个图像：拉尔夫的手在空中做出一个空手道的劈砍动作，发出一团冰冷的蓝色火花，洛伊丝的食指射出一颗颗弹丸般耀眼的蓝灰色光团，颇似小粒止咳糖。

拉尔夫：（“不错，我们是有一些力量，可那力量有点靠不住，就像……”）

他集中精力，也制造出了一个图像：两只手打开收音机后背，取出两节五号电池，外壳上裹着一层蓝灰色硬渣。克洛索和拉克西斯冲他皱起了眉头，不明白他的意思。

洛伊丝：（“他是想说我们无法时刻做到，即便是真的做到时，也无法持久。我们的电池会没电的。”）

他们的脸上浮现出难以置信却又开心的表情。

拉尔夫：（“有什么好开心的？”）

克洛索：（没什么……但还是有一点开心。你根本想不到你和洛伊丝在我们眼里有多么怪异——有时候智慧和领悟力超群，有时候又极其天真。你所说的电池永远不会用完，因为你们的身旁就有一个取之不尽的电源池。我们之所以这样认为，是因为你们都喝过里面的水，肯定已经知道了。）

拉尔夫：（“你究竟在说什么？”）

拉克西斯再次做出那古怪的东方手势。拉尔夫这次看到珀赖因太太挺直了身子走在光环中，光环的颜色如同西点军校的军礼服。他看到一道豪猪刚毛般又细又直的灰色亮光从光环中飞出来。

接着出现的是第二个图像：一个骨瘦如柴的女人，被雾霾般的棕色光环包裹着。她正望着车窗外。一个声音——洛伊丝的声音——说道：哦，米娜，那小房子真漂亮！随后便是轻柔的吸气声，米娜脖子后面的光环飞出一道细窄的亮光。

第三个图像只持续了片刻，却非常清晰：拉尔夫将手伸进问讯处底下的口子，一把抓住橙色光环女人的手腕……只是她左臂周围的光环立刻从橙色变成了蓝绿色，他现在觉得可以把那称作拉尔夫·罗伯茨蓝。

图像淡去。拉克西斯和克洛索目不转睛地盯着拉尔夫和洛伊丝，拉尔夫和洛伊丝也在盯着他们，满脸的惊愕。

洛伊丝：（“啊，不！我们不能那样做！那就像……”）

图像：两个男人身着条纹囚服，脸上蒙着黑面具，蹑手蹑脚地走出银行金库，拎着几个鼓鼓囊囊的袋子，袋子侧面还印着美元图案。

拉尔夫：（“不，更糟，那就像……”）

图像：一只蝙蝠飞进敞开的窗户，在银色的月光中盘旋了两圈，化作身披斗篷、里面穿着老式燕尾服的拉尔夫·卢戈西[①]。他走近一个睡梦中的女人——不是年轻貌美的处女，而是穿着实用耐穿法兰绒睡袍的珀赖因老太太——低头吸吮她的光环。

拉尔夫扭头望着克洛索和拉克西斯时，他们都在使劲摇头。

拉克西斯：（不！不，不，不！你这是大错特错了！你们有没有思考过自己为什么是短命人，只能用数十年而不是数百年来计算寿命？你们生命短暂，因为你们像篝火一样在燃烧！如果你们从其他短命人那里汲取能量，那就像……）

图像：海边有个孩子，一个可爱的小女孩，长长的金色鬈发在肩膀上飞舞。她奔向浪花飞溅的海滩，手里拎着一个红色塑料桶。她跪下来，用塑料桶装满浩瀚的灰蓝色大西洋海水。

克洛索：（拉尔夫和洛伊丝，你们就像那个孩子，而其他短命人就像那大海。你们现在明白了吗？）

拉尔夫：（"人类真的有这么多光环能量？"）

拉克西斯：（你们还不明白。真的就有那么……）

洛伊丝打断了他。她的声音在颤抖，只是拉尔夫无法断定是因为恐惧还是因为狂喜。

（"拉尔夫，那就是我们每个人所具有的能量，也就是地球上每个人所具有的能量！"）

拉尔夫轻轻吹了声口哨，目光从拉克西斯转到克洛索身上。他们点头认同。

（"你们的意思是我们可以从身边任何人身上汲取这种能量？而且被我们取走能量的那些人很安全，对吗？"）

克洛索：（是的。就如同用孩子的沙滩小桶无法舀尽大西洋里的水，你们也不会对他们造成任何伤害。）

拉尔夫希望真是这样，因为他一直认为自己和洛伊丝像疯了一样

---

① 这里指贝拉·卢戈西（1884—1956），出生于匈牙利的美国演员，以扮演《吸血僵尸》和《狼人》中的恐怖角色而著名。

在不知不觉中借用了别人的能量——尽管他听到了恭维话，他唯一能够想到的解释只有这个。大家都说他神采奕奕，都说他肯定不再失眠，肯定是的，因为他看上去精力充沛、健康壮实。大家还说他变年轻了。

见鬼，他想，我确实变年轻了。

月亮又落了，拉尔夫猛然意识到，太阳即将再次升起，而且是星期五早晨。他们必须立刻回到这次交谈的中心话题上。

（“伙计们，我们还是切入正题吧。你们为什么要如此不厌其烦？究竟要我们阻止什么？”）

这时，他们还没有来得及开口，拉尔夫顿然醒悟，无需再质疑或否定。

（“是苏珊·戴，对不对？他想杀了苏珊·戴。想暗杀她。”）

克洛索：（对，可是……）

拉克西斯：（可是这并不重要……）

拉尔夫：（“得了，伙计们——你们不觉得现在已经到了摊牌的时候了吗？”）

拉克西斯：（是的，拉尔夫。是摊牌的时候了。）

从他们围成一圈，穿过医院楼层直到屋顶那一刻起，几个人之间几乎一直没有肢体上的接触。但是现在拉克西斯一只羽毛般轻柔的胳膊搂住拉尔夫的肩膀，克洛索则像旧时的绅士将女士引向舞池那样挽起洛伊丝的胳膊。

苹果的气味、蜂蜜的滋味、羊毛的质感……但是这一次，这些掺杂在一起的感官信息输入虽然让拉尔夫感到高兴，却也无法掩盖他内心深深的担忧。拉克西斯引导他向左，带着他向医院平坦的屋顶边缘走去。

德里市像许多更大、更重要的城市一样，似乎建造在最初的定居者能够找到的最不合适的地方。市区坐落在河谷陡峭的两岸山坡上，肯达斯季格河缓缓穿过河谷最低处，那里便是茂密崎岖的荒蛮大地。从医院屋顶这个高处望去，德里市就像一座心脏被一把狭窄的绿色匕首刺穿的城市……只是在黑暗中，这把匕首是黑色的。

河谷的一边是老海角，到处都是战后修建的破旧房屋，外加一个光鲜时尚的新购物中心。另一边则是大家提到“市中心”时所指的地方。德里市的市中心以上哩丘为中心。维奇汉姆街是通往山丘最直接的路线，先是陡峭地上升，然后再分叉变成西区迷宫般的街道（其中就包括哈里斯大道）。梅恩大街在维奇汉姆街半道上岔分出去，沿着河谷较浅的一边伸向西南方向。市区这部分既被叫作梅恩大街山，也被叫作巴塞公园。梅恩大街最高处附近……

洛伊丝几乎是在悲啼：（“我的上帝，那是什么？”）

拉尔夫想安慰她，但话到嘴边也变成了有气无力的嘶哑声。梅恩大街山顶附近有一个巨大的伞状物体，飘浮在空中，遮住了黎明前已经淡去的星星。拉尔夫起初想安慰自己，说那只是烟雾，只是那边的某个仓库失火了……甚至是尼伯特街尽头废弃的铁路机车库失火了。可仓库都在更远的南面，而旧机车库则在更远的西边，如果那不祥的蘑菇状物体真的是烟，大风肯定会吹着它像羽毛和横幅一样越过天空。但是没有出现这种情况。天空中那团悄无声息的东西没有消散，只是悬浮在那里，比黑暗还要黑暗。

而且没有人看到它，拉尔夫想。只有我……还有洛伊丝……和这些秃头医生看到它。这些该死的秃头矮医生。

他眯起眼睛，想看清那巨大的死亡之袋里面的形状，尽管根本没有这个必要。他几乎一辈子都住在德里市，闭上眼睛都不会在街上迷路（当然，只要他不闭上眼睛开车就行）。然而，他还是可以看清死亡之袋里面的那栋建筑，尤其是现在晨曦正慢慢照亮地平线。圆形平屋顶，下面是弯曲的玻璃与砖头正面，这一切再清楚不过。这座仿二十世纪五十年代的复古建筑由著名设计师（德里市曾经的居民）本杰明·汉斯科姆设计，令人咋舌。它便是德里市民中心，取代了一九八五年洪灾中毁掉的老建筑。

克洛索让拉尔夫转过身来看着他。

（听着，拉尔夫，你说得没有错——他确实要暗杀苏珊·戴……但不止苏珊·戴一个人。）

他停下来，瞥了一眼洛伊丝，然后重新望着拉尔夫，脸色严峻。

（那片云——你们两人比较正确地称其为死亡之袋——意味着在一定意义上他早已做到了阿特洛波斯安排他所做的事。今晚那里会有两千多人……艾德·迪普努想杀死所有这些人。如果事情的发展没有改变的话，他会杀死所有这些人。）

拉克西斯向前走到克洛索身旁。

（拉尔夫和洛伊丝，只有你们能够阻止它发生。）

3

拉尔夫想象着自己看到了苏珊·戴的海报，竖立在来爱德药房和日出日落餐馆之间空荡荡的商店门口。他记得橱窗外面落满了灰尘，有人在上面写了几个字：**干掉这个淫妇**。德里市很可能会发生这样的事，这才是大事。德里市并不完全像其他地方。在拉尔夫的眼中，这座城市的气氛自八年前那场洪水之后已经改进了很多，但它仍然不完全像其他地方。德里市有一丝卑劣的迹象，一旦居民激动起来，他们会做出极其丑恶的事情。

他擦了一下嘴唇，手滑过嘴巴时那种绸缎般的、遥远的感觉一时分散了他的注意力。有什么东西在不断地以多种方式提醒他，他的生存状态已经彻底改变。

洛伊丝无比惊恐：（“我们如何才能完成任务？如果我们不能接近阿特洛波斯或者艾德，我们该如何才能阻止它发生？”）

拉尔夫意识到，自己现在可以比较清晰地看清她的脸。天亮的速度很快，几乎到了迪士尼描绘自然的老影片中定格拍摄的速度。

（“洛伊丝，我们可以打电话报警，说有炸弹威胁。这应该管用。”）

克洛索满脸惊愕。拉克西斯用掌根拍了一下额头，然后不安地看了看越来越亮的天空。等他将目光转回到拉尔夫身上时，他的脸上也写满了惊恐。

（拉尔夫，这不管用。你们两个现在仔细听我说，无论你们在接下来的十四个小时里做什么，你们绝对不要低估阿特洛波斯最初发现艾德并割断他的生命线时释放出来的威力。）

拉尔夫：（“为什么不管用？”）

拉克西斯又是生气又是害怕：（拉尔夫，我们不能这样一味回答你们的问题，从现在开始，你们必须相信我们的话。你们知道在这个层级上时间过得有多快。你们如果再在这里待下去，将会失去机会，无法阻止今晚市民中心即将发生的事。你和洛伊丝必须重新下去。你们必须下去！）

克洛索举起一只手止住了拉克西斯，然后转身对着拉尔夫和洛伊丝。

（我来回答这最后一个问题，尽管我相信你们稍微想一想自己也能得到答案。针对苏珊·戴今晚的演说，现在早已有二十三起炸弹威胁。警方在市民中心安排了爆炸物嗅探狗，而且至少在过去四十八小时中，所有进入该建筑的包裹和快递都必须安检。警方还进行了现场搜索。他们早已料到会有炸弹威胁，所以在严阵以待，但他们也认为目前的炸弹威胁都是捍卫生命支持者搞的名堂，目的是试图阻止戴女士发表演说。）

洛伊丝木然地说道：（“啊，上帝——那个高喊‘狼来了’的小孩。”）

克洛索：（说得对，洛伊丝。）

拉尔夫：（“他埋了炸弹吗？他已经埋了，对不对？”）

明亮的光线洒满了整个屋顶，将旋转的排风扇投下的黑影拉长，宛如太妃糖。克洛索和拉克西斯望着这些黑影，然后将目光转向东方，圆弧状的太阳顶端已经越过地平线。他们两个的脸上流露出一模一样的沮丧表情。

拉克西斯：（我们不知道，这也并不重要。你们必须阻止这场演说，而且只有一个办法：你们必须说服负责此事的女人取消苏珊·戴的活动。你们听明白了吗？她今晚绝不能出现在市民中心！你们无法阻止艾德，也不敢去找阿特洛波斯，所以你们必须阻止苏珊·戴。）

拉尔夫：（“可是……”）

阻止他把话说完的既不是越来越刺眼的阳光，也不是这两个秃头矮医生脸上越来越吓人的恐惧表情，而是洛伊丝。她伸手摸着他的脸颊，果断地轻轻摇摇头。

（“别说了。拉尔夫，我们必须下去。就是现在。”）

无数个问题像蚊子一样在他的脑子里盘旋，可既然她说没有时间了，那肯定就是没有时间了。他瞥了一眼太阳，看到太阳已经完全到了地平线之上。于是，他点点头，伸出胳膊搂住她的腰。

克洛索焦急地说道：（拉尔夫和洛伊丝，不要让我们失望。）

拉尔夫：（“打气的话就别说了，你们这两个矮东西。这不是橄榄球赛。”）

拉尔夫不等他们开口，就闭上眼睛，集中精力下降，回到了短命人的世界。

第十九章

1

又是那种瞬间闪烁的感觉！凉爽的晨风随即轻拂着他的脸庞。拉尔夫睁开眼，望着身旁的女人。有那么一瞬间，他可以看到她的光环拖在她身后，宛如某位女士舞会袍子外面的薄纱套裙，然后才看到洛伊丝，比一星期前年轻了二十岁……与沥青和砾石建造的屋顶那么格格不入，因为她仍然穿着秋装薄外套，还有探视病人时的正装。

她开始浑身颤抖，但拉尔夫把她搂得更紧。周围已经没有了拉克西斯和克洛索的影子。

他们或许就站在我们身旁，拉尔夫心想，事实上，很有可能。

他突然又想起了巡回演艺团宣传员的那句老台词，要想玩就先付钱，上来吧，先生，把钱放下。但十有八九你不是在玩，而是被人玩。目的呢？当然是当个傻瓜。他现在为什么会有这种感觉？

因为许多事你一直没有能找到答案，卡洛琳在他的脑海中说道，他们带你们去了许多颇有意思的岔路，却不让你们接触到要点，直到你已经没有时间去问那些它们可能不想回答的问题……我觉得这种情况绝不是巧合，你看呢？

他也觉得不是巧合。

他越来越强烈地感觉到，几只无形的手正将他推进一条漆黑的隧道，谁也说不准那里有什么在等着他。这是一种被人利用的感觉。他感到自己很渺小……很脆弱……很生气。

“啊啊，我们回——回来了，”洛伊丝的牙齿在上下快速打颤，“现在几点了？”

拉尔夫觉得应该是六点左右，可是当他低头看表时，却发现表已经停了。他并不感到意外，也不记得自己什么时候给表上的发条。可能是星期二上午吧。

他顺着洛伊丝的目光向西南方向望去，看到市民中心像个岛屿，屹立在海洋般宽阔的停车场中央。一排排弯曲的窗户反射着明亮的晨曦，整个建筑看上去宛如超大版的乔治·杰森[①]上班的办公大楼。刚才还包裹着它的巨大死亡之袋已经消失。

啊，不，没有消失。不要自欺欺人，伙计。或许你现在看不见它，可它依然在那里。

"还早，"他说。一阵狂风刮来，把他额头上的头发往后吹——他的头发现在几乎是黑白参半——他把她搂得更紧。"但我觉得时间很快就会变得不够用了。"

她明白他的意思，点点头。"怎么不见拉——拉克西斯和克——克……"

"我估计他们还在上面层级，那里没有风把你冻僵。走吧。我们找到门，离开这鬼屋顶。"

她在原地又停留了片刻，浑身颤抖，望着城市另一边。"他干了什么？"她小声问，"如果他没有在那里埋炸弹，那他干了什么？"

"也许他埋了颗炸弹，只是那些狗虽然具有训练有素的鼻子，却还没有发现罢了。也有可能是那些狗还没有学会甄别的东西，比如塞在椽子之间的一个小罐，或者艾德在浴缸里匆匆搞出来的什么鬼玩意儿。毕竟化学是他的饭碗……至少在他辞职成为全职疯子之前是的。他有可能在策划用毒气将他们像老鼠那样毒死。"

"哦，天哪，拉尔夫！"她用手捂着脖子下方，惊愕地睁大了双眼望着他。

"好了，洛伊丝。我们赶紧离开这该死的屋顶。"

她这次心甘情愿。拉尔夫领着她向屋顶门走去，一路上急切地希望门没有锁上。

"两千人，"他们走到门口时，她哀叹道。拉尔夫拧动门把手时松

---

① 动画片《杰森一家》中的主人公。

了口气，但他还没有来得及拉开门，洛伊丝那冰凉的手指就抓住了他的手腕。她抬起头，脸上充满了疯狂的希望。“拉尔夫，也许那些小家伙是在说谎，也许他们另有企图，是我们根本无法理解的事情，所以他们才说了谎。”

“我认为他们无法说谎，”拉尔夫缓缓说道，“洛伊丝，这才是可怕的地方。——我认为他们不能说谎，而且还有那玩意儿。”他指着市民中心，指着他们看不见但知道仍在那里的肮脏膜。洛伊丝不愿意回头去看它。她用冰冷的手抓住他的手，拉开门，朝楼下走去。

2

拉尔夫拉开楼梯底部的门，偷偷向六楼走廊望去，见走廊里没有人，便拉着洛伊丝出了楼梯井。他们向电梯走去，却猛然在一扇敞开的房门外停下了脚，门旁的墙上用鲜艳的红色写着“医生休息室”。他们之前和克洛索以及拉克西斯升上屋顶时，曾经看到过这个房间里的摆设——墙上歪歪斜斜地挂着温斯洛·霍默[1]画作的复制品，电炉上放着咖啡壶，丑陋不堪的瑞典现代家居。房间里这会儿没有人，但墙上的电视开着，他们的老朋友莉塞特·本森正在播报早间新闻。拉尔夫还记得那一天的情形，他、洛伊丝和比尔坐在洛伊丝家的客厅，一边吃着空心粉，一边观看莉塞特·本森播报有人朝“妇女关怀”扔洋娃娃的事件。那是不到一个月之前的事。他突然想起来，比尔·麦戈文将永远无法再看莉塞特·本森的节目，也永远不会再忘记锁上大门。一种失落感如十一月的狂风般猛烈，吹过他全身。他还无法完全相信，至少目前做不到。比尔怎么会这么快、这么随随便便地就死了呢？*他肯定不喜欢这样，*拉尔夫想，*不只是因为比尔会认为因心脏病突发死在医院走廊里很粗俗，他还会认为那地方没有尊严。*

---

① 温斯洛·霍默（1836—1910），美国风景画家和版画家。

可他亲眼看到了那个过程，洛伊丝甚至感觉到了它在侵蚀比尔的内脏。这让拉尔夫想到了市民中心周围的死亡之袋，想到了如果他们不阻止那场演说的话会发生什么事。他重新向电梯走去，但洛伊丝拉住了他。她正出神地盯着电视。

“——等支持人流权的女权主义者苏珊·戴今晚的演说成为历史，他们将如释重负，”莉塞特·本森在说，“但并非只有警察有这种感觉。反人流和支持人流的两方显然都已感觉到了生活在冲突边缘的压力。约翰·柯克兰今天上午就在德里市民中心，他给我们带来更多报道。约翰？”

站在柯克兰身旁的人是丹·道尔顿，苍白的脸上没有一丝笑容。他的衬衣上别着一枚徽章，上面的图案是一把手术刀要落到一个双膝如胎儿般缩回到胸前的婴儿身上，周围是一个红色圆圈，一道红线斜着划过图案。拉尔夫可以看到背景中有五六辆警车和两辆新闻转播车，其中一辆的侧面有 NBC① 的图标。一名身穿制服的警察牵着两条狗穿过草坪，一条是寻血猎犬，另一条是德国牧羊犬。

“没错，莉塞特，我此刻就在市民中心，我可以将这里的气氛形容为焦虑与决心并存。站在我身边是丹·道尔顿，‘生命之友’的负责人，该组织一直强烈反对戴女士的演说。道尔顿先生，你认同对目前情况的评估吗？”

“焦虑与决心并存？”道尔顿问。在拉尔夫看来，他的笑容透着不安，令人生厌。“不错，我认为可以这么说。我们担心的是，苏珊·戴这个国家未受指控的最大罪犯会成功地搅乱德里市面临的核心问题：每天谋杀十二到十四名无助、尚未来到人世的孩子。”

“可是，道尔顿先生……”

“而且……”道尔顿根本不让他插嘴，“我们决心让全国人都看到我们不愿意学做袖手旁观的纳粹，让他们看到我们并非人人都被识时务这种可怕的大粪所吓倒。”

“道尔顿先生……”

---

① NBC，（美国）全国广播公司。

“我们还决心让全国人都看到我们有些人仍然能够捍卫自己的信仰，能够完成上帝交给我们的神圣责任，因为上帝是爱我们的……”

“道尔顿先生，‘生命之友’是否计划在这里举行任何形式的暴力抗议？”

听到这个问题后，他沉默了片刻，脸上事先准备好的活力也在那一刻暂时荡然无存。拉尔夫此时看到了令他不安的事：尽管表面上显得气势汹汹，道尔顿内心却害怕得要死。

“暴力？”他终于开口道。他小心翼翼地说出这个词，仿佛一旦处理不当，这个词就会在他的嘴里划出一个大口子。“我的上帝，不。‘生命之友’不认同错加错就是对的这种观点。我们计划发动一场大规模的示威游行，而且奥古斯塔、波特兰、朴茨茅斯甚至波士顿的捍卫生命支持者也会加入这场战斗——但不会有暴力。”

“艾德·迪普努呢？你能代表他吗？”

道尔顿的双唇早已抿成了一条缝，此刻却看似完全消失了。“迪普努先生已经与‘生命之友’毫无关系。”他说。拉尔夫认为自己在道尔顿的语调中察觉到了恐惧和愤怒。“弗兰克·费尔顿、桑德拉·麦凯和查尔斯·皮科林也一样，免得你想问。”

约翰·柯克兰飞快地瞥了一眼摄像机，心中的想法不言而喻：他认为丹·道尔顿像茅坑里的石头，又臭又硬。

“你是说艾德·迪普努和其他那几位——对不起，我不知道都是谁——已经另外成立了自己的反人流组织？类似于分支？”

“我们不是反对人流，我们是主张保护胎儿权利！”道尔顿嚷了起来，“这有天壤之别，但记者们似乎总看不到这一点！”

“这么说你并不知道艾德·迪普努在哪里，也不知道他有可能在策划什么？”

“我不知道他在哪里，我不关心他在哪里，我也不关心他的……分支。”

不过你很害怕，拉尔夫想。如果连你这种自以为是的小刺头都感到害怕，那我应该感到极度恐惧了。

道尔顿转身离去。柯克兰显然认为还没有把他完全榨干，便尾随在他身后，边走边抖松话筒线。

“可是道尔顿先生，有一点不是事实吗，艾德·迪普努在脱离‘生命之友’之前，不是煽动过几次充满暴力的抗议活动吗？包括上个月将浸满人造血的洋娃娃扔向……”

“你们都是一路货色，对不对？”丹·道尔顿问，“我为你祈祷，我的朋友。”他扬长而去。

柯克兰望着他的背影，呆立了片刻，然后转过身来对着摄像机。“我们试着联系道尔顿先生的对手——格蕾琴·蒂尔贝里，她承担了为‘妇女关怀’协调整个活动这一艰巨任务，但我们无法联系上她。我们听说蒂尔贝里女士在高垄，这是‘妇女关怀’所有并运行的妇女庇护所兼过渡住所。据猜测，她和同事们正在那里，为今晚市民中心的集会和演说计划做最后的安排，希望一切安全，远离暴力。”

拉尔夫看了洛伊丝一眼：“好吧，至少我们知道该去哪里了。”

电视画面切回到演播室中的莉塞特·本森身上，“约翰，市民中心有没有可能出现暴力的真正迹象？”

镜头回到柯克兰身上。他回到了警车前自己原来所站的地方，手中拿着一个白色长方形物体，挡住了胸前的领带。方形物体上面印有一些字。“呃，在这里值班的警卫今晨天一亮就在市民中心前的草坪上发现了数百个四处散落的文件卡。有位警卫声称看到了扔下这些卡片的车辆。他说那是一辆二十世纪六十年代末的卡迪拉克，不是棕色就是黑色。他没有看清车牌号，但是说后保险杠上贴着一张不干胶，上面印着：“人流不是选择，人流就是谋杀。”

演播室里的莉塞特·本森似乎饶有兴趣。“约翰，那些卡片上写着什么？”

镜头回到现场。

“我估计你得说这有点像谜语。”柯克兰低头看了一眼卡片。“‘如果有一把枪，里面只有两颗子弹，你和希特勒、斯大林和一位倡导人流的人身处同一屋，你会做什么？’”柯克兰抬头冲着摄像机说，“莉塞特，卡片另一边印着的答案是，‘朝倡导人流的人开两枪’。”

“我是约翰·柯克兰，在德里市民中心现场报道。”

3

“我都快饿死了。”洛伊丝说。拉尔夫小心翼翼地开着自己那辆奥尔兹莫比尔，前方是接二连三出现的停车场坡道，本可以让他们摆脱困境……只要拉尔夫没有错过任何出口标志。“就算是夸张，也差不多真是饿得前胸贴后背了。”

“我也是，”拉尔夫说，“考虑到我们星期二之后就没有吃东西，我觉得这是意料之中的感觉。我们可以在去高垄的路上好好坐下来吃顿早饭。”

“时间够吗？”

“我们自己挤时间呗，毕竟兵马未动粮草先行嘛。”

“我想是吧，只是我感觉自己并不是什么兵。你知道哪里……”

“嘘——”

他突然停住车，将变速杆推到“停车”挡上，仔细听着。引擎盖下面传出了咔嗒声，他不喜欢。当然，周围的混凝土墙壁确实会将声音放大，可是……

“拉尔夫？”她不安地问道，“别告诉我这车子出了问题。别告诉我，行吗？”

“我想应该没问题，”他说，开始重新冲着东方慢慢行驶，“只是卡罗尔去世后我基本上没有再开过它，已经忘了它发出什么样的响声。你想问我什么事，是吗？”

“我想问你是不是知道那地方。高垄。”

拉尔夫摇摇头。“我只知道它在去纽波特镇的公路附近。我觉得他们不会把具体位置告诉别人。我原来还希望你有可能听到了呢。”

洛伊丝摇摇头。“谢天谢地，我从来不必使用那种地方。我们得给她打电话。那个叫蒂尔贝里的女人。她和海伦一起见过你，所以你可以和她谈谈。她会听你的。”

她看了他一眼，那眼神温暖了他的内心——那眼神在说：但凡有理智的人都会听你说的，拉尔夫——但拉尔夫摇摇头。“我敢打赌，她今天只会接来自市民中心的电话，或者来自苏珊·戴住处的电话。”他看了他一眼，“别忘了，那个女人能来这里也是有着十足的勇气。她要么勇气超群，要么愚蠢透顶。”

“也许都有一点吧。如果格蕾琴·蒂尔贝里不接电话，我们该怎么与她联系？”

“你听我说。我干过多年的推销员，法耶·查宾说那才是我的真实生活，我敢打赌如果有必要，我依然能想出办法的。”他想起了问询台那位有着橙色光环的女人，咧嘴一笑，“也许还可以凭我的三寸不烂之舌。”

“拉尔夫？”她的声音很小。

“什么？”

“对我来说，这才是真正的生活。”

他轻轻拍拍她的手。“我明白你的意思。”

4

医院停车场的收费亭露出了一张熟悉的瘦脸，随即那张脸上又露出了熟悉的笑容——嘴里至少有五六颗牙齿已经“擅离职守”。

“呀呀，拉尔夫，是你吗？还真是你！太好了！太好了！”

“特里格？”拉尔夫慢慢问道，“是特里格·瓦尚吗？”

“可不是嘛！”特里格将细长的褐色头发从眼睛前捋开，以便看清洛伊丝。“这个花儿一样的美女是谁呀？我以前肯定见过她，肯定见过！”

“洛伊丝·夏瑟，”拉尔夫边说边从遮阳板上取下停车票，“你大概认识她先生，保罗……”

特里格嚷了起来：“我和他常在周末一起锻炼，那是一九七〇年还是一九七一年的事了！不止一次闹得南安的酒店关门！我的老伙计！保罗最近还好吧？”

“夏瑟先生两年前走了。”洛伊丝说。

“哦，真遗憾！对不起。保罗·夏瑟可是个好人，各方面都是个好人。大家都喜欢他。”看特里格脸上那痛苦的表情，恐怕洛伊丝告诉他保罗是那天上午离世的也不过如此。

“谢谢你，瓦尚先生。”她看了一下手表，然后抬头望着拉尔夫。仿佛要为这番对话添加最后一句，她肚子咕咕叫了一声。

拉尔夫将停车票递到车窗外，特里格接过去时，拉尔夫突然意识到那上面的时间印戳会显示他和洛伊丝从星期二晚上就一直在这里。几乎是六十个小时。

“特里格，你那干洗店怎么样了？”他赶紧问道。

“啊，他们把我裁了，”特里格说，“我没有告诉过你吗？几乎每个人都被裁了。我起初心情很不好，可我去年四月在这里找到了工作……呀！我很喜欢这工作。我带了小电视，不忙的时候就看看。再也没有谁仅仅因为我没有在绿灯一亮起就开车而冲我按喇叭，也再也没有谁在延长路上超我的车。现在每个人都急着要赶往下一个地方，究竟为什么，我也不明白。还有，你听我说拉尔夫：那该死的面包车冬天比女巫的奶子还要冷。我说粗话了，对不起，女士。”

洛伊丝没有吭声。她似乎正全神贯注地盯着自己的手背。看到特里格把停车票揉成一团后扔进垃圾桶，根本没有留意上面的时间和日期，拉尔夫松了口气。特里格按了收银机上的一个按钮，收费亭窗户上的一块显示屏上立刻出现了零美元。

“天哪，特里格，你真是太好了。”拉尔夫说。

“呀，小事一桩，”特里格说着边郑重其事地猛击另一个按钮，收费亭前的栏杆随即升起，“很高兴见到你。我说，你还记得机场那天的事吗？天哪！那天热死了，那两个家伙差一点打起来。后来下起了大雨，还有冰雹。你要走回家，我让你坐我的车。在那之后只见过你一两次。”他又仔细看了拉尔夫一眼，“拉尔夫，你今天的气色比那一天好多了。你这样子最多也就是五十五岁。太棒了！”

洛伊丝的肚子又咕噜了一声，比刚才还要响。她仍在低头望着自己的手背。

“我觉得没有那么年轻，”拉尔夫说，“听我说，特里格，很高兴见到你，可我们真的要……”

“妈的，”特里格说，眼神迷离，“拉尔夫，我有话要告诉你。刚才还想起来着呢。是关于那天的事。天哪，瞧我这笨脑袋！”

拉尔夫等了片刻，又想急于离开，又想听听是什么事，左右为难。“好了，特里格，别为这个烦恼。那毕竟过了这么久。”

“究竟是什么……”特里格喃喃自语。他盯着收费亭的天花板，仿佛那里写着答案。

“拉尔夫，我们得赶紧走，”洛伊丝说，“也不只是为了吃顿早餐。”

“你说得对。”他重新发动汽车，慢慢驶离这里，“特里格，要是你想起来的话，打电话告诉我。电话簿里有我的号码。很高兴见到你。”

特里格·瓦尚完全没有理会他的这番话，甚至好像根本没有注意到拉尔夫。“是我们看到的什么事，”他问天花板，“还是我们做的什么事？唉！”

趁着他仍然抬头望着天花板，一面用手挠着脖子后面的鬈发，拉尔夫朝他最后挥了挥手，向左拐弯，将奥尔兹莫比尔驶进医院的车道，前往“妇女关怀”所在的那栋低矮的砖结构建筑。

5

天已经大亮，门口只有一名警卫，没有示威者。看到周围没有示威者，拉尔夫想起了自己年轻时看过的所有那些丛林冒险大片，尤其是土著人的鼓声停下时的场景，男主人公——约翰·霍尔或者弗兰克·巴克——会对领头的挑夫说他不喜欢这样，太安静了。警卫的胳膊下夹着一个写字板，他将它取出来，眯眼盯着拉尔夫的旧奥尔兹莫比尔，在写字板上写了些什么——拉尔夫估计是车牌号。然后，警卫顺着铺满落叶的走道朝他们缓缓走来。

在早晨这个时间点，大楼前步行十分钟内的停车位到处都是。拉尔夫选了一个车位，停好车，下来走到车的另一侧，为洛伊丝打开车门——这是他从小就学会的。

“你打算怎么应对？”他抓住她的手，扶她下车时，她问。

“我们大概得卖点萌，但不要太入戏了。对吗？”

“对。”他们走过去时，她紧张地用手轻轻拍了拍外套的前摆，然后冲着警卫露出她那百万瓦特的笑容，“早上好，警官。”

“早上好。”警卫瞄了一眼手表，“但是现在里面只有接待员和女清洁工。”

“我们要找的正是接待员。”洛伊丝开心地说。这对拉尔夫倒是新鲜事。“芭碧·理查兹。她姨妈西蒙妮要我带个口信给她。非常重要。你只需告诉她我是洛伊丝·夏瑟。”

警卫想了想，然后朝门口一点头。“不必了。你直接进去吧，女士。”

洛伊丝的笑容更加灿烂。她说：“我们马上就会出来，是不是，诺顿？”

“不是马上，是一下下，”拉尔夫说。他们丢下警卫，向大楼走去。他探过身低声对她说：“诺顿？我的天，洛伊丝，诺顿？”

“我一时只想到这个名字，”她回答说，“我估计是想起了《蜜月寻梦人》——拉尔夫和诺顿，记得吗？”

“记得，”他说，“总有一天，爱丽丝……呸！直接奔向月亮！”

三个大门有两个上了锁，但最左边的大门开着，他们走了进去。拉尔夫捏了一下洛伊丝的手，感到她也捏了他一下。他同时感觉到了自己的注意力在高度集中，意志和意识越来越凝聚，越来越清晰。在他的周围，世界之眼似乎先是眨了一下，然后就猛地睁大。他们的周围全是世界之眼。

接待区朴素无华。墙上的海报大多是外国旅行社只收取邮资就寄出去的那种。唯一的例外在接待员办公桌的右边：一张黑白大照片，上面有一个身着孕妇装的年轻女人。她端着一个鸡尾酒杯，坐在酒吧高脚凳上。照片下方有一行字：**一旦怀孕，你就不再是肚子饮酒**。没有任何迹象表明在这不起眼的怡人的业务空间背后的房间里正在做着人流手术。

拉尔夫心想，你以为会看到什么？一张广告？在卡普里岛旅游海报与意大利阿尔卑斯山旅游海报之间还有一张海报，上面印着镀锌垃圾桶里堕下的胎儿？实际一点，拉尔夫。

他们的左边有一名壮实的女人，四十七八或五十出头，正在擦洗咖啡桌的玻璃桌面。她的身旁停着一个小推车，上面摆满了各种各样的清洁用品。她的深蓝色光环上布满了看似不健康的黑色斑点，像怪异的昆虫一样聚集在心脏和肺部所在的地方。她望着他们，毫不掩饰对他们的怀疑。

正前方还有一个女人，正小心谨慎地注视着他们，但是没有清洁工那份怀疑。拉尔夫认出了她，扔洋娃娃事件发生的那一天，电视新闻报道中有她。西蒙妮·卡斯顿圭的外甥女三十五岁左右，一头乌发，即便是在早晨这个时候也光彩照人。她坐在一张与她的容貌相配的深灰色金属办公桌后面，笼罩在森林绿色的光环中——这个光环要比女清洁工的健康得多。办公桌一角放着一个雕花玻璃花瓶，里面插满了秋天的花朵。

她试探着冲他们一笑，一时没有认出洛伊丝，然后手指尖指了指墙上的时钟。“我们八点才开门，”她说，“再说了，我们今天也无法帮你们。医生们都休假了——我是说虽然有汉密尔顿医生值班，可我恐怕联系不上她。事情太多，对我们来说，今天是个大日子。”

“我知道。”洛伊丝说，又捏了一下拉尔夫的手之后才松开。他的心中顿时听到了她的声音，很微弱，就像信号不佳的越洋电话，但是能听到：

（“待在这里别动，拉尔夫。她有……”）

洛伊丝给他发来了一个图片，比声音还要微弱，拉尔夫刚瞥了一眼几乎就消失了。这种交流在上面层级上要容易得多，但他得到的信息已经足够了。芭芭拉·理查兹刚才指着时钟的那只手此刻正优雅地搁在桌面上，但是她的另一只手在桌面之下，双腿空间的一侧装有一个白色小按钮。他们俩只要稍微露出一点怪异行为的迹象，她就会按下按钮，首先招来门外拿着写字板的那位警卫，然后是德里市大多数私家警察。

她紧紧盯着我，因为我是男人，拉尔夫想。

洛伊丝朝接待处走去时，拉尔夫有一种令人不安的想法：鉴于德里市目前的气氛，这种无意识却真实存在的性别歧视，会让这位美丽的乌发女人受伤……甚至送了命。他记得莱德克告诉过他，艾德那帮疯狂的家伙当中有个女人。苍白的肤色，他说，满脸粉刺，厚厚的眼镜片让她那双眼睛看上去像荷包蛋。叫桑德拉什么。万一这个叫桑德拉什么的像洛伊丝现在这样走近理查兹女士的办公桌，打开钱包，把手伸进去，那么这个包裹在森林绿色光环中的女人会按下隐藏的按钮吗?

“芭芭拉，你大概不记得我了，”洛伊丝说，“你上大学后我就很少见到你，你当时在跟斯巴克梅耶家的男孩……”

“哦，我的天哪，伦尼·斯巴克梅耶，我已经多少年没有再想起过他了，”芭芭拉·理查兹尴尬地一笑，“可是我记得你，洛伊丝·德兰西。西蒙妮姨妈的牌友。你们还在一起打牌吗?”

“不是德兰西，是夏瑟，我们还在一起打牌。”洛伊丝听上去像是为芭芭拉还记得她而感到高兴，拉尔夫希望她不要忘记他们来这里的目的。他其实不必担心。“怎么说呢，西蒙妮派我过来，把这个纸条交给格蕾琴·蒂尔贝里。”她从包里拿出来一张纸。“不知你是否能转交给她。”

“我估计我今天恐怕都没有机会和她通电话，”理查兹说，“她和我们大家一样忙，而且更忙。”

“这我相信。”洛伊丝真的发出了悦耳的笑声，“我估计这也不是什么要紧的事。格蕾琴有个侄女，刚刚得到新罕布什尔大学的全额奖学金。你有没有注意到，如果转告的是坏消息，就更难找到人了。真奇怪，是不是?”

“是啊，”理查兹说着便伸手去拿那张折叠的纸，“我倒是很高兴把这放在格蕾琴的……”

洛伊丝一把抓住她的手腕，一道灰色的亮光——非常明亮，拉尔夫只好眯起眼睛，免得被它照花了眼睛——从那女人的胳膊、肩膀和脖子跳了出来，像光环一样围着她的头旋转，随即消失。

不，没有消失，拉尔夫想，而是渗透了进去。

“那是什么？”女清洁工满腹狐疑地问，“那砰的一声是怎么回事？”

“没什么，汽车逆火的响声。”拉尔夫说。

“哼，”她说，“这些臭男人以为自己什么都知道。你听到了吗，芭碧？”

“听到了。”理查兹说。拉尔夫觉得她说话很正常，而且他知道那女清洁工无法看到此刻她眼睛里充满的朱灰色迷雾。“我觉得他没有说错，你能不能与外面的皮特核实一下？我们还是小心为妙。”

“那当然。”女清洁工说着便放下手中的清洁液瓶子，走过去，出了大门。她瞪了拉尔夫一眼，那眼神在说：你是上了年纪，可我敢打赌你下面那玩意儿还在。

她刚出门，洛伊丝就向前探过身说：“芭芭拉，我和我朋友今天上午必须与格蕾琴沟通，而且是面对面地沟通。”

“她不在这里。她在高垄。”

“告诉我们怎么去那里。”

理查兹的目光移到了拉尔夫身上。在他的眼中，她那看不见瞳孔的灰色眼窝令人非常不舒服，就像是在观看一尊突然有了生命的经典雕塑。她的深绿色光环也淡了许多。

不对，他想，只是暂时被洛伊丝的灰色光环叠加了。

洛伊丝环视着四周，顺着芭芭拉·理查兹的目光看了拉尔夫一眼，然后重新望着芭芭拉。“是的，他是男人，但这次没关系。我向你保证。我们对格蕾琴都没有恶意，也不会伤害高垄的任何女人，但我们要和她面谈，告诉我们怎么去那里。”她又碰了一下理查兹的手，更多灰色的光顺着理查兹的胳膊传了上去。

“别伤着她。”拉尔夫说。

“不会的，但她就要开口了。”她朝理查兹凑得更近，“那地方在哪儿？快点，芭芭拉。”

“沿 33 号公路出德里市，”她说，“也就是原来的纽波特路。往前开大约十英里后，左边会有一栋红色的大农舍。它的后面有两个谷仓。之后的第一个路口向左拐……”

女清洁工走了进来。“皮特什么都没有听到……”她突然停住脚，或许是不喜欢洛伊丝伏在她朋友办公桌上的样子，或许是不喜欢她朋友空洞的眼神。

“芭芭拉，你没……”

“安静，”拉尔夫客气地低声说道，“他们在谈话。”他抓住女清洁工的胳膊，顿时感觉到了强大的能量在往上涌。一时间，世界上各种颜色变得更加明亮。女清洁工名叫蕾切尔·安德森，结过一次婚，丈夫经常暴打她，然后八年前突然消失了。她现在养了条狗，还有“妇女关怀”的朋友们，所以很知足。

“好的，”蕾切尔·安德森说话的声音很轻，显得若有所思，“他们在谈话，皮特说一切正常，所以我最好保持安静。”

“好主意。”拉尔夫说。他仍然轻轻抓着她的胳膊。

洛伊丝扭头看了一眼，确信拉尔夫已经控制住局面后，重新将目光转回到芭芭拉·理查兹身上。“过了有两间谷仓的红色农舍之后左拐。好的，我记住了。然后呢？”

“你们会进入一条土路，一路上坡，大约开了一英里半之后，路的尽头有一栋白色农舍。那就是高垄，景色宜人……”

“那肯定是的，”洛伊丝说，“芭芭拉，见到你真是太高兴了。我和我朋友现在要……”

“我也很高兴见到你，洛伊丝。”理查兹的声音似乎是远方传来的，很冷淡。

“我和我朋友现在要走了。没事的。”

“好。”

“你不需要记住这件事。”洛伊丝说。

“绝对不需要。”

洛伊丝转身要走，又转过去拿起她从包里取出来的那张纸。刚才她抓住芭芭拉的手腕时，那张纸掉在了办公桌上。

“你接着干活吧，蕾切尔。”拉尔夫对女清洁工说。他小心翼翼地松开她的胳膊，只要她露出一点需要他再次出手的迹象，他随时准备再抓住她的胳膊。

“是啊，我是得继续干活了，”她说，语气友善多了，“我要在中午之前忙完这里的活，然后去高垄，帮他们做标语牌。”

蕾切尔·安德森慢慢走向装着清洁工具的小推车，洛伊丝则来到拉尔夫的身旁，脸上的表情又是惊奇又是害怕。“她们不会有事，对吗，拉尔夫？”

“肯定不会。你没事吧？不会晕过去什么的？”

“我没事。你记住怎么走了吗？”

“那当然——她所说的那个地方以前叫巴雷特的果园。我和卡洛琳每年秋天都会去那里摘苹果，买苹果醋。他们在二十世纪八十年代初卖掉了那个地方。想想看，那里居然就是高垄。”

“先别急着感到惊讶，拉尔夫——我真的快要饿死了。”

“好吧。顺便问一句，那便条是什么？真是那个侄女拿到了新罕布什尔大学的全额奖学金？”

她冲他微微一笑，将那张纸递给他。那是她九月份的电费账单。

6

“你们留了口信吗？”他们出来走上人行道时，警卫问道。

“留了，谢谢。”洛伊丝说，脸上再次露出百万瓦特的笑容。她脚不停步，手紧紧握着拉尔夫的手。他知道她内心的感受，她根本不知道他们给那两个女人的暗示能持续多久。

“太好了，”警卫跟着他们来到人行道尽头，“今天将会非常非常漫长，我巴不得它早点过去。你们知道从中午到午夜这里会有多少警卫吗？十来个。那还只是这里。市民中心会有四十多个警卫，外加本地警察。”

而且还起不到任何作用，拉尔夫想。

“这一切为了什么？就是让一位有主见的金发女人过过嘴瘾。”他望着洛伊丝，仿佛在等着她指责他是个推崇男性至上主义的蠢货，但洛伊丝只是冲他笑笑。

“警官，希望你今天一切顺利。”拉尔夫说，然后带着洛伊丝穿过街道，来到他那辆奥尔兹莫比尔前。他发动汽车，沿着“妇女关怀”的车道使劲拐弯，等待着芭芭拉·理查兹、蕾切尔·安德森或者她们两个人从大门冲出来，瞪着眼睛，手指指着他们。等他终于将车驶向了正确的方向后，他长舒了一口气。洛伊丝扭头望着他，同情地点点头。

“我还以为我可以当一回推销员呢，”拉尔夫说，“可是天哪，没想到你的推销能力令我刮目相看。”

洛伊丝矜持地笑了笑，双手紧握着搁在大腿上。

他们快要到达医院停车场时，特里格从收费亭跑了出来，挥舞着双手。拉尔夫的第一反应是他们还是无法顺利脱身，一定是拿着写字板的那个警卫起了疑心，给特里格打了电话或者通过对讲机告诉了他，要他拦住他们。接着，他看到了气喘吁吁的特里格脸上高兴的表情，以及他右手拿着的东西。那是一个黑色的钱包，很旧，严重磨损，随着特里格每次挥舞右臂，像掉光了牙齿的嘴巴那样一张一合。

“别担心，”拉尔夫说着便放慢了车速，“我不知道他想干什么，但我可以肯定不是麻烦事。至少现在还不是。”

“我不关心他想干什么，我只想离开这里，吃点东西。拉尔夫，要是他给你看他钓鱼的照片，我会亲自踩下油门。”

“同意。”拉尔夫说，心里很清楚特里格·瓦尚想要给他看的绝对不是钓鱼的照片。他虽然还没有把一切都弄清楚，但有一点他可以肯定：世上的任何事都不是随意发生的。不再是。这是极度的命中注定。他将车停在特里格身旁，按下按钮，车窗玻璃下降时发出刺耳的吱吱声。

“呀，拉尔夫！”特里格大声说道，“我还以为见不到你了呢！”

“出什么事了，特里格？我们要急着去……”

“是啊，是啊，只需要一秒钟，就在我的钱包里，拉尔夫。我把纸条都收在这里，所以一张也不会丢。”

他打开旧钱包，露出里面几张皱巴巴的钞票，几张插在透明夹页中的照片（拉尔夫果然看到其中有一张特里格举起一条大鲈鱼的照片），还有至少四十张名片，大多因时间太久而皱巴巴、软塌塌的。特里格开始在里面翻找，速度与资深银行出纳点钱时的速度相仿。

“我从来不把这些东西扔掉，”特里格说，“在上面记事比笔记本还要好，又不花钱。你等一下……等一下，这该死的东西在哪儿？”

洛伊丝很不耐烦，也很着急。她看了拉尔夫一眼，用手指着前方的道路。拉尔夫对她的眼神和手势置之不理。他的胸口开始有一种怪异的刺痛感。他在脑海里看到自己伸出食指，在特里格的面包车的挡风玻璃上画了个图像。那是十五个月前的事，炎热的夏天突然下了一场冰冷的暴风雨，挡风玻璃上凝聚了雾气。

“拉尔夫，你还记得迪普努那天系着的那条围巾吗？白色，上面有红色图案？”

“我记得。”拉尔夫说。*舔屁眼的家伙，*艾德对那大块头说。*×你妈，再舔她的阴部。*他记得那围巾，当然记得。可那红色图案既不是标志，也不是一块毫无意义的斑点，那是一个或几个表意文字。拉尔夫感到自己的胃猛地一沉，他知道特里格就要停止在旧名片中翻找了。他知道这一切是为了什么。他知道。

“拉尔夫，你参战了吗？”特里格问，“那场大战，‘二战’？”

“算是参战了吧，”拉尔夫说，“大部分时间都待在得克萨斯州，一九四五年初被派到海外，但一直在后方梯队。”

特里格点点头。“也就是说你去了欧洲，因为太平洋地区没有后方梯队，战争结束时都没有。”

“我先去了英格兰，”拉尔夫说，“然后是德国。”

特里格高兴得频频点头。“要是你去了太平洋，就会知道围巾上那个图案不是汉字。”

“是日文，对不对？是不是，特里格？”

特里格点点头。他手里握着一张名片，是从多张名片中抽出来的。拉尔夫看到名片空白的一面画着一个图案，很像他们在艾德的围巾上看到的那个双重符号，也就是他自己在挡风玻璃上画出来的那个符号。

“你们在说什么？”洛伊丝问，语气不再是不耐烦，而是明明白白的恐惧。

“我早该知道了，”拉尔夫惊恐地自言自语道，“我早该知道了。”

“知道什么？”她抓住他的肩膀，使劲摇着，“知道什么？”

他没有吭声，而是像梦游一样伸手接过名片。特里格·瓦尚脸上的笑容不见了，一双黑眼睛盯着拉尔夫的脸，神情严肃。“我趁着它还没有化掉，把它从挡风玻璃上抄了下来，”特里格说，“因为我知道我以前见过它。那天晚上到家后，我想起来在哪里见过它了。我哥哥马塞尔大战最后一年在太平洋地区作战。他带回来的东西里面就有一条围巾，上面有同样的图案，也是红色的。我问了他，免得搞错，他在那名片上画了出来。”特里格指了指拉尔夫手指夹着的那张名片。“我原打算一见到你就告诉你的，只是今天才想起来。我很高兴终于想起来了，可是看你现在这表情，我还不如不告诉你了。”

“没关系。”

洛伊丝从他手中拿过那张名片。“这是什么？什么意思？”

“过一会儿告诉你。”拉尔夫伸手握住变速杆。他感到自己的心脏像一块石头压在胸口。洛伊丝正在看名片空白一面上的符号，拉尔夫刚好可以看到名片印有文字的一面：**R.H. 福斯特，打井 & 砌墙**。特里格的大哥在那下面用黑色大写字母工工整整地写了一个词。

神风。

第三部

血色之王

我们是老前辈，
我们每个人都握着一把合上的剃刀。

——罗伯特·洛威尔《漫步在抑郁中》

第二十章

1

汽车沿着医院车道前进，他们一路上只交谈过一次，而且很简短。

“拉尔夫？”

他看了她一眼，立刻将目光转回到道路上。引擎盖下面再次响起了咔嗒声，但洛伊丝一直没有提及。他希望她现在不会提及这一点。

“我想我知道他在哪里。我是指艾德。我可以肯定，甚至在屋顶上的时候，我就认出了他们给我们看的那栋破烂不堪的老建筑。”

“那是什么建筑？在哪里？”

“那是飞机停靠的地方，你们把它叫什么？机库。”

“我的天哪，”拉尔夫说，“海岸航空公司，在巴尔港路。”

洛伊丝点点头。“他们有包机、水上飞机旅游等业务。我们有个星期六出去兜风时，夏瑟先生进去问过那里的工作人员，带我们从空中看看那些岛屿要多少钱。那个人说要四十美元，我们觉得太贵了。如果是夏季，我相信那个人肯定不会让步，可当时是四月，于是夏瑟成功地将价格砍到了二十美元。我觉得一个小时不到的游览要花二十美元仍然太贵，不过我很高兴我们去了。当时的经历很吓人，但是景色优美。”

“就像那些光环。”拉尔夫说。

“是啊，就像……”她的声音在颤抖。拉尔夫转过脸，看到眼泪正顺着她胖乎乎的脸颊流下来。“……就像那些光环。”

“不要哭，洛伊丝。”

她在包里找到一包面巾纸，用它擦了擦眼睛。“我控制不住。名片上那个日本字的意思的神风，对不对，拉尔夫？神风。”她停顿了一下，嘴唇在发抖，“自杀飞行员。”

拉尔夫点点头。他牢牢握紧方向盘。“对，”他说，“就是那意思，自杀飞行员。”

2

33 号公路在市区的路段也叫纽波特大道，要穿过哈里斯大道的四个街区，但拉尔夫根本不愿意在西面停车吃东西，原因很简单也很明显：他和洛伊丝都不愿意被老朋友们看到，尤其是他们现在看上去比星期一年轻了十五到二十岁。

这些老朋友当中有没有谁报警，说他们失踪了？拉尔夫知道有这种可能性，但觉得他有理由希望他俩躲开了大家的注意和关心，至少避开了他圈子里的人。法耶以及其他在延长线附近野餐区厮混的人正为失去两个而不是一个老伙计而紧张不安，不会有太多时间去琢磨拉尔夫·罗伯茨那老混蛋躲到哪里去了。

大家肯定已经为比尔和吉米守过夜，举行过葬礼，把他们埋葬了，他想。

“拉尔夫，要是还来得及吃早饭的话，尽快找个地方。我饿极了，可以连皮带毛地吃下一匹马！”

他们现在已经到了医院以西一英里的地方，拉尔夫有足够的理由感到安全。他看到前方就是德里餐馆。他打起转弯的信号，拐进停车场，意识到卡洛琳得病后就没有来过这里……至少一年，也许更长。

“我们到了，”他对洛伊丝说，“我们不止吃一点东西，我们要能吃多少就吃多少。今天或许只能吃上这一顿。”

她像小学生那样咧嘴一笑。“你说出了我的心里话，拉尔夫。”她扭动了一下身子，“还有，我还得上个卫生间。”

拉尔夫点点头。星期二之后就没有吃过东西，也没有上过卫生间。洛伊丝可以去女卫生间，他也打算去男卫生间方便一下。

“走吧。”他关掉引擎，引擎盖下面那令人不安的咔嗒声也随之停息，“先去卫生间，然后再填饱肚子。”

朝门口走去时，她告诉他（拉尔夫觉得她的声音听上去有点随意），米娜或西蒙妮都不会报警说她失踪了，至少目前还不会。拉尔夫转过头来问她为什么，他又惊又喜地看到她面红耳赤。

“她们都知道我暗恋你好多年了。”

“不是开玩笑吧？”

“当然不是，”她有点不高兴，“卡洛琳也知道。有些女人会很在意，可她明白那没有恶意，我没有恶意。拉尔夫，她真是个好人，拉尔夫。”

“是啊。”

“总之，她们大概会认为我们……怎么说呢……”

“以为我们私奔了？”

洛伊丝放声大笑。“差不多吧。”

“洛伊丝，你愿意和我一起私奔吗？”

她踮起脚，轻轻咬了一下他的耳垂。“只要我们能活着结束这一切，你再问我。”

他在推门之前亲吻了她的嘴角。“你尽管放心。”

他们进了卫生间，再次相聚时，洛伊丝显得若有所思，外加一点惊愕。“我不敢相信那是我，”她低声说，“我是说，我盯着镜子中的我看了至少两分钟，我仍然不敢相信。我眼角的鱼尾纹都不见了，而且拉尔夫……我的头发……”她抬头望着他，那双乌黑的西班牙眼睛明亮又传神，“还有你！我的上帝，我怀疑你四十岁时是否这么帅气。”

“没有，可你应该看看我三十岁时的样子，体壮如牛。”

她咯咯咯笑了起来。“好了，傻瓜，我们还是坐下来消耗一点卡路里吧。”

3

“洛伊丝？”

桌上的盐瓶和胡椒瓶之间有一小叠菜单，她拿了一张，正在看，听到叫她时，抬起头来望着他。

“我在卫生间里时，想让光环再次出现，但这次没有成功。”

“你为什么要那么做，拉尔夫？”

他耸耸肩，不想把自己胡思乱想的感觉告诉她。他刚才站在小小的卫生间洗手池旁，边洗手，边盯着落满水珠的镜子中自己那张陌生而又年轻的脸。他突然想到，卫生间里可能还有别人。更糟糕的是，隔壁的女卫生间里可能也有别人。阿特洛波斯有可能从她身后悄悄逼近，完全没有被人发现，碎钻耳环在他小小的耳垂上闪烁……手术刀伸出在外……

他的心中接着出现的既不是洛伊丝的耳环，也不是麦戈文的巴拿马草帽，而是拉尔夫第一次看到阿特洛波斯时他在使用的那根跳绳

（三——六——九，鹅喝了酒）

就在面包店和日光浴沙龙之间的空地上，那根绳子曾经是一个小女孩的心爱之物。她在玩游戏时绊了一下，从二楼窗户摔下来，摔断脖子死了（多么可怕的意外，她漫长的人生刚刚开始。如果真的有上帝，他为什么要让这种事情发生，等等，等等，更不用提其他废话了）。

他一再告诫自己不要胡思乱想，即便不去整天想着阿特洛波斯会切断洛伊丝的气球线这种可怕的场景，情况也一样非常糟糕，但是这种告诫不管用……主要是因为他知道阿特洛波斯有可能真的和他们一起在这家餐馆，而且阿特洛波斯可以对他们下手，随心所欲地下手。

洛伊丝将手伸到桌子对面，抚摸着他的手背。“别担心。那些颜色会回来的。一直都是这样。”

“估计是吧。”他也拿起一份菜单，打开后顺着所列出的菜名一路看下去。他的第一印象是他什么都想要一份。

“你第一次看到艾德行为怪异时，他正从德里机场出来，”洛伊丝说，“我们现在知道原因了。他在学开飞机，是不是？”

“当然是的。特里格捎带我回哈里斯大道时，也提到人们需要通行证才能从机场工作人员大门出来。他问我是否知道艾德怎么会有通行证的，我说我不知道。我现在知道了。肯定通用航空飞行学员每人都有通行证。”

“你认为海伦知道他的业余爱好吗？”洛伊丝问，“她大概不知道，对吗？”

“我可以肯定她不知道。我还可以肯定，他撞了西区园丁那家伙的车之后就立刻换到了海岸航空公司。这件事让他相信事态正超出他的掌控范围，于是他选择到离家更远的地方去学开飞机。”

“也许是阿特洛波斯说服了他，”洛伊丝沮丧地说，“阿特洛波斯或者更高层级上的某个人。”

拉尔夫不太认同这个观点，但又觉得它有道理。*实体存在*，他想，打了个寒颤，*血色之王*。

“他们把他当作傀儡在使用，是不是？”洛伊丝问。

“你是指阿特洛波斯？”

“不。阿特洛波斯是个讨厌的小混蛋，但除此之外，我认为他与克洛索和拉克西斯差不多，都是低层级上的帮手，在这个宏大计划中，他们可能只比不熟练的劳工高一点。”

“清洁工？”

“也许吧，”洛伊丝赞同道，“清洁工或者勤杂工。对艾德动手的具体活大概基本上都是阿特洛波斯干的，我可以和你赌一块饼干，阿特洛波斯很喜欢干这活，但我可以用我的*房子*和你打赌，阿特洛波斯收到的命令来自更高层级。你觉得我这话有点道理吗？”

“有道理。我们可能永远无法知道这一切开始前艾德疯狂到什么程度，也无法确切地知道阿特洛波斯什么时候割断了他的气球线，但我现在最想知道的事却很平常。我想知道他究竟是如何将查理·皮科林保释出来的，他又是从哪里弄到钱学开飞机的。”

洛伊丝刚要回答，一名女服务员走了过来，从围裙兜里掏出点菜单和圆珠笔。“你们想用点什么？”

“我要奶酪蘑菇煎蛋。”拉尔夫说。

“好的，”她将嘴里的口香糖从一边转移到另一边，“两个鸡蛋还是三个鸡蛋，亲？”

“如果可以的话，来四个鸡蛋。”

她眉毛微微一扬，飞快地记了下来。“当然可以。还要点别的吗？”

“要。一杯橙汁，大份的。一份培根，一份香肠，一份炸薯条。最好是双份炸薯条。”他停下来想了想，咧嘴一笑，“哦，你们还有丹麦酥吗？”

“我想可能还有一个奶酪口味的和一个苹果口味的。”她抬头望着他，“你有点饿，是吗？”

“感觉像一个星期没有吃东西了，”拉尔夫说，“我要奶酪口味的丹麦酥。先来一点咖啡，大杯黑咖啡。你都记下了吗？”

“哦，都记下了，亲。我只是想看看你们出门的时候会是什么样子。”她看着洛伊丝，“你要点什么，女士？”

洛伊丝冲她甜甜地一笑。“和他一样，亲。”

4

女服务员走开后，拉尔夫看了一眼墙上的钟。才七点十分，很好。他们用不了半个小时就能赶到巴雷特果园，然后只要对格蕾琴·蒂尔贝里施展他们的大脑激光术，那么上午九点就有可能取消苏珊·戴的演说——或者说让演说流产。可是，他非但没有感到轻松，反而感受到了一种令他痛苦不堪的焦虑，就像手指够不着的地方奇痒无比一样。

“好吧，”他说，“我们把一切综合起来分析。我觉得我们可以认定艾德早就对人流心怀不满，多年来大概一直是捍卫生命支持者。然后，他开始失眠……听到奇怪的声音……”

“看见矮小的秃头……”

“特别是其中一位秃头，”拉尔夫认同道，“阿特洛波斯成了他的精神导师，给他灌输血色之王，百夫长，以及所有其他观念。艾德和我谈起希律王时……”

“他心中想的是苏珊·戴，”洛伊丝替他把话说完，“阿特洛波斯一直在……电视上怎么说的？给他洗脑，把他变成一枚人肉导弹。你觉得艾德从哪儿弄到那围巾的？”

“阿特洛波斯那里，”拉尔夫说，“我相信阿特洛波斯那里这种东西多的是。”

“你觉得他是不是在今晚要驾驶的那架飞机上放置了……”洛伊丝的声音在颤抖，“爆炸物或毒气？”

“如果他真的计划干掉所有人，那么爆炸物的可能性更大；如果是毒气，只要风一大，他就没戏了。”拉尔夫喝了口水，饶有兴趣地看到自己的手有点发抖，“话又说回来，我们也不知道他在自己的实验室里弄出了什么好东西，是不是？”

“是啊。”洛伊丝低声说。

拉尔夫放下水杯。“我对他打算使用什么不是太感兴趣。”

“你感兴趣的是什么？”

女服务员端着刚煮好的咖啡走了回来，咖啡的芳香像霓虹灯一样照亮了拉尔夫的神经。服务员刚转身，他和洛伊丝就端起咖啡喝了起来。咖啡又浓又烫，刺激着拉尔夫的嘴唇，但是棒极了。他把杯子放回到碟子上时，杯子已经空了一半，他的上腹部热腾腾的，仿佛他刚刚吞下一块仍在燃烧的灰烬。洛伊丝正越过自己手中的杯子一脸严肃地望着他。

“我感兴趣的，”拉尔夫对她说，“是我们。你说阿特洛波斯把艾德变成了人肉导弹。这话没错，二战中的神风飞行员正是这样。希特勒有 V-2 导弹，裕仁天皇有神风飞行员。令人感到不安的是克洛索和拉克西斯在我们身上干了相同的事。他们在我们身上装载了许多特殊能力，将我们设置为驱车赶往高垄，阻止苏珊·戴。我只是想知道为什么。”

“可我们已经知道了，”她反驳道，“如果我们不出面，艾德·迪普努今晚就会在那个女人演说时自杀，同时夺走两千人的生命。”

“是啊，”拉尔夫说，“我们要不惜一切代价阻止他，洛伊丝。不要担心这一点。”他喝完咖啡，重新放下杯子。他的胃已经完全苏醒了，正吵着要吃的。“我不能袖手旁观，任由艾德害死所有人。这就像有人朝我脑袋扔过来一个棒球，我站在原地不得不低头躲避一样。只是我们一直没有机会看看合同最底下那些小字写的是什么内容，这让我很害怕。”他犹豫了一下，“这也让我很生气。”

“你在说什么？”

“我们像两个傻瓜蛋一样被人玩耍。我们知道为什么要阻止苏珊·戴的演说，我们无法容忍一个疯子杀死两千个无辜的人。但我们不知道他们为什么要我们去干这件事，这才是让我害怕的地方。”

“我们有机会拯救两千人的生命，”她说，“你是想告诉我，这个数字对我们来说够了，但是对他们来说不够？”

“这正是我要告诉你的。我认为数字不会给这些家伙留下太多印象，他们清理我们的时候不是以万或十万计，而是以百万计。他们已经习惯于看到随机或命定的人一批批地打击我们。”

“比如椰子林夜总会大火①，”洛伊丝说，“或者八年前德里市发生的洪灾。”

“是的，但是与每年全世界所发生的事情相比，即便是那样的灾难也微不足道。一九八五年德里市发生的洪灾中有二百二十人丧生，差不多吧，但是巴基斯坦去年春天发生的洪灾却夺去了三千五百人的生命，而土耳其最近发生的大地震夺走了四千多人的生命。苏联发生的核反应堆事故呢？我在什么地方看到过报道，死亡人数至少七万。

---

① 此处指美国波士顿椰子林夜总会 1942 年 11 月 28 日发生的火灾，共造成 492 人丧生。

那可是要不少的巴拿马草帽、跳绳和……好多副眼镜，洛伊丝。”他惊恐地发现自己差一点说出好多副耳环。

“别。”她说，打了个寒颤。

“我和你一样不喜欢去想这一点，”他说，“可我们必须去想，哪怕只是因为那两个家伙千方百计不让我们去想。你明白我想说什么了吗？你必须明白。大悲剧向来是随机界的一部分，这一次为什么会不同呢？”

“我不知道，”洛伊丝说，“但肯定很重要，否则他们不会找我们。我觉得他们这是迈出了一大步。”

拉尔夫点点头。他现在可以感觉到咖啡因开始起作用，让他的头脑变得异常活跃，也让他的手指微微颤抖。“我相信是的。你现在回忆一下医院屋顶上的事，你这辈子有没有经历过这样的情况？那两个人解释了半天却什么也没有解释。”

“我不明白你的意思。”洛伊丝说，但是她脸上的表情却暗示着别的意思：她不想明白他的意思。

“我的意思归根结底只有一点：他们也许不能说谎。我们暂且假定他们不能说谎。那么如果你有些情况不能说出去而你又不能说谎，你怎么办？”

“翩翩起舞，拖延时间，远离一个，”洛伊丝说，“或者多个危险区域。”

“对极了。他们不就是这样做的吗？”

“是啊，”她说，“就算那是一场舞会吧，可我觉得许多时候都是你在领舞，拉尔夫。说实在的，你问的那些问题给我留下了很深的印象，而我在屋顶上的大多数时候都在试图说服自己这是真的。”

“是的，我问了问题，许多问题……”他顿了一顿，不知道该如何表达脑海中的概念，因为这个概念在他看来既复杂又简单。他再度尝试升到高一点的层级，在脑海中寻找那种瞬间闪烁的感觉。他心里很清楚，他只要能与她心灵相通，就能给她看一张照片，让她一目了然。什么动静也没有，他沮丧地用手指轻轻敲击着铺了桌布的桌面。

“我当时和你一样感到惊讶，”他最后开口道，“如果说我的惊讶是以问题的形式表现出来的话，那是因为男人——至少我这一辈的男人是这样——从小就被灌输不能大惊小怪。那是女人们在挑选窗帘时的表现。”

“大男子主义分子。”她笑着说，可拉尔夫无法对她报以微笑，他想起了芭碧·理查兹。如果当时朝她走近的是拉尔夫，几乎可以肯定她会按动办公桌下面的报警按钮，但她允许洛伊丝走近她，因为她被灌输了太多那种老掉牙的姐妹帮姐妹的鬼话。

“对，”他低声说，“我是大男子主义分子，我是老顽固，有时候还因此惹上麻烦。”

“拉尔夫，我不是这个意……”

“我明白你的意思，没关系的。我要告诉你的是，我当时和你一样感到惊讶……感到不知所措。我是问了问题，可那又怎么样？那些问题问得好吗？*有用吗？*”

“我估计没有用，对吗？”

“也许我一开始表现得并不差。我记得我们终于来到屋顶上时，我首先问他们是谁，想干什么。他们用一大堆富有哲理的废话回避了这些问题，可我觉得他们还是出了一身冷汗。接着，我们听到了关于命定和随机的背景——虽然引人入胜，却不足以说服我们，不足以让我们驱车去高垄、劝说格蕾琴·蒂尔贝里取消苏珊·戴的演讲。混蛋，我们本可以做得更好，本可以节省时间，直接问他们怎么去那地方，结果我们却不得不去问西蒙妮的侄女。”

洛伊丝吃了一惊。“这倒是真的，不是吗？”

“是啊。就在我们闲扯的过程中，时间飞逝，尤其是在上了几个层级之后。他们也在*看着*时间飞逝，这一点你可以相信。他们把一切算计得很好，等他们把我们需要知道的情况说完后，已经没有时间再让我们问一些他们不想回答的问题了。我认为他们想给我们留下一个印象，那就是整个这件事是公益事业，拯救那么多生命是其核心，但他们无法直接明说，因为……”

“因为那将是谎言，而他们或许不能说谎。”

“对。他们或许不能说谎。”

“那么他们究竟要我们做什么，拉尔夫？”

他摇摇头。“我真不知道，洛伊丝。一点线索都没有。”

她喝完咖啡，小心翼翼地把杯子放回到碟子上，盯着指尖看了片刻，然后抬头望着他。她的容貌再次打动了他——几乎可以说击倒了他。

“他们人不错，”她说，“真的不错，我强烈感觉到了。你呢？”

“是啊。”他很不情愿地说。他当然感觉到了。他们与阿特洛波斯属于两个极端。

“你打算阻止艾德，不管——你说过要是有人把棒球扔向你的脑袋，你不可能不低头躲避。是不是这样？”

“是的。”他更不情愿地说。

“那你就应该把其他的事情抛到脑后，”她平静地说，乌黑的眼睛望着他的蓝眼睛，“免得它们占据你的大脑，在那里制造杂音，拉尔夫。”

他明白她的话有道理，但仍然怀疑自己是否能够简单地摊开手，让它自由飞走。也许你得活到七十岁，才会完全明白摆脱自己的教养有多么困难。他是个男人，所受到的“如何成为一个男人”的教育始于阿道夫·希特勒得势之前，思想上仍然属于从收音机里听 H.V. 卡滕伯恩[①]的节目和安德鲁姐妹的歌长大的那一代人。那一代男人相信月光鸡尾酒，相信为了一包骆驼牌香烟可以走上一英里。这种教养几乎全盘否定“谁做好事谁干坏事”之类的道德问题，重要的是不能让地痞流氓欺负你，也不能被人牵着鼻子走。

是吗？卡洛琳被逗乐了，她冷冷地问道。真有意思。不过，让我先告诉你一个小秘密，拉尔夫：那是一派胡言。早在格伦·米勒[②]消失在地平线上之前就是一派胡言，现在也是一派胡言。男人应该有自己的担当，这种观点即便是在今天也有一定的道理。总之，伊甸园归

① 卡滕伯恩，美国著名电台评论员。

② 格伦·米勒（1904—1944），美国乐手，因所乘飞机被击落而去世，所组建的格伦·米勒乐队为爵士乐和大乐队时代的领军乐队之一。

途漫漫，是不是，亲爱的？

是的，伊甸园的归途漫漫。

“有什么好笑的，拉尔夫？”

他正要回答，女服务员却端着一大盘食物走了过来。他第一次注意到她围裙边缘上别着一枚徽章，上面印着**生命无价**。

“你准备参加今晚市民中心的集会吗？”拉尔夫问她。

“我会的，”她边说边把托盘放在旁边的空桌子上，这样才能腾出手来，“是在外面，举着牌子走来走去。”

“你是‘生命之友’的？”服务员开始端上煎蛋和配菜时，洛伊丝问。

“你看我活着吗？”服务员问。

“那当然。”洛伊丝礼貌地说。

“那么，我就应该是‘生命之友’的成员，不是吗？杀死一个将来有可能写诗或者发明艾滋病和癌症治疗方法的生命，这在我看来是大错特错。所以我要挥舞牌子，一定要让那些身穿诺尔玛·卡玛丽的女权主义分子和那些开着沃尔沃的自由派看到，我的牌子上写着‘谋杀’。他们痛恨这个词。他们在鸡尾酒会和筹款大会上不会用这个词。你们要番茄酱吗？”

“不要。”拉尔夫说。他目不转睛地望着她。她的周围开始出现淡淡的绿光，看似从她身上的毛孔中一缕缕冒出来的。光环又回来了，不停地向上旋转，越来越亮。

“是不是我一不小心就又长出了一个脑袋还是怎么啦？”服务员问。她将嘴里的口香糖泡泡吹破，然后把口香糖换到嘴里另一边。

“我盯着你看了，是不是？”拉尔夫问。他感到脸颊发烫，“对不起。”

服务员耸了耸壮实的肩膀，她上半身的光环懒洋洋地随之飘动起来，非常迷人。“知道吗？我尽量不过多参与这种事。大多数时候我只是把活干好，不发表意见。但我也不会随便放弃。你们知道我在那砖结构屠场前面示威有多久了吗？白天热得要把我的屁股烤焦，晚上冷得要冻掉我的屁股。”

拉尔夫和洛伊丝摇摇头。

“从一九八四年开始，整整九年了。你们知道我最讨厌那些家伙什么吗？”

“什么？”洛伊丝轻声问。

“正是他们这些人希望政府出台禁枪令，免得大家相互开枪射击，也正是他们这些人在说电椅和毒气室不合法，因为这些执行方式残酷且不人道。他们一方面主张这些，另一方面又去支持立法，允许医生——*医生*！——将真空管塞进妇女的子宫，将她们尚未来到人世的儿女扯拉成碎片。这才是最让我愤怒的地方。”

服务员说这番话时既没有抬高嗓门也没有显露出任何愤怒的迹象，让人觉得她这番话之前不知说过了多少次。拉尔夫心不在焉地听着，将大部分注意力集中在她周围淡绿色的光环上。但那并不全是淡绿色。一块黄黑色的污斑，像一只肮脏的马车车轮那样在她身体右下方慢慢旋转。

她的肝脏，拉尔夫想，*她的肝脏有点毛病*。

“你不会真的希望苏珊·戴出事吧？”洛伊丝问，不安地望着服务员，“你看上去非常善良，我相信你不会希望她出事。”

服务员叹了口气，鼻子喷出两团绿色雾霭。“我可不像看上去那么善良，亲。要是上帝对她做了什么，相信我，我肯定会第一个挥手欢呼，肯定会说‘恶有恶报’。可如果你是指什么出格的行为，那就另当别论了。那种事会有损我们的人格，让我们堕落到和那些我们想阻止的人一样的地步。不过，那些混蛋不这样看。他们就是一摞牌中的大王和小王。”

“是啊，”拉尔夫说，“他们确实就是大王和小王。”

“我真的不希望那个女人出什么事，”服务员说，“但有些事可能会发生，真的会发生。依我看，万一真的发生什么事，她只能怪自己与狼为伴……与狼为伴的女人如果被咬到，就不应该为此大惊小怪。”

5

拉尔夫不知道自己在那之后还能吃多少东西，但服务员对人流以及苏珊·戴的看法丝毫没有影响他的胃口。光环也起了作用，他从未感到过食物会如此可口，即便是在他每天能吃下五六餐饭的少年时期也不曾有过这种感觉。

洛伊丝也不甘落后，至少一开始是这样。终于，她将剩下的炸薯条和最后两条培根推到了一旁。拉尔夫自顾自地吃着，用最后一点吐司裹住最后一点香肠，塞进嘴里，吞进肚子。他往后一仰，重重地叹了口气。

“拉尔夫，你的光环颜色变暗了。我不知道这预示着你终于吃饱了呢，还是你会死于消化不良。”

“都有可能吧，”他说，“你又看到光环了，对吗？”

她点点头。

“你知道吗？”他说，“在这个世界上，我现在最需要的就是睡上一会儿。”的确是的。他现在身子暖和，吃饱喝足了，过去四个月的无眠之夜像满满一袋窗帘坠子一样压在他身上。他感到自己的眼皮仿佛沾了水泥一样沉重。

“现在有这个想法可不好，”洛伊丝的声音中透着惊慌，“非常不好。”

“是啊。”拉尔夫附和道。

洛伊丝举起手想埋单，但又把手放了下来。“给你那警察朋友打电话怎么样？是叫莱德克吧？他能帮我们吗？他会愿意吗？”

拉尔夫脑袋发蒙，但他还是仔细考虑了一下，然后不太情愿地摇摇头。“我还是不太敢与他联系。我们该怎么对他说才不会给我们带来麻烦？问题还不止这些。万一他真的介入……但方法不对……结果反而会适得其反。”

“好吧。”洛伊丝朝服务员挥挥手，“我们这就去那里，打开所有车窗，我们还要在老海角那边的唐金甜面圈店停一下，买两份特大杯咖啡。我请客。”

拉尔夫笑了笑，但他灿烂的笑容显得很呆笨、很心不在焉，颇似醉汉的笑容。“遵命，女士。”

服务员走过来，把账单面朝下放在他面前。拉尔夫注意到她的围裙边上已经没有了那枚**生命至上**的徽章。

“听我说，”她非常真诚，令拉尔夫颇为感动，“如果我冒犯了你们，我感到很抱歉。你们是来用早餐的，不是来听我说教的。”

“你没有冒犯我们。”拉尔夫说。他瞥了一眼桌子对面的洛伊丝，洛伊丝点头同意。

服务员笑了笑。“谢谢你们这样说，我多少还是冒犯了你们。我平常不是这样，可我们今天下午四点钟有个集会，我还要介绍道尔顿先生。他们说我可以讲三分钟，内容你们刚才已经都听到了。”

“没关系的，”洛伊丝轻轻拍了拍她的手说，“真的。”

服务员这次的笑容更加热忱，更加发自内心。不过，她刚转身离去，拉尔夫就看到洛伊丝脸上愉快的表情消失得无影无踪。她正望着飘浮在服务员右胯部上方的那块黄黑色斑点。

拉尔夫抽出别在胸前口袋里的钢笔，将纸杯垫反过来，在背面匆匆写了几个字。他写完后掏出钱包，将一张五美元钞票小心地塞在纸杯垫下面。服务员伸手去拿小费时，肯定会看到他写的东西。

他拿起账单，朝洛伊丝挥了一下。“我们这是第一次真正约会，只好各付各的账了，”他说，“给她五块钱小费后，我就差了三块钱。千万别说你钱不够。”

“谁？勒德洛庄园的扑克牌女王会差钱？别说傻话了，亲爱的。”她从包里掏出来一把面值不等的钞票递给他。趁着他在里面翻找他所缺的那三块钱，她看了他在纸杯垫上写的内容：

女士：

你的肝功能已经受损，应该立刻去看病。我还强烈建议你今晚不要去市民中心。

“我知道这样做很傻。”拉尔夫说。

她亲吻了他的鼻尖。“帮助别人永远不傻。”

“谢谢，可她不会相信。尽管我们已经说过了，她还是会认为那枚徽章和她那番话惹怒了我们，认为我写的东西只是我们报复她的怪招。”

“也许有办法让她相信。”

服务员歪着臀部站在厨房门口，边喝着咖啡边和快餐店的厨师聊天。洛伊丝集中精力，紧紧盯着她。拉尔夫看到洛伊丝平常蓝灰色的光环颜色逐渐变深，并且向内聚集，变成一种紧裹着身体的胶囊。

他并不十分清楚在发生什么事……但他能够感觉到。他脖子后面的毛发竖了起来，手臂上起了一层鸡皮疙瘩。*她这是在调动力量，他想，打开所有开关，启动所有涡轮，这一切都是为了一个她以前从未见过、将来也很可能不会再见到的女人。*

过了一会儿，服务员也感觉到了。她转身望着他们这边，仿佛听到有人喊了她的名字。洛伊丝不经意地笑了笑，手指像弹琴似的在空中舞动着。可当她开口说话时，她的声音却在颤抖。“我差一点……差一点就得到了。”

“差一点得到了什么？”

“我不知道，反正是我需要的东西。马上就会到来的。她叫佐伊，字母 e 的上方有两点。你去付账，分散她的注意力。尽量别让她看着我，那样会更难。”

他照她说的去做，尽管佐伊不停地扭头去看洛伊丝，他还是成功地分散了她的注意力。佐伊第一次在收银机上打出账单金额时，上面出现了 234.20 美元的数字。她不耐烦地用手指按了一下，清除了刚才的数字。当她抬起头来望着拉尔夫时，她脸色苍白，眼神慌乱。

“你太太怎么啦？”她问拉尔夫，“我不是道过歉了吗？她干吗一直那样看着我？”

拉尔夫知道佐伊看不见洛伊丝，因为他正想方设法挡在她们之间，就差跳踢踏舞了。不过他也知道佐伊没有说错——洛伊丝正盯着她看。

他挤出一个笑脸。“我不知道……”

服务员突然跳起来，怒气冲冲地瞪了厨师一样。“别把那些锅子弄得乒呤乓啷的！”她吼道，可拉尔夫听到厨房传来的只有收音机里的轻音乐声。佐伊回头望着拉尔夫。“天哪，听上去简直像越南战场。请告诉你太太，不要……”

“不要盯着人看？她没有，真的没有。”拉尔夫站到一旁。洛伊丝已经走到门口，正背对着他们望着街头景象。“看到了吗？”

佐伊一时不作声，但眼睛时刻不离洛伊丝。她最后回头望着拉尔夫。“是的，我看到了。你们现在可以走了吧？”

“好吧。我们还是朋友吗？”

“随便吧。”佐伊说，却不愿意看着他。

拉尔夫走到洛伊丝身旁时，看到她的光环已经恢复到了原先比较弥散的状态，却比之前明亮了许多。

“还累吗，洛伊丝？”他轻声问她。

“不累。说实在的，我现在感觉很好。我们走吧。”

他为她开门，但又停了下来。“我的笔拿了吗？”

“天哪，没有——估计还在桌上。”

拉尔夫回去拿笔，看到洛伊丝在他写的便条下方又加了一条附注，非常流畅的花体字字体：

你在一九八九年有了一个孩子，却把他交由别人领养。罗得岛州普罗维登斯的圣安妮医院。佐伊，去看医生吧，免得太迟来不及。我们既不是开玩笑也不是骗人。我们知道自己在说什么。

“哦，天哪，”拉尔夫回到她身旁时说，“这肯定会把她吓坏的。”

“只要她能赶在肝脏坏死之前去看医生，我才不在乎呢。”

他点点头，两个人走了出去。

6

“你是在钻进她的光环中知道她孩子的事的吗?”他们穿过铺满落叶的停车场时，拉尔夫问。

洛伊丝点点头。停车场的远处便是德里市的整个东城区，此刻正沐浴在万花筒般的明亮光线中。那道盘旋而上的神秘亮光又回来了，比之前更加强烈。拉尔夫伸手抚摸车身，那种感觉就像是在品尝一粒光滑的、甘草味的止咳糖。

“我应该没有拿走太多……她的东西，”洛伊丝说，“可感觉却像把她整个人吞进了肚子。”

拉尔夫想起了自己不久前在一本科普杂志上看到的内容。“如果我们体内的每一个细胞都含有我们完整的基因蓝图，”他说，“那么一个人的每一点光环为什么就不会含有我们完整的基因蓝图呢?”

“这听上去不是太科学，拉尔夫。”

“是啊。”

她捏了一下他的胳膊，咧嘴笑着说：“不过听上去确实有道理。”

他也朝她咧嘴一笑。

“你也需要再吸入一些，”她对他说，“我仍然觉得这样做不对，像在偷窃，可如果你不这么做，你会晕过去的。”

“我一有机会肯定会的。我现在只想赶到高垄。”然而，他坐到驾驶座上后，手刚碰到车钥匙就缩了回来。

“拉尔夫？怎么啦?”

“没事……有事。我不能这样开车。我会撞到电话杆上或者开进别人家的客厅里。”

他抬头望着天空，又看到一只大鸟，而且是透明的，正栖息在街对面一栋公寓屋顶上的卫星接收器上。一缕柠檬色的薄雾从它收拢的史前般的翅膀中扶摇而上。

你看到了吗？他半信半疑地问自己。你能肯定吗，拉尔夫？你真的能肯定吗？

好吧，我看到了。不管是好是坏，我全看到了……如果真有一个合适的时间看到这种东西的话，那绝对不是现在。

他集中精力，感觉到脑海深处再次出现了那道闪光。那只鸟随即像电视屏幕上的重影一样消失。清晨弥漫在空中的温暖灿烂的五颜六色此刻也不再像刚才那样明亮。他继续久久地感知这个世界的另一部分，看到那些色彩相互融合，创造出他与乔·维齐尔一起在日出日落餐馆喝咖啡、吃馅饼的那一天开始看到的明亮的灰蓝色雾霭，但这也消失了。拉尔夫感到自己迫切需要蜷起身子，头枕着胳膊，进入梦乡。他开始慢慢地深呼吸，每一口气都进入到肺部更深一点的地方，然后发动引擎。发动机一阵轰鸣，随之而来的是引擎盖下面传出的嘎嘎声。现在响声更大了。

“那是什么声音？”洛伊丝问。

“我不知道。”拉尔夫说，其实他心里知道——要么是连杆、要么是活塞的问题。不管是连杆还是活塞，只要出了问题，他们就会遇到麻烦。好在那响声终于变小了，拉尔夫将变速杆推到D档。“洛伊丝，要是你看到我打瞌睡，就使劲戳我一下。”

“没问题，”她说，“我们走吧。”

第二十一章

1

纽波特大道上的唐金甜面圈店是一栋很喜庆的粉红色甜品店，周围是连片的黄褐色住宅，大多建于同一年，也就是一九四六年，如今已经摇摇欲坠。这便是德里市的老海角。在这里，许多老汽车的消声器靠铁丝绑在车上，布满裂纹的挡风玻璃上贴着不干胶，上面印着**别怪我，我把票投给了佩罗**和**永远支持全美步枪协会**。在这里，家家户户无精打采的草坪上至少有一辆费雪牌儿童三轮车；在这里，姑娘们在十六岁时充满活力，到了二十四岁时大多会成为三个孩子的母亲，目光呆滞，丰乳肥臀。

停车场上有两个男孩，骑着超高车把的荧光单车，提起前轮，单靠后轮在对方留下的车辙上交叉骑行。他们灵巧敏捷，显然有着深厚的电子游戏功底，将来有可能得到航空管理员这样的高收入工作……当然，他们得成功地远离可卡因和车祸。两个男孩都反戴着帽子。拉尔夫想知道，现在是星期五上午，他们为什么不上学或者至少在上学的路上，但他随即认定那不关他的事。他们自己大概也无所谓。

那两辆单车一直轻松地互相避让，现在却突然撞到了一起。两个男孩摔倒在地，但又立刻爬了起来。看到他们都没有受伤，拉尔夫松了口气，他们的光环甚至都没有摇曳。

“你他妈怎么回事！”穿涅槃乐队T恤衫的男孩怒气冲冲地向他朋友吼道。他大概十一岁。“你他妈的究竟怎么啦？骑个单车像老人××一样！”

“我听到了响声，”另一个男孩说道，仔细将帽子重新戴到脏兮兮的金发脑袋上，“砰的一声，很响。你没有听到吗？”

“我听到个屁，”穿涅槃乐队T恤衫的男孩说着，伸出手掌，他那手掌很脏（或许只是更黑），两三处划伤的地方有鲜血渗出来，“瞧瞧这儿——擦伤了！”

“死不了。”他朋友说。

“是啊，可……”穿涅槃乐队T恤衫的男孩注意到拉尔夫正倚靠着他那辆锈迹斑斑的大奥尔兹莫比尔，双手插在口袋里，望着他们，“你他妈的看什么？”

“看你和你的朋友，”拉尔夫说，“就这些。”

“就这些，呃？”

“对——就这些。”

穿涅槃乐队T恤衫的男孩瞥了一眼自己的朋友，然后又扭头怒视着拉尔夫。他的双眼透着十足的怀疑，按照拉尔夫的经验，只有在老海角才能见到这种怀疑的眼神。“有什么问题吗？”

“我没有问题，”拉尔夫说。他已经吸入了大量这个男孩的赤褐色光环，现在感觉很像高速飞行的超人。他又感觉自己像专门骚扰孩子的混蛋。“我刚才在想，我小时候说话可不像你和你朋友。”

穿涅槃乐队T恤衫的男孩粗鲁地打量着他。“是吗？你们怎么说话？”

“我不太记得了，”拉尔夫说，“但绝不会像白痴那样说话。”餐馆的屏蔽门砰的一响，他转身不再搭理他们。洛伊丝从唐金甜面圈店走了出来，两手各端着一大杯咖啡。两个男孩跳上荧光单车，飞驰而去。穿涅槃乐队T恤衫的男孩回过头，满腹狐疑地看了拉尔夫最后一眼。

“你能边开车边喝咖啡吗？”洛伊丝递给他一杯咖啡时问他。

“当然能，”拉尔夫说，“可我现在真的不再需要咖啡。我很好，洛伊丝。”

她望着两个男孩的背影，点点头。“我们走吧。”

2

他们沿着33号公路，朝着以前巴雷特果园的方向驶去。周围的世界明亮到了刺眼的地步，他们根本不必顺着感觉的楼梯再上一级就能看到那地方。他们穿过秋天火红的次生林，前方越来越高。公路上方的天空宛如一条蔚蓝的车道，奥尔兹莫比尔投下的影子在他们身旁一起疾驰，掠过树上的枝叶。

“天哪，真美！”洛伊丝说，“是不是，拉尔夫？”

“是啊。”

“你知道我此刻的愿望吗？我最大的愿望？”

他摇摇头。

“把车停在路边，下车漫步走进树林。找一块空地，坐在阳光下，抬头看看天上的云朵。你会说，‘洛伊丝，瞧这朵云，像一匹马。’我会说，‘瞧那边，拉尔夫，像一个人拿着扫把。’那该有多好啊。”

“是啊。”拉尔夫说。左边的林间出现了一条狭窄的小道，一排电线杆像士兵一样沿着陡峭的山坡向下延伸，电线杆之间的高压电线在早晨的阳光中闪着银光，宛如游丝状的蛛网。电线杆的下端埋在漆树黄铜色的落叶中。拉尔夫望着沼泽地上方，看到一只鹰在乘着气流翱翔，那气流就像光环世界一样无影无形。“是啊，”他又说了一遍，“那该有多好啊。也许我们将来会有机会那样做的，可是……”

“可是什么？”

“‘我匆匆做完手头的事，然后去做别的事。’”拉尔夫说。

她望着他，有点惊讶。“多么可怕的想法啊！”

“是啊。我觉得大多数真正的想法都比较可怕。这句话来自一本诗集，名叫《公墓之夜》，是多兰斯·马斯特拉给我的。他那天还悄悄上楼溜进我家，把那瓶防身喷雾剂放进了我的上衣口袋。”

他瞥了一眼后视镜，看到身后33号公路至少两英里处有一个黑色条状物，正急速穿过火红的树林。阳光在镀铬物体上闪烁。那是一辆汽车。也许是两辆或者三辆。而且看上去速度很快。

“老多尔。”她若有所思地说。

“是的。你听我说，洛伊丝。我认为他也跟这事有关。”

“也许吧，”洛伊丝说，“如果说艾德是个特例的话，那么多兰斯可能也是。”

“对。我曾想到过这一点。关于他——我是说多尔，不是艾德——最有意思的是我认为克洛索和拉克西斯都不知道他的事，仿佛他根本不住在我们周围。”

“你这话什么意思？”

“我也说不准。可是克洛索和拉克西斯从来没有提到过他，而这……这似乎……”

他又瞥了一眼后视镜。后方又出现了第四辆车，跟在其他三辆车后面，但是正快速赶上来。他可以看到前面三辆车顶上有蓝色的警灯在闪烁。是警车。赶往纽波特？不对，大概是赶往更近一点的某个地方。

也许他们是来追我们的，拉尔夫心想，*洛伊丝曾经暗示那位名叫理查兹的女人忘记我们去过那里，也许这暗示出了问题。*

可是警察会派出四辆巡逻车来追赶开着一辆破铜烂铁般的奥尔兹莫比尔的老人吗？拉尔夫认为不会。他的脑海中突然闪过海伦的脸。他把车开向路旁时，感到自己心一沉。

“拉尔夫，什么……”这时，她听到了越来越响的警笛声，转身望着后面，惊讶得睁大了眼睛。前面三辆车呼啸而过，车速超过八十英里，溅起的沙砾雨点般砸到拉尔夫的车身上，车尾卷起的枯落叶在空中飞舞。

“拉尔夫！”她几乎尖叫起来，“万一是高垄呢？海伦就在那里！*海伦和她的孩子！*”

“我知道。”拉尔夫说。第四辆警车从他们身边驶过，将他的车震动得左右摇晃。他的心中又有了那种瞬间闪烁的感觉。他伸手去握变速杆，手却停在了空中，离变速杆还有三英寸。他两眼死死盯着地平线。那里有团黑雾，虽然不如他们看到过的悬浮在市民中心上空的邪恶黑伞那样诡异，但拉尔夫知道那是同样的东西：死亡之袋。

3

“快点！”洛伊丝冲着他喊道，“开快点，拉尔夫！”

“我做不到，”他说。他紧咬着牙，声音听上去像被挤压了似的。“油门已经踩到底了。”*而且，他没有把话说出来，我已经三十五年没有开过这么快了，我害怕死了。*

速度表上的指针在八十英里刻度线以上一根头发粗的地方抖动着。树林急速后退，变成红色、黄色和品红色混杂在一起的模糊影子。引擎盖下的发动机不再只是嘎嘎作响，而是像一群铁匠在挥舞铁锤。尽管如此，拉尔夫从后视镜中看到又有三辆警察轻易赶上了他们。

前方有个急转弯。拉尔夫全然不顾本能反应，丝毫没有减速。不过，进入弯道时，他还是松了一下油门……然后重新将油门踩到底，因为他感觉到车子尾部快要散架了。他现在趴在方向盘上，上齿紧咬着下嘴唇，眉头紧皱，宛如两团混杂在一起的盐和胡椒，眼睛瞪得仿佛要爆出来。轿车的后轮在怒吼，洛伊丝倒在了他身上，摸索着抓住座椅后背作支撑。拉尔夫汗水淋漓的手指紧握方向盘，他在等待着这辆车倾覆。但是奥尔兹莫比尔毕竟是底特律生产的真正意义上的道路恶霸之一，又宽又重，重心很低。它熬过了这段弯道，拉尔夫看到左前方出现了一栋红色农舍，后面还有两个谷仓。

“拉尔夫，在那里拐弯！”

“我看到了。”

后面三辆警车追上了他们，正准备超过去。拉尔夫尽量靠边，祈祷它们不要以这种车速和他的车追尾。三辆警车并没有撞上他的车，而是保持首尾相接的阵型，与他的车擦身而过，然后左拐，驶往远处山坡上的高垄。

“抓紧了，洛伊丝。”

“哦，抓得很紧。”她说。

拉尔夫向左一拐，汽车几乎是侧身驶入他和卡洛琳以前一直称作果园路的小道。如果这些狭窄的乡间小道铺了柏油，这辆庞大的汽车大概会像飞车表演中的特技车那样翻滚。但是他的车没有翻个底朝天，只是来了个漂亮的飘移，扬起大片尘土。洛伊丝上气不接下气地尖叫了一声，拉尔夫飞快地瞥了她一眼。

“继续！”她不耐烦地朝前方的道路挥了一下手，她在那一刻简直是活脱脱的卡洛琳，拉尔夫差一点感到自己看见了鬼。卡洛琳在她人生的最后五年中几乎把要他将车开快点当成了她的事业，所以他不知道她会怎么看待他在这段乡间小道上飙车的经历。“别管我，看着前方的道路！”

现在又有警车拐弯驶进了果园路。总共多少辆了？拉尔夫不知道，他已经数不清了。也许总共有十多辆。他再次靠边行驶，右边两个车轮在一条脏兮兮的水沟边上滚动。增援的警车——其中三辆车身上印有金色的**德里市警察**字样，另外两辆是州警察巡逻车——呼啸而过，再次扬起尘土和沙砾。拉尔夫看到一名身穿制服的警察从其中一辆德里市警车中探出头，朝他挥手，但顷刻间乌云般的黄色尘土便笼罩了他的奥尔兹莫比尔。一想到海伦和娜塔莉，他再次抑制住了减速的本能想法。等他重新能够看清时——算是能够看清吧——刚刚过去的几辆警车已经到了半山腰。

“那个警察在挥手要你别去，对吗？”洛伊丝问。

“没错。”

“他们甚至都不会让我们靠近那里。”她那双充满焦虑的眼睛睁得大大的，正望着山顶上那团黑色的烟雾。

“我们尽量靠近一点。”拉尔夫瞥了一眼后视镜，想看看后面是否还有警车赶来，却只看到了浮在空中的尘土。

“拉尔夫？”

“什么？”

“你在上面层级吗？你看到那些颜色了吗？”

他飞快地看了她一眼。她依然美丽，而且非常年轻，却没有一点光环。“不在，”他说，“你呢？”

“我不知道。我仍然能看到那个”。她指着山顶上的黑色烟雾，“那是什么？那不是死亡之袋，对不对？”

他张开嘴，想告诉她那是烟，那上面只有一样东西有可能着火，可他还没有来得及说话，奥尔兹莫比尔的发动机箱里传出一声巨响，引擎盖弹了起来，上面甚至有个凹痕，就像一个愤怒的拳头从里面猛击了它一下。车子向前猛地一冲，仿佛打嗝一样，仪表板上红色警示灯亮了起来，引擎熄了火。

他将车转向柔软的路肩，当右边两个车轮陷进路肩边缘时，汽车一头扎进了水沟。拉尔夫有一种强烈且清晰的预感，他刚刚完成了自己的最后一次驾车使命。对此，他一点都不感到后悔。

“出什么事了？”洛伊丝差一点尖叫起来。

“活塞杆烧坏了，”他说，“看样子剩下的路我们只能走上去了，洛伊丝。从我这边下车，免得踩到泥巴。”

4

西边吹来一阵微风。他们刚下车，就闻到了山顶飘来的强烈浓烟味。他们手牵着手，快步走上最后四分之一英里的路程。两个人都没有说话，等他们看到州警巡逻车侧转停在道路尽头时，一团团浓烟升到了树林上方，洛伊丝大口大口地喘着气。

“洛伊丝，你没事吧？”

“我没事，”她气喘吁吁地说，“只是我的体重……”

砰——砰——砰：堵住道路的那辆警车后面传来了手枪声，紧接着传来的是快速、嘶哑的咳嗽声。拉尔夫立刻听出那是电视新闻在报道第三世界国家内战和美国三线城市驾车枪击案时常常出现的声音：

一把准备连发速射的自动步枪。又是手枪声，然后是更响、更粗糙的霰弹猎枪声。随之而来的是一声痛苦的尖叫，拉尔夫听到后畏缩了一下，真想捂住耳朵。他觉得那是一个女人的尖叫声，他突然想起了自己一直老是记不住的一件事：约翰·莱德克提到的那个女人的姓氏。是麦凯，桑德拉·麦凯。

此时想起来可真不是件好事，他顿时感到莫名的恐惧。他试图安慰自己，刚才那声尖叫可以是任何人发出的——甚至是个男人，因为男人受伤时也会发出女人一样的尖叫声——可他心里更加明白。那就是她。那就是*他们*。艾德的那些疯子。他们已经开始攻击高垄。

他们身后又传来了警笛声。烟的气味现在愈加浓烈。洛伊丝望着他，眼睛里写满了焦虑和恐惧。她仍在大口喘气。拉尔夫抬头望着山顶，看到路边有一个银色的“乡村免费邮递”信箱。信箱上当然没有名字，高垄的负责人想方设法保持低调，隐姓埋名，直到今天为止一直都很成功。信箱上表示里面有信件的小旗已经竖起，里面有一封信需要邮递员递送。拉尔夫想起了海伦从高垄寄给*他*的那封信——措辞谨慎，但充满了希望。

更多的枪声。子弹反弹时发出的哀鸣声。玻璃破碎的响声。一声怒吼，可能是出于愤怒，但也可能是出于剧痛。炽热的火焰吞噬干燥木材的噼啪声。刺耳的警笛声。洛伊丝那双西班牙后裔的黑眼睛紧紧盯着他，因为他是男人，而她从小到大听到的都是要相信男人们知道在这种情况中该采取什么行动。

*那就采取行动呀！*他冲着自己吼道。*看在上帝的分上，采取行动！*

可是，*什么行动？什么行动？*

“**皮科林！**”一个声音通过扩音器传了过来。声音来自道路拐弯处，那里有一片圣诞树大小的落叶林。拉尔夫现在可以看到杉树顶上的浓烟中夹杂着红色火星和橙色火焰。“**皮科林，里面有妇女！让我们先进去救她们！**”

“他知道里面有妇女，”洛伊丝低声说，“难道警察以为他不知道吗？他们是傻瓜吗，拉尔夫？”

一声怪异、颤抖的尖叫回应了手持扩音器的警察。拉尔夫过了一两秒才意识到那声回应其实是狂笑。又是一阵自动步枪声，随后便是一连串的手枪和霰弹枪发出的密集枪声。

洛伊丝冰冷的手指紧握着他的手。“我们该怎么办，拉尔夫？现在怎么办？”

他望着树顶上不断翻腾的灰黑色浓烟，然后低头看了一眼正急速赶上山来的警车——这次有六七辆——最后望着洛伊丝那张苍白、紧张的脸庞。他的脑袋清醒了一点——还不是太清醒，但足以让他意识到她的问题其实只有一个答案。

“我们上去。”他说。

5

瞬间闪烁！落叶树林顶上的火焰从橙色变成了绿色。饥渴的噼啪声变得沉闷起来，宛如鞭炮在密封的盒子里燃放时的响声。拉尔夫牵着洛伊丝的手，领着她绕过充当路障的那辆州警车的前保险杠。

刚赶来的警车停在了这辆充当路障的警车后面，车还没有完全停稳，身穿蓝色警服的警察便接二连三地跳了下来，其中几人手持防暴枪，大多数都穿着黑色防弹背心。拉尔夫还没有来得及躲闪，一名警察就如一阵暖风般从他身边冲了过去。这个年轻警察名叫大卫·威尔伯特，一直怀疑自己在房地产公司当秘书的妻子可能与老板有染。不过，他现在满脑子想的不是妻子的问题，至少暂时不是。他迫切需要撒尿，而且迫切需要克服像蛇一样不断在他脑海里翻飞的恐惧之歌：

（“不能丢脸，不能丢脸，不能，不能，不能。”）

“皮科林！”扩音器再次传出了喊叫声，拉尔夫发现自己居然可以在嘴里品尝这些单词，就像它们是银色小药丸一样。**你的同伴死了，皮科林！放下武器，走到院子里来！让我们进去救那些女人！**

趁着警察在他们周围到处跑动，没有一个人注意他们，拉尔夫和洛伊丝绕过拐角，来到停靠着好几辆警车的地方。道路在这里变成了车道，两旁有许多美丽的花盆，里面开满了鲜艳的花朵。

这就是女人的情调，拉尔夫想。

车道的尽头是个院子，杂乱无章的白色农舍至少已有七十年的历史。农舍有三层，左右两边各有一个厢房，长长的门廊从建筑的一端延伸到另一端，从这里可以看到西面壮丽的景色：幽蓝色的云山沐浴在上午九点钟、十点钟的阳光中。这栋有着如此祥和美景的房子曾经是巴雷特一家生活并经营苹果生意的地方，如今却成了数十名备受虐待、惊恐万状的女人的家园。但是，拉尔夫一眼就看出，到了明天早上，这里将无法再收留任何人。南厢房已是一片火海，这一侧的门廊也已经着火。一条条火舌从窗户伸出来，贪婪地舔食着屋檐，将木瓦推向空中，变成火红的碎屑。他看到门廊尽头的一把柳条摇椅正在燃烧，一边的扶手上还耷拉着一条织了一半的围巾，垂下来的棒针变成了炽热的白色。不知什么地方，一只风铃在叮当作响，反复奏出一段疯狂的旋律。

一个女人头朝下倒毙在门廊台阶上，她身穿绿色工装和防弹衣，两眼透过沾满鲜血的眼镜瞪着天空。她的头发沾满尘土，一手握着手枪，腹部有一个不规则的黑色弹孔。门廊北端的栏杆上挂着一个男人的尸体，一只穿着靴子的脚跷在秋千椅上。他也穿着工装和防弹背心，身体下面的花圃上有一把装有香蕉状弹匣的冲锋枪。鲜血顺着他的手指流下来，再从指尖滴落到地上。在拉尔夫变得锐利的眼睛看来，那些血滴是黑色的，没有生命。

费尔顿，他想，既然警方仍在向查理·皮科林喊话——既然皮科林在屋里——那么死者只能是弗兰克·费尔顿。可是苏珊·戴呢？艾德在海边某个地方——洛伊丝对此似乎很有把握，而我也认为她是对的——可万一苏珊·戴在屋里呢？天哪，这可能吗？

他认为有这种可能，只是不重要——目前不重要。海伦和娜塔莉肯定在里面，天知道还有多少其他无助、惊恐的女人在里面，这才是关键。

屋里传出了玻璃打破的响声，紧接着便是近乎喘气的轻轻的爆炸声。拉尔夫看到正门玻璃后面腾起了新的火苗。

汽油弹，他想，查理·皮科林终于有机会扔出几颗汽油弹了。真是了不起。

拉尔夫不知道车道尽头的警车后面埋伏着多少警察——看样子至少有三十个——但他立刻认出了逮捕艾德·迪普努的那两个警察。克里斯·内尔蹲在离屋子最近的那辆德里市警车的前轮胎后面，约翰·莱德克单膝跪地，躲在他身旁。内尔手持扩音器，拉尔夫和洛伊丝慢慢靠近警方的据点时，他瞥了莱德克一眼。莱德克点点头，指着屋子，双掌朝外推向内尔，做了个手势。拉尔夫立刻明白了这个手势的含义：小心。克里斯·内尔的光环中却有东西让他感到担忧——这个年轻人过于兴奋，全然不顾自身安危，激情过高。就在这一刻，仿佛拉尔夫的想法促使它发生一样，内尔的光环开始改变颜色，从淡蓝色变成深灰色再变成漆黑色，速度快得令人毛骨悚然。

“投降吧，皮科林！”内尔喊道，根本没有意识到自己即将丧命。

一把冲锋枪的枪托砸碎了北厢房较低楼层的窗户玻璃，然后又缩了回去。与此同时，正门上方的气窗爆裂开来，门廊上落满了碎玻璃。火焰呼啸着从那里窜了出来。紧接着，正门摇晃着打开，仿佛有一只无形之手将它推开。内尔又向外探出了一点身子，或许是认为枪手终于想通了，准备投降。

拉尔夫尖叫道：（“拉他回来，约翰尼！**拉他回来！**”）

冲锋枪再次出现，这次是枪管在前。

莱德克伸手去抓内尔的衣领，却慢了一步。那把自动步枪发出一连串的干咳声，拉尔夫听到了金属撞击声，砰！砰！砰！子弹在警车薄薄的钢板上钻出了多个小孔。克里斯·内尔的光环现在全黑了——变成了死亡之袋。一颗子弹击中了他的脖子，他的身子向侧面一倒，挣脱了莱德克抓着他衣领的手。他的一只脚断断续续地踢着，支撑着他爬进了前院。扩音器从他的手中掉落，发出了几声刺耳的反馈噪音。一名躲在其他警车后面的警察惊恐地叫了一声，但洛伊丝的尖叫声更高。

更多子弹越过地面射向内尔，在他蓝色制服的大腿部射出几个黑色小孔。拉尔夫隐约可以看到被闷死在死亡之袋里面的那个身形——

仍在徒劳地挣扎，想翻身站起来。他的这番挣扎非常恐怖，在拉尔夫看来，那就像在看着一个生物困在污浊浅水中的网里。

莱德克从警车后面冲了出去，手指消失在了包裹着克里斯·内尔的黑色薄膜中。拉尔夫这时听到老多尔在说，拉尔夫，要是换了我，我不会再碰他——我看不到你的手了。

洛伊丝：（不要！不要！他死了，已经死了！）

从窗口伸出来的那把枪开始向右边移动，不紧不慢地转过来瞄准了莱德克。其他警察射出的密集子弹显然没有影响到枪口后方的那个人，也没有击中他。拉尔夫举起右手，再次做了一个空手道的劈砍动作，但这次没有划出一道楔形亮光，他的手指弄出了类似一滴蓝色大泪珠的东西。就在窗口伸出的那把冲锋枪再次开火时，蓝色泪珠在莱德克柠檬色的光环中弥漫开来。拉尔夫看到两颗子弹击中了莱德克右边的冷杉，树皮屑在空中飞舞，淡黄色树干上留下了多个黑洞。第三颗子弹击中了包裹着莱德克光环的蓝光，拉尔夫看到莱德克左太阳穴旁有暗红色的东西一闪即逝，并且听到一声低鸣，要么是子弹反弹了，要么是子弹跳飞了，就像一块扁石在池塘水面上打水漂一样。

莱德克将内尔拉到警车后面，看了他一眼，然后猛地打开驾驶座一侧的车门，跳了进去。拉尔夫无法再看到他，但他可以听到他在冲着无线电吼叫，问该死的救援车究竟在哪里。

又有玻璃在破碎，洛伊丝火急火燎地抓住拉尔夫的胳膊，指着一块翻滚着落入院子的砖头。这块砖头是从北厢房底部一排低矮狭窄的窗户中扔出来的。房屋周围的花圃几乎完全挡住了这些窗户。

“救救我们！”破碎的窗户传出了尖叫声。手持冲锋枪的家伙本能地朝翻滚的砖头射击，溅起一团团微红色尘土，将砖头击碎成了三块不规则的碎片。尽管拉尔夫和洛伊丝从未听到过那声音主人的尖叫声，他们立刻听出了那声音，那是海伦·迪普努的声音。“请救救我们！我们在地下室！这里有孩子！请别让我们被烧死，**这里有孩子**！”

拉尔夫和洛伊丝惊愕地睁大了眼睛。他们对望了一眼，然后向屋子跑去。

6

两个穿制服的身影从一辆巡逻车后面冲了出来，端着防暴枪向门廊奔去。他们的制服外面套着笨重的凯夫拉尔防弹背心，看上去更像职业橄榄球队的前锋。他们斜着穿过院子时，查理·皮科林从窗口探出身子狂笑，满头的灰发滑稽到了极点。对准他的火力异常凶猛，窗框木屑雨点般落到他身上，子弹甚至击落了他头顶上方锈迹斑斑的排水槽。排水槽哐的一声落在门廊上，但是一颗子弹也没有击中他。

他们怎么会打不中他？拉尔夫心想。他和洛伊丝登上门廊，朝屋子正门奔去。绿黄色的火焰正从敞开的正门汹涌而出。天哪，几乎是近距离射击，怎么可能打不中他呢？

可是他知道这是怎么回事……也知道背后的原因。克洛索告诉过他们，各种能起保护作用的邪恶力量包裹着阿特洛波斯和艾德·迪普努。难道这些力量现在就不会同样保护查理·皮科林吗？就像莱德克离开警车的保护把奄奄一息的同事拉回来时，拉尔夫自己也保护了莱德克那样？

皮科林转向朝他冲过来的州警察，手中的冲锋枪开始速射。他避开他们身上的防弹背心，瞄准他们的大腿开火。一名警察倒在了地上，没有吭声；另一名警察爬了回来，不停地尖叫着他中弹了，他中弹了，该死的，他受了重伤。

“烤肉！”窗口传来了皮科林夹杂着狂笑的尖叫声，“烤肉！烤肉！神圣的野餐！烧死那些婊子！上帝的烈火！上帝的圣火！”

更多的人在尖叫，好像就在拉尔夫的脚下。他低头望去，看到了可怕的一幕：一团光环像蒸汽一样从门廊木板缝中渗出，随之升起的血红色亮光盖住了五颜六色的光环……而且包裹着它们。血红色亮光与绿光男孩和橙光男孩在红苹果便利店门外打架时头顶形成的雷雨云不同，但拉尔夫觉得他们密切相关，唯一的区别在于眼前这道亮光源自恐惧，而不是愤怒和攻击。

“烤肉！”查理·皮科林在尖叫，然后又说了一些要杀死那些恶魔淫妇之类的话。拉尔夫突然觉得皮科林是他这辈子最恨的家伙。

（“走，洛伊丝——我们去对付那混蛋。”）

他抓住她的手，拉着她走进了熊熊燃烧的屋子。

第二十二章

1

正门里面是一条过道，一直通到屋子后面，此刻从头到尾都是一片火海。在拉尔夫的眼中，火焰是鲜绿色的，而当他和洛伊丝穿过火焰时，却发现那火焰很凉爽——就像穿过薄纱般的黏膜，里面注满了薄荷膏。屋子燃烧的噼啪声不再响亮刺耳，枪声也变得模糊、弱小，宛如潜到水下的人所听到的雷声……拉尔夫觉得“潜到水下”正是他此刻的感觉。他和洛伊丝正是在烈焰之河中潜泳的隐形人。

他指着右边一扇门，询问似的望着洛伊丝。她点点头。他伸手去握门把手，但立刻厌恶地做了个鬼脸，因为他的手指直接穿了过去。这倒是不错。如果他真的能握住那该死的门把手，他手指上的头两层皮准会变成烤焦的肉皮条，挂在铜门把手上。

（“我们必须穿过去，拉尔夫！”）

他凝视着她，看到她的眼睛里充满了恐惧和焦虑，却没有惊慌。他点点头。他们一起穿过房门，正在这时，过道中间的吊灯掉到了地上，玻璃坠子和铁链发出了刺耳的响声。

门里面是客厅，眼前的景象让拉尔夫惊恐不已，胃部一阵痉挛。两个女人靠着墙，头顶上方有一张苏珊·戴身穿牛仔裤和美国西部风格衬衣的大幅海报（海报上印着：**别让他叫你宝贝，除非你希望他把你当作宝贝。**）两个女人都是头部近距离中弹，脑浆、头皮碎片和骨头碎屑溅满了印花墙纸和海报中苏珊·戴花哨的牛仔靴。其中一个女人有孕在身，另一个女人是格蕾琴·蒂尔贝里。

拉尔夫想起了那天她陪海伦来他家时的情形。她不仅提醒他，还给了他一罐名叫“保镖”的喷雾剂。他那天觉得她很漂亮……当然，她美丽的脑袋当时依然完美无缺，漂亮的金色秀发也不像现在这样被近距离枪火烧焦了一半。从家暴丈夫那里死里逃生十五年后，格蕾琴·蒂尔贝里被另一个男人用枪顶着脑袋，送进了另一个世界。她将再也无法向其他女人讲述左大腿上的伤疤是怎么来的。

拉尔夫一时间觉得自己快要晕过去了。他集中注意力，心中想着洛伊丝，强行将自己拉回到现实中来。她的光环已经变成了惊恐的深红色，不规则的黑线条在其中穿过，颇似某个人心脏病发作后的心电图。

（“哦，拉尔夫！哦，拉尔夫，上帝啊！”）

屋子南端有什么东西爆炸，巨大的威力震开了他们刚刚穿过的房门。拉尔夫估计那可能是一个或几个丙烷罐……现在已经不重要了。燃烧着的墙纸碎片从过道飘了进来，他看到房间里的窗帘和格蕾琴·蒂尔贝里剩下的头发朝过道方向飘动，因为烈火吸走了房间里的空气。烈火还要多久就会把地下室里的妇女和儿童烧成酥脆的焦炭？拉尔夫不知道，但觉得那已经不再重要，因为困在下面的人在被烧死之前就会死于窒息或者所吸入的浓烟。

洛伊丝惊恐地盯着那两个已经死去的女人。眼泪顺着她的脸颊流了下来。泪痕中升起的幽灵般的灰色光环宛如干冰融化时升起的雾气。拉尔夫带着她穿过客厅，走向另一端紧闭的双扇门，在门前停下来，深吸一口气，然后挽住洛伊丝的腰，穿过了木板门。

片刻的黑暗，他的鼻子乃至他的整个躯体似乎都充满了锯木屑的芳香，随即他们便进入了门后的房间，也就是整栋房子最北的房间。这里大概原来是间书房，后来改成了集体治疗室。房间中央有十来把折叠椅，摆成了一圈。墙上挂着**“只有尊重自己才能赢得他人尊重”**之类的匾额。房间一段有块黑板，上面工工整整地写着“**我们是一家人，我有姐妹相伴**”几个大字。黑板旁蹲着一个人，伏在朝东的窗口，俯视着下面的门廊。他穿着防弹背心，里面则是一件史努比运动衫，拉尔夫一眼就认出那正是查理·皮科林。

“烤熟所有不信上帝的女人！”他尖叫道。一颗子弹呼啸着从他的肩膀旁飞过，另一颗子弹射入了他右边的窗框，溅起的木片击中了他的牛角框眼镜的镜片。拉尔夫突然想到应该有什么在保护他刀枪不入，而这一次他对此确信不疑。“女同性恋烤肉大会！让她们尝尝自己的药！让她们尝尝这种药的滋味！”

（“待在这一层，洛伊丝——待在这一层，不要动。”）

（“你要干什么？”）

（“收拾他。”）

（“别杀他，拉尔夫！请不要杀了他！”）

为什么不？拉尔夫悲痛地想着。我这是为世界清除掉一个祸害。这绝对没有错，但现在不是争论的时刻。

（“好吧，我不会杀死他！你现在就待在上面，洛伊丝——我们周围飞舞的子弹太多，你不能冒险下去。”）

她还没有来得及开口，拉尔夫就集中精力，召唤那瞬间闪烁的感觉，回落到了短命界层级。这一次发生得太快，太猛烈，让他感到自己喘不过气来，就像从二楼窗口跳到一块硬邦邦的水泥地上一样。周围的世界失去了一些色彩，取而代之的是噪声：烈火的噼啪声不再模糊，而是变得刺耳，近在咫尺；霰弹枪的爆裂声；手枪速射的啪啪声。空气中弥漫着烟灰的气味，房间里的温度高得令人难受。有什么东西像昆虫一样嗡嗡从拉尔夫的耳朵旁飞过。他感觉那是一只点四五口径的臭虫。

最好快点，亲爱的，卡洛琳在劝说他。在这个层级上，如果子弹击中你，你必死无疑，记得吗？

他当然记得。

拉尔夫弯腰奔向皮科林对着他的后背。他的脚踩在玻璃片和木屑上，发出嘎吱嘎吱的响声，但皮科林没有转身。除了手中的自动步枪外，他的屁股后面还别着一把左轮手枪，左脚旁还有一个绿色小滚筒包。包的拉链已经打开，拉尔夫看到里面有几个酒瓶，瓶口塞着湿漉漉的破布。

“杀死那些婊子！”皮科林尖叫着，冲着院子又是一轮扫射。他退出弹夹，撩起运动衫，露出塞在腰带里的三四个弹夹。拉尔夫把手伸进敞开的滚筒包，一把抓住一只装满汽油的酒瓶脖子，砸向皮科林的太阳穴。他这时才明白皮科林为什么没有听到他走近：那家伙戴了枪手耳塞。拉尔夫根本没有时间去细想这多么具有讽刺意义——一个展开自杀式袭击的家伙居然还会刻意保护自己的听觉。酒瓶正好砸在皮科林的太阳穴上，成了碎片，琥珀色的液体和绿色的玻璃溅了他一身。他踉踉跄跄地后退了一步，伸手去捂住头皮，那里破了两道口子。鲜血从他细长的手指缝中流下来，淌到了脖子上。拉尔夫觉得那样的手指本该属于某位钢琴家或者画家。他转过身，眼镜镜片脏兮兮的，背后的眼睛充满了惊愕，头发翘起，那副模样活像刚刚触电的卡通人物。

"是你！"他大叫道，"魔鬼派来的百夫长！邪恶的婴儿杀手！"

拉尔夫想起了隔壁房间那两个女人，怒火再次填满了他的胸膛……只是怒火一词太过文雅，太过温和。他感到自己皮肤里面的神经在燃烧。一个念头不停地在他的脑海中鼓噪着：*其中一个女人怀了孕，究竟谁是婴儿杀手；其中一个女人怀了孕，究竟谁是婴儿杀手！*

又一只大口径臭虫嗡嗡地从他面前飞过。拉尔夫没有注意到。皮科林试图举起步枪——他肯定用这把枪杀死了格蕾琴·蒂尔贝里和她那位怀孕的朋友。拉尔夫一把从他手里夺过步枪，转过枪口对准他。皮科林惊恐地尖叫起来，拉尔夫听到后更加愤怒，完全忘记了他给洛伊丝的承诺。他举起枪，准备把枪里的子弹全部射入可怜兮兮地蜷缩在墙边的那个家伙身上（在这关键时刻，两个人都没有想到枪上没有弹夹），可他还没有来得及扣动扳机，身旁突然出现的一团亮光就分散了他的注意力。起初没有形状，只是一个灿烂的万花筒，本该困在里面的五颜六色不知何故从里面逃了出来，然后它化作了一个女人的身形，头上升起一缕薄纱般长长的灰色光环。

（"*别杀他！*）

拉尔夫，千万别杀他！"

他起初仍然可以透过她看到黑板以及上面写的那些字，但随着她全身降到这一层级，那些颜色变成了她的衣服、头发和皮肤。皮科林斜着眼睛望着她，脸上写满了惊恐。他再次尖叫起来，身上的军裤裤裆那里湿了一大片。他将手指塞进嘴里，仿佛要堵住自己的叫声。

“鬼！”声音从他的指缝间传了出来。“百夫长女鬼！”

洛伊丝没有理他，而是一把抓住了枪管。“别杀他，拉尔夫！别！”

拉尔夫突然对她也来了火。“洛伊丝，你不明白吗？你还不懂吗？他很清楚自己在干什么！在某个层面上，他完全清楚——我在他那该死的光环中看到了！”

“无所谓，”她说，仍然握着枪管，让枪口对着地面，“他是不是清楚自己在干什么并不重要。我们不能干他们所干的事。我们不能像他们一样。”

“可是……”

“拉尔夫，我要松开这枪管了，它太烫，把我的手指都烫疼了。”

“好吧，”他说，在她松手那一刻自己也松了手，步枪落到了他们之间的地面上。皮科林一直靠着墙慢慢向下滑，手指仍然塞在嘴里，无神的眼睛仍然紧紧盯着洛伊丝，这时却以响尾蛇攻击时的速度扑向步枪。

拉尔夫接下来的举动完全不假思索，而且不带怒意，完全是凭本能行事。他伸出双手，抓住皮科林的脸颊两边。在这过程中，他的脑海里有东西明亮地闪了一下，那是一种高倍放大镜般的感觉。他猛地穿过不同层级向上攀升，一眨眼就来到了从未到过的高度。在上升的过程中，他感到有股可怕的力量在他的脑海里闪了一下，顺着他的双臂向外炸开。接着，在重新下降时，他听到了砰的一声，一种空洞但强烈的响声，完全不同于外面仍然持续的枪声。

皮科林的身体像通了电似的剧烈摇晃，双腿乱蹬，脚上的一只鞋子飞了出去。他的臀部抬起又坠下。他的牙齿死死咬着下嘴唇，鲜血从嘴角喷了出来。拉尔夫在那一刻几乎肯定自己看到皮科林凌乱的发梢冒出了细小的蓝色火花。火花随即消失，皮科林重重地摔到墙上。他的眼睛仍然盯着拉尔夫和洛伊丝，但眼神已经摆脱了世间的一切烦恼。

洛伊丝发出一声尖叫，拉尔夫起初以为那是因为他对皮科林所做的事，但随即看到她在拍打着自己头发。一块燃烧的墙纸落在了她的头上，点燃了她的头发。

他一把搂住她，用手拍打着火焰。就在这时，又一阵步枪和霰弹枪子弹击中了房屋的北翼，他赶紧用自己的身体护住她。他摊开空着的那只手，扶着墙，看到第三和第四手指之间像变魔术似的出现了一个弹孔。

“上去，洛伊丝！上去

（快！”）

他们一起上升，在查理·皮科林那双无神的眼睛前变成彩色烟雾……然后消失。

2

（“拉尔夫，你对他做了什么？你们突然不见了——你们上去了——然后……然后他……你做了什么？”）

她望着查理·皮科林，惊恐万状。皮科林靠墙坐在地上，姿势几乎与隔壁房间那两个女人一模一样。就在拉尔夫望着他时，皮科林那软塌塌的嘴唇之间冒出了一个粉红色的唾沫气泡，逐渐变大，然后破掉。

他转身望着洛伊丝，抓住她的胳膊，在脑子里变出了一个画面：他位于哈里斯大道家中地下室里的断路器盒。两只手打开了盒子，快速关掉了所有开关。他无法确定这样做是否正确——这一切发生得太快，他无法确定——但他觉得这个比喻比较接近。

洛伊丝微微睁大了眼睛，随即点点头。她看了看皮科林，然后将目光转向拉尔夫。

（“他这是咎由自取，对吗？你没有刻意那样做。”）

拉尔夫点点头。这时，脚下又传出了尖叫声，而且他很肯定不是自己的耳朵听到的。

（“洛伊丝？”）

（“好吧，拉尔夫——现在就去。”）

他的双手顺着她的胳膊滑下去，直到紧紧握住她的双手。四只手握在一起，与上次在医院屋顶时一样，只不过他们这次不是上升，而是如同穿过一池清水那样滑进木地板。拉尔夫再次感觉到一道刀锋般细窄的黑暗划过自己的视线，然后他们就到了地下室，慢慢落在肮脏的水泥地面上。他隐隐约约地看到了锅炉管，上面落满了灰尘；他看到了一台除雪机，上面罩着一大块脏兮兮的透明塑料；他看到了一个貌似热水器的圆筒状东西，一旁并排放着各种园艺工具；他看到了靠墙堆放着的纸箱——里面装着汤罐头、豆子、意面酱、咖啡、垃圾袋、卫生纸。这一切显得像是在梦中，不太真实，拉尔夫起初以为那是进入下一个层级时的某种新的副作用。他随即意识到是烟的原因——烟正快速充满地下室。

地下室狭长、幽暗，一端有十八到二十个人，挤成一团，而且大多是妇女。拉尔夫还看到一个四岁左右的男孩正趴在他母亲的膝盖上（母亲的脸上有一块正在慢慢淡去的淤青，可能是意外造成的，但更有可能是他人的故意所为），一个比他大一两岁的女孩紧贴着母亲的腹部……然后他看到了海伦。她抱着娜塔莉，不停地朝她脸上吹气，仿佛那样就能把娜塔莉周围的烟吹散一样。娜塔莉在不停地咳嗽，同时也在绝望地喘气、哭闹。拉尔夫隐约看到这群妇女儿童的身后有一溜落满灰尘的台阶，向上通往黑暗之处。

（“拉尔夫？我们现在必须下去，对吗？”）

他点点头，脑中一闪，突然间他的肺部吸入酸性的烟雾之后，他也咳了起来。他们直接当着台阶下那群人的面现身，但只有搂着母亲膝盖的那个小男孩有所反应。拉尔夫在那一刻肯定自己以前在什么地方见过那孩子，但他想不起来什么地方——他在那一刻绝对想不到自己曾经在夏末某一天见过这孩子和他母亲一起在斯特拉福德公园内玩溜溜球。

“快看，妈妈！”男孩边咳嗽边指着他们说，“天使！”

拉尔夫想起了克洛索说过的话，*拉尔夫，我们不是天使*。他握着洛伊丝的手，穿过越来越浓的烟雾，向海伦走去。他的眼睛刺痛，早已流泪不止，他可以听到洛伊丝的咳嗽声。海伦茫然地望着他，就像八月那天她遭到艾德殴打之后的表情。

“海伦！”

“是拉尔夫？”

“海伦，那台阶！它通往哪里？”

“拉尔夫，你在这里干什么？你怎么到这……”她一阵猛咳，弯下了腰。娜塔莉差一点从她怀里滚到地上，洛伊丝赶紧将这不停哭闹的孩子接住。

拉尔夫望着海伦左边的女人，看到她似乎更不清楚周围发生了什么事。于是，他一把抓住海伦，使劲摇晃着她。“台阶通向哪里？”

她回头看了一眼。“地下室的隔板门，”她说，“可是没有用，门已经……”她又弯下腰，干咳起来。真是奇怪，她的咳嗽声居然很像查理·皮科林的自动步枪的咔咔声。“门锁上了。”海伦接着说道，“是那胖女人干的。她口袋里有一把锁，我看到她把门锁上的。她为什么要那样做，拉尔夫？她怎么知道我们躲到了下面？”

你们还能躲到哪里去呢？拉尔夫苦涩地想，然后转身问洛伊丝：“看看你有什么办法，行吗？”

“好吧。”她把不停哭闹、不停咳嗽的娜塔莉递给拉尔夫，然后穿过那一小群女人。拉尔夫看到她们当中并没有苏珊·戴。地下室的另一端，一段地板突然塌陷，扬起一片火星，带来了一阵热浪。脸一直埋在她母亲腹部的小女孩尖叫起来。

洛伊丝爬了四级台阶，然后掌心朝上，伸出双手，宛如牧师在祈福。拉尔夫借着旋转的火星带来的微光，隐约看到了隔板门投下的倾斜阴影。洛伊丝用双手抵着隔板门，起初没有动静，然后她突然化作一道五颜六色的彩虹，刹那间消失得无影无踪。拉尔夫听到了一声刺耳的爆炸声，像是有什么喷雾罐在烈焰中爆炸，洛伊丝随即回到了原处。拉尔夫在那一刻觉得自己看到她头顶闪过一道白光。

“妈妈，那是什么？”刚才说拉尔夫和洛伊丝是天使的那个小男孩问。“那是什么？”她还没有来得及回答，大约二十英尺外棋牌桌上放着的一摞窗帘轰的一声变成了一团火焰，照亮了被困在里面的这些女人的脸，她们脸上顿时呈现出了黑色和橙色光影，形似万圣节的魅影。

“拉尔夫！”洛伊丝大喊，“快来帮我！”

他穿过那些脸色茫然的女人，爬上台阶。“什么事？”他的喉咙像是用煤油漱口之后一样难受。“你够不着吗？”

“我够着了，我感觉到了那把锁——我脑子里感觉到了——但是这隔板门太沉，我推不开！这得由你来解决。把孩子给我。”

他把娜塔莉再次交给她，然后伸手推了推隔板门。好吧，门很沉，但拉尔夫在调动全身的肾上腺素。他用肩膀顶着门，使劲一推，门开了。一道亮光伴随着新鲜空气顺着狭窄的楼梯井涌了进来。在拉尔夫最喜欢的某部电影中，这种时刻通常都会伴随着胜利的欢呼和得救后的喜悦，可是被困在里面的女人起初谁也没有吭声。她们只是默默地站在那里，脸上写满了震惊，抬头仰望着拉尔夫在地下室屋顶上为她们变出来的那方蓝天。她们大多数早已接受了一个事实：这间地下室将是她们的葬身之处。

*她们以后会怎么说？*他心想。*如果她们真的能得以幸存，那她们以后会怎么说？是不是会说一个瘦骨嶙峋、浓眉大眼的男人和一个壮实（但有着西班牙裔美丽眼睛的）女人突然现身在地下室，打开了隔板门上的锁，救了她们？*

他低头看了一眼，发现那个似曾相识的小男孩正仰起头，用他那双大眼睛一本正经地望着他。男孩的鼻梁上有一道鱼钩状的伤疤。拉尔夫意识到，即便是在他们返回到短命界之后，也只有这个男孩*真正*看见他们。拉尔夫很清楚他会说什么：天使来了，一个男天使，一个女天使，是他们救了他。拉尔夫心想：*这应该能成为今晚新闻中很有意思的花边*消息。确实，莉塞特·本森和约翰·柯克兰巴不得有这种消息。

洛伊丝拍了拍一个支柱。“快走，各位！要赶在火炉的油罐着火之前出去！”

带着小女孩的那个女人第一个行动。她一把抱起仍在啼哭的孩子，摇摇晃晃地上了楼梯，一边咳嗽一边哭泣。其他人跟了上去。小男孩被母亲拉着往前走，经过拉尔夫身旁时非常崇拜地抬头望着他。“真酷。”他说。

拉尔夫忍不住冲他咧嘴一笑，然后转身对着洛伊丝，指着楼梯说："要是我方向感没有错的话，楼梯应该通向屋后。现在还不能让他们去屋前。警察很可能没有意识到这就是他们来救的人，只会朝他们开枪，打死他们一半的人。"

"好吧。"她说。没有问一个问题，也没有一句废话，这正是拉尔夫喜欢她的地方。她立刻顺着楼梯往上走，中途只是停下来将娜塔莉换了个手，在一个女人摔倒时一把抓住她的胳膊肘。

地下室里只剩下拉尔夫和海伦·迪普努。"那是洛伊丝吗?"她问他。

"是的。"

"她抱着娜塔莉?"

"是的。"地下室的天花板又有一大块掉下来，更多火花嘶嘶地冒了出来，火苗顺着头顶的横梁迅速蹿向火炉。

"你确定?"她紧紧抓住他的衬衣，狂乱、肿胀的眼睛向上望着他，"你确定她抱着娜塔莉?"

"确定。我们走吧。"

海伦看了看四周，像是在心中默默数数。她的脸上写满了惊恐。"格蕾琴!"她突然大叫，"还有梅瑞丽! 拉尔夫，我们得去救梅瑞丽，她怀有七个月身孕!"

"她在上面。"拉尔夫说。看到她露出迹象，想离开楼梯回到火焰熊熊的地下室里，拉尔夫抓住了她的胳膊。"她和格蕾琴都在上面。没有别人了吧?"

"没有了。"

"好。走吧。我们快点离开这里。"

3

拉尔夫和海伦在一团深灰色的浓烟中走出了地下室的门，两个人的模样酷似某场世界级魔术幻境表演结尾处的高潮。他们确实是在屋后，靠近晾衣绳。连衣裙、长裤、内衣和床单在微风中摇曳。就在拉尔夫望着这一切时，一块燃烧的木瓦落在了床单上，瞬间将它点燃。厨房窗口冒出了更多的火焰，热浪袭人。

海伦有气无力地靠着他，没有失去知觉，只是一时精疲力竭。拉尔夫只好搂住她的腰，免得她摔到地上。她虚弱地在他脖子后面乱抓，想问娜塔莉在哪里。看到洛伊丝怀中抱着娜塔莉后，她稍稍松了口气。拉尔夫牢牢抓住她，半抱半拉地将她拖离了地下室的隔板门。这时，他看到门旁有一把挂锁，不仅裂成了两块，而且古怪地扭曲着，仿佛两只力大无比的手将它扯裂了一样。

女人们挤在大约四十英尺开外的屋角。洛伊丝正对她们说着什么，同时不让她们再往前走。拉尔夫认为只要做好准备，外加一点运气，她们应该能逃出去——警方的火力点虽然没有停止射击，却已经减弱了许多。

“**皮科林！**”听上去像是莱德克的声音，但经过扩音器放大之后很难说，“**你能不能放聪明一点，趁着现在为时不晚，赶紧出来？**”

更多的警笛声传了过来，其中明显夹杂着救护车柔和的呜咽声。拉尔夫带着海伦来到其他女人当中。洛伊丝将娜塔莉递给海伦，然后对着扩音器传来的方向，用双手围着嘴，大声喊叫道，“喂！喂，那边的人，你们能……”她停下来，剧烈咳嗽，差不多是在干呕。她双手撑着膝盖，弯下腰，泪水从她那双被烟雾刺激的眼睛里直往外涌。

“洛伊丝，你没事吧？”拉尔夫问。他从眼角看到海伦正在狂吻娜塔莉。

“没事，”她用手指抹去脸颊上的泪水，“都是这该死的烟雾呛的。”她再次用双手围着嘴巴高喊，“你们听到了吗？”

枪声逐渐减少，只剩下零星的手枪声。拉尔夫心想，只要有一颗子弹偏了方向，就会让一个无辜的女人送命。

“莱德克！”他也用手围着嘴巴高喊道，“约翰·莱德克！”

片刻的安静，扩音器随即传出了一声命令，让拉尔夫备感欣慰。“停止射击！”

又一声枪响过后，周围一片寂静，只剩下房屋燃烧的噼啪声。

“你是谁？报上名来！”

但拉尔夫认为自己面临的麻烦事已经够多了，不想再增加一个。

“那些女人都在屋后！”他高喊道，现在轮到他竭力忍着不咳嗽了，“我让她们自己走到屋前来！”

“不，不要！”莱德克回应道，**“一楼最后那个房间里有人持枪！他已经射杀了好几个人。”**

有个女人听到后捂着脸呻吟起来。

拉尔夫清了清疼痛的嗓子——他在那一刻相信自己肯定愿意用自己的全部退休金去换一瓶冰镇可乐——高声喊道，“别担心皮科林！他已经……”

可皮科林究竟怎么啦？这问题问得真好，对不对？

“皮科林先生已经晕过去了！所以他没有再开枪！”他身旁的洛伊丝喊道。拉尔夫认为“晕过去”这个说法不完整，但勉强说得过去。“这些女人将举起双手，从屋子旁边走过来！别开枪！向我们保证不开枪！”

片刻的寂静，接着：**“我们不会开枪，但我希望你清楚自己在说什么，女士。”**

拉尔夫朝那个小男孩的母亲点点头。“去吧。你可以带大家过去。”

“你能肯定他们不会伤害我们？”这位少妇脸上渐渐淡去的淤青表明，别人会不会伤害她和她儿子是她生命中最重要的问题。拉尔夫觉得她也似曾相识。“你能肯定吗？”

“是的，”洛伊丝说，她仍在不停地咳嗽、流泪，“只需举起双手。你能做到的，对吗，小家伙？”

小男孩立刻举起双手，带着警察抓小偷游戏高手的热忱，但他那双亮晶晶的眼睛始终盯着拉尔夫的脸。

粉红的玫瑰色，拉尔夫想，*要是我能看到他的光环，应该是这种颜色*。他说不清这是直觉还是记忆，但他知道应该是这样。

“屋里的人怎么办？”另一个女人问，“万一他们开枪呢？他们手中有枪——万一他们开枪呢？”

“屋里不会再有人开枪了，”拉尔夫说，“赶紧去吧。”

小男孩的母亲满腹狐疑地又看了拉尔夫一眼，然后低头望着儿子。“准备好了吗，帕特？”

“准备好了！”帕特咧嘴笑着说。

他母亲点点头，举起一只手，用另一只手搂住他的肩膀。这种弱不禁风的保护姿势打动了拉尔夫。他们就这样绕过屋子走了出去。“不要伤害我们！”她喊道，“我们已经举起了手，我儿子和我在一起，不要伤害我们！”

其他女人等了一会儿，然后那位双手捂着脸的女人走了出去，跟在她后面的是带着小女孩的女人（她现在抱着孩子，但还是顺从地举起了手）。其他人跟了上去，大多都在咳嗽，但所有人都高高地举起了空手。海伦加入队伍的最后，准备出去。拉尔夫拍拍她的肩膀，她抬头望着他，红肿的眼睛平静又充满惊奇。

“这是你第二次在我和娜塔莉需要帮助时出现，”她说，“你是我们的守护天使吗，拉尔夫？”

“也许吧，”他说，“也许是吧。听着，海伦，时间不多。格蕾琴死了。”

她点点头，开始哭泣。“我就知道。我也不想，可我就是知道。”

“我很抱歉。”

“我们当时很开心，可他们突然来了——我是说，我们是很紧张，但大家说说笑笑地很开心。我们正准备用一整天的时间为今晚的演讲做准备。集会，还有苏珊·戴的演讲。”

“我正要问你今天晚上的事，”拉尔夫柔声说，“你觉得他们依然……”

“他们来的时候，我们正在做早饭。”她好像没有听到他的话，自顾自地说道。拉尔夫估计她没有听到。娜塔莉趴在海伦的肩膀上，偷偷地望着他们。她还在咳嗽，但已经不哭了。她安全地处在母亲的怀抱中，好奇地时而望着拉尔夫，时而望着洛伊丝。

“海伦……”洛伊丝开口道。

“看！看到那里了吗？”海伦指着摇摇欲坠的棚子旁停着的一辆棕色旧卡迪拉克汽车。拉尔夫和卡洛琳当初偶尔来这里时，那棚子是榨苹果汁的地方，后来大概变成了高垄的车库。那辆卡迪拉克的状况很糟——挡风玻璃裂了，车门踏板凹了进去，一个大灯上面交叉贴着透明胶带。保险杠上贴满了捍卫生命权的不干胶。

“他们就是开着那辆车来的。他们把车开到屋子后面，好像要把车停进车库。我想正是他们的这个举动骗过了我们。他们直接把车开到屋后，就像属于这里一样。”她朝汽车看了一会儿，然后转过脸，那双被烟雾熏红、写满了不幸的眼睛望着拉尔夫和洛伊丝，“应该有人注意到那上面贴着的不干胶。”

拉尔夫突然想起了“妇女关怀”的芭芭拉·理查兹——芭碧·理查兹看到走近她的是洛伊丝时，立刻放松了下来。重要的不是洛伊丝要从自己的包里掏东西出来，重要是洛伊丝是个女人。开这辆卡迪拉克的一定是桑德拉·麦凯，拉尔夫不必问海伦就知道这一点。她们看到那个女人就不去管车保险杠上贴着的那些不干胶了。我们是一家人，我的身边都是姐妹。

“当迪妮说从车上下来的人穿着军服，而且拿着枪时，我们都以为她是在开玩笑。只有格蕾琴算是例外。她让我们赶紧下楼去地下室，然后她去会客厅。我估计是打电话报警。我应该和她待在一起。”

“不，”洛伊丝说。她用手指梳理着娜塔莉一缕精细的赤褐色头发，“你当时需要照顾孩子，对不对？现在仍然需要照顾她。”

“是的，”她无精打采地说，“我想是的。可她是我朋友，洛伊丝。我朋友。”

“我知道，亲爱的。”

海伦的脸像破布一样扭成一团。她开始哭泣。娜塔莉望着母亲，一脸的惊讶，然后也跟着哭了起来。

“海伦，”拉尔夫说，“海伦，听我说。我有事要问你，非常非常重要。你听见了吗？”

海伦点点头，但仍在哭泣。拉尔夫吃不准她是否真的听到了。他瞥了一眼屋子拐弯处，盘算着警察还要过多久便会从那里冲过来。他深吸一口气。“你觉得他们今晚还会举办那个集会吗？会不会？你和格蕾琴很亲近，告诉我你的看法。”

海伦停止了哭泣，睁大眼睛望着他，仿佛不敢相信他说的话。接着，那双眼睛开始充满令人不寒而栗的愤怒。

“你怎么能问这种问题？你怎么问得出来？”

“嗯……因为……”他不知道自己该怎么说。他根本没有料到她会如此不近人情。

“要是现在取消的话，他们就赢了，”海伦说，“你不明白吗？格蕾琴死了，梅瑞丽死了，高垄被烧成了平地，有些女人所有的财产化成了灰烬。要是现在取消集会，那他们就赢了。”

拉尔夫脑海深处有一部分在进行一个可怕的比较，另一部分——爱着海伦的那一部分——赶来阻止，却晚了一步。她的眼神与皮科林在图书馆里坐到他身旁时的眼神一模一样，与有着这种眼神的人说理是没有用的。

“*要是我们现在取消的话，他们就赢了！*”她尖叫道。她怀中的娜塔莉也哭闹得更厉害了。“*你不明白吗？你他妈的不***明白***吗？我们绝不让那种事发生！绝不！绝不！绝不！*”

她突然举起空着的那只手，绕过屋角走了出去。拉尔夫伸手去抓她，但只有手指碰到了她的衬衣后背。仅此而已。

“*别开枪！*”海伦冲着屋子另一边的警察高喊，“*别开枪，我也是这里的女人，我也是！*”

拉尔夫想都没想，凭本能去追她，但洛伊丝抓住了他背后的皮带。“最好别出去，拉尔夫。你是男人，他们会认为……”

“你好，拉尔夫！你好，洛伊丝！”

两个人转身面向这个新出现的声音。拉尔夫立刻听出来了，既感到惊讶，也感到不惊讶。晾衣绳上的床单和衣服已经化作了可怕的烈焰，绳子的后面站着多兰斯·马斯特拉，穿着一条褪了色的法兰绒裤子，脚上是一双旧的匡威高帮运动鞋，上面还用电工胶带补了一下。他的头发与娜塔莉的头发一样细柔，只是颜色是白的。十月的微风轻拂着山顶，也吹乱了他的头发。他像往常一样，手中拿着一本书。

“快点，你们两个，”他微笑着向他们挥手，“快点，快点，时间不多了。”

4

屋后有一条人迹罕至的小道，两边长满杂草，蜿蜒向西。他领着他们沿这条小道下山。小道首先穿过一块面积较大的菜园，里面的果蔬都已收割完毕，只剩下南瓜和西葫芦。接下来是一个果园，里面的苹果即将熟透。最后是一片茂密的黑莓树丛，到处都是棘刺，似乎要勾住他们的衣服。出了黑莓树丛，他们进入了一小片幽暗的树林，周围都是老松树和云杉。拉尔夫意识到他们一定是来到了山脊的纽波特一边。

对于多兰斯这把年纪的人而言，他的步伐算是够快的。他的脸上始终挂着平静的笑容，手中的书是《为了爱（1950—1960年诗集）》，作者名为罗伯特·克里利。拉尔夫从未听说过这位诗人，但他认为这位克里利先生也从未听说过埃尔默·雷纳德、欧内斯特·海科克斯或者路易斯·拉莫尔。他一路上默不作声。他们三个人终于来到山坡下，地面上落满了松针，又滑又暗藏陷阱，前方有一条冰凉的小溪湍湍流过。

“多兰斯，你到这么远的地方来做什么？而且你是怎么过来的？我们究竟要去哪里？”

“哦，我很少回答问题。”老多尔开怀地笑着回答。他打量着小溪，然后举起一根手指，指着溪水。一条棕色鳟鱼跃到空中，尾巴甩出明亮的水花，然后回落到水中。拉尔夫和洛伊丝对视了一眼，脸上同样是“刚才看到的是真的吗”的表情。

“不，不。”多尔接着说道。他从溪边走到一块湿漉漉的岩石旁。“我很少回答问题。难度太大，可能性太多，层级太多……对吗，拉尔夫？这个世界到处都是层级，不是吗？你好吗，洛伊丝？”

“很好。”她心不在焉地说。她注视着多兰斯踩着几块精心摆放的石块越过小溪。只见他张开双臂，那姿势让他看上去像世界上年龄最大的杂技演员。就在他抵达对岸那一刻，他们身后的山脊传来了一声巨响——不太像炸药爆炸声。

油罐爆炸了，拉尔夫想。

小溪对面的多尔转过身来望着他们，脸上再次浮现出佛陀般平静的笑容。拉尔夫这次想都没想就跟了上去，而且脑海中也没有出现那种瞬间闪烁的感觉。各种颜色在光天化日之下突然涌现，但他几乎没有注意到。他所有的注意力都集中在多兰斯身上，而且差不多有十秒钟，他忘记了呼吸。

拉尔夫在过去一个多月里见过多种色泽的光环，但是没有一种像此刻包裹着这位老人的光环这样壮观，尽管唐·维泽形容他为“极其和蔼但有点傻”。那就像多兰斯的光环经过了三棱镜……或者彩虹的过滤一样。他的身上投射出令人眼花缭乱的弧光：蓝色过后是品红，品红过后是大红，大红过后是粉红，粉红过后是熟香蕉般的奶油黄。

他感觉到洛伊丝的手在摸索着想抓住他的手，便紧紧握住了它。

（“我的上帝啊，拉尔夫，你看到了吗？你看到他有多么美丽了吗？”）

（“我当然看到了。”）

（“他现在是什么？还能算是人吗？”）

（“我不知……”）

（“你们两个别说了，快过来。”）

多兰斯的脸上仍然带着微笑，但他们脑海中听到的声音在命令他们，而且不容置疑。拉尔夫还没有来得及集中精力下降，就感觉到被人猛推了一下。五彩颜色和清晰的声音瞬间消失。

“现在没有时间去上升或下降，”多尔说，“听着，现在已经是中午了。”

“中午？”洛伊丝说，“这不可能！我们赶到这里时还不到九点，最多只过了半个小时！”

“人一嗨起来，时间就会过得更快，”老多尔说。他说话时一本正经，但眼睛在闪烁，“你可以问一问那些在周六晚上边喝啤酒边听乡村音乐的人。走吧！快点！时间紧迫！快点过河！”

洛伊丝先过去，像多兰斯那样张开双臂，小心翼翼地从一块石头踩到另一块石头上。拉尔夫跟在后面，双手扶着她的臀部两边，随时准备在她摇晃时抓住她，结果差一点掉进水里的却是他。他虽然没有落水，一只脚却踏进了水里，水直没到脚踝。他觉得脑海深处似乎听到了卡洛琳开心的笑声。

“你不能告诉我们一点什么，多尔？”他们到达对岸时，他问，“我们在这里都不知东南西北了。”他想，心理上和精神上也不知东南西北了。他这辈子从未来过这些树林，即便是年轻时打松鸡或野鹿时也没有到过这里。万一他们所走的这条小径中断了，或者老多尔迷失了方向，那该怎么办？

“可以，”多尔立刻回答道，“我可以告诉你们一点，而且是绝对肯定的一点。”

“什么？”

“这些是罗伯特·克里利写过的最好的诗作。”老多尔举起那本《为了爱》，趁着他们还没有来得及搭话，就转身继续沿着这条隐约可见的小径，穿过树林向西而去。

拉尔夫望着洛伊丝，洛伊丝也在回头望着他，同样一脸的茫然。然后，她耸耸肩。“走吧，老伙计。”她说，“我们现在还是别把他跟丢了。我可没有带面包屑。”

5

他们爬上了另一座山，拉尔夫在山顶上可以看到，他们走的小径向下通往一片老树林，中间还有一条狭长的草地从中穿过。小径尽头再往前大约五十码处有一个砾石坑，周围杂草丛生。坑边停着一辆汽车，没有熄火。这是一辆新款福特，虽然没有任何标识，拉尔夫却感到自己认识它。车门打开，开车人下了车，一切顿时不言自明。他当然见过这辆车，星期二晚上他从洛伊丝家的客厅窗口看到过它。它当时在哈里斯大道中央急转弯，开车人跪在车灯灯光中……跪在他刚刚撞上的那只奄奄一息的老狗旁。乔·维齐尔听到他们走近后，抬起头，朝他们挥手。

第二十三章

1

“他说要我开车。”维齐尔一面小心翼翼地在砂砾坑口掉头，一面告诉他们。

“去哪儿？”洛伊丝问。她和多兰斯坐在后座，拉尔夫和乔·维齐尔坐在前排。维齐尔似乎也不太清楚自己在哪里，甚至都不知道自己是谁。拉尔夫与这位药剂师握手时悄悄往上升了一点——只是一点点——想看看维齐尔的光环。维齐尔的光环和气球线都还在，而且都非常健康……只是那明亮的橘黄色在他的眼里略微有点虚弱。拉尔夫认为那可能是老多尔的影响。

“问得好。”维齐尔说。他淡淡地笑了一声，显得有些困惑。“说实话，我真的一点都不知道。我这辈子从来没有经历过今天这种诡异的日子，绝对没有。”

林间道路的尽头是一个丁字路口，外加一段双车道柏油路。维齐尔停下车，左右看看有没有车过来，然后往左转。前面一转眼就出现一块路标，上面写着**通往 95 号州际公路**。拉尔夫猜测，他们一到达收费口，维齐尔就会向北拐。他知道他们现在的方位了，就在 33 号公路以南大约两英里处。他们用不了半小时就能从那里回到德里市，拉尔夫确信德里市就是他们的目的地。

他突然放声大笑。“瞧瞧我们，”他说，“三个快乐的家伙中午出来兜风。算四个人吧。乔，欢迎来到这个奇妙的超现实世界。”

乔敏锐地看了他一眼，随即放松下来，咧嘴一笑。“是这样吗？”拉尔夫和洛伊丝还没有来得及开口，他又说道，“是的，我想是的。”

“你看了那首诗吗？”多兰斯在拉尔夫的身后问，“就是那一首，开头第一句是‘我匆匆做完手头的事，然后去做别的事’。”

拉尔夫回头，看到多兰斯的脸上仍然挂着祥和的笑容。“我看了。多尔……”

“是不是很出色？真是太棒了。斯蒂芬·杜宾斯让我想起了毫无矫揉造作的哈特·克兰，要么就是斯蒂芬·克兰？但我想不是。当然，他缺乏迪伦·托马斯的音乐感，可是没有音乐感就真的那么糟糕吗？大概不是。现代诗不讲究音乐性，它讲究的是胆量——看看谁有胆量，谁没有。”

“老天。”洛伊丝翻了个白眼。

“要是我们往上升几个层级，或许能从他的诗作中得知我们需要知道的一切。”拉尔夫说，“可是你不想那样做，对吗，多尔？因为一旦到了上面，时间过得更快。”

“对！”多兰斯说。

前方出现了收费站南北入口的蓝色标识牌，在阳光下闪耀着。“我估计，你和洛伊丝，你们两个以后还得上去，所以现在必须尽可能节省时间。节省……时间。”他做了一个古怪的召唤手势，在空中将粗糙的拇指和食指合在一起，仿佛在暗示某种越来越窄的通道。

乔·维齐尔打开方向灯，左拐，驶上了向北通往德里市的匝道。

“乔，你是怎么卷到这件事中来的？”拉尔夫问他，“德里市西区有那么多人，多兰斯怎么偏偏把你拉来当司机？”

维齐尔摇摇头，汽车来到收费口时迅速进入了超车道。拉尔夫立刻伸手，在中途纠正了方向。他突然想到，乔可能最近也没有睡好。他高兴地看到公路上车辆很少，至少在离城市这么远的地方是这样。这可以减少一点焦虑，天知道他今天还能承受多少焦虑。

“是‘命定’将我们连在了一起，”多兰斯突然开口说道，“我们属于‘卡泰特’，即共生体，也就是说由多个单体构成的一体，就像许多韵脚构成一首诗那样。明白了吗？”

“不明白。”拉尔夫、洛伊丝和乔异口同声地说，随即一起不安地大笑起来。拉尔夫心想：*三个得到天启的失眠者，愿耶稣垂怜我们。*

“没关系，”老多尔说，脸上依然挂着灿烂的微笑，“相信我就行了。你和洛伊丝……海伦和她的小女儿……比尔……法耶·查宾……特里格·瓦尚……还有我！我们都是命定的一部分。”

“好吧，多尔，”洛伊丝说，“可是命定现在要把我们带向哪里？我们到那里之后要干什么？”

多兰斯向前探过身，用布满老年斑的肿胀手遮住嘴巴，在维齐尔耳旁说了几句。然后，他靠回椅背，看似对自己非常满意。

“他说我们要去市民中心。”乔说。

“市民中心！”洛伊丝惊叫道，“不，不能去那里！那两个小矮人说……”

“现在别管他们，”多兰斯说，“现在只需记住一点——勇气。谁有，谁没有？”

2

在将近一英里的路程中，乔·维齐尔的福特车内一片寂静。多兰斯打开罗伯特·克里利的诗集，开始看其中一首诗，一边用他那年迈发黄的指甲逐行移动着。拉尔夫突然想起了自己小时候玩过的一个游戏，一种不太厚道的游戏，名叫“猎鹬游戏”。你把几个年纪比你小、比你更容易上当的孩子召集在一起，向他们灌输胡编乱造的关于鹬鸟的神话故事，然后给他们几个麻布袋，打发他们去湿地和草丛中待上一个下午，费劲地寻找这种子虚乌有的鸟。这个游戏也被称作“白费力气”。他突然有一种挥之不去的感觉：克洛索和拉克西斯在医院屋顶上与他和洛伊丝玩的正是这种游戏。

他转过身，两眼直视着老多尔。多兰斯将正在看的那一页折了一个角，然后合上书，礼貌而饶有兴趣地抬头回望着拉尔夫。

“他们说我们不得靠近艾德·迪普努，也不得靠近三号医生，”拉尔夫缓慢但非常清晰地说道，“他们非常明确地告诉我们，我们想都别想那样做，因为目前的情况已经赋予了那两个人巨大的力量，我们很可能会像苍蝇那样被他们打死。事实上，我记得拉克西斯说，如果我们接近艾德或者阿特洛波斯，上面层级的一个头头……也就是艾德称之为血色之王的很可能会找上我们。各种说法都显示，那可不是什么善茬。”

“是啊，”洛伊丝说话的声音很微弱，“他们在医院屋顶上就是这样对我们说的。他们说，我们得说服负责这次活动的那些女人，要她们别让苏珊·戴露面。所以我们才去了高垄。”

“那你们说服她们了吗？”维齐尔问。

“没有。我们还没有赶到那里，艾德那些疯狂的朋友就放火点燃了那地方，还开枪打死了两个女人，其中一个正是我们要找的。”

“格蕾琴·蒂尔贝里。”拉尔夫说。

“是的，”洛伊丝说，“不过，我们肯定不需要再出面了，我相信她们现在不会继续举行集会了。我是说，这怎么可能呢？我的上帝，至少死了四个人！可能还不止！她们只能取消她的演说，或者至少延迟，不是吗？”

多兰斯和乔都没有作声，拉尔夫也没有搭腔——他想起了海伦那双红肿、愤怒的眼睛。*你怎么能问这种问题？她当时说。要是现在取消的话，他们就赢了。*

要是现在取消的话，他们就赢了。

警方有没有什么合法的办法阻止她们？可能没有。那么市议会呢？也许吧。也许市议会可以召开一个特别会议，撤销给予“妇女关怀”的集会许可。可他们会吗？如果有两千名怒不可遏、悲痛欲绝的妇女在市政大楼周围游行，并且齐声高喊“*要是现在取消，他们就赢了*”，市议会敢撤销集会许可吗？

拉尔夫感到心情沉重。

海伦显然认为今晚的集会比以往更加重要，而且有这种看法的肯定不止她一人。这已经不再事关生命选择权或者谁有权利决定一个女人如何处理自己的身体，它现在关系到值得为之献出生命、纪念那些已经殉难的朋友的崇高事业。她们现在所谈的已经不只是政治，而是一场为死者举行的世俗安魂弥撒。

洛伊丝抓住他的肩膀，使劲摇晃着。拉尔夫慢慢回到了现实中，宛如刚刚从无比真实的梦境中被摇醒的人。

“她们会取消集会的，对不对？即便她们不取消，即便她们为了某个疯狂的原因不取消，大多数人都会远离那里，对不对？在高垄发生了那一切之后，没有人敢去参加！”

拉尔夫想了想，然后摇摇头。“大多数人会认为危险已经过去。新闻报道会说袭击高垄的两个混蛋已经死了，另一个则是精神分裂症患者，等等。”

“可是艾德！艾德会怎么样？”她嚷道，“看在上帝的分上，是他派他们袭击那里的！*最初就是他派他们去那里的！*”

“这或许是事实，也许就是事实，但我们怎么证明呢？你知道我认为警察会在查理·皮科林的住处发现什么吗？他们会发现一张纸条，上面写着都是他的主意。一张完全洗清艾德罪行的纸条，或许还假装指责他……指责艾德在他们最需要他的时刻抛弃了他们。就算他们在查理的租住房间里没有发现这样一张纸条，他们也会在弗兰克·费尔顿或者桑德拉·麦凯的住处发现的。”

“可是那……那……”洛伊丝咬住下嘴唇，不知道该说什么。她带着期待的眼神望着维齐尔。“那么苏珊·戴呢？她在哪里？有人知道吗？你知道吗？我和拉尔夫可以给她打电话，并且……”

“她已经到了德里市，”维齐尔说，“但我怀疑就连警方也不知道她在哪里。我和多兰斯开车过来时听新闻报道说，集会今晚将照常举行……估计消息来源就是她本人。”

当然，拉尔夫心想。当然是的。演出继续进行，必须继续进行，她明白这一点。一个这么多年来——天哪，是一九六八年芝加哥大会以来——始终在女权运动的风口浪尖上滚爬的人，在看到真正的分水岭时刻到来时当然会知道。她肯定评估过其中的风险，觉得这些风险可以接受。要么是这样，要么就是她评估过局势后，认为自己拍屁股走人会给她带来无法承受的信誉损失。也许两种情况都有。总之，她在很大程度上已经像我们一样，被这些事件所绑架，成了共生体。

他们再次来到了德里市的郊外。拉尔夫可以看到远处的市民中心。

洛伊丝这次转过身来问老多尔。“她在哪里？你知道吗？她周围究竟有多少保安并不重要，我和拉尔夫可以随心所欲地不让大家看到……我们也很擅长改变人们的主意。”

“哦，改变苏珊·戴的主意也无济于事。”多尔说。他的脸上仍然挂着那令人生气的灿烂微笑。“不管发生什么事，他们今晚都会来市民中心。如果他们到来后发现门上了锁，他们会砸开大门，进去举行集会，以显示他们无所畏惧。”

“木已成舟啊。”拉尔夫木然地说道。

“说得对，拉尔夫！”多尔拍拍拉尔夫的胳膊，兴奋地说。

3

五分钟后，乔开着福特车经过了耸立在市民中心前丑陋不堪的保罗·班扬的塑料塑像，拐进了一片空地，那里有块牌子，上面写着**市民中心永远有免费停车位！**

停车场占地一英亩，位于市民中心大楼和巴塞公园的跑步道之间。如果当天晚上的活动是一场摇滚音乐会、游艇展或者摔跤表演，在这个时间点，整个停车场都会空空荡荡。但今晚的活动显然和一场篮球表演赛或者大力士拉卡车表演截然不同，所以停车场已经停了六七十辆车，人们三三两两地站在一起，望着大楼。他们大多是妇女，有些人带了野餐篮，有几个人在流泪，但几乎每个人都戴着黑袖章。拉尔夫看到一个中年妇女，有着一张聪慧的脸和满头的花白头发，手中拎着一个购物袋，正从中掏出黑袖章分发给大家。她穿了一件 T 恤衫，上面印有苏珊·戴的脸庞，还有一行字——**我们终将获胜。**

市民中心那排大门前的斜坡车道比停车场还要热闹。那里停了至少六辆电视转播车，形形色色的技术人员三三两两地站在三角形的水泥遮阳棚下，讨论着如何应对今晚的活动。遮阳棚上垂下来一面用床单做成的旗帜，在微风中懒洋洋地飘舞，预示着晚上会有活动。旗帜上用喷漆模模糊糊地写着一些大字：**晚上八点，一起来展示大家的团结之心，表达大家的愤怒，抚慰你们的姐妹。**

乔把福特车停在了车场，然后转身望着多尔，眉头一扬。多尔点点头，乔望着拉尔夫。“拉尔夫，你和洛伊丝恐怕得在这里下车了。祝你们好运。我很想和你们一起去，我甚至都问过他，可是他说没有我的事。”

“没关系，”拉尔夫说，“我们很感激你所做的一切，是不是，洛伊丝？”

“那当然。”洛伊丝说。

拉尔夫伸手握住车门把手，但又松开了。他转身对着多兰斯。“到底是怎么回事？我是说真的。肯定与克洛索和拉克西斯所说的今晚将聚集在这里的两千多人没有关系。对于他们所说的那种永生力量来说，两千条生命大概只是轴承上的一点润滑油而已。所以，到底是为什么？我们为什么来这里？”

多兰斯终于收起了笑容。少了笑容之后，他显得年轻了许多，而且——很是怪异——令人生畏。“约伯也问过上帝同样的问题，”他说，“但是没有得到答案。你们也得不到答案，但是我可以告诉你们：你们已经成了许多重大事件和庞大力量的关键点。更高宇宙的工作已经近乎停止，因为随机和命定双方都在关注你们的进展。”

“很好，可是我不明白。”拉尔夫说，与其说是愤怒，还不如说是无奈。

“我也不明白，但那两千条生命对我来说已经足够了，”洛伊丝淡淡地说，“如果我不去阻止即将发生的事，我永远都不会原谅自己。我下半辈子每晚都会梦见笼罩着这栋大楼的死亡之袋。哪怕我每晚只能睡上一个小时，我也会梦见的。”

拉尔夫想了想，点点头。他打开车门，一只脚迈了出去。“说得好，而且海伦也会在这里。她甚至还会带上娜塔莉。也许吧，对于我们这样的短命人而言，这就足够了。”

或许，他想，我还想和三号医生再较量一番。

哦，拉尔夫，他听到了卡洛琳幽幽的说话声，又想当一回克林特·伊斯特伍德了？

不，不是克林特·伊斯特伍德，不是西尔维斯特·史泰龙，也不是阿诺德·施瓦辛格。甚至都不是约翰·韦恩。他不是动作大片中的英雄，也不是电影明星，他只是住在哈里斯大道上普普通通的老拉尔夫·罗伯茨。但是，他对拿着锈迹斑斑的解剖刀的那个医生的怨恨却是实实在在的，而且这种怨恨已经远不止仅仅是为了一条流浪狗，或者为了过去十年住在他楼下的退休历史教师。拉尔夫不断地想起高垄的客厅，想起靠着墙、死在苏珊·戴海报下方的那两个女人。他脑海中挥之不去的不是梅瑞丽隆起的肚子，而是格蕾琴·蒂尔贝里的头发——她那美丽的金发，已经差不多被夺去她生命的近距离枪击烧光了。是查理·皮科林扣动了扳机，也许还是艾德·迪普努把枪交到了他的手中，但拉尔夫怪罪的是阿特洛波斯，那个偷走了跳绳的阿特洛波斯，那个偷走了帽子的阿特洛波斯，那个偷走了梳子的阿特洛波斯。

那个偷走了耳环的阿特洛波斯。

"走吧，洛伊丝，"他说，"我们……"

但她抓住他的胳膊，摇摇头。"先别下车——回来，把车门关上。"

他细细地看着她，然后关上了车门。她停顿了片刻，整理着思绪，再次开口时，眼睛紧盯着老多尔。

"我还是不明白为什么要派我们去高垄，"她说，"他们始终没有明说我们应该做什么，但我们就是知道——是不是，拉尔夫？——知道他们想要我们做什么。我想要弄明白。既然我们应该在这里，那为什么又要去那里？我是说，我们是救了几个人，而且我为此感到高兴，可我认为拉尔夫说得对——几条生命对于操纵这场游戏的人而言算不了什么。"

多兰斯沉默了片刻之后说道："洛伊丝，你真觉得克洛索和拉克西斯聪明绝顶、无所不知吗？"

“嗯……他们很聪明，但还算不上天才，”她想了想之后说，“他们有一次还自称打工仔，与真正的决策层相距甚远。”

老多尔点点头，脸上露出了笑容。“在整个大局中，克洛索和拉克西斯自己差不多只能算是短命界。他们也有恐惧和心理盲点。他们也会做出错误的决定……但最终这一切都无关紧要，因为他们也效力于命定，也是共同伙伴。”

“他们认为，我们如果直接面对阿特洛波斯，肯定会一败涂地，对吗？”拉尔夫问，“所以他们自欺欺人地认为我们可以通过走后门来实现他们想达到的目的……而这个后门就是高垄。”

“对，”多尔说，“正是这样。”

“太好了，”拉尔夫说，“我喜欢有人投我信任票，尤其是在……”

“不，”多尔说，“不是这样。”

拉尔夫和洛伊丝惊讶地互看了一眼。

“你在说什么？”

“我说的是同一件事的两个方面，而这在命定的世界里常常是这样。你们听我说……嗯……”他叹了口气，“我最讨厌这些问题。我不是跟你们说过吗？我几乎从不回答问题。”

“是的，”洛伊丝说，“你是说过。”

“是啊，而现在，撞大运了！问题一大堆，真讨厌！而且毫无用途！”

拉尔夫望着洛伊丝，她也回头望着他，但两个人都没有下车的意思。

多尔叹了口气。“好吧……可我实在不想告诉你们，所以你们听好了。克洛索和拉克西斯也许出于错误的原因派你们去了高垄，但命定派你们去那里却有着正当理由。你们在那里完成了任务。”

“救了那些女人。”洛伊丝说。

但多兰斯在摇头。

“那我们究竟做了什么？”她几乎嚷了起来，“什么？我们难道没有权利知道自己究竟完成了该死的命定的哪个部分？”

“没有，”多兰斯说，“至少目前没有。因为你们必须再做一次。”

“这简直是疯了。”拉尔夫说。

“情况不是这样。”多兰斯回答道。他紧紧地握着《献给爱情》，贴着自己的胸前，来回弯曲着诗集，同时真诚地望着拉尔夫。“随机界疯了，命定界很正常。”

好吧，拉尔夫想，我们在高垄除了拯救过地下室那些人外还做了什么？当然还有约翰·莱德克——要不是我出手的话，皮科林有可能把他也杀了。难道与莱德克有关？

他觉得有这种可能性，但又觉得不对劲。

“多兰斯，”他说，“能不能请你再多给我们一点信息？我是说……”

“不能，”老多尔和颜悦色地说，“别再问了，也没有时间了。等这一切过去后，我们一起吃顿大餐……如果我们到时候还活着的话。”

“你可真会给人打气啊，多尔。”拉尔夫打开了车门。洛伊丝也打开了车门。两个人一起下了车。他弯腰望着乔·维齐尔。“还有什么事吗？还有什么你能想起来的？”

“没有，我没有……”

多尔向前探过身，在他耳边嘀咕了几句。乔听完后皱起了眉头。

“怎么呢？”多兰斯重新坐好后，拉尔夫问道，“他说什么？”

“他说别忘了我的梳子，”乔说，“我根本不明白他在说什么，反正我已经见怪不怪了。”

“没关系，”拉尔夫微笑着说，“有几件事我碰巧还是明白的。走吧，洛伊丝。我们先去看看都是什么人，跟他们聊聊。”

4

刚走过半个停车场，洛伊丝突然用胳膊肘顶了拉尔夫一下，力道大得他踉跄了几步。“快看！”她低声说，“快看那边！那不是宗毓华吗？”

拉尔夫朝那里望去，果然，那个身穿米色大衣的女人真是宗毓华，她的左右两边各站着一个技术员，外套上印有CBS的台标。曾经有无数个夜晚，拉尔夫边吃晚饭边欣赏着她那美丽、睿智的脸庞，还有她那迷人的笑容，所以肯定不会看错。

“不是她，就是她的双胞胎妹妹。”他说。

洛伊丝似乎把老多尔、高垄和那三个秃头医生完全抛到了脑后，她在这一刻重新变回到了比尔·麦戈文口中的“我们的傻洛伊丝”。“真是怪事！她在这里干什么？”

“嗯，”拉尔夫刚开口，又立刻捂住嘴，免得洛伊丝看到他打呵欠，“我估计德里市发生的事现在已经成了全国新闻，所以她必须来到市民中心前，为今晚的新闻录一段现场画面。总之……”

突然，各种光环在毫无征兆的情况下回来了。拉尔夫倒吸了一口凉气。

“天哪！洛伊丝，你看到了吗？”

但他认为洛伊丝没有看到。如果她看到了，那么宗毓华肯定不会继续成为她注意力的中心。这是令人难以想象的恐怖一幕，拉尔夫第一次完全意识到，即便最明亮的光环世界也有其黑暗的一面，足以让普通人跪倒在地，感谢上帝让他无法看到这些。

他想，这次都没有去上面层级，至少我认为没有上去。我只是在望着更为广阔的世界，就像透过窗户望着外面一样。我还没有进入其中。

他也不想进入其中。光是看到这样的东西，就足以让你希望自己宁愿是瞎子。

洛伊丝冲着他皱起了眉头。“怎么啦，又是那些颜色吗？没有。我该看吗？有什么不对劲吗？”

他想回答，却不知道该说什么好。不一会儿，他感到她的手像钳子一样紧紧抓住他的胳膊，随即知道自己无需再做解释。不管是好是坏，洛伊丝自己也看到了。

“哦，天哪，”她几乎是带着哭腔低声说，“哦，天哪，我的天哪。”

光环从德里之家医院的屋顶垂下来，悬浮在市民中心大楼上方，宛如一把松松垮垮的巨伞，就像旅行保险公司的雨伞图案标识被人用儿童蜡笔涂黑了一样。站在停车场颇似待在一顶难以形容的肮脏的巨型蚊帐中，而且这顶蚊帐又旧又破，疏于打理，薄纱般的网孔上塞满了深绿色的霉菌。十月灿烂的太阳暗淡成了一个模糊的银色圆圈。阴郁、雾蒙蒙的空气让拉尔夫想起了十九世纪末的伦敦照片。他们看到的不再是市民中心的死亡之袋，再也不是，他们被活埋在了里面。拉尔夫可以感觉到死亡之袋正贪婪地向他逼近，企图用失落、绝望和沮丧的情绪压垮他。

*干吗还要去管它呢？*他问自己，一面无动于衷地望着乔·维齐尔驾驶那辆福特车驶向梅恩大街，老多尔依然坐在汽车后座上。*我是说，嗨，真的，有什么用呢？我们改变不了局面，根本改变不了。我们也许在高垄干成了某件事，可那里发生的一切与这里即将发生的事有着天壤之别。如果我们出手干预，肯定会一败涂地。*

他听到身旁传来抽泣声，意识到洛伊丝在哭泣。他鼓足勇气，搂住她的肩膀。“挺住，洛伊丝，”他说，“我们可以勇敢面对它。”可他心中在怀疑。

“*我们在呼吸那东西！*”她哭泣着说，“就像我们在把死亡吸进体内！哦，拉尔夫，我们离开这里吧！求你了，我们离开这里吧！”

这个想法对他而言如同水对于沙漠中即将渴死的人一样美妙，但他摇了摇头。“如果我们不想点办法的话，今晚会有两千人在这里失去生命。尽管我还没有弄清楚这件事的其余部分，但对于这一点我很有把握。”

“好吧，”她低声说，“那你还是继续搂着我，免得我昏倒在地时磕破脑袋。”

这话里带刺啊，拉尔夫心想。他们现在有着壮年人的脸庞和躯体，充满了活力，但他们仍然像一对肌肉已经萎缩、骨骼已经脆弱的老人那样拖着脚步走过停车场。他可以听到洛伊丝急促而费力的呼吸声，颇似某位刚刚受过重伤的女人的喘息声。

“要是你愿意，我可以带你回去。”拉尔夫说，而且是真心实意的。他可以带她回到停车场，他可以带她去公共汽车站，因为从这里可以看到汽车站中的橙色长凳。等到汽车到来，他们可以上车，回到哈里斯大道。那是再简单不过的事。

他可以感觉到笼罩着这地方的杀手光环在压迫着他，企图像一只装干洗衣服的塑料袋那样把他闷死。他想起了麦戈文说过的梅·洛克所患的肺气肿——那是一种肺部不断衰竭的疾病。他现在很清楚梅·洛克在生命最后几年中的感觉。无论他多么费劲地吸入那黑色的空气，也无论他将那空气吸入到肺部多么深的地方，他仍然喘不上气来。他头痛欲裂，心脏在怦怦乱跳，他感到自己仿佛正在经历人生最严重的一场宿醉。

他正想开口再次告诉她，随时可以带她回去，她却上气不接下气地开了腔。“我想我可以挺过去……但是我希望……不要太久。拉尔夫，我们怎么会无法看到那些色彩却感到这么难受？他们为什么不感到难受？”她指着在市民中心周围忙碌的媒体人说。“短命人真的那样不敏感？我真不敢这样想。”

他摇摇头，表示自己也不明白，但他认为聚集在大楼门前以及从遮阳棚垂下来的喷绘彩旗下的新闻人员、摄像师和保安或许感觉到了什么。他看到许多人都端着泡沫塑料咖啡杯，却没有看到有人喝上一口。一辆转播车的引擎盖上放着一盒甜甜圈，但唯一被人拿走的那个甜甜圈被放在了一旁的纸巾上，而且只咬了一口。拉尔夫环视了一圈，二十多个人的脸上没有一丝笑容。新闻人员正在忙着各自的活儿，有的在调整摄像机角度，给现场报道的记者标出位置，有的在铺设同轴电缆，并且用不干胶将电缆固定在水泥地上，但是这些人干活时缺乏激情，而拉尔夫认为如此重大的新闻本该让他们兴奋不已。

宗毓华与一位英俊的大胡子摄像师从遮阳棚下走了出来，摄像师身上那件带有 CBS 标识的外套上别着名牌，上面写着“迈克尔·罗森伯格”。宗毓华举起纤细的双手，做出一个取镜的手势，告诉罗森伯格应该如何拍摄从遮阳棚上垂下来的床单彩旗。罗森伯格点点头。宗毓华脸色苍白，没有一丝笑容，在与大胡子摄像师交谈的过程中，拉尔夫看到她停顿了一下，犹豫不决地举起一只手去摸自己的太阳穴，仿佛脑子突然短路，或者要昏过去了。

他看到的各种表情似乎都有着潜在的相似之处，像一个通用和弦，他觉得自己知道那是什么：他们全都患上了他儿时得过的忧郁症，而所谓的忧郁症其实只是沮丧的时髦同义词。

拉尔夫突然想起了自己一生当中曾经遇到过的类似情感时刻：游泳时遇到冷水区，或者坐飞机时遇到晴空湍流。你会继续向前飞行，时而感到很爽，时而只是感到还行，可你在继续向前，完成航程……突然，在无缘无故的情况下，你在烈焰中坠下去，摔得粉身碎骨。一种“究竟有什么用”的感觉会袭上心头，与你人生在那一刻的任何真实事件毫无联系，却强大到令人难以置信的地步。你真想爬回到床上，用被子蒙住头。

也许这就是造成这些情感的原因吧，他想。也许正是因为遇到这种事才会有这些情感——某个即将发生的生死攸关的大事件，就像筵席帐篷一样展开，本该由帆布和绳索构成的，如今变成了蜘蛛网和泪水。我们在短命界层级上看不见，但我们可以感觉到。哦，是的，我们感觉到了，而现在……

现在它试图把他们吸干。也许他和洛伊丝并非如他们所害怕的那样是吸血鬼，但这个东西才是。这个死亡之袋有着慵懒、半直觉的生命，只要有可能，就会把他们吸干。只要他们给它机会。

洛伊丝又是一个踉跄，拉尔夫竭尽全力，两个人才没有摔到地上。她抬起头（慢慢地，仿佛她的头发浸泡过水泥一样），用手罩着嘴，猛地吸了口气。同时，她的身子又摇晃了一下。要是换了别的时候，拉尔夫可能不会把这当回事，可能会认为只是自己一时看花了眼，可现在不是。她在上升，只上升了一点点，却足以得到能量。

他之前没有看到洛伊丝把手伸进女服务员光环时的情景，但这次一切就发生在他的眼前。那些新闻人员的光环宛如色彩鲜艳的日式小灯笼，在一个幽暗、巨大的洞穴中发亮。一束紫色强光从其中一人身上射出，那个人就是宗毓华的大胡子摄像师迈克尔·罗森伯格。强光在洛伊丝面前一英寸左右分成两股，上面那股又分成两小股，进入了她的鼻孔，下面那股则通过她张开的嘴唇进入了她的嘴里。他可以看到强光在她脸颊后面微微发亮，犹如南瓜灯里的蜡烛，从里面照亮了她。

她松开了紧紧抓着他的那只手，靠在他身上的重量瞬间消失。接着，那道紫光也不见了踪影。她回头望着他，毫无血色的双颊上又泛起了红晕，不多，但是有。

“感觉好一点——好多了。现在轮到你了，拉尔夫！”

他很不情愿，因为那感觉像在偷窃，可如果他不想倒地不起，就必须这样做。他几乎可以感觉到，自己从身穿涅槃乐队 T 恤衫的男孩那里借来的能量正从汗毛孔流光。他像那天早晨在唐金甜面圈店停车场那样，用手在嘴巴周围围成一圈，稍稍转向左边，寻找目标。宗毓华朝他们的方向后退了几步，抬头望着遮阳棚上垂下来的彩旗，与罗森伯格商谈着，而罗森伯格在被洛伊丝借走了一点能量之后似乎没有任何变化。拉尔夫不再犹豫，通过手指弯曲成的管子猛地一吸。

宗毓华的光环有着婚纱般可爱的乳白色，与海伦和娜塔莉那天陪同格蕾琴·蒂尔贝里来他家时笼罩着她们的光环颜色相同。这次从宗毓华的光环中出来的不是一道光芒，而是更像一条笔直的长丝带。拉尔夫顿时感到体内开始充满力量，消除了关节和肌肉的酸痛疲惫。他的思路再次变得清晰，仿佛大脑中的一大团乌云刚刚被驱散。

宗毓华停下来，抬头望着天空，然后继续与摄像师交谈。拉尔夫扭头看到洛伊丝正焦急地盯着自己。“好一点了吗？”她小声问。

“那当然，”他说，“可仍然感觉像被封在了运尸袋里。”

“我想……”洛伊丝刚想说点什么，眼睛却死死盯着市民中心大门左边的什么东西。她尖叫一声，身子后仰，靠在了拉尔夫身上。她睁大眼睛，仿佛眼珠子要从眼窝里滚落下来。他顺着她的目光望去，顿时感到呼吸停止了。为了让大楼的砖结构外墙不过于单调，设计者沿墙种植了常绿灌木。或许是因为无人照料，或许是故意任其疯长，这些灌木交错盘结，已经到了要完全淹没灌木丛与车道边混凝土步行道之间的狭长草皮的地步。

酷似史前三叶虫的巨型臭虫正成群结队地在灌木丛中爬进爬出，相互纠缠，脑袋相撞，有时抬起前肢，像交配季节雄鹿用鹿角顶撞那样相互打斗。这些虫子不像电视天线锅上的鸟儿那样是透明的，它们身上有着某种鬼魅般虚幻的特质。它们的光环在疯狂地（而且是愚蠢地，拉尔夫心想）闪烁，各种颜色轮番登场，鲜艳但短暂，几乎可以让人将它们视作诡异的萤火虫。

可它们不是萤火虫。你知道它们是什么。

“嘿！”朝他们叫喊的是宗毓华的摄像师罗森伯格，但大楼前的大多数其他人也在望着他们，“伙计，她没事吧？”

“没事。”拉尔夫回应道。他忘记了把手从嘴巴上拿开，于是赶紧放下手，感到有些尴尬。“她只是……”

“我看见一只老鼠！”洛伊丝大声说，脸上露出憨厚、茫然的笑容，就是那种拉尔夫见过的“我们的傻洛伊丝”的那种笑容。他为她感到自豪。她伸出一根手指，稳稳地指着大门左边的灌木丛。“跑进那里去了。天哪，真肥啊！你看到了吗，诺顿？”

“我没有看到，爱丽丝。”

“等着瞧吧，女士，”迈克尔·罗森伯格大声说，“各种野生动物今晚都会在这里粉墨登场的。”周围断断续续地响起了零星的苦笑声，然后他们继续忙自己的活。

“天哪，拉尔夫！”洛伊丝低声说，“那些……那些玩意儿……”

他握住她的手，捏了一下。“镇静一点，洛伊丝。”

“它们也知道，是不是？所以它们也来了。它们就像秃鹰。”

拉尔夫点点头。就在他望着那里时，灌木丛顶上出现了几只臭虫，开始毫无目的地爬上了墙壁。它们动作迟缓，就像十一月在窗户玻璃上嗡嗡作响的苍蝇，身后留下了一条条彩色的黏液痕迹。痕迹很快便暗淡消退。另一些臭虫从灌木下面钻出来，爬到了狭窄的草皮上。

一位本地新闻评论员慢慢朝臭虫聚集的地方走去，当他转过头来时，拉尔夫认出他是约翰·柯克兰。他正和一位漂亮女人交谈，女人身穿那种“权威感”的职业套装，要是换作平时，拉尔夫会觉得那身套装极为性感。他猜测她应该是柯克兰的制片人，心中琢磨莉塞特·本森的光环会不会在这个女人靠近时变成绿色。

“他们正向那些臭虫走去！”洛伊丝压低嗓音厉声说道，“我们得拦住他们，拉尔夫，我们必须拦住他们！”

“我们什么都不能做。”

“可是……”

“洛伊丝，除了我们，谁也看不见那些臭虫，所以我们不能大惊小怪，不然的话，别人会把我们当成疯子。再说，那些虫子又不是来找他们的。”他停顿了一下，“希望不是来找他们的。”

他们注视着柯克兰和他那位漂亮的同事走到草坪上……然后进入那堆果冻般扭曲、爬行的三叶虫当中。其中一只落到了柯克兰光亮的乐福鞋上，等他的脚不再移动时爬进了他的裤管。

“不管怎么说，我才不关心苏珊·戴呢，”柯克兰说，“这里的焦点不是她，而是‘妇女关怀’，那些戴着黑纱哭泣的女人。”

“小心点，约翰，”漂亮女人冷冷地说，“你不能太敏感。”

“是吗？混蛋。”他裤管里的那只臭虫似乎瞄准了他的裤裆。拉尔夫心想，如果柯克兰突然被赋予了神奇的力量，能够看到那个即将爬到他蛋蛋上的东西，他可能会立刻发疯的。

“好吧，但是一定要采访本地几位最有影响力的女人，”制片人说，“既然蒂尔贝里已经死了，剩下的人当中重要的人物有玛姬·彼得洛夫斯基、芭芭拉·理查兹和罗伯塔·哈珀医生。估计今晚得由哈珀来介绍那位大神了……或者说那位大师了。”这个女人朝路旁的草皮迈出一步，高跟鞋刺中了一只动作迟缓的彩色臭虫。五颜六色的内脏喷了出来，夹杂着看似变质土豆泥的蜡白色物质。拉尔夫猜想那白色的东西应该是虫卵。

洛伊丝将脸紧紧贴在他的胳膊上。

“还要注意一位名叫海伦·迪普努的女人。”女制片说着又朝大楼方向迈出一步。粘在她鞋跟上的臭虫掉了下来，不停地扭动着。

“迪普努。”柯克兰说，他用指关节轻轻叩击着眉头，“这个名字有点耳熟。”

“幸好你的脑细胞还没有死光，”女制片人说，“她是艾德·迪普努的妻子，夫妻俩现在分居。如果你需要煽情的话，她是最佳人选。她和蒂尔贝里是好朋友，或许还是很特别的朋友，你明白我的意思。”

柯克兰色眯眯地看着她，脸上的表情与他在镜头里时完全不同，让拉尔夫感到有点困惑。一只彩色臭虫趁机跳上了女人的鞋尖，正顺着她的大腿往上爬。拉尔夫无奈地望着它消失在她的裙摆下。看着那团隆起的东西顺着她的大腿往上爬，那感觉就像在看着一只小猫在浴巾下爬行。同样，柯克兰的同事似乎感觉到了什么。她一面和他讨论如何在苏珊·戴演讲时进行采访，一面不自觉地伸手抓了一下那团已经快到她右臀部的隆起物。拉尔夫没有听到那松软脆弱的东西爆裂开来的响声，但他可以想象到，而且是不由自主地想象到。他可以想象到那玩意儿的内脏像脓液一样沿着她穿了尼龙丝袜的大腿流下来，而且会一直留在那里，直到她晚上洗澡的时候。无影无形，不痛不痒，难以察觉。

两个人现在开始讨论如何报道当天下午捍卫生命权一方的集会……当然是假设人们确实举行了集会。女制作人认为，在高垄事件发生之后，“生命之友”应该不至于愚蠢到在市民中心露面。柯克兰告诉她，千万不要低估了狂热分子的愚蠢程度，能够在大庭广众之下穿那么多化纤衣服的人是一股不可小觑的力量。在他们冷嘲热讽地进行讨论和闲聊的过程中，更多臃肿的彩色臭虫纷纷爬上了他们的大腿和身体，其中一只先锋一直爬到了柯克兰的红领带上，显然将他的脸确定为了目标。

右边的动静吸引了拉尔夫的注意力。他转过头，正好看到一名技术人员用胳膊肘捅了一下同事，然后指着他和洛伊丝。拉尔夫猛然清晰地意识到他们看到了什么：两个人无缘无故地待在这里，而且都没有戴黑纱，也明显不是媒体人，却在停车场边缘晃悠。那位女士刚才尖叫了一声，此时正将脸埋在男士的胳膊上……而那位男士却像个傻瓜一样大口喘气。

拉尔夫像某部华纳兄弟公司的老越狱电影中商量逃跑时那样，从嘴角低声说道：“抬起头来，别人都在看着我们。”

他起初不敢相信她能够做到……但她挺了过来，抬起了头。她瞥了墙边的灌木丛最后一眼——随意、惊恐的一瞥——然后回头望着拉尔夫，坚定地望着他。“你有没有看到阿特洛波斯，拉尔夫？这才是我们来这里的目的，对不对？寻找他的踪迹？”

“也许吧。说实话，我还没有认真寻找，周围发生的事太多了。我们最好离大楼近一点。”他虽然不想这样做，但有所行动似乎非常重要。他可以感觉到死亡之袋包围着他们，这种阴郁、令人窒息的存在正消极地阻碍着任何形式的行动。这也正是他们所要对抗的。

“好吧，”她说，“我去向宗毓华要签名，而且会装疯卖傻，你受得了吗？”

“受得了。”

“好。因为这样一来，他们都会看着我。”

“好主意。”

他最后看了约翰·柯克兰和女制片人一眼。他们正在讨论哪些情况有可能在晚间新闻中插播并且进行现场直播，完全没有意识到那些动作缓慢的虫子正在他们的脸上爬来爬去。其中一只虫子正慢慢钻进柯克兰的嘴里。

拉尔夫赶紧把目光转向别处，任由洛伊丝拉着他走到宗毓华和大胡子摄像师罗森伯格所站的地方。他看到那两个人先看了洛伊丝一眼，然后四目对视。这种眼神带着一分乐趣三分无奈：又来了一位。洛伊丝轻轻捏了一下他的手，仿佛在告诉他：*别管我，拉尔夫。你做好自己的事，我做好我的事。*

“对不起，你是宗毓华吗？”洛伊丝用极其夸张的声音问，“我在那边看到了你，起初我还对诺顿说，‘那不是和丹·拉瑟一起播新闻的那位女士吗，还是我疯了？’然后……”

“我就是宗毓华，很高兴认识你，可我正为今晚的新闻做准备，所以请你……”

“哦，那当然，我怎么也不会打扰你，我只想请你签个名，随便签一下就可以，因为我可是你在缅因州的头号粉丝。”

宗毓华看了罗森伯格一眼，他已经递过来了一支笔，就像手术室里的顶级护士在医生还没有开口要器械之前就已经递过来一样。拉尔夫将目光转向市民中心前的那块地方，然后悄悄将自己的意识往上提了一点。

他看到大门前有一种半透明的灰黑色物质，起初没有明白那是什么东西。那玩意儿大约有两英寸深，外表几乎像某种地质构造。这不可能，但是……可能吗？如果他看到的东西是真的（至少短命世界的物体是真实的），那玩意儿会把门堵上，谁也打不开，可是它并没有这样做。就在他凝视那里时，两名电视技术人员慢慢蹚过那片深及脚踝的东西，仿佛那只是贴近地面的雾气。

拉尔夫想起了人们留下的光环足迹，也就是那些颇似亚瑟·穆雷舞蹈教学图谱的足迹，顿时明白了过来。这些足迹会像香烟发出的轻烟那样消失……只是这种轻烟并没有真正消失，它会在墙壁、窗户和人们的肺部残留。人类的光环显然会有残留，如果只有一个人，一旦色彩淡去，人们可能无法看到，可这里是缅因州第四大城市最大的公共聚集地。拉尔夫想到了通过这些大门进进出出的人群，所有那些宴会、集会、硬币展、音乐会、篮球赛，他随即明白了那半透明的残渣是什么。那东西相当于经常使用的台阶中央有时会出现的淡淡凹痕。

亲爱的，现在不要去管它，把自己的事情做好。

一旁的宗毓华正在洛伊丝九月份电费单的背面草草签名。拉尔夫望着大门前水泥地坪上残渣般的沉积物，寻找着阿特洛波斯的踪迹。他需要更多地关注气味，那种拉尔夫小时候在休斯敦先生家肉店后面的小巷子里闻到过的腐肉的气味。

“谢谢你！”洛伊丝笑着说，“我刚才还跟诺顿说来着，‘她看上去和电视上一模一样，像个中国小娃娃’。我就是这样说的。”

“谢谢你的夸奖，”宗毓华说，“不过我真的得继续工作了。”

“那倒是。请代我向丹·拉瑟问好，行吗？告诉他，我说过‘加油！’”

“我一定会的。”宗毓华笑着点点头，把笔还给罗森伯格，“失陪了……”

如果他在这里，应该在比我更高的地方。拉尔夫想。我还要再往上升一点。

是的，但他必须非常小心，尤其是因为时间已经变得异常宝贵。如果他往上升得太高，他就会从短命世界消失，而那种情况甚至会转移媒体人员的注意力，让他们不再过度关注即将到来的支持人流集会……至少短时间内会的。

拉尔夫集中精力，可是当他的脑海里再次出现那种毫无痛感的痉挛时，他不是看到一道闪光，而是像轻轻挨了一鞭子。色彩在这个世界静静绽放，万物鲜艳明亮，清晰可辨。但是其中最强烈的色彩，那个压倒一切的主和弦，是死亡之袋的黑色，而且是对其他一切的否定。沮丧和那种爱莫能助的感觉再次降临到他身上，像羊角榔头的尖角那样插入他的心脏。他意识到，如果他的任务是在这里，他最好速战速决，赶在生命能量耗尽之前回到短命界层级。

他再次将目光转向大门。那里起初只有像他本人这种短命人留下的光环，而且正在淡去……突然，他所寻找的东西出现了，宛如用柠檬汁书写的密信在靠近烛光时会凸显出来一样出现在他的眼前。

他原以为那看上去、闻起来会像休斯敦先生肉店后面垃圾桶里腐烂的内脏，但现实情况更糟，或许是因为完全出乎他的意料。大门上留有扇形的血淋淋、黏液般的物质，大概是阿特洛波斯那些闲不住的手指留下的，门前也有一大摊令人恶心的同样物质，已经凝固成形。这种物质令人感到恐怖，也非常诡异，相比之下，那些彩色的臭虫几乎成了正常之物。那就像得了某种新型、危险的狂犬病之后的狗留下的一摊呕吐物。一道痕迹从这摊物质中伸向远方，最先是凝结的小块和斑点，而后是一小滴一小滴，像溅出的油漆。

这就对了，拉尔夫心想。*所以我们才要来这里。那该死的小矮子离不开这个地方。这里就像可卡因对瘾君子一样有着不可抗拒的吸引力。*

他可以想象到阿特洛波斯就站在他此刻所站的地方，观望着……狞笑着……然后走向前，将手按在门上，抚摸着，留下那些污秽、模糊的印记。那黑色此刻正夺取他的精力，他可以想象到阿特洛波斯从中获取力量和能量。

他当然还要去别的地方，还要干别的事。像他那种具有超自然能力的神经病无疑每天都很忙碌，但无论他有多忙，他都很难长时间远离这个地方。那么回到这里会是什么样的感觉？那应该像夏日午后一

次狂热的云雨。

洛伊丝从身后扯了一下他的衣袖，他转身望着她。她的脸上仍然挂着笑容，但她紧张的眼神让人怀疑她咧开双唇是想尖叫。在她身后，宗毓华和罗森伯格正慢慢向大楼方向走去。

“你得带我离开这里，”洛伊丝小声说，“我再也受不了了。我感到自己快要疯了。”

（“好的——没问题。”）

“我听不到你说什么，拉尔夫。我可以看见阳光穿过你的身体。天哪，我真可以看见！”

（“哦，等一下——”）

他集中精力，感到周围的世界在微微滑动。颜色褪去，洛伊丝的光环也似乎消失在了她的皮肤下。

“好一点了吗？”

“嗯，比较正常了。”

他笑了笑。“太好了，我们走。”

他抓住她的胳膊肘，领着她向乔·维齐尔让他们下车的地方走去。这也是那些血滴延伸的方向。

“要找的东西找到了吗？”

“找到了。”

她立刻露出了笑容。“太好了！我看见你上升了，那感觉很怪，就像看着你变成一张棕黑色的照片。然后……一想到我可以看见阳光穿透你的身体……非常奇怪的感觉。”她严厉地望着他。

“很可怕吧？”

“不……不能算可怕，只是很奇特。那些臭虫……它们才可怕。呸！”

“我明白你的意思，但我想它们都属于下面层级。”

“也许吧。不过，我们还远没有摆脱困境，是不是？”

“是啊——卡罗尔会说，离伊甸园还远着呢。”

“紧跟着我就行了，拉尔夫·罗伯茨，不要迷失方向。”

“拉尔夫·罗伯茨？从来没有听说过这个人。他应该叫诺顿。”

他很高兴地看到，这句话逗得她哈哈大笑了起来。

第二十四章

1

柏油停车场上用黄色喷漆画出了许多方格线条，他们慢慢地从上面走过。拉尔夫知道，今晚这些停车位大多会被占满。来看，来听，也让别人看到……最重要的是告诉这座城市以及关注这里的整个国家，人们不会被查理·皮科林这种人吓到。少数人会因为害怕而不到场，但那些病态好奇的人会替代他们。

他们接近跑步道那里时，也来到了死亡之袋的边缘。死亡之袋在这里更为浓密，拉尔夫可以看到它在缓慢地旋转，仿佛死亡之袋是用细微的碳化物质构成的，有点像露天焚化场上方的空气，散发着热气，带着纸张燃烧后的灰烬微微发光。

他还可以听到两种重叠的声音，上面是清脆的叹息声。如果风懂得如何哭泣，拉尔夫心想，那可能就是这种声音。这个声音令人毛骨悚然，但下面的声音更让人不舒服。那是一种夹杂着口水的咀嚼声，仿佛一张没有牙齿的大嘴正在身旁吞噬着松软的食物。

他们来到死亡之袋那黝黑、布满斑点的皮肤附近时，洛伊丝停下脚，抬起眼睛望着拉尔夫，眼睛里充满了恐惧和歉意。她说话时声音像个小女孩："我没法穿过去。"她不知道说什么好，搜肠刮肚，终于将剩下的话说了出来。"你知道，那东西是活的。整个都是活的。它可以看到他们，"她用拇指朝停车场的人以及大楼附近的媒体人员一指，"这很糟糕。可它还能看见我们，这就更糟了……因为它知道我们能够看见它。它不喜欢被人看见。被人感觉到或许没问题，但不能被人看见。"

这时，夹杂着口水咀嚼的低沉声音似乎在说话，拉尔夫越听越觉得确实如此。

（滚开。走开。滚蛋。）

“拉尔夫，”洛伊丝小声说，“你听到了吗？”

（恨你们。杀了你们。吃掉你们。）

他点点头，再次抓住她的胳膊肘。“走吧，洛伊丝。”

“走？去哪儿？”

“下去，一路下到底。”

她一时不解地望着他，随即明白了过来，点点头。拉尔夫感到体内又是一次瞬间闪烁，比刚才那种眼睫毛舞动的感觉要强一点。突然，他的周围云开雾散，前方阻挡他们的翻腾雾霭不见了踪影。不过，在接近死亡之袋边缘时，他们还是闭上眼睛，屏住了呼吸。拉尔夫感到洛伊丝在穿过那道无形的屏障时握紧了他的手，他自己穿越过去时，纠集在一起的记忆如黑瘤一般先是在他脑海中盘旋，继而像一只凶残的手钳住他的脑袋。妻子缓慢离世的过程，儿时失去心爱的狗，比尔·麦戈文一手捂着胸口、弯着腰的情景。他的双耳充斥着那清脆的抽泣声，没完没了，空洞得令人发指：是那种先天性白痴的哭泣声。

然后，他们穿了过去。

2

停车场远端有一个木拱门，上面写着**此处通往巴塞公园的跑步道**。他们刚从拱门下经过，拉尔夫就把洛伊丝拉到一张长凳上，让她坐下来，全然不顾她坚称自己没事。

“很好，但是我需要一点时间恢复过来。”

她拨开他太阳穴旁的一缕头发，在上面亲吻了一下。“不着急，亲爱的。”

这一下就变成了五分钟。等他感到自己能够稳稳站起来时，拉尔夫再次抓住她的手，两个人一起站了起来。

“你找到了吗，拉尔夫？你发现他的踪迹了吗？”

他点点头。“要想看到他的踪迹，我们得往上升，猛地跳两下。我刚才试着只上升到能够看见光环的高度，因为那样快一些，但没有效果。必须再往上升一点。”

“好吧。”

“可我们一定要小心，因为当我们能够看见……”

“我们也会被看到。是的。我们还得注意时间。”

“那当然。你准备好了吗？”

“差不多吧。请先给我一个吻，一个小小的吻。”

他微笑着亲吻了她。

“我现在准备好了。”

“好，我们这就走。”

瞬间闪烁！

3

足迹中的淡红色斑点引导着他们走过一片夯实的泥土区，这里是乡村集市周举办时的娱乐区，然后来到了跑道上——每年五月至九月都有人在这里跑步。洛伊丝在齐胸高的木栅栏旁站了一会儿，环视着四周。在确定观众席上没有人之后，她猛地往上一跳，起初像少女一样轻盈，可一条腿刚刚越过去，她就骑坐在栅栏上，停了下来。她脸上的表情又是惊讶又是沮丧。

（“洛伊丝，你没事吧？”）

（“没事，是那该死的旧内裤！我应该是瘦了，因为内裤不再紧绷在身上！真是的！”）

拉尔夫意识到自己不仅能够看到洛伊丝衬裙的褶边，还能够看到三四英寸的粉红色尼龙布。看到她跨坐在木板栅栏上拉扯衣服，他差一点笑出来。他想告诉她，她比小猫咪还要可爱，但还是忍住了没有说。

（“拉尔夫，你给我转过身去，我好把这该死的衬裙弄好。别再傻笑了。”）

他转身望着市民中心。就算他在傻笑（他估计她很可能是从他的光环中看出来的），那黝黑、缓慢转动的死亡之袋也立刻带走了他的笑容。

（“洛伊丝，把它脱了也许会舒服一点。”）

（“你见鬼去吧，拉尔夫·罗伯茨，我可没有学会脱掉内裤，把它留在跑道上。要是你认识的某个姑娘干过这种事，我希望那是在你认识卡洛琳之前。我只希望能有一个……”）

拉尔夫的脑海里隐约出现了一个不锈钢别针的图像。

（“估计你没有吧，拉尔夫？”）

他摇摇头，给她回过去一个图像：沙漏里的沙子在快速流失。

（“好吧，好吧，我知道了。我已经弄好了，应该可以再撑一会儿。你现在可以转过身来了。”）

他转过身来。她已经跳到了木板栅栏的另一边，而且轻松、自信，但她的光环淡了许多，拉尔夫看到她的眼睛周围又出现了黑圈。不过，“内裤的叛乱”至少目前已经被镇压了下去。

拉尔夫也蹿了上去，一条腿跨过栅栏，跳到了另一边。他喜欢这样做的感觉，似乎在唤醒他骨子里的久远记忆。

（“洛伊丝，我们需要再补充一下能量。”）

洛伊丝疲惫地点点头。（“我知道。快点，我们走吧。”）

4

他们一路跟踪足迹，穿过跑道，翻过另一边的木板栅栏，来到了通往尼伯特街的斜坡上，这里灌木丛生，绿草盈盈。拉尔夫看到洛伊丝在他们下坡时满脸严肃地提着长裙里面的衬裙，再次想问她脱掉那该死的衬裙是否会舒服一点，但他还是决定少管闲事。如果那对她而言真的成了一个问题，无需他建议，她自然会把它脱掉的。

拉尔夫最担心阿特洛波斯的足迹会消失，但他的这种担忧最初似乎是多余的。那些模糊的粉红色斑点将他们直接带到了尼伯特街坑坑洼洼、破破烂烂的街面上，左右两边的房屋没有粉刷过，多年前就应该拆除。松松垮垮的晾衣绳上挂着破旧衣服，脏兮兮的孩子流着鼻涕，从落满灰尘的前院看着他们路过。一个三岁左右的漂亮男孩，留着一头蓬松的淡黄色头发，坐在大门前的台阶上，满腹狐疑地望着拉尔夫和洛伊丝，然后一只手抓着裤裆，另一只手像赶鸟一样朝他们一挥。

尼伯特街的尽头是老火车库，拉尔夫和洛伊丝在这里短暂失去了跟踪目标。老火车库如今只剩下一些锯木架，阻挡着一个方形旧地窖入口。他们站在一个锯木架旁，环视着半圆形的废物场。锈迹斑斑的铁路侧线轨道在胡乱生长的向日葵和荆棘中发出暗光，上百只玻璃瓶碎片在午后的阳光下闪烁。有人用艳红色的喷漆在破旧的内燃机车棚一侧写了几个字**苏西吸了我的胖老二**，四周还画了一圈花里胡哨的万字符。

拉尔夫：（“足迹究竟去哪儿了？”）

（“在那下面，拉尔夫——看见了没有？”）

她所指的是一条一九六三年前的干线铁路，而且在一九八三年前一直是唯一的铁路，如今只剩下杂草丛中两条锈迹斑斑的钢轨，不知通往何处。就连大多数枕木也不见了踪影，要么是当地一些酒鬼，要么是途经这里去阿鲁斯托克县土豆田或者苹果园的流浪汉，要么是去海边渔船的人将它们拆了，晚上露营时生火取暖。拉尔夫在一根剩下的枕木上看到了粉红色的斑点，比他们在尼伯特街跟踪的斑点更新鲜。

他顺着若隐若现的轨道望过去，努力回想着。如果他没有记错的话，这条铁路应该绕过市立高尔夫球场，通往……通往城西。拉尔夫心想，这一定就是那条绕着机场、穿过野餐区的废弃铁路。法耶·查宾此刻或许正在野餐区苦思冥想，琢磨着即将举行的“第三跑道经典赛”的种子席位问题。

绕了这么一大圈，他想，花了我们近三天的时间，最终却回到了起点……不是伊甸园，而是哈里斯大道。

“嗨，伙计们！你们好吗？”

拉尔夫觉得这个声音有点耳熟，一眼看过去后，更觉得这个人面熟。他就站在他们身后，就在尼伯特街人行道中断的地方。他看上去五十岁左右，但拉尔夫估计他的实际年龄应该小五到十岁。他穿着运动衫和破旧的牛仔裤，周围的光环是绿色的，如同一杯圣帕特里克节的啤酒颜色。拉尔夫恍然大悟。这正是他在斯特拉福德公园找到比尔那天碰到的那个酒鬼。比尔那天为他的老友鲍勃·博尔赫斯特生病痛哭不已……结果博尔赫斯特却比他命长。生活有时候比格劳乔·马克斯[①]还要滑稽。

一种怪异的宿命感袭上拉尔夫的心头，随之而来的还有对此刻包围着他们的各种力量的本能理解。那些力量究竟是善意的还是恶意的，究竟是随机的还是命定的，这都不重要，重要的是这些力量强大无比，并且让克洛索和拉克西斯所说的选择权和自由意志变成了笑话。他感到他和洛伊丝仿佛被绑在了一个巨轮的轮辐上，这个巨轮在带着他们越来越深地进入这个可怕的隧道的同时，也在一次又一次地将他们带回到最初的地方。

“先生，你身上有零钱吗？”

拉尔夫悄悄下降了一点，要让那个酒鬼听清楚他的话。

“我猜你叔叔从德克斯特给你打过电话，”拉尔夫说，“说你可以回工厂上班……但你必须今天赶到那里。我说得没错吧？”

酒鬼吃了一惊，谨慎地朝他眨着眼睛。“嗯……是啊。大概是这样。”他琢磨着这个说法——对面这个人可能比最近听他讲过这番话的任何人都更相信他的托辞——然后再次顺杆爬上去。“那可是份好工作，知道吗？我可以重新得到它。两点钟有一班从班格尔到阿鲁斯

---

① 格劳乔·马克斯，美国著名喜剧演员。

托克的巴士，可是车费要五块五，而我只有两块两毛五……”

“我身上只有七毛六分，”洛伊丝说，“两个两毛五的硬币，两个一毛的硬币，一个五分的硬币，还有一个一分的硬币。可是你喝那么多酒，身上的光环却很健康，这就是我要说的。你肯定体壮如牛。”

酒鬼疑惑地望着她，后退一步，用手掌擦了一下鼻子。

“别担心，”拉尔夫安慰他说，“我太太在哪儿都看到光环，她有超能力。”

“是吗？”

“没错。她也很大方，我想她一定不会只给你几个零钱，是不是，爱丽丝？”

“他会全部拿去喝酒的，”她说，“德克斯特也没有什么工作在等他。”

“也许是没有，”拉尔夫紧紧盯着她的眼睛，“可他的光环的确非常健康！极其健康。”

“我猜你也有超能力。”酒鬼说，眼睛警惕地来回望着拉尔夫和洛伊丝，但眼神中又夹杂着一丝戒备和期待。

“你说得没错，”拉尔夫说，“而且我们最近功力大增。”他噘起嘴，仿佛突然想到了什么好点子，然后猛吸了一口气。一道鲜艳的绿光从那乞丐的光环中蹿出，越过他与拉尔夫和洛伊丝之间的十英尺距离，进入了拉尔夫的口中。味道很纯，而且清晰可辨：“布恩农场苹果酒”。很冲，很低档，不过还是很怡人，有着劳动者的勃勃生机。随着这种味道到来的还有重新恢复的力量，这当然很好，但更美妙的是他的思路变得非常清晰。

与此同时，洛伊丝递上了一张二十美元的钞票，但是酒鬼没有立刻看到，他正皱眉仰望着天空。就在这一刻，又一道鲜艳的绿光冲出了他的光环，像耀眼的闪电一样越过地窖口旁边杂草丛生的空地，钻入了洛伊丝的口鼻。她手中的钞票抖动了一下。

（“哦，上帝，这感觉真好！”）

“查尔斯顿空军基地这些喷气飞机真该死！”酒鬼满腹牢骚地嚷道，“它们应该飞到大海上空再加速突然声障！我差一点尿湿……”

他的目光落到了洛伊丝手中的钞票上，眉头皱得更紧了，“我说，你在开什么玩笑？我又不傻。我是喜欢喝点小酒，可是酒没有把我变傻。”

拉尔夫心想，再喝下去的话，你会变傻的。

“谁也没有说你傻呀，”洛伊丝说，“而且这不是玩笑。把钱拿去吧，先生。”

醉汉想继续保持怀疑的眼神，可是在他又仔细看了洛伊丝一会儿（并且瞥了拉尔夫一眼）之后，脸上露出了胜利的灿烂微笑。他走向洛伊丝，伸手去拿钱。这也是他在毫不知情的情况下挣到的。

洛伊丝在他的手指碰到钞票前把手抬高。“提醒你一句，除了喝酒，还要吃点东西，还要问问你自己，这样的生活能给你带来幸福吗？”

“你说得太对了！”酒鬼兴奋地大声说道，眼睛始终没有离开过洛伊丝手中的钞票，“绝对正确，女士！河对面有个项目，戒酒，还有康复，我正在考虑，真的。我每天都在想这事。”可他的眼睛仍然紧盯着那二十美元，口水都快流出来了。洛伊丝不放心地看了拉尔夫一眼，耸耸肩，把钱给了他。“谢谢！谢谢你，女士！”他扭头望着拉尔夫，“这位女士真是个公主！我希望你知道这一点！”

拉尔夫温柔地望着洛伊丝，说：“我当然知道。”

5

半小时后，两个人绕过市立高尔夫球场，行走在锈迹斑斑的钢轨之间……只是他们在遇到那个酒鬼之后上升到了比短命界略高的层级上（或许是因为那个酒鬼本人就有点喝高了），而且并不是真正在步行。一方面，他们几乎不费力。虽然双脚在移动，但拉尔夫感觉那更像是在滑行。他也无法完全确定短命界世界是否能看见他们，松鼠满不在乎地在他们的脚边跳来跳去，忙着收集越冬的粮食。他有一次看到洛伊丝猛地低头，因为有只鹪鹩差一点把她的头发分开。那只鸟儿突然转向左边，然后往上飞，似乎在最后一刻意识到它的飞行轨道上有一个人。打高尔夫的人也没有注意他们。拉尔夫认为打高尔夫球的人往往专注到了着魔的地步，但又觉得他们无视周围情况的态度有点过分。如果他看到正午时分有一对衣着整洁的成年人沿着废弃的GS&WM铁路支线漫步，他会花片刻时间去猜测他们在干什么，要去哪里。我一定会特别好奇那位女士为什么老是在念叨“待着别动，你这老东西”，并且不停地拉扯着裙子。想到这里，拉尔夫忍不住笑了。尽管有四个球手朝第九洞走去时离他们很近，拉尔夫甚至都可以听到他们担心证券市场疲软的谈话声，可那些打高尔夫的人看都没有看他们一眼。他和洛伊丝已经再次隐身，或者说至少身影非常模糊，拉尔夫觉得这种想法越来越可信。可信……而且令人担忧。老多尔曾经说过，在上面的时候，时间过得更快。

越往西走，他们所跟踪的足迹就越明显，拉尔夫也越来越不喜欢踪迹中的斑点。在那黏糊糊的东西落在钢轨上的地方，它竟然像强酸那样腐蚀掉了上面的铁锈。一旦落在杂草上，杂草就会变黑枯死，就连生命力最强的杂草也难以幸免。正当拉尔夫和洛伊丝经过德里市三号公共绿地、进入一片小树林和灌木丛时，洛伊丝扯了一下他的衣袖。她指了指前方。阿特洛波斯足迹中的大块斑点像令人作呕的油彩那样在贴近钢轨的树干上闪烁着，而轨道之间的凹处——拉尔夫估计那些地方原来有枕木——也有着一摊摊这样的东西。

（“我们接近他的住处了，拉尔夫。”）

（“是的。”）

（“万一他回来，看到我们在他的地盘上，我们该怎么办？”）

拉尔夫耸耸肩。他不知道，也无法确定自己是否在乎。让那些把他们像棋盘上的小卒子一样玩耍的势力——那些克洛索和拉克西斯称作高阶命定的势力——去操心吧。如果阿特洛波斯露面，拉尔夫会扯出那秃头矮子的舌头，用它勒死他。如果那样做破坏了某人的好事，那就算他倒霉。他不能为那些宏大的计划负责，也不能为永生界的事务负责；他现在的任务是保护身处险境中的洛伊丝，竭尽全力去阻止数小时后离这里不远处将要发生的杀戮。谁知道呢？他或许还能挤出一点时间来保护自己身上已经部分返老还童的皮囊。这才是他要做的，如果那肮脏的小混蛋想阻止拉尔夫，他们肯定要拼个你死我活。如果这符合那些大佬的计划，那也是万般无奈的事。

洛伊丝基本上是从光环中知道他这些想法的。她轻拍他的胳膊，他回头看她，也能从她的光环中得知她心中在想什么。

（“你那是什么意思，拉尔夫？万一他挡了我们的道，你就会杀了他？”）

他想了想，然后点点头。

（“是啊，我就是这个意思。”）

她想了想，也点点头。

（“拉尔夫？”）

他望着她，眉头一扬。

（“如果非那样不可，我会帮你一把。”）

他大为感动……但随即竭力向她隐瞒其他想法：他之所以仍然让她待在自己身边，唯一的理由是为了保护她。这个念头让他想起了她的耳环，但他立刻将耳环的图像推到了一旁，免得她在他的光环中看到或者起疑心。

与此同时，洛伊丝的思绪却飞向了一个截然不同、略微安全一点的方向。

（“就算我们进去和出来时都没有碰到他，他也会知道有人去过那里，对不对？而且他可能知道是谁。”）

拉尔夫无法否认，但觉得这并不重要。他们只有这一个选项，至少目前是这样。他们只能走一步看一步，希望明天早晨太阳升起时，他们仍然活着看到一切。不过，如果可以选择的话，我宁愿睡个懒觉，拉尔夫心想，嘴角露出了一丝渴望的笑容。上帝啊，我感觉已经多年没有睡过懒觉了。他想起了卡洛琳最喜欢挂在嘴边上的一句话，伊甸园归途漫漫。他此刻觉得伊甸园可能只是一觉睡到中午……或许睡到午后。

他抓起洛伊丝的手，两个人重新沿着阿特洛波斯的足迹往前走。

6

在机场防风围墙以东四十英尺的地方，锈迹斑斑的钢轨消失了。阿特洛波斯的足迹却继续向前延伸，但也不太长。拉尔夫可以肯定自己能看到足迹在哪里消失，脑海里再次出现他和洛伊丝被绑在巨轮轮辐上的图像。如果他没有弄错，阿特洛波斯的窝离艾德与那个胖男人撞车的地方不远，胖男人的皮卡车上当时似乎装着一桶桶的肥料。

狂风大作，从附近带来了一种令人作呕的腐臭味，也从稍远处带来了法耶·查宾的声音。他正滔滔不绝地与什么人聊着他最喜欢的话题："……我向来都是这么说的！麻将就像下棋，下棋就像人生，所以只要你会其中一种……"风势再次转弱。拉尔夫如果竖起耳朵，仍然可以听到法耶的声音，但听不清他在说什么。没关系的，法耶的那番长篇大论他已经听过不知多少遍了，完全知道它的内容。

（"拉尔夫，这臭味真难闻！是他，对吗？"）

他点点头，但心想洛伊丝可能没有看见。她紧紧握着他的手，瞪大了眼睛望着正前方。斑斑点点的足迹从市民中心的大门口开始，在两百英尺外一棵枯死倾斜的老橡树根部结束。这棵令人生畏的树已经枯死、倾斜，原因很明显：它被闪电击中过，一侧像香蕉一样被剥去了一大块。它那灰色树皮上的裂纹、眼孔和凸瘤似乎构成了一张张被掩埋了一半、默默尖叫的脸庞，光秃秃的树枝伸向天空，宛如阴森森的文字符号……至少在拉尔夫的想象中，很像"神风"这两个日本字，令人不寒而栗。雷电在夺走这棵树的生命时虽然没有成功将它击倒，却也干得很漂亮。面向机场一侧的发达根系被整个从地下拔了出来，然而树根已经从铁丝网下面蔓延了出去，将一段铁丝网向上向外拉扯，形成了一个喇叭口，让拉尔夫多年来第一次想起自己儿时的玩伴查尔斯·恩斯特罗姆。

"不准和查基玩，"母亲总是这样告诉拉尔夫，"他是个脏孩子。"

拉尔夫不知道查基是不是脏孩子，但知道他是个怪人，这一点毫无疑问。查基·恩斯特罗姆喜欢躲在他家前院的树后，并且把一根长树枝称作他的“偷窥魔杖”。每当有穿长裙的女人经过，查基便会偷偷跟在她身后，把那根“偷窥魔杖”伸到裙摆下，往上一提。常常在他看到女人内裤的颜色之后（查基对女人内裤的颜色很痴迷），女人才会意识到发生了什么，才会一路追赶狂笑不已的查基到他家，并且威胁要告诉他母亲。老橡树树根拉扯出来的机场铁丝网让拉尔夫想起了查基用“偷窥魔杖”提起受害者的裙子时，裙子里面的样子。

（“拉尔夫？”）

他望着她。

（“小猪胡安是谁？你怎么现在想起他来了？”）

拉尔夫放声大笑。

（“你在我的光环里看到的？”）

（“算是吧——我也说不清。他是谁？”）

（“下次告诉你。走吧。”）

他抓起她的手，两个人慢慢走向阿特洛波斯足迹消失的那棵橡树，走进越来越浓、属于他的腐烂臭味中。

第二十五章

1

他们站在橡树根旁，朝下望去。洛伊丝紧紧咬着下嘴唇。

（“我们非下去不可吗，拉尔夫？真是要下去？”）

（“是的。”）

（“可是为什么？我们要干什么？拿走他偷去的东西？杀了他还是什么？”）

除了拿回乔的梳子和洛伊丝的耳环之外，他也说不上来……但他可以肯定，他们到时候一定会知道。

（“我认为我们还是先行动起来吧，洛伊丝。”）

闪电如同一只强壮的手，猛烈把橡树推向东面，在西侧底部露出了一个大洞。在短命人的眼里，洞里面肯定是黑漆漆的，或许还有一点令人恐惧，因为洞壁的土壤很松散，依稀可见的树根像蛇一样在暗处蠕动。但除此之外，一切基本正常。

一个想象力丰富的小孩可能会有不同看法，拉尔夫心想。树下阴暗的空间可能会让他想到海盗的宝藏……逃犯的藏身之处……巨魔的洞穴……

可是拉尔夫觉得，即便是一个富有想象力的短命界孩子，也无法看见树底下隐隐透出的暗淡红光，也无法意识到那些蠕动的树根其实就是通往某个未知（因而令人不快）之地的梯子。

不——即便是富有想象力的孩子也无法看见那些东西……但他或她有可能感觉得到。

对。一旦感觉到了，稍有头脑的人都会扭头就跑，就像地狱所有恶魔都在追赶他一样。如果他和洛伊丝有理智的话，也会扭头就跑的。要不是为了洛伊丝的耳环，要不是为了乔·维齐尔的梳子，要不是为了他本人在命定界失去的位置，当然，要不是为了海伦（可能还有娜塔莉）以及今晚会聚集在市民中心的那两千多人，他们一定会扭头就跑。洛伊丝说得对，他们是该做点什么。如果现在就打退堂鼓，那他们要做的事将永远成为一场空。

而那就是绳索，他想。那些大权在握的人用来把我们这些可怜、糊涂的短命人绑在他们车轮上的绳索。

他现在隔着带有恨意的明亮透镜来想象克洛索和拉克西斯。他想，如果那两个家伙此刻在这里，他们又会不安地交换眼色，匆匆后退一两步。

他们那样做是对的，他想，很对。

（“拉尔夫？怎么啦？你为什么这样生气？”）

他将她的手放到嘴边，亲吻了一下。

（“没什么。走吧。趁我们还没有发疯赶紧下去。”）

她又看了他片刻，然后点点头。拉尔夫坐下来，把腿伸进树底下那敞开的、布满树根的大洞里。她就待在他身旁。

2

拉尔夫背朝下滑了下去，一只手遮着脸，免得泥土粉碎后进入他睁着的眼睛里。树根不断摩擦着他的脖子，刺痛着他的腰背部，但他竭力不退缩。树下有那种动物园猴山般令人作呕的恶臭。他还跟自己开着玩笑，说等他到达橡树下的洞底时，他就会习惯这种臭味了，可他一瞬间就到了洞底，玩笑也戛然而止。他用一个胳膊肘支撑着自己，感觉到小树根在抓挠他的头皮，垂挂的树皮在搔弄着他的脸颊，他把胃里残留的早餐全都喷吐了出来。他可以听到洛伊丝在他左边干着同样的事。

一种头昏眼花的可怕虚弱感像浪涛一样在他的大脑里翻滚。这里的臭味异常浓烈，他几乎是在将它吞进肚。他看到双手和双臂粘满了那种红色物体，正是这玩意儿让他们一路跟踪到了树下这梦魇一般的地方。光是看着这东西就够人受的，看在上帝的分上，他现在居然全身浸泡在里面！

有什么东西在摸索着找他的手，他差一点惊慌失措，但随即意识到那是洛伊丝。他岔开手指抓住了她的手。

（“拉尔夫，向上升一点！这样感觉好多了！你可以呼吸！”）

他立刻明白了她的意思，但他必须竭力克制自己，在最后一刻又往下坠了坠。否则的话，他会像推力十足的火箭那样冲上知觉的阶梯。

整个世界都在摇晃，突然间，这臭气熏天的洞内似乎出现了一点亮光……也宽敞了一点。臭味还在，但已经变得可以忍受。现在的感觉就像是在一个拥挤的密闭小帐篷内，到处都是臭脚丫和汗臭味十足的腋窝，虽然令人难受，但至少还能忍一会儿。

拉尔夫突然想起了一块怀表的表面，上面的指针走得太快。没有了那种要灌进他的喉咙、让他窒息的恶臭，感觉好多了，可这依然是个危险的地方——万一他们明天早晨从这里出去，市民中心灰飞烟灭，只剩下梅恩大街上一个冒烟的窟窿呢？这完全有可能发生。在这下面根本无法掌握时间——不管是短命界、长生界还是永生界的时间。他看了一下手表，但毫无意义。他应该早一点设定时间，可是他忘记了。

别管它了，拉尔夫。现在也纠正不了。我们走吧。

他试着不去想它，却不由得想到老多尔的话百分之百的正确。老多尔在艾德的汽车撞上“西区园丁”皮卡车那天说：最好不要管长生界的事。可是现在他们却来到了这里，一个是世界上年纪最大的小飞侠，另一个是世界上年纪最大的温蒂，从一棵神树下滑进了两个人都不想见到的黏糊糊的地下世界。

洛伊丝看着他，那令人恶心的红光照亮了她苍白的脸庞，原本表情丰富的双眼充满了恐惧。他看到她的下巴上有几道黑线，意识到那是血迹。她不再轻轻咬着下嘴唇，而是使劲咬它。

（“拉尔夫，你没事吧？”）

（“我和美女一起爬到了一棵老橡树下，怎么会有事呢？我很好，洛伊丝，但我们最好抓紧时间。”）

（“好吧。”）

他用脚试探着周围，然后一脚踩在树根节瘤上。树根承受住了他的体重，于是他从另一个树根下挤了过去，搂住洛伊丝的腰，顺着石坡往下滑。她的裙子往上飘，拉尔夫一时间又想起了查基·恩斯特罗姆和他的“偷窥魔杖”。看到洛伊丝拼命把裙子拉下来时，他感到又好笑又生气。

（“我知道女士们必须保持长裙下垂，可是当你顺着老橡树下的楼梯往下滑时，可以把这条规则抛到脑后。行吗？”）

她又是尴尬又是害怕地朝他微微一笑。

（“早知道会有这番经历的话，我就会穿长裤了。我还以为我们只是去趟医院呢。”）

早知道会有这番经历，拉尔夫心想，亲爱的，我会不管证券市场是否疲软，把所有债券兑现，坐飞机去里约热内卢了。

他用另一只脚试探着周围，心里很清楚，万一他摔伤了，可能会在这远离德里市急救中心的地方一命呜呼。在他的眼睛上方，一条淡红色蠕虫从土里钻了出来，把一些小土粒弄到了他的额头上。

不知过了多久，他的脚才落到平滑的木头上，这次不是树根，而是真正的阶梯。他搂住洛伊丝，一脚踩了下去，等待着，想看看脚下的东西是能够承受住他和洛伊丝两个人的重量，还是会断裂。

承受住了，而且很宽，足够他们并排行走。拉尔夫低头。看到那其实是一个狭窄、蜿蜒楼梯最上面的一级，下面是泛着红光的黑暗世界。楼梯的主人——或许还有建造者——比他们矮得多，他们只好弯下腰，但这依然比几分钟的噩梦好多了。

拉尔夫凝视着头顶渗进来的日光，脸上布满了泥土和汗水，眼睛里充满了无声的渴望。日光从未如此亲切、如此遥远。他扭头望着洛伊丝，冲她点点头。她捏了一下他的手，也冲他点点头。他们弯下腰，顺着楼梯往下走，忍受着悬在空中的树根不停地碰到他们的脖子和后背。

3

楼梯似乎没有尽头。红光越来越强，阿特洛波斯的臭味也越来越浓烈，拉尔夫意识到他们在往下走的时候也往上“升了一点”。如果不是这样，他们准会被这臭味熏倒。他不停地安慰自己，他们所做的是必须要做的事，这样规模的行动肯定会有一个计时员——如果时间过于紧迫，肯定会有人提醒他们——但他还是很担心。这是因为有可能根本就不存在什么计时员，没有主裁，也没有身穿条纹衫的边裁。克洛索说过，一切规则都不算数。

正当拉尔夫开始怀疑这楼梯是否一直通向地狱时，他们走到底了。前方有一小段石头砌成的走廊，不到四十英寸高、二十英尺长，通往一道拱门。红光像反射出来的烤炉火光一样在拱门内闪烁跳跃。

（“走吧，洛伊丝，做好一切准备。准备面对他。”）

她点点头，重新抓起不听话的内裤，与他并排走过狭窄的通道。拉尔夫踢到了什么东西，但不是石头。他弯腰将它捡起来。那是一个红色的塑料圆筒，一头比另一头粗。他随即意识到那是什么：跳绳的握把。三——六——九，鹅喝了酒。

你这短命鬼，别多管闲事，阿特洛波斯曾经说过，可是他已经管上了闲事，也不仅仅是因为那些矮小的医生所说的“卡”。他之所以卷入进来，是因为无论阿特洛波斯怎么想，这个矮小的混蛋所干的事与他休戚相关。德里市属于他，洛伊丝·夏瑟是他的朋友，拉尔夫的内心有一种真诚的渴望，要让三号医生为他见过洛伊丝的钻石耳环而后悔。

他将跳绳握把扔到一旁，继续往前走。不一会儿，他和洛伊丝就经过了拱门，站在那里，凝视着阿特洛波斯的地下公寓。他们手牵着手，睁大了眼睛，看上去更像童话中的孩子——不是小飞侠和温蒂，而是汉斯和格雷特，在茫茫的森林里转悠了几天后来到了女巫的糖果屋前。

4

（“哦，拉尔夫。哦，我的上帝啊，拉尔夫……你看到了吗?”）

（“嘘，洛伊丝。嘘。”）

他们的正前方有一个简陋的小房间，看似厨房兼卧室。房间又脏又阴森可怖，中央有一张矮圆桌，拉尔夫觉得那是用锯掉了下半截的酒桶做成的。桌上还留着吃剩的饭菜：某种散发着腐臭的灰色粥汤，装在一个有缺口的汤锅里，看上去像已经凝结的脑浆。房间里只有一张脏兮兮的折叠椅，桌子右边有一个简陋的马桶，是用生锈的钢桶做成的，上面安了一个马桶盖。马桶里面传出的臭味令人作呕。房间里唯一的装饰是墙上挂着的一面铜框落地镜子，反射面年代已久，镜中的拉尔夫和洛伊丝像是漂浮在十到十二英尺深的水中。

镜子左边有张简易床铺，上面放着污秽不堪的床垫，外加一个粗麻袋，里面塞满了干草或者羽毛。枕头和床垫亮油油的，沾满了使用它们的那个生物的盗汗。装在那麻布枕头里面的美梦会把我逼疯的，拉尔夫想。

某个地方传来了空洞的水滴声，只有上帝才知道来自地下多深处。

房间另一端还有一道更高的拱门，他们看到里面是乱七八糟的奇特储物区。拉尔夫使劲眨了两三次眼睛，确定自己看到的是真实场景。

好吧，就是这里了，他想。不管我们来找什么，就是这里了。

洛伊丝像被催眠了一样，朝第二道拱门走去。她的嘴唇因为惊恐而颤抖，但她的眼睛充满了身不由己的好奇。拉尔夫相信，蓝胡子的妻子用丈夫的钥匙打开密室时脸上的表情大概就是这样[①]。他突然感到，阿特洛波斯肯定就躲在拱门里面，手中举着那把锈迹斑斑的解剖刀。他一个箭步向前，赶在洛伊丝穿过拱门之前拦住了她。他一把抓住她的胳膊，趁她还没有来得及开口，赶紧用一根手指压住嘴唇，摇摇头。

他蹲下身，一只手的手指张开后撑着夯土地面，摆出短跑选手等待发令枪响的姿势。然后，他猛地冲过了拱门，甚至在那一刻还为身体的快速反应而沾沾自喜，结果肩膀撞了一下，滚倒在地上。他的双脚碰到了一个纸箱，里面乱七八糟的东西滚落了一地：不成对的手套和袜子，两本破旧的平装书，一条百慕大短裤，一个把手上面粘有褐红色斑点的螺丝刀（或许是油漆，或许是鲜血）。

拉尔夫站起身，回头望着洛伊丝。洛伊丝站在拱门口，双手紧握，搁在胸前，目不转睛地盯着他。拱门里面也没有人，而且只能容下一个人。两边堆放着更多的纸箱。拉尔夫饶有兴趣地看着纸箱上面印着的文字：杰克·丹尼尔威士忌，钻石金酒，斯米尔诺夫伏特加，珍宝威士忌。看样子阿特洛波斯像什么都不舍得扔掉的人一样对装酒的纸箱情有独钟。

（“拉尔夫？安全吗？”）

安全是个笑话，但他还是点点头，伸出了手。她快步走向他，顺便用力把衬裙往上一提，然后惊讶地看着四周。

从拱门另一侧阿特洛波斯恐怖的小房间看过来，储物区似乎有点大，可真的到了里面，拉尔夫才看到它非常大。这么大的房间通常被称作仓库。一堆堆摇摇欲坠的垃圾之间还留有通道。只有门旁的东西

---

① 欧洲童话，蓝胡子公爵结婚多次，无人知道他的妻子们的下落。他又娶了一位邻居的女儿作新娘，婚后一个月，他要到外地旅行，便将收藏财宝和金库的钥匙交给新娘。蓝胡子特别交代，只有走廊尽头那个房间决不能打开。新娘抑制不住自己的好奇心，打开了那间储藏室，发现里面堆着几具女人的尸体，她们是蓝胡子的前妻。蓝胡子回家后，得知新娘已知其秘密，想把她杀掉。但新娘大声呼叫姐姐，请她爬到塔上，让她招呼哥哥们来救她。最终哥哥们赶到，杀死了蓝胡子，兄弟姐妹们靠城堡里的财富，过上了幸福生活。匈牙利作曲家巴托克曾据此创作过歌剧《蓝胡子城堡》。

装进了纸箱，其他东西随意堆放在那里，形成两分像迷宫三分像陷阱的景象。拉尔夫认为仓库这个词都不足以形容这个地方，这就是一个地下郊区垃圾场，而阿特洛波斯可能就躲在里面的什么地方……如果他真的在里面，此刻可能正在监视着他们。

洛伊丝没有问那堆东西是什么，她脸上的表情显示她已经知道。等她开口时，她的语气像是在梦中，拉尔夫感到脊背一阵发凉。

（“他肯定很老了，拉尔夫。”）

是的，非常老。

与楼梯一样，不知来自何处的红光照亮了房间。往里面走了二十码后，拉尔夫看到一个巨大的轮子放在一张藤椅上，藤椅的下面则是一个已经开裂的旧衣橱。他望着那只轮子，心中产生了更大的凉意，仿佛他心中用来帮助他理解“卡”这个概念的比喻变成了现实。他注意到轮子外缘上的铁条已经生锈，意识到那大概来自“繁荣的十九世纪九十年代”那种超大三轮车。

这是个单车车轮，好吧，至少已经有一百年了，他想。他不由自主地想知道，自从阿特洛波斯将这个轮子弄到这里来之后，德里市区及周围究竟死了多少人，数千还是数万？在那数千人中，又有多少属于随机死亡？

他是什么时候来的？几百年前？

这当然说不清，也许是在德里市创建之初。管它是什么时候呢，反正自那一天起，他从每一个被他侵害的人身上拿走一个小东西……现在全在这里。

都在这里。

（“拉尔夫！”）

他转过身，看到洛伊丝伸着双手，一只手拿着一顶巴拿马草帽，帽檐上有个月牙形的缺口，另一只手握着一把黑色的尼龙小梳子，就是那种花一块两毛九就能从便利店买到的梳子。梳子仍然带着幽幽的橙黄色光泽，拉尔夫对此并不感到意外。梳子的主人每次使用它时，它都会像留下一点头皮屑那样，从他的光环和气球线上留下一点光亮。至于这把梳子和麦戈文的帽子在一起，他也不感到意外：他最后看到这两样东西时，它们也在一起。他记得阿特洛波斯摘下草帽，装模作样地梳着他那光脑袋时讥讽的狞笑。

然后他跳起来，脚后跟相互磕碰了一下。

洛伊丝指着一张旧摇椅，上面铺着一块破地毯。

（“帽子就放在这椅子上，下面压着梳子。这梳子是维齐尔先生的，对吗？”）

（“对。”）

她马上把梳子递给他。

（“你拿着。我虽然不像比尔想象的那么糊涂，但有时候也会丢三落四的。万一我把它弄丢了，我会后悔一辈子。”）

他接过梳子，准备把它装进屁股后面的口袋里，却突然想到阿特洛波斯不费吹灰之力就从那里把它弄到了手，就像从独木桥上摔下来那么容易。他把梳子装进裤子前面的口袋，然后回头望着洛伊丝，看到她正盯着麦戈文带缺口的帽子，那忧伤的表情宛如哈姆雷特望着他老朋友约里克的头骨。她抬起头来时，拉尔夫看到她眼睛里噙着泪花。

（“他特别喜欢这顶帽子。他觉得戴着它风度翩翩。其实没有，他看上去还是他，可他觉得戴帽子好看，这才重要。你不觉得吗，拉尔夫？”）

（“是啊。”）

他把帽子扔回到旧摇椅上，转身仔细查看一箱看似二手拍卖品的衣服。她刚转过身，拉尔夫就蹲下来，凝视着椅子下面，希望能在黑暗中看到两个发光的东西。如果比尔的帽子和乔的梳子都在这里，那么也许洛伊丝的耳环……

椅子下面只有灰尘，还有一只粉红色的针织婴儿鞋。

早该知道没有这么容易，拉尔夫想，然后重新站了起来。他突然感到筋疲力尽。他们轻而易举地找到了乔的梳子，这很好，棒极了，可拉尔夫担心那纯粹是狗屎运所致。他们还得找到洛伊丝的耳环……当然，还得完成被派到这里来的任务。但那究竟是什么任务？他不知道，如果说上面有人下达了指令，他也没有收到。

（“洛伊丝，你是否知道……”）

（“嘘！”）

（“怎么啦？是他吗？”）

（“不是！别说话，拉尔夫！安静，仔细听！”）

他侧耳倾听，起初什么也没有听到，接着便是那瞬间闪烁，脑海里又出现了被牢牢紧握住的感觉。这一次非常缓慢，非常谨慎。他又往上升了一点，就像羽毛在热气流中飞到高处一样轻盈。他听到了一种低沉的呻吟声，宛如有扇门在一刻不停地嘎吱嘎吱作响。这声音有点耳熟——不是声音本身，而是这声音带来的联想。那就像……

防盗警铃，或者烟雾报警器。它在告诉我们具体的位置。它在呼唤我们。

洛伊丝抓住他的手，手指冰凉。

（“就是它，拉尔夫——这就是我们要找的。你听到了吗？”）

他当然听到了。可是不管那声音是什么，都与洛伊丝的耳环无关……只要没有拿到洛伊丝的耳环，他决不离开这里。

（“走吧，拉尔夫！走吧！我们得找到它！”）

他由她带着他走向房间深处。在大部分地方，阿特洛波斯的纪念品堆得至少比他们的头还要高出三英尺。像他这种小个子是怎么做到的，拉尔夫不知道——也许是飘浮上去的——但结果是，他们左转右转，偶尔还绕回到原路，他很快就完全失去了方向感。他只知道低沉的呻吟声在他的耳朵里越来越响，接近源头时，变成了一种令拉尔夫越来越不舒服的昆虫的嗡嗡声。他总感觉绕过一个角落便会看到一只巨大的蝗虫在盯着他，棕褐色呆滞的眼睛大小如葡萄柚。

堆满了储物间的这些物品原本都有光环，但这些光环已经像夹在书页间的花瓣的香味一样淡去，而且仍然存在于阿特洛波斯的臭气之中。在这个感知层级上，拉尔夫和洛伊丝的所有感官都已变得异常清晰、灵敏，因而无法不感觉到这些光环，并且被它们打动。随机死亡者的这些无声遗物既令人恐惧又令人伤感。拉尔夫意识到，这地方不只是一个博物馆，也不只是一个仓鼠窝，这是一座亵渎神灵的教堂，是阿特洛波斯享用他独创圣餐的地方——哀伤便是他的面包，泪水便是他的美酒。

他们跌跌撞撞地穿过那些狭窄、曲折的通道，这对他们而言是一次可怕、几乎是心碎的经历。每一次转弯并非毫无目的，前方总会出现更多拉尔夫从未见过也永远不想记住的物品，每一件物品都在小声诉说着自己的痛苦与困惑。他无需思考洛伊丝是否与他同感，因为她一直在他身旁低声抽泣。

一台破旧的“灵活传单”牌儿童雪橇，打了结的拖绳仍然挂在方向杆上。拥有这玩具的男孩一九五三年一月的某一天死于惊厥。

中学女子乐队队长的一根指挥棒，上面螺旋般缠绕着紫白相间的绉纱，这也是格兰特女中的颜色。她在一九六七年秋天遭到强暴后又被人用石头砸死。凶手一直逍遥法外，而且把她的尸体塞进了一个小山洞里，她的遗骸和另外两名受害者的遗骸至今仍然在那里。

一个女人的浮雕宝石胸针，她在沿梅恩大街去购买新一期《时尚》杂志时被一块掉落的砖头击中。如果她早三十秒或者晚三十秒离开家，她就会躲过一劫。

一把男人使用的折叠刀，它的主人一九三七年死于一次打猎事故。

一个童子军使用的指南针，它的主人在卡塔丁山徒步旅行时摔断了脖子。

一只属于名叫盖奇·克里德的小男孩的运动鞋，他在勒德洛的 15 号公路上惨遭一辆超速的油罐车碾压致死。

耳环和杂志，钥匙链和雨伞，帽子和眼镜，拨浪鼓和收音机。虽然看似不同的东西，但拉尔夫认为它们其实都是同一样东西：隐约可闻的哀诉声，这些人还在熟悉第三幕的台词，却发现第二幕剧本中已经没有了自己的角色；他们尚未做完工作或者完成任务，就被毫不客气地命令撤退；他们唯一的罪过就是出生在了随机界……引起了手持生锈手术刀的疯子的注意。

洛伊丝抽泣着说：(“我恨他！我恨死了他！”)

他明白她的意思。克洛索和拉克西斯说过，阿特洛波斯也是整个大计划中的一部分，甚至效力于某位高阶命定大佬。听他们那么说是一回事，看到那顶褪色的波士顿棕熊队球帽则是另一回事：那小男孩掉进了荒草丛中的洞穴，呼唤母亲六个小时后，在黑暗中、在痛苦中无声地死去。

拉尔夫伸手触摸那顶球帽。男孩名叫比利·韦瑟比，最后想的是冰淇淋。

拉尔夫握紧了洛伊丝的手。

（“拉尔夫，怎么啦？我可以听到你在思考——我真的听到了——可那就像在听人耳语。”）

（“我真想砸烂那小杂种的肋骨，洛伊丝。也许我们可以让他尝尝彻夜难眠的滋味。你觉得呢？”）

她握紧他的手，点点头。

5

他们来到了狭窄通道分岔的地方。挥之不去的低沉嗡嗡声来自左边，听上去离他们不远。他们在这里无法并排行走，而且越往前走，通道越窄。拉尔夫最后只能侧身前进。

阿特洛波斯留下的淡红色黏液在这里变得非常黏稠，从一堆堆乱七八糟的纪念物上滴落下来，在地面上聚集成一摊摊黏液。洛伊丝把他的手捏得生疼，但拉尔夫没有抱怨。

（“他把大量时间花在了这里，拉尔夫，也花在了市民中心。”）

拉尔夫点点头。问题是，他在这下面与什么进行交流？他们来到了通道尽头，前面是一堵结结实实的垃圾墙，可他仍然无法确定是什么在发出那嗡嗡声。那嗡嗡声此刻简直要把他逼疯，那就像有一只牛虻被困在了脑袋里。他们接近通道尽头时，他更加确信他们所找的东西就在这堵垃圾墙的另一边，他们要么往回走，另外找条路绕过去，要么破墙而过。这两种办法都会花去太多时间。拉尔夫内心深处不由得感到有些沮丧。

但是通道并没有堵死，左边一张餐桌下有一个空隙，可以让他爬过去。餐桌上高高地堆放着盘子，还有一沓沓的绿纸……

绿纸？不，不完全是。那是一沓沓钞票。盘子里随意放着十块一沓、二十块一沓和五十块一沓的钞票。一只开裂的船形肉汁盘里放着一沓百元钞票，一个落满灰尘的葡萄酒杯里塞着一张卷起来的五百元大钞。

（“拉尔夫！我的天哪，这可是一大笔钱哪！”）

她没有看那张餐桌，而是盯着通道另一边的墙壁。墙壁的最后五英尺是用一捆捆绿色的钞票垒成的。他们现在身处一条完全用金钱铺成的小通道中，拉尔夫意识到一直困扰他的那些问题终于有了答案：艾德的大笔金钱究竟是哪里来的。是阿特洛波斯提供的……但是拉尔夫猜想这秃头狗杂种仍然找不到人与他约会。

他稍稍弯腰，仔细查看餐桌下面的小空间。另一边似乎还有一个房间，而且面积很小。里面的红光像心跳一样时强时弱，在他们的鞋子上投下若隐若现的亮光。

拉尔夫用手一指，然后望着洛伊丝。她点点头。他跪下来，从堆满钞票的餐桌下爬了过去，进入了阿特洛波斯围绕房间中央的某样东西创建的神龛中。这就是他们被派来寻找的东西，他深信不疑，却仍然不明白那是什么。那东西大小如孩子们所玩的弹珠，被死亡之袋包裹得严严实实，宛如黑洞核心。

啊，太好了——真妙。接下来呢？

（“拉尔夫！你听到歌声了吗？很微弱。”）

他疑惑地看着她，然后环视四周。他已经开始讨厌这拥挤不堪的地方，虽然他天生没有幽闭恐惧症，但他此刻仍然有着强烈的欲望，想尽快离开这里。他的脑海里响起了一个清晰的声音。拉尔夫，问题不是我想要什么，而是我需要什么。我将竭尽全力陪伴你，可如果你不尽快完成在这里应该完成的事，我们两个想要什么将不再重要——我会接替你，然后逃之夭夭。

那个声音透着一丝恐惧，他并没有为此感到意外，因为这地方的确很恐怖。这不是什么房间，而是一口深井的底部，圆形井壁用偷来的东西横七竖八地堆砌而成：烤面包机、脚凳、时钟收音机、照相机、书籍、板条箱、鞋子、耙子。一个旧萨克斯管几乎就垂在他的眼前，磨损的带子上用落满灰尘的莱茵石拼凑出了“JAKE”的字样。拉尔夫伸手去拽它，想把这该死的东西从眼前弄走。但他随即想到，把这萨克斯管弄走的话，会造成墙壁坍塌，把他们活活埋在下面。他把手缩了回来。与此同时，他全面启动大脑和所有感官，顿时觉得自己听到了什么——一声微弱的叹息，就像贝壳里听到的潮汐声——但随即便消失了。

（“就算这里有各种声音，我也听不见，洛伊丝——那该死的嗡嗡声把它们全部淹没了。”）

他指了指圆形房间中央的物体——黑色，完全超出他们之前对黑颜色的认知。一个死亡之袋，算是所有死亡之袋的鼻祖。但是洛伊丝在摇头。

（“不，不是淹没了所有声音，而是将它们吸干。”）

她又是恐惧又是厌恶地望着那个不停尖叫的黑东西。

（“那东西正在吸走周围堆着的所有这些东西的生命……也想把我们的生命吸走。”）

的确是的。洛伊丝一语道破天机，拉尔夫可以感觉到死亡之袋——或者里面的物体——正在抽走他脑海深处的什么东西，用力拉扯、扭曲、推搡着它……就像要把牙齿从粉红色的牙龈中拔出来一样。

想吸走他们的生命？差不多，但是还不够。拉尔夫觉得死亡之袋里的东西想要的既不是他们的生命，也不是他们的灵魂……至少不完全是。它想要的是他们的生命之力。他们的“卡”。

洛伊丝接收到他的想法后睁大了眼睛……她望着他右肩后方某处。她跪在地上，探身向前，伸出手去。

（“洛伊丝，不要动，不然我们周围会坍塌的……”）

晚了一步。她猛地抽出了什么东西，惊恐地望着它，恍然大悟，然后将它递给他。

（“它还活着——这里所有的东西都还活着。这怎么可能呢？可这……这是真的。它们的声音很弱，为什么？”）

她递给他的是一只女人或小孩穿的白色小运动鞋。拉尔夫接过来时，听到它在低声歌唱，声音很遥远。那声音如十一月某个阴天午后的寒风一样寂寞，却又异常甜美，像是在缓解地面上那黑东西无休无止的嘶叫声。

而且这是他熟悉的声音。他可以肯定。

运动鞋的鞋尖上有几个黑红色斑点。拉尔夫起初以为那是巧克力酱，但随即认出它的真面目：干涸的血迹。他在那一刻又回到了红苹果便利店门外，在海伦松手之前抓住了娜塔莉。他记得海伦的双脚绊了一下，踉跄着后退几步，像醉汉靠着电灯柱一样靠着红苹果便利店的大门，向他伸出双手。把孩子给我……把娜塔莉还给我。

他认出了那声音，因为那是海伦的声音。这只运动鞋那天就穿在她脚上，鞋尖上的血滴要么来自海伦被打烂的鼻子，要么来自她划破的脸颊。

它不停地唱着歌，声音并没有完全被死亡之袋里的东西发出的嗡嗡声所淹没。拉尔夫的耳朵——或者说光环世界里代替耳朵的东西——已经完全张开，他可以听到所有其他物品发出的各种声音。它们像被人遗忘的合唱队一样在歌唱。

活着。在歌唱。

它们能够歌唱，这些墙壁中的所有物品都能歌唱。因为它们的主人仍然能够歌唱。

它们的主人仍然活着。

拉尔夫再次抬头，但是这一次注意到，虽然有些物品很旧——比如那把旧萨克斯管——但许多物品依然很新。这个小凹室内没有来自“繁荣的十九世纪九十年代”的自行车轮。他看到三个收音机闹钟，全都是数码产品。一套看似几乎没有使用过的电动剃须刀。一个上面仍然留着“来爱德”价格标签的口红。

（“洛伊丝，阿特洛波斯已经拿来了今晚会在市民中心的那些人的东西，是不是？”）

（“是的，你说得对。”）

他指着地板上的黑茧，它的尖叫声几乎淹没了周围的所有歌声……在淹没它们的同时吸取它们的能量。

（“不管那死亡之袋里的东西是什么，都与克洛索和拉克西斯所说的主索有关，是它将所有不同物品、所有不同生命维系在了一起。”）

（“让它们全都变成‘卡泰特’——共生体。是的。”）

拉尔夫把鞋子还给洛伊丝。

（“走的时候把它带上。这是海伦的。”）

（“我知道。”）

洛伊丝盯着鞋子看了一会儿，然后做了一件拉尔夫觉得绝顶聪明的事：她抽出一截鞋带，像手镯那样把鞋子绑在自己的手腕上。

他爬向那个小死亡之袋，然后低头凝视着它。靠近它很艰难，待在它身旁更加艰难——那就像将耳朵直接贴在电钻刺耳的电机壳上，又像瞪大了眼睛看着强光。他这次似乎在那嗡嗡声音中听到了话语，正是他们在市民中心接近死亡之袋边缘时听到的那番话：滚开，走开，滚蛋。

拉尔夫用手捂住耳朵，但是不管用。那些声音并非真的来自外面。他放下手，望着洛伊丝。

（“你怎么看？我们下一步该怎么办？”）

他不知道她会如何回答，但是也没有料到她会立刻给了他一个果断的答复。

（“切开它，取出里面的东西，立刻动手。那东西很危险。还有，它可能在呼唤阿特洛波斯，你想过这一点吗？就像神奇豆荚故事中冲着杰克咯咯大叫的那只母鸡一样呼唤阿特洛波斯。”）

拉尔夫其实也想过这种可能性，只是没有这样生动。好吧，他想，切开死亡之袋，拿到奖品。可是怎么将它切开呢？

他想起了阿特洛波斯试图在街对面引诱罗莎莉时自己射向那秃头小杂种的闪电。好办法，可是用在这里有可能弊大于利。万一他把本该带走的这个东西变成了蒸汽呢？

恐怕你还没有这种本事。

好吧，老实说他也觉得自己没有这种本事……可是当你的周围都是别人的所有物，而这些人明天太阳升起之前都有可能失去生命时，冒险不是个好主意。简直是疯狂的主意。

我不需要闪电，只需要一把锋利的剪刀，就像克洛索和拉克西斯所用的那种——

他凝视着洛伊丝，被那图像的清晰度吓了一跳。

（“我不知道你刚才想起了什么，但无论如何，快点动手吧。”）

6

拉尔夫低头看着自己的右手，手上的皱纹以及关节炎的早期症状都已消失，周围包裹着明亮的蓝色光环。他感到有点傻，弯曲起无名指和小指，伸直食指和中指，想着小时候玩过的一种游戏——剪刀石头布。

*出剪刀，*他想，*我需要一把剪刀。帮帮我。*

毫无动静。他瞥了洛伊丝一眼，看到她正平静地望着自己，那种镇定自若的神情令人害怕。*啊，洛伊丝，要是你知道就好了，*他想，然后将这杂念排除了出去，因为他已经感觉到了，不是吗？是的。感觉到了。

他这次没有在脑海里想文字，而是想出了一个图像：不是克洛索用来送走吉米·V.的那种剪刀，而是他母亲针线篮里的那种不锈钢剪刀——修长的刀刃，一端几乎像刀尖一样锋利。他进一步集中精力，甚至可以看到支点下方刻着几个字：**谢菲尔德钢**。他的脑海里再次有了感觉，这次不是一道闪光，而是肌肉——非常强有力的肌肉——在慢慢收缩。他紧盯着手指，脑子里想着剪刀一开一合，慢慢张开、闭合食指和中指，变成一开一合的V形手势。

他可以感觉到从穿涅槃乐队T恤衫的男孩以及从火车库外醉鬼身上吸取的能量，先是在他的脑子里，然后像痉挛一样顺着右胳膊直到手指。

右手食指和中指周围的光环开始变浓……变长。一定要变成修长的刀刃形状。拉尔夫等到光环延伸至指甲外五英寸时，才开闭手指。刀刃一张一合。

（“加油，拉尔夫！动手！”）

是的，他没有时间等待，也没有时间做实验。他感到自己就像一个车用电瓶，被用来启动过于庞大的发动机。他可以感觉到自己所有的能量——他吸取来的能量以及他自身的能量——顺着他的右胳膊注入进了刀刃中。不会持续太久。

他探身向前，并拢手指，将剪刀的刀尖部分扎进了死亡之袋。他全神贯注于创造出剪刀并且保持它的形状，居然再也没有听到那嘶哑、持续不断的嗡嗡声——至少他的头脑很清醒——可是当剪刀尖扎进它黑色的皮肤时，死亡之袋突然发出了从未听到过的尖叫声，夹杂着痛苦与惊恐。拉尔夫看到袋子里有深颜色的浓稠黏稠物质流出来，滴落在地面上，看上去像病人的鼻涕。这时，他感到自己的能量正以双倍的速度流失。他意识到自己可以看到这一切：他的光环顺着右胳膊一波又一波地缓慢流向手背。他可以感觉到，随着这层重要的保护慢慢变薄，他身体其他部分周围的光环也在逐渐变暗。

（“快点，拉尔夫！快！”）

他使出全身力气，分开手指。泛着蓝光的刀刃也随之打开，在黑蛋上划开了一个小口。那东西尖叫起来，两道长短不一的明亮红光从它的表面蹿出。拉尔夫并拢手指，看着指尖外的刀尖也啪的一声合上，剪破了那又像蛋壳又像是肉的黑色厚东西。他大叫了一声。他没有感觉到疼痛，却感到极度疲倦。流血致死肯定就是这种感觉，他想。

袋子里有什么东西在闪着明亮的金光。

拉尔夫使尽全力，想张开手指再剪一下。他起初以为自己做不到——手指像被万能胶粘在了一起——然后手指渐渐张开，切口越来越宽。他现在几乎可以看到里面的物体，一个圆鼓鼓、亮闪闪的小东西。这只能是一样东西，他想。他突然心跳加速，蓝色的刀刃开始摇曳。

（“洛伊丝！快帮我！”）

她一把抓住他的手腕。拉尔夫感到力量像强大的新鲜电压汹涌进入他的体内。他呆呆地望着，剪刀再次成形，但只有一个刀刃变成了蓝色，另一个刀刃却是珍珠色的。

洛伊丝在他的脑海里尖叫道：(“快剪！快剪！”)

他的手指再次并拢，刀刃这次将死亡之袋剪开了。它发出最后一声颤抖的尖叫，全部变红后消失了。拉尔夫指尖长出的剪刀也闪烁一下，不见了踪影。他闭上眼睛，突然感觉到大颗大颗滚烫的汗珠如同眼泪一般，正顺着他的脸颊往下流。他看到眼帘后面的黑幕上有剪刀刀刃留下的疯狂残影。

(“洛伊丝？你没事吧？”)

(“没事……只是感到精疲力竭。我都不知道怎么能回到树下的楼梯那里去，更不用说爬上去了。我连站起来的力气都没有。”)

拉尔夫睁开眼睛，双手撑着大腿，再次探身向前。死亡之袋那里有一个男人的结婚戒指。他一眼就看到了戒指宽阔的内环上刻着的几个字：HD–ED 8–5–87。

海伦·迪普努和艾德·迪普努，一九八七年八月五日结为伉俪。

这就是他们来这里的目的，艾德的结婚信物。现在只需将它捡起来……装进裤子的表袋里……找到洛伊丝的耳环……离开这鬼地方。

7

他伸手去捡戒指，脑海里突然闪过几句诗，这次不是斯蒂芬·杜宾斯的诗作，而是 J.R.R. 托尔金的。拉尔夫上次在洛伊丝家舒适、挂满照片的客厅里想起的霍比特人，就出自这位托尔金先生的笔下。他看托尔金讲述佛罗多、甘道夫和黑暗之王索伦的故事还是三十年前的事，他现在想起来了，那个故事里也有一件类似的信物，但那几行诗就像刚才出现的剪刀一样清晰：

至尊戒驭众戒，至尊戒寻众戒，
至尊戒引众戒，禁锢众戒于黑暗中，
邪恶之地末日火山

我无法把它捡起来，他想。它肯定牢牢地绑在“卡”这个存在之轮上，就像我和洛伊丝一样，所以我无法把它捡起来。要么无法捡起来，要么就会像抓住高压电线一样，还没有弄明白怎么回事，就已经一命呜呼。

只是他并不真正相信会出现这两种情况。如果这枚戒指不是在等着他去取，那么死亡之袋为什么要保护它？如果戒指不是在等着他去取，那么克洛索和拉克西斯——还有多兰斯，他无法忘记多兰斯——背后的势力为什么要派他和洛伊丝来这里冒险？

至尊戒驭众戒，至尊戒寻众戒，拉尔夫想。他用手指裹住了艾德的结婚戒指。他起初感到手、手腕和前臂有一种深入肺腑的剧痛，与此同时，阿特洛波斯藏在这里的各种物品唱出的轻柔歌声突然变成了震耳欲聋的和谐呐喊。

拉尔夫叫了一声，或许是尖叫，或许只是呻吟，然后拿起戒指，将它紧紧握在右手中。胜利的感觉在他的血管里歌唱，像美酒，也像……

（“拉尔夫。”）

他回头看她，可洛伊丝却在低头看着艾德戒指刚才所在的地方，黑眼睛中又是恐惧又是困惑。

艾德的戒指刚才所在的地方，戒指还在那里。就在刚才那地方，一枚闪亮的金戒指，内圈上镌刻着 HD–ED 8–5–87。

拉尔夫顿时感到头昏目眩，竭力克制着才没有昏倒。他张开手，尽管内心的感觉告诉他不会发生这种事，他还是以为手中的戒指会消失，可戒指仍然在他的掌心，就在他的爱情线和生命线分岔的地方，在这鬼地方邪恶的红光中闪着金光。HD–ED 8–5–87。

两枚戒指一模一样。

8

一个在手中，一个在地上，没有任何区别。至少拉尔夫看不出有任何区别。

洛伊丝伸手去拿第二枚戒指，犹豫了一下，一把将它抓了起来。正当他们望着那里时，地上出现了诡异的金光，随即化作了第三枚结婚戒指。就前两枚戒指一样，内圈上也刻着 HD-ED 8-5-87。

拉尔夫不由自主地想起了另一个故事，不是托尔金所写的长篇小说《魔戒》，而是苏斯博士写的一个故事，他在二十世纪五十年代曾经念给卡洛琳妹妹的孩子们听。尽管年代已久，那个故事仍然在他的脑海里，比苏斯博士其他那些老鼠呀、蝙蝠呀、猫呀的开心童话故事更丰富、更深沉。故事的名字叫《巴塞洛缪·库宾斯的五百顶帽子》，拉尔夫觉得此时想起它来一点都不奇怪。

可怜的巴塞洛缪是个乡巴佬，进城时不幸碰到国王巡游。见到大人物时，你得脱帽致意，巴塞洛缪也不例外，可他却交上了厄运。他每次脱掉帽子，头上就会再冒出来一顶帽子，与原来的帽子一模一样。

（“拉尔夫，怎么回事？这是什么意思？”）

他摇摇头，没有作声，眼睛来回看着自己手中的戒指、洛伊丝手中的戒指和地上的戒指。三枚戒指一模一样，就像巴塞洛缪·库宾斯一次次摘下的帽子。拉尔夫记得，那可怜的孩子即便是以不敬之罪被行刑者带上台阶，即将被砍头时，仍然在向国王行礼……

只是那样做是一个错误，因为过了一会儿，可怜的巴塞洛缪头上的帽子开始起了变化，变得越来越华丽。

这些戒指也一样吗，拉尔夫？你肯定？

不，他不能肯定。当他捡起第一枚戒指时，他瞬间感觉到类似风湿的剧痛顺着手臂往上传，但洛伊丝拿起第二枚戒指时没有显露任何痛感。

还有那些声音——她捡起第二枚戒指时，我并没有听到它们呐喊。

拉尔夫探身向前，抓起第三枚戒指。没有痛感，构成房间墙壁的那些物品也没有呐喊，而是继续轻声歌唱。就在这时，刚才三枚戒指出现的地方又出现了第四枚戒指，就像不幸的巴塞洛缪·库宾斯头上又冒出了一顶帽子，但拉尔夫根本都没有看它一眼。他紧盯着右手手掌上的第一枚戒指，就在生命线和爱情线分岔的地方。

至尊戒驭众戒，他想。至尊戒禁锢众戒。宝贝，我想就是你了，其他戒指只是聪明的冒牌货。

也许有办法核实一下。拉尔夫将两枚戒指凑到耳旁。左手的戒指静寂无声，右手的戒指，也就是他剪开死亡之袋后从里面取出来的那一枚，却在微弱地发出死亡之袋最后的尖叫声，令人毛骨悚然。

他右手的戒指还活着。

（“拉尔夫？”）

她的手冰凉，急匆匆地抓住他的胳膊。拉尔夫望着她，然后将左手的戒指扔到远处。他举起另一枚戒指，像透过望远镜那样穿过戒指望着洛伊丝紧张而又异常年轻的脸庞。

（“这才是真的。其他都是充数的，就像数学难题中的那些零。”）

（“你是说它们不重要？”）

他没有作声，不知道该如何回答……因为它们其实很重要。他不知道如何用言语将自己的直觉表达出来。只要这些冒牌的戒指不停地出现在这肮脏的小房间里，就像帽子不停地出现在巴塞洛缪·库宾斯的头上那样，市民中心周围的死亡之袋所代表的未来就是真正的未来。但是第一枚戒指，也就是阿特洛波斯从艾德的手指上偷走的那一枚（或许是趁他在如今已经成了空屋的科德角小屋躺在海伦身旁时），才能够改变一切。

这些冒牌的戒指只是保持存在之轮形状的信物，就像从轮毂向外辐射的轮辐保持着车轮的形状一样。可是这枚真正的戒指……

拉尔夫认为这才是轮毂：禁锢众戒的至尊戒。

他紧握着这枚金戒指，感觉到它坚硬的曲线扎入了自己的手掌和手指中。然后，他把它装进了表袋里。

关于“卡”，他们有一点没有告诉我们，他想。它很狡猾，就像一条讨厌的鱼精，在你的手中不停地扑腾，死活不愿意脱钩。

这也像攀登沙丘，每前进两步就会滑下来一步。他们去高垄完成了某项任务，可拉尔夫并不知道那是什么任务，而多兰斯也只是向他们保证说那是事实。按照他的说法，他们在那里完成了任务。他们现在来到这里，拿到了艾德的信物，可这还不够，为什么？因为“卡”就像一条鱼，就像一座沙丘，就像一个轮子，不想停下来，只是一味地向前滚动，碾碎前进道路上的一切障碍。一个有着许多轮辐的轮子。

但最重要的是，“卡”或许就像一枚戒指。

一枚结婚戒指。

他突然明白了医院屋顶上那番谈话的意义，也明白了多兰斯竭力解释却未能说清楚的东西：艾德茫然的状态，再加上阿特洛波斯发现了这可怜、疑惑的人，使得一股巨大的力量降落在他身上。一扇门打开，一个名叫血色之王的恶魔大步走了进来。他比克洛索、拉克西斯、阿特洛波斯更强悍，而且不打算让拉尔夫·罗伯茨这种德里市的老古董阻止自己。

（“拉尔夫？”）

（“至尊戒驭众戒，洛伊丝，至尊戒寻众戒。”）

（“你在说什么？什么意思？”）

他轻轻拍拍表袋，感受着那里鼓起来的异常重要的小东西，艾德的戒指。然后，他伸手抓住她的双肩。

（“那些替代品——那些假的戒指——只是轮辐，而这枚戒指才是轮毂。一旦拿走轮毂，轮子就无法再转动。”）

（“你能肯定？”）

他当然能肯定。他只是不知道怎么做。

（“嗯。走吧。我们赶紧离开这里。”）

拉尔夫让她先从堆满物品的餐桌下钻过去，然后自己也蹲下身，开始往外爬。刚爬到一半，他回头望了一眼，看到了诡异可怕的一幕：尽管那嗡嗡的声音没有再次响起，死亡之袋却正将那枚替代的结婚戒指包裹起来。原先金灿灿戒指此刻只剩下一个幽灵般暗淡的小圆环。

他盯着它看了几秒钟，而它也在迷惑他，对他施展着催眠术。他费力移开目光，向外爬去。

9

阿特洛波斯的仓库堆满了各种纪念品，中间的走道宛如迷宫。拉尔夫原本担心会在寻找出路的过程中失去宝贵的时间，结果发现这根本不是一个问题。他们自己的足迹虽然在淡去，却依然清晰可辨，足以引导他们。

出了那可怕的小房间之后，他感到恢复了一点力气，但洛伊丝已元气大伤。等他们来到仓库与阿特洛波斯肮脏的卧室之间的拱门处时，他只能搀扶着她向前。他问她感觉怎么样，她耸耸肩，疲倦地挤出一丝笑容。

（“主要问题在于这个鬼地方。我们无论上升到多高都无济于事。这地方臭味太重，我根本受不了。只要呼吸一点新鲜空气，我就会好的。真的。”）

拉尔夫希望她说的是真话。他低头穿过拱门，进入阿特洛波斯的卧室，脑子里一直在想着要用什么样的借口才能让洛伊丝先出去。那样一来，他就有机会快速搜索一下这个地方。如果仍然找不到洛伊丝的耳环，他只能认定阿特洛波斯仍然戴着它们。

他注意到她的衬裙再次垂到了长裙裙摆的下面，刚想开口告诉她，左眼的余光却看到了一丝动静。他意识到，由于两个人都累坏了，他们出来时警惕性不够，现在有可能要为此付出高昂的代价。

（“洛伊丝，小心！”）

已经来不及了。拉尔夫感到她的胳膊离他而去，身穿肮脏长袍的怪物咆哮着，将她拦腰抱住往后拉。阿特洛波斯的身高只到她的腋窝，但这也足以让他将那把生锈的手术刀高举过她的头顶。拉尔夫本能地扑向他，阿特洛波斯却将刀锋向下移，碰到了她头顶升起的珠灰色气球线。他露出牙齿，冲着拉尔夫狞笑。

（“别再过来，短命鬼……一步也不许靠近！”）

好吧，他至少不必再为洛伊丝遗失的耳环担心了。那副耳环就在阿特洛波斯的小耳垂上，发出朦胧的粉红色光芒。拉尔夫停住脚步，与其说是因为阿特洛波斯的呵斥，还不如说是因为看到了耳环。

解剖刀收回了一点……但只有一点点。

（“听着，短命鬼，你刚才拿了我的东西，是不是？别不承认，我知道。你现在把它还给我。”）

解剖刀再次靠近洛伊丝的气球线，阿特洛波斯用刀背轻轻摩擦着它。

（“你把它还给我，不然的话，这臭娘们就会死在你面前。你可以站在那里，看着这皮囊变黑。怎么样，短命鬼？给我吧。”）

第二十六章

1

阿特洛波斯脸上的笑容带着令人讨厌的得意，也带着……

带着恐惧。他将你逮了个正着，而且解剖刀紧贴着洛伊丝的气球线，另一只手还卡住了她的脖子，可他依然极度害怕。为什么？

（快点！别浪费时间，蠢货！把戒指给我！）

拉尔夫将手慢慢伸向表袋，紧紧抓住戒指，心中在琢磨阿特洛波斯为什么没有立刻杀了洛伊丝。反正他也不会放他们走。

他怕我会再次动用心灵感应，用空手道劈砍动作揍他。可这只是一个原因。他也怕把事情搞砸。他害怕操纵着他的那个东西——那个存在。他害怕血色之王。你怕你的老板，对不对，你这龌龊的小朋友？

他用右手拇指和食指捏住戒指，举到眼前，再次透过戒指孔望着周围。

（“你干吗不过来拿呀？别害羞。”）

阿特洛波斯气得脸都挤成了一团，刚才那得意洋洋的神经质狞笑变成了卡通式的怒容。

（“我要杀了她，短命鬼。你听见了吗？这就是你想要的？”）

拉尔夫刻意慢慢举起左手，在空中做了一个锯东西的手势，满意地看到掌缘短暂朝向阿特洛波斯时，后者畏缩了一下。

（“只要你敢伤害她，我一定会打得你满地找牙。我说到做到。”）

（“把戒指给我，短命鬼。”）

他们不能说谎，拉尔夫突然想到，我不记得是听谁说的还是我自己的直觉，但我可以肯定他们不能说谎，这是真的。但我可以。

（“阿特洛波斯先生，你听我说。只要你答应我的一口价，我就把戒指给你。”）

阿特洛波斯眯起眼睛望着他，眼神中夹杂着疑惑与怀疑。

（一口价？你这什么意思？）

（“拉尔夫，不行！”）

他瞥了她一眼，然后回头望着阿特洛波斯。他举起左手，抓挠自己的脸颊，根本没有去想这个动作会引起阿特洛波斯的什么反应。解剖刀立刻再次贴着洛伊丝的气球线，这次的动作有点大，接触点凹陷了下去，还留下了一个污点，看上去像个血泡。阿特洛波斯的额头上冒出了一颗颗汗珠，开口说话时，声音变成了惊恐的尖叫。

（别再对我发射什么空手道闪电！不然的话，这个女人死定了！）

拉尔夫赶紧放下手，像个悔过的孩子那样把双手放到背后。艾德的戒指还在他手中，他几乎想也没想就把它塞进了裤子后面的口袋里。他直到这时才完全肯定自己不想交出这枚戒指。哪怕是以洛伊丝的生命为代价，甚至以他们两个人的生命为代价，他也决不交出戒指。

可也许不会糟糕到那个地步。

（“一口价就是说我们都做出让步。我把戒指给你，你把我女朋友给我。你只需保证不伤害她。怎么样？”）

（“不，拉尔夫，不行！”）

阿特洛波斯没有作声，两眼望着拉尔夫，眼神中带着恐惧，还有令人讨厌的懦弱。如果说在他漫长的一生中他曾经希望能够说一次谎的话，那么拉尔夫估计肯定就是此时此刻。他只需说一声“可以，就这么定了”，球就会重新踢回到拉尔夫这边。可是他无法那么说，因为他做不到。

他知道自己被逼入了死角，拉尔夫想。切断她的气球线还是放她走并不重要——他一定认为我反正会讹诈他。他没有想错。

你究竟能把他伤害到什么程度，亲爱的？卡洛琳在他脑海深处带着几分怀疑问他。在剪开结婚戒指周围的死亡之袋之后，你还剩下多少能量？

遗憾的是，剩下的并不多，也许足以在他的秃脑袋上烧出一个焦疤，却无法把它全部烧焦。而且——

这时，拉尔夫看到了不妙的情况：阿特洛波斯狞笑中的惊慌正在消失，取而代之的是谨慎的自信。他感到那双疯狂的眼睛正热切地在他身上游来游去——他的脸，他的身体，尤其是他的光环。拉尔夫的脑海里突然浮现出一个画面：一名机械师正把量油尺伸进汽车的曲轴箱，看看里面还剩多少机油。

快想办法啊，洛伊丝用眼神哀求他。求你了，拉尔夫。

可他不知道该做什么，脑子里没有一点头绪。

阿特洛波斯的狞笑重新有了洋洋得意的味道。

（短命鬼，你能量耗尽了，是不是？天哪，太糟了。）

（“你伤害她试试看，你这长不高的矮矬子。”）

阿特洛波斯笑得更厉害了。

（就你剩下的那些能量，恐怕连一只老鼠都对付不了。你干吗不乖乖把戒指给我？免得我……）

（“啊，你这杂种！”）

说话的是洛伊丝。她不再望着拉尔夫，而是将目光转向了屋子对面的镜子，阿特洛波斯肯定在那里察看过自己最新的装扮——罗莎莉的围脖，或者比尔·麦戈文的巴拿马草帽。她睁圆了眼睛，向外喷着怒火，拉尔夫知道她看见了什么。

（“那是**我的**，你这卑鄙的小偷！”）

她猛地后退，凭借自己的体重，将阿特洛波斯撞向拱门一侧。阿特洛波斯惊讶地嘟哝了一声，那只手握着的解剖刀被撞飞到了空中，刀刃从墙上刮下了干泥土碎屑。洛伊丝转身怒视着他，愤怒得脸都挤成了一团，完全不是“我们的傻洛伊丝”的样子，麦戈文要是看到了，准会吓得晕过去。她的双手朝他的脸颊抓去，目标是他的耳朵。她的一根手指扎进了他的脸颊。阿特洛波斯像爪子被踩了之后的狗那样狂叫，再次勾住她的腰，将她转过身去。

他将解剖刀的刀刃转过来，准备下手。拉尔夫的右手食指冲着刀刃挥去，仿佛是在训斥什么人。一道亮光从他的指尖射出，淡得几乎难以看见，击中了解剖刀的刀尖，将它暂时撞离了洛伊丝的气球线。都在那里了，拉尔夫意识到自己的弹药库已经空了。

阿特洛波斯越过洛伊丝的肩膀冲他露齿狞笑，洛伊丝则在他的怀里不停地挣扎、扭动。她不再尝试挣脱，而是想转身攻击他。她双脚乱蹬，再次将全身重量压到他身上，试图依靠后面的墙壁将他挤扁。拉尔夫想也没想就冲过去，跪在地上，向前伸出双手。他那样子像一个疯狂的求爱者在热切地求爱，洛伊丝的一只脚差一点踢到他的喉咙。他抓住她的衬裙边，粉红色的尼龙衬裙滑落了下来，而洛伊丝还在拼命喊叫。

（“卑鄙的小偷！让你尝尝我的厉害！感觉怎么样？”）

阿特洛波斯发出一声痛苦的尖叫，拉尔夫抬起头，看到洛伊丝已经咬住了阿特洛波斯的右手腕。他的左手握着解剖刀，盲目地朝她的气球线挥去，只差了半英寸，没有击中。拉尔夫跳起来，再次想也没想就用洛伊丝粉红色的衬裙蒙住了阿特洛波斯挥动的那只手……和他的头。

（“快离开他，洛伊丝！快跑！”）

她松开咬着的那只白色小手，跌跌撞撞地走向屋子中央酒桶状的餐桌，无比厌恶地擦掉嘴边粘着的阿特洛波斯的鲜血……但她脸上的表情仍然是愤怒。阿特洛波斯被粉色衬裙蒙着，不停地扭动着身子，不停地怒吼，想用空着的那只手摸索着去抓她。拉尔夫一掌把他的手拍开，然后推搡着他，让他的后背贴着拱门一侧。

（“别动，我的朋友——不要动。”）

（放开我！放开我，你这混蛋！你不能这样！）

最诡异之处在于他真的相信我会对他动手，拉尔夫想。他随心所欲太久了，完全忘记了短命界的手段。我可以教教他。

拉尔夫想起了阿特洛波斯在罗莎莉舔了他的手之后割断它的气球线的情景，心中突然对这趾高气扬、心存歹意、骄傲自满的疯子充满了仇恨，而这种仇恨如同路怒症那样突然爆发。他抓住洛伊丝的衬裙一角，握紧拳头，将衬裙裹着拳头绕了两圈。衬裙绷得紧紧的，阿特洛波斯的五官在粉色尼龙死亡面具上凸显了出来。

接着，就在解剖刀扎穿尼龙布料，开始要将它切开时，拉尔夫像使用投石器扔出石头那样挥舞起阿特洛波斯，将他扔到了拱门里面。如果阿特洛波斯落在地上，他或许不会伤得那么重，可是他没有：他的双脚相互碰撞，却没有交叉在一起。他重重地撞到正对着拱门的岩石上，痛苦地尖叫一声，跪倒在地上。洛伊丝的衬裙上绽放出花瓣状的红色斑点。解剖刀从尼龙上扎出的口子缩了回去。拉尔夫冲了过去，可就在这时，解剖刀再次出现，将原来的口子切得更长，露出了阿特洛波斯那种惊慌、茫然的脸。他的鼻子在流血，额头和右边的太阳穴也在流血。他还没有来得及站起来，拉尔夫就抓住了滑溜溜的衬裙下面凸起的他的双肩。

（住手！我警告你，短命鬼！我要让你吃不了兜着……）

拉尔夫对他这种毫无意义的咆哮充耳不闻，使劲将他往前一推。这小侏儒的双臂仍然困在衬裙里面，摔倒时只能是脸先着地。他尖叫起来，部分因为惊讶，但更多是因为疼痛。令人难以置信的是，拉尔夫感觉到洛伊丝在他脑海深处告诉他，得饶人处且饶人，不要真正伤害他——不要伤害这个刚才还想杀死她的小疯子。阿特洛波斯想滚到一旁去。拉尔夫用膝盖顶住他的后背，将他再次压趴在地上。

（“别动，朋友。就这样别动。”）

他抬头望着洛伊丝，看到她那令人震惊的怒火已经像当时突如其来时一样忽然间消失得无影无踪，颇似某种诡异的天象，比如碧蓝的晴空中突然出现的龙卷风，将马厩的屋顶吹走后就不见了踪影。她正指着阿特洛波斯。

（“我的耳环在他那里，拉尔夫。这下流的小偷拿了我的耳环，还戴在他耳朵上呢！”）

（“我知道。我看见了。”）

尼龙衬裙的口子露出了阿特洛波斯的半张脸，肌肉纠结在一起，恰似世界上最丑的婴儿刚出生时的模样。拉尔夫用膝盖压着他，可以感觉到这小混蛋后背上的肌肉在颤抖。拉尔夫想起了自己曾经看到过的一则古老的谚语……或许是印在“萨拉达”袋泡茶细线一端的标签纸上的：骑虎难下。此刻，在这个现实中永远见不到的地下洞穴里，拉尔夫觉得自己就像某个疯子虚构的童话故事中的人物，因此彻底理解了这句谚语的含义。一方面是由于洛伊丝突然的怒火爆发，另一方面完全是由于交了狗屎运。至少他暂时控制住了这个邋遢的小混蛋。当务之急的问题是下一步怎么办。

握着解剖刀的那只手向上挥舞，有气无力，也没有准头。拉尔夫轻易地避开了。阿特洛波斯在抽泣，在咒骂，虽然不再害怕，却也疼痛难熬，虽然怒气冲天，却也万般无奈。他再次向拉尔夫发动攻击。

（放开我，你这短命的傻大个！愚蠢的白发老笨蛋！满脸褶子的丑八怪！）

（“我最近可是比以前好看多了，朋友。你没有注意到吗？”）

（混蛋！愚蠢的短命鬼！你会后悔的！我一定会让你后悔！）

不错，拉尔夫想，他起码没有哀求。我还以为到现在这个时候他会开始哀求呢。

阿特洛波斯继续有气无力地挥舞着解剖刀。拉尔夫轻松地躲过了两三下，然后将手伸向被他压着的这个家伙的喉咙。

（“拉尔夫！不！不要！”）

他冲她摇摇头，也不知道自己想表达厌烦、安慰，还是两者皆有。他触摸着阿特洛波斯的皮肤，感觉到他在颤抖。阿特洛波斯喘过气来之后，恨恨地喊了一声，拉尔夫很清楚他此刻的感觉。现在的局面对他们两个人而言都是一种痛苦煎熬，但他没有把手从阿特洛波斯的喉咙那里拿开。相反，他想收紧卡住阿特洛波斯喉咙的那只手，却发现自己做不到，而且并不为此感到意外。可是，拉克西斯不是说过吗，只有短命界能够对抗阿特洛波斯的意志？应该是的。但问题是如何做到？

被他压在身下的阿特洛波斯在狂笑。

（“求你了，拉尔夫！拿到我的耳环后，我们就走！”）

阿特洛波斯冲她翻了个白眼，然后扭头望着拉尔夫。

（你以为你能杀了我，短命鬼？你做梦吧。）

不，他不是在做梦，但他需要先求证一下。

（人生就是煎熬，对不对，短命鬼？你干吗不把戒指还给我？反正我早晚会把它拿回来的，我向你保证。）

（“混蛋，你这狗杂种！”）

唇枪舌剑，但解决不了迫在眉睫的难题：他究竟该如何处理这个恶魔？

不管你采用什么方式，只要洛伊丝站在一旁注视着你，你就无法付诸行动，一个不太像卡洛琳的声音冷冰冰地提醒他。如果是在她发怒的时候，她可能不会干预，可她此刻不在气头上。拉尔夫，不管接下来会发生什么，她心肠太软，都不会接受。你得让她离开这里。

他扭头望着洛伊丝。她微微睁着双眼，像是准备蜷缩在拱门下睡一会儿。

（“洛伊丝，我要你离开这里，现在就出去。从楼梯爬上去，在树下等——”）

解剖刀又挥舞了起来，这次差一点削掉拉尔夫的鼻尖。他向后躲闪，膝盖在尼龙衬裙上滑了一下。阿特洛波斯猛地向上一挺，差一点脱身。在这千钧一发之际，拉尔夫用掌根把阿特洛波斯的脑袋压在地上——这应该不算犯规——然后重新用膝盖压住他。

（啊！啊！住手！你会要我的命！）

拉尔夫装作没有听见，抬头望着洛伊丝。

（“快走，洛伊丝！快点上去！我尽快过来！”）

（“我恐怕一个人爬不上去——我太累了。”）

（“你可以的。必须爬上去，你能做到。”）

阿特洛波斯老实了一点，至少暂时平静了下来，变成了拉尔夫膝盖下大口喘气的小引擎。但是这还远远没有解决问题。上面的时间在飞逝，而现在真正的敌人不是艾德·迪普努，而是时间。

（“我的耳环——”）

（“我会带过来的，洛伊丝，我向你保证。”）

洛伊丝看似用尽了最后一点力气，站直了身子，满脸严肃地望着拉尔夫。

（“拉尔夫，不到万不得已不要伤害他。那可不是基督徒的做法。”）

对，压根儿就不是基督徒的做法，拉尔夫脑海深处一个滑稽怪诞的小家伙赞同道。虽然不是基督徒的做法，可是……我都等不及要动手了。

（“去吧，洛伊丝。把他交给我就行了。”）

她望着他，眼神忧伤。

（“我知道无法让你保证不伤害他，对不对？”）

他想了想，然后摇摇头。

（“对，不过我可以向你保证：除非他自找，我不会伤害他。这样可以了吗？”）

洛伊丝认真思考了一下，然后点点头。

（“这样也行。我只要慢慢走，应该能够爬上去……可是你呢？”）

（“我会没事的。你在树下等我。”）

（“好吧。”）

他目送她走过污秽不堪的房间，海伦的运动鞋在她手腕上一上一下地晃荡着。她低头穿过房间和楼梯之间的拱门，开始慢慢往上爬。拉尔夫等到她的双脚消失在视线之外，才扭头对着阿特洛波斯。

（“好啦，伙计，就剩我们了，两个重逢的老朋友。我们该做点什么呢？玩个游戏吗？你喜欢玩游戏，是不是？”）

阿特洛波斯立刻重新开始挣扎，同时把解剖刀举过头顶，不停地挥舞，想把拉尔夫从身上弄走。

（滚开！把你的手从我身上拿开，你这老混蛋！）

阿特洛波斯像疯了似的扭动着，跪在他身上如同跪在一条蛇身上。拉尔夫全然不顾他的喊叫、挣扎和漫无目标挥舞的解剖刀。阿特洛波斯的整个脑袋完全从衬裙裂口中冒了出来，反而让事情变得容易多了。拉尔夫抓住洛伊丝的耳环，使劲一扯，虽然没有扯下来，却换来了阿特洛波斯撕心裂肺的惨叫。拉尔夫俯身冲他一笑。

（“原来是钻了耳洞，对吗，伙计？”）

（“是的，是的，混蛋！”）

（“用你的话说，生活就是煎熬，对不对？”）

拉尔夫再次抓住耳环，将它们活生生地扯了下来。阿特洛波斯耳垂上的小耳洞变成了两块垂肉，鲜血呈扇形喷了出来。他的尖叫声像新钻头一样刺耳。拉尔夫感到一丝不安，又可怜他，又瞧不起他。

这小杂种习惯于伤害他人，却不习惯于被人伤害。也许他本人从来没有受到过伤害。那么好吧，现在就让你体验一下其他人的生活，伙计。

（住手！住手！你不能这样对我！）

（“我有一个新闻要告诉你，伙计……这正是我要说的，你干吗不给我好好听着呢？”）

（你这样做能有什么用呢，短命鬼？事情终究会发生。市民中心那些人都会一命呜呼，拿走那个戒指也无济于事。）

难道我不知道吗？拉尔夫想。

阿特洛波斯还在大口喘气，但已经不再挣扎。拉尔夫放心地暂时将目光从他身上移开，瞟了四周一眼。他其实是在寻找灵感，哪怕是一个小门闩也可以。

（“A 先生，作为你的新朋友和玩伴，我能提个建议吗？我知道你很忙，可这地方你也得收拾收拾。我并不是说要让这地方登上《美丽家居》什么的，可是你瞧瞧！像个猪圈！”）

阿特洛波斯阴沉着脸，同时又保持着警惕：（你以为我会在乎你说什么吗，短命鬼？）

只有一个办法可以继续玩下去。拉尔夫虽然不喜欢，但还是准备试一试。他必须玩下去，他的脑海里有一个画面为这个办法提供了保证。那是艾德·迪普努驾驶小型飞机从海边飞向德里市的画面，机头要么装有一箱强烈爆炸物，要么装有一大罐神经毒气。

（“A 先生，我该拿你怎么办？有没有什么点子？”）

回答来得飞快，而且明确无误。

（放开我。这就是答案。唯一的答案。只有这个答案。我不再打搅你们两个，把你们留给命定。你们可以多活十年，也许二十年。这不是没有可能。你和那女的只需袖手旁观。回家去。大爆炸发生时，你们可以在电视上观看。）

拉尔夫装出认真思考这个建议的样子。

（“你就此放过我们？你保证放过我们？”）

（“是的！”）

阿特洛波斯的脸上露出了一丝希望，拉尔夫第一次看到这小混蛋的周围冒出了光环，与照亮这房间不断闪动的低俗可憎的红光一模一样。

（“你知道一件事吗，A 先生？”）

阿特洛波斯脸上的希望之情又增添了一分：（不知道，什么事？）

拉尔夫突然伸手抓住阿特洛波斯的左手腕，用力一拧。阿特洛波斯痛苦地尖叫起来。他的手指松开了解剖刀的刀把，拉尔夫像扒窃老手偷皮夹那样熟练地将它捡了起来。

（“我相信你。”）

2

（还给我！还给我！还给我！还给我——）

阿特洛波斯已经处于歇斯底里的状态，很可能会这样尖叫几个小时，于是拉尔夫用他所知最直接的办法让他住了口。他探身向前，望着从洛伊丝衬裙裂口中冒出来的那个光秃秃的大脑袋，在脑后勺上竖着划了一道浅浅的口子。没有什么无形的手阻止他，他自己的手也移动得很顺畅。鲜血——多得令人震惊——从切口涌了出来。阿特洛波斯周围的光环变成了暗红色，犹如受到感染的伤口的颜色。他又尖叫起来。

拉尔夫俯身在他耳旁亲密地对他说话。

（“我可能杀不了你，但我可以给你一顿好受的，对吗？而且我也不需要那病态的能量就能做到。有这把刀子就行了。”）

他用刀在第一个切口上横着划了一刀，在阿特洛波斯的后脑勺上划出了一个小写的字母 t。阿特洛波斯再次尖叫，并且开始疯狂地扭动身子。拉尔夫厌恶地发现，自己身上某个部分——那个滑稽怪诞的小精灵——非常享受这一切。

（“你想让我再补几刀，那就继续挣扎吧。你想要我住手，就先给我安静下来。”）

阿特洛波斯立刻安静了下来。

（“好。我现在要问你几个问题，你最好老实回答，对你有好处。”）

（你尽管问！问什么都行！就是别再用刀伤我了！）

（“这个态度还差不多，兄弟，不过凡事都可以做得更好，对吗？我们试试看。”）

拉尔夫又划了一刀，这次在阿特洛波斯的脑袋一侧切开了一道很深的长口子。一块头皮像没有粘牢的墙纸那样离开了头骨。阿特洛波斯号叫起来。拉尔夫感到胃里一阵痉挛，真真实实地松了口气……但是当他开口与阿特洛波斯说话、或者想起他来时，拉尔夫会竭力掩盖自己的感情。

（“好了，这只是让你有点动力而已。要是我再来一刀，你可能需要万能胶才能保住头皮，免得被大风吹走。你听明白了吗？”）

（是！是！）

（“你相信我吗？”）

（相信！白头发的老混蛋，相信！）

（“这才像话。我的问题是：如果你做出承诺，是不是必须遵守？”）

阿特洛波斯没有立刻回答，好苗头。拉尔夫将解剖刀的刀刃贴在他的脸颊上，催促他赶紧回答。他得到的回报是又一声尖叫，外加立刻合作。

（是的！是的！别再伤我！请别再伤我！）

拉尔夫将解剖刀移开，刀刃的轮廓在这小家伙光滑的脸颊上留下了一个类似胎记的红印。

（很好，你给我听着。我要你保证在市民中心的事情了结之前，你不得妨碍我和洛伊丝。不再跟踪，不再用刀乱砍，不再废话连篇。你向我保证。）

（混蛋！去你妈的什么承诺！）

拉尔夫没有生气，脸上的笑容反而变得更加灿烂，因为阿特洛波斯没有说“我不会”，更为重要的是他没有说“我做不到”。他只是说

“不”。换句话说，他只是有点故态复萌，这很容易纠正。

拉尔夫硬起心肠，将刀顺着阿特洛波斯的后背中央笔直划了下去。衬裙裂开，下面脏兮兮的白袍裂开，白袍下面的肌肤也裂开了一道口子。血流如注，令人恶心，阿特洛波斯痛苦、凄厉的尖叫声充斥着拉尔夫的耳朵。

他再次俯身，在那小耳朵旁嘀咕了几句，一边做着鬼脸，尽量避开阿特洛波斯的鲜血。

（“朋友，我可不想再这样做。说实在的，要是再割两刀，我又要吐了。可是我要让你知道，我是可以做到的，而且我会继续下去，直到要么你给我一个我想要的承诺，要么刚才阻止我卡你脖子的那个力量再次阻止我为止。依我看，如果你想等到那一刻，你一定会痛死的。所以，你怎么看呢？你是想做出承诺，还是想让我把你当作葡萄来削皮？”）

阿特洛波斯开始号啕大哭，那可怕的声音令人恶心。

（你不明白！要是你成功阻止了已经启动的事——尽管机会不大，但还是有可能做到——你说的那个血色之王一定会惩罚我的！）

拉尔夫咬紧牙关，再次挥刀。他紧紧抿住双唇，嘴巴看似一道久远的伤疤。解剖刀划过软骨时微微停顿了一下，阿特洛波斯的左耳滚落到地上。鲜血从他秃脑袋一侧的小洞里涌出，他这次的尖叫声震得拉尔夫耳朵发疼。

他们远不是什么神灵，对吗？拉尔夫心想。他又是惊恐又是沮丧，差一点要呕吐。我们和他们之间其实只有一个区别，他们的寿命更长，而且更难被人们看到。我肯定成不了好士兵——光是看着那些鲜血我就快要晕过去了。呸。

（好吧，我答应！别再伤害我！不要！求你了！）

（这才像回事，可你需要具体一点。我想听你亲口说出来，在市民中心的集会结束之前，你保证远离我和洛伊丝，还有艾德。）

他原以为阿特洛波斯又会扭动身子挣扎，又会避重就轻，但阿特洛波斯的反应出乎他的意料。

（我答应！我保证远离你，还有和你在一起的那个婊……）

（“洛伊丝。说出她的名字。洛伊丝。”）

（好，好，她——洛伊丝·夏瑟！我同意远离她，还有迪普努。只要你不再伤害我，我答应远离你们所有人。你满意了吗？这够好了吧，你这该死的？）

拉尔夫觉得自己已经满意了……或者说，像所有为自己不择手段感到恶心的人那样心满意足。他相信阿特洛波斯的承诺中没有陷阱，这个矮秃头深知自己以后可能要为现在屈服付出高昂的代价，可到头来那还不足以抵消拉尔夫带给他的痛苦和恐惧。

（是的，A 先生，我认为这够好的了。）

拉尔夫推开他的受害者，让他肚子着地滚到一边。他有一种感觉——肯定是错觉，对不对——阿特洛波斯的喉咙如河蚌的腮孔般一开一合。他盯着沾满鲜血的解剖刀看了一会儿，然后手臂往后一仰，用尽全力把它扔了出去。解剖刀翻滚着穿过拱门，消失在了拱门另一边的仓库里。

总算摆脱了，拉尔夫想。至少没有伤着我。这就够了。他没有了想呕吐的感觉，反而很想大哭一场。

阿特洛波斯慢慢起身，像致命风暴过后的幸存者那样茫然地望着四周。他看到地上的耳朵，将它捡了起来，然后在他的小手中将耳朵翻过来，凝视着耳朵背后凸出的几个软骨。他抬头望着拉尔夫，眼睛噙满了痛苦、屈辱的泪水。可是他的眼睛里还有别的东西，一种让拉尔夫畏缩的愤怒，深切而又致命。在这样的愤怒面前，拉尔夫所有的防范都显得不堪一击、愚蠢透顶。他狼狈地后退了一步，颤抖的手指指着阿特洛波斯。

（“别忘了你的承诺！”）

阿特洛波斯露齿狞笑，垂悬在脸颊旁的那块皮肤像松弛的风帆一样来回晃荡，皮肤下面的肌肉不停地渗出鲜血，流淌下来。

（我当然没有忘记，怎么可能呢？我还要多给你一个承诺，也可以说是买一送一。）

阿特洛波斯做了一个手势，拉尔夫记得在医院屋顶上看到过。阿特洛波斯张开右手的食指和中指，形成一个 V 形，然后快速向上一伸，在空中制造出一道红色弧线。拉尔夫看到弧线内有一个人影，在他的后方，仿佛透过一层血雾看东西那样隐约可以看出红苹果便利店。他正准备问站在哈里斯大道路缘上的那个人是谁……突然间，他明白了。他抬起头，惊恐地望着阿特洛波斯。

（“天哪，不！不，你不能这样做！”）

阿特洛波斯脸上的笑容变得更加可怖。

（怎么说呢，短命鬼，所以我才一直对你念念不忘。只是我错了，你也错了。现在看好了。）

阿特洛波斯将手指张得更开。拉尔夫看到有人戴着一顶波士顿红袜子队球帽从红苹果便利店走了出来，拉尔夫这次立刻知道自己看到的是谁。这个人呼喊着街对面的什么人，然后便发生可怕的事。拉尔夫感到一阵恶心，将目光转向别处，远离阿特洛波斯的小手指间血红弧线中的未来情景。

但他听到了这情景发生时的响声。

（我给你看的第一个人属于随机界，换句话说，属于我。这就是我给你的承诺：如果你妨碍我，我刚才给你看的情景就会发生。你无能为力，也无法给人以警告来阻止它发生。可是，只要你现在就停手，只要你和那女人袖手旁观，让所有的事情自然发生，那么我就不会下手。）

阿特洛波斯的长篇大论往往夹杂着大量粗痞话，如今污言秽语像旧戏装一样被抛到一旁后，拉尔夫第一次比较清晰地感觉到这个生物多么古老，多么歹毒，又多么睿智。

（别忘记吸毒的人说过的话：死很容易，但是活着很难。这可是至理名言啊。没有谁比我更理解这句话。你有什么想法？想再考虑一下吗？）

拉尔夫垂着头，紧握双拳，站在这污秽的房间里。洛伊丝的耳环像滚烫的小煤块一样炙烤着他的掌心。艾德的戒指似乎也在炙烤着他，他知道世上没有任何东西可以阻止他把它从口袋里掏出来，像解剖刀那样扔进隔壁房间。他想起了多年前在学校读过的一个短篇小说，名叫《美女还是老虎？》，他现在明白被赋予这种可怕的力量……必须做出可怕的选择是一种什么样的感觉。与两千条生命相比，一条性命算得了什么？

可是那条性命……

不过说实话，似乎没有必要让所有人都知道，他冷静地想到。也许除了洛伊丝……而洛伊丝会同意我的决定。卡洛琳可能不会赞同，但她和洛伊丝属于两类人。

是啊，可他有这权利吗？

阿特洛波斯也从他的光环中看出了他的心思——他居然能看懂那么多，真令人毛骨悚然。

（你当然有这个权利，拉尔夫。生与死这个问题归根结底就在于谁有权利。这次的权利属于你。你怎么说？）

（“我不知道该说什么，也不知道该想什么。我只知道一点，真希望你们三位当初没有找上我。”）

拉尔夫·罗伯茨仰面对着阿特洛波斯老巢中布满树根的天花板，放声尖叫。

第二十七章

1

五分钟后，拉尔夫的脑袋从那棵倾斜老橡树下的阴影中探了出来。他一眼就看到了洛伊丝。她跪在他面前，焦急地透过扭结在一起的树根看着他的脸。他举起手，手上沾满了泥土和血迹。她牢牢抓住他的手，扶着他爬上最后几级台阶。多瘤的树根还真像极了梯子横档。

拉尔夫扭动身子，从树下爬了上来，仰面朝天地躺在地上，大口呼吸着新鲜空气。他这辈子从来没有想到空气会如此甜美。不管怎样，他为能够逃出来、能够重获自由而感谢上苍。

（“拉尔夫，你没事吧？”）

他翻过她的手，亲吻着她的手掌，然后将耳环放在他刚刚亲吻过的地方。

（“没事，我很好。这些耳环是你的。”）

她好奇地看着耳环，仿佛她以前从来没有见过耳环一样，然后将它们装进自己的衣服口袋。

（“你是在镜子中看到的，是不是，洛伊丝？”）

（“是的，我肺都要气炸了……可是我并不感到意外，内心深处并没有感到惊讶。”）

（“因为你早就知道了。”）

（“是啊。可以这么说吧。也许在我们第一次看到阿特洛波斯戴着比尔的帽子那一刻就知道了。我只是……怎么说呢……只是一直没有说出来。”）

她细细打量着他，揣摩着他的意思。

（“先别管我的耳环，给我说说下面发生了什么。你是怎么脱身的？”）

拉尔夫很担心，如果她继续那样细细地打量他，她可能什么都会知道。他还隐约感觉到，要是不马上动身，他或许就走不了了。他已经筋疲力尽，觉得体内有一个带壳的大家伙——或许是一艘沉没已久的轮船——在呼唤他，想把他拖下去。他挣扎着站起身。他决不允许自己在这一刻被拖下去。看天色，情况虽说还没有那么糟，但也好不了多少，至少已经六点多了。德里市那些毫不关心人流问题的人（也就是说绝大多数人）正在享用热气腾腾的晚餐。市民中心的大门此刻已经打开，十千瓦的电视转播灯会将大门照得雪亮，先到的支持人流的人会驱车经过丹·道尔顿和他那群高举标语牌的“生命之友”，而一个个小型摄像机则会将这些画面传输出去。不远处，人们会哼唱艾德·迪普努最喜欢的那首歌：嘿，嘿，苏珊·戴，你今天杀了多少孩子？无论他和洛伊丝要做什么，都必须在接下来的六十到九十分钟内完成。时间紧迫。

（“快点，洛伊丝。我们得走了。”）

（“我们要回市民中心吗？”）

（“不，现在先不去。我认为我们首先要……”）

拉尔夫发现自己已经等不及去细想。他们应该从哪儿开始？回德里之家医院？红苹果便利店？他家？你需要找到几个充满善意却又不是无所不知的人，他们已经让你和几个好友深陷伤害与麻烦之中，在这个时候，你会去哪里？你会理所当然地认为他们会来找你？

他们可能不想找你，亲爱的。事实上，他们可能真的会躲避你。

（“拉尔夫，你肯定自己……”）

他突然想到了罗莎莉，顿时恍然大悟。

（“去公园，洛伊丝。斯特拉福德公园。我们得去那里。但我们需要先去一个地方。”）

他领着她，沿机场铁丝网向前走，不一会儿就听到了懒散、相互交织的说话声。拉尔夫还可以闻到烤热狗的香味，在阿特洛波斯老巢令人作呕的臭气中待了那么久之后，这香味是那么美好。一两分钟后，他和洛伊丝来到了 3 号跑道旁的小野餐区。

多兰斯果然在那里。他站在令人惊讶的五彩光环中，注视着一架轻型飞机慢慢下降，飞向跑道。他身后是法耶·查宾和唐·维泽，坐在一张野餐桌两边，中间是棋盘，旁边还有一瓶喝了一半的“蓝修女”葡萄酒。斯坦和乔治娜·埃伯里一边喝着啤酒，一边在野餐区烧烤坑上的热浪中旋转着穿了热狗肠的叉子。在拉尔夫的眼中，那热浪很怪异，呈现出干巴巴的粉红色，犹如珊瑚色的沙子。

有那么一刻，拉尔夫就这样呆呆地站在那里，为眼前的美景所震撼。他觉得这种短暂而震撼人心的美正是短命界生活的真谛。他想起了一首至少二十五年前的老歌片段：我们是星尘，我们灿烂闪光。多兰斯的光环与众不同，非常壮丽，但即便是其他人最平凡的光环，也像人们梦寐以求的稀奇宝石般闪耀。

（“啊，拉尔夫，你看到了吗？你看到他们多么美丽吗？”）

（“看到了。”）

（“真遗憾，他们自己不知道！”）

这是遗憾吗？想到所发生的一切，拉尔夫也说不准。他感觉到——一种模糊但难以言表的强烈直觉——或许真正的美是人的意识感知不到的东西，是一项不断完善的成就，是一种存在却不为人们所见的东西。

“快点，你这笨蛋，该你下了。”一个声音说道。拉尔夫吓了一跳，以为是有谁在对他说话，但其实是法耶在催促唐·维泽赶紧移动棋子。“你这速度要把人急死。”

“别吵，”唐说，“我在思考。”

“看样子要思考到天荒地老了，老滑头，我再走六步就要将军了。”

唐往纸杯里倒了点葡萄酒，翻了个白眼。“真会吹，”他大声说，“我没有意识到是在和棋王鲍里斯·斯帕斯基下棋呢！我还以为你只是再平常不过的老法耶·查宾呢！我郑重向你道歉！”

“真有意思，唐。既然有这样的才华，你完全可以到大街上去表演，赚上一大笔钱。你也可以现在就表演一下呀，就从这六步棋开始。”

“自作聪明，”唐说，“你就是不知道什么时候要……”

“嘘！”乔治娜·埃伯里厉声说道，“那是什么声音？好像什么东西爆炸了！”

是洛伊丝，她正从乔治娜的光环中吸取鲜亮的雨林绿色光芒。

拉尔夫举起手，手指弯曲成管状，罩着嘴巴，开始从斯坦·埃伯里的光环中吸取明亮的蓝光。他立刻感到体内充满了新鲜能量，仿佛脑子里有日光灯突然亮了起来。可那艘巨大的沉船仍然存在，仍然在试图将他拖往深处。这艘沉船其实只是四个月失眠所带来的结果。

他还没有做出决定——尚未做出，只是推迟了一会儿。

斯坦也在东张西望。不管拉尔夫吸走了他多少光环（他感觉吸走了很多），斯坦的光环依然稠密、明亮。很显然，他们所听到的每个人周围都有取之不尽的能量这种说法确实是真的。

“嗯，”斯坦说，“我确实听到……”

“我没有听到。”法耶说。

“你当然没有听到，因为你的耳朵是用泥巴做的，”斯坦反唇相讥道，“别打岔好不好？我正要说那不是油箱，因为既没有看到火也没有看到烟。也不可能是唐放了个屁，因为没有毛发烧焦的松鼠从树上掉下来摔死。我估计肯定是空军警卫队的大卡车回火时发出的响声。别担心，亲爱的，我会保护你的。”

“那你就保护这个吧。”乔治娜拍了一下自己的胳膊肘窝，向他举起拳头，不过她的脸上却挂着笑意。

“哦，天哪，”法耶说，“你们快看老多尔。”

大家一起将目光转向多兰斯，看见他正微笑着朝哈里斯大道延长路方向挥手。

“老伙计，你看见谁在那儿呀？”唐·维泽咧嘴笑着问。

“拉尔夫和洛伊丝，”多兰斯带着灿烂的笑容说，“我看见了拉尔夫和洛伊丝。他们刚从那棵老树下面爬出来！”

“是啊。”斯坦说。他把手举到额头上，遮住阳光，然后直接指着他们。拉尔夫顿时一阵紧张，但随即放松下来，因为他意识到斯坦只是指着多兰斯挥手的方向。“快看！格伦·米勒也跟在他们后面爬上来了！混蛋！”

乔治娜用胳膊肘顶了一下斯坦，他敏捷地往后一退，咧嘴一笑。

（“你好，拉尔夫！你好，洛伊丝！”）

（“多兰斯！我们要去斯特拉福德公园！对吗？”）

多兰斯开心地笑着：（“我不知道。那都是长生界的事，我已经退出了。我过一会儿就回家，看沃尔特·惠特曼的诗。今晚会刮风，刮风的时候读惠特曼的诗最合适。”）

洛伊丝近乎疯狂地说：（“多兰斯，帮帮我们！”）

多尔收起笑容，板起脸望着她。

（“我做不到。已经不归我管了。剩下的事将由你和拉尔夫去完成。”）

“呃，”乔治娜说，“我最不喜欢他那种眼神，让你相信他真的好想看见什么人似的。”她拿起长柄烧烤叉，继续烤她的热狗肠。“顺便问一句，你们有谁见到拉尔夫和洛伊丝了吗？”

“没有。”唐说。

“他们肯定躲在海边某个少儿不宜的汽车旅馆里，外加一箱啤酒和一瓶强生宝宝油，”斯坦说，“那种经济型特大号瓶，我昨天告诉过你们。”

“你这下流坯子。”乔治娜又用胳膊肘顶了他一下，这次比较用力，但更为精准。

拉尔夫：（“多兰斯，你一点都不能帮我们吗？能不能至少告诉我们是否走对了路？”）

他起初认定多尔一定会回答，可就在这时，一架无人飞机从头顶嗡嗡逼近，多兰斯抬头望去。他的脸上再次浮现出那种傻呵呵的灿烂笑容。“看！”他大声说，“一架老型号的格鲁曼黄鸟！真漂亮！”他快步走到铁链栅栏旁，背对着他们，看着那架黄色小飞机降落。

拉尔夫挽起洛伊丝的胳膊，勉强笑了笑。任务艰巨——他这辈子从未感到这样害怕、这样困惑过——但他还是决定冒险试一下。

（“走吧，亲爱的。我们走。”）

2

拉尔夫记得自己曾经想过——那是在他们沿着废弃的铁路最终走回机场的途中——他们并不是在步行，更像是在滑行。他们以滑行的方式从 3 号跑道尽头的野餐区前往斯特拉福德公园，只是现在的滑行更快、更明显，就像有一条无形的传送带在送他们前往目的地。

他停下脚步，想做一个实验。周围的房屋和店铺仍然在缓缓向后退去。他低头看着自己的双脚，果然，双脚静止不动。移动的似乎是人行道，而不是他。

前方出现了杜甘先生，他是德里市信托贷款部主任，一如既往地穿着三件套正装，戴着无边眼镜。像往常一样，拉尔夫觉得他是世界上唯一天生没有屁眼的家伙。他有一次拒绝过拉尔夫的转账贷款申请，拉尔夫估计这就是他对这个人印象不好的原因之一。他看到杜甘的光环呈现出荣军医院过道中那种单调、统一的灰色，对此一点也不感到意外。他像被迫游过一条污染运河的人那样屏住呼吸，直接从那银行职员身上穿了过去。杜甘动都没有动一下。

这很好玩，可是当拉尔夫回头看洛伊丝时，他的高兴劲立刻消失了。他在她的脸上看到了焦虑，也看到了她想问的问题。他也无法就这些问题给出满意的答案。

前面就是斯特拉福德公园。正当拉尔夫望着那里时，路灯突然亮了。小操场几乎空无一人，他和麦戈文——经常还有洛伊丝——曾经站在那里，看着孩子们玩耍。两个初中生并排坐在秋千椅上，抽烟聊天，可是白天来这里的那些带着幼童的母亲都已离开了。

拉尔夫想起了麦戈文，想起了他喋喋不休的病态唠叨和他的自艾自怜——刚相识时难以察觉，熟悉之后却总也躲不开。麦戈文总会不顾场合说出一些机智妙语，也会冲动地做出令人惊讶的善良举动，这些不仅淡化了前面两个缺点，甚至把那两个缺点变成了他的可爱之处。想到这里，拉尔夫感到特别悲伤。短命界或许是星尘，或许也金光闪耀，可他们一旦去了，就会永远离去，就如阳光灿烂的夏日午后来这里玩耍的母亲和孩子。

（“拉尔夫，我们来这里干什么？死亡之袋在市民中心，不在斯特拉福德公园。”）

拉尔夫领着她来到公园长凳旁，他曾经发现她在这里为她与儿子和儿媳的争吵而哭泣……为丢了耳环而哭泣，那仿佛是几个世纪前的事。山丘下，那两座移动公厕在渐浓的暮色中隐隐反射着亮光。

拉尔夫闭上眼睛。我要疯了，他想，不是像搭乘慢车那样渐渐发疯，而是像乘坐了特快列车那样飞快发疯。会有什么样的结果？美女……还是老虎？

（“拉尔夫，我们得有所行动。那些人的性命……几千人的性命……”）

他闭着眼睛，在眼帘背后的黑暗中看到有人走出了红苹果便利店。一个身影，穿着深色条绒裤子，戴着红袜子球队的棒球帽。那可怕的一幕马上就要再次上演，拉尔夫不想看到那一幕，于是便睁开眼睛，望着身边的洛伊丝。

（“每个生命都很重要，洛伊丝，你同意吗？每一个生命。”）

他不知道她在他的光环中看到了什么，但她显然被吓着了。

（“我爬上来后，下面又发生了什么？他究竟对你说了什么或者做了什么？告诉我，拉尔夫！告诉我！”）

那么应该如何选择？选一个人还是选众人？选美女还是选老虎？他如果不尽快做出选择，那么流逝的时间就会从他手中夺走选择权。那么选哪一个？哪一个？

“要么一个都不选……要么两个都选，”他用嘶哑的嗓子吼叫道，没有意识到自己在极度焦虑中大声说了出来，而且几个不同层级都能听到，“我不会做出选择。我不会。你们听到了吗？”

他从长凳上跳起来，疯狂地四处张望。

“你们听到了吗？”他吼叫道，“我拒绝选择！要么两个都选，要么一个都不选！”

北面小道上有一个酒鬼，正在垃圾桶里翻找着，看看有没有可回收的易拉罐和瓶子。他看了拉尔夫一眼，继续在垃圾桶里翻找。他只看到一个怒火冲天的男人。

（“拉尔夫，你想说什么？你在说谁？我？你？如果是因为我，如果你因为我而犹豫不决，我不想……”）

他深吸一口气，稳定情绪，然后将额头顶着她的额头，直勾勾地望着她的眼睛。

（“不是你，洛伊丝，也不是我。如果仅仅是因为你或者我，我可能会做出选择。但不是，我绝不愿意再被人当作卒子。”）

他松开她，后退一步。他的光环灿烂夺目，她不得不举起手来遮住眼睛，他像是快要爆炸了。他的声音传来时，像雷声一样在她的脑子里回荡。

（“克洛索！拉克西斯！给我出来！混蛋，赶紧出来！”）

3

他又走了两三步，然后停下脚望着山丘下。秋千椅上的两个初中生正抬头看着他，脸上带着相同的惊恐表情。拉尔夫的目光刚落到他们身上，他们就立刻起身，像两只小鹿一样奔向维奇汉姆街的路灯，留下香烟在秋千椅下面的脚坑里自燃自灭。

（“克洛索！拉克西斯！”）

他全身像电弧一样闪亮，突然间，洛伊丝浑身的力气像水一样从她的双腿流光。她后退一步，瘫倒在公园长凳上。她头发晕，心中充满了恐惧，下半身软弱无力。拉尔夫将这种情况看作一艘沉船，洛伊丝却将这看作一个深坑，她被迫一步步沿着逐渐缩小的螺旋往下走，最终肯定会掉进去。

（“克洛索！拉克西斯！最后机会！我不是在开玩笑！”）

起初毫无动静，然后山丘下两座移动公厕的门同时打开。克洛索和拉克西斯分别从写着“男厕”和“女厕”的公厕里走了出来。他们的光环如夏日蜻蜓明亮的绿金色，在黄昏灰暗的亮光中闪耀。他们一起移动，直到光环重叠在一起，然后慢慢向山顶走来，白衣下面的肩膀几乎触碰在一起。他们看似两个吓坏了的孩子。

拉尔夫转向洛伊丝。他的光环仍然炫耀夺目。

（“站在那里别动！”）

（“好的，拉尔夫。”）

她目送他走到半山腰，然后鼓足勇气大喊。

（“要是你不去阻止艾德，我会的。我说到做到。”）

她当然会的，他内心非常佩服她的勇气……可是她不知道他所知道的事，也没有看到他所看到的画面。

他回头看了她一会儿，然后下山走到两个秃头矮医生所站的地方，他们亮闪闪的眼睛正诚惶诚恐地望着他。

4

拉克西斯紧张不安地说道：（我们没有对你说谎——我们没有。）

克洛索更加局促不安（如果可以把那称作不安的话）：（迪普努已经出发，你得阻止他，拉尔夫——你至少得试一试。）

其实我可以什么都不做，从你们的脸上就可以看得出来，他想。他转身望着拉克西斯，满意地看到这个矮小的秃子躲避着他的目光，并且垂下了他那双乌黑、没有瞳孔的眼睛。

（“是吗？L先生，我们在医院屋顶上的时候，你要我们远离艾德。你还特别强调了这一点。”）

拉克西斯不安地扭动着身子，摆弄着双手。

（我……也就是说我们……我们也会出错。我们这次真的错了。）

只是拉尔夫知道“错”这个词根本不足以形容他们的所作所为，“自欺欺人”可能更为准确。他想为此训斥他们——啊，说实话，他想训斥他们一开始就不该让他卷入到这场麻烦中来——可是他说不出口。因为按照老多尔的说法，就连他们自欺欺人的行为也是为命定服务，去高垄的意外行程其实根本不是什么意外。他不明白背后的原因或者安排，但如果可能的话，他打算弄清楚。

（“先生们，我们暂且把说谎的事放到一旁，现在来聊聊为什么会发生这一切。你们如果想得到我和洛伊丝的帮助，最好老实告诉我。”）

他们惊恐的大眼睛对视了一下，然后一起转过来望着拉尔夫。

拉克西斯：（拉尔夫，你是怀疑那些人不会真的送命吗？因为如果你……）

（“我不怀疑，我只是厌倦了你们总把他们交给我。如果一场对命定有利的地震即将在这个地区发生，而死亡人数将多达一万人，不是区区两千人，你们连眼睛都不会眨一下，对吗？所以目前这个局面有什么特别之处？告诉我！”）

克洛索：（拉尔夫，我们和你一样，也不是制定规则的人。我们还以为你明白这一点呢。）

拉尔夫叹了口气。

（“你们又在避重就轻，浪费的只是你们自己的时间。”）

克洛索不安地说：（好吧，也许我们当时没有说清楚，可时间很有限，我们当时也很害怕。不管怎么说，你肯定明白，如果你不阻止艾德·迪普努，那些人必死无疑！）

（“现在先别管那些人。我只想知道他们当中的一个人——那个人属于命定界，不能仅仅因为某个疯子带着满脑袋疯狂的念头外加满满一飞机炸药过来就把那个人交出去。你们不能交给随机界的那个人是谁？谁？是不是戴？苏珊·戴。”）

拉克西斯：（不是。苏珊·戴属于随机界，不是我们关注和担心的对象。）

（“那么是谁？”）

克洛索和拉克西斯又对视了一眼。克洛索微微点头，两个人一起转身对着拉尔夫。拉克西斯再次向上弹出右手食指和中指，制造出孔雀尾巴般的亮光。拉尔夫这次看到的不是麦戈文，而是一个小男孩，一头金发，额前留着刘海，鼻梁上有一道钩状伤疤。拉尔夫立刻认出了他，正是高垄地下室里那个男孩，那个母亲被打得鼻青脸肿的男孩，那个把他和洛伊丝称作天使的男孩。

一个小孩将引领他们[①]，他顿时目瞪口呆。*我的上帝啊*。他难以置信地望着克洛索和拉克西斯。

（“我没有听错吧？所有这一切只是为了一个小男孩？”）

他以为他们又会含糊其辞，但克洛索给出了简单而直接的答复：（“是的，拉尔夫。”）

拉克西斯：（他此刻就在市民中心。他母亲，也就是你和洛伊丝今天早晨救过的那一位，不到一小时前接到保姆的电话，说她被一块玻璃严重划伤，今晚无法照看那个男孩。当然，这时候已经来不及另外找个保姆了，而这位母亲几周前就已经决定去见苏珊·戴……与她握手，甚至得到她的一个拥抱。她把那个叫苏珊·戴的女人当作偶像。）

拉尔夫想起了她脸上渐渐淡去的淤青，因而能够理解她的这种偶像崇拜行为。他更加明白，保姆割伤手绝对不是什么意外。*有什么东西*非要将这个留着金发刘海、眼睛被烟熏红的男孩弄到市民中心，而且为此愿意不择一切手段。他母亲之所以带他一起去，不是因为她不称职，而是因为她像所有人一样受到了人类天性的驱使。她只是不想错过这辈子见到苏珊·戴的唯一机会。

不，不止这些，拉尔夫想。*她带上她是因为她认为这样做很安全，反正皮科林和他那群疯狂的同伙都已经死了。她肯定认为她儿子今晚遇到的最糟糕的危险只是一群挥舞标语牌的反人流示威者，认为她和她儿子不可能在同一天遭遇两次厄运。*

拉尔夫一直凝望着维奇汉姆街。他现在转过身来望着克洛索和拉克西斯。

（“你们确定他在那里？肯定吗？”）

---

① 引自《圣经·旧约·以赛亚书》。

克洛索：（是的。和他母亲一起坐在北侧上层看台，手里拿着一张填色玩的麦当劳宣传画，还有几本故事书。其中一本书是《巴塞洛缪·库宾斯的五百顶帽子》，你对此感到意外吗？）

拉尔夫摇摇头。到了这个地步，他已经见怪不怪了。

拉克西斯：（迪普努的飞机将直接撞上市民中心的北侧。如果不采取行动，那个男孩会立刻丧命……我们决不能让这种事情发生。那个男孩绝对不能在定好的时间之前丧生。）

5

拉克西斯真诚地看着拉尔夫，手指之间的扇形蓝绿光已经消失。

（我们不能再这样浪费口舌，拉尔夫。他已经在空中，离这里不到一百英里，马上就要来不及阻止他了。）

拉尔夫顿时感到一阵惊慌，但他没有让步。毕竟他们想要达到的效果就是让他感到惊慌，让他和洛伊丝一起感到惊慌。

（“听我说，除非我弄明白了其中的利害关系，否则我不会在乎。我真的无所谓。”）

克洛索：（那么听好了。每隔一段时间就会有一个男人或者女人出现，他们的性命不仅会影响周围的人，甚至短命界的所有人，而且会影响上下好几个层级的所有生命。这些便是伟人，他们的生命永远服务于命定。如果他们英年早逝，一切都会改变。平衡会被打破。比如说，如果希特勒小时候溺死在浴缸里，这个世界会多么不同，你能想象得到吗？你可能相信这个世界会因此美好的多，但我可以告诉你，如果真的发生这种事，整个世界就会不复存在。假如温斯顿·丘吉尔在当上首相之前死于食物中毒呢？假如奥古斯都·恺撒还没有出生就已经被自己的脐带勒死呢？然而我们要你去救的这个孩子比这些人都更加重要。）

（“混蛋，我和洛伊丝已经救过这个孩子一次了！难道这还不够了结这件事，让他回到命定界吗？”）

拉克西斯耐心地说道：（是的，可是他还面临着来自艾德·迪普努的危险，因为迪普努既不属于随机界，也不属于命定界。在全世界所有人当中，只有迪普努可以在那孩子寿终正寝之前伤害他。如果迪普努没有成功，那个孩子将再次安全。他将平静地生活，直到属于他的时刻到来，那时他便会登上舞台，扮演短暂但至关重要的角色。）

（“一个人的生命就会如此重要？”）

拉克西斯：（是的。如果这个孩子死了，生命之塔就会坍塌，这所带来的后果超出你的想象，也超出我们的想象。）

拉尔夫低头凝视着自己的鞋子。他的脑袋仿佛有千斤重。他面临着一个巨大的讽刺，尽管疲惫不堪，他仍然能够轻易理解其中的含义。阿特洛波斯显然点燃了艾德心中某种可能早就存在的救世主情结，刺激他采取行动，而这种救世主情结或许是他没有归属状态的一个副产品。艾德不明白的是——即便是听到了也永远不会相信——阿特洛波斯和他在上面层级的大佬们打算利用他来杀死而不是拯救那个救世主。

他抬头望着两个秃头矮医生写满了焦虑的脸庞。

（“好吧，我不知道该如何阻止艾德，但我愿意试一试。”）

克洛索和拉克西斯相互看了一眼，脸上露出了一模一样如释重负的（而且很有人情味的）笑容。拉尔夫举起一根手指提醒他们。

（“等等。我话还没有说完。”）

两个人脸上的笑容顿时不见了踪影。

（“我也想向你们要一样东西。一条人命。我用你们四岁男孩的生命来换……”）

6

洛伊丝没有听到后半句话。他压低了声音，她没有听到，可当她看到克洛索和拉克西斯先后摇头时，她的心一沉。

拉克西斯：（我能理解你的苦恼，不错，阿特洛波斯肯定能说到做到。可是你也一定明白，这条生命没有那么重要……）

拉尔夫：（“可是我认为它很重要，你们明白吗？我认为很重要。你们两个需要明白一点：在我眼里，这两个人的生命同等……”）

她又听不见拉尔夫在说什么，却可以听清克洛索的话，极度苦恼的他说话时已经带了哭腔。

（可这不是一回事！这个男孩的生命完全不同！）

她现在可以清楚地听到拉尔夫的声音，像是在做报告（如果那可以算作报告的话），逻辑清晰，毫不畏惧，冷酷无情，让她想起了自己的父亲。

（“所有生命都与众不同。所有人同等重要。这当然是我短视、短命界的看法，但我认为你们必须接受这个观点，因为现在是我帮你们。我与你们做一笔公平交易，这就是我的底线。用我想要的那条生命换取你们想要的另一条生命。你们只需答应一声，这件事就成交。”）

拉克西斯：（拉尔夫，求你了。请你谅解，我们真的不能那样做！）

长时间的沉默。拉尔夫再度开口时，声音很低，但洛伊丝可以听到。可这也是她完整听到的最后一句话。

（“‘做不到’和‘不能做’之间有着天壤之别，不是吗？”）

克洛索说了一句什么，但洛伊丝只零星地听到

（交易有可能）

几个字。拉克西斯使劲摇头。拉尔夫回答后，拉克西斯用手指做了一个吓人的剪刀手势。

令人感到意外的是，拉尔夫的反应却是放声大笑，并且点点头。

克洛索抓住拉克西斯的胳膊，认真地对他说了几句，然后转身面对拉尔夫。

洛伊丝握紧拳头，搁在大腿上，心中期盼着他们能达成某种协议。任何协议都行，只要能阻止艾德·迪普努害死那些人，而不是站

在那里闲扯。

突然，一道刺眼的白光照亮了山坡。洛伊丝起初以为白光来自天空，可那仅仅是因为神话和宗教从小就向她灌输，天空是所有超自然现象之源。其实这道白光似乎来自万物——树木、天空、地面、甚至她自己，像一条条雾霭丝带从她的光环中流出。

接着便传来了一个声音……确切地说是**那个声音**。它只说了四个字，却像铁钟一样在洛伊丝的脑子里回荡。

（就这么着）

她看到克洛索一脸的恐惧和敬畏，伸手从屁股后面的口袋里掏出剪刀。他慌忙之中差一点把剪刀掉在地上，这种惊慌失措的失误让洛伊丝对他产生了一丝亲切感。他一手握住一个剪刀柄，张开刀刃。

那四个字再次传来：

（就这么着）

这次随之而来的还有一道耀眼的强光，洛伊丝一时相信自己的眼睛都快要瞎了。她用双手遮住眼睛，但还是在最后关头看到了，那道亮光集中在了克洛索像双叉避雷针一样高举着的剪刀上。

根本无法躲开这道亮光：它将洛伊丝的眼帘和遮住眼睛的双手变得犹如玻璃般透明，穿过她的肌肤时，映照出了她手指骨头的轮廓，宛如 X 光照片中的铅笔。她听到远处不知道什么地方传来了一个女人的声音，有点像洛伊丝·夏瑟，正用金属般的嗓音拼命叫喊：

（“把它关掉！上帝啊，请把它关掉，我受不了了！”）

终于，就在她感觉再也受不了的时候，那道亮光开始减弱。等它完全消失后，黑暗中只剩下一个刺眼的蓝色残影，宛如一把幽灵般的剪刀飘浮在空中。她慢慢睁开眼睛，起初只看到那个明亮的蓝色十字架，以为自己真的瞎了。接着，像冲洗照片一样，整个世界开始依稀重现。她看到拉尔夫、克洛索和拉克西斯都垂着双手，茫然而疑惑地偷偷看着四周，恰似一窝被耙刀翻出来的鼹鼠。

拉克西斯看着克洛索手中的剪刀，仿佛第一次看到那样。洛伊丝敢说，他一定没有见过它现在的样子。刀刃仍在闪光，放射出只有在童话里才能见到的雾霭般的诡异光芒。

拉克西斯：（拉尔夫！那是……）

她没有听到后面的话，但他的口气颇似一个农夫，听到敲门声后，开门看到光临他家小屋的竟然是教皇，而且教皇请求给他找块地方进行祈祷和忏悔。

克洛索仍然目不转睛地盯着手中的剪刀。拉尔夫也在看，但最终还是将目光转向了两位秃头医生。

拉尔夫：（“痛吗？”）

拉克西斯像似刚从睡梦中醒来：（是的……不会太久，可是……疼痛难熬……改变主意，拉尔夫！）

洛伊丝突然很害怕那把闪亮的剪刀。她想高声呼喊拉尔夫，告诉他不要管他想要的那个人，只管把他们想要的那个小男孩交给他们。她想告诉他，无论付出什么样的代价，都不要让他们再把剪刀拿出来。

可是她开不了口，脑子里空空荡荡。

拉尔夫：（“至少……只是想知道会遇到什么。”）

克洛索：（准备好了？……一定得……）

告诉他们不，拉尔夫！她将心中的话发给他。告诉他们不！

拉尔夫：（“准备好了。”）

拉克西斯：（明白……他的条件……代价呢？）

拉尔夫现在有些不耐烦了。（是的，是的，我们能不能……）

克洛索郑重其事地说：（很好，拉尔夫。就这么着。）

拉克西斯搂住拉尔夫的肩膀，然后与克洛索一起领着他往山下走了几步，来到孩子们冬天玩雪橇的地方。那里有一小块圆形平地，大小如夜总会的舞台。他们走到那里后，拉克西斯拦住拉尔夫，然后要他转身面对克洛索。

洛伊丝突然想闭上眼睛，却做不到。她只能注视着那里，暗暗祈祷拉尔夫明白自己在干什么。

克洛索小声对他说了几句。拉尔夫点点头，脱掉麦戈文的毛衣。他把毛衣叠好，放在铺满落叶的草地上。他站直身子后，克洛索抓住他的手腕，拉直他的手臂。他朝拉克西斯点点头，拉克西斯解开拉尔夫衬衣袖口的纽扣，两三下就飞快地将衣袖卷到了胳膊肘那里。克洛索转动拉尔夫的手臂，让它手腕朝上。拉尔夫前臂皮肤下的蓝色静脉经络清晰可辨，在一道道柔和的光环中更加凸显。所有这一切洛伊丝再熟悉不过：那就像观看电视直播的医生节目中某个病人在做手术前的准备工作。

可这不是电视节目。

拉克西斯探身向前，又说了几句。洛伊丝虽然无法听到他说什么，却知道他是在告诉拉尔夫，这是他最后一次反悔的机会。

拉尔夫点点头，尽管她从他此刻的光环中看出他对接下来的事非常害怕，他还是挤出了一丝笑容。他转身与克洛索交谈，似乎不是想从他那里寻求安慰，而是要给他安慰。克洛索想报以微笑，却没有成功。

拉克西斯一手握住拉尔夫的手腕，在洛伊丝看来，与其说是想稳稳地握住手腕，还不如说是想稳住整个胳膊。看到拉克西斯那副神情，洛伊丝想到了一位护士，正在照顾必须接受痛苦注射的病人。他望着自己的同伴，眼睛里透着恐惧，然后点点头。克洛索点头回应，深吸一口气，低头望着拉尔夫内侧朝上的胳膊，皮肤下鬼魅般的蓝色静脉网在闪闪发光。他停顿了一下，然后慢慢打开那把他和这位老朋友进行了生死交易的剪刀。

7

洛伊丝摇摇晃晃地站起身，双腿像木头一样来回晃动着不听使唤。麻木的双腿将她一直困在这无情的寂静之中。她想打破这种麻痹，想大声喊叫拉尔夫，让他停下来，告诉他——他根本不明白他们要对他做什么。

可是他明白。他那苍白的脸庞，半睁半闭的眼睛，痛苦地咧开的嘴唇都在表明他很清楚自己将要经历什么。尤其是流星般划过他光环的红色和黑色斑点，还有已经缩成一个蓝色硬壳的光环本身。

拉尔夫朝克洛索点点头，克洛索向下移动剪刀，直到处于下方的刀刃接触到拉尔夫胳膊肘窝皱褶下面一点的地方。那里的皮肤起初只是凹陷下去，紧接着，凹陷的地方出现了一个光滑的深色血泡。刀刃扎进了这个血泡。克洛索捏紧手指，锋利的刀刃合在一起，纵向切口两边的皮肤如同百叶窗帘突然卷上去一样翻卷起来。在拉尔夫强烈的蓝色光环中，皮下脂肪如融冰一样闪烁。拉克西斯紧握拉尔夫的手腕，但是洛伊丝可以看出，拉尔夫甚至都没有本能地把手缩回来。他只是低下头，左手握拳，高举在空中，像在行黑人力量礼[①]。她可以看到他脖子上的青筋如电缆般暴突出来，但他没有哼一声。

这可怕的行动真的开始之后，克洛索便以既冷酷又慈悲的速度继续下去。他快速沿着拉尔夫前臂的中线一路剪到手腕处，像人们打开封裹着层层胶带的包裹那样使用剪刀，用拇指压着刀刃，用另外几根手指引导着刀刃。拉尔夫手臂里的韧带发出后腹牛排般的光泽。血流如注，每次剪断动脉或静脉时，都会喷出暗红色的细雾。不一会儿，两个矮子的白袍上就缀满了扇形的血迹，让他们显得更像医生。

等到拉尔夫手腕根部剪断（整个“手术”只用了不到三秒钟，洛伊丝却觉得没完没了），克洛索移开滴血的剪刀，将它递给拉克西斯。拉尔夫的手臂已经从胳膊肘到手腕完全切开，变成了一条深色浅沟。克洛索双手卡住浅沟开始处，洛伊丝心想：*另一个家伙肯定会捡起拉尔夫的毛衣，将它用作止血带*。然而拉克西斯没有那样做，他只是握紧剪刀看着。

鲜血不停地从克洛索的指缝中留出来，但不一会儿就停了。他的双手顺着拉尔夫的手臂慢慢向下滑，后面出现的皮肤完整、结实，只是多了一条隆起的白色疤痕。

（*洛伊丝……洛——伊丝……*）

声音不是来自她的脑袋，也不是来自山下，而是来自她身后。一

---

① 黑人力量礼，源自美国20世纪60年代的黑人力量运动，后因黑人运动员在获胜后左手握拳、高举过头顶这一标志性动作而著称。

个轻柔的声音，几乎是想诱骗她。是阿特洛波斯？不，根本不是。她低头望去，看到低矮的绿光在她四周流动，穿过她手臂与身体之间的空隙，穿过她大腿之间的空隙，甚至穿过她的指缝。它将她的身影涟漪般地投在前方，骨瘦如柴，略微有点扭曲，犹如被绞死的女人投下的影子。它用西班牙苔藓色冰凉的手指抚摸着她。

（转过来，洛——伊丝……）

此时此刻，洛伊丝·夏瑟最不愿意做的事就是转身望着那绿光的光源。

（转过来，洛——伊丝……看着我，洛——伊丝……对着亮光，洛——伊丝……对着亮光……看着我，对着亮光……）

那是一个无法抗拒的声音。洛伊丝像齿轮生锈的芭蕾舞女玩偶一样慢慢转过身，两眼仿佛充满了圣埃尔莫之火①。

洛伊丝面对着那亮光。

① 圣埃尔莫之火，又称尖端放电，指教堂尖顶、船桅等上面区域的放电现象，为大气层生电而产生的光晕。

第二十八章

1

克洛索:(我们已经让你亲眼看到了,拉尔夫——你满意吗?)

拉尔夫低头望着自己的手臂。刚才的剧痛像鲸鱼吞噬约拿一样吞噬着他,现在却仿佛是一场梦,或者说是一次海市蜃楼。他猜想,正是因为这种恍若隔世的感觉,女人们才会愿意生育许多孩子。每次成功生产之后,她们就会忘记分娩时剧烈的肉体疼痛和艰辛。那道伤疤宛如一段粗糙的白色细绳,沿着鼓起的肌肉一路向下。

(“是的。你们很勇敢,动作很快,谢谢你们两个。”)

克洛索笑了笑,但是没有说话。

拉克西斯:(拉尔夫,准备好了吗?现在时间紧迫。)

(“是的,我已经……”)

(“拉尔夫!拉尔夫!”)

是洛伊丝。她站在山丘顶上,正在向他招手。他起初觉得她的光环已经从平时的鸽灰色变成了某种别的更深的颜色,但他随即想到那一定是震惊和疲倦的结果。他费力地向她所站的地方走去。

洛伊丝的眼神陌生而又迷离,仿佛她刚刚听到什么改变生活的惊人话语。

(“洛伊丝,怎么啦?出什么事了?是我的手臂吗?如果是因为这个,不要担心。瞧!完好如初!”)

他伸出手臂给她看,然而洛伊丝看都没有看。她只是盯着他,他发现她受到了极度惊吓。

(“拉尔夫,刚才有个绿色的人来了。”)

绿色的人?他抓起她的双手,立刻警觉起来。

（“绿色的人？你肯定吗？不是阿特洛波斯或者……”）

他没有说完，但她已经明白了他的意思。

洛伊丝慢慢摇摇头。

（“真的是一个绿色的人。如果说这件事有不同派系的话，我不知道……这个人……属于哪一派。他好像很友善，但我也可能看错了。我无法看到他，他的光环太强了。他让我把这些还给你。”）

她向他伸出手，把手中两个亮闪闪的小东西给他：她的耳环。他可以看到其中一个耳环上有一个红褐色斑点，猜想那是阿特洛波斯的血迹。他将耳环紧紧握在手中，被扎痛时脸上的肌肉抽搐了一下。

（“你忘了耳环后面的扣子，洛伊丝。”）

她说话很慢，不假思索，仿佛是在说梦话。

（“不，我没有——我把它们扔了。那个绿颜色的人要我扔的。小心别扎着。他很……和善……但我真的说不准，是吗？夏瑟先生以前总说我是全世界最容易上当的女人，总是愿意把每个人往好处想。每个人。”）

她慢慢伸出手，紧紧抓住他的手腕，两眼时刻不离他的脸庞。

“我只是说不准。”

说出心中的想法之后，她似乎清醒了过来。她站在那里，冲着他不停地眨着眼睛。拉尔夫猜想她有可能——尽管这种可能性微乎其微——真的睡着了，梦见了那个所谓的绿人。不过，他最好还是把耳环带走。也许没有什么用，但是将它们装在口袋里也没有什么坏处……除非耳环上面的针扎着他。

拉克西斯：（拉尔夫，怎么啦？出什么事了吗？）

他和克洛索落在了后面，没有听到拉尔夫和洛伊丝之间的对话。拉尔夫摇摇头，背过手，不让他们看到耳环。克洛索已经捡起了麦戈文的毛衣，并且掸掉了粘在上面的几片树叶。他把毛衣递给拉尔夫，拉尔夫悄悄把洛伊丝缺了扣子的耳环装进毛衣口袋，然后再把它穿上。

该动身了，右臂中央那条疤痕在灼烧着他，在告诉他如何行动。

（洛伊丝？）

（“我在，亲爱的。”）

（“我需要你的光环，需要取很多。你明白吗？”）

（“明白。”）

（“可以吗？”）

（“当然可以。”）

（“勇敢点——不会太久。”）

他把双臂搭在她肩膀上，两手在她脖子后面交叉紧握。她也重复这个动作，然后，两个人缓缓前倾，直到额头贴在一起，嘴唇只相隔两英寸。他可以闻到她身上残留的香水味，大概是从她耳朵后面隐秘的凹陷处传出的。

（“准备好了吗，亲爱的？”）

她的回答令他宽心，但又很古怪。

（“准备好了。看着我。望着亮光。望着亮光，把光带走。”）

拉尔夫噘起嘴巴，开始吸气。一道朦胧的亮光从她的嘴和鼻孔流出，进入他的口中。他的光环顿时明亮起来，而且亮度不断增加，直到最终变成令人目眩的灿烂云朵，包裹着他。他继续吸气，但吸进的已不再是空气。他感到手臂上的疤痕越来越烫，仿佛他的皮肤下埋了一个电热丝。即便是他想停下来，他也做不到……而他并不想停。

她摇晃了一下。他看到她眼睛迷离，感觉到她紧握在他脖子后的双手松了片刻。但是，她那双又大又亮、充满信任的眼睛重新凝视着他，双手也再次握紧。终于，随着这场旷世工程达到高潮，拉尔夫意识到她的光环已经变得非常苍白，他几乎无法看到。她脸色苍白，白发再次出现，而且多得几乎难以看到黑发。他得停下来，必须停下来，不然就会要了她的命。

他成功将左手抽离了右手，而这似乎切断了某种电路，让他得以后退一步松开她。洛伊丝一个踉跄，眼看就要摔倒在地，但克洛索和拉克西斯——很像《格利佛游记》中小人国的居民——赶紧抓住她的胳膊，小心扶着她坐到长凳上。

拉尔夫单腿跪在她面前。他几乎要疯了，内心充满了担忧和负疚感，同时又感到体内充满了力量，强大到猛烈一颠簸，自己就会像一瓶硝化甘油那样爆炸。他现在只要做出那个空手道劈砍的动作，就能击倒一栋建筑，甚至一排建筑。

可是他伤害了洛伊丝。或许还伤得不轻。

（“洛伊丝！洛伊丝，你能听到我说话吗？对不起！”）

她抬头望着他，目光迷离。这个女人在短短的几秒钟内就从四十岁快进到了六十岁……然后越过六十岁进入七十岁，就像火箭远远冲过了它的既定目标。她试着微笑，但笑得很勉强。

（“洛伊丝，对不起。我事先真不知道，等我知道时已经停不下来了。”）

拉克西斯：（拉尔夫，如果你想抓住最后机会的话，现在就必须动身。他快到这里了。）

洛伊丝点头赞同。

（“去吧，拉尔夫——我只是有点虚弱，我会没事的。我就坐在这里，等着恢复体力。”）

她的目光转向左边，拉尔夫顺着她的目光望去，看到了刚才被他们吓跑的那个酒鬼。他又回到山顶上翻找垃圾桶，看看有没有可以回收的易拉罐和瓶子。虽说他的光环不如他们之前在老火车库遇到的酒鬼那样健康，但拉尔夫认为在这紧要关头……他应该可以给洛伊丝救救急。

克洛索：（我们会让他走到这边来的，拉尔夫。我们对短命界的物理现象没有太多影响力，但我想这种小事我们还是可以做到的。）

（“你肯定？”）

（肯定。）

（“那好。”）

拉尔夫瞥了一眼这两个小矮子，注意到他们焦虑、害怕的眼神，于是点了点头。他弯腰亲吻了洛伊丝冰凉、布满皱纹的脸颊。她冲他一笑，可那是一位疲惫的老奶奶的笑容。

是我害了她，他想，是我。

那么你最好确保这一切有所收获，卡洛琳刻薄地说道。

克洛索和拉克西斯分别坐在洛伊丝的两边，保护着她。拉尔夫看了他们最后一眼，然后再次向山下走去。

他来到公厕前，在两间厕所之间站了片刻，然后将头靠着标有“女厕”的那一间。他没有听到任何动静。但是，当他将头贴着“男厕”的蓝色塑料墙壁时，他却依稀听到一个嗡嗡的声音在唱歌：

有谁相信我最离奇的美梦，
还有最疯狂的计划竟然会成功？
你，宝贝，只有你相信。

天哪，他比疯子还要疯狂。

这有什么奇怪吗，亲爱的？

拉尔夫觉得确实没有什么好奇怪的。他绕到移动公厕门口，打开门。他现在还可以听到遥远的飞机引擎的嗡嗡声，可厕所里面的情景与他以前见过几十次时没有区别：有裂纹的马桶座圈歪歪斜斜地盖在马桶上，一卷卫生纸看似大了许多，怪异，且有一种不祥之感。左边的小便池犹如塑料泪滴，墙上到处都是歪歪扭扭的涂鸦，其中最大、最显眼的要数小便池上方用一英尺大小的红字写着的一句：托尼·博因顿的屁股全德里市最小！一股令人作呕的松香除臭剂像尸体脸上的浓妆一样掩盖着屎尿味，还有挥之不去的酒臭味。他听到的声音似乎来自马桶座中央的孔洞，也可能是从墙壁中渗透出来的。

从我入睡那一刻
直到早晨来临，
我一直梦见你，宝贝，只有你。

他在哪儿？拉尔夫在琢磨，我怎么才能接近他？

拉尔夫突然感到屁股后面发烫，像是有人偷偷把燃烧的煤块塞进了他的表袋。他皱起眉头，随即想起了装在里面的东西。他将一根手指伸进那个小口袋，摸到他放在那里的金戒指，将它勾了出来。他把戒指放在手掌爱情线和生命线分叉的地方，小心翼翼地拨了它一下。它已经不再发烫。拉尔夫并不感到意外。

HD-ED 8-5-87。

“至尊戒驭众戒，至尊戒寻众戒。”拉尔夫喃喃自语，然后把艾德的婚戒戴到自己的左手无名指上。大小正好合适。他把它往上推，与卡洛琳四十五年前戴在他手指上的那枚婚戒轻轻相碰。他抬起头，看到公厕的后墙突然消失了。

2

剩下的墙壁构成一个方框，他看到日落后的天空，还有融入灰蓝暮色中的缅因州乡间景色。他估计自己正从大约十万英尺的高度眺望。他可以看到波光粼粼的湖泊和池塘，还有一望无际的深绿色林地，一直延伸到公厕的马桶座那里，然后消失。拉尔夫看到遥远的前方有一片灯光在闪烁，接近公厕间的屋顶。那大概就是德里市，最多不过十分钟的距离。他在视线的左下方看到仪表板的一部分，贴在高度表上的一张彩色照片把他惊呆了。那是海伦的照片，看似无比幸福，无比美丽。她怀抱着那个神圣高贵的婴儿，而熟睡中的婴儿最多只有四个月大。

他想在离开这个世界时最后看到的是她们，拉尔夫想，虽然他已经变成了一个恶魔，但他即便是恶魔也没有完全忘记如何去爱。

仪表板上有什么东西突然开始哔哔作响。一只手突然出现，扳下了一个开关。趁着那只手还没有从自己的视线中消失，拉尔夫看到它的无名指上有一个凹进去的白印子，仍然依稀可见。那个地方至少戴了六年的结婚戒指。他还看到了别的东西：那只手周围的光环与医院电梯里遭到雷击的婴儿的光环一模一样，如同一颗气体巨星大气层般怪异的薄膜，不停地翻腾，快速地旋转。

拉尔夫回头看了一眼，举起手。克洛索和拉克西斯也举手回应。洛伊丝给了他一个飞吻。拉尔夫做了一个接住的手势，然后转身踏进了移动公厕。

3

他犹豫了片刻，琢磨着如何处理马桶座，随即想起了医院里迎面撞过来的轮床，本该将他们的脑袋撞碎却没有。于是他向公厕间的后墙方向走去。他咬紧牙关，准备忍受小腿撞上马桶之痛——知道不会撞上是一回事，但磕磕碰碰七十年后还相不相信是另一回事——直接穿了过去，仿佛那是用烟雾做成的……或者他自己就是烟雾。

他在经历可怕的失重感和眩晕，一时不知道自己会不会呕吐。他同时感到体力正在快速溜走，好像他从洛伊丝那里吸取的能量被抽走了一大半。他估计是的。这毕竟是科幻小说中神奇的心灵传输，而这样的东西肯定会消耗大量能量。

眩晕感终于过去了，但取而代之的是更糟糕的知觉，一种脖子那里被劈开的感觉。他意识到自己现在毫无障碍地看清整个这片地区。

我的上帝，我这是怎么啦？出了什么事？

他的感官不情愿地向他报告：一切正常，只是他从未经历过现在所处的环境。他身高一米八五，而飞机驾驶舱从底到顶只有一米五二。这意味着驾驶员只要块头比克洛索和拉克西斯大，必须弯腰才能坐到驾驶座上。然而，拉尔夫不仅是在这架飞机飞行过程中进入驾驶舱的，而且是站着进去的，因此他仍然站在驾驶舱两个座位之间稍后的地方。他的视线之所以没有受到阻碍，原因既简单又可怕：他的头伸在了舱顶之外。

拉尔夫惊恐地想起了自己养过的那条老狗雷克斯，它坐车时喜欢把脑袋伸到副驾驶一边的窗外，两只耳朵随着气流往后飘。他闭上了眼睛。

万一摔下去怎么办？既然我可以把头伸到这该死的舱顶外面，有什么能防止我穿过地板滑下去，一路摔到地面上呢？甚至穿过地面、

穿过地球呢？

但是这种情况没有出现，而且在这个层级上不会发生这种事。他只需记住一点，他们曾毫不费力地穿过医院的各个楼层，而且轻轻松松地站在屋顶上。他只要记住这些就会没事。拉尔夫集中精力想着这一点，等他确信已经把控住自己后，他再次睁开眼睛。

从他下方倾斜出去的是飞机的挡风玻璃，前面是机头，顶端是旋转中呈现一片银灰色的螺旋桨。他在公厕门口看到的那片灯海越来越近。

拉尔夫屈起膝盖，脑袋从驾驶舱天花板平稳滑下。他的嘴里尝到了汽油味，鼻子里的细毛像触电似的竖起，然后他就跪在了机长和副机长座位之间的地板上。

经过这么长时间，而且又是在这种极度怪异的环境中再次见到艾德，他不知道自己会有什么样的感觉。一种强烈的惋惜感——不是怜悯，而是惋惜——突然袭上他的心头，让他感到有些意外。像一九九二年夏天撞到“西区园丁”皮卡车一样，艾德今天也穿着一件旧T恤衫，不是那种前面有一排纽扣、背后有一圈水果图案的牛津牌或者箭牌衬衣。他瘦了很多——拉尔夫觉得他大概瘦了四十磅——这带来了奇特的效果，他看上去非但不憔悴，反而多了一点哥特式浪漫主义英雄气质。拉尔夫不由自主地想起了卡洛琳最喜欢的那首诗，阿尔弗雷德·诺伊斯的《强盗》。艾德的皮肤白得像纸，约翰·列侬式圆形小眼镜后面的那双绿眼睛深邃而又明亮（像月光下的绿宝石，拉尔夫想），嘴唇像涂了口红一样通红。他的额头上系着那条白色丝巾，上面有那几个日本字，丝巾带有流苏的两端耷拉在后背上。在雷云般翻飞的光环中，艾德那张睿智、变化无常的脸上写满了可怕的懊悔与强烈的决心。他很美——真美——拉尔夫突然有一种似曾相识的感觉。他现在知道自己那天站到艾德和那位卡车司机之间时瞥见了什么，他此刻又看到了。艾德包裹在如台风般汹涌翻飞的光环中，上面没有漂浮出气球线，望着他如同望着一只被扔到墙上后摔碎的价值连城的明代花瓶。

他看不见我，至少在这个层级上他无法看到我。至少我认为他看不到。

仿佛要对他的想法做出反应，艾德扭头直勾勾地看了拉尔夫一眼。他睁大眼睛，一副疯狂、戒备的神情。他的嘴巴轮廓分明，但是嘴角却在颤抖，而且有冒出来的闪亮口水。拉尔夫后撤了一步，以为他看见了，但艾德并没有对他突然后退做出任何反应。他只是疑神疑鬼地看了一眼空空荡荡的四座客舱，仿佛那里有偷渡客偷偷动了一下。与此同时，他侧身越过拉尔夫，将右手放在副机长座位上用安全带系着的一个纸箱上。那只手摸了摸纸箱，然后举到额头前，稍稍调整了一下被他当作头巾的丝巾。完成这个动作之后，他又开始唱歌……但这次换了一首歌，歌词让拉尔夫脊背发凉：

一粒药片让你变大，
一粒药片让你变小，
老妈给你的药片，
没有任何用处……

是啊，拉尔夫想。去问爱丽丝，她何时长成三米高。

他的心狂跳不已——艾德刚才突然转身，把他吓得够呛，甚至比他发现自己在十万英尺上空将头伸到飞机舱顶之外时还要让他害怕。艾德没有看见他，拉尔夫这一点可以肯定，但不管是谁说过精神病人的感官要比正常人更加灵敏，他这样说一定有自己的道理，因为艾德显然已经意识到周围有些不对劲。

无线电突然响起，把两个人都吓了一跳。“呼叫南黑文上空的切诺基。你即将接近德里市空域，目前的飞行高度需要上报书面飞行计划。重复一遍，你即将进入市区有空中管制的空域，请将高度拉升到一万六千英尺，切诺基，速度 170 节，1-7-0。同时，请报上飞机编号，说明……”

艾德将手握成拳头，开始使劲捶打无线电。玻璃飞溅，很快鲜血也开始飞溅，溅到了仪表板上，溅到了海伦和娜塔莉的照片上，也溅到了艾德干净的灰色 T 恤衫上。他继续捶打，无线电的声音先是减弱成了静电的嘈杂声，然后彻底没有了声音。

“很好，”他低声说，带着一个总是自言自语的人说话时的哀叹口气，“好多了。我讨厌这么多问题。它们只会……”

他看到了自己血淋淋的手，愣住了。他举起手，仔细查看，然后重新将它握成拳头。小指第三关节下方扎了一大块碎玻璃。艾德用牙齿拔出玻璃片，随口吐到一旁，他接下来干的事让拉尔夫心头一凉：他用血淋淋的拳头一侧擦了一下左脸颊，然后又擦了一下右脸颊，留下了两个红色印记。他伸手从左边墙上的松紧袋子里掏出来一面小镜子，用它来查看自己临时绘制的战斗妆。他似乎对自己的形象很满意，因为他笑着点点头，把镜子放回到袋子里。

“别忘了睡鼠说过的话。”艾德用那哀叹的语气低声提醒自己，然后将驾驶盘往下压。切诺基机头朝下，高度表开始慢慢倒转。拉尔夫可以看到德里市就在正前方，整个城市宛如散落在深蓝色天鹅绒上的一把猫眼石。

副机长座位上的纸箱一侧有一个洞，从里面伸出来两根电线，连接到用胶带粘到艾德座位扶手上的一个门铃背面。拉尔夫猜测，艾德只要一看见市民中心、真正开始他的神风自杀行动，就会将一根手指放在方形塑料盒中央隆起的白色按钮上，并且在飞机撞上前一秒按下按钮。叮咚，雅芳前来拜访。

把电线剪断，拉尔夫！剪断电线！

好主意，但是有一个问题：他在这个层级上，连一根蛛丝都剪不断。这意味着他必须降落到短命界世界，正当他准备这样做时，右边有一个轻柔、熟悉的声音在呼唤他的名字。

（拉尔夫。）

在他的右边？不可能。右边只有副机长座和机舱壁，外加一团团黄昏时分新英格兰的空气。

他手臂上的疤痕已经像电热器里的电热丝那样开始刺痛他。

（拉尔夫！）

不要看。不要理它。就当没有听见。

但是他做不到。某种砖块一样的巨大力量在压迫着他，他开始扭头。他竭力抗拒，同时意识到飞机下降的角度越来越陡，但是他的抗拒不管用。

（拉尔夫，望着我——不要害怕。）

他最后一次尝试抵抗那声音，但是依然做不到。他的头继续转向那个声音，他突然发现自己正看着母亲，而他的母亲二十五年前就已经死于癌症。

4

切诺基驾驶舱侧墙外大约五英尺的地方，贝尔莎·罗伯茨正坐在曲木摇椅上，一边织毛衣，一边在摇椅上一前一后地摇晃着，而且是在距离地面大约一英里高的稀薄空气中。她脚上穿着拉尔夫在她五十岁生日时送给她的那双拖鞋，拖鞋里面还是货真价实的貂皮衬里，真傻。她肩披一条粉红色围巾，一枚印有“威尔基一定赢”的旧竞选别针将围巾固定在一起。

没错，拉尔夫想。我都忘了。她喜欢把那些别针当作首饰戴在身上——算是她矫揉造作的一个体现吧。

除了她已经作古而且此刻正坐在六千英尺高空的摇椅上之外，另一个不对劲的地方就是她膝盖上那条鲜红色的编织毛毯。拉尔夫从未见母亲编织过东西，甚至都说不准她会不会，可她这会儿正一刻不停地编织着。来回穿梭的棒针若隐若现地闪烁着。

（“母亲？妈？真的是你吗？”）

她从膝盖上深红色的织毯上抬起头，手中的棒针也停了下来。没错，正是他母亲——总之，还是拉尔夫从少年时开始就一直记得的模样。窄窄的脸庞，高耸的眉毛，棕色的眼睛，灰白色的头发在脖子后面紧紧盘成一卷。只有她的小嘴巴显得刻薄、无情……除非在她微笑时。

（嗨，拉尔夫·罗伯茨！你居然还敢问，我真感到惊讶！）

这并不能算是回答，对吗？拉尔夫心想。他想把这句话说出来，但认为最好还是保持沉默，至少暂时这样。一个乳白色的东西在她右边的空中游荡。拉尔夫望着它时，它颜色变深，固化成樱桃色的杂志架。那还是他在德里高中读高二时在木工课上给她做的。架子上装满了《读者文摘》和《生活》杂志。这时，她身下的地面开始消失，变成一个棕色和深红色相间的方块，如池塘中的涟漪般从摇椅下面向外延伸。拉尔夫立刻认出了它，那是他家位于玛丽米德里士满街老家厨房中的地板，那里也是他成长的地方。他起初可以透过它看到地面，几何形状的农田，前方不远处便是流经德里市的肯达斯季格河，然后它逐渐凝固成形。一个大小如马利筋草纤维球般的鬼魅身形变成了他母亲喂养的老安哥拉猫福泽，蜷缩在窗台上，眺望着荒蛮大地河边旧垃圾场上空盘旋的海鸥。福泽大概是在迪恩·马丁和杰瑞·刘易斯息影的前后死的。

（那个老人说得对，孩子。你无权干涉长命界的事。听你老妈的话，不要管闲事。记住我的话。）

听你老妈的话……记住我的话。这些话总结出了贝尔莎·罗伯茨对儿童培养这门艺术和科学的所有看法，不是吗？不管是命令你饭后要过一个小时才能去游泳，还是派你去杂货店买东西时要你一定留意别让布奇·鲍尔斯那老贼在篮子底下偷偷塞一堆坏了的土豆，开场白（仔细听老妈说）和收场白（记住我的话）从来没有变化过。如果你没有听她的话，如果你没有记住她的话，你就得面对老妈的怒火，到时候连上帝也帮不了你。

她拿起棒针，继续编织，用淡红色的手指织出深红色的针脚。拉尔夫猜想那只是幻觉，或者是毛线褪色，染红了他的手指。

他的手指？错得太离谱了。是她的手指。

只是……

她的嘴角有几小撮胡须，很长，有点恶心，而且很不对劲。拉尔夫记得她上嘴唇有细细的绒毛，可是胡子？绝对没有。那是新长出来的。

新长出来的？你在想什么？罗伯特·肯尼迪在洛杉矶遇刺后两天

她就去世了，她还会长出什么新东西来？

贝尔莎·罗伯茨的身边出现了两堵相交的墙壁，构成她度过大部分光阴的厨房角落。一面墙上挂着的那幅画拉尔夫记得非常清楚，上面画着一家人吃晚饭的场景——老爸、老妈、两个孩子。他们在传递土豆和玉米，分享着各自一天的生活。谁都没有注意到房间里还有第五个人——这个人身穿白袍，留着棕黄色大胡子和长发。他站在角落里望着他们。画作下方的牌子上写着《基督，看不见的访客》。只是拉尔夫记忆中的基督很和善，羞于偷听别人的谈话。然而这里的基督很冷漠，像是在思考……在评判……或许是在审判。他脸色通红，几乎是在动怒，仿佛听到的话让他怒不可遏。（妈？你是不是……）

她再次放下棒针，搁在红毯子上——那古怪、闪亮的红毯子——举起一只手来制止他。

（别叫我妈，拉尔夫——只管听我的话，记住我的话，不要搅进去！你现在插手搅局已经来不及了，只会把事情搞得更糟。）

那声音是对的，可那张脸不对劲，而且越来越离谱。主要是她的皮肤。光滑无皱的皮肤向来是贝尔莎·罗伯茨唯一的骄傲。可是摇椅中这个生命体的皮肤却很粗糙……远不止粗糙，上面像是布满了鳞片。而且她的脖子两侧还有两个肉瘤（或者是疮痂？）。一看到这些，一些可怕的记忆——

（把它从我身上拿开，约翰尼。求你了。）

在他脑海深处翻腾。还有——

她的光环。她的光环在哪儿？

（别管我的光环，也别管跟着你到处乱跑的那个老肥婆……我敢打赌卡洛琳在坟墓里都不得安身。）

摇椅里这个女人的嘴巴

（不是女人干的，那种事不是女人干的。）

不再是樱桃小口。下嘴唇张开，向外而且向上凸出。嘴角在下垂讥笑，一种怪异却又熟悉的讥笑。

（约翰尼，它在咬我，它在咬我！）

嘴角竖起的那几撮胡须也有些面熟，令人害怕。

（约翰尼，求你了，它的眼睛，它的黑眼睛。）

（约翰尼帮不了你，孩子。他当初帮不了你，现在也一样。）

他当然帮不了。拉尔夫的哥哥约翰尼六年前就死了，下葬时拉尔夫还抬了棺材。约翰尼死于心脏病发作，有可能和比尔·麦戈文一样属于随机死亡，而且……

拉尔夫看了看左边，发现驾驶舱机长一侧不见了，艾德·迪普努也没有了踪影。拉尔夫在那里看到了母亲在里士满老宅做饭用的煤气木材两用炉（她对做饭深恶痛绝，而且一辈子也没有做过一顿好饭），还有通往餐厅的拱门。他看到了家中那张枫木餐桌，正中央放着一个玻璃壶，里面插满了艳俗的红玫瑰，每一朵都恰似一张脸……一张张血红色、不停喘气的脸……

可是不对呀，他想。全都错了。她从来不在家里摆放玫瑰花，因为她对大多数鲜花过敏，尤其是玫瑰花。只要身边有玫瑰花，她都会不停地打喷嚏。我只看到过她把“印度花束”放在餐桌上，而那其实只是秋季的绿草。我看见玫瑰，因为……

他回头望着摇椅中的那个生命体，望着那些红色的手指——手指已经融合成了附肢，很像鱼鳍。他注视着那生命体膝盖上的深红色织毯，他手臂上的疤痕再次刺痛起来。

这究竟是怎么回事？

可他当然明白。只需将目光从摇椅中那红色的生命体身上移动到墙上挂着的那幅画上面，也就是脸色血红、满脸怒气的基督注视着一家人用晚餐的那幅画，他就能明白一切。他不在玛丽米德的老宅中，也不完全是在德里市上空的飞机中。

他是在血色之王的宫殿里。

第二十九章

1

拉尔夫想也没有想，就悄悄把手伸进毛衣口袋，轻轻握住洛伊丝的一只耳环。他感觉这只手仿佛远在天边，仿佛不属于自己。他意识到一件非常有趣的事：他这辈子还从未体验过什么叫恐惧，直到这一刻。一次也没有。当然，他也曾感到过恐惧，但那只是幻觉。他唯一一次算是感到恐惧是在德里市公共图书馆，查理·皮科林当时把刀子扎进他的腋窝，并且叫嚣着要让他的五脏六腑流到地上。不过，与他现在的感觉相比，那只能算片刻有些不安。

一个绿色的人来过……感觉他很和善，但我可能看错了。

他希望她没有看错，真心希望她没有看错，因为他现在只剩下这个绿色的人可以依赖。

绿色的人，还有洛伊丝的耳环。

（拉尔夫！别再胡闹了！你母亲对你说话的时候，你要看着她！都七十岁了，行事还像个十六岁的孩子，你这长满疹子的混蛋！）

他转身面对弯着身子坐在摇椅中那个长着红色鱼鳍的东西。它现在只是依稀还有一点他已故母亲的模样。

（“你不是我母亲，我还在飞机里。”）

（当然不在，孩子。那是你的错误想法。你只要迈出我的厨房一步，就会一路摔下去。）

（“别再装了，我知道你是什么。”）

那东西用一种被呛着的声音说话，拉尔夫直感到脊背一阵发凉。

（你，根本不知道。你以为自己知道，可你完全错了，而且你也不想知道。你永远不会愿意看到去掉伪装之后的我。相信我，拉尔夫，你不会。）

他越来越惊恐地意识到，那个像他母亲的东西已经变成了一条巨大的雌性鲶鱼，一条生活在河流底层、饥不择食的鱼，粗短的牙齿在下垂的嘴唇间闪烁，几根胡须几乎垂到它仍然穿在身上的那件衣服的衣领处。它脖子上的鱼鳃像刀片切口那样一开一合，露出里面令人不寒而栗的红肉。它的眼睛已经变圆，微紫色。正当拉尔夫注视着它时，它的眼窝开始向两边分开，那张布满鱼鳞的脸一路延伸到脑袋两侧，并且鼓出在外。

（动也别动，拉尔夫。不管你处在什么层级，大概都会在爆炸中送命，冲击波不仅会穿过建筑，还会传到这里，不过死于爆炸要比死于我的手下舒服多了。）

鲶鱼张开嘴巴，上下牙齿形成一个圆环，包围着这个血红色的家伙。他的体内看似装满了怪异的内脏和肿瘤。它似乎正冲着他大笑。

（“你是谁？那个血色之王吗？”）

（那是艾德给我起的名字——我们都应该有自己的名字，对吗？让我想想看。既然你不喜欢我扮演罗伯茨妈妈，干吗不叫我鱼王呢？你还记得广播节目里的鱼王吧？）

他当然记得……可真正的鱼王从来没有在《阿莫斯和安迪秀》中出现过。真正的鱼王其实是一条鱼后，生活在荒蛮大地中。

2

那年夏天，七岁的拉尔夫·罗伯茨和哥哥约翰尼一起去钓鱼，从肯达斯季格河中钓上来一条巨大的鲶鱼。那时候，从荒蛮之地河流中钓上来的鱼还可以吃。拉尔夫请哥哥帮他把那条活蹦乱跳的家伙从鱼钩上取下来，装进附近河岸上的淡水桶里。约翰尼拒绝了，并且装模作样地列举所谓的渔夫法则：好渔夫总是自己装好鱼饵，自己挖虫子，自己把鱼从鱼钩上取下来。拉尔夫后来才意识到，约翰尼很可能只是想掩饰自己的恐惧，因为他弟弟那天从肯达斯季格河温暖的浑水中钓上来的大鱼样子怪异，的确把他吓坏了。

那条鲶鱼不停地翻腾挣扎，滑溜溜的身上布满鳞片，还有倒刺。拉尔夫最终鼓起勇气抓住了它。在这个过程中，约翰尼低声要他别碰鲶鱼的胡须，声音中夹杂着一丝不祥之兆，让他感到更加害怕。胡须有毒。博迪·瑟里奥尔特告诉过我，要是被胡须扎着了，你会瘫痪的，一辈子永远离不开轮椅。一定要小心，拉尔夫。

拉尔夫将那条鱼转过来翻过去，想把鱼钩从它那黑黝黝、湿漉漉的体内取出来。他对约翰尼说的胡须有毒的那番话半信半疑，但他还是尽量不让手过于靠近鲶鱼的胡须。他意识很清楚，知道哪里是鱼鳃，哪里是眼睛，还意识到鱼腥味正随着他的每次呼吸更加深入进他的肺部。

最后，他听到鲶鱼体内传出了软骨断裂的响声，感觉到鱼钩开始滑动。鲜血不停地从它弯曲、奄奄一息的嘴角流出。拉尔夫轻叹一声，松了口气——结果证明他高兴得太早了。鱼钩出来时，鲶鱼猛地甩了一下尾巴。拉尔夫用来取出鱼钩的那只手滑了一下，鲶鱼血淋淋的嘴巴突然死死咬住了他的食指和中指。当时有多痛？很痛？有点痛？也许根本不痛？拉尔夫不记得了。他只记得约翰尼吓得毫不掩饰地尖叫起来，他自己确信这条鲶鱼会咬掉他右手食指和中指，要他为夺去它的生命付出代价。

他记得自己一边尖叫一边甩手，哀求约翰尼帮他一把，可约翰尼却不断后退，脸色苍白，嘴巴厌恶地抿成了一条线。拉尔夫猛一挥手，手在空中划出了一条大弧线，但鲶鱼仍然死死咬住不松口，胡须

（胡须有毒，会让我在轮椅上坐一辈子）

啪啪拍打着拉尔夫的手腕，乌黑的眼睛盯着他。

最后，他将鲶鱼砸向旁边的一棵树，撞断了它的脊背。鱼掉在草地上，仍然不停地翻腾。拉尔夫用力踩了它一脚，却带来了最后一阵恐惧。一团内脏从它嘴里吐出，而从拉尔夫脚后跟踩破的地方则喷出了黏糊糊、血淋淋的鱼卵。他那时才意识到，那条鱼王其实是鱼后，离产卵只有一两天。

拉尔夫一会儿看看那堆古怪的东西，一会儿看看自己沾满鲜血和鱼鳞的手，然后像报丧女妖那样吼叫起来。约翰尼抓住他的胳膊，想安慰他，但他撒腿就跑。他一路跑回家，躲在自己的房间里不肯出来。几乎一年过后，拉尔夫才重新开始吃鱼，而且再也没有与鲶鱼打过交道。

直到现在。

3

（“拉尔夫！”）

是洛伊丝的声音……可是很遥远！非常遥远！

（“你得赶紧行动！别让它阻止你！”）

拉尔夫现在意识到，他起初以为是他母亲膝盖上的毯子，其实是血色之王膝盖上一片血淋淋的鱼卵。它越过那张一直在抖动的毯子，探身向前，厚厚的嘴唇颤抖着，装出一副关切的样子。

（怎么啦，拉尔夫？哪里痛？告诉老妈。）

（“你不是我老妈。”）

（对——我是鱼后！我说话大声，我感到骄傲！我愿走就走，愿说就说。实话告诉你，我想变成什么都可以。你可能不知道，但改变外形在德里市可是历史久远的习俗。）

（“你认识洛伊丝看到的那个绿色的人吗？”）

（那当然！周围没有我不认识的！）

但拉尔夫在那种布满鳞片的脸上看到了一丝困惑。

手臂的温度更高了，拉尔夫突然意识到：如果洛伊丝此刻在这里，她会很难看到他。这时，鱼后变出一道脉动、越来越亮的光线，将他逐渐包裹。这道光线是红色的，而非黑色，但它依然是死亡之袋。他现在知道被困在里面是一种什么样的感觉，那就像陷入一张用你最厌恶的恐惧和最痛苦的经历编织的网中。退是退不出去了，而且也没有办法像他剪开艾德婚戒周围的死亡之袋那样将它剪破。

如果我想逃出去，拉尔夫想，我只能拼命向前跑，从另一边冲出去。

耳环还在他的手里。他将它转过来，让背面的针尖朝外，再用六十三年前一条鲶鱼试图吞掉的那两根手指夹住它。然后，他默默祈祷了几句，不是向上帝，而是向洛伊丝看到的那个绿人。

4

鲶鱼又向前探了探身子，没有鼻子的脸上露出了卡通人物般的奸笑。笑容背后的牙齿此刻显得更长更尖。拉尔夫看到胡须末端沾着一滴滴无色的液体，心想那是毒液。在轮椅上度过余生，天哪，我很害怕。怕得要死。

远处传来了洛伊丝的尖叫声：（“快点，拉尔夫！你得赶快！”）

一个小男孩在近得多的地方尖叫，边叫边挥舞右手，想甩掉紧咬他手指不松口的待产怪物。

鲶鱼靠得更近了。它身上的衣服簌簌作响。拉尔夫可以闻到母亲所用的圣海伦牌香水，令人作呕地与这条底层鱼身上的鱼腥、垃圾臭味混杂在一起。

（我一定要让艾德·迪普努的任务成功，拉尔夫；我一定要让你朋友告诉你的那个男孩死在他母亲的怀中，我一定要看着它发生。我在德里市辛苦了这么多年，这一点要求并不过分，可这也意味着我现在就得解决掉你。我……）

拉尔夫朝那家伙发出垃圾臭味的方向迈出一步。他现在开始看到他母亲——也就是鱼后——的身形后面还有一个身形。他看到一个亮闪闪的男人，一个眼睛冰冷、嘴巴无情的红皮肤男人。这个男人酷似他刚刚在画中看到的那个基督……却又不是真正挂在他母亲厨房角落里的那一幅。

鱼后没有眼睑的黑眼睛里……以及它下面那个红皮肤人冰冷的眼睛里出现了惊讶的表情。

（你这是想干什么？不要靠近我！你想在轮椅中度过余生吗？）

（“我想到了比这更惨的事，伙计。我在棒球场上任人宰割早已是陈年旧事。”）

它提高了嗓门，变成了他母亲发怒时的声音。

（听你老妈的话，孩子！听你老妈的话，记住我的话！）

这些命令很耳熟，而且是用酷似他母亲的声音说出来的，拉尔夫听到后顿时犹豫了一下。但他接着又往前走了一步。摇椅中的鱼后退缩了一下，尾巴在旧便服裙摆下面上下拍动着。

（你这是想干什么？）

（“我不知道，也许是想拉一下你的胡须，亲眼看看是不是真的。”）

他用上全部意志力，不让自己叫出声，也不让自己逃跑，然后伸出右手。握在他拳头中的洛伊丝的耳环感觉就像一颗滚烫的小石子。洛伊丝仿佛就在身旁，拉尔夫觉得这并不奇怪，他毕竟吸取了她那么多的光环。也许她现在已经成为他身体的一部分。她就在身边，这种感觉给了他极大的安慰。

（不，你不敢！你会瘫痪的！）

（“鲶鱼没有毒——那只是一个比我更加害怕的十岁男孩编出来的故事。”）

拉尔夫隐藏着耳环背面的针刺，然后伸出这只手去抓胡须，然后不出他的所料，那长有鳞片的大脑袋快速躲闪。它开始抖动、变化，可怕的红色光环逐渐渗出。如果说厌恶和痛苦也有颜色的话，拉尔夫想，那肯定就是这种颜色。趁着它还没有来得及继续变化，趁着拉尔夫现在可以看清的那个人——身材高大，冷酷英俊，一头金发，还有两只喷着怒火的红眼睛——还没有来得及穿过它制造出来的幻影，拉尔夫将耳环的尖刺扎进了一只鼓凸的黑色鱼眼珠中。

5

它发出可怕的嗡嗡声——像蝉鸣，拉尔夫想——并且试图后退。它那快速拍打的尾巴制造出了颇似纸张卡在电扇叶片中后发出的声响。它从摇椅上滑落，而摇椅正变得像一个用暗橘色岩石雕刻而成的宝座。接着，尾巴不见了，鱼后也没有了踪影，坐在宝座上的是血色之王，英俊的脸庞因为疼痛和惊讶而扭曲。他的一只眼睛如火光映照下的猞猁眼睛般发出耀眼红光，另一只眼睛里却像破碎的钻石一样充满寒光。

拉尔夫将左手伸进鱼卵构成的毯子，把它掀开，却看到下面一片漆黑。死亡之袋的另一面。出逃之路。

（我警告你，你这狗娘养的短命鬼！你以为你可以扯我的胡须？那好，我们试试看，好不好？我们走着瞧！）

宝座中的血色之王再次探身向前，张开大嘴，剩下的那只眼睛闪着红光。拉尔夫真想把没有了耳环的右手缩回来，但是他没有。相反，他把右手直接伸进了血色之王的嘴里。那个嘴巴大张着，要将他的胳膊吞进肚，就像多年前荒蛮之地上那条鲶鱼一样。

有什么东西——不是肌肉——先是蠕动、挤压他的手，然后开始像无数只马蝇一样咬他。这时，拉尔夫感觉到了真正的牙齿——不，是*尖牙*——扎进了他的手臂。再过一秒钟，最多两秒钟，血色之王就会咬断他的手腕，把他的手吞进肚。

拉尔夫闭上眼睛，立刻找到了能够让他在不同层级之间移动的思考和专注模式，即便是疼痛和恐惧也阻碍不了。只是他这次的目的不是*移动*，而是*触动*。克洛索和拉克西斯在他手臂上植入了一个诡雷，该把它引爆了。

拉尔夫觉得脑海里又有了那种瞬间闪烁的感觉。手臂上的疤痕顿时变得炽热、危急。手臂上的高温没有灼痛拉尔夫，反而像源源不断的能量从他体内飞出。他感觉到了一道耀眼的绿光，明亮得如同奥兹国的翡翠城在他周围爆炸。有什么东西或者什么人的尖叫。那断断续续的刺耳叫声如果持续下去，一定会把他逼疯，但是没有。接着便是一声空洞的巨响，让拉尔夫想起了他点燃一个 M-90 鞭炮然后扔进钢制排水管中时的情形。

一股强大的力量突然从他身边掠过，还夹杂着强风和淡淡的绿光。他斜着眼睛瞥了血色之王一眼，看到他不再英俊、不再年轻，而是变得苍老扭曲，比短命界层级上最怪异的飞禽走兽更加不具有人的特征。这时，他们上方有什么东西打开了，露出了一片黑暗，各种旋转翻腾、相互冲突的五彩光芒一起奔向那里。血色之王也被这股强风吹了上去，仿佛他只是烟囱里的一片叶子。那些五彩光芒越来越亮，拉尔夫转过脸，举起一只手遮住眼睛。他明白，他所在的这个层级与上面难以想象的层级之间打开了一个通道；他还明白，如果他继续望着那越来越明亮的光芒，望着那些

（死亡之光）

旋转的色彩，他可能会生不如死。他不仅紧紧闭上了眼睛，还紧紧关闭了自己的心灵。

顷刻间，那个向艾德自称血色之王的生命体、里士满街老宅中的厨房、他母亲的摇椅全都无影无踪了。拉尔夫正跪在切诺基机头右侧高出大约两米的稀薄空气中，像经常挨打的孩子等待残暴父母动手那样高举双手。他低头从双膝之间望去，看到市民中心和旁边的停车场就在他的正下方。他起初以为自己看花了眼，因为停车场里的钠汽弧灯似乎正在相互远离，犹如一群高大、消瘦的人在兴奋刺激的事（不管那是什么）结束之后正在散去。停车场本身似乎正在……怎么说呢……变长变宽。

不是变长变宽，而是越来越近，拉尔夫冷静地想，艾德在下降，已经启动了神风任务。

6

拉尔夫一时愣在了那里，琢磨着自己的处境，并为此所迷惑。他已经变成了神话中的中介生命体，显然不是神（神不会像他现在这样感到又疲惫又害怕），但显然也不是人这种地球上的生命体。这就是会飞的感觉，能够从高空俯瞰大地，四周一望无际。这……

（“拉尔夫！”）

她的尖叫声如他耳旁响起的枪声。拉尔夫畏缩了一下，他的目光一离开让他昏昏沉沉的地面景象，而且是迎面扑来的景象，他就又能活动了。他站起身，走回到飞机上，像行走在自己家过道中那样轻松、正常。没有强风拍打他的脸庞，或者把他的头发从额头上吹开。当他的左肩穿过切诺基的螺旋桨时，飞旋的叶片一点也没有伤着他，仿佛他就是一道青烟。

他看到了艾德苍白、英俊的脸庞——每次都让卡洛琳流泪的诗歌中骑马来到老客栈门口的强盗的那张脸——愤怒取代了他之前的怜悯与惋惜。其实很难真的对艾德感到愤怒，毕竟他也只是棋盘上的一枚棋子，可他驾驶飞机瞄准的那栋建筑里却坐满了实实在在的人。无辜的人。拉尔夫在艾德脸上茫然迟钝的表情中看到了某种倔强、幼稚、任性的东西。拉尔夫穿过薄薄的舱壁时在想，艾德，我认为你在一定程度上知道恶魔找上了你。我认为你甚至有机会拒绝他……克洛索和拉克西斯不是说过吗，一切都有选择的机会。如果真是这样，那么你也脱不了干系，你这该死的。

起初，拉尔夫的头像之前一样伸在舱顶外，于是他再次蹲下来。飞机挡风玻璃的视野已经完全被市民中心所占据，拉尔夫知道现在已经来不及阻止艾德了。

他已经撕掉了门铃装置上的胶带，将它握在手中。

拉尔夫把手伸进口袋，紧紧抓住剩下的那只耳环，再次夹在食指和中指之间，尖刺朝外。他用另一只手握住纸箱与门铃装置之间的电线，然后闭上眼睛，集中精力，再次在脑海中制造出那种快感。他的胃部突然有一种空洞、颤抖的感觉，随即想到：哇！*这就是直达电梯！*

接着，他便降回到了短命界层级，这里没有神，没有恶魔，没有手持剪刀和解剖刀的秃头医生，也没有光环。他回到了无法穿越墙壁、无法躲避坠机的世界，回到了别人可以看见他的短命界层级，而且他意识到艾德正好看到了他。

“是拉尔夫？”那麻木的声音像是刚刚从熟睡中醒来，“是拉尔夫·罗伯茨？你在这里干什么？”

“哦，我刚好就在附近，所以就想过来串个门。”拉尔夫说，“也就是说，来和你喝一杯。”他边说边将那只手握成拳头，把电线从纸箱中扯了出来。

7

“不！”艾德尖叫道，“不，不要，你会坏了我的好事！”

*的确是的。*拉尔夫想，然后把手伸到艾德的膝盖上方，去抢切诺基的操控轮。市民中心就在他们脚下，不到四百米。拉尔夫说不准固定在副机长座椅上的纸箱里究竟装着什么，但他猜想那大概就是查克·诺里斯和斯蒂芬·西格尔主演的那些武打片中恐怖分子们经常使用的塑料炸弹。据说很稳定，当然不像克罗佐《恐惧的代价》中的硝化甘油，可现在不是信赖电影界福音书的时刻。即便是非常稳定的爆炸物，一旦从近两英里的高度落下去，没有雷管可能也会爆炸的。

他把驾驶盘尽量向左边推，身下的市民中心开始疯狂打旋，仿佛安装在一个巨大陀螺的顶端一样。

“住手，你这混蛋！”艾德大叫，一个感觉像小铁锤的东西击中了拉尔夫的身体一侧，那种剧痛差一点让他失去知觉，几乎无法呼吸。艾德再次挥舞铁锤，这一次击中了他的腋窝，他的手从驾驶盘上滑了下来。艾德牢牢抓住驾驶盘，疯狂地将它拉回来。已经开始滑向挡风玻璃一侧的市民中心慢慢又回到了正中央。

拉尔夫的手抓向驾驶盘。艾德用掌根顶着拉尔夫的额头，用力把他往后一推。“你就不能不插手吗?”他咆哮道，“你为什么非要来搅局?”他心怀怨恨地咆哮着，露出牙齿，嘴唇向后拉。拉尔夫突然出现在驾驶舱中，这本该让他吓得不知所措才对，可是没有。

当然没有，因为他疯了，拉尔夫想，然后突然惊恐地在心中大叫：

(“克洛索！拉克西斯！看在上帝的分上，帮帮我！”)

没有反应。他感觉自己的叫声根本没有传出去。怎么会传出去呢？他又回到了短命界层级，也就是说他现在孤立无援。

他们现在的高度只有八百到九百英尺。拉尔夫可以看清楚市民中心的每一块砖头、每一扇窗户、外面站着的每一个人——他甚至可以看清哪些人举着标语牌。他们在抬头仰望，想知道这架疯狂的飞机在干什么。拉尔夫看到他们的脸上并没有恐惧，现在还没有，可是再过三四秒——

他全然不顾身体左侧的阵痛，再次扑向艾德，伸出握成拳头的右手，用拇指顶着夹在手指之间的耳环尖针，尽可能让针尖露在外面。

耳环绝技刚才用在血色之王身上很成功，可拉尔夫当时是在更高层级上，而且更多是因为出其不意。他这次继续对准眼睛，但艾德在最后一刻闪了一下脑袋，耳环针扎进了他颧骨上方的脸颊。艾德拍了一下被扎中的地方，仿佛那是个小虫子。他的左手仍然紧握驾驶盘。

拉尔夫再次去抓驾驶盘。艾德冲他挥拳，拳头击中了拉尔夫的左眉脊，痛得他后退了一步。拉尔夫的耳旁响起了一个银铃般纯洁的声音，就像他和艾德之间有一个巨大的音叉，有人敲响了它。整个世界顿时变得灰暗粗糙，宛如报纸上刊登的照片。

(拉尔夫！快！)

是洛伊丝，她现在惊恐万状。他知道为什么，时间差不多耗光了。他还剩下十秒钟，最多二十秒。他再次扑向前，这次不是扑向艾德，而是扑向粘贴在高度表上的海伦和娜塔莉的照片。他一把抓住照片，将它举过头顶……然后将它揉成一团。他也不知道自己究竟希望看到艾德有什么样的反应，但艾德的反应超出了他最疯狂的期待。

“还给我！”艾德尖叫道。他丢下驾驶盘，伸手去抢照片。拉尔夫此时又看到了海伦被打那一天所见到的艾德——一个极度不幸福并且害怕身上那些失控的力量的男人。他眼含泪水，而且泪水还流下了他的脸颊，拉尔夫困惑地想：难道他一直在流泪？

“还给我！”他再次怒吼，但拉尔夫吃不准自己是不是他叫喊的目标。他觉得自己这位老邻居怒吼的对象可能是闯进他的生活、四处打量要确保自己能够成功、然后接管了一切的那个生命体。洛伊丝的耳环像野蛮部落里死者脸上的装饰物一样在艾德的脸颊上闪闪发光。“把她们还给我，她们是我的！”

拉尔夫举起揉成一团的照片，刚好不让艾德挥舞的双手够着。艾德猛扑了一下，却被安全带勒住了肚子。拉尔夫使出浑身力气，冲着他的喉咙就是一拳，拳头击中了艾德喉结凸出的软骨，拉尔夫感到又满足又厌恶，难以言表。艾德往后一倒，撞到了舱壁上，眼睛由于疼痛和惊愕鼓凸起来，双手去摸喉咙。他体内传出了一种厚密的嘎嘎声，听上去颇似某种大型机械齿轮脱落的响声。

拉尔夫冲向艾德，却看到市民中心正朝着飞机扑来。他再次把驾驶盘转向最左边，正下方的市民中心开始朝即将不起作用的挡风玻璃一侧旋转……但是移动得非常缓慢。

拉尔夫意识到自己可以闻到驾驶舱内有什么气味——某种淡淡的甜美、熟悉的芳香。他还没有来得及细想那是什么气味，就被某样东西完全吸引住了。那是偶尔穿过哈里斯大道的“连帽衫”冰淇淋车，上面樱桃色的小铃铛正叮当作响。

我的上帝，拉尔夫想，与其说是恐惧还不如说是敬畏。看样子我会葬身在冰淇淋和雪糕当中，完全冻僵。

那甜美的芳香越发浓烈了，两只手突然抓住他的肩膀，他意识到那是洛伊丝·夏瑟的香水味。

“快上来！”她尖叫道，“拉尔夫，你这笨蛋，你必须……”

他不假思索地照着她的话做，脑海里的东西咬合在一起，那道瞬间闪烁再次出现，她的后半句话他是以怪异、渗透的方式听到的，更像是她的思想。

（“——上来！用脚蹬一下！”）

来不及了，他想，但他还是照着做，双脚踩着已经极度倾斜的仪表板底部，用尽全身力量往上跳。他感到洛伊丝和他一起穿过生存塔柱上升，而飞机则飞速穿过最后一百英尺，撞向地面。在上升的过程中，他突然感到洛伊丝的能量包裹着他，像蹦极绳一样把他往后拉。那是一种短暂的恶心感，仿佛在同时飞往两个方向。

拉尔夫在最后一眼中看到艾德·迪普努弯着身子靠在驾驶舱侧墙上，但他实际上根本没有看到艾德。那像被雷击过的黄灰色光环已经消失。艾德也已经消失，埋进了犹如地狱午夜般漆黑的死亡之袋中。

然后，他和洛伊丝在飞行的过程中往下降。

第三十章

1

就在爆炸前一刻，苏珊·戴正站在市民中心前的核心位置，度过她这辉煌、到处煽风点火的人生最后几秒。她在说："我来到德里市不是为了安慰你们、威胁你们、煽动你们，而是为了和你们一起哀悼——目前的情况早已远远超出了一切政治考量。任何形式的暴力都是错误的，任何形式的自以为是都不应该有藏身之处。我来这里请求大家将各自的立场、各自的豪言放到一边，帮助对方寻找到相互帮助的办法，避开……"

会场南侧那排高大的窗户突然变得明亮耀眼，然后向内爆炸。

2

切诺基没有撞上"连帽衫"冰淇淋车，却也未能让它幸免于难。飞机在空中最后转了半圈，一头扎进停车场，离洛伊丝那天早些时候停下来拉扯衬裙的栅栏大约二十五英尺。机翼折断，驾驶舱猛地飞速缩回进了机舱。机身像微波炉里加热的一瓶香槟酒那样炸开。玻璃四散。机尾如垂死蝎子的尾巴那样弯曲到切诺基的机身上方，然后扎进一辆车身上写有"捍卫妇女的选择权"字样的道奇面包车车顶。接着便是刺耳、恶狠狠的咣当声，宛如一堆废铁落到了地上。

"我的天……"停车场边一位执勤的警察话还没有说完，纸箱里的 C-4 炸弹便如一大团灰色的浓痰那样飞出，撞到残存的仪表板上，那上面几根“热”电线像毒品注射针一样扎进了纸箱。塑料炸弹爆炸，发出震耳欲聋的巨响，照亮了巴塞公园的跑道，将停车场变成了一场白光和弹片构成的飓风。约翰·莱德克一直站在市民中心水泥遮阳棚下，与一位州警察说话，他被震得穿过一扇打开的大门，飞过大厅，撞到墙上，摔倒在轻驾马车赛奖杯柜的碎玻璃中，失去了知觉。他至少比他身旁那位州警察幸运，那名警察撞到门柱上，身子断成了两截。

停车场中的一排排汽车其实保护了市民中心，让它避开了最严重的冲击波，但这份幸运事后才知道。市民中心内，两千多名听众惊呆了，他们起初只是坐在那里，不清楚自己该干什么，更不清楚大多数人看到的那一幕是什么意思：一大块飞进来的锯齿状玻璃切下了美国最著名女权运动家的头颅。她的脑袋犹如上面粘贴了金色假发的白色保龄球，飞向第六排观众席。

灯光熄灭后，他们才陷入恐慌。

3

人们惊恐地奔向出口，七十一人被踩踏致死。《德里新闻报》第二天用 48 号字体醒目标题报道了这一事件，称其为一大悲剧。拉尔夫·罗伯茨原本可以告诉他们，从各方面看，他们已经算是很幸运了。的确非常幸运。

4

北侧观众席的中间坐着一个女人，名叫索尼娅·丹维尔，脸上仍然残留着某个男人殴打她之后留下的淤青。她搂着儿子帕特里克的肩膀坐在那里，帕特里克的腿上放着麦当劳宣传画，上面画着麦当劳叔叔、芝士汉堡市长和汉堡神偷在得来速窗口外跳穿靴快步踢踏舞，可他连金色拱门的颜色都没有填完，就把它翻到了背面。他并没有失去兴趣，而是很想自己画一幅画，灵感使他身不由己，而他常常会不由自主地得到这种灵感。他一整天都在想着高垄地下室里发生的那一幕——浓烟、高温、惊恐的女人、来救他们的那两个天使——但他自己的奇妙灵感迫使他将这些不安的构思抛到了脑后。他万分投入地默默画着，不一会儿就感到自己仿佛生活在彩色蜡笔绘出的世界之中。

虽然只有四岁，他却早已是非常出色的小画家（索尼娅有时叫他“我的小天才”），他画出的东西比正面那幅填色宣传画好得多。他在灯光熄灭之前画出的东西足以让美术专业一年级学生引以为豪。画的正中央有一座漆黑的石塔，高耸入云，蓝天上飘浮着朵朵白云。塔的周围开满了玫瑰，颜色红得似乎要高声喧闹。塔的一边站着一个男人，穿着已经褪色的牛仔裤，两条武装带在他扁平的胸前交叉，臀部左右两边各有一个枪套。塔顶也有一个男子，身穿红袍，正低头看着带枪的男人，眼神中夹杂着仇恨与恐惧。他那双扶着栏杆的手也是红的。

苏珊·戴的到来让索尼娅无比痴迷。她坐在讲台后面，聆听着主持人对苏珊·戴的介绍。不过，就在介绍快要结束之前，她碰巧瞥了一眼儿子画的东西。她两年前就知道帕特里克属于儿童心理学家们所说的那种神童，她有时劝自己，说已经习惯了儿子那些精美的画作，还有他称作黏土家庭的彩泥塑像。在某种程度上她或许是已经习惯了，但今天这幅独特的画还是让她不寒而栗。她不由自主地将这怪异的感觉归咎为这漫长、紧张的一天给她留下的情感余波。

“那是谁？”她轻轻点着黑塔顶上不怀好意地望着下面的那个人问。

“他是红大王。”帕特里克说。

“哦，红大王，我明白了。带枪的这个人又是谁？”

他张开嘴，正要回答，讲台旁的罗伯塔·哈珀举起左手（胳膊上戴着黑纱），指向坐在她身后的女人。“朋友们，欢迎苏珊·戴女士！”她高声说。雷鸣般的掌声淹没了帕特里克·丹维尔对她母亲第二个问题的回答。

他叫罗兰，妈妈。我有时候会梦见他。他也是大王。

5

母子俩坐在黑暗中，耳朵嗡嗡作响，两个念头像滚轮上相互追逐的老鼠一样在索尼娅的脑海里窜动：这一天还有完没完，我知道不应该把他带来，这一天还有完没完，我知道不应该把他带来，这一天还……

“妈妈，你压到我的画上了！”帕特里克说，听上去有点喘不上气来。索尼娅意识到自己肯定把他搂得太紧了。她稍稍松开一点。下面的座位区，也就是承受得起十五美元“捐款”的人坐在折叠椅上的区域，传来了嘈杂的尖叫声、喊叫声和含糊不清的质问声。一声痛苦的号叫盖过这片嘈杂的声音，索尼娅吓得跳了起来。

爆炸之后的冲击波压迫着大家的耳朵，让他们疼痛难耐。冲击波也晃动了大楼。外面继续传来爆炸声，那是一辆辆汽车像鞭炮一样在停车场爆炸，但是与第一声爆炸相比，动静小多了。不过，索尼娅还是感到帕特里克听到每一声爆炸都会吓得躲在她怀里。

“不要怕，帕特，”她安慰他说，“发生了不好的事情，不过是在外面。”由于她的目光被窗户上耀眼的亮光吸引了过去，她侥幸没有看到自己偶像的脑袋离开肩膀的那一幕，但她知道祸不单行，

（不应该把他带来，不应该把他带来）

而且至少下面有些人万分惊恐。如果她也惊慌失措，她和她的小伦勃朗就会遇到大麻烦。

可我不想遇到麻烦。我今天上午死里逃生不是为了现在惊慌失措。如果那样，那是我该死。

她抓住帕特里克的一只手，那只没有握着画的手。手很凉。

“妈妈，那些天使还会来救我们吗？”他问，声音有一点颤抖。

“不会，”她说，“我想我们这次得靠自己了，但我们可以做到的。我是说，我们现在不是没事吗？”

“是的。”他说，然后弯腰靠在她身上。她顿时很害怕，以为他昏了过去，她将不得不把他从市民中心抱出去，但他又直起了身子。“我的书在地上，”他说，“我不想丢下这些书，尤其是讲一个男孩帽子脱不完的那本。我们这就走吗，妈妈？”

“是的。等大家不再乱跑，我们就走。就算这里的灯都灭了，过道里还会有灯光，是那种用电池的应急灯。我一说走，我们就起身，沿着台阶走到门口，是一路走过去。我不会抱着你，但我会把双手放在你的肩膀上，走在你的身后。你明白了吗，帕特？”

“明白了，妈妈。”没有问问题。没有哭闹。只有他的书，塞进妈妈的手里，让她保管。他自己紧紧握着那张画。她拥抱他，亲了一下他的脸颊。

他们在座位上等了五分钟，她慢慢数到了三百。其实在她还没有数到一百五十时，她就感觉到左右两边的人都走了，但她强忍着没有动。她现在可以看清了一点，足以让她相信外面有什么东西在猛烈燃烧，不过那是在大楼的另一侧。真是幸运。她可以听到陆续赶来的警车、救护车、消防车发出的呜呜声。

索尼娅站起身来。“走吧。一定要走在我的前面喔。”

帕特·丹维尔走进过道，母亲的双手牢牢按着他的肩膀。他领着她爬上台阶，向标志着北看台的黄色昏暗灯光走去，一路上只停下一次脚步，因为有个男人的身影在冲着他们奔过来。他母亲抓住他的肩膀，把他拉到一旁。

“该死的主张生命权的家伙！”男人喊叫着，“一群自以为是的混蛋！我要把他们全杀光！”

他过去后，帕特重新开始顺着台阶往上走。她感到他很平静，没有丝毫的恐惧，这让她心中充满了爱意，也有了一种怪异的不安。她儿子那么与众不同，那么特别……但是这个世界不喜欢这种人。这个世界想如同拔掉花园里的杂草那样把他们清除掉。

他们终于来到了走廊中，这里有几个受到惊吓的人在来回走动，他们眼神迷茫，嘴巴张着，颇似恐怖电影中的僵尸。索尼娅没有看他们一眼，只是催促帕特向出口处的台阶走去。三分钟后，他们毫发无损地从出口来到了火光映照的夜幕下，而在宇宙的各个层级上，随机和命定界的所有事务重新回到了既定的轨道上。曾经在各自轨道上抖动了片刻的不同世界重新稳定，在其中一个世界中，在那个被称作沙漠之祖的沙漠中，名叫罗兰的男子在他的铺盖上翻了个身，顶着异域的星空再度进入甜美的梦乡。

6

德里市另一边的斯特拉福德公园里，标有“男厕”的移动公厕门猛地打开。洛伊丝·夏瑟和拉尔夫·罗伯茨背朝外飞了出来，浓烟中的他们牢牢抓着彼此。公厕里传出了切诺基撞击地面的响声，然后是塑料炸弹的爆炸声。伴随而来的还有一道白光，公厕的蓝色墙壁向外鼓起，仿佛有一个巨人在用拳头猛击墙壁。紧接着，他们再次听到了爆炸声，这次是从空中传来的。这个版本的爆炸声弱一些，但更加真实。

洛伊丝双脚打颤，一屁股坐到山坡下的草地上，如释重负地叫了一声。拉尔夫落在她身旁，撑起身子坐了起来。他难以置信地凝视着市民中心，那里有一团烈火紧贴着地平线。他的额头上起了一个紫色的包，大小如门把手，就在艾德击中他的地方。他的身体左侧仍然隐隐作痛，但他觉得肋骨只是有点弯曲，没有骨折。

（“洛伊丝，你还好吗？”）

她茫然地看着他，然后开始摸自己的脸、脖子和肩膀。看到她那么可爱、那么“我们的傻洛伊丝”般查看全身，拉尔夫忍不住笑了起来。洛伊丝也试探着冲他一笑。

（“还好，肯定没事。”）

（“你去那里干什么？有可能会送命的！”）

洛伊丝似乎年轻了一点，拉尔夫猜想这肯定与那位近在咫尺的酒鬼有关。她望着他的眼睛。

（“拉尔夫，我可能有点古板，可要是你以为我在未来二十多年中会动不动昏倒尖叫，就像我朋友米娜时刻不离手的那些玫瑰小说中女主人公的闺蜜那样，那你最好还是另外找个女人交往吧。”）

他一时目瞪口呆，然后拉着她站起来，紧紧拥抱她。洛伊丝也拥抱他。她非常温暖，非常真实。拉尔夫想到了孤独与失眠之间的相似之处——两者都不易察觉、与日俱增并且带来问题，既是绝望的朋友，也是爱情的敌人——然后将这些想法抛到脑后，开始亲吻她。

克洛索和拉克西斯一直站在山顶望着，像两个将圣诞节奖金全都押在一位不被看好的拳击手身上的劳工一样焦急。他们冲下山，来到拉尔夫和洛伊丝站着的地方，看到这两个人又把额头贴在一起，如热恋中的少年般凝视着对方的眼睛。荒蛮之地的另一边响起了警笛声，宛如噩梦中听到的声音。埋葬了艾德·迪普努狂热理想的地方腾起了一根火柱，耀眼明亮，让人无法直视。拉尔夫可以隐约听到汽车的爆炸声，随即想起了自己的汽车，废弃在了那片废墟中。他觉得没关系，反正他已经老了，不能再开车了。

7

克洛索：（你们两个没事吧？）

拉尔夫：（“我们很好。洛伊丝把我拉了出来，救了我一命。”）

拉克西斯：（是的。我们看到她走了进去，真是太勇敢了。）

你们也感到很困惑，对吗，拉克西斯先生？拉尔夫想。你们看到了，而且很钦佩……但是我认为你们根本想不到她怎么能或者为什么有勇气那样做。我认为对你和你朋友而言，救人的想法肯定像爱情的概念一样陌生。

拉尔夫第一次可怜这些矮小的秃头医生，也明白了他们生活中最大的讽刺：他们知道自己被派来清除的那些短命人有着强大的内心生活，但他们根本无法理解这种生活多么真实，也无法理解驱动短命人的各种情感，无法理解随之而产生的不同行为——时而高尚，时而愚蠢。克洛索和拉克西斯也曾研究过托付给他们的短命界，但他们的研究颇似维多利亚时期一些富有、胆怯的英国人研究探险者带回来的地图，而这些探险者多数还是这些富有、胆怯的人出资的。这些慈善家用精心修剪过的指甲和柔软的手指摸索着地图上那些他们永远不会航行的河流，还有那些他们永远不会去狩猎的丛林。他们生活在胆战心惊的困惑中，将探险家们的描述视为想象。

克洛索和拉克西斯抓了他们的差，并且在一定程度上利用了他们，但他们既不明白冒险所带来的快乐，也不明白失去所带来的悲痛——他们在情感方面最强烈的流露就是始终害怕拉尔夫和洛伊丝直接对付血色之王宠爱的化学研究员，竭尽全力后还是会像两只老苍蝇那样被一掌拍死。这些秃头矮医生的寿命的确很长，尽管他们有着明亮的蜻蜓色光环，但拉尔夫怀疑他们过着黯淡的生活。他从洛伊丝怀里这个避风港望着他们孩童般光滑的脸庞，想起第一次在凌晨时分看到他们走出梅·洛克家时自己是多么害怕他们。他在那之后发现，一旦相识，更不用说了解他们，恐惧就会自然消失，而他现在是既认识他们也了解他们。

克洛索和拉克西斯不安地回头望着他，但拉尔夫一点也不想给他们安慰。不知为什么，他觉得应该让他们体会现在的感觉。

拉尔夫：（“是啊，她很勇敢，我非常爱她，我们会非常幸福地在一起，直到……”）

他停下来，怀中的洛伊丝动了一下。他又是好笑又是宽慰地意识到她快要睡着了。

（“直到什么，拉尔夫？”）

（“直到你说了算。我想对于短命界来说，总会有一个极限，这也没什么。”）

拉克西斯：（我们该说再见了。）

拉尔夫情不自禁地笑了。他想起了《游侠传奇》广播连续剧，几乎每一集结尾处都有类似的台词。他向拉克西斯伸出手，却又好笑又可气地看到那矮人居然往后退缩。

拉尔夫：（“等一等……别这么急着告别呀。”）

克洛索有点担心：（有什么不对劲吗？）

（“那倒没有，可是我头上鼓了个包，肋骨受了伤，还差一点被活活烤焦，我觉得我有权确认一下这件事是不是真的结束了。是不是？你们的男孩安全了吗？”）

克洛索露出笑脸，明显松了口气：（是的，你感觉不到吗？十八年后，这个男孩临死前将会拯救两个人的生命……其中一人绝对不能死，否则随机与命定界之间的平衡将会被打破。）

洛伊丝：（“管它呢。我只想知道我们是否可以重新变成普普通通的短命人。”）

拉克西斯：（不仅可以，而且必定变成短命人，洛伊丝。如果你和拉尔夫继续待在这个层级上，恐怕就真回不到短命界去了。）

拉尔夫感到洛伊丝将他拥抱得更紧了。

（“那我可不愿意。”）

克洛索和拉克西斯扭头望着对方，难以察觉地交换了一个困惑的眼神。那眼神在问：怎么会有人不喜欢上面层级的生活呢？然后，他们转身面对拉尔夫和洛伊丝。

拉克西斯：（我们真的要走了。我很抱歉，可是……）

拉尔夫：（“等一下，两位邻居——你们还不能走。”）

他们满腹狐疑地望着他，而拉尔夫则慢慢将毛衣袖子推上去，露出前臂上那条高低不平的白色疤痕。袖口已经变得硬邦邦的，上面沾了一些液体，也许是鲶鱼的黏液，他不愿意去想。

（“别一副像是得了便秘的样子，伙计们。我只想提醒你们，你们做出过承诺，别把这忘了。”）

克洛索如释重负：（这一点你尽管放心，拉尔夫。那曾经是你的武器，现在是我们之间的约定。我们不会忘记。）

拉尔夫开始相信一切真的已经过去，可说来也怪，他心中又有一点感到遗憾。真实的生活——这一层级下面的生活——现在反而很像海市蜃楼，他明白了拉克西斯那句话的意思：如果他们继续待在这个层级上，恐怕将无法回到正常生活中去了。

拉克西斯：（我们真的必须走了。再见了，拉尔夫和洛伊丝。我们将永远牢记你们的帮助。）

拉尔夫：（“我们当时真的能选择吗？真的可以吗？”）

拉克西斯柔声说道：（我们告诉过你，不是吗？短命界都有做出选择的机会。我们觉得那很可怕……但是也很美好。）

拉尔夫：（“我说……你们握过手吗？”）

克洛索和拉克西斯吃了一惊。他们相互看了一眼，拉尔夫感觉到他们在那一瞬间用某种简略形式的心灵感应迅速进行了对话。他们回头看着拉尔夫时，脸上露出了一模一样的尴尬笑容——只有那些觉得自己如果今年夏天没有勇气在游乐园坐过山车就成不了男子汉的少年才会有这种笑容。

克洛索：（我们当然多次观察到你们有这个习俗，可是没有——我们从来没有握过手。）

拉尔夫看着洛伊丝，发现她在微笑……但他觉得还在她的眼睛里看到了泪光。

他先把手伸给拉克西斯，因为拉克西斯似乎不像他的同事那样神经质。

（把手伸过来，拉克西斯。）

拉克西斯久久盯着拉尔夫的手，拉尔夫开始认为他可能真的做不到，尽管他非常想。然后，他羞怯地伸出小手，让拉尔夫的大手握住它。他们的光环交织、融合在一起时，拉尔夫的肌肤感觉到了一股麻痛的震颤……他看到一连串快速变化、美丽的银色图案，让他想起了艾德丝巾上的那些日语文字。

他缓慢、郑重其事地摇了两下拉克西斯的手，然后松开。拉克西斯原先忧虑的表情变成了傻笑。他扭头望着克洛索。

（他握手的时候毫无防备！我感觉到了。很奇妙！）

克洛索慢慢伸出手，就在即将碰到拉尔夫的手那一刻，他像即将要打针的人那样闭上了眼睛。拉克西斯在和洛伊丝握手，而且像歌舞剧演员返场加演那样咧嘴笑着。

克洛索鼓起勇气，抓住了拉尔夫的手，用力握了一下。拉尔夫开怀大笑。

（“别紧张，克洛索。”）

克洛索缩回手，似乎在思索如何回答才恰当。

（谢谢你，拉尔夫。只要别人伸出手，我就要握住它。对吗？）

拉尔夫放声大笑。克洛索正和洛伊丝握手，听到笑声后报以一个困惑的微笑。拉尔夫拍拍他的后背。

（“你说对了，克洛索——完全正确。”）

他搂住洛伊丝，最后一次好奇地打量着两位矮小的秃头医生。

（“我们还会再见面的，对吗？”）

克洛索：（会的，拉尔夫。）

拉尔夫：（那好。七十年后再见，我没有意见。你们干吗不把这记到日程表中？）

他们只是报以政治家式的微笑，拉尔夫对此并不感到特别意外。他向他们弯腰致意，然后搂住洛伊丝的肩膀，目送克洛索和拉克西斯慢慢走下山。拉克西斯打开有点弯曲的、标有“男厕”的移动公厕门，克洛索站在“女厕”门口。拉克西斯微笑着挥了挥手。克洛索举起那把长剪刀，行了一个古怪的军礼。

拉尔夫和洛伊丝也向他们挥手。

两位秃头医生各自进去后，关上了门。

洛伊丝擦去泪水，扭头问拉尔夫。

（“就这样完了？结束了？”）

拉尔夫点点头。

（“我们现在干什么？”）

他向她伸出胳膊。

（“我可以送你回家吗，小姐？”）

她微笑着挽住他的胳膊。

（“谢谢你，先生。当然可以。”）

他们就这样离开了斯特拉福德公园。抵达哈里斯大道后，他们回到了短命界层级，悄无声息地溜回到了正常的生活中，甚至根本都没有意识到。

8

德里市一片惊恐慌乱。警笛呜呜，人们从二楼窗户大声喊叫，看看下面的人行道上是否有自己的朋友。在每个街角，人们聚集在一起，望着河谷对岸的大火。

拉尔夫和洛伊丝毫不关心周围的骚乱与呼喊声。他们慢慢走到上哩丘，疲惫感不断向他们袭来，宛如有一袋袋沙子轻轻扔过来，堆在他们身上。红苹果便利店停车场的白色灯光似乎遥不可及，尽管拉尔夫知道那就在三个街区之外，而且还是很短的街区。

更为糟糕的是，从早晨到现在，气温已经下降了十五度，而且风很大，他们都没有穿厚衣服。拉尔夫怀疑这或许就是秋天第一场狂风的前兆，德里市今天的秋老虎已经结束。

法耶・查宾、唐・维泽和斯坦・埃伯里正匆匆下山朝他们走来，显然是要去斯特拉福德公园。老多尔偶尔用来观看飞机滑行、着陆、起飞的望远镜在法耶的脖子周围上下跳动。秃顶矮胖的唐走在中间，这三个人让人情不自禁地想起著名的《三个臭皮匠》。想到这里，拉尔夫忍不住笑了。

“拉尔夫！”法耶惊呼道。他气喘吁吁，几乎是上气不接下气。风将头发吹进了他的眼睛里，他不耐烦地将头发捋到脑后。“该死的市民中心爆炸了！有人从一架轻型飞机上朝那里扔了颗炸弹！我们听说死了一千多人！”

“我听到的也差不多，”拉尔夫脸色严峻，“其实，我和洛伊丝刚才就在公园里观望。从那里可以直接看到河对岸。”

“我当然知道，都在这里住了一辈子，不是吗？你以为我们要去哪里？和我们一起回去吧！”

“我和洛伊丝正准备去她家，看看电视新闻怎么报道。也许过一会儿再去找你们。”

“好吧，我们——我的天哪，拉尔夫，你的头怎么啦？”

拉尔夫愣了一下——他的头怎么啦——随即像回忆某个噩梦般地想起了艾德那扭曲的嘴巴和他那疯狂的眼睛。哦，不要，艾德冲着他尖叫，你会坏了我的好事。

“我们跑过去，想看得更清楚一点，结果拉尔夫撞到了树上，”洛伊丝说，“还好，不用去医院。”

唐听到后放声大笑，但那副心不在焉的样子像还有个大事要做的大佬。法耶的注意力根本不在他们身上。然而，斯坦·埃伯里却没有笑。他又是困惑又是好奇地仔细打量着他们。

“洛伊丝。”他说。

“什么事？”

“你知道你手腕上绑着一只运动鞋吗？”

她低头望去，拉尔夫也低头望着那里。洛伊丝抬起头，给了斯坦一个灿烂的微笑。“是啊！”她说，“看上去很好玩，是不是？算是一条……一条带实物护身符的手链！”

“是啊，”斯坦说，“当然是的。”可是他的目光已经从那只运动鞋转到了洛伊丝的脸上。拉尔夫心想，现在有路灯之间的阴影掩护他们，到了明天他们该如何解释自己的模样？

“快点！”法耶不耐烦地喊道，“我们走吧！”

他们匆匆离去。斯坦满腹狐疑地扭头看了他们最后一眼。拉尔夫竖起耳朵听着，以为唐·维泽会啐上一两声。

“天哪，那种解释真是太蠢了，”洛伊丝说，“可我总得说点什么，对吗？”

“你表现得很好。”

“怎么说呢，我只要一开口，总能找到说辞，”她说，“这是我的两大才能之一，另一个才能是在电视上看一场两小时的电影过程中吃完一大盒惠特曼牌巧克力。”她解开海伦的运动鞋，望着它，“她现在安全了，是不是？”

“是的，”拉尔夫说着便伸手去拿那只运动鞋，这时才意识到自己的左手好像还有东西。手指因为长时间紧握的缘故很难张开。等手指终于发出嘎嘣响声张开后，他看到指甲已经在手掌上留下了印子。他首先发现，虽然他自己的婚戒还在老地方，艾德的婚戒却不见了踪影。当时戴上时大小正好合适，但它显然在过去半小时某个时刻从他手指上滑落了，管它呢。

也许不是，一个声音悄悄说道，拉尔夫惊喜地发现这次不是卡洛琳的声音。这次在他脑海里说话的是比尔·麦戈文。*也许它自己消失了。噗的一声不见了。*

但是他不这么认为。他觉得艾德的婚戒有可能被赋予了某种力量，没有随着艾德一起消亡。比尔博·巴金斯发现并且极不情愿地给他侄儿弗罗多的那枚戒指就有办法想去哪里就去哪里……什么时候想去就去。也许艾德的戒指也一样。

他还没有来得及细想，洛伊丝就拿走了他手里的东西，并且把运动鞋塞到他的手中。那是揉成一团的硬纸片。她把纸片捋平，望着它，原来的好奇渐渐变成了严肃。

“我记得这张照片，”她说，“放大的那张装裱着金色相框，就放在他们家客厅的壁炉架上。那里最显眼。”

拉尔夫点点头。“这张照片肯定一直放在他的钱包里，后来用胶带粘贴在飞机仪表盘上。在我撕下它之前，他一直在揍我，而且毫不吃力。我当时唯一能想到的就是把这张照片抢走，结果他的注意力立刻从市民中心转到了照片上。我最后听到他在说‘还给我，那是我的’。”

“他是冲着你说的吗？”

拉尔夫把运动鞋塞进裤子后兜，然后摇摇头。“不是。我想不是。”

“海伦今晚在市民中心，不是吗？”

“是的。”拉尔夫想起了她在高垄时的样子——脸色苍白，被烟熏红的眼睛噙着泪水。要是现在取消集会，那他们就赢了，她说。难道你不明白吗？

他现在明白了。

他从洛伊丝的手中拿过那张照片，再次将它揉成一团，走向哈里斯大道和科苏特巷街角的垃圾桶。“我们哪天向她们再要一张，放在我们自己家的壁炉架上。不是这种一本正经的照片。这一张……我不想要。”

他把小纸团扔向最多两英尺外的垃圾桶，这本该是件轻而易举的事，但一阵大风恰好在这时刮过来，曾经粘贴在艾德那架飞机高度表上的海伦和娜塔莉的照片就这样被寒风吹走了。他们两个人目送它盘旋着飞上天空，完全被迷住了。洛伊丝首先把目光转向别处。她瞥了拉尔夫一眼，嘴角带着一丝笑意。

“是我听到你在拐弯抹角地向我求婚，还是我累得听错了？”她问。

他刚要张口说话，又一阵强风突然刮来，两个人只好紧紧闭上眼睛。等他睁开眼睛时，洛伊丝已经重新向山上走去。

“一切皆有可能，洛伊丝，”他说，“我现在知道了。”

9

五分钟后，洛伊丝的钥匙在她家前门的锁孔里嘎嗒作响。她领着拉尔夫进门，然后牢牢关上门，把狂风呼啸、喧闹骚动的夜晚挡在外面。他跟着她走进客厅，本想待在这里，但洛伊丝却没有丝毫犹豫。她握住他的手，没有强行拉他（如果他拖拖拉拉的话，她一定会的），把他带进了卧室。

他看着她。洛伊丝平静地回看着他……他突然感觉到那道瞬间闪烁再次出现。他注视着她的光环如一朵灰色的玫瑰一样在她周围绽放，虽然还很弱，却正在一点点地回来，重新编织，重新愈合。

（“洛伊丝，你确定这是你想要的？”）

（“那当然！你以为在经历了这一切之后，我还会拍拍你的头，打发你回家吗？”）

她突然笑了，而且是那种不怀好意的顽皮笑容。

（再说了，拉尔夫——你今晚真的想和我上床？给我说实话。最好不要哄我。）

他思考了一下，大笑着将她搂在怀里。她的嘴巴很甜美，还有点湿润，宛如熟透了的桃子皮。这个亲吻让他浑身一震，但这种感觉主要集中在嘴上，几乎是触电一样的感觉。嘴唇分离后，他感到比以往任何时候都更加亢奋……但他也感到异常虚弱。

（“万一我说我想呢，洛伊丝？万一我说我想和你上床呢？”）

她后退一步，挑剔地望着他，仿佛想确定他说的是心里话，不是男人们常见的吓唬、吹牛。与此同时，她将手伸向衣服纽扣，开始解扣子。拉尔夫注意到一件奇妙的事：她看上去又年轻了，当然不是四十岁，最多五十岁……五十出头。这当然是刚才那个亲吻的缘故，而真正奇妙的是他认为她根本不知道，除了早些时候她从那位酒鬼身上得到的能量外，拉尔夫还给了她一点。这有什么错吗？

她仔细查看完后，探身向前，亲吻了他的脸颊。

（“我想以后上床的时间多得是，拉尔夫——今晚好好睡觉。”）

他认为她说得有理。五分钟前，他有些急不可待——他向来喜欢做爱，而对他来说，那已经是很久以前的事了。不过此刻的他已经没有了感觉。他一点也不为此遗憾，毕竟他知道那种感觉去了哪里。

（“好吧，洛伊丝——今晚就好好睡一觉。”）

她走进卫生间，打开淋浴器。几分钟后，拉尔夫听到她在刷牙。知道她还有牙齿真让人高兴。趁着她在卫生间里的十分钟，他也开始脱衣服，但由于肋骨疼痛，他脱得很慢。最后，他成功脱掉了麦戈文的毛衣，还有脚上的鞋子。接下来便是衬衣，正当他笨手笨脚地试着解开腰带时，洛伊丝出来了。只见她头发盘在脑后，红光满面。拉尔夫被她的美丽惊呆了，突然自惭形秽，感到自己块头太大、笨头笨脑，更不用说年纪太大。她换了件玫瑰色丝质长睡袍，他可以闻到她手上擦过的乳液的香味，真好闻。

“我来帮你。”她说。他还没有来得及说话，她就解开了他的腰带。丝毫没有暧昧的成分。她动作麻利，显然在她丈夫生命的最后一年经常帮他穿衣脱衣。

“我们又下来了，”他说，“这次都没有感觉到。”

“我感觉到了，在我冲澡的时候。其实我很高兴。隔着光环洗头发很让人分心。”

外面狂风呼啸，吹得屋子不停摇晃，穿过排水管口时发出了长长的颤音。他们朝窗户下面望去，拉尔夫虽然回到了短命界层级，却突然相信洛伊丝与他有着相同的想法：阿特洛波斯此刻正躲在什么地方，为事情后来的进展感到失望，但是绝对没有气馁，受了伤但是没有屈服，情绪低落但是没有绝望。从现在起，他们可以称他“老独耳怪”，拉尔夫想到这里打了个寒战。他想象着阿特洛波斯像一颗流氓小行星在这座城市随机穿过恐惧、激动的人群，窥视着，躲藏着，偷窃东西去当纪念品，割断人们的气球线……换句话说，从他的工作中寻求安慰。拉尔夫几乎无法相信自己不久前曾经压在那怪物身上，用他自己的解剖刀砍他。我从哪里得到的勇气？他想弄明白，但是他其实知道。那个小恶魔戴着的钻石戒指是他最主要的勇气来源。阿特洛波斯是否知道那些耳环是他犯下的最致命的错误？大概不知道。从这层意义上来说，三号医生比克洛索和拉克西斯更不了解短命界的各种动机。

他转身抓住洛伊丝的双手。“我又把你的耳环弄丢了，而且这次永远找不回来了。对不起。”

“快别这么说。它们早就丢了，记得吗？而且我再也不用为哈罗德和詹妮特操心了，因为在别人亏待我的时候，在我害怕的时候，我有了一位朋友帮助我。是不是？”

“是的。你当然有这样一位朋友。”

她搂住他的脖子，紧紧拥抱他，并且再次亲吻了他。洛伊丝显然一点都没有忘记怎么亲吻，而且在拉尔夫看来，她在亲吻方面学到的东西还真不少。“快去冲个热水澡。”他刚想说头一挨着热水他就会睡着，但她接下来的那句话让他立刻改变了主意："你别介意。你身上有股怪味，尤其是手上，很像我哥哥维克剖了一整天鱼之后的气味。"

两分钟后，拉尔夫开始淋浴，把肥皂泡一路抹到胳膊肘。

10

他出来时，洛伊丝已经躲进了两床蓬松的被子里，只露出一张脸，还只是鼻子以上的部分。拉尔夫快步走过卧室，身上只穿了条内裤，为自己的细腿和啤酒肚感到羞愧。他掀开被子，快速钻了进去，冰凉的床单滑过他温暖的皮肤时，他倒吸了一口凉气。

洛伊丝立刻凑过来搂住他。他把头埋进她的头发，靠着她放松自己。和洛伊丝睡在被子下的感觉真好，尤其是在外面狂风凛冽、有时甚至吹得防风窗户嘎嘎作响的时候。这简直就是天堂。

"谢天谢地，我床上还有个男人。"洛伊丝睡意蒙眬地说。

"谢天谢地，床上的男人是我。"拉尔夫说，逗得她哈哈大笑。

"你的肋骨没事吧？要不要给你找一片阿司匹林？"

"不用。我相信明天早晨又会痛的，不过洗了热水澡之后好像缓解了一点。"明天早晨会发生或者不会发生什么事这个话题倒是让他想到了一个问题，一个大概时刻等在那里的问题，"洛伊丝？"

"嗯？"

拉尔夫的心中又浮现出一个情景：自己在黑暗中猛然醒来，疲惫不堪却又根本睡不着（这肯定是世界上最残酷矛盾之一）。钟上面的数字慢慢从三点四十七分跳到三点四十八分。那是F. 斯科特·菲茨杰拉德笔下灵魂的漫漫长夜，每一个小时都漫长得足以将吉奥普斯的大金字塔建好。

"你觉得我们会一觉睡到天亮吗？"他问她。

"会的，"她毫不犹豫地说，"我想我们会睡得很好。"

不一会儿，洛伊丝就睡着了。

11

拉尔夫又过了大约五分钟才睡着。在这期间，他搂着她，闻着她温暖的肌肤散发出的奇妙芳香，抚摸着她身上光滑、性感的丝绸睡袍，惊叹自己在经历了那些多事情后居然还能在如此美妙的地方。他的心中充满了某种强烈而又简单的情感，一种他熟悉却又无法立刻说出来的情感，或许是因为这种情感离开他的生活太久了。

外面狂风肆虐，呜咽哀鸣，再次在排水管口制造出那种空洞的呼啸声，宛如全球最大的涅槃乐队在对着世界上最大的吹气塑料瓶吹奏。拉尔夫想到，生活中最美好的事情，就是当秋风在你的避风港外呼啸时，你能够搂着一个熟睡的女人躺在柔软的床上。

只有一件事比这更加美好——至少有一件——那就是睡着的感觉：轻轻走进黑夜，如独木舟在明亮的夏日离开码头、滑进宽阔缓慢的河流中那样滑入梦乡。

*在构成短命界生活的万物当中，最美好的当数睡眠，*拉尔夫想。

外面的风声再次响起，这次似乎来自遥远的地方。当他感觉到那条大河要带他而去时，他终于明白了自己一直感觉到的那种情感。自从洛伊丝搂着她，然后像孩子似的轻松而放心地睡着以来，这种情感就一直萦绕在他的心头。它有着不同的名字——安详、宁静、满足——可是现在，当狂风呼啸、洛伊丝在睡梦中喉咙深处发出低沉、满足的响声时，拉尔夫觉得这种情感属于人人皆知却又难以言表的珍稀事物：一种质地，一种光环，或许是生存之柱上的整整一层。那是休息带来的光滑黄褐色，是完成某项艰巨但重要的任务之后的宁静。

风再次刮来，并且带来了远处的警笛声。拉尔夫没有听到。他已经睡着了。有一次，他梦见自己起身上厕所，猜想那可能不是梦。再一次，他梦见自己和洛伊丝在缠绵、温柔地做爱，那或许也不是梦。如果还有别的梦或者醒来的时刻，他也不记得了，因为这次再也没有出现凌晨三四点钟突然醒来的情况。他们就这样睡着，偶尔分开，但大多数时候搂在一起。他们一直睡到星期六晚上七点过后，整整睡了二十二个小时。

太阳落山时，洛伊丝做了早餐——松软的烘饼，培根，油炸土豆条。她在厨房里忙碌时，拉尔夫试着弯曲脑海深处的那块肌肉，制造出那道瞬间闪烁的感觉。他没有做到。洛伊丝尝试时也没有做到。不过，拉尔夫可以发誓，她闪烁了一下，他在那一瞬间可以透过她的身体看到炉子。

“这样也好。”她说着把盘子端到餐桌上。

“我想也是。”拉尔夫赞同道。然而，他仍然有那种宁愿失去卡洛琳给他的戒指也不愿意失去从阿特洛波斯那里拿到的戒指那种感觉，那就像某个至关重要的小东西一眨眼就闪烁着从他的生活中消失了一样。

12

又是两晚没有中断的酣睡，之后，光环也逐渐淡去，一星期后完全消失。拉尔夫开始怀疑这一切是不是一个奇怪的梦。他知道不是，却越来越难相信自己所知道的事。他右臂胳膊肘到手腕之间的疤痕当然还在，但他甚至开始怀疑那是不是多年前落下的，那时的他头上还没有白发，内心深处依然相信年迈只是个神话、一场梦、或者专门留给不如他特别的那些人的东西。

尾声

报死虫的滴答声（II）

我回头看到它的形状
但我继续前进，就像夜晚林中
有人听到逼近的脚步声
驻足聆听；不是寂静，
而是某个生物努力保持安静。
除了奔跑他还有何选择？盲目地沿着小径
奔跑，踉踉跄跄，树枝打在脸上；
对方越来越近，却不慌不忙，
气息平和，逗弄着它的猎物。

——史蒂芬·杜宾斯《追逐》

假如我有双翅膀，我将带着你飞翔；
假如我有金钱，我将给你买下那座城；
假如我有力量，也许我会助你一把；
假如我有一盏灯，我将为你照亮前途。
假如我有一盏灯，我将为你照亮前途。

——迈克尔·麦克德莫特《灯》

1

一九九四年一月二日，洛伊丝·夏瑟成为了洛伊丝·罗伯茨。她儿子哈罗德将她交给了新郎。哈罗德的妻子没有参加婚礼，她留在了班格尔，拉尔夫认为她疑似患上了支气管炎，但是他没有向任何人提及，对于詹妮特·夏瑟的缺席一点也不感到失望。伴郎是约翰·莱德克警探，除了右臂还打着石膏外，其他地方根本看不出他曾经历过九死一生的任务。他重度昏迷了四天，但是他也知道自己多么幸运。除了爆炸发生时站在他身旁的那位州警察外，还有六名警察丧生，其中俩人还是莱德克亲自挑选的。

伴娘是洛伊丝的朋友西蒙妮·卡斯顿圭，婚宴上第一个敬酒的是那个喜欢说自己以前叫乔·维齐、现在年纪大了也更聪明了的家伙。特里格·瓦尚断断续续地发表了一段真心实意的演说，最后祝愿“这两个人活到一百五十岁，永远与风湿和便秘无缘”。

拉尔夫和洛伊丝离开宴会厅时，头发上仍然粘着米粒，主要是法耶·查宾和哈里斯大道那帮老古董们撒的。这时，一个老人走到他们面前，手中拿着一本书，细细的白发漂浮在脑袋周围。他的脸上挂着灿烂的微笑。

“恭喜，拉尔夫，”他说，“恭喜，洛伊丝。”

“你怎么才来？”洛伊丝问他，“没有收到喜帖吗？法耶说他给你了。”

“哦，他是给我了。哦，是的，可我一般不出席室内婚宴。太闷了。葬礼更糟。给，这是送给你们的。我没有把它包起来，因为我手指的关节炎现在很严重，已经干不了那种事了。”

拉尔夫接过来。那是一本诗集，书名是《互助的野兽》。看到诗人的名字斯蒂芬·杜宾斯时，拉尔夫莫名其妙地心头一凉，但他不明白为什么。

“谢谢。”他对多兰斯说。

“虽说比不上他后来的作品，但还不错。杜宾斯很棒。”

“我们会在蜜月途中相互读给对方听的。”洛伊丝说。

“蜜月很合适读诗，”多兰斯说，“也许再合适不过。我相信你们在一起会非常幸福。”

他转身离去，却又回头望着他们。

“你们干了件了不起的事，长生界很满意。”

他走了。

洛伊丝望着拉尔夫。“他在说什么？你明白吗？”

拉尔夫摇摇头。他不太明白，但是觉得自己应该明白。手臂上的伤疤偶尔会有刺痛感，那是一种几乎是根深蒂固的瘙痒般的感觉。

“长生界，”她思索着，“也许他是指我们，拉尔夫——毕竟与春天的雏鸡相比，我们够长生的，对吗？”

“他大概就是这个意思。”拉尔夫附和道，但是他心里很清楚……她的眼神表明她内心也知道不是。

2

同一天，正当拉尔夫和洛伊丝宣誓“我愿意”时，某个有着明亮绿色光环的酒鬼——他确实有个叔叔在德克斯特，但这位叔叔已经五年多没有见过他这位一事无成的侄儿了——正穿行在斯特拉福德公园内，眯起眼睛避开阳光在雪地上的强烈反光。他在寻找可回收的易拉罐和瓶子。最好能够他买一品脱威士忌，不过，能够他买一品脱午夜列车牌葡萄酒也不错。

他看到标有“男厕”的移动公厕附近有一块亮闪闪的金属，虽说有可能只是酒瓶盖在反射阳光，还是得去看一看。那有可能是枚一毛的硬币……可是在这个酒鬼的眼里，它却在闪着金光。它……

“哦，天哪！”他大叫着，一把抓起神秘地落在积雪顶上的结婚戒指。戒指很宽，几乎能肯定是纯金的。他将它侧过来，看到背面刻着：HD-ED 8-5-87。

一品脱？不。这小宝贝至少能给他带来一夸脱酒，好几夸脱。或许够他喝一个星期。

他匆匆穿过维奇汉姆街和杰克逊街的相交处，也就是拉尔夫·罗伯茨差一点晕倒的地方，压根儿没有看到一辆驶过来的绿线巴士。司机看见他后立刻刹车，但巴士恰好驶上了一块冰。

酒鬼永远不会知道是什么撞了他。他前一秒还在盘算着究竟是买老乌鸦还是买老爷爷牌的威士忌，后一秒就进入了等待着我们所有人的黑暗中。那枚戒指滚进排水沟，消失在了污水隔栅中，在那里待了很久、很久，但不是永远。在德里市，掉进下水道系统里的东西早晚都会再次露面，只是再现的方式常常令人不快。

3

拉尔夫和洛伊丝并没有幸福生活，直至永远。

不管幸福与否，短命人的世界其实没有永远，这一点克洛索和拉克西斯无疑非常清楚。不过，他们还是幸福地生活了一段时间。两个人都不愿意直截了当地说现在是他们最幸福的岁月，因为他们对各自的第一位配偶仍然怀有深深的情爱，不过两个人在心中都认为这是他们最幸福的几年。拉尔夫说不准黄昏恋是不是最丰富的爱情，但他坚信这是最亲切、最令人满意的爱情。

我们的傻洛伊丝，他常常这么说，然后放声大笑。洛伊丝会假装生气，但也只是装装样子而已，她看到了他这么说时的眼神。

婚后的第一个圣诞节早晨（他们已经搬进了洛伊丝整洁的小房子里，并且将拉尔夫的小屋挂牌出售），洛伊丝送给他一条比格犬。“喜欢它吗？”她有些担忧，“我差一点没有弄到它。艾比说绝对不能把宠物当礼物送人，可这条小狗在宠物店橱窗里显得那么可爱……那么忧伤……要是你不喜欢它，或者不想把今年冬天剩下的日子都用来训练它，明说就是了。我们可以找个人……”

“洛伊丝，”他说，学着比尔·麦戈文那样讥讽地扬起眉头，“你在唠叨。”

“是吗？”

“是的。你只要一紧张就会唠叨。这次根本不用紧张，我非常喜欢这条母狗。”这一点也没有夸张，他第一眼就喜欢上了这条黑褐色相间的母狗。

“你给它起个什么名字？”洛伊丝问，“想到了？”

“当然想到了，”拉尔夫说，“罗莎莉。”

4

对于海伦和娜塔莉·迪普努来说，接下来的四年整体上也算不错。她们省吃俭用地在东区一个公寓里住了一段时间，靠海伦在图书馆上班的薪水勉强度日，仅此而已。拉尔夫家北面一点的科德角小屋已经出售，但这笔钱都用来支付了所欠的各种账单。然后，一九九四年六月，海伦意外得到了一笔保险赔偿……只是这意外背后的推手是约翰·莱德克。

大东部保险公司最初拒绝支付艾德·迪普努的人寿保险金，声称他属于自杀。后来，尽管公司内部还有大量不满和牢骚，他们还是给了一大笔钱，而说服他们的正是约翰·莱德克的牌桌搭档，名叫霍华德·海曼。只要不在牌桌上玩小牌获胜游戏、五张牌梭哈游戏、三张牌抽牌游戏，海曼就是专门给保险公司找碴的律师。

莱德克一九九四年二月在拉尔夫和洛伊丝家再次见到海伦，立刻被她迷住了（“那并不是爱情，”他后来告诉拉尔夫和洛伊丝，“从后来发展的情况来看，这样大概最好。”），并且把她介绍给了海曼，因为他认为保险公司在欺负她。“他是精神失常，不是自杀。”莱德克说，并且在海伦婉拒了他很久之后，他仍然坚持这个看法。

大东部保险公司面临着一场官司，而霍华德·海曼威胁说要把它塑造成“鞭子史奈德利”将小内尔绑在铁轨上的形象[①]。之后，海伦便收到了一张七万美元的支票。一九九四年深秋，她用这笔钱在哈里斯大道上买了栋房子，与她原来的家只隔了三户人家，而且正对着哈莉特·贝尼根家。

“我向来不喜欢住在东区。”那年十一月的某一天她告诉洛伊丝。她们当时正从公园回家，娜塔莉坐在婴儿车里睡着了，头上戴着洛伊丝亲手编织的大滑雪帽，只露出粉红色的鼻尖，还有喷出的一团团雾气。“我总是梦见哈里斯大道。是不是有点不对劲？”

“我不觉得做梦有什么不对劲的。”洛伊丝说。

海伦和约翰·莱德克那年夏天大多数日子都在约会，不过这场求爱大战在九月劳动节过后突然结束，海伦开始在她整洁的高领图书馆制服上戴了一枚低调的三角形粉色别针。拉尔夫和洛伊丝均没有对此感到惊讶，或许是因为他们上了年纪，什么样的情况都至少见过一次，又或许在某种程度上他们仍然能窥见包裹着万物的光环，能够制造出一道明亮的大门，通往一座充满着隐晦含义、隐瞒的动机和伪装日程的秘密城市。

5

海伦搬回哈里斯大道后，拉尔夫和洛伊丝经常替她看护娜塔莉，而且从中得到了巨大的乐趣。如果他们早三十年结婚，可能会生下一个娜塔莉这样的孩子。每当娜塔莉蹒跚进屋时，哪怕是最寒冷、最阴霾满天的冬日也会变得温暖、明亮。她穿着厚厚的粉红色滑雪衫，袖口耷拉着小手套，那样子颇似缩小版的固特异飞艇。她还会生气勃勃

---

① 史奈德利和小内尔都是美国系列电视动画片《波波鹿与飞天鼠》中的人物。

地大喊："你好，瓦尔夫！你好，罗伊斯！我来开你们了！"

一九九五年六月，海伦买了一辆整修过的沃尔沃，并且在车后面贴了一张不干胶，上面写着"说女人需要男人，还不如说鱼儿需要自行车"。对她这种情绪，拉尔夫也没有感到特别惊讶，可每次看到那张不干胶，他都会感到不舒服。他有时在想，这种尖酸、并不好笑的情绪完美地总结了艾德留给他妻子最刻薄的遗产。每当看到它，拉尔夫便会想起那个夏天下午他从红苹果便利店去正面面对艾德时，艾德当时的样子。他光着膀子坐在草坪喷水器喷出的水雾中，一边的眼镜片上有一滴血。他探身向前，用真诚睿智的眼睛望着拉尔夫，说什么人一旦愚蠢到某个程度，就很难继续生活在一起。

在那之后，事情便开始发生了，拉尔夫有时会想。但是他再也想不起来那是什么事情了，也许这样最好。然而，这种记忆的丧失（如果真的是这样）并没有改变他的看法。他仍然相信有人以某种不光彩的方式在蒙骗海伦……某种厄运缠上了她，而她甚至都不知道。

6

海伦买下那辆沃尔沃一个月后，法耶·查宾在为那年秋季第三跑道经典象棋赛拟定种子选手的初步名单时心脏病突然发作。他被送往德里市医院，七小时后去世。拉尔夫在他临终前去看望了他。拉尔夫看到病房门上的数字315时，一种强烈的似曾相识的感觉袭上心头。他起初觉得那是因为卡洛琳最后一次住院就在这条走廊的另一头，但随即想到吉米·V.就是在这间病房去世的。他和洛伊丝在吉米临终前来看望他，拉尔夫还觉得吉米认出了他们两个人，但他无法确定。他刚开始真正注意到洛伊丝时的那些记忆，已经在他脑子里变得模糊、混杂。他估计一部分原因是爱情，一部分原因可能在于他上了年纪，但是最主要的原因可能还是失眠——在卡洛琳去世后那几个月里，他经历了极其难熬的失眠过程，不过像许多这类疾病一样，他的

失眠症最终也是不治而愈。可是他依然觉得这个病房里

（你好，女人，你好，男人，我们一直在等你们）

曾经发生过极不寻常的事。就在他注视着法耶那脏兮兮、软塌塌的手，冲着法耶那双惊恐、迷茫的眼睛微笑时，他的心中产生了一个奇怪的想法：他们正站在角落里望着我们。

他回头望去，角落里当然没有人，可是在那一刻……在那一瞬间……

7

从一九九三年到一九九八年，德里这种地方生活依旧：四月的嫩芽到十月就会变成随风飘落的枯叶，十二月中旬搬进家门的圣诞树到了一月第一周就会被扔进垃圾箱，树枝上还惨兮兮地挂着一条条金属彩带。婴儿们从入口进来，老人们从出口离去。也有一些人在风华正茂时从出口离去。

在德里市，大家在这五年当中剪头、烫发，遭遇暴风雨，参加中学高年级舞会，喝咖啡，抽香烟，在帕克湾享用牛排晚餐，或者在小联盟棒球赛场吃着热狗。少男少女们相恋相爱，酒鬼摔到车外，短裙不再流行。人们更换屋顶上的木瓦，重新铺设车道。无能的老家伙在选举中落败，无能的新手在选举中获胜。这就是生活，常常不尽如人意，频繁令人不快，通常枯燥乏味，但有时很美好，偶尔甚至让人兴奋。光阴荏苒，但不变的事永远不变。

一九九六年初秋，拉尔夫怀疑自己得了结肠癌。他看到大便中夹杂着大量鲜血，最终决定去找皮卡德医生（这位乐呵呵、不修边幅的医生接替了里奇菲尔德大夫），脑子里想的全是医院里的病床、静脉点滴化疗。结果不是癌症，而是皮卡德医生那句经典的“爆顶了的”痔疮。他给拉尔夫开了栓塞药处方。拉尔夫拿着处方去了来爱德药店，乔·维齐尔看了处方后开心地冲着拉尔夫咧嘴一笑。“真糟，”他

说，“不过要比结肠癌好多了，你不觉得吗？”

“我从来没有想过会是结肠癌。”拉尔夫气鼓鼓地说。

一九九七年冬季的某一天，洛伊丝突发奇想，决定坐上娜塔莉·迪普努的飞碟形状塑料滑雪板，从斯特拉福德公园她最喜爱的小山坡滑下去。她滑得“比石油管道里的油管器还要快”（这是唐·维泽的原话，他那天恰好在场，看到了整个过程），一头撞上了标有“女厕”的移动公厕侧墙。

她扭伤了膝盖和后背，尽管拉尔夫知道自己不该这样——至少缺乏同情心，但他在去急救室的途中还是一直狂笑不止。洛伊丝忍着疼痛，也在哈哈大笑，所以拉尔夫怎么也控制不住自己。他笑到眼泪直流，甚至觉得自己会因此而中风。她像神秘东方的那些瑜伽大师一样盘腿坐在那玩意儿上，滑下山的时候不停地转呀转，差一点没有把公厕撞倒，真是“我们的傻洛伊丝”。春天到来时，她已经完全康复，只是每当夜晚下雨，膝盖仍然会疼。她特别讨厌唐·维泽每次看到她时都问她最近是不是又撞上了什么茅房。

8

这就是生活，日复一日地过着，其中的滋味与甘苦只有自己清楚。按照先哲们的说法，我们只有在制定其他计划时才会有所感悟，而拉尔夫·罗伯茨这些年过得格外滋润，因为他不必制定其他计划。他与乔·维齐尔和约翰·莱德克继续保持着友情，但他这些年最亲密的朋友依然是他妻子。他们总是形影不离，坦诚相待，几乎从不争吵。他还有比格犬罗莎莉，还有曾经属于夏瑟先生如今属于他的摇椅，还有娜塔莉差不多每天一次的探望（娜塔莉已经开始叫他们拉尔夫和洛伊丝，不再是之前的“瓦尔夫”和“罗伊斯”，只是他们更喜欢她原来的称呼）。他很健康，这大概是最美好的一点。这就是生活，充满了短命人世界的得与失。拉尔夫平静地享受着生活，直到一九九八年三月中旬。他有天凌晨醒来，瞥了一眼床边的闹钟，看到只是凌晨五点四十九分。

他静静地躺在洛伊丝身旁，不想起床惊醒她。他在琢磨是什么弄醒了他。

你知道那是什么，拉尔夫。

不，我不知道。

你知道的。听。

他竖起耳朵听着，非常仔细地听着。过了一会儿，他开始听到墙壁里面传出的声音：报死虫发出的轻微的滴答声。

9

第二天早晨，拉尔夫在五点四十七分醒来，到了第三天，他五点四十四分就醒了。德里市即将冬去春来，而他的睡眠却正一分钟一分钟地减少。到了五月，他听到到处都传来了报死虫的滴答声，但是他心里明白，那滴答声其实只来自一个地方，从同一个地方传出，就如同出色的腹语专家所表现的那样。之前，那地方是卡洛琳，现在，那地方是他自己。

他丝毫没有当初怀疑自己得了癌症时的恐慌，也没有他依稀记得的上一次失眠时的绝望。他更容易疲倦，并且发现自己更难集中精力，更容易忘记哪怕是很小的事，但是他平静地接受这一切。

“你睡得还好吗，拉尔夫？”洛伊丝有一天问他，“你的眼睛周围又有黑眼圈了。”

“那是吸毒的缘故。”拉尔夫说。

“别胡扯，你这老笨蛋。”

他将她搂在怀里，拥抱着她。“不要为我担心，亲爱的，我睡得很好。”

一星期后，他有一天凌晨四点零二分醒来，手臂上有一道炽热的线在搏动——与报死虫的滴答声完全合拍，而这滴答声当然只是他自己的心跳。但是这一次不是他的心跳，至少拉尔夫觉得不是，那种感觉就像他手臂的肌肤下面埋了一根电热丝。

是那伤疤，他想，然后又想到：不是，是那承诺。那承诺该兑现了。

什么承诺，拉尔夫？什么承诺？

他不知道。

10

六月初的一天，海伦和娜塔莉突然来访，把她们和梅兰妮阿姨的波士顿之行讲给拉尔夫和洛伊丝听。梅兰妮阿姨是银行出纳，也是海伦的闺蜜，她们一起去参加了什么女权大会，而娜塔莉则待在日托中心，与数不清的新朋友联络感情。梅兰妮阿姨先走，要去纽约和华盛顿参加其他女权活动。海伦和娜塔莉在波士顿多待了两天，观光游玩。

“我们去看了一部动画片，”娜塔莉说，“讲的是森林的动物。它们居然会说话！”她说“说话”一词时带了莎士比亚戏剧表演中的夸张语气。

“动物会说话的电影很棒，是不是？”洛伊丝问。

“是的！我还有这件新衣服！”

“这衣服很好看。”洛伊丝说。

海伦看着拉尔夫。“你没事吧，老朋友？你脸色苍白，也没有太多话。”

“再好不过了，”他说，“我刚才在想你们戴着帽子真可爱。是在芬威球场买的吗？”

海伦和娜塔莉都戴着波士顿红袜子棒球队的球帽。这种帽子热天在新英格兰随处可见（“像猫屎一样常见”，洛伊丝会说），但是看到这两个人头上戴着它们，拉尔夫感到非常不安……而且这种感觉与某个特定的图像联系在一起，一个他根本不理解的图像：红苹果便利店的大门。

海伦摘下帽子仔细查看着。“是的，”她说，“我们去了芬威球场，但是只看了三局。一群男人在那里扔球接球。估计我最近对男人和他们的球都缺乏耐心……不过我们都喜欢红袜子队的球帽，是不是，娜塔莉？”

“是的！”娜塔莉伶俐地回答。拉尔夫第二天凌晨四点零一分醒来时，手臂上那条炽热的细线又在搏动，报死虫几乎能够像人一样开口说话，而且在不停地低声念叨着一个陌生、像是外国人的名字：阿特洛波斯……阿特洛波斯……阿特洛波斯。

我知道这个名字。

是吗，拉尔夫？

是的，他就是那个家伙，手里握着一把生锈的手术刀，性情恶劣，总是叫我短命鬼。是他拿走了……拿走了……

拿走了什么，拉尔夫？

他已经习惯了这种无声的讨论。那就像脑海中的某个无线电波段，某个地下频道，总是在凌晨偷偷摸摸地活动，而此时的他会躺在睡梦中的妻子身旁，等待着太阳升起。

拿走了什么？你还记得吗？

他没有料到自己会记得，那个声音问他的所有问题几乎从未得到过答案，然而这一次出乎意料地有了答案。

当然是比尔·麦戈文的帽子。阿特洛波斯拿走了比尔的帽子，我有一次把他惹火了，他居然真的把帽檐咬掉了一块。

他是谁？阿特洛波斯是谁？

关于这一点，他说不准。他只知道阿特洛波斯跟海伦有关，只知道海伦现在有了一顶她好像非常喜欢的波士顿红袜子队的球帽，只知道阿特洛波斯有一把锈迹斑斑的手术刀。

快了，拉尔夫·罗伯茨想。黑暗中，他躺在那里，听着墙壁里面的报死虫不停发出的滴答声。我快要知道了。

11

那年的六月酷热难挨，到了第三周时，拉尔夫再次开始看见光环。

12

六月转眼就变成了七月。拉尔夫发现自己经常落泪，而且通常没有具体的缘由。这很奇怪，他既没有感到沮丧也没有感到不满，但有时候他会看着某样东西——也许只是一只孤鸟展翅飞过天空——他的心里就会有一种忧伤的失落感。

快要结束了，他身上那个声音说道。这已经不再是卡洛琳、比尔或他自己年轻时的声音，这是一个完全陌生的声音，而且似乎没有什么恶意。所以你才感到忧伤，拉尔夫。事情快要了结时感到忧伤很正常。

没有什么快要了结的！他大叫道。为什么会了结？我上次体检时，皮卡德医生说我体壮如牛！我身体好得很！从来没有这么好过！

体内的声音没有说话，但那是一种心知肚明的沉默。

13

“好吧。”七月底一个炎热的下午，拉尔夫大声说道。他坐在长凳上，不远处就是德里市水塔的旧址，一九八五年那场大风暴将它刮倒了。山脚下有个供鸟戏水的水盆，旁边有个年轻人（从他身上的望远镜以及旁边草地上放着一大摞平装书来看，这是一个不折不扣的赏鸟人），正仔细在看似日记的笔记本上做着笔记。“好吧，告诉我为什么快要了结了。告诉我。”

没有立刻回答，但是没有关系，拉尔夫愿意等待。他走了很长一段路才来到这里，天很热，他很累。他现在每天凌晨三点半左右醒来。他又开始长距离散步，不是希望这能有助于他睡得更好或者更久。他觉得自己是在朝觐，最后一次看看德里市那些他最喜欢去的地方。与它们告别。

因为承诺的时间快要到了，那个声音回答道，伤疤再次灼热、搏动，那是有人向你做出的承诺，也是你给出的承诺。

“什么承诺？”他激动地问道，“请告诉我，如果我做出过承诺，为什么我自己不记得？”

赏鸟人听到了他的话，抬头朝山上望去。他看到公园长凳上坐着一个男人，显然在自言自语。赏鸟人厌恶地一撇嘴，心想：*我可不想活到那么老。*然后，他转过头，盯着水盆，继续做笔记。

拉尔夫的脑海深处，那种闭合的感觉——那种瞬间闪烁的感觉——突然再次出现。尽管他坐在长凳上一动也没有动，拉尔夫还是感到自己正被推着快速上升……速度和高度都是前所未有的。

根本不是，那个声音说，拉尔夫，你曾经到过更高的地方——洛伊丝也是。不过你快要到了，很快就会准备好的。

赏鸟人根本不知道自己一直生活在灿烂的金丝状光环中，他此时小心翼翼地回头看了一眼，或许是想确定山顶长凳上的老人没有拿着什么钝器悄悄接近他。他看到那一幕后，惊讶地张开了紧抿成一条线的嘴巴，睁大了眼睛。拉尔夫看到他的光环中突然出现了向外辐射的靛蓝色光芒，知道自己看到了震惊。

他这是怎么啦？他看到了什么？

可是错了。不是赏鸟人看到了什么，而是他没有看到什么。他没有看到拉尔夫，因为拉尔夫已经升到了高处，完全从短命层级消失——就像狗哨吹出的哨音人类听不到一样，他也变成了人类看不到的存在。

如果他们此刻在这里，我可以轻而易举地看见他们。

是谁，拉尔夫？如果谁在这里？

克洛索。拉克西斯。还有阿特洛波斯。

突然，他脑海里的所有碎片开始聚集，犹如某个看似复杂但其实不难的拼图游戏中的碎块。

拉尔夫低声说道：（“哦，我的上帝啊。哦，我的上帝啊。哦，我的上帝啊。”）

14

六天后，拉尔夫凌晨三点十五分醒来，知道承诺的时刻已经到来。

15

“我想去红苹果便利店买一块冰淇淋。”拉尔夫说。现在是上午十点左右。他的心在怦怦直跳，充满他体内的恐惧噪声挥之不去，让他无法思考。他一辈子从未像现在这样讨厌冰淇淋，但这是去红苹果便利店的合理借口。这是八月的第一周，天气预报员说午后的气温可能会高达三十二摄氏度，傍晚还有雷雨。

拉尔夫认为自己不必担心雷雨。

厨房地板上铺了几张报纸，上面有一个书架，洛伊丝正把它漆成暗红色。她站起身，两手放到背后，伸了个懒腰。拉尔夫可以听到她的脊柱发出轻微的喀喀声。“我和你一起去。要是再继续闻这油漆味，我今晚肯定会头疼。真不知道我干吗要在这样闷热的日子里刷油漆。”

拉尔夫此刻有一万条理由不让洛伊丝陪他去红苹果便利店。“你不需要去，亲爱的。我给你带一根你爱吃的那种椰子冰棒回来。我连罗莎莉都不打算带去，湿气太重。你干吗不去后面的露台上坐一会儿？”

“这种天，你要是把冰棒从便利店带回来，到家时早化了。”她说，“走吧，趁着街道这边还有阴凉……”

她没有再往下说，脸上的笑容随之消失，取而代之的是惊慌的神情。拉尔夫已经多年没有能看见她的光环了，但她那灰色的光环这么多年只是稍微暗淡了一点，此刻却开始有大块灰烬般的暗粉色斑点在闪烁。

“拉尔夫，出什么事了？你究竟要做什么？”

“没什么。”他说，但是手臂上的伤疤炽热滚烫，报死虫的滴答声到处都是，而且喧闹无比。这是在告诉他有一个约定在等着他，有一个承诺要兑现。

“你一定有事，过去两三个月里一直不对劲，也许不止两三个月。我很傻，明明知道肯定发生了什么事，却没有勇气去面对，因为我害怕。我感到害怕是有道理的，不是吗？我有自己的道理。”

“洛伊丝……”

她突然穿过房间向他走来，速度很快，几乎是在跳跃，后背上的旧伤丝毫没有让她放慢脚步。他还没有来得及拦住她，她就已经抓住他的右臂，拉过去，目不转睛地看着。

伤疤发出强烈、明亮的红光。

拉尔夫起初希望那只是光环，她看不到。但她抬起头，惊恐地睁大了眼睛。不止惊恐，还有别的。拉尔夫觉得那应该是顿悟。

“我的上帝，”她小声说，“是公园里那几个人，名字都很可笑……叫什么克劳瑟和拉西斯……其中一个还把你割伤过。哦，拉尔夫，我的上帝，你准备怎么办？”

“听着，洛伊丝，别激动……”

“你竟敢要我别激动！”她冲着他尖叫起来，“你怎么敢！你怎么敢！”

快，他体内的声音悄声说。你没有时间站在这里争论。事情已经在某个地方开始发生，你听到的报死虫的滴答声不是给你听的。

“我得走了。”他转身，跌跌撞撞地向门口走去。慌乱之中，他没有注意到，这一幕缺少了福尔摩斯式悬疑场景中的一个角色：那条本该吠叫的狗——每当家里有人抬高嗓门说话，它总会吠叫抗议——却没有作声。罗莎莉通常所待的纱门旁没有它的踪影……门也开了一条缝。

拉尔夫此刻根本没有去想罗莎莉的事。他感到自己两腿发软，能走到门廊就算不错了，更不用说街道那头的红苹果便利店。他的心怦怦直跳，在他的胸腔内滑动，眼睛向外喷火。

“不！”洛伊丝尖叫起来，“不，拉尔夫，求你了！请不要离开我！”

她追上去，死死抓住他的胳膊。她手中还握着油漆刷子，甩在他衬衣上的小红点好像鲜血。她哭了起来，那副极度哀伤的表情几乎让他心碎。他不想就这样离开她，也不忍心就这样丢下她。

他转身抓住她的两只胳膊。“洛伊丝，我必须去。”

“你没有睡好，”她含糊不清地说，“我早就知道了，而且我还知道这不是什么好事。没关系，我们可以离开这里，现在就走。我们可以只带上罗莎莉和牙刷，然后就动身……”

他捏了一下她的胳膊，她便没有再往下说，而是眼泪汪汪地抬头看着他。她的嘴唇在颤抖。

“洛伊丝，听我说。我必须这样做。”

“我已经失去了保罗，不能再失去你！”她恸哭道，“我承受不了！拉尔夫，我承受不了！”

你能，他想。短命人其实要比外表所显现的坚强得多。他们必须坚强。

拉尔夫感觉有几滴泪水顺着他的脸颊往下流。他怀疑这是因为悲伤，但更多是因为疲倦。要是他能让她明白她的努力无济于事，只会给他增加难度……

他后退一步，手臂上的伤疤从未像现在这样疯狂地搏动，时间正在无情地流逝，这种感觉压倒了一切。

“如果你愿意，那就陪我走一截吧，”他说，“你或许还能助我一臂之力。洛伊丝，我已经过了一辈子，而且是非常幸福的一辈子。可是她的人生尚未真正开始，如果我让那混蛋仅仅因为要和我了结恩怨就夺走她的生命，我的心将永远不得安宁。”

“哪个混蛋？拉尔夫，你究竟在说什么？”

“我说的是娜塔莉·迪普努。她今天上午就会丧命，但是我不会让这种事发生。”

“娜塔莉？拉尔夫，怎么会有人想伤害她呢？”

她一脸惊愕，完全是“傻洛伊丝”的表情……可是她表面傻乎乎的样子底下是否还有其他意思？某种精心算计的东西？拉尔夫认为是的。他意识到洛伊丝根本不像她装出来的那样惊愕。她多年前一直用这种表现骗过了比尔·麦戈文——至少有一段时间也这样骗过了他——现在只是这种老伎俩的再次（而且是精彩的）呈现。

她真正的目的是留住他。她也深爱娜塔莉，可是对她而言，在丈夫与住在同一条巷子里的小姑娘之间进行选择根本不需要考虑。她不会去想年龄或公平问题对目前的情况有什么影响。拉尔夫是她丈夫，这一点对于洛伊丝至关重要。

“没有用的，”他深情地说，然后松开她，再次向门口走去，“我做出过承诺，现在时间紧迫。”

“那就打破承诺！”她喊了起来，声音中夹杂的恐惧和怒火把他吓了一跳，“当时的事情我记得不太多，但我记得我们卷进的事情差一点让我们送了命，而且背后的原因我们甚至都不明白。打破承诺，拉尔夫！除非你的承诺比我更重要！”

“那个孩子怎么办？海伦怎么办？娜塔莉现在是她生活中的一切。难道海伦不配让我去遵守承诺吗？”

“我不在乎她应该得到什么！也不在乎她们应该得到什么！”她大叫，然后脸上的表情开始变化。“好吧，我在乎。可是我们呢，拉尔夫？难道我们就不重要？”她那双会说话的西班牙后裔的黑眼睛在哀求他。如果他久久凝视那双眼睛，他肯定会心软，于是他将目光转向了别处。

“我已经决定了，亲爱的。娜塔莉将得到你和我已经得到的东西——七十年左右的日日夜夜。”

她无助地望着他，但是没有再试图阻止他。她开始哭泣。“傻老头!”她轻声说，“刚愎自用的傻老头!”

“是啊，我就是这样，”他说着抬起她的下巴，“但我是一个恪守诺言、刚愎自用的傻老头。和我一起去吧。我希望你一起去。”

“好吧，拉尔夫。”她的声音小得几乎听不到，而且她的皮肤像黏土一样冰凉。她的光环已经全部变成了红色。“到底是怎么回事?她会有什么样的遭遇?”

“会有一辆绿色福特轿车撞上她。除非我替代她，否则她会在哈里斯大道上血流满地……而且海伦将亲眼看见这一切。”

16

他们向山丘上的红苹果便利店走去，洛伊丝起初一直落在后面，可当她看到自己这小伎俩无法让他放慢脚步后，只好快步跟上去。拉尔夫在路上把自己知道的事告诉了她。她依稀记得延长路那边遭雷击倾斜的那棵橡树下面发生的事，只是在今天早晨之前一直以为那只是一个梦。当然，拉尔夫最后与阿特洛波斯直面交锋时，她并不在场。拉尔夫现在把一切都告诉了她——如果拉尔夫继续阻止阿特洛波斯的计划，阿特洛波斯就会让娜塔莉遭遇随机死亡的厄运。他告诉她，他逼迫克洛索和拉克西斯做出承诺，推翻阿特洛波斯的计划，拯救娜塔莉。

“我有种感觉……这个决定……是由他们反复提到过的……这座疯狂建筑……这座塔……里的高层做出的。也许……是最高层。”他上气不接下气地说，心跳速度超过以往任何时候，但他将这主要归咎于自己走路太快，天气过于炎热。他的恐惧略有减少，这要归功于和洛伊丝的这番交流。

他现在可以看见红苹果便利店了。珀赖因太太正好就在半个街区外的公交车站，像检阅部队的将军一样身子站得笔直。她的手臂上挂着购物用的网袋。旁边有遮阳棚，里面比较阴凉，但是珀赖因太太仿佛根本没有看到它似的。即便是在刺眼的阳光中，拉尔夫还是可以看到她西点军校制服般的灰色光环，与一九九三年十月那天傍晚一模一样。海伦和娜塔莉连个影子都没有。

17

“我当然知道他是谁，”埃丝特·珀赖因后来告诉《德里新闻报》的记者，“年轻人，你以为我脑子不管用吗？以为我上了年纪？我认识拉尔夫·罗伯茨有二十多年了。是个好人哪。当然，与他的第一位妻子不是一路人，卡洛琳来自班格尔的萨特维特家族，可拉尔夫的确是个好人。我一眼就认出了绿色福特车上的司机。皮特·沙利文曾经给我送了六年报纸，干得不错。新换的这个莫里森家的孩子不是把报纸扔到我家花圃就是扔到门廊顶上。皮特开的车，拿的是见习司机驾照，他母亲当时就坐在他身旁。我希望他不要为发生的事承担太多责任，因为他是个好孩子，而且真的不是他的责任。我目睹了整个过程，可以发誓。

“我估计你大概认为我是在瞎扯。不要否认，我从你的脸上看出来了，就像我看你们的报纸能够明白事理一样。无所谓，反正我要说的基本上都说完了。我当时立刻就知道那是拉尔夫，但是有一点你会弄错的，就算你将这写进报道中……你很可能不会把这写进去。拉尔夫不知从哪里冒出来救了那个小女孩。”

埃丝特·珀赖因用可怕的目光盯着那位毕恭毕敬、沉默不语的年轻记者，就像昆虫学家给蝴蝶注射了氯仿之后用针将它固定一样。

“我不是说他好像不知从什么地方冒出来的，年轻人，但我相信你一定会这么写的。”

她探身向前，眼睛死死盯着记者的脸，又说了一遍。

“他不知从哪里冒出来救了那小女孩。你听懂了吗？不知从哪里冒出来的。”

18

这场车祸第二天登上了《德里新闻报》的头版。埃丝特·珀赖因绘声绘色的叙述为她赢得了一条边栏，还配上了摄影记者汤姆·马修斯拍摄的一张照片，照片中的她颇似《愤怒的葡萄》中的约德老妈。边栏的标题为：这场悲剧的目击者说“他不知从哪里冒出来的”。

珀赖因太太看到报纸时一点都不感到惊讶。

19

“我最终还是达到了目的，”拉尔夫说，“但只是因为克洛索和拉克西斯——以及他们所效力的上面层级上的头——不顾一切要阻止艾德。”

“上面层级？什么上面层级？什么建筑？”

“算了。你已经忘了，就算记得也无济于事。洛伊丝，关键在于：他们不是因为艾德一旦撞上市民中心后会造成两千人丧生而阻止他，而是因为他们要不惜一切代价救下一个人……反正他们是这样想的。当我最终让他们明白我要救的孩子与他们要救的孩子同样重要时，我们才达成协议。”

“所以他们才切开你的手臂，对吗？是在你做出承诺之后，也就是你梦中常常念叨的那个承诺。”

他惊讶地睁大了眼睛，像心碎的男孩那样瞥了她一眼。她只是回望着他。

“是的，”他擦了一下额头，“我想是的。”吸进肺里的空气犹如金属碎屑一样沉重，“一命换一命，这就是交易的内容，用我的命去换娜塔莉的命。然后……”

（嘿！别想逃！待着别动，你这流浪狗，不然我会踢你屁股！）

拉尔夫听到这刺耳、可怕而又熟悉的恐吓声时没有再往下说。哈里斯大道上只有他一个人能够听到这个声音。他立刻朝街对面望去。

“拉尔夫？什么……”

“嘘！”他把她往后一拉，让她靠着阿普勒鲍姆家门前夏日枯黄的树篱。他现在大汗淋漓，已经顾不得什么礼节。他浑身布满了机油般浓烈的臭汗，他可以感觉到身上的每一个腺体都在把滚烫的分泌物注入他的血液中。他的内裤正试图爬进屁股缝里躲起来。他舌头的味道像烧毁的保险丝。

洛伊丝顺着他的目光望去。“罗莎莉！”她喊叫起来，“罗莎莉，你这不听话的狗！你在那里干什么？”

黑褐色相间的比格犬是她婚后第一个圣诞节送给拉尔夫的礼物，此刻就在街对面，站在（更为恰当的词是“畏缩”）人行道上，身后是海伦和娜塔莉直到艾德大发神经前一直居住的那栋房子。养了它这么多年以来，它第一次让洛伊丝想起了罗莎莉一号。罗莎莉二号看似孤零零地站在那里，但是这并没有减轻洛伊丝突如其来的恐惧。

啊，我造了什么孽？她想。我造了什么孽呀？

“罗莎莉！”她尖叫道，“罗莎莉，到这边来！”

罗莎莉听到了。洛伊丝可以看出它听到了，却没有挪窝。

“拉尔夫？那边出什么事了？”

“嘘！”他又说了一遍。这时，洛伊丝看到街道前面一点的地方出现了新的情况，吓得她屏住了呼吸。她暗自希望这一切只是拉尔夫想象出来的，只是他们以前经历的某种闪回，然而她这最后一线希望已经落空，因为他们的狗旁边有个伴。

六岁大的娜塔莉·迪普努右臂上缠着一根跳绳走了过来，她顺着街道望去，看到了她已经不记得曾经居住过的房子，看到了那里的草坪。她父亲名叫艾德·迪普努，是一个命运不定的家伙，曾经光着膀子坐在喷水器喷出的相互交叉的彩虹中，聆听杰弗森飞机乐队的音乐，约翰·列侬式的眼镜上有一滴血正在干燥。娜塔莉顺着街道望去，快乐地冲着罗莎莉微笑，而罗莎莉大口喘着气，用哀伤、害怕的眼神看着她。

20

阿特洛波斯没有看见我，拉尔夫想。他的注意力全都集中在罗莎莉……和娜塔莉身上……所以没有看见我。

一切都已完美准备就绪，却又那么邪恶可怕。房子在那儿，罗莎莉在那儿，阿特洛波斯当然也在那儿。他歪戴着帽子，很像一九五〇年某部B级片——大概是艾达·卢皮诺导演的片子——中自以为是的新闻记者。但是他这次戴在头上的不是帽檐被咬掉一口的巴拿马草帽，而是一顶波士顿红袜子队的球帽，而且这顶帽子太小，阿特洛波斯已经将帽子后面的调整带放到了最后一格。只有这样，这顶帽子的主人——那个小女孩——才能将它戴在头上。

现在只缺送报纸的皮特登场，然后就是一场完美的表演，拉尔夫想。这将是《失眠》或者说《哈里斯大道的短命界生活》这部三幕悲喜剧的最后一场戏。然后大家谢幕，离开舞台。

比格犬像罗莎莉一号一样害怕阿特洛波斯，这位秃头矮医生之所以没有看见拉尔夫和洛伊丝，主要是因为他一门心思想着如何防止狗在他准备好之前逃走。娜塔莉过来了，顺着人行道走向全世界她最宠爱的狗——拉尔夫和洛伊丝的罗莎莉。她的跳绳

（三——六——九，鹅喝了酒）

挂在她的手臂上。她穿了件水手衫，下面是一条蓝色短裙，显得无比美丽却又无比脆弱。她的辫子上下跳跃着。

发生得太快了，拉尔夫想，这一切发生得太快。

（一点都不快，拉尔夫！五年前你干得非常漂亮，现在也会干得同样出色。）

听上去像是克洛索的声音，可现在已经来不及回头去看了。一辆绿色汽车正从机场方向沿着哈里斯大道驶来，车速慢得令人痛苦，通常表明司机要么上了年纪要么非常年轻。不管车速是快还是慢，它无疑就是那辆车，一张肮脏的膜像裹尸布那样罩着它。

生活如同车轮，拉尔夫想，他突然意识到自己是第一次有这种看法。你自以为已经抛在脑后的东西早晚都会再次露面。不管是好是坏，它们都会再次露面。

罗莎莉又一次徒劳地向前冲，试图挣脱。阿特洛波斯猛地将它往后一拉，帽子从他头上掉了下来。娜塔莉在狗面前蹲下来，轻轻拍拍它。“你迷路了吗，宝贝？你自己跑出来的？没关系，我会带你回家的。”她给了罗莎莉一个拥抱，小胳膊穿过了阿特洛波斯的手臂，美丽的小脸相距他那张丑陋、狞笑的脸只有两英寸。她站起身。“走吧，罗莎莉！走吧，宝贝。”

罗莎莉跟在娜塔莉的身后，顺着人行道往前走。它回头看了一眼狞笑的小矮人，不安地呜呜哼着。哈里斯大道的街对面，海伦从红苹果便利店走了出来，阿特洛波斯给拉尔夫看过的那个情形的最后一个条件已经满足。海伦手里拿着一条面包，头上戴着红袜子队的球帽。

拉尔夫一把搂住洛伊丝，猛烈地亲吻她。“我全心全意地爱你，”他说，“永远别忘了，洛伊丝。”

“我知道。”她平静地说，“我爱你，所以才不让你这样做。”

她紧紧搂住他的脖子，胳膊像两道铁箍，他感到她的乳房在压迫着他，因为她要让双肺吸满空气。

“滚开，你这恶心的混蛋！”她尖叫道，“我看不见你，但是我知道你在那里！滚开！别来纠缠我们！”

娜塔莉猛地站住脚，睁大了眼睛，惊讶地望着洛伊丝。罗莎莉在她身旁停下脚，竖起了耳朵。

“娜塔莉，别走到街上去！”洛伊丝冲着她尖叫，“不要——”

她的双手原本在拉尔夫的脖子后面交叉扣在一起，现在突然空了，她的双臂原本死死抱着他的肩膀，现在也空了。

他如轻烟般消失了。

21

阿特洛波斯朝惊叫的方向望去，看到拉尔夫和洛伊丝正站在哈里斯大道的另一边。更为重要的是，他发现拉尔夫看到了他。他睁大了眼睛，张开嘴巴，充满仇恨地咆哮起来。他的一只手飞快地摸向他的秃脑袋——那上面布满了横一道竖一道的疤痕，是他自己的手术刀留下的——本能地摆出迟到了五年的防御姿势。

（混蛋，短命鬼！这个小婊子是我的！）

拉尔夫看到娜塔莉又是惊讶又是犹豫不决地望着洛伊丝。他听到洛伊丝在冲着她大喊，要她别走到街上去。这时，他听到了拉克西斯的声音，近在咫尺。

（上来，拉尔夫！尽力往上升！快！）

他感到脑子中央在紧缩，腹部一阵抽搐，整个世界突然间明亮起来，充满了色彩。他朦胧地看到也感觉到洛伊丝的手臂和紧扣的双手向内塌陷，穿过他的躯体刚才所在的地方，然后他离开了她——不对，是被带离了她。他感觉到了某种巨大的急流在拖拽着他，隐隐约约地意识到，如果真的有所谓的高阶命定界，那么他已经身处其中，不久将随它一起被冲向下游。

娜塔莉和罗莎莉此刻正站在拉尔夫和比尔·麦戈文曾经共同住过的房子前面，拉尔夫后来把它卖了，搬进了洛伊丝家。娜塔莉满腹狐疑地看着洛伊丝，犹豫不决地向她挥手。“它没事，洛伊丝——瞧，它就在这里。”她轻轻拍拍罗莎莉的脑袋，“我会安全地把它带到街对面的，别担心。”她开始过马路，一边还大声对她母亲说话，“我的棒球帽不见了！大概被人偷走了。”

罗莎莉待在人行道上没有动。娜塔莉不耐烦地转身叫它："快点，宝贝！"

绿色的轿车朝娜塔莉的方向驶来，但是速度非常慢，起初看似根本不会对她构成威胁。拉尔夫立刻认出了司机，不再怀疑自己的感官，也不再怀疑那是个幻觉。在那一刻，似乎只有他以前的报童开那辆车才对。

"娜塔莉！"洛伊丝大叫，"娜塔莉，不要！"

阿特洛波斯飞奔上前，在罗莎莉二号的屁股上狠狠拍了一巴掌。

（滚开，狗杂种！滚！省得我改变主意！）

阿特洛波斯讥笑着给拉尔夫做了最后一个鬼脸，罗莎莉大叫一声，冲到了街上……冲到了年仅十六岁的皮特·沙利文驾驶的福特车的前进路线上。

娜塔莉没有看见汽车，她正看着急得满脸通红、提心吊胆的洛伊丝。娜塔莉终于意识到洛伊丝高声喊叫不是为了罗莎莉，而是为了完全不同的事。

皮特看到了飞奔而来的比格犬，却没有看到小女孩。他猛打方向盘去避开罗莎莉，却将福特车直接对准了娜塔莉。汽车转向时，拉尔夫可以看到挡风玻璃后面那两张脸惊恐万状，似乎还听到了沙利文太太在尖叫。

阿特洛波斯开心地上蹿下跳，表演着下流的恶魔之舞。

（呀，短命鬼！愚蠢的糟老头！我说过会报一箭之仇的！）

仿佛是在慢动作镜头中，海伦丢下了手中的面包。"娜塔莉，小——心！"她尖叫道。

拉尔夫开始奔跑。他的心中再次出现了那种仅靠思想向前运动的清晰感觉。他越来越接近娜塔莉，伸直双手向前冲，心里很清楚她身后逼近的汽车。他的双脚踢起了一道道灿烂的阳光，阳光穿过黑暗的死亡之袋，也射进了他的双眼。他的脑子再度紧缩，最后一次落回到短命人的世界。

他所跌入的世界充满了支离破碎的尖叫声：海伦的尖叫夹杂着洛伊丝的尖叫，还夹杂着福特车轮胎发出的摩擦声。如同违禁藤蔓穿越其中的是阿特洛波斯的嘲笑声。拉尔夫瞥见了娜塔莉睁大的蓝眼睛，使出全身力气撞向她的胸口和腹部，让她屁股朝外飞了出去。她摔进了阴沟，尾椎骨碰到路缘时擦了一下，但是全身没有任何骨折。拉尔夫听到阿特洛波斯在不远处又是愤怒又是怀疑地喊叫着。

两顿重的福特仍然以每小时二十英里的速度前进，它撞上了拉尔夫，所有声道戛然而止。他被撞得向后飞，在空中慢慢划出一道低平的弧线——反正他感觉很慢——引擎盖上的车标在他脸颊上留下了一个文身似的印记，一条断腿耷拉在身后。在那一瞬间，他看到自己投下了一个X形状的身影，沿着人行道向前滑行。在那一瞬间，他看到自己的上方出现了一团红色的血雾，心想洛伊丝泼溅到他身上的油漆肯定比他最初想象的还要多。在那一瞬间，他看到娜塔莉坐在街道旁哭泣，但是平安无事……他还感觉到阿特洛波斯就站在他身后的人行道上，挥舞着拳头，气得乱蹦乱跳。

对于我这把年纪的老头来说，我刚才的表现应该还不错，拉尔夫想，*可我现在真的要好好睡会儿了*。

然后，他啪的一声重重落到地上，翻滚了一下——颅骨骨折、背部断裂、胸腔爆裂时，碎骨头刺穿了肺部，肝脏变成了糨糊，肠子先是晃动，然后破裂。

没有痛感。

一点都不痛。

22

洛伊丝永远忘不了拉尔夫落回哈里斯大道上时那可怕的撞击声，也永远忘不了他一路翻滚时身后留下的血迹。她想尖叫却又不敢，某个低沉、真实的声音告诉她，如果她大声尖叫，那么震惊和恐惧再加上这样的高温一定会造成她晕倒在人行道上，而等她苏醒过来时，拉尔夫已经离她而去。

她没有尖叫，而是奔了过去，掉了一只鞋子，隐约意识到皮特·沙利文下了车，汽车几乎正好停在乔·维齐尔的汽车——也是一辆福特——数年前撞上罗莎莉一号后所停的地方。她还隐约意识到皮特在尖叫。

她跑到拉尔夫身旁跪下，看到绿色的福特车已经让他变了模样，她所熟悉的卡其布裤子和溅了油漆的衬衣里面的躯体已经不再是不到一分钟前将她搂在怀里的他。但是他的眼睛还睁着，明亮，意识清醒。

"拉尔夫?"

"我在。"他的声音清晰有力，没有丝毫的困惑或痛苦，"我在，洛伊丝，我听到了。"

她想抱起他，但又犹豫不决，她忽然想起不能随便搬动重伤员，因为那样有可能加重伤势，甚至造成伤员死亡。她又看着他，看着他嘴角不断涌出的鲜血，看着仿佛从下半身脱离的上半身，觉得自己不可能再把他伤得更严重。于是，她抱住他，贴近他，进入这场灾难的各种气味当中：血腥味，他大口喘出的肾上腺素耗尽之后甜酸的丙酮气味。

"你这次成功了，是不是?"洛伊丝问。她亲吻他的脸颊，亲吻着他浸满鲜血的眉毛，亲吻着他血淋淋的前额——那上面的皮肤已经从颅骨上剥落。她开始哭泣。"瞧你这样子！衬衣破了，裤子破了……你以为衣服是树上长出来的吗?"

"他没事吧?"她身后传来了海伦的声音。洛伊丝没有回头，但她看到了投在街面上的几个身影：海伦搂着娜塔莉的肩膀，娜塔莉仍在哭泣，罗莎莉站在海伦的右腿旁。"他救了娜塔莉，我甚至都没有看见他是从哪里过来的。求你了，洛伊丝，告诉我他没……"

身影开始移动，海伦走到能看清拉尔夫的地方，然后把娜塔莉的脸埋进自己的怀里，开始号啕大哭。

洛伊丝又往前凑了凑，双手抚摸着他的脸颊，想对他说她很想陪他一起过来——她真的很想，可是他在最后一刻的反应太快。他在最后一刻丢下了她。

“我爱你，宝贝。”拉尔夫说。他抬起手，抚摸着她的脸颊。他也想抬起左手，可是左手只是软塌塌地在人行道上抽搐了一下。

洛伊丝握住他的手，吻了一下。“我也爱你，拉尔夫。永远爱你。深爱着你。”

“我必须这样做。你明白吗？”

“我明白。”她不知道自己是否明白，不知道自己将来会不会明白……她只知道他就要离开她了，“是的，我明白。”

他艰难地叹了口气——甜美的丙酮气味再次飘向她——然后微微一笑。

“夏瑟太太？我是说罗伯茨太太。”说话的是皮特，他在急速喘气，“罗伯茨先生没事吧？求求你了，我没有伤着他吧？”

“别过来，皮特，”她没有回头，“拉尔夫没事，只是裤子和衬衣破了一点……是不是，拉尔夫？”

“是的，”他说，“真是这样，你又得唠叨……”

他突然停下来，望着她的左侧。那里没有人，但是拉尔夫还了笑了笑。“拉克西斯。”他说。

他伸出不断颤抖、沾满鲜血的右手。洛伊丝、海伦和皮特·沙利文注视着，那只手在空中一上一下了两次。拉尔夫转动眼睛，这次望着洛伊丝的右侧。他慢慢地、非常缓慢地朝那个方向移动右手。他这次开口说话时，声音已经非常弱小。“你好，克洛索。记住：这……一点……都不痛。对吗？”

拉尔夫似乎在听人说话，然后笑了。

“是的，”他低声说，“怎么着都行。”

他的手再次举到空中，一上一下之后落回到胸前。他那渐渐失去光芒的蓝眼睛看着洛伊丝。

“听我说，”他非常吃力地说道，他两眼通红，紧紧盯着她的眼睛，“我每天在你身旁醒来，都像是返老还童……看到一切都那么新奇。”他想抬手去摸她的脸，但是没有做到。“每天都是，洛伊丝。”

“我也是那种感觉，拉尔夫——就像返老还童。”

“洛伊丝？”

“什么？”

“那滴答声，”他说。他咽了口口水，又说了一次，用尽最后的力气把每个字说清楚：“那滴答声。”

“什么滴答声？”

“算了，已经停了。”他说，脸上露出了灿烂的笑容。

然后，拉尔夫的生命也停止了。

23

克洛索和拉克西斯站在那里，看着洛伊丝趴在丈夫的遗体上哭泣。克洛索一手握着剪刀，把另一只手举到眼前，惊奇地看着它。

拉尔夫的光环在那里闪闪发光。

克洛索：（他在这里……在这里……多么奇妙！）

拉克西斯也举起右手。与克洛索的左手一样，拉克西斯的右手看上去仿佛有人给他戴了一只蓝色连指手套，遮住了通常包裹着它的绿金色光环。

拉克西斯：（是啊。他这个人真奇妙。）

克洛索：（我们要不要把他给她？）

拉克西斯：（能做到吗？）

克洛索：（有个办法可以试试。）

他们走近洛伊丝，各自将拉尔夫握过的那只手贴在洛伊丝的脸上。

24

“妈妈！”娜塔莉·迪普努哭喊着。不知所措的她又像小时候说话时那样口齿不清。“那两个咬人是谁？他们为什么要摸罗伊斯？”

“嘘，宝贝。”海伦说，再次将她拉进怀里。洛伊丝·罗伯茨的周围没有人，不管是大人还是小人。她独自跪在街上，身旁的男人救了娜塔莉一命。

25

洛伊丝突然抬起头，惊讶得睁大了眼睛。她暂时忘记了悲伤，内心充满了

（淡蓝色的光）

平静祥和的奇妙感觉。在那一刻，哈里斯大道不见了踪影。她在一个黑暗的地方，周围弥漫着干草和奶牛的芳香，一个被无数灿烂亮光划破的黑暗空间。她永远不会忘记那一刻内心勃然生出的强烈快乐感，也不会忘记自己正亲眼看到拉尔夫希望她看到的宇宙景象，一个黑暗背后有着耀眼光芒的宇宙……难道她无法从裂缝中看到吗？

“你会原谅我吗？”皮特在抽泣，“上帝啊，你会原谅我吗？”

“会的，我会的。”洛伊丝平静地说。

她的手轻轻拂过拉尔夫的脸，合上他的眼睛，然后将他的头抱在膝盖上，等候警察到来。在洛伊丝看来，拉尔夫仿佛睡着了，而且，她看到他右臂上白色的长伤疤已经消失了。

创作于一九九〇年九月十日至一九九三年十一月十日